Titre original : *Harry Potter and the Deathly Hallows*
Édition originale publiée par Bloomsbury Publishing Plc, Londres, 2007

© J. K. Rowling, 2007, pour le texte
Harry Potter Publishing Rights © J. K. Rowling
© Éditions Gallimard Jeunesse, 2007, pour la traduction française
© Éditions Gallimard Jeunesse, 2008, pour la présente édition

J.K. Rowling

HARRY POTTER

ET LES RELIQUES DE LA MORT

Traduit de l'anglais
par Jean-François Ménard

GALLIMARD JEUNESSE

LA

DÉDICACE

DE CE LIVRE

EST PARTAGÉE

EN SEPT :

POUR NEIL,

POUR JESSICA,

POUR DAVID,

POUR KENZIE,

POUR DI,

POUR ANNE,

ET POUR VOUS,

SI VOUS AVEZ

SUIVI

HARRY

JUSQU'À

LA TOUTE

FIN.

Ô souffrance innée !
Malheur horrible, plaie ruisselante de sang !
Hélas ! Lamentable, insupportable affliction !
Hélas ! Douleur impossible à apaiser !

Mais c'est dans la maison
que se trouve le remède, il ne viendra pas d'ailleurs
mais d'elle-même
à travers une sanglante, une cruelle discorde.
Voici l'hymne adressé aux dieux souterrains.

Allons, entendez, dieux bienheureux des Enfers
cette prière et envoyez de bonne grâce un secours
à ces enfants pour que leur vienne la victoire.

Eschyle, *Les Choéphores*

La mort n'est que la traversée du monde comme des amis traversent les mers. Ils continuent de vivre chacun dans le cœur de l'autre. Car ils doivent être présents, ceux qui aiment et vivent dans l'omniprésent. Dans ce verre divin, ils nous voient face à face et leur échange avec nous est libre autant qu'il est pur. Tel est le réconfort des amis dont, même si l'on peut dire qu'ils meurent, l'amitié et la compagnie sont, dans le meilleur des sens, toujours présentes parce qu'immortelles.

William Penn, *Fruits de la solitude*

1
L'ASCENSION DU SEIGNEUR DES TÉNÈBRES

Les deux hommes surgirent de nulle part, à quelques mètres l'un de l'autre, sur le chemin étroit éclairé par la lune. Pendant un instant, ils restèrent parfaitement immobiles, chacun pointant sa baguette magique sur la poitrine de l'autre. Puis, lorsqu'ils se furent reconnus, ils rangèrent leur baguette sous leur cape et se mirent à marcher d'un pas vif dans la même direction.

– Des nouvelles ? demanda le plus grand des deux.

– Excellentes, répondit Severus Rogue.

Le chemin était bordé à gauche par des mûriers sauvages aux tiges basses et, à droite, par une haute haie soigneusement taillée. Les longues capes des deux hommes ondulaient autour de leurs chevilles au rythme de leurs pas.

– J'ai cru que j'allais arriver en retard, dit Yaxley, dont le visage taillé à coups de serpe apparaissait et disparaissait sous les branches des arbres qui masquaient par endroits la lueur de la lune. C'était un peu plus difficile que je ne l'avais pensé. Mais j'espère qu'il sera satisfait. Tu as l'air sûr de toi. Tu penses que tu seras bien reçu ?

Rogue acquiesça d'un signe de tête mais ne donna pas de détails. Ils tournèrent à droite, dans une large allée qui

11

s'éloignait du chemin. La haute haie suivit la même courbe, s'étendant au loin, par-delà l'impressionnant portail de fer forgé qui barrait la route des deux hommes. Ni l'un ni l'autre ne ralentit l'allure : sans un mot, ils levèrent le bras gauche dans une sorte de salut et traversèrent la grille comme si le métal sombre n'était qu'un rideau de fumée.

Les rangées d'ifs étouffaient le son de leurs pas. Il y eut un bruissement quelque part sur leur droite : Yaxley tira à nouveau sa baguette qu'il pointa par-dessus la tête de son compagnon mais le bruit était dû à un paon, au plumage d'un blanc immaculé, qui s'avançait d'un air majestueux au sommet de la haie.

– Il ne se refuse jamais rien, Lucius. Des *paons*…

Avec un petit ricanement, Yaxley remit la baguette sous sa cape.

Tout au bout de l'allée, un élégant manoir se dessina dans l'obscurité, des éclats de lumière se reflétant au rez-de-chaussée dans les carreaux des fenêtres à croisillons. Quelque part dans le parc obscur, au-delà de la haie, on entendait le chant d'une fontaine. Des graviers crissèrent sous leurs semelles lorsque Rogue et Yaxley se hâtèrent en direction de la porte qui pivota vers l'intérieur à leur approche, bien qu'apparemment personne ne l'eût ouverte.

Le hall d'entrée, faiblement éclairé, était vaste et sa décoration somptueuse, avec un magnifique tapis qui recouvrait en grande partie le sol de pierre. Les portraits au teint pâle accrochés aux murs suivirent des yeux les deux hommes qui marchaient à grands pas. Rogue et Yaxley s'arrêtèrent devant une lourde porte de bois qui menait dans la pièce voisine. Ils hésitèrent un bref instant puis Rogue tourna la poignée de bronze.

Le salon était rempli de visiteurs silencieux, assis autour d'une longue table ouvragée. Les meubles qui décoraient habituellement les lieux avaient été repoussés en désordre contre les murs. La pièce était éclairée par un feu qui ronflait dans la cheminée, sous un splendide manteau de marbre surmonté d'un miroir au cadre doré. Rogue et Yaxley s'attardèrent un moment sur le seuil de la porte. Tandis qu'ils s'habituaient à la faible lumière, un très étrange spectacle attira leur regard : une silhouette humaine, apparemment inconsciente, était suspendue au-dessus de la table, la tête en bas, et tournait lentement sur elle-même, comme si elle avait été accrochée par les pieds à une corde invisible, son image se reflétant dans le miroir et à la surface nue de la table vernie. Aucune des personnes assises autour de cette vision singulière n'y prêtait attention, à part un jeune homme pâle qui se trouvait placé presque au-dessous et ne pouvait s'empêcher de lever régulièrement les yeux.

– Ah, Yaxley et Rogue, dit une voix claire au timbre aigu qui provenait de l'extrémité de la table. Vous avez failli être très en retard.

L'homme qui avait parlé était assis juste devant la cheminée et il fut tout d'abord difficile pour les deux nouveaux venus de distinguer autre chose que les contours de sa silhouette. Mais à mesure qu'ils approchèrent, ils virent briller dans la pénombre un visage au crâne chauve, semblable à une tête de serpent, avec ses deux fentes en guise de narines et ses yeux rouges, luisants, aux pupilles verticales. Son teint était si pâle qu'il semblait scintiller d'une lueur nacrée.

– Severus, ici, dit Voldemort en indiquant un siège juste à sa droite. Yaxley… à côté de Dolohov.

Les deux hommes s'installèrent aux places qui leur étaient désignées. La plupart des regards suivirent Rogue et ce fut à lui que Voldemort s'adressa le premier :

– Alors ?

– Maître, l'Ordre du Phénix a l'intention d'emmener Harry Potter hors de la cachette où il est actuellement en sûreté samedi prochain, à la tombée du jour.

Cette déclaration suscita un intérêt manifeste autour de la table : certains se raidirent, d'autres s'agitèrent, tous observant Rogue et Voldemort.

– Samedi… à la tombée du jour, répéta Voldemort.

Ses iris d'un rouge flamboyant fixèrent les yeux noirs de Rogue avec une telle intensité que plusieurs personnes détournèrent la tête, craignant apparemment la brûlure de ce regard féroce. Rogue, en revanche, dévisagea Voldemort avec le plus grand calme. Au bout d'un certain temps, la bouche sans lèvres du Seigneur des Ténèbres s'étira en une sorte de sourire.

– Bien, très bien. Et cette information vient…

– De la source dont nous avons parlé, dit Rogue.

– Maître.

Yaxley s'était penché en avant pour mieux voir Voldemort et Rogue, à l'autre bout de la longue table. Toutes les têtes se tournèrent vers lui.

– Maître, j'ai eu des informations différentes.

Yaxley attendit, mais comme Voldemort restait silencieux, il poursuivit :

– Dawlish, l'Auror, a laissé entendre que Potter ne serait pas transféré avant le 30, la veille de son dix-septième anniversaire.

Rogue souriait.

– Selon ma source, il était question de nous lancer sur une fausse piste. Ce doit être celle-ci. Dawlish a dû subir sans aucun doute un sortilège de Confusion. Ce ne serait pas la première fois. Il est connu pour être influençable.

– Je vous assure, Maître, que Dawlish était certain de ce qu'il avançait, répondit Yaxley.

– Bien sûr qu'il en était certain, s'il a été ensorcelé, dit Rogue. Je puis t'assurer *à toi*, Yaxley, que le Bureau des Aurors ne jouera plus aucun rôle dans la protection de Harry Potter. L'Ordre pense que nous avons infiltré le ministère.

– Pour une fois, l'Ordre a raison, pas vrai ? dit un petit homme replet assis non loin de Yaxley.

Il eut un petit rire essoufflé qui suscita quelques échos le long de la table.

Voldemort, pour sa part, ne riait pas. Son regard s'était levé vers le corps qui tournait lentement au-dessus d'eux et il semblait perdu dans ses pensées.

– Maître, continua Yaxley, Dawlish pense que tout un détachement d'Aurors sera envoyé pour escorter ce garçon...

Voldemort leva une grande main blanchâtre et Yaxley s'interrompit aussitôt, une lueur d'amertume dans le regard lorsque Voldemort se tourna à nouveau vers Rogue.

– Où vont-ils le cacher ?

– Chez l'un des membres de l'Ordre, répondit Rogue. D'après ma source, l'endroit bénéficie de toutes les protections que peuvent fournir ensemble l'Ordre et le ministère. Je pense, Maître, que nous n'aurons guère de chances de nous emparer de lui une fois qu'il sera là-bas. À moins, bien sûr, que le ministère ne soit tombé avant samedi, ce qui nous permettrait de découvrir et d'annuler suffisamment d'enchantements pour qu'il nous soit facile de détruire ceux qui restent.

– Eh bien, Yaxley ? lança Voldemort au bout de la table, le feu de la cheminée scintillant étrangement dans ses yeux rouges. Le ministère sera-t-il tombé samedi prochain ?

À nouveau, toutes les têtes se tournèrent. Yaxley redressa les épaules.

– Maître, j'ai de bonnes nouvelles à ce sujet. J'ai réussi – avec bien des difficultés et après de grands efforts – à soumettre Pius Thicknesse au sortilège de l'Imperium.

L'annonce fit grande impression parmi ceux qui étaient assis autour de lui. Dolohov, son voisin, un homme au long visage tordu, lui donna une tape dans le dos.

– C'est un début, dit Voldemort. Mais Thicknesse n'est qu'un individu isolé. Pour que je puisse agir, il faut que Scrimgeour soit entouré de gens qui nous sont acquis. Si nous échouons dans notre tentative d'éliminer le ministre, je serai ramené loin en arrière.

– Oui, Maître, c'est vrai, mais comme vous le savez, en tant que directeur du Département de la justice magique, Thicknesse a de fréquents contacts non seulement avec le ministre lui-même mais aussi avec les directeurs de tous les autres départements du ministère. Maintenant que nous exerçons notre contrôle sur un officiel de haut rang, je pense qu'il nous sera facile de soumettre les autres. Ils pourront ainsi travailler ensemble à précipiter la chute de Scrimgeour.

– À condition que notre ami Thicknesse ne soit pas démasqué avant que nous ayons converti les autres, dit Voldemort. En tout cas, il me semble peu probable que le ministère tombe en mon pouvoir avant samedi prochain. Si le garçon reste intouchable lorsqu'il sera parvenu à destination, nous devrons nous occuper de lui pendant son voyage.

– Nous disposons d'un avantage, Maître, déclara Yaxley qui semblait décidé à recevoir sa part d'approbation. Nous avons à présent plusieurs personnes implantées au Département des transports magiques. Si Potter transplane ou utilise le réseau des cheminées, nous en serons immédiatement avertis.

– Il ne fera ni l'un ni l'autre, répliqua Rogue. L'Ordre évite tout moyen de transport contrôlé ou organisé par le ministère. Ils se méfient de tout ce qui est lié à cet endroit.

– Tant mieux, reprit Voldemort. Il sera donc obligé de se déplacer à l'air libre. Beaucoup plus facile pour nous, de très loin.

Voldemort regarda une nouvelle fois le corps qui tournait lentement sur lui-même tout en poursuivant :

– Je m'occuperai du garçon moi-même. Trop d'erreurs ont été commises au sujet de Harry Potter. Je suis responsable de certaines d'entre elles. Le fait que Potter soit toujours en vie est dû beaucoup plus à mes erreurs qu'à ses triomphes.

Autour de la table, tout le monde observait Voldemort avec appréhension, l'expression de chacun – et de chacune – trahissant la crainte de se voir reprocher l'existence trop longue de Harry Potter. Voldemort, cependant, semblait parler plus à lui-même qu'à aucun d'entre eux, le visage toujours levé vers le corps inconscient qui tournait au-dessus de lui.

– J'ai fait preuve de négligence et c'est pourquoi le hasard et la mauvaise fortune, qui s'acharnent à détruire tout projet insuffisamment préparé, ont fini par me mettre en échec. Mais j'ai beaucoup appris, à présent. Je comprends aujourd'hui des choses qui m'échappaient auparavant. Je dois être celui qui tuera Harry Potter et je le serai.

Comme pour répondre aux paroles qu'il venait de prononcer, une plainte soudaine retentit, un cri terrible, prolongé, de douleur et de désespoir. Nombre de ceux qui étaient assis autour de la table baissèrent les yeux, surpris, car le son semblait provenir de sous leurs pieds.

– Queudver, dit Voldemort, de la même voix calme et pensive, sans détacher les yeux du corps suspendu, ne t'ai-je pas recommandé de faire taire notre prisonnier ?

– Si, M… Maître, balbutia, vers le milieu de la table, un petit homme assis tellement bas que sa chaise, à première vue, paraissait vide.

Il se leva précipitamment et fila hors de la pièce, ne laissant dans son sillage qu'un étrange éclat argenté.

– Comme je le disais, poursuivit Voldemort, qui posa à nouveau son regard sur ses fidèles visiblement crispés, je comprends mieux les choses, maintenant. Par exemple, il me faudra emprunter la baguette de l'un d'entre vous pour tuer Potter.

Une expression d'effarement apparut sur les visages qui l'entouraient. Il aurait pu tout aussi bien leur annoncer qu'il voulait leur emprunter un bras.

– Pas de volontaires ? demanda Voldemort. Voyons… Lucius, je ne vois pas pourquoi tu aurais encore besoin d'une baguette magique.

Lucius Malefoy leva les yeux. À la lueur des flammes, son teint semblait jaunâtre, cireux, ses yeux enfoncés dans leurs orbites plongés dans l'ombre. Lorsqu'il parla, sa voix était rauque.

– Maître ?

– Ta baguette, Lucius. J'exige que tu me donnes ta baguette.

–Je…

Malefoy jeta un regard de côté à sa femme. Les yeux fixés devant elle, elle était aussi pâle que lui, ses longs cheveux blonds tombant le long de son dos mais, sous la table, ses doigts minces se refermèrent brièvement sur le poignet de son mari. En sentant sa pression, Malefoy glissa la main dans sa robe de sorcier, en retira sa baguette et la fit passer à Voldemort qui l'examina attentivement en la tenant devant ses yeux rouges.

–Qu'est-ce que c'est ?

–De l'orme, Maître, murmura Malefoy.

–Et à l'intérieur ?

–Du dragon… du ventricule de dragon.

–Très bien, dit Voldemort.

Il sortit sa propre baguette et compara leurs tailles respectives.

Lucius Malefoy fit un imperceptible mouvement. Pendant une fraction de seconde, il sembla s'attendre à recevoir la baguette magique de Voldemort en échange de la sienne. Le geste n'échappa pas à Voldemort dont les yeux s'agrandirent avec une expression mauvaise.

–Te donner ma baguette, Lucius ? *Ma* baguette ?

Quelques ricanements s'élevèrent dans l'assemblée.

–Je t'ai accordé ta liberté, Lucius. N'est-ce pas suffisant ? Mais j'ai cru remarquer que toi et ta famille ne paraissez pas très heureux, ces temps-ci… Y a-t-il quelque chose qui te déplaît dans ma présence chez toi ?

–Non, rien… Rien du tout, Maître !

–Quel mensonge, Lucius…

On aurait dit que la voix douceâtre continuait de siffler après que la bouche cruelle eut cessé tout mouvement. Un ou deux sorciers eurent peine à réprimer un frisson lorsque le sifflement s'accentua. Quelque chose de lourd glissait par terre, sous la table.

L'énorme serpent apparut et se hissa lentement sur le fauteuil de Voldemort. Il s'éleva, apparemment interminable, et s'installa sur les épaules de son maître. Son cou avait l'épaisseur d'une cuisse humaine, ses yeux, avec leur fente verticale en guise de pupille, ne cillaient pas. D'un air absent, Voldemort caressa la créature de ses longs doigts fins, sans cesser de fixer Lucius Malefoy.

– Pourquoi les Malefoy paraissent-ils si malheureux de leur sort ? Mon retour, mon ascension au pouvoir ne sont-ils pas ce qu'ils prétendaient désirer depuis de si longues années ?

– Bien sûr, Maître, répondit Lucius Malefoy.

D'une main tremblante, il essuya la sueur qui perlait au-dessus de sa lèvre.

– Nous le désirions… Nous le désirons.

À la gauche de Malefoy, sa femme hocha la tête avec une étrange raideur, sans regarder Voldemort et son serpent. À sa droite, son fils Drago, qui observait le corps inerte suspendu au-dessus de lui, jeta un bref coup d'œil en direction de Voldemort puis détourna à nouveau la tête, terrifié à l'idée que leurs regards se croisent.

– Maître, dit une femme brune assise vers le milieu de la table, la voix serrée par l'émotion, c'est un honneur de vous avoir ici, dans notre maison de famille. Pour nous, il ne pourrait y avoir de plus grand plaisir.

Elle avait pris place à côté de sa sœur, aussi différente qu'elle dans son apparence, avec ses cheveux bruns et ses paupières lourdes, que dans son maintien et son comportement. Alors que Narcissa restait rigide et impassible, Bellatrix se penchait vers Voldemort, car les mots seuls ne suffisaient pas à exprimer son désir de proximité.

– Pas de plus grand plaisir, répéta Voldemort, la tête légèrement inclinée de côté tandis qu'il la regardait. Venant de ta part, cela signifie beaucoup, Bellatrix.

Le visage de cette dernière s'empourpra, des larmes de ravissement lui montèrent aux yeux.

– Mon Maître sait que je ne dis rien d'autre que la vérité !

– Pas de plus grand plaisir… même comparé à l'heureux événement qui, ai-je appris, s'est produit cette semaine dans la famille ?

Elle le fixa, les lèvres entrouvertes, visiblement déconcertée.

– J'ignore de quoi vous voulez parler, Maître.

– Je parle de ta nièce, Bellatrix. Et de la vôtre aussi, Lucius et Narcissa. Elle vient de se marier avec Remus Lupin, le loup-garou. Vous devez être très fiers.

Il y eut dans toute l'assemblée une explosion de rires sarcastiques. Certains, les plus nombreux, se penchèrent en avant pour échanger des regards réjouis, d'autres martelèrent la table de leurs poings. L'énorme serpent, dérangé par le tumulte, ouvrit grand sa gueule et siffla avec colère, mais les Mangemorts ne l'entendirent pas, tout à leur joie de voir humiliés Bellatrix et les Malefoy. Le visage de Bellatrix, qui avait exprimé tant de bonheur quelques instants auparavant, s'était couvert de vilaines plaques rouges.

– Ce n'est pas notre nièce, Maître, s'écria-t-elle au milieu du déferlement d'hilarité. Narcissa et moi n'avons plus jamais accordé un regard à notre sœur depuis qu'elle s'est mariée avec le Sang-de-Bourbe. Cette sale gamine n'a rien à voir avec nous, pas plus que la bête qu'elle a épousée.

– Qu'en dis-tu, Drago ? demanda Voldemort dont les paroles, bien qu'il parlât à voix basse, résonnèrent clairement parmi les sifflets et les railleries. Accepterais-tu de garder leurs louveteaux ?

Les éclats de rire redoublèrent. Drago Malefoy lança un coup d'œil terrifié à son père qui contemplait ses genoux, puis croisa le regard de sa mère. Elle eut un hochement de tête presque imperceptible, avant de fixer à nouveau d'un air impassible le mur qui lui faisait face.

– Ça suffit, dit Voldemort en caressant le serpent furieux. Ça suffit.

Et les rires s'évanouirent aussitôt.

– De nombreux arbres généalogiques, parmi ceux de nos plus anciennes familles, sont atteints de maladie avec le temps, dit-il, tandis que Bellatrix, haletante, posait sur lui un regard implorant. Il faudrait élaguer le vôtre pour le maintenir en bonne forme, ne croyez-vous pas ? Couper les branches qui menacent la santé des autres.

– Oui, Maître, murmura Bellatrix, les yeux à nouveau baignés par des larmes de gratitude. À la première occasion !

– Cette occasion vous sera donnée, assura Voldemort. Dans votre famille, comme partout dans le monde… nous arracherons le chancre qui nous infecte jusqu'à ce qu'il ne reste plus que le sang authentique…

Voldemort leva la baguette magique de Lucius Malefoy, la pointa droit sur la silhouette suspendue qui tournait lentement au-dessus de la table et lui imprima un minuscule mouvement. La silhouette s'anima en poussant un gémissement et commença à se débattre contre ses liens invisibles.

– Reconnais-tu notre invitée, Severus ? demanda Voldemort.

Rogue leva les yeux vers le visage qui lui apparaissait en sens inverse. Tous les Mangemorts regardaient à présent la prisonnière, comme si la permission leur avait été donnée de manifester leur curiosité. Tournant sur elle-même vers la lumière que projetait le feu de la cheminée, la femme dit d'une voix brisée, terrorisée :

– Severus ! Aide-moi !

– Oui, je la reconnais, répondit Rogue, et la prisonnière continua de pivoter lentement.

– Et toi, Drago ? interrogea Voldemort, qui caressait de sa main libre la tête du serpent.

Drago fit non d'un hochement de tête saccadé. Maintenant que la femme avait repris conscience, il semblait incapable de la regarder à nouveau.

– Tu n'aurais pas choisi sa classe, dit Voldemort. Car pour ceux d'entre vous qui ne le sauraient pas, nous recevons ce soir Charity Burbage qui, jusqu'à une date récente, était professeur à l'école de sorcellerie de Poudlard.

Des murmures d'assentiment s'élevèrent autour de la table. Une femme aux épaules larges, le dos voûté, les dents pointues, lança d'une petite voix caquetante :

– Oui… Le professeur Burbage enseignait aux enfants de sorciers et de sorcières tout ce qu'il faut savoir des Moldus… en leur expliquant qu'ils ne sont pas très différents de nous…

L'un des Mangemorts cracha par terre. Charity Burbage pivota une nouvelle fois vers Rogue.

– Severus… s'il te plaît… s'il te plaît.

– Silence, coupa Voldemort.

Il remua à nouveau d'un petit coup sec la baguette de Malefoy et Charity se tut comme si on l'avait bâillonnée.

– Non contente de polluer et de corrompre l'esprit des jeunes sorciers, le professeur Burbage a publié la semaine dernière dans *La Gazette du sorcier* une défense passionnée des Sang-de-Bourbe. Les sorciers, affirme-t-elle, doivent accepter ces voleurs de leur savoir et de leurs pouvoirs magiques. La diminution du nombre des Sang-Pur est une tendance qu'elle estime souhaitable… Elle voudrait nous marier tous à des Moldus… ou, sans doute, à des loups-garous.

Cette fois, personne ne rit : il n'y avait aucune équivoque dans la colère et le mépris qu'exprimait la voix de Voldemort. Pour la troisième fois, Charity Burbage pivota vers Rogue. Des larmes ruisselaient de ses yeux et coulaient dans ses cheveux. Rogue l'observa, imperturbable, tandis qu'elle continuait de tourner sur elle-même.

– *Avada Kedavra !*

L'éclair de lumière verte illumina les moindres recoins de la pièce. Dans un fracas retentissant, Charity s'effondra sur la table qui trembla et craqua sous le choc. Assis sur leurs chaises, plusieurs Mangemorts eurent un mouvement de recul. Drago glissa de la sienne et tomba par terre.

– Le dîner est servi, Nagini, dit Voldemort d'une voix douce.

Le grand serpent se dressa alors en oscillant puis glissa des épaules de son maître vers la table de bois verni.

2
IN MEMORIAM

Harry saignait. Se tenant la main droite avec la gauche, jurant à mi-voix, il ouvrit la porte de sa chambre d'un coup d'épaule et entendit un bruit de porcelaine brisée : il venait de marcher sur une tasse de thé froid posée sur le sol, à l'entrée de sa chambre.

– Qu'est-ce que… ?

Il regarda autour de lui. Le palier du 4, Privet Drive était désert. Peut-être la tasse de thé avait-elle été placée là par Dudley qui pensait que ce serait un bon piège. Tenant levée sa main qui saignait, Harry ramassa de son autre main les débris de porcelaine et les jeta dans la corbeille déjà pleine, tout juste visible derrière la porte de sa chambre. Puis il se précipita dans la salle de bains pour passer son doigt sous l'eau.

Il était stupide, injustifié, extraordinairement agaçant, qu'il doive encore attendre quatre jours avant d'avoir le droit de faire usage de magie… Mais de toute façon, il devait bien admettre que cette entaille aurait résisté à ses talents de sorcier. Il n'avait jamais appris à soigner les blessures et maintenant qu'il y pensait – surtout compte tenu de ses projets immédiats –, il lui sembla qu'il s'agissait d'une grave lacune dans son éducation magique. Se promettant de demander à Hermione comment s'y prendre, il se servit d'une longue bande de papier hygiénique pour éponger du mieux qu'il put le thé répandu par terre avant de retourner dans sa chambre en claquant la porte derrière lui.

Harry avait passé la matinée à vider entièrement sa grosse valise pour la première fois depuis qu'il l'avait remplie, six ans auparavant. Au début de chaque année scolaire, il s'était contenté d'enlever aux trois quarts la partie supérieure de son contenu qu'il remplaçait ou adaptait en fonction des besoins, laissant au fond une couche de débris divers – vieilles plumes, yeux de scarabées desséchés, chaussettes solitaires devenues trop petites. Quelques minutes plus tôt, il avait plongé le bras dans ce fouillis et avait ressenti une douleur fulgurante à l'annulaire droit. Quand il avait retiré sa main, son doigt ruisselait de sang.

Il procéda alors avec un peu plus de prudence. S'agenouillant à nouveau à côté de la grosse valise, il tâtonna dans le fond et, après en avoir extrait un vieux badge dont l'inscription luisait faiblement en passant de VIVE CEDRIC DIGGORY à À BAS POTTER, un Scrutoscope usé et un médaillon d'or dans lequel se trouvait un message signé R.A.B., il finit par découvrir l'objet tranchant responsable de sa blessure. Il le reconnut aussitôt. C'était un fragment de cinq centimètres de longueur provenant du miroir magique que Sirius, son parrain disparu, lui avait offert. Harry le mit de côté et continua de fouiller précautionneusement au fond de sa valise pour chercher les autres morceaux, mais il ne restait plus rien du dernier cadeau de son parrain, à part du verre broyé qui s'était collé à la dernière couche de débris comme un gravier scintillant.

Harry se redressa et examina le morceau de miroir responsable de sa coupure mais n'y vit rien d'autre que le reflet de son œil vert et brillant qui lui rendait son regard. Il posa le fragment sur *La Gazette du sorcier*, arrivée le matin même, qu'il avait laissée sur le lit sans l'avoir lue. Essayant de refouler la vague soudaine de souvenirs douloureux, les regrets et la nostalgie que la découverte du miroir brisé avait fait naître, il s'attaqua au reste du bric-à-brac amassé dans la valise.

Il lui fallut une heure de plus pour la vider entièrement, jeter les objets inutiles et trier les autres en piles séparées selon qu'il en aurait ou non besoin désormais. Les robes de Quidditch et celles qu'il portait à l'école, son chaudron, ses parchemins, ses plumes et la plupart de ses livres de classe furent entassés dans un coin où il comptait les abandonner. Il se demandait ce que son oncle et sa tante pourraient bien en faire. Sans doute les brûler en pleine nuit, comme les traces d'un crime effroyable. Ses vêtements de Moldu, sa cape d'invisibilité, son nécessaire à potions, certains livres, l'album de photos que Hagrid lui avait un jour donné, une liasse de lettres et sa baguette magique étaient à présent rangés dans un vieux sac à dos. La carte du Maraudeur et le médaillon contenant le mot signé R.A.B. se trouvaient dans sa poche de poitrine. Cette place d'honneur avait été accordée au médaillon non en raison de sa valeur – dans tous les sens du terme, il n'en possédait aucune – mais à cause du prix qu'il avait fallu payer pour le découvrir.

Il n'y avait plus qu'une pile de journaux posée sur son bureau, à côté d'Hedwige, sa chouette des neiges : un pour chaque jour que Harry avait passé à Privet Drive au cours de cet été.

Toujours assis par terre, il se releva, s'étira et s'avança vers son bureau. Hedwige ne bougea pas tandis qu'il feuilletait les journaux, les jetant un à un sur la pile de détritus. La chouette dormait, ou faisait semblant. Elle était en colère contre Harry qui ne la laissait pas sortir de sa cage assez souvent à son goût.

À mesure qu'il approchait des derniers journaux de la pile, Harry prit son temps. Il cherchait en particulier un numéro arrivé peu après son retour à Privet Drive, au début de l'été. Il se souvenait d'avoir lu en première page une brève annonce de la démission de Charity Burbage, le professeur d'étude des Moldus à Poudlard. Il trouva enfin le journal. L'ouvrant à la page 10, il s'enfonça dans le fauteuil de son bureau et relut l'article qui l'intéressait.

EN SOUVENIR D'ALBUS DUMBLEDORE
par Elphias Doge

J'ai rencontré Albus Dumbledore à l'âge de onze ans, lors de notre premier jour à Poudlard. La sympathie que nous avons éprouvée l'un pour l'autre était due sans nul doute au fait que nous nous sentions tous deux des marginaux. J'avais contracté la dragoncelle peu avant mon arrivée à l'école et bien que je ne fusse plus contagieux, mon teint verdâtre et mon visage grêlé n'incitaient guère à s'approcher de moi. À son arrivée à Poudlard, Albus portait pour sa part le fardeau d'une notoriété dont il se serait bien passé. À peine un an plus tôt, Perceval, son père, avait été condamné pour avoir attaqué trois jeunes Moldus d'une manière particulièrement sauvage, une affaire qui avait largement défrayé la chronique.

Albus n'a jamais essayé de nier que son père (qui devait mourir à Azkaban) avait bel et bien commis ce crime. Au contraire, lorsque j'ai trouvé le courage de lui poser la question, il m'a assuré qu'il savait son père coupable. Dumbledore refusait de parler davantage de cette triste affaire bien que beaucoup aient tenté de lui en faire dire plus. En vérité, certains auraient volontiers félicité son père d'avoir commis cette action et présumaient qu'Albus, lui aussi, haïssait les Moldus. Ils n'auraient pu commettre plus grande erreur : comme tous ceux qui ont connu Albus peuvent en témoigner, il n'a jamais manifesté la moindre tendance anti-Moldus. Mieux, son soutien sans faille aux droits des Moldus lui a valu de nombreuses inimitiés au cours des années.

En quelques mois, cependant, la propre renommée d'Albus éclipsa celle de son père. Au terme de sa première année à Poudlard, il n'était plus connu comme le fils d'un ennemi des Moldus, mais comme rien de moins – ou de plus – que le plus brillant élève qu'on eût jamais vu dans cette école. Ceux d'entre nous qui avaient le privilège de compter parmi ses amis bénéficiaient de son exemple, sans parler de l'aide et des encouragements qu'il nous prodiguait toujours avec générosité. Plus tard, il me confia que, dès cette époque, il avait su que son plus grand plaisir serait d'enseigner.

Non seulement il remporta tous les prix importants que décernait l'école mais il entretint bientôt une correspondance régulière avec les personnalités magiques les plus remarquables de son temps, notamment Nicolas Flamel, le célèbre alchimiste, Bathilda Tourdesac, l'historienne bien connue, et Adalbert Lasornette, le théoricien de la magie. Plusieurs de ses essais trouvèrent place dans des publications savantes telles que Le Mensuel de la métamorphose, Les Défis de l'enchantement, et Pratique de la potion. La future carrière de Dumbledore semblait promise à une ascension météorique et la seule question qui demeurait était de savoir à quel moment il deviendrait ministre de la Magie. Bien que, par la suite, il ait été sur le point d'accepter la fonction, il n'eut jamais d'ambitions ministérielles.

Trois ans après nos débuts à Poudlard, Abelforth, le frère d'Albus, arriva à son tour à l'école. Ils ne se ressemblaient pas. Abelforth n'était pas très attiré par les livres et il préférait régler les disputes en recourant au duel plutôt qu'à des arguments raisonnés. Il est totalement faux, cependant, de suggérer, comme certains l'ont fait, que les deux frères ne s'entendaient pas. Leurs relations étaient aussi chaleureuses que possible entre deux garçons de caractères aussi différents. Pour être juste envers Abelforth, il faut admettre que vivre dans l'ombre d'Albus n'était pas une situation confortable. Se voir sans cesse surpassé constituait un risque inévitable lorsqu'on voulait être son ami et il ne pouvait en être autrement pour un frère.

Quand Albus et moi avons quitté Poudlard, nous avions l'intention d'entreprendre ensemble un tour du monde, ce qui était alors traditionnel, pour rencontrer des sorciers étrangers et observer leurs pratiques, avant de suivre chacun de notre côté nos carrières respectives. Malheureusement, la tragédie s'en est mêlée. La veille même de notre voyage, Kendra, la mère de Dumbledore, mourait, laissant à son fils Albus le rôle de chef de famille, seul capable de subvenir à ses besoins. J'ai retardé mon départ afin de rendre un dernier hommage à Kendra le jour de ses funérailles puis je suis parti accomplir ce qui deviendrait désormais un voyage solitaire. Avec à sa charge un frère et une sœur plus jeunes, et peu de ressources à sa disposition, il ne pouvait être question qu'Albus m'accompagne.

Ce fut la période de notre vie où nous eûmes le moins de contacts. J'écrivais à Albus en lui racontant – avec peut-être un certain manque de sensibilité à son égard – les merveilles de mon voyage, depuis la Grèce, où j'avais échappé de peu aux Chimères, jusqu'à l'Égypte, où j'avais assisté à des expériences d'alchimie. Dans ses lettres, il me disait peu de chose de sa vie quotidienne, dont je devinais qu'elle devait être d'une banalité désolante pour un sorcier aussi brillant. Plongé dans mes propres aventures, j'appris avec horreur que, vers la fin de mon année de voyages, une autre tragédie avait encore frappé les Dumbledore : la mort de sa sœur Ariana.

Bien que, depuis longtemps, Ariana eût été de santé délicate, ce nouveau coup, venant si tôt après la perte de leur mère, eut un effet profond sur les deux frères. Tous ceux qui étaient le plus proches de lui – et je me flattais d'en faire partie – s'accordaient à penser que la mort d'Ariana et le sentiment de responsabilité personnelle qu'en éprouvait Albus (même si, bien entendu, il était exempt de toute culpabilité) l'avaient marqué à jamais.

À mon retour, j'ai trouvé un jeune homme qui avait subi des souffrances que connaissent ordinairement des personnes beaucoup plus âgées. Albus était plus réservé qu'avant, beaucoup moins insouciant. Pour ajouter à son malheur, la disparition d'Ariana, loin de rapprocher Albus et Abelforth, les avait éloignés l'un de l'autre. (Cette brouille devait prendre fin avec le temps – des années plus tard, ils rétablirent des relations qui, sans être intimes, étaient sans nul doute cordiales.) À compter de cette époque, il parla rarement de ses parents ou d'Ariana et ses amis avaient appris à ne pas prononcer leurs noms devant lui.

D'autres plumes que la mienne se chargeront de relater ses triomphes ultérieurs. Les innombrables contributions de Dumbledore à la connaissance de la magie, notamment sa découverte des douze usages du sang de dragon, bénéficieront aux générations futures, tout comme la sagesse dont il sut faire preuve pendant le temps où il assuma les fonctions de président-sorcier du

Magenmagot. On entend dire, aujourd'hui encore, que jamais duel de sorciers ne fut comparable à celui que se livrèrent Dumbledore et Grindelwald en 1945. Ceux qui en furent les témoins ont décrit la terreur, l'admiration mêlée d'effroi qu'ils ressentirent en voyant s'affronter ces deux mages extraordinaires. Le triomphe de Dumbledore et ses conséquences sur le monde de la sorcellerie sont généralement considérés dans l'histoire de la magie comme un tournant aussi important que l'adoption du Code international du secret magique ou la chute de Celui-Dont-On-Ne-Doit-Pas-Prononcer-Le-Nom.

Albus Dumbledore ne fut jamais orgueilleux ni vaniteux. Il trouvait toujours quelque chose de précieux en chacun, si insignifiant ou indigne qu'il fût, et je suis convaincu que ses deuils précoces ont développé en lui une très grande humanité et une exceptionnelle compassion. Son amitié me manquera plus que je ne saurais le dire, mais la perte qui est la mienne n'est rien comparée à celle que subit le monde de la magie. Parmi tous les directeurs de Poudlard, on ne peut douter qu'il a été le plus stimulant et le plus aimé. Il est mort comme il a vécu : en œuvrant pour le plus grand bien et toujours disposé, jusqu'à sa dernière heure autant que le jour où je l'ai rencontré, à tendre la main à un petit garçon affligé de dragoncelle.

Lorsqu'il eut terminé sa lecture, Harry s'attarda sur l'image qui accompagnait la nécrologie. Dumbledore arborait son habituel sourire bienveillant mais, même sur une photo de journal, son regard, par-dessus ses lunettes en demi-lune, donnait à Harry l'impression qu'il le passait aux rayons X. Sa tristesse se mêla d'un sentiment d'humiliation.

Il pensait connaître bien Dumbledore mais, après avoir lu l'article, il était forcé d'admettre qu'il le connaissait à peine.

Jamais il n'avait songé à ce qu'avait pu être son enfance ou sa jeunesse. C'était comme s'il était soudain né à la vie tel qu'il l'avait toujours vu, âgé, vénérable, les cheveux argentés. L'idée d'un Dumbledore adolescent lui paraissait une bizarrerie, comme imaginer une Hermione stupide ou un Scroutt à pétard affectueux.

Il ne lui était jamais venu à l'esprit d'interroger Dumbledore sur son passé. Cela eût paru étrange, sans nul doute, impertinent même, mais après tout, il était de notoriété publique que Dumbledore avait pris part au duel légendaire contre Grindelwald. Harry, pourtant, n'avait pas pensé à lui demander d'en parler ni d'ailleurs d'évoquer aucun des autres exploits célèbres qu'il avait accomplis. Leurs conversations portaient seulement sur Harry, le passé de Harry, l'avenir de Harry, les projets de Harry… Et quels que soient les dangers et les incertitudes qui pesaient sur cet avenir, Harry sentait à présent qu'il avait manqué des occasions uniques de demander à Dumbledore d'en dire plus à son sujet, même si, à la seule question personnelle qu'il lui eût jamais posée, le directeur de Poudlard avait apporté une réponse dont la sincérité lui semblait douteuse :

« Et vous, qu'est-ce que vous voyez quand vous regardez le miroir ?

– Moi ? Je me vois avec une bonne paire de chaussettes de laine à la main. »

Après quelques minutes de réflexion, Harry découpa l'article de *La Gazette*, le plia soigneusement et le rangea à l'intérieur du premier tome de *La Défense magique appliquée et son usage contre les forces du Mal*. Puis il jeta le reste du journal sur la pile de détritus et se tourna vers le centre de la pièce. Elle était beaucoup mieux ordonnée, à présent. Il ne restait plus qu'à ranger *La Gazette* du jour, posée sur le lit, et le morceau de miroir brisé.

Harry traversa la chambre, ôta de *La Gazette* le fragment de miroir et déplia le quotidien. Le matin même, un hibou lui avait apporté le journal qu'il avait jeté sur le lit après avoir accordé un simple coup d'œil à la manchette pour vérifier qu'on ne parlait pas de Voldemort. Harry était persuadé que le ministère faisait pression sur *La Gazette* pour occulter toute nouvelle concernant le Seigneur des Ténèbres. Ce fut donc en cet instant seulement qu'il vit ce qui lui avait échappé.

En bas de page figurait un titre plus petit que la manchette, au-dessus d'une photo représentant Dumbledore marchant à grands pas d'un air tourmenté :

DUMBLEDORE : ENFIN LA VÉRITÉ ?

À ne pas manquer la semaine prochaine : l'histoire scandaleuse d'un génie imparfait que beaucoup considèrent comme le plus grand sorcier de sa génération. Brisant l'image largement répandue du vieux sage à la barbe argentée et au visage serein, Rita Skeeter révèle l'enfance perturbée, la jeunesse sans foi ni loi, les querelles sans fin et les coupables secrets que Dumbledore a emportés dans la tombe. POURQUOI l'homme à qui on prédisait un avenir de ministre s'est-il contenté de rester simple directeur d'école ? Quel était le VÉRITABLE objectif de l'organisation secrète connue sous le nom d'Ordre du Phénix ? COMMENT Dumbledore est-il vraiment mort ?

Les réponses à ces questions et à bien d'autres sont largement examinées dans une nouvelle biographie explosive : VIE ET MENSONGES D'ALBUS DUMBLEDORE, par Rita Skeeter. Lire en page 13 l'interview exclusive accordée à Betty Braithwaite.

Harry ouvrit le journal d'un geste brutal qui faillit déchirer le papier et trouva la page 13. Au-dessus de l'article, une photo montrait un autre visage familier : celui d'une femme aux lunettes incrustées de pierreries, avec des cheveux blonds soigneusement bouclés, les dents découvertes en un sourire qu'elle voulait triomphant, et de longs doigts qui ondulaient vers lui. S'efforçant de son mieux de ne pas prêter attention à cette image nauséabonde, Harry lut l'interview.

Lorsqu'on la voit, Rita Skeeter paraît beaucoup plus douce et chaleureuse que ne le laisserait supposer la férocité de ses célèbres portraits. Après m'avoir accueillie dans le hall de sa coquette demeure, elle m'emmène droit dans la cuisine pour m'offrir une tasse de thé, une tranche de quatre-quarts et une fournée encore brûlante de ses derniers potins.

« Bien sûr, dit-elle, Dumbledore est un sujet en or pour un biographe. Une vie si longue, si bien remplie ! Je suis sûre que mon livre ne sera que le premier d'une longue, longue série. »

Sans nul doute, Skeeter n'a pas perdu de temps. Son livre de neuf cents pages a été achevé quatre semaines seulement après la mort mystérieuse de Dumbledore, au mois de juin dernier. Je lui demande comment elle a pu réaliser cet exploit avec une telle rapidité.

« Oh, lorsqu'on a été journaliste aussi longtemps que moi, travailler dans des délais impossibles devient une seconde nature. Je savais que le monde de la sorcellerie réclamait à grands cris un récit détaillé de toute cette histoire et je voulais être la première à répondre à cette exigence. »

Je mentionne alors les récents commentaires, largement diffusés, d'Elphias Doge, conseiller spécial auprès du Magenmagot et ami de longue date d'Albus Dumbledore, selon lesquels

« le livre de Skeeter contient moins de faits réels qu'une carte de Chocogrenouille ».

Skeeter rejette la tête en arrière et éclate de rire.

« Ce vieux Dodgy ! Je me souviens de l'avoir interviewé il y a quelques années à propos des droits des êtres de l'eau, le cher homme. Complètement gâteux, il semblait penser que nous étions assis au fond du lac Windermere et me répétait sans cesse de faire attention aux truites. »

Pourtant, les accusations d'inexactitude lancées par Elphias Doge ont rencontré de nombreux échos. Skeeter pense-t-elle vraiment que quatre petites semaines soient suffisantes pour obtenir une vue complète d'une existence aussi longue et exceptionnelle que celle de Dumbledore ?

« Ma chère amie, répond Skeeter, rayonnante, en me tapotant affectueusement la main, vous savez aussi bien que moi combien on peut rassembler d'informations grâce à un gros sac de Gallions, un refus systématique de s'entendre dire non et une bonne Plume à Papote bien aiguisée ! D'ailleurs, les gens faisaient la queue pour traîner Dumbledore dans la boue. Vous savez, tout le monde ne le trouvait pas si merveilleux que ça – il a marché sur les pieds d'un bon nombre de gens importants. Mais ce vieux Dodgy Doge ne devrait pas monter sur ses grands hippogriffes, car j'ai eu accès à une source pour laquelle la plupart des journalistes seraient prêts à donner leur baguette, quelqu'un qui n'a jamais parlé publiquement jusqu'à maintenant et qui était proche de Dumbledore au cours de la période la plus agitée et la plus troublante de sa jeunesse. »

À en croire le battage suscité par la sortie prochaine de la biographie de Skeeter, ceux qui pensent que Dumbledore a mené une vie sans tache doivent s'attendre à subir un choc. Je lui demande quelles sont les plus grandes surprises qu'elle nous révèle.

« Allons, Betty, répond-elle dans un grand éclat de rire, je ne vais pas dévoiler les moments forts du livre avant même que quiconque l'ait acheté ! Mais je peux vous promettre que tous ceux qui sont encore convaincus que Dumbledore était aussi blanc que sa barbe vont connaître un réveil douloureux ! Disons simplement que quand on l'entendait tempêter contre Vous-Savez-Qui, personne n'aurait pu songer un instant qu'il a lui-même flirté avec les forces du Mal dans sa jeunesse ! Et pour un sorcier qui a passé les dernières années de sa vie à plaider en faveur de la tolérance, on ne peut pas dire qu'il ait manifesté la même largeur d'esprit lorsqu'il était plus jeune ! Oui, le passé d'Albus Dumbledore est extrêmement ténébreux, sans parler de sa famille singulièrement douteuse, qu'il s'est tant efforcé de passer sous silence. »

Je demande si Skeeter veut parler d'Abelforth, le frère de Dumbledore, dont la condamnation par le Magenmagot pour usage illicite de la magie a causé un petit scandale il y a une quinzaine d'années.

« Oh, Abelforth n'est que la partie visible du tas de bouse, s'esclaffe Skeeter. Non, je parle de choses bien pires qu'un frère qui aime bien jouer avec les chèvres, pire encore qu'un père qui mutile des Moldus – de toute façon, Dumbledore ne pouvait les cacher, ils ont été poursuivis tous les deux par le Magenmagot. Non, ce sont la mère et la sœur qui m'intriguent et en creusant un peu, j'ai découvert un véritable nid de saleté – mais, comme je l'ai dit, vous devrez attendre d'avoir lu les chapitres neuf et douze de mon livre pour connaître tous les détails. La seule chose que je puisse affirmer pour le moment, c'est qu'on ne saurait s'étonner que Dumbledore n'ait jamais parlé de la raison pour laquelle il avait le nez cassé. »

En dehors des squelettes dans les placards de la famille, Skeeter nie-t-elle l'intelligence brillante qui a conduit Dumbledore à faire ses nombreuses découvertes dans le domaine de la magie ?

« Il était intelligent, c'est vrai, admet-elle, bien qu'aujourd'hui beaucoup se demandent si on peut lui reconnaître l'entière paternité de ses réussites supposées. Comme je le révèle dans le chapitre seize, Ivor Dillonsby prétend qu'il avait déjà découvert huit usages du sang de dragon lorsque Dumbledore lui a "emprunté" ses papiers. »

Je me risque cependant à faire remarquer que certains exploits accomplis par Dumbledore demeurent incontestables. Notamment, sa fameuse victoire sur Grindelwald.

« Oh, je suis contente que vous parliez de Grindelwald, répond Skeeter avec un sourire qui donne envie d'en savoir plus. J'ai bien peur que ceux dont le regard s'embue dès qu'on évoque le triomphe spectaculaire de Dumbledore doivent se préparer à une véritable bombe – et même une Bombabouse. Il s'agit d'une très, très vilaine affaire en vérité. Tout ce que je vous dirai, c'est qu'on ne peut pas être si sûr que ce duel de légende a vraiment eu lieu. Après avoir lu mon livre, les gens seront peut-être forcés de conclure que Grindelwald a simplement fait surgir un mouchoir blanc au bout de sa baguette et s'est rendu sans résistance ! »

Skeeter refuse d'ajouter quoi que ce soit sur cette question très intrigante et nous évoquons alors une relation bien particulière qui fascinera certainement ses lecteurs plus que toute autre.

« Ah oui, répond Skeeter en hochant vivement la tête. Je consacre un chapitre entier à cette histoire entre Potter et Dumbledore. On a dit que le lien qui s'est établi entre eux avait quelque chose de malsain, et même de sinistre. Encore une fois, vos lecteurs devront acheter mon livre pour connaître tous les détails mais il ne fait aucun doute que Dumbledore a manifesté depuis le début un intérêt anormal pour Potter. Était-ce vraiment la meilleure manière d'aider ce garçon ? Nous verrons bien. Le fait que Potter ait eu une adolescence des plus troublées n'est évidemment pas un secret. »

Je demande à Rita Skeeter si elle est restée en contact avec Harry Potter dont elle a publié une si célèbre interview l'année dernière : un entretien capital dans lequel Potter exposait en exclusivité sa conviction que Vous-Savez-Qui était revenu.

« Oh, oui, nous sommes devenus très proches, répond-elle. Le malheureux Potter n'a pas beaucoup de vrais amis et nous nous sommes rencontrés à l'un des moments les plus déterminants de sa vie : le Tournoi des Trois Sorciers. Je suis sans doute l'une des rares personnes vivantes qui puisse affirmer qu'elle connaît le véritable Potter. »

Ce qui nous amène tout naturellement à parler des rumeurs qui circulent à propos des dernières heures de Dumbledore. Skeeter croit-elle que Potter était là lorsque Dumbledore est mort ?

« Je ne veux pas en dire trop – tout est dans le livre – mais des témoins oculaires, à l'intérieur de Poudlard, ont vu Potter fuir le lieu du drame quelques instants après que Dumbledore fut tombé, eut sauté ou eut été poussé dans le vide. Par la suite, Potter a accusé Severus Rogue, un homme contre lequel il nourrit une rancune bien connue. Les choses se sont-elles passées telles qu'elles apparaissent ? Il appartient à la communauté des sorciers d'en décider – une fois qu'ils auront lu mon livre. »

C'est sur cette mystérieuse conclusion que je prends congé. Le livre de Rita Skeeter est destiné sans nul doute à devenir un bestseller immédiat. En tout cas, les légions d'admirateurs de Dumbledore ont toutes les raisons de trembler en attendant les révélations qui seront bientôt faites sur la vie de leur héros.

Harry était arrivé au bout de l'article mais il continua de fixer la page d'un regard vide. Le dégoût et la fureur montaient en lui comme un flot de vomissures. Il chiffonna le journal et jeta de toutes ses forces contre le mur la boule de papier qui retomba sur le tas de débris amassés autour de sa corbeille débordante.

Il se mit à faire machinalement les cent pas autour de la pièce, ouvrant des tiroirs vides, prenant des livres qu'il se contentait de reposer sur la même pile, à peine conscient de ses gestes, tandis que des fragments de l'interview de Rita Skeeter résonnaient dans sa tête : « Un chapitre entier à cette histoire entre Potter et Dumbledore… On a dit que le lien qui s'est établi entre eux avait quelque chose de malsain, et même de sinistre… Il a lui-même flirté avec les forces du Mal dans sa jeunesse… J'ai eu accès à une source pour laquelle la plupart des journalistes seraient prêts à donner leur baguette… »

– Des mensonges ! hurla Harry.

Par la fenêtre, il vit le voisin d'à côté, qui s'était arrêté pour remettre en route sa tondeuse à gazon, lever les yeux d'un air inquiet.

Harry se laissa tomber brutalement sur le lit. Le morceau du miroir brisé fut projeté un peu plus loin. Il le prit et le fit tourner entre ses doigts en pensant à Dumbledore et aux mensonges avec lesquels Rita Skeeter salissait sa mémoire…

Il y eut alors un éclair d'un bleu étincelant. Harry se figea, son doigt blessé glissant à nouveau sur le bord brisé du miroir. C'était sans doute l'effet de son imagination. Oui, sûrement. Il jeta un coup d'œil par-dessus son épaule mais le mur avait toujours la même couleur pêche écœurante que la tante Pétunia avait choisie : il n'y avait rien de bleu qui ait pu se refléter dans le miroir. Il scruta à nouveau le fragment qu'il tenait à la main et n'y vit rien d'autre que son œil vert et brillant qui le regardait.

Son imagination l'avait trompé, il ne voyait pas d'autre explication possible. Il avait imaginé cet éclair bleu parce qu'il pensait à la mort de son directeur d'école. La seule chose certaine, c'était que les yeux bleu vif d'Albus Dumbledore ne poseraient plus jamais sur lui leur regard perçant.

3

LE DÉPART DES DURSLEY

Le bruit de la porte d'entrée qui claquait résonna dans l'escalier et une voix cria :

– Ohé ! Toi !

Après avoir passé seize ans à s'entendre appeler ainsi, Harry ne pouvait ignorer à qui son oncle s'adressait. Il ne répondit pas tout de suite, cependant. Il fixait toujours le fragment de miroir dans lequel, pendant une fraction de seconde, il avait cru voir l'œil de Dumbledore. Ce fut seulement quand son oncle hurla : « TOI, LÀ-HAUT ! » que Harry se releva lentement et se dirigea vers la porte de sa chambre, s'arrêtant au passage pour déposer le morceau de miroir brisé dans le sac à dos rempli des affaires qu'il comptait emporter.

– Tu as pris ton temps ! rugit Vernon Dursley lorsque Harry apparut en haut de l'escalier. Viens là, j'ai deux mots à te dire !

Harry descendit nonchalamment les marches, les mains enfoncées dans les poches de son jean. Dans le living-room, il trouva les trois Dursley rassemblés, en tenue de voyage : l'oncle Vernon portait un blouson à fermeture Éclair couleur fauve, la tante Pétunia une veste saumon impeccable, et

Dudley, le cousin grand, blond et fort de Harry, son blouson de cuir.

– Oui ? dit Harry.

– Assieds-toi ! répliqua l'oncle Vernon.

Harry haussa les sourcils.

– S'il te plaît, ajouta l'oncle Vernon avec une légère grimace comme si le mot avait du mal à passer dans sa gorge.

Harry s'assit. Il pensait savoir ce qui l'attendait. Son oncle se mit à marcher de long en large, la tante Pétunia et Dudley le suivant des yeux d'un air inquiet. Enfin, son gros visage violacé plissé par la concentration, l'oncle Vernon s'arrêta devant Harry et parla :

– J'ai changé d'avis, dit-il.

– Quelle surprise, répondit Harry.

– Ne prends pas ce ton pour…, commença la tante Pétunia d'une voix perçante mais Vernon Dursley la fit taire d'un geste.

– Tout ça, ce sont des fariboles, dit l'oncle Vernon, ses petits yeux porcins fixant Harry d'un regard mauvais. C'est décidé, je n'y crois pas. Nous ne bougerons pas d'ici, nous n'irons nulle part.

Harry observa son oncle et ressentit un mélange d'amusement et d'exaspération. Depuis quatre semaines, Vernon Dursley changeait d'avis toutes les vingt-quatre heures, chargeant et déchargeant la voiture, puis la chargeant à nouveau chaque fois qu'il revenait sur sa décision. Harry avait particulièrement apprécié le moment où l'oncle Vernon, ignorant qu'entre-temps Dudley avait ajouté ses haltères dans sa valise, s'était effondré avec un rugissement de douleur et un chapelet de jurons après avoir essayé de la hisser dans le coffre.

– Selon toi, poursuivit Vernon Dursley, qui recommençait à faire les cent pas dans le living-room, nous sommes, Pétunia, Dudley et moi-même, en grand danger. À cause de... à cause de...

– Certaines personnes « de mon espèce », acheva Harry.

– Eh bien, je n'y crois pas, répéta l'oncle Vernon en s'arrêtant à nouveau devant Harry. J'ai passé la moitié de la nuit à bien y réfléchir et je suis convaincu qu'il s'agit d'une ruse pour nous prendre la maison.

– La maison ? s'étonna Harry. Quelle maison ?

– *Cette* maison ! hurla l'oncle Vernon d'une voix aiguë, la veine de son front se mettant soudain à palpiter. *Notre* maison ! Les prix de l'immobilier montent en flèche dans le quartier ! Tu veux te débarrasser de nous, ensuite tu feras abracadabra et avant qu'on ait compris ce qui se passait, le titre de propriété sera à ton nom et...

– Tu es fou ou quoi ? s'exclama Harry. Une ruse pour prendre cette maison ? Tu es donc aussi bête que tu en as l'air ?

– Comment oses-tu... ? couina la tante Pétunia, mais une fois de plus, Vernon l'interrompit d'un geste de la main : les insultes sur son apparence lui semblaient peu de chose comparées au danger qu'il avait découvert.

– Au cas où tu l'aurais oublié, répliqua Harry, j'ai déjà une maison que mon parrain m'a léguée. Alors, pourquoi voudrais-je celle-ci ? À cause des bons souvenirs ?

Il y eut un silence. Harry pensa que cet argument avait réussi à impressionner son oncle.

– Tu prétends, reprit l'oncle Vernon en faisant à nouveau les cent pas, que ce Lord Machin...

– Voldemort, coupa Harry d'un ton agacé, et nous en

avons déjà parlé cent fois. Je ne prétends rien, c'est un fait. Dumbledore vous l'a dit l'année dernière, Kingsley aussi, et Mr Weasley…

Vernon Dursley voûta ses épaules d'un air rageur et Harry devina que son oncle essayait de chasser le souvenir de la visite impromptue que deux vénérables sorciers lui avaient rendue quelques jours après le début des vacances d'été. L'apparition sur le seuil de la porte de Kingsley Shacklebolt et d'Arthur Weasley avait constitué une surprise très désagréable pour les Dursley. Harry devait admettre qu'étant donné la façon dont Mr Weasley avait un jour démoli le living-room, il ne fallait pas s'attendre à ce que son retour enchante l'oncle Vernon.

– Kingsley et Mr Weasley l'ont très bien expliqué, poursuivit Harry, implacable. Dès que j'aurai dix-sept ans, le sortilège de Protection qui garantit ma sécurité sera brisé, ce qui vous exposera autant que moi. L'Ordre est convaincu que Voldemort vous prendra pour cible, soit pour vous faire avouer sous la torture l'endroit où je me cache, soit parce qu'il pensera que je viendrai à votre secours s'il vous prend comme otages.

Harry croisa le regard de l'oncle Vernon. Il savait qu'en cet instant, tous deux se demandaient la même chose. Puis l'oncle Vernon recommença à arpenter la pièce et Harry reprit :

– Vous devez absolument vous cacher et l'Ordre veut vous aider. On vous offre une solide protection, la meilleure qui soit.

L'oncle Vernon ne répondit rien, continuant de marcher de long en large. Au-dehors, le soleil descendait sur les haies de troènes. La tondeuse à gazon du voisin cala à nouveau.

– Je croyais qu'il existait un ministère de la Magie ? dit brusquement Vernon Dursley.

– En effet, répondit Harry, surpris.

– Dans ce cas, pourquoi ne peut-il pas assurer notre sécurité ? Il me semble que d'innocentes victimes telles que nous, coupables de rien d'autre que d'avoir recueilli un jeune homme traqué, sont on ne peut plus qualifiées pour bénéficier d'une protection gouvernementale !

Harry éclata de rire. Il ne pouvait s'en empêcher. Il était tellement typique de l'oncle Vernon de placer tous ses espoirs dans les représentants de l'ordre établi, même au sein d'un monde qui ne lui inspirait que méfiance et mépris !

– Tu as entendu ce qu'ont dit Mr Weasley et Kingsley, répliqua Harry. Nous pensons que le ministère a été infiltré.

L'oncle Vernon marcha jusqu'à la cheminée puis revint en sens inverse, respirant si fort que sa grosse moustache noire ondulait sous son souffle, son visage toujours violacé par une extrême concentration.

– Très bien, dit-il en s'immobilisant une nouvelle fois devant Harry. Très bien, admettons, par simple hypothèse, que nous acceptions cette protection. Je ne vois pas pourquoi nous ne pourrions pas avoir ce Kingsley avec nous.

Harry parvint, non sans mal, à ne pas lever les yeux au ciel. Cette question avait déjà été abordée une demi-douzaine de fois.

– Comme je vous l'ai souvent répété, répondit-il, les dents serrées, Kingsley s'occupe de protéger le Premier Moldu… je veux dire votre Premier Ministre.

– Exactement… Puisqu'il est le meilleur ! s'exclama l'oncle Vernon en montrant l'écran éteint de la télévision.

Lors d'une édition du journal télévisé, les Dursley avaient

vu Kingsley marcher discrètement derrière le Premier Ministre moldu qui visitait un hôpital. Cela, ajouté au fait que Kingsley avait le don de s'habiller comme un Moldu – sans parler d'un petit quelque chose de rassurant dans sa voix lente et grave –, avait amené les Dursley à lui accorder une considération qu'ils refusaient aux autres sorciers. Mais il est vrai qu'ils ne l'avaient encore jamais vu avec son anneau à l'oreille.

– Désolé, il n'est pas libre, dit Harry. Hestia Jones et Dedalus Diggle, en revanche, sont plus que qualifiés pour cette tâche...

– Si au moins nous avions vu leur curriculum..., commença l'oncle Vernon, mais Harry perdit patience.

Se levant, il s'avança vers son oncle et montra à son tour la télévision du doigt.

– Ces accidents ne sont pas des accidents – les collisions, les explosions, les déraillements et tout ce qui a pu se passer depuis le dernier journal télévisé que nous avons vu. Des gens disparaissent, meurent, et c'est lui qui en est responsable – Voldemort. Je te l'ai répété cent fois, il tue des Moldus pour s'amuser. Même les nappes de brouillard sont provoquées par des Détraqueurs et si tu ne te souviens pas de ce qu'ils sont, demande donc à ton fils !

D'un geste brusque, Dudley se couvrit la bouche de ses mains. Voyant le regard de Harry et de ses parents tourné vers lui, il baissa lentement les bras et demanda :

– Il y en a... encore d'autres ?

– D'autres ? s'esclaffa Harry. Tu veux dire d'autres que les deux qui t'ont attaqué ? Bien sûr, ils sont des centaines, peut-être des milliers, à l'heure qu'il est, il suffit de voir comment ils se repaissent de la terreur et du désespoir...

– D'accord, d'accord, tempêta Vernon Dursley. Tu as été convaincant…

– J'espère bien, répliqua Harry, parce que quand j'aurai dix-sept ans, tous ces êtres-là – les Mangemorts, les Détraqueurs, peut-être même les Inferi, c'est-à-dire des cadavres ensorcelés par un mage noir – pourront vous retrouver facilement et s'attaqueront à vous. Si vous vous souvenez de ce qui s'est passé la dernière fois que vous avez essayé de vous opposer à des sorciers, vous admettrez sans doute que vous avez besoin d'aide.

Il y eut un bref silence pendant lequel l'écho du fracas qu'avait produit Hagrid en défonçant une porte de bois sembla retentir par-delà les années. La tante Pétunia regardait l'oncle Vernon. Dudley fixait Harry. Enfin, l'oncle Vernon lança :

– Et mon travail ? Et l'école de Dudley ? J'imagine que tout cela n'a pas d'importance aux yeux d'une bande de sorciers fainéants…

– Tu ne comprends donc pas ? s'écria Harry. *Ils vont vous torturer comme ils ont torturé mes parents !*

– Papa, intervint Dudley d'une voix forte. Papa, moi, je veux partir avec ces gens de l'Ordre.

– Dudley, dit Harry, pour la première fois de ta vie, tu viens de faire preuve d'intelligence.

Il savait que le combat était gagné. Si Dudley avait suffisamment peur pour accepter l'aide de l'Ordre, ses parents lui emboîteraient le pas : jamais ils ne supporteraient d'être séparés de leur Duddlynouchet. Harry jeta un coup d'œil à la pendule d'officier sur le manteau de la cheminée.

– Ils seront là dans cinq minutes environ, dit-il.

Comme aucun des Dursley ne lui répondait, il sortit de la pièce. La perspective de quitter – sans doute pour toujours – sa tante, son oncle et son cousin était de celles qu'il envisageait avec la plus grande joie. Pourtant, il percevait une certaine gêne dans l'atmosphère. Que devait-on se dire après seize ans d'une aversion solide et réciproque ?

De retour dans sa chambre, Harry farfouilla machinalement dans son sac à dos et glissa une ou deux noix Spécialhibou à travers les barreaux de la cage d'Hedwige. Elles tombèrent au fond avec un petit bruit sourd mais la chouette n'y prêta aucune attention.

– On s'en va bientôt, très bientôt, lui dit Harry. Et tu pourras voler à nouveau.

La sonnette de la porte retentit. Harry hésita, puis ressortit de la chambre et descendit l'escalier : on ne pouvait quand même pas demander à Hestia et à Dedalus de se débrouiller tout seuls avec les Dursley.

– Harry Potter ! couina une petite voix surexcitée dès que Harry eut ouvert la porte d'entrée.

Un petit homme coiffé d'un chapeau haut de forme mauve s'inclina très bas devant lui.

– Un honneur, comme toujours !

– Merci, Dedalus, répondit Harry, qui gratifia Hestia, une sorcière à la chevelure brune, d'un petit sourire embarrassé. C'est vraiment très gentil à vous de vous charger de cela… Ma tante, mon oncle et mon cousin sont là-bas…

– Bonjour à vous, la famille de Harry Potter ! s'exclama Dedalus d'un ton joyeux en s'avançant à grands pas dans le living-room.

Les Dursley ne paraissaient guère apprécier qu'on s'adresse à eux de cette manière. Harry s'attendait presque à ce que son oncle change encore d'avis. À la vue du sorcier et de la sorcière, Dudley se serra contre sa mère.

– Je vois que vos bagages sont prêts. Très bien ! Comme Harry vous l'a dit, le plan est très simple, poursuivit Dedalus en consultant une immense montre de gousset qu'il venait de tirer de son gilet. Nous partirons avant Harry. Compte tenu des risques qu'il y aurait à faire usage de magie dans votre maison – Harry n'étant pas encore majeur, le ministère pourrait trouver là un prétexte pour l'arrêter –, nous parcourrons une quinzaine de kilomètres en voiture avant de transplaner jusqu'à l'endroit que nous avons choisi pour vous mettre en sûreté. Vous savez conduire, je crois ? demanda-t-il poliment à l'oncle Vernon.

– Si je sais… Mais bien entendu, je sais même sacrément bien conduire ! balbutia Vernon Dursley.

– Vous êtes très habile, monsieur, très habile. Moi-même, je serais complètement déboussolé, avec tous ces boutons et ces manettes, répondit Dedalus.

Il croyait ainsi flatter l'oncle Vernon mais, visiblement, la confiance de ce dernier dans le plan prévu diminuait à chaque mot que prononçait le sorcier.

– Ne sait même pas conduire, marmonna-t-il dans sa moustache frémissante d'indignation.

Fort heureusement, ni Dedalus, ni Hestia ne semblaient l'avoir entendu.

– Vous, Harry, continua Dedalus, vous attendrez ici votre garde rapprochée. Il y a eu un petit changement d'organisation…

– Que voulez-vous dire ? s'inquiéta Harry. Je croyais que Fol Œil devait venir me chercher et m'accompagner par transplanage d'escorte ?

– Il ne peut pas, répondit simplement Hestia. Fol Œil vous expliquera lui-même pourquoi.

Les Dursley, qui avaient écouté cet échange avec des airs de totale incompréhension, sursautèrent lorsqu'une voix sonore hurla : *« Dépêchez-vous ! »* Harry jeta un coup d'œil autour de la pièce avant de comprendre que la voix provenait de la montre de Dedalus.

Dedalus la consulta avec un hochement de tête approbateur et la remit dans son gilet.

– En effet, dit-il, il faut se dépêcher. Nous avons un horaire très strict. Nous nous efforcerons de faire coïncider votre départ de la maison avec le transplanage de votre famille, Harry. Ainsi, le sortilège de Protection prendra fin au moment où tout le monde sera en route vers une cachette sûre.

Il se tourna vers les Dursley.

– Vous êtes prêts à partir avec vos bagages ?

Personne ne répondit : l'oncle Vernon le regardait toujours fixement, effaré par la bosse que formait la montre dans le gilet de Dedalus.

– Nous devrions peut-être attendre dans le hall, murmura Hestia.

De toute évidence, elle craignait de manquer de tact en restant dans la pièce pendant que Harry et les Dursley échangeraient des adieux émus, peut-être même accompagnés de quelques larmes.

– Ce n'est pas nécessaire, grommela Harry.

L'oncle Vernon rendit inutile toute explication supplémentaire en lançant d'une voix forte :

– Eh bien, voilà, adieu, mon garçon.

Il leva le bras droit pour serrer la main de Harry mais, au dernier moment, il sembla incapable d'un tel geste et se contenta de serrer le poing en le balançant d'avant en arrière, à la manière d'un métronome.

— Prêt, Duddy ? demanda la tante Pétunia qui vérifiait la fermeture de son sac à main avec une attention maniaque pour éviter de regarder Harry.

Dudley ne répondit pas. Il resta immobile, la bouche légèrement entrouverte, et Harry eut un peu l'impression de voir Graup le géant.

— Alors, allons-y, dit l'oncle Vernon.

Il avait déjà atteint la porte du living-room lorsque Dudley marmonna :

— Je ne comprends pas.

— Qu'est-ce que tu ne comprends pas, Popkin ? demanda la tante Pétunia en levant les yeux vers son fils.

Dudley pointa sur Harry une grosse main en forme de jambon.

— Pourquoi est-ce qu'il ne vient pas avec nous ?

L'oncle Vernon et la tante Pétunia se figèrent sur place, dévisageant Dudley comme s'il venait d'exprimer le désir de devenir danseuse de ballet.

— Quoi ? s'exclama l'oncle Vernon.

— Pourquoi est-ce qu'il ne vient pas avec nous ? répéta Dudley.

— Eh bien, parce que… parce qu'il ne le veut pas, répondit l'oncle Vernon.

Il se tourna vers Harry pour lui lancer un regard noir et ajouta :

— Tu ne veux pas, n'est-ce pas ?

— Pas le moins du monde, assura Harry.

— Tu vois bien, reprit l'oncle Vernon à l'adresse de Dudley. Allez, maintenant, on s'en va.

Et il sortit de la pièce à grands pas. Ils entendirent la porte d'entrée s'ouvrir mais Dudley ne bougea pas et, après avoir fait quelques pas hésitants, la tante Pétunia s'arrêta à son tour.

– Qu'y a-t-il, maintenant ? aboya l'oncle Vernon en réapparaissant dans l'encadrement de la porte.

Dudley semblait se débattre avec des concepts trop complexes pour les traduire en mots. Après quelques instants d'une lutte interne apparemment douloureuse, il dit enfin :

– Mais où va-t-il ?

La tante Pétunia et l'oncle Vernon échangèrent un regard. Visiblement, Dudley leur faisait peur. Hestia Jones rompit le silence :

– Vous… Vous savez sûrement où va votre neveu, non ? demanda-t-elle, déconcertée.

– Bien sûr que nous le savons, répliqua Vernon Dursley. Il va partir avec des gens de votre espèce, n'est-ce pas ? Allons, Dudley, installons-nous dans la voiture, tu as entendu cet homme ? Nous sommes pressés.

Vernon Dursley s'avança à nouveau jusqu'à la porte d'entrée mais Dudley ne le suivit pas.

– Avec des gens de *notre* espèce ?

Hestia paraissait outrée. Harry avait déjà observé des réactions semblables : des sorcières et des sorciers qui semblaient stupéfaits que les derniers membres vivants de sa famille proche s'intéressent si peu au célèbre Harry Potter.

– Ce n'est pas grave, assura Harry. Franchement, ça n'a aucune importance.

– Aucune importance ? répéta Hestia en élevant la voix, le ton chargé de menace. Ces gens ne se rendent donc pas

53

compte de ce que vous avez traversé ? Des dangers que vous courez ? De la position unique que vous occupez dans les cœurs, au sein du mouvement anti-Voldemort ?

– Heu… non, ils ne s'en rendent pas compte, répondit Harry. En fait, ils pensent que je prends inutilement de la place, mais j'y suis habitué…

– Je ne crois pas que tu prennes inutilement de la place.

Si Harry n'avait pas vu remuer les lèvres de Dudley, il n'en aurait sans doute pas cru ses oreilles. Mais après avoir regardé fixement Dudley pendant plusieurs secondes, il dut admettre que c'était bien son cousin qui avait parlé ainsi. D'ailleurs, Dudley était devenu écarlate. Harry lui-même était stupéfait et un peu embarrassé.

– Eh bien, heu… Merci, Dudley.

À nouveau, Dudley sembla s'empêtrer dans des pensées trop difficiles à formuler et il se contenta de marmonner :

– Tu m'as sauvé la vie.

– Pas vraiment, dit Harry. C'était ton âme que les Détraqueurs auraient prise…

Il observa son cousin avec curiosité. Ils n'avaient eu pratiquement aucun contact au cours de cet été ou de celui de l'année précédente, car Harry n'était revenu que peu de temps à Privet Drive et il était resté le plus souvent dans sa chambre. Harry songeait à présent que la tasse de thé froid sur laquelle il avait marché ce matin-là n'avait peut-être rien d'un piège. Bien qu'il en fût touché, il était cependant soulagé que Dudley ait apparemment épuisé sa capacité à exprimer ses sentiments. Après avoir ouvert la bouche à nouveau une ou deux fois, son cousin se réfugia dans un silence rouge de confusion.

La tante Pétunia fondit en larmes. Hestia Jones la regarda

d'un air approbateur qui se transforma en une expression scandalisée lorsqu'elle la vit se précipiter pour étreindre Dudley et non pas Harry.

– C'est si... si gentil, mon Duddy..., sanglota-t-elle, la tête enfouie dans la poitrine massive de son fils. Qu... Quel adorable gar... çon... Di... Dire merci...

– Mais il n'a pas du tout dit merci ! s'indigna Hestia. Il a simplement dit qu'il ne pensait pas que Harry prenait inutilement de la place !

– Oui, mais venant de Dudley, ça équivaut à une déclaration d'amour, expliqua Harry.

Il était partagé entre l'agacement et l'envie de rire tandis que la tante Pétunia continuait de serrer Dudley contre elle comme s'il venait de sauver Harry en l'arrachant d'une maison en flammes.

– On y va, oui ou non ? rugit l'oncle Vernon en apparaissant une fois de plus à la porte du living-room. Je croyais que nous avions un horaire très strict !

– En effet, en effet, dit Dedalus Diggle.

Il avait observé ces échanges d'un air abasourdi et semblait à présent reprendre ses esprits.

– Nous devons vraiment partir, Harry...

Il s'avança d'un pas léger et serra la main de Harry dans les siennes.

– Bonne chance. J'espère que nous nous reverrons. Les espoirs du monde magique reposent sur vos épaules.

– Ah..., dit Harry. Très bien. Merci.

– Adieu Harry, ajouta Hestia en lui serrant également la main. Nos pensées vous accompagnent.

– J'espère que tout ira bien, répondit Harry en jetant un coup d'œil à la tante Pétunia et à Dudley.

– Oh, je suis sûr que nous deviendrons les meilleurs amis du monde, assura Diggle d'un air radieux.

Il quitta la pièce en agitant son chapeau et Hestia lui emboîta le pas.

Dudley se dégagea doucement de l'étreinte de sa mère et s'approcha de Harry qui dut réprimer l'envie de le menacer d'un sortilège. Dudley tendit alors sa grosse main rose.

– Ma parole, Dudley, dit Harry, sa voix couvrant de nouveaux sanglots de la tante Pétunia, les Détraqueurs t'auraient-ils insufflé une nouvelle personnalité ?

– Sais pas, grommela Dudley. À un de ces jours, Harry.

– Ouais…, répondit celui-ci en lui serrant la main. Peut-être. Prends bien soin de toi, Big D.

Dudley esquissa un sourire puis sortit de la pièce d'une démarche pesante. Harry entendit ses pas lourds dans l'allée de gravier et une portière de voiture claqua.

La tante Pétunia, qui avait enfoui son visage dans son mouchoir, se retourna en entendant le bruit. Apparemment, elle ne s'était pas attendue à se retrouver seule avec Harry. Elle fourra précipitamment son mouchoir humide dans sa poche et dit :

– Eh bien… Adieu.

Puis elle se dirigea vers la porte sans lui accorder un regard.

– Adieu, répondit Harry.

Elle s'arrêta et se tourna vers lui. Pendant un instant, Harry eut la très bizarre impression qu'elle voulait lui dire quelque chose : elle lui jeta un regard étrange, craintif, et sembla sur le point de parler mais, avec un petit mouvement de tête, elle fila soudain hors de la pièce pour rejoindre son mari et son fils.

4
LES SEPT POTTER

Harry remonta l'escalier quatre à quatre et revint dans sa chambre juste à temps pour voir par la fenêtre la voiture des Dursley tourner au bout de l'allée et s'engager dans la rue. Le chapeau haut de forme de Dedalus était visible entre la tante Pétunia et Dudley, assis à l'arrière. Arrivée à l'extrémité de Privet Drive, la voiture prit à droite, ses vitres étincelant d'un reflet écarlate à la lueur du soleil couchant. Enfin, elle disparut.

Harry prit la cage d'Hedwige, son Éclair de feu et son sac à dos. Il promena une dernière fois son regard sur sa chambre anormalement bien rangée puis, d'une démarche que ses bagages rendaient malaisée, il redescendit dans le hall où il posa cage, balai et sac à dos au pied de l'escalier. La lumière du jour diminuait rapidement, les ombres du crépuscule emplissant la pièce. Debout dans le silence, il éprouvait une étrange sensation à la pensée qu'il allait sortir de cette maison pour la dernière fois. Des années plus tôt, lorsque les Dursley le laissaient seul pour aller s'amuser au-dehors, ses heures de solitude lui procuraient un plaisir rare : faisant une simple halte devant le réfrigérateur pour y prendre à la sauvette quelque chose de bon, il se précipitait au premier étage et allait jouer avec l'ordinateur de Dudley ou allumait la télévision et s'en donnait à cœur joie, passant toutes les chaînes en revue. L'évocation de ces moments-là lui inspira un étrange sentiment de vide. C'était comme s'il se souvenait d'un petit frère disparu.

– Tu ne veux pas jeter un dernier coup d'œil à la maison ? demanda-t-il à Hedwige qui continuait de bouder, sa tête sous l'aile. Nous ne reviendrons jamais ici. Tu ne veux pas te rappeler les bons moments ? Regarde ce paillasson, par exemple. Quels souvenirs… Dudley avait vomi dessus quand je l'ai sauvé des Détraqueurs… Finalement, il m'en a été reconnaissant, qui aurait pu croire ça ? Et l'été dernier, Dumbledore a franchi cette porte…

Pendant un instant, Harry perdit le fil de ses pensées et Hedwige ne fit rien pour l'aider à le retrouver. Elle restait immobile, sa tête sous l'aile. Harry tourna le dos à la porte d'entrée.

– Au début, Hedwige – Harry ouvrit une porte sous l'escalier –, c'était là-dedans que je dormais ! Tu ne me connaissais pas, à l'époque… Oh, nom de nom, j'avais oublié à quel point c'était petit…

Harry contempla les chaussures et les parapluies qui y étaient rangés et se rappela que, chaque matin en se réveillant, il ouvrait les yeux sur le dessous de l'escalier, agrémenté la plupart du temps d'une ou deux araignées. À l'époque, il ignorait encore sa véritable identité, il ne savait pas comment ses parents étaient morts ni pourquoi des choses si étranges se passaient souvent autour de lui.

Harry se souvenait cependant des rêves qui, déjà, le hantaient : des rêves confus, avec des éclairs de lumière verte et même une fois – l'oncle Vernon avait failli jeter la voiture dans le décor quand Harry l'avait raconté – une moto volante.

Quelque part, à proximité, un rugissement assourdissant retentit. Harry se redressa d'un mouvement brusque et se cogna la tête contre le linteau de la porte basse. Ne prenant que le temps de proférer quelques-uns des jurons favoris de l'oncle Vernon, il se dirigea vers la cuisine d'un pas trébuchant en se tenant la tête, et regarda par la fenêtre le jardin situé à l'arrière de la maison.

L'obscurité sembla onduler comme des vagues, l'air lui-même frémissait. Puis, une à une, des silhouettes apparurent à mesure que se dissipaient les sortilèges de Désillusion. Dominant la scène, Hagrid, équipé d'un casque et de lunettes de motard, était assis à califourchon sur une énorme moto à laquelle était attaché un side-car noir. Tout autour de lui, des sorciers descendirent de leurs balais, et même, pour deux d'entre eux, de chevaux ailés, noirs et squelettiques.

Ouvrant à la volée la porte de derrière, Harry se précipita vers eux. Il fut salué à grands cris tandis qu'Hermione le serrait dans ses bras et que Ron lui donnait de grandes tapes dans le dos.

– Ça va, Harry ? dit Hagrid. Prêt à prendre le large ?

– Sans aucun doute, répondit-il en les regardant tous d'un air rayonnant. Mais je ne m'attendais pas à ce que vous soyez si nombreux.

– Changement de programme, grogna Fol Œil.

Il tenait dans ses mains deux énormes sacs rebondis, son

œil magique tournoyant entre le ciel assombri, la maison, le jardin, avec une rapidité qui donnait le vertige.

– Mettons-nous à l'abri avant qu'on ne t'explique.

Harry les amena dans la cuisine où, riant et bavardant, ils s'installèrent sur les chaises, s'assirent sur les plans de travail étincelants de la tante Pétúnia, s'adossèrent contre ses appareils électroménagers aux surfaces immaculées. Ron, avec sa longue silhouette dégingandée ; Hermione, ses cheveux ébouriffés tirés en arrière et noués en une longue tresse ; Fred et George, arborant le même sourire ; Bill, couvert de terribles cicatrices sous ses cheveux longs ; Mr Weasley, le visage bienveillant, le crâne dégarni, les lunettes un peu de travers ; Fol Œil, usé par les batailles, une jambe en moins, son œil magique, bleu et brillant, tourbillonnant dans son orbite ; Tonks, ses cheveux courts d'un rose vif, sa couleur préférée ; Lupin, de plus en plus grisonnant et ridé ; Fleur, mince et belle, ses longs cheveux d'un blond argenté ; Kingsley, chauve, noir, les épaules larges ; Hagrid, la chevelure et la barbe hirsutes, debout le dos voûté pour éviter de se cogner la tête contre le plafond, et Mondingus Fletcher, petit, sale, avec un air de chien battu, des yeux de basset à la paupière tombante et des cheveux emmêlés. En les voyant, Harry sentait son cœur rayonner, se dilater de bonheur : il éprouvait pour chacun d'eux une extraordinaire affection, même pour Mondingus qu'il avait essayé d'étrangler lors de leur dernière rencontre.

– Kingsley, je croyais que vous protégiez le Premier Ministre ? lança Harry.

– Il peut se passer de moi pour une nuit, répondit-il. Tu es plus important.

– Harry, devine un peu, dit Tonks, perchée sur la machine à laver.

Elle agita la main vers lui : un anneau brillait à son doigt.

– Vous vous êtes mariés ? s'écria Harry, son regard passant de Lupin à elle.

– Je suis désolée que tu n'aies pas pu être là. C'était très tranquille.

– C'est merveilleux, mes félici…

– Ça va, ça va, on aura du temps plus tard pour les derniers potins ! grogna Maugrey, sa voix dominant le brouhaha.

Le silence se fit aussitôt dans la cuisine. Fol Œil laissa tomber les sacs à ses pieds et se tourna vers Harry.

– Dedalus te l'a sans doute déjà dit, nous avons dû abandonner le premier plan prévu. Pius Thicknesse a changé de camp, ce qui nous pose un gros problème. Il a interdit, sous peine de prison, de connecter cette maison au réseau des cheminées, d'y placer un Portoloin et d'y entrer ou d'en sortir par transplanage. Tout cela au nom de ta protection, pour éviter que Tu-Sais-Qui puisse t'atteindre. Totalement inutile étant donné que le sortilège de ta mère te met déjà à l'abri. Son véritable but était de t'empêcher de partir d'ici en toute sécurité. Deuxième problème : tu n'es pas majeur, ce qui signifie que tu as toujours la Trace sur toi.

– Je ne…

– La Trace, la Trace ! répéta Fol Œil avec impatience. Le sortilège qui détecte l'activité magique autour des sorciers de moins de dix-sept ans, c'est de cette façon que le ministère repère la magie illégale chez les jeunes ! Si un sort est jeté par toi ou par quelqu'un dans ton entourage, Thicknesse le saura et les Mangemorts aussi. Nous ne pouvons attendre que la Trace soit levée car, dès que tu auras atteint l'âge de

61

dix-sept ans, tu perdras entièrement la protection que ta mère t'a donnée. En bref : Pius Thicknesse pense qu'il t'a bel et bien pris au piège.

Harry dut admettre que ce Thicknesse qu'il ne connaissait pas avait en effet réussi à le coincer.

– Alors, qu'allons-nous faire ?

– Nous allons utiliser le dernier moyen de transport qui nous reste, le seul que la Trace ne puisse détecter car nous n'avons pas besoin de jeter de sort pour nous en servir : les balais, les Sombrals et la moto de Hagrid.

Harry voyait des défauts dans ce plan, mais il tint sa langue pour laisser à Fol Œil une chance d'expliquer comment il comptait y remédier.

– Le sortilège protecteur de ta mère ne prendra fin qu'à deux conditions : quand tu deviendras majeur, ou – Maugrey désigna d'un geste large la cuisine aussi impeccable qu'au premier jour – lorsque tu cesseras de considérer cette maison comme la tienne. Ce soir, tu vas te séparer de ton oncle et de ta tante d'une manière définitive, c'est-à-dire que tu n'habiteras plus jamais avec eux, d'accord ?

Harry approuva d'un signe de tête.

– Par conséquent, cette fois-ci, quand tu partiras, il n'y aura plus de retour possible et le sortilège sera levé dès l'instant où tu auras quitté son champ d'action. Nous avons donc pensé qu'il valait mieux le lever plus tôt, sinon la seule autre possibilité serait d'attendre que Tu-Sais-Qui vienne te chercher au moment où tu atteindras tes dix-sept ans. L'avantage dont nous bénéficions, c'est que Tu-Sais-Qui ignore que nous partons ce soir. Nous avons organisé une fausse fuite au ministère : ils pensent que tu ne quitteras pas la maison avant le 30. Mais n'oublions pas que nous avons affaire à Tu-Sais-

Qui, nous ne pouvons donc pas être sûrs qu'il se contentera de la date annoncée. Il aura sans doute envoyé deux Mange-morts patrouiller dans le ciel des environs, au cas où. C'est pourquoi nous avons sélectionné une douzaine d'autres maisons que nous avons entourées de toutes les protections possibles. Chacune d'elles peut apparaître comme l'endroit prévu pour te cacher, elles sont toutes liées à l'Ordre. Il y a ma maison, celle de Kingsley, celle de Muriel, la tante de Molly... bref, tu vois l'idée générale.

– Oui, répondit Harry, sans être entièrement convaincu, car le plan lui paraissait comporter encore une grosse lacune.

– Tu vas aller chez les parents de Tonks. Quand tu seras à l'abri derrière les sortilèges que nous avons jetés sur leur maison, tu pourras utiliser un Portoloin pour rejoindre le Terrier. Des questions ?

– Heu... oui, dit Harry. Peut-être qu'au début, ils ne sauront pas quel est celui des douze endroits protégés où je dois me rendre, mais quand ils verront – il fit un rapide calcul mental – quatorze personnes voler vers la maison des parents de Tonks, ma destination deviendra évidente.

– Ah, reprit Maugrey, j'ai oublié de te parler du point essentiel. Les quatorze personnes ne vont pas toutes aller chez les parents de Tonks. Ce soir, il y aura sept Harry Potter dans le ciel, chacun avec un compagnon de vol et chacun se dirigeant vers une maison différente.

Maugrey sortit alors de sous sa cape un flacon rempli d'une substance qui ressemblait à de la boue. Il n'eut pas besoin d'ajouter un mot. Harry comprit aussitôt le reste du plan.

– Non ! s'écria-t-il, sa voix résonnant dans toute la cuisine. Pas question !

– Je les avais prévenus que tu réagirais comme ça, dit Hermione en prenant un petit air supérieur.

– Si vous croyez que je vais laisser six personnes risquer leur vie…

– Comme si c'était une nouveauté pour nous, lança Ron.

– Prendre mon apparence, c'est très différent…

– Oh, tu sais, Harry, personne ici n'en a très envie, dit Fred avec sérieux. Imagine que quelque chose se passe mal et que nous soyons tous condamnés à rester à jamais des petits imbéciles binoclards et maigrichons.

Harry n'eut pas le moindre sourire.

– Vous ne pourrez pas y arriver si je ne coopère pas. Il faudrait que je vous donne des cheveux.

– En effet, voilà qui démolit complètement notre plan, dit George. Il est bien évident qu'il nous sera impossible de te prendre des cheveux si tu ne coopères pas.

– Ah oui, à treize contre un, et en plus quelqu'un qui n'a pas le droit d'utiliser la magie, nous n'avons aucune chance, remarqua Fred.

– Très drôle, répliqua Harry. Vraiment très amusant.

– S'il faut recourir à la force, nous le ferons, grogna Maugrey.

Son œil magique trembla légèrement dans son orbite tandis qu'il fixait Harry d'un air menaçant.

– Tout le monde ici est un sorcier à part entière, Potter, et nous sommes tous prêts à prendre le risque.

Mondingus haussa les épaules et fit une grimace. L'œil magique de Maugrey pivota sur le côté de sa tête et lui lança un regard féroce.

– Arrêtons de discuter. Le temps passe. Il me faut quelques-uns de tes cheveux, mon garçon, et tout de suite.

– Mais c'est de la folie, il est inutile de…

– Inutile ! gronda Maugrey. Alors que Tu-Sais-Qui est à l'affût avec la moitié du ministère à ses côtés ? Potter, si nous avons de la chance, il aura gobé notre fausse piste et préparera une embuscade pour le 30, mais il serait fou s'il n'avait pas posté un ou deux Mangemorts en observation. Moi, c'est ce que je ferais. Ils ne peuvent peut-être pas s'approcher de toi ou de cette maison tant que le sortilège de ta mère reste actif, mais il ne va pas tarder à prendre fin et ils savent en gros dans quel périmètre te trouver. Notre seule chance, c'est d'utiliser des leurres. Même Tu-Sais-Qui ne peut pas se séparer en sept.

Harry croisa le regard d'Hermione et détourna aussitôt les yeux.

– Alors, Potter… tu me les donnes, ces cheveux, s'il te plaît ?

Harry jeta un coup d'œil à Ron. Celui-ci lui adressa une grimace qui signifiait : « Fais-le et c'est tout. »

– Tout de suite ! aboya Maugrey.

Les regards des autres rivés sur lui, Harry leva la main, attrapa une mèche de ses cheveux et tira.

– Bien, dit Maugrey.

Il s'avança vers lui de son pas claudicant et déboucha le flacon de potion.

– Mets-les là-dedans, si tu veux bien.

Harry laissa tomber ses cheveux dans le liquide boueux. Dès qu'ils entrèrent en contact avec sa surface, la potion se mit à mousser et à fumer puis, tout à coup, elle prit une couleur dorée, claire et brillante.

– Oh, Harry, tu as l'air d'avoir bien meilleur goût que Crabbe et Goyle, dit Hermione.

Puis elle vit Ron hausser les sourcils et ajouta en rougissant légèrement :

– Tu comprends bien ce que je veux dire. La potion de Goyle ressemblait à de la morve.

– Bon, alors, les faux Potter en file indienne, s'il vous plaît, dit Maugrey.

Ron, Hermione, Fred, George et Fleur s'alignèrent devant l'évier scintillant de la tante Pétunia.

– Il en manque un, remarqua Lupin.

– Ici, lança Hagrid d'un ton brusque.

Il souleva Mondingus par la peau du cou et le reposa à côté de Fleur qui fronça le nez d'un air éloquent et changea de place pour se mettre entre Fred et George.

– J'vouzavédit que j'aurais préféré être garde du corps, grommela Mondingus.

– Ferme-la, grogna Maugrey. Comme je te l'ai déjà expliqué, misérable petit mollusque, si nous tombons sur des Mangemorts, ils chercheront à capturer Potter, pas à le tuer. Dumbledore a toujours répété que Tu-Sais-Qui voulait en finir lui-même avec Potter. Ce sont les gardes du corps qui ont le plus à s'inquiéter, les Mangemorts essaieront sûrement de les tuer.

Mondingus ne parut pas particulièrement rassuré, mais Maugrey sortait déjà de sous sa cape une demi-douzaine de verres de la taille d'un coquetier qu'il distribua avant de verser un peu de Polynectar dans chacun d'eux.

– Maintenant, tous ensemble…

Ron, Hermione, Fred, George, Fleur et Mondingus burent leur verre d'un coup. Ils eurent tous un haut-le-cœur accompagné d'une grimace lorsque la potion leur descendit dans la gorge. Aussitôt, la peau de leur visage se couvrit de cloques et leurs traits commencèrent à se déformer comme de la cire chaude. Hermione et Mondingus grandirent brusquement ; Ron, Fred et George se ratatinèrent ; leurs cheveux s'assombrirent, ceux d'Hermione et de Fleur se rétractant dans leur crâne.

Indifférent à ces transformations, Maugrey était occupé à dénouer les cordons des deux sacs qu'il avait apportés : lorsqu'il se redressa, une demi-douzaine de Harry Potter étaient alignés devant lui, hoquetant et haletant.

Fred et George se tournèrent l'un vers l'autre et s'écrièrent d'une même voix :

– Ça alors… On est exactement pareils !

– À la réflexion, je ne sais pas, reprit Fred qui examinait son reflet dans la bouilloire. Je crois que c'est toujours moi le plus beau.

– Oh, là, là ! s'exclama Fleur en se contemplant dans la porte du micro-ondes, Bill, ne me regarde pas, c'est fou ce que je peux être horrible !

– Pour ceux dont les vêtements sont un peu amples, j'en ai de plus petits, annonça Maugrey en indiquant le premier sac, et vice versa. N'oubliez pas les lunettes, il y en a six paires dans la poche latérale. Quand vous serez habillés, vous trouverez des bagages dans l'autre sac.

Le vrai Harry songea qu'il n'avait jamais vu dans sa vie un spectacle aussi bizarre et pourtant, il était habitué aux choses les plus étranges. Il regarda ses six doubles fouiller dans les sacs, en sortir des vêtements, mettre des lunettes, ranger leurs propres affaires. Lorsqu'ils se déshabillèrent en toute impudeur, beaucoup plus à l'aise en dévoilant son corps qu'ils ne l'auraient été en montrant le leur, il eut envie de leur demander un peu plus de respect pour son intimité.

– Je savais que Ginny mentait à propos de ce tatouage, dit Ron en regardant sa poitrine nue.

– Harry, tu as une vue vraiment épouvantable, commenta Hermione en mettant des lunettes.

Une fois habillés, les faux Harry prirent dans le deuxième sac des sacs à dos et des cages à hibou dont chacune contenait une chouette des neiges empaillée.

– Bien, dit Maugrey lorsqu'il se trouva devant sept Harry vêtus à l'identique, portant lunettes et chargés de bagages. Vous partirez deux par deux dans l'ordre suivant : Mondingus voyagera avec moi sur un balai…

– Pourquoi avec toi ? ronchonna le Harry qui se tenait près de la porte de derrière.

– Parce que tu es celui qu'il faut surveiller, grogna Maugrey, et son œil magique ne trembla pas lorsqu'il fixa Mondingus. Arthur et Fred…, poursuivit-il.

– Moi, c'est George, rectifia celui des jumeaux que désignait Maugrey. Tu n'es même pas capable de nous distinguer l'un de l'autre quand nous sommes Harry ?

– Désolé, George…

– Je me payais ta baguette, en fait, je suis Fred…

– Ça suffit, on n'a pas de temps à perdre ! gronda Maugrey. L'autre… George ou Fred, ou je ne sais qui, tu es avec Remus. Miss Delacour…

– Je prends Fleur avec moi sur un Sombral, coupa Bill. Elle n'aime pas trop les balais.

Fleur vint se placer à côté de lui et lui adressa un regard mièvre et soumis, dont Harry espérait de tout son cœur qu'il n'apparaîtrait jamais plus sur son visage.

– Miss Granger avec Kingsley, également sur un Sombral…

Hermione sembla rassurée en rendant à Kingsley son sourire. Harry savait qu'Hermione aussi était mal à l'aise sur un balai.

– Ce qui te laisse avec moi, Ron ! dit Tonks d'un ton joyeux en lui adressant un signe de la main qui renversa au passage un arbre à tasses.

Ron n'eut pas l'air aussi satisfait qu'Hermione.

– Et toi, tu viens avec moi, Harry. Ça te va ? lança Hagrid qui paraissait un peu anxieux. Nous prendrons la moto, je suis trop lourd pour les balais et les Sombrals, tu comprends ? Et comme il n'y aura pas beaucoup de place sur la selle une fois que je serai dessus, tu voyageras dans le side-car.

– C'est parfait, répondit Harry, sans être vraiment sincère.

– Nous pensons que les Mangemorts s'attendent à te voir sur un balai, expliqua Maugrey, qui semblait deviner les pensées de Harry. Rogue a eu le temps de leur raconter tout ce qu'il n'avait encore jamais dit à ton sujet et donc, si nous tombons sur des Mangemorts, il y a fort à parier qu'ils choisiront l'un des Potter qui paraissent le plus à l'aise sur un balai.

Il referma le sac qui contenait les vêtements des faux Potter et s'avança le premier vers la porte de derrière.

– Bien, à présent, j'estime que nous pourrons partir dans trois minutes, poursuivit-il. Pas besoin de verrouiller la porte, ça n'empêcherait pas les Mangemorts d'entrer quand ils viendront voir ici... Allons-y...

Harry se hâta de retourner dans le hall pour y prendre son sac à dos, son Éclair de feu et la cage d'Hedwige avant de rejoindre les autres dans le jardin obscur. De tous côtés des balais sautaient dans les mains de leurs propriétaires. Avec le secours de Kingsley, Hermione avait déjà grimpé sur un grand Sombral noir et Bill avait aidé Fleur à monter sur l'autre. Hagrid, debout à côté de la moto, avait mis ses lunettes de motard et se tenait prêt.

– C'est celle-ci ? La moto de Sirius ?

– Elle-même, répondit Hagrid, rayonnant, en baissant les yeux vers Harry. Et la dernière fois que tu es monté dessus, Harry, tu tenais dans le creux de ma main !

Harry ne put s'empêcher de se sentir un peu humilié lorsqu'il s'installa dans le side-car. Il se trouvait à plusieurs dizaines de centimètres au-dessous des autres : Ron eut un petit sourire moqueur en le voyant assis là comme un enfant dans une auto tamponneuse. Harry fourra son sac à dos et son balai à ses pieds et parvint à caler la cage d'Hedwige entre ses genoux. Sa position était extrêmement inconfortable.

– Arthur l'a bricolée un peu, dit Hagrid, sans se douter de l'inconfort dont souffrait son passager.

Lui-même s'assit sur la moto qui grinça légèrement et s'enfonça de quelques centimètres dans le sol.

– Il y a deux ou trois nouveaux trucs commandés depuis le guidon. Celui-là, c'est une idée à moi.

Il montra d'un doigt épais un bouton violet, près du compteur de vitesse.

– Attention, Hagrid, dit Mr Weasley qui se tenait à côté d'eux, les mains sur son balai. Je ne suis toujours pas convaincu que ce soit une bonne idée et, en tout cas, cela ne doit servir qu'en cas d'urgence.

– Bon, alors, dit Maugrey, préparez-vous, s'il vous plaît. Je veux que nous partions tous exactement au même moment, sinon la diversion ne servira à rien.

Tout le monde enfourcha son balai.

– Tiens-toi bien, Ron, dit Tonks.

Harry vit Ron jeter furtivement un regard coupable en direction de Lupin avant de prendre Tonks par la taille. Hagrid fit démarrer la moto d'un coup de kick : elle rugit comme un dragon et le side-car se mit à vibrer.

– Bonne chance à tous, cria Maugrey. On se retrouve au Terrier dans une heure environ. Attention, à trois. Un... Deux... TROIS.

La moto produisit un grondement sonore et Harry sentit le side-car faire un terrible bond en avant. Il s'élevait très vite dans les airs, ses yeux s'humectant légèrement, ses cheveux rejetés en arrière. Autour de lui, les balais prenaient eux aussi de l'altitude. La longue queue noire d'un Sombral fila à côté d'eux. Les jambes de Harry, coincées entre son sac à dos et la cage d'Hedwige, étaient déjà douloureuses et commençaient à s'engourdir. Il était si mal installé qu'il faillit oublier de jeter un dernier coup d'œil au numéro 4, Privet Drive. Lorsqu'il regarda par-dessus le bord du side-car, il ne pouvait déjà plus reconnaître la maison parmi les autres. Ils montaient de plus en plus haut dans le ciel...

Puis soudain, surgissant de rien et de nulle part, une trentaine de silhouettes encapuchonnées, suspendues dans les airs, les cernèrent entièrement, formant un vaste cercle au milieu duquel les membres de l'Ordre s'étaient élancés, inconscients du danger...

Des cris, des éclats de lumière verte de tous côtés : Hagrid poussa un hurlement et la moto se retourna. Harry ne savait plus où ils étaient, les lumières des réverbères brillaient au-dessus de sa tête, des clameurs retentissaient autour de lui, il se cramponnait de toutes ses forces au side-car. La cage d'Hedwige, l'Éclair de feu et son sac à dos glissèrent d'entre ses genoux...

– Non ! HEDWIGE !

Le balai tournoyait déjà vers la terre, mais il parvint à saisir la sangle de son sac à dos et la poignée de la cage tandis que la moto pivotait à nouveau dans le bon sens. Il eut une seconde de répit puis un autre éclair de lumière verte jaillit. La chouette poussa un cri perçant et tomba sur le plancher de la cage.

– Non... NON !

La moto fonça tout droit. Harry vit des Mangemorts aux visages recouverts de capuchons se disperser sur le passage de Hagrid qui brisa brutalement leur cercle.

– Hedwige... Hedwige...

Mais la chouette était étendue, immobile, sur le plancher de la cage, tel un jouet pitoyable. Il n'arrivait pas à y croire et la peur qu'il éprouvait pour les autres fut à son comble. Il regarda par-dessus son épaule et vit une masse de gens voler en tous sens, d'autres jets de lumière verte, quatre sorciers, assis deux par deux sur leurs balais, qui s'élevaient au loin sans qu'il puisse dire de qui il s'agissait...

– Hagrid, il faut revenir, il faut absolument revenir ! hurla-t-il, essayant de couvrir le vrombissement du moteur qui résonnait comme un tonnerre.

Il sortit sa baguette magique et glissa la cage d'Hedwige à l'intérieur du side-car, refusant d'admettre qu'elle était morte.

– Hagrid, FAITES DEMI-TOUR !

– Mon travail, c'est de t'amener là-bas sain et sauf, Harry ! vociféra Hagrid et il mit les gaz à fond.

– Stop... STOP ! cria Harry.

Mais comme il regardait à nouveau derrière lui, deux jets de lumière verte passèrent tout près de son oreille gauche :

quatre Mangemorts s'étaient détachés du cercle et les pour-suivaient, visant le dos aux larges épaules de Hagrid. Celui-ci faisait des embardées, mais sans parvenir à semer les Man-gemorts. D'autres sortilèges leur furent lancés et Harry dut se recroqueviller au fond du side-car pour s'en protéger. Il se retourna en se contorsionnant et s'écria :

– *Stupéfix !*

Un éclair rouge jaillit alors de sa propre baguette et creusa un espace entre leurs quatre agresseurs qui se dispersèrent pour l'éviter.

– Attends, Harry, j'ai quelque chose qui va les occuper, rugit Hagrid.

Harry leva les yeux juste à temps pour voir Hagrid enfoncer d'un doigt épais un bouton vert, près de l'indicateur d'essence.

Un mur, un mur de briques compact, jaillit aussitôt du pot d'échappement. Tendant le cou, Harry le vit se déployer dans les airs. Trois des Mangemorts parvinrent à le contourner, mais le quatrième n'eut pas cette chance : il disparut de son champ de vision puis tomba comme une pierre au-dessous du mur, son balai brisé en mille morceaux. L'un de ses compagnons ralen-tit pour lui porter secours mais ils furent engloutis par l'obscu-rité, ainsi que le mur volant, et Hagrid, penché sur le guidon, continua de foncer.

D'autres sortilèges de Mort lancés par les deux poursui-vants restés à leurs trousses sifflèrent aux oreilles de Harry. Ils visaient Hagrid. Harry répliqua en jetant à nouveau des sortilèges de Stupéfixion : les jets rouges et verts se télesco-pèrent en une pluie d'étincelles multicolores. Harry eut la folle impression de voir des feux d'artifice et songea aux Moldus, loin au-dessous d'eux, qui ne devaient pas avoir la moindre idée de ce qui se passait…

– Attention, Harry, voilà une nouvelle surprise ! s'écria Hagrid.

Il appuya sur un deuxième bouton et, cette fois, le tuyau d'échappement projeta un immense filet. Les Mangemorts s'étaient préparés, cependant. Non seulement ils parvinrent à l'éviter mais celui qui avait ralenti pour sauver leur compagnon inconscient les avait rejoints, surgissant soudain de l'obscurité. Ils étaient maintenant trois à poursuivre la moto et jetaient des sorts en rafales.

– Ça au moins, ça marchera, tiens-toi bien, Harry ! hurla Hagrid.

Harry le vit alors abattre sa main ouverte sur le bouton violet, à côté du compteur de vitesse.

Avec un rugissement assourdissant, immédiatement reconnaissable, le tuyau d'échappement vomit un jet de feu, blanc de chaleur, traversé de lueurs bleues, semblable à celui d'un dragon, et dans un bruit de métal déchiré, la moto bondit en avant, tel un boulet de canon. Harry vit les Mangemorts virer sur place et disparaître pour échapper à la traînée de flammes mortelles mais, au même moment, il sentit le side-car osciller dangereusement : les fixations de métal qui l'attachaient à la moto s'étaient fissurées sous la puissance de l'accélération.

– Ça va aller, Harry ! hurla Hagrid, couché de tout son long sur le dos, projeté en arrière par l'augmentation brutale de la vitesse.

Plus personne ne tenait le guidon et le side-car commença à se tordre violemment dans le sillage de la moto.

– Je m'en occupe, Harry, ne t'inquiète pas ! s'écria Hagrid.

D'une poche intérieure de son blouson, il sortit alors son parapluie rose à fleurs.

– Hagrid ! Non ! Laissez-moi faire !

– *REPARO !*

Il y eut une explosion retentissante et le side-car se détacha complètement de la moto. Harry fut précipité en avant, propulsé par la vitesse acquise, puis le side-car commença à perdre de l'altitude.

Dans un geste désespéré, Harry pointa sa baguette et hurla :

– *Wingardium Leviosa !*

Le side-car s'éleva comme un bouchon, impossible à diriger, mais au moins restait-il suspendu dans les airs. Son soulagement, cependant, ne dura qu'une fraction de seconde car de nouveaux jets de lumière jaillirent soudain autour de lui : les trois Mangemorts se rapprochaient.

– J'arrive, Harry ! s'écria Hagrid dans l'obscurité, mais Harry sentait le side-car perdre à nouveau de l'altitude.

S'accroupissant aussi bas que possible, il dirigea sa baguette vers les silhouettes de ses poursuivants et lança :

– *Impedimenta !*

Le maléfice frappa le Mangemort du milieu en pleine poitrine. Pendant un instant, l'homme se retrouva les bras en croix, dans une position grotesque, comme s'il venait de s'écraser contre une barrière invisible. L'un de ses compagnons faillit le heurter de plein fouet.

Puis le side-car se mit à tomber en chute libre et les deux autres Mangemorts jetèrent un sort qui passa si près de Harry qu'il dut se baisser brusquement, se cassant une dent contre le bord du siège.

– J'arrive, Harry, j'arrive !

Une main énorme le saisit par le col de sa robe de sorcier et l'arracha au side-car qui poursuivait sa chute. Harry attrapa son sac et se hissa sur la selle de la moto, se retrouvant dos à dos avec Hagrid. Au moment où ils s'élevaient à nouveau dans les airs, à distance des deux Mangemorts, Harry, crachant du sang, pointa sa baguette sur le side-car et cria :

– *Confringo !*

Lorsque l'explosion retentit, il éprouva, à la pensée d'Hedwige morte dans sa cage, un terrible chagrin qui lui remua les entrailles. Le Mangemort le plus proche du side-car fut désarçonné par la déflagration et sortit de son champ de vision. Son compagnon battit en retraite et disparut à son tour.

– Harry, je suis désolé, je suis désolé, gémit Hagrid. Je n'aurais jamais dû essayer de réparer ça moi-même… Tu n'as pas assez de place, derrière…

– Ce n'est pas grave, continuez à voler ! cria Harry, au moment où deux autres Mangemorts émergeaient de l'obscurité et se rapprochaient d'eux.

Hagrid multiplia zigzags et embardées pour éviter les nouveaux sortilèges jetés par leurs poursuivants. Harry savait que Hagrid n'oserait plus utiliser le bouton qui déclenchait le feu de dragon, tant qu'il serait assis dans une position aussi instable. Harry envoyait en rafales des sortilèges de Stupéfixion qui parvenaient à peine à tenir les Mangemorts à distance. Lorsqu'il leur lança un nouveau maléfice paralysant, le Mangemort qui se trouvait le plus près de lui vira pour y échapper et son capuchon glissa de sa tête. À la lueur rougeoyante du sortilège, Harry aperçut alors le visage étrangement inexpressif de Stan Rocade… Stan…

– *Expelliarmus !* hurla Harry.

– C'est lui, c'est lui, le vrai !

Malgré le bruit de tonnerre que produisait le moteur de la moto, le cri lancé par l'autre Mangemort, sous son capuchon, parvint aux oreilles de Harry. Un instant plus tard, les deux poursuivants firent demi-tour et disparurent au loin.

– Harry, qu'est-ce qui s'est passé ? vociféra Hagrid. Où sont-ils partis ?

– Je ne sais pas !

Mais Harry avait peur. Le Mangemort encapuchonné avait crié : « C'est lui, le vrai ! »

Comment le savait-il ? Il scruta l'obscurité apparemment déserte et sentit la menace qui s'y cachait. Où étaient-ils ?

Harry se retourna tant bien que mal sur la selle pour se placer dans le sens de la marche puis il s'accrocha au blouson de Hagrid.

– Hagrid, refaites le coup du dragon, il faut filer d'ici !

– Alors, tiens-toi bien !

Il y eut à nouveau un rugissement perçant, assourdissant, et le jet de flammes bleu et blanc jaillit du pot d'échappement. Harry se sentit glisser en arrière sur ce qui lui restait de selle et Hagrid fut projeté sur lui, parvenant tout juste à ne pas lâcher le guidon...

– Je crois que nous les avons semés, Harry. Je crois qu'on a réussi ! s'écria Hagrid.

Mais Harry n'en était pas convaincu. La peur le taraudait tandis qu'il regardait à gauche et à droite pour repérer les poursuivants dont il était sûr qu'ils allaient apparaître... Pourquoi les deux Mangemorts avaient-ils fait demi-tour ? L'un d'eux avait toujours sa baguette... « C'est lui, le vrai... » Ils avaient dit cela juste après qu'il eut désarmé Stan...

– Nous y sommes presque, Harry, nous avons presque réussi ! cria Hagrid.

Harry sentit la moto perdre un peu d'altitude mais les lumières, à la surface du sol, paraissaient toujours aussi lointaines que des étoiles.

Soudain, la cicatrice sur son front se mit à le brûler comme une flamme. Deux Mangemorts surgirent, chacun d'un côté de la moto, et deux sortilèges de Mort, jetés derrière lui, manquèrent Harry de quelques millimètres.

C'est alors que Harry le vit. Voldemort volait comme un nuage de fumée dans le vent, sans balai ni Sombral pour le soutenir, sa tête de serpent se détachant dans l'obscurité, ses doigts pâles levant à nouveau sa baguette…

Hagrid laissa échapper un mugissement de terreur et descendit en piqué. Se cramponnant de toutes ses forces, Harry lança au hasard des sortilèges de Stupéfixion dans la nuit qui tournoyait autour de lui. Il vit un corps tomber et sut qu'il avait touché un des deux Mangemorts mais il entendit une détonation et des étincelles jaillirent du moteur. La moto plongea alors en spirale, devenue totalement incontrôlable.

Des jets de lumière verte fusèrent à nouveau. Harry ne savait plus où étaient le ciel et la terre. Sa cicatrice le brûlait toujours, il s'attendait à mourir à chaque instant. Une silhouette encapuchonnée, à califourchon sur un balai, se trouvait à quelques mètres de lui, il la vit lever le bras…

– NON !

Dans un hurlement de fureur, Hagrid sauta de la moto sur son assaillant. Harry vit avec horreur Hagrid et le Mangemort tomber hors de vue, leur poids combiné trop lourd pour le balai.

Parvenant tout juste à serrer entre ses genoux la moto qui descendait en chute libre, Harry entendit Voldemort s'écrier :

– *Il est à moi !*

C'était la fin. Il ne pouvait voir ni entendre où se trouvait Voldemort. Il aperçut un autre Mangemort qui s'écartait de son chemin et une voix retentit :

– *Avada…*

Tandis que la douleur de sa cicatrice obligeait Harry à fermer les yeux, sa baguette entra d'elle-même en action. Il la sentit qui faisait pivoter sa main, comme un aimant géant, distingua à travers ses paupières à demi closes une gerbe de feu doré, entendit un craquement sonore et un cri de fureur. Le Mangemort encore présent poussa un hurlement. Voldemort tonna :

– *Non !*

Harry, sans qu'il sache comment, se retrouva le nez à quelques centimètres du bouton qui déclenchait le feu du dragon. Il l'écrasa de sa main libre et la moto cracha un nouveau jet de flammes en fonçant droit vers le sol.

– Hagrid ! appela Harry qui s'agrippait à la moto. Hagrid… *Accio Hagrid !*

Aspirée vers la terre, la moto prit de la vitesse. Le visage au niveau du guidon, Harry ne voyait plus que les lumières lointaines qui se rapprochaient de plus en plus. Il n'y avait rien à faire, il allait s'écraser sur le sol. Derrière lui, un autre cri résonna…

– *Ta baguette, Selwyn, donne-moi ta baguette !*

Il sentit Voldemort avant de le voir. Jetant un regard en biais, il aperçut ses yeux rouges et pensa que ce serait sa dernière vision : Voldemort s'apprêtant une fois de plus à lui jeter un maléfice…

Soudain le Seigneur des Ténèbres se volatilisa. Harry baissa les yeux et vit Hagrid étendu sur le sol, les bras en croix. Il tira violemment sur le guidon pour éviter de s'écraser sur lui et chercha le frein à tâtons mais, dans un fracas assourdissant qui fit trembler le sol, il s'écrasa au milieu d'une mare boueuse.

5

LE GUERRIER TOMBÉ AU COMBAT

– Hagrid ?

Harry se débattit pour s'arracher aux débris de métal et de cuir qui l'entouraient de toutes parts. Lorsqu'il essaya de se relever, ses mains s'enfoncèrent de plusieurs centimètres dans une eau fangeuse. Il ne comprenait pas où Voldemort avait pu disparaître et s'attendait à tout moment à le voir surgir à nouveau de l'obscurité. Une substance tiède et humide coulait de son front et le long de son menton. Il sortit en rampant de la mare et s'avança d'un pas trébuchant vers la grande masse sombre que formait le corps de Hagrid allongé sur le sol.

– Hagrid ? Hagrid, dites-moi quelque chose…

Mais la masse sombre ne bougea pas.

– Qui est là ? C'est Potter ? Vous êtes Harry Potter ?

Harry ne reconnut pas la voix de l'homme. Une femme cria alors :

– Ils se sont écrasés, Ted ! Écrasés dans le jardin !

Harry avait la tête qui tournait.

– Hagrid, répéta-t-il bêtement, puis ses genoux se dérobèrent.

Lorsqu'il rouvrit les yeux, il était allongé sur ce qui ressemblait à des coussins et éprouvait une sensation de brûlure dans les côtes et le bras droit. On avait fait repousser sa dent cassée et la cicatrice de son front était encore douloureuse.

– Hagrid ?

Il ouvrit les yeux et vit qu'il était étendu sur un canapé, dans un salon qu'il ne connaissait pas, éclairé par des lampes. Son sac à dos, humide et boueux, était posé par terre, un peu plus loin. Un homme aux cheveux clairs et au ventre proéminent le regardait d'un air anxieux.

– Hagrid va bien, fiston, dit l'homme. Ma femme s'occupe de lui. Et toi, comment tu te sens ? Rien d'autre de cassé ? J'ai arrangé tes côtes, ta dent et ton bras. Au fait, je me présente : Ted, Ted Tonks, le père de Dora.

Harry se redressa trop vite. Des lumières dansèrent devant ses yeux, il se sentit pris de vertige et de nausée.

– Voldemort…

– Du calme, dit Ted Tonks.

Il posa une main sur l'épaule de Harry et le repoussa contre les coussins.

– Ta chute a été terrible. Qu'est-ce qui s'est passé ? La moto n'a pas marché ? Arthur Weasley a encore voulu trop en faire, lui et ses machines de Moldus ?

– Non, répondit Harry.

Sa cicatrice palpitait comme une plaie ouverte.

– Des Mangemorts… toute une bande… Ils nous ont poursuivis…

– Des Mangemorts ? s'exclama Ted. Que veux-tu dire, des Mangemorts ? Je croyais qu'ils ne savaient pas qu'on te transférerait cette nuit, je croyais que…

– Ils savaient, coupa Harry.

Ted Tonks regarda le plafond comme s'il pouvait voir le ciel au travers.

– Dans ce cas, la preuve est faite que nos sortilèges de Protection tiennent le coup, pas vrai ? Ils ne devraient pas pouvoir s'approcher à moins de cent mètres de la maison, d'où qu'ils viennent.

Harry comprenait à présent la raison de la disparition de Voldemort. Elle s'était produite à l'endroit précis où la moto avait franchi la barrière magique dressée par l'Ordre. Il fallait simplement espérer qu'elle continuerait d'être efficace. Il imaginait Voldemort à une centaine de mètres au-dessus d'eux pendant qu'ils parlaient, cherchant le moyen de pénétrer ce que Harry se représentait comme une grosse bulle transparente.

Il se leva en balançant les jambes hors du canapé. Il avait besoin de voir Hagrid de ses propres yeux pour être sûr qu'il était toujours en vie. À peine s'était-il mis debout qu'une porte s'ouvrit. Hagrid se glissa à grand-peine par l'ouverture trop étroite pour lui, le visage couvert de boue et de sang, boitant un peu mais miraculeusement vivant.

– Harry !

Renversant au passage deux petites tables délicatement ouvragées et un aspidistra, il parcourut en deux enjambées la distance qui les séparait et serra Harry dans une étreinte qui faillit fêler à nouveau ses côtes fraîchement réparées.

– Nom d'une gargouille, Harry, comment as-tu réussi à t'en tirer ? J'ai cru qu'on allait y passer tous les deux.

– Oui, moi aussi, je n'arrive pas à croire que…

Harry s'interrompit : il venait de remarquer la femme qui était entrée derrière Hagrid.

– Vous ! s'écria-t-il et il enfonça la main dans sa poche, mais elle était vide.

– Ta baguette est ici, fiston, dit Ted qui la lui tendit en lui tapotant le bras. Elle est tombée à côté de toi, je l'ai ramassée. Et c'est à ma femme que tu t'en prends.

– Oh, je… je suis désolé.

Tandis qu'elle s'avançait dans la pièce, la ressemblance de Mrs Tonks avec Bellatrix devint moins évidente : ses cheveux étaient d'un brun plus doux, ses yeux plus grands, son regard plus aimable. Elle parut cependant un peu pincée, après avoir entendu l'exclamation de Harry.

– Qu'est-il arrivé à notre fille ? demanda-t-elle. Hagrid dit que vous êtes tombés dans une embuscade. Où est Nymphadora ?

– Je ne sais pas, répondit Harry. Nous ignorons ce qui s'est passé pour les autres.

Elle échangea un regard avec Ted. En voyant leur expression, Harry ressentit un mélange de crainte et de culpabilité. Si l'un des autres était mort, c'était sa faute, entièrement sa faute. Il avait fini par accepter leur plan, il leur avait donné ses cheveux…

– Le Portoloin, dit-il, la mémoire lui revenant soudain. Nous devons retourner au Terrier pour en savoir plus. Nous pourrons alors vous tenir au courant – ou bien Tonks s'en chargera elle-même quand elle sera…

– Dora s'en est sûrement très bien sortie, Dromeda, dit Ted. Elle sait ce qu'elle fait, elle en a vu d'autres avec les Aurors. Le Portoloin est là-bas, ajouta-t-il à l'adresse de Harry. Il doit partir dans trois minutes, si vous voulez.

– Oui, on va le prendre, répondit Harry.

Il ramassa son sac à dos et le passa sur ses épaules.

– Je…

Il regarda Mrs Tonks en voulant s'excuser de l'avoir mise dans cet état d'inquiétude dont il se sentait terriblement responsable, mais il n'arrivait pas à trouver de mots qui ne soient pas creux et dépourvus de sincérité.

– Je dirai à Tonks… à Dora… de vous envoyer un mot quand elle… Merci de m'avoir rafistolé, merci pour tout, je…

Il fut content de quitter la pièce et de suivre Ted Tonks le long d'un petit couloir, puis dans une chambre. Hagrid entra derrière eux, se baissant très bas pour ne pas se cogner la tête contre le linteau de la porte.

– C'est là, fiston. Voilà le Portoloin.

Mr Tonks montra une petite brosse à cheveux au manche d'argent, posée sur une coiffeuse.

– Merci, dit Harry.

Il avança la main pour poser un doigt dessus, prêt à partir.

– Attends un peu, intervint Hagrid en regardant autour de lui. Harry, où est Hedwige ?

– Elle… elle a été touchée, répondit Harry.

Tout à coup, il se sentit submergé en prenant conscience de la réalité : il eut honte de lui et des larmes lui montèrent aux yeux. La chouette avait été sa compagne, son seul lien direct avec le monde magique chaque fois qu'il avait été forcé de retourner chez les Dursley.

Hagrid tendit son énorme main et lui tapota l'épaule dans un geste douloureux.

– Ce n'est pas grave, dit-il d'un ton bourru, ce n'est pas grave. Elle a eu une belle vie…

– Hagrid ! dit Ted Tonks, la voix pressante.

La brosse à cheveux s'était mise à briller d'une lueur bleue et Hagrid y posa son index juste à temps.

Harry ressentit une secousse derrière le nombril, comme si un crochet invisible le tirait en avant, et il tomba dans le néant, tournant sur lui-même dans un mouvement incontrôlable, son doigt collé au Portoloin tandis que Hagrid et lui étaient précipités loin de Mr Tonks. Quelques secondes plus tard, les pieds de Harry heurtèrent brusquement un sol dur et il fut projeté à quatre pattes dans la cour du Terrier. Des cris retentirent aussitôt. Jetant la brosse qui ne brillait plus, il se releva, titubant légèrement, et vit Mrs Weasley et Ginny dévaler les marches de la porte de derrière pendant que Hagrid, tombé lui aussi à l'atterrissage, se redressait laborieusement.

– Harry, c'est toi le véritable Harry ? Que s'est-il passé ? Où sont les autres ? s'écria Mrs Weasley.

– Que voulez-vous dire ? Personne d'autre n'est revenu ? interrogea Harry, le souffle court.

La réponse était clairement inscrite sur le visage aux joues pâles de Mrs Weasley.

– Les Mangemorts nous attendaient, lui expliqua Harry. Nous avons été cernés dès que nous avons décollé. Ils savaient que ce serait cette nuit. J'ignore ce qui est arrivé aux autres. Quatre Mangemorts nous ont poursuivis, nous leur avons échappé comme nous avons pu, et ensuite Voldemort nous a rattrapés…

Il percevait dans le ton de sa propre voix une tentative de justification, une prière pour lui faire comprendre qu'il lui était impossible de savoir ce qui était arrivé à ses fils, mais…

– Heureusement, tu es sain et sauf, dit-elle en l'attirant vers elle dans une étreinte qu'il ne pensait pas mériter.

– Vous n'auriez pas un doigt de cognac, des fois, Molly ? demanda Hagrid, un peu tremblant. Pour des raisons médicales.

Elle aurait pu recourir à la magie pour en apporter, mais

en la voyant repartir en hâte vers la maison bancale, Harry comprit qu'elle voulait cacher son visage. Il se tourna vers Ginny qui lui répondit aussitôt, sans qu'il ait eu besoin de formuler la moindre question :

– Ron et Tonks auraient dû être les premiers à revenir, mais ils ont raté leur Portoloin, il est arrivé sans eux, dit-elle, montrant le bidon d'huile rouillé abandonné par terre un peu plus loin. Et celui-là – elle désigna une vieille chaussure de tennis – aurait dû ramener papa et Fred, ils devaient être les deuxièmes à revenir. Ensuite, c'était toi et Hagrid puis – elle consulta sa montre –, s'ils y parviennent, George et Lupin, dans une minute environ.

Mrs Weasley revint avec une bouteille de cognac. Elle la tendit à Hagrid qui la déboucha et la vida d'un trait.

– Maman ! s'écria Ginny, le doigt tendu.

Dans l'obscurité, une lueur bleue avait jailli, de plus en plus grande, de plus en plus brillante. Lupin et George apparurent alors, tournant sur eux-mêmes, puis tombant sur le sol. Harry vit tout de suite que quelque chose n'allait pas : Lupin soutenait George, inconscient, dont le visage ruisselait de sang.

Harry se précipita pour prendre les jambes de George. Lupin et lui le portèrent dans la maison, traversant la cuisine, et l'allongèrent sur un canapé du salon. Lorsque la lumière d'une lampe éclaira la tête de George, Ginny eut un haut-le-corps et Harry sentit son estomac se retourner : il lui manquait une oreille. Sur tout un côté, son visage et son cou étaient baignés d'un sang humide, d'une impressionnante couleur écarlate.

À peine Mrs Weasley s'était-elle penchée sur son fils que Lupin saisit Harry par le bras et l'entraîna, sans ménagements, vers la cuisine, où Hagrid essayait de faire passer son corps massif à travers la porte de derrière.

– Holà ! s'indigna Hagrid. Lâche-le ! Lâche Harry !

Lupin ne lui prêta aucune attention.

– Quelle était la créature qui se trouvait dans un coin de la pièce, la première fois que Harry Potter est entré dans mon bureau à Poudlard ? demanda-t-il en secouant légèrement Harry. Réponds !

– Un… un Strangulot dans un aquarium, c'est ça ?

Lupin relâcha Harry et s'adossa contre un placard.

– À quoi ça rime ? rugit Hagrid.

– Désolé, Harry, mais je devais vérifier, répondit simplement Lupin. Nous avons été trahis. Voldemort savait qu'on allait te transférer cette nuit et les seules personnes qui pouvaient l'avertir étaient directement impliquées dans le plan. Tu aurais pu être un imposteur.

– Alors, pourquoi tu ne vérifies pas si je suis bien moi ? demanda Hagrid d'une voix haletante en continuant de se débattre pour essayer de franchir la porte.

– Tu es à moitié géant, répliqua Lupin, les yeux tournés vers lui. Le Polynectar n'a d'effet que sur les humains.

– Aucun membre de l'Ordre n'aurait révélé à Voldemort que nous déménagions cette nuit, dit Harry.

L'idée lui paraissait effrayante, il ne croyait personne capable d'une telle trahison.

– Voldemort ne m'a rattrapé qu'à la fin. Au début, il ignorait lequel des sept Potter était le bon. S'il avait été au courant du plan, il aurait su dès le départ que j'étais avec Hagrid.

– Voldemort t'a rattrapé ? dit Lupin d'un ton brusque. Que s'est-il passé ? Comment lui as-tu échappé ?

Harry lui expliqua brièvement comment les Mangemorts lancés sur leurs traces avaient semblé reconnaître en lui le vrai Harry, puis avaient abandonné la poursuite, sans doute pour aller prévenir Voldemort qui était apparu juste avant que Hagrid et lui n'aient atteint le sanctuaire de la maison des Tonks.

– Ils t'ont reconnu ? Mais comment ? Qu'est-ce que tu as fait ?

– J'ai…

Harry essaya de rassembler ses souvenirs mais dans son esprit, tout ce voyage n'était plus qu'une vision floue où se mêlaient la panique et le chaos.

– J'ai aperçu Stan Rocade… Vous savez, celui qui conduisait le Magicobus. Et j'ai essayé de le désarmer au lieu de… Il n'est pas conscient de ses actes, vous comprenez ? Il a dû subir le sortilège de l'Imperium !

Lupin parut effaré.

– Harry, le temps du sortilège de Désarmement est révolu ! Ces gens essayent de te capturer pour te tuer ! Tu peux au moins les stupéfixer si tu ne veux pas les tuer !

– Nous étions à des centaines de mètres d'altitude ! Stan n'est plus lui-même, si je l'avais stupéfixé, il serait tombé et serait mort aussi sûrement que si j'avais employé *Avada Kedavra* ! *Expelliarmus* m'a permis d'échapper à Voldemort, il y a deux ans, ajouta Harry d'un ton de défi.

Lupin lui rappelait Zacharias Smith le ricaneur, l'élève de Poufsouffle qui se moquait de Harry parce qu'il voulait enseigner le sortilège de Désarmement à l'armée de Dumbledore.

– En effet, Harry, dit Lupin, qui avait du mal à se contenir, et de nombreux Mangemorts en ont été témoins ! Pardonne-moi, mais c'était une réaction très inhabituelle pour quelqu'un qui se trouve sous la menace d'une mort imminente. Faire la même chose ce soir, devant des Mange-morts qui avaient assisté à la scène la première fois, ou qui en avaient entendu parler, équivalait à un suicide !

– Alors, vous pensez que j'aurais dû tuer Stan Rocade ? répliqua Harry avec colère.

– Bien sûr que non, reprit Lupin. Mais les Mangemorts – et en fait, quasiment tout le monde ! – se seraient attendus à ce que tu contre-attaques ! *Expelliarmus* est un sortilège utile, Harry, mais apparemment, les Mangemorts pensent que c'est ta signature et je te conjure de les démentir !

En entendant Lupin, Harry se sentit stupide, mais il res-tait encore en lui une trace de défi.

– Je n'ai pas l'intention de faire exploser les gens qui se trouvent sur mon chemin, simplement parce qu'ils sont là, dit-il. Ça, c'est le travail de Voldemort.

La réponse de Lupin se perdit : parvenant enfin à franchir la porte, Hagrid s'avança dans la cuisine d'un pas titubant et s'assit sur une chaise qui s'effondra sous son poids. Indif-férent aux jurons mêlés d'excuses qu'il proférait, Harry s'adressa de nouveau à Lupin :

– Est-ce que George va s'en sortir ?

La question sembla balayer l'irritation de Lupin à l'égard de Harry.

– Je crois, répondit-il, mais on ne pourra pas remplacer son oreille. Impossible lorsque la blessure est due à un malé-fice.

Il y eut un bruissement au-dehors. Lupin se rua sur la porte, Harry sauta par-dessus les jambes de Hagrid et se pré-cipita dans la cour.

Deux silhouettes venaient d'apparaître. Harry courut les rejoindre et s'aperçut qu'il s'agissait d'Hermione, qui reprenait son apparence normale, et de Kingsley, tous deux agrippés à un cintre tordu. Hermione se jeta dans les bras de Harry, mais Kingsley ne manifesta aucun plaisir à les retrouver. Par-dessus l'épaule d'Hermione, Harry le vit lever sa baguette et la pointer sur la poitrine de Lupin.

– Les derniers mots qu'Albus Dumbledore nous ait dits à tous les deux ?

– « Harry est le meilleur espoir que nous ayons. Faites-lui confiance », répondit Lupin d'un ton calme.

Kingsley tourna ensuite sa baguette vers Harry mais Lupin l'arrêta aussitôt :

– C'est bien lui, j'ai vérifié !

– D'accord, d'accord ! admit Kingsley en rangeant sa baguette sous sa cape. Mais quelqu'un nous a trahis ! Ils savaient, ils savaient que c'était ce soir !

– C'est ce qu'il semble, approuva Lupin, mais apparemment, ils ignoraient qu'il y aurait sept Harry.

– Tu parles d'une consolation ! gronda Kingsley. Qui d'autre est revenu ?

– Seulement Harry, Hagrid, George et moi.

Hermione étouffa un gémissement derrière sa main.

– Qu'est-ce qui vous est arrivé, à vous ? demanda Lupin à Kingsley.

– Poursuivis par cinq Mangemorts, on en a blessé deux, peut-être tué un, débita Kingsley d'un ton monocorde, et on a également vu Tu-Sais-Qui. Il a rejoint les autres à mi-chemin, mais il a disparu peu après. Remus, il arrive à…

– Voler, acheva Harry. Moi aussi, je l'ai vu, il nous a attaqués, Hagrid et moi.

– C'est donc pour ça qu'il est parti. Mais qu'est-ce qui l'a décidé à changer de cible ?

– Harry s'est conduit un peu trop gentiment avec Stan Rocade, expliqua Lupin.

– Stan ? répéta Hermione. Je croyais qu'il était à Azkaban ?

Kingsley laissa échapper un rire sans joie.

– Hermione, il y a eu de toute évidence une évasion massive dont le ministère a interdit de parler. J'ai reconnu Travers dont le capuchon a glissé lorsque je lui ai jeté un maléfice. Or, il est censé être derrière les barreaux, lui aussi. Mais toi, Remus, que t'est-il arrivé ? Où est George ?

– Il a perdu une oreille, répondit Lupin.

– Perdu une…, répéta Hermione d'une voix aiguë.

– L'œuvre de Rogue, précisa Lupin.

– *Rogue ?* s'écria Harry. Vous ne m'aviez pas dit que… ?

– Son capuchon est tombé pendant la poursuite. *Sectumsempra* a toujours été une de ses spécialités. J'aimerais pouvoir dire que je lui ai rendu la pareille, mais tout ce que je pouvais faire, c'était maintenir George sur le balai après la blessure qu'il avait reçue. Il perdait tellement de sang…

Un grand silence tomba tandis que tous les quatre levaient les yeux vers le ciel. Il n'y avait aucun signe de mouvement, seules les étoiles leur rendaient leurs regards, impassibles, indifférentes, jamais obscurcies par les ombres volantes de leurs amis. Où était Ron ? Où étaient Fred et Mr Weasley ? Où étaient Bill, Fleur, Tonks, Fol Œil et Mondingus ?

– Harry, viens nous aider ! cria Hagrid d'une voix rauque.

Il était à nouveau coincé dans la porte. Content d'avoir quelque chose à faire, Harry le tira vers lui pour le libérer, puis traversa la cuisine et retourna dans le salon où Mrs Weasley et Ginny continuaient de soigner George.

Mrs Weasley avait arrêté l'hémorragie, et à la lueur de la lampe, Harry vit une ouverture nette et béante, à l'endroit où s'était trouvée l'oreille de George.

– Comment va-t-il ?

Mrs Weasley se retourna et répondit :

– Je ne peux pas la faire repousser, c'est impossible quand la blessure a été infligée par la magie noire. Mais cela aurait pu être tellement pire… Il est vivant.

– Oui, grâce au ciel, soupira Harry.

– Il m'a semblé entendre quelqu'un d'autre dans la cour, dit Ginny.

– Hermione et Kingsley.

– Dieu merci, murmura Ginny.

Ils échangèrent un regard. Harry voulait la serrer dans ses bras, la tenir contre lui. La présence de Mrs Weasley ne le gênait pas mais, avant qu'il ait pu obéir à son élan, il y eut un grand fracas dans la cuisine.

– Je te prouverai qui je suis, Kingsley, lorsque j'aurai vu mon fils et maintenant, laisse-moi passer si tu tiens à ta santé !

Harry n'avait jamais entendu Mr Weasley crier de la sorte. Il fit irruption dans le salon, son crâne chauve luisant de sueur, ses lunettes de travers, Fred sur ses talons. Tous deux avaient le teint pâle mais n'étaient pas blessés.

– Arthur ! sanglota Mrs Weasley. Oh, le ciel soit loué !

– Comment va-t-il ?

Mr Weasley se laissa tomber à genoux à côté de George. Pour la première fois depuis que Harry le connaissait, Fred semblait à court de mots. Penché par-dessus le dossier du canapé, il regardait bouche bée la blessure de son frère jumeau, comme s'il n'en croyait pas ses yeux.

Peut-être éveillé par le bruit qui avait accompagné l'arrivée de Fred et de leur père, George remua.

– Comment te sens-tu, Georgie ? murmura Mrs Weasley.

Les doigts de George cherchèrent à tâtons le côté de sa tête.

– Comme un saint, murmura-t-il.

– Qu'est-ce qu'il a ? croassa Fred, l'air terrifié. Il est devenu fou ?

– Comme un saint, répéta George qui ouvrit les yeux et regarda son frère. Tu vois, j'ai une oreillole. Une *oreillole*, Fred, tu as compris ?

Mrs Weasley sanglota de plus belle. Le teint pâle de Fred se colora soudain.

– Consternant, dit-il à George. Absolument consternant ! Le vaste horizon des plaisanteries liées aux oreilles s'ouvrait largement devant toi et tu ne trouves rien de mieux que *oreillole* ?

– Bah, au moins, répliqua George en souriant à sa mère ruisselante de larmes, tu n'auras plus aucun mal à nous reconnaître, maintenant.

Il jeta un regard autour de lui.

– Salut, Harry… Tu es bien le vrai Harry ?

– Oui, c'est moi, assura Harry en s'approchant du canapé.

– Au moins, on t'a ramené en bon état, dit George. Pourquoi Ron et Bill ne sont-ils pas réunis autour de mon lit de douleur ?

– Ils ne sont pas encore revenus, George, répondit Mrs Weasley.

Le sourire de George s'effaça. Harry jeta un regard à Ginny et lui fit signe de l'accompagner au-dehors. Tandis qu'ils traversaient la cuisine, elle lui dit à voix basse :

– Ron et Tonks devraient être rentrés, maintenant. Ils n'avaient pas beaucoup de chemin à parcourir, la maison de tante Muriel n'est pas très loin d'ici.

Harry ne répondit rien. Depuis son arrivée au Terrier, il s'efforçait de tenir la peur à distance mais à présent, elle l'enveloppait tout entier, il la sentait ramper sur sa peau, palpiter dans sa poitrine, lui serrer la gorge. Lorsqu'ils descendirent les marches qui menaient dans la cour, Ginny lui prit la main.

Kingsley marchait de long en large et regardait vers le ciel à chaque demi-tour. Il rappelait à Harry l'image de l'oncle Vernon arpentant le living-room, un million d'années plus tôt... Hagrid, Hermione et Lupin se tenaient côte à côte, sans dire un mot, les yeux levés. Personne ne se retourna quand Harry et Ginny vinrent se joindre à cette veillée silencieuse.

Les minutes s'étiraient interminablement, on aurait dit des années. Le moindre souffle de vent les faisait sursauter et se tourner vers le buisson ou l'arbre qui bruissait, dans l'espoir que des membres de l'Ordre encore absents allaient surgir indemnes d'entre leurs feuilles.

Soudain, un balai se matérialisa juste au-dessus de leur tête et piqua vers le sol.

– C'est eux ! s'écria Hermione.

Tonks s'arrêta en une longue glissade qui projeta en tous sens des mottes de terre et des cailloux.

– Remus ! s'écria Tonks.

Elle descendit de son balai d'un pas titubant et se jeta dans les bras de Lupin dont le visage était blanc et figé : il paraissait incapable de parler. Trébuchant, l'air hébété, Ron s'avança vers Harry et Hermione.

– Tu n'as rien, marmonna-t-il, avant qu'Hermione se pré-
cipite sur lui et le serre contre elle.

– J'ai cru... J'ai cru...

– Vais très bien, dit Ron en lui tapotant le dos. Suis en
pleine forme.

– Ron a été extraordinaire, déclara Tonks avec chaleur.
Elle relâcha Lupin.

– Absolument merveilleux. Il a stupéfixé l'un des Mangemorts en l'atteignant en pleine tête et quand on vise une
cible mouvante depuis un balai volant...

– C'est vrai ? dit Hermione.

Elle regarda Ron dans les yeux, les bras autour de son
cou.

– Ça te surprend toujours, on dirait, répliqua-t-il d'un ton
un peu grognon.

Il se libéra de son étreinte.

– Nous sommes les derniers revenus ?

– Non, répondit Ginny, on attend toujours Bill et Fleur,
et Fol Œil avec Mondingus. Je vais aller dire à maman et à
papa que tu es sain et sauf...

Elle rentra dans la maison en courant.

– Alors, qu'est-ce qui vous a retenus ? Qu'est-ce qui s'est
passé ? demanda Lupin qui paraissait presque en colère contre
Tonks.

– Bellatrix, répliqua Tonks. Elle veut ma peau presque
autant que celle de Harry et elle s'est acharnée à essayer de me
tuer. Dommage que je n'aie pas réussi à l'avoir moi-même, j'ai
un compte à régler avec elle. En tout cas, nous avons blessé
Rodolphus... Ensuite nous sommes allés chez Muriel, la
tante de Ron, mais nous avons raté notre Portoloin et elle a
fait toute une histoire...

Un muscle tressaillait sur la mâchoire de Lupin. Il hocha la tête mais sembla incapable d'ajouter quoi que ce soit.

– Et vous, qu'est-ce qui vous est arrivé ? demanda Tonks en se tournant vers Harry, Hermione et Kingsley.

Ils racontèrent leurs propres voyages, mais pendant tout le temps que dura leur récit, l'absence de Bill, Fleur, Fol Œil et Mondingus semblait les glacer à la manière d'un givre dont il devenait de plus en plus difficile d'ignorer la morsure.

– Il faut que je retourne à Downing Street. Je devrais être là-bas depuis une heure, dit enfin Kingsley après avoir observé le ciel une dernière fois. Prévenez-moi lorsqu'ils seront revenus.

Lupin approuva d'un signe de tête. Kingsley salua les autres d'un geste de la main et s'éloigna dans l'obscurité, en direction du portail. Harry crut entendre un très léger *pop* lorsque Kingsley transplana, au-delà des limites du Terrier.

Mr et Mrs Weasley se précipitèrent dans la cour, Ginny sur leurs talons. Ses parents étreignirent Ron avant de se tourner vers Tonks et Lupin.

– Merci, dit Mrs Weasley, pour nos fils.

– Ne dis pas de bêtises, Molly, répliqua Tonks.

– Comment va George ? demanda Lupin.

– Qu'est-ce qu'il a ? s'exclama Ron.

– Il a perdu une…

Mais la fin de la phrase de Mrs Weasley fut noyée dans une explosion de cris : un Sombral venait de surgir dans les airs et atterrit à quelques mètres du groupe. Bill et Fleur en descendirent, se laissant glisser du dos de la créature, échevelés mais vivants.

– Bill ! Merci, mon Dieu !

Mrs Weasley courut vers son fils, mais l'étreinte de Bill

resta très formelle. Regardant son père dans les yeux, il annonça :

— Fol Œil est mort.

Personne ne parla, personne ne bougea. Harry eut l'impression que quelque chose tombait à l'intérieur de lui-même, tombait jusqu'à traverser le sol sous ses pieds, l'abandonnant à jamais.

— Nous l'avons vu, poursuivit Bill.

Fleur hocha la tête, des traces de larmes luisant sur ses joues à la lumière qui filtrait par la fenêtre de la cuisine.

— Ça s'est passé alors que nous venions de forcer le cercle des Mangemorts. Fol Œil et Ding étaient près de nous, ils allaient vers le nord, eux aussi. Voldemort – il arrive à voler, maintenant – a foncé droit sur eux. Ding a paniqué, je l'ai entendu crier, Fol Œil a essayé de l'arrêter mais il a réussi à transplaner. Le maléfice de Voldemort a atteint Fol Œil en pleine tête. Il a été projeté en arrière et il est tombé de son balai… Nous ne pouvions rien faire, rien, nous avions une demi-douzaine de Mangemorts à nos trousses.

La voix de Bill se brisa.

— Bien sûr que vous ne pouviez rien faire, dit Lupin.

Ils restèrent tous immobiles, échangeant des regards. Harry avait du mal à assimiler la nouvelle. Fol Œil mort. C'était impossible… Fol Œil, si coriace, si brave, le survivant par excellence…

Enfin, bien que personne ne l'ait dit, chacun comprit qu'il ne servait à rien d'attendre plus longtemps dans la cour. Suivant en silence Mr et Mrs Weasley, ils retournèrent dans la maison, puis dans le salon où Fred et George riaient ensemble.

— Qu'est-ce qu'il y a ? demanda Fred en scrutant leurs visages lorsqu'ils furent entrés. Qu'est-ce qui s'est passé ? Qui est…

– Fol Œil, répondit Mr Weasley. Mort.

Le choc de la nouvelle transforma les sourires des jumeaux en grimaces. Personne ne semblait savoir quoi faire. Tonks pleurait silencieusement dans un mouchoir. Harry savait qu'elle était très proche de Fol Œil, elle avait été sa protégée, sa préférée, au ministère de la Magie. Hagrid, qui s'était assis par terre, dans un coin de la pièce un peu plus spacieux, se tamponnait les yeux avec un mouchoir de la taille d'une nappe.

Bill alla prendre dans le buffet une bouteille de whisky Pur Feu et des verres.

– Tenez, dit-il.

D'un mouvement de sa baguette, il envoya douze verres pleins à travers la pièce, en direction de chacun d'eux et leva le treizième.

– À Fol Œil.

– À Fol Œil, répétèrent-ils en chœur avant de boire leurs verres.

– À Fol Œil, lança à son tour Hagrid, un peu en retard, et avec un hoquet.

Le whisky Pur Feu brûla la gorge de Harry et parut lui rendre sa sensibilité, dissipant l'engourdissement et le sentiment d'irréalité, répandant en lui une flamme qui ressemblait à du courage.

– Ainsi donc, Mondingus a disparu ? dit Lupin qui avait vidé son verre d'un trait.

L'atmosphère changea aussitôt. Tout le monde sembla tendu, les yeux fixés sur Lupin. Harry eut l'impression qu'ils voulaient à la fois l'entendre continuer tout en redoutant un peu ce qui allait suivre.

– Je sais ce que vous pensez, répondit Bill, et moi aussi, je me suis posé la question en revenant ici. On aurait dit qu'ils nous attendaient, non ? Mais Mondingus ne peut pas nous avoir trahis. Les Mangemorts ne savaient pas qu'il y aurait sept Harry, ils ont été pris au dépourvu en nous voyant apparaître et, au cas où vous l'auriez oublié, c'est Mondingus lui-même qui a suggéré ce petit stratagème. Pourquoi alors ne leur aurait-il pas révélé ce point essentiel ? Je crois plutôt que Ding a paniqué, c'est aussi simple que cela. Dès le début, il ne voulait pas venir avec nous, mais Fol Œil l'y a obligé et Vous-Savez-Qui a foncé droit sur eux : il y a de quoi provoquer la panique chez n'importe qui.

– Vous-Savez-Qui a agi exactement comme l'avait prévu Fol Œil, remarqua Tonks en reniflant. Fol Œil avait dit qu'il penserait que le vrai Harry se trouverait avec l'Auror le plus coriace, le plus habile. Il a donc poursuivi Fol Œil en premier et quand Mondingus s'est trahi, il s'est reporté sur Kingsley.

– Oui, eh bien, c'est très gentil, tout ça, coupa Fleur, mais ça n'explique pas comment ils ont su qu'on transférait Arry cette nuit, non ? Il y a sûrement eu une négligence. Quelqu'un a laissé échapper la date prévue en présence d'un tiers. C'est la seule façon d'expliquer qu'ils aient été au courant de la date mais pas des détails du plan.

Son beau visage toujours marqué par des traces de larmes, elle leur jeta à tous un regard noir, les mettant silencieusement au défi de la contredire. Personne ne s'y risqua. Seuls les hoquets de Hagrid, caché par son mouchoir, troublaient le silence. Harry tourna les yeux vers celui qui venait de risquer sa vie pour sauver la sienne… Hagrid pour qui il avait tant d'affection, à qui il faisait entièrement confiance, Hagrid qui, un jour, avait par inadvertance livré à Voldemort une information cruciale en échange d'un œuf de dragon…

– Non, s'écria Harry.

Tout le monde se tourna vers lui, surpris : le whisky Pur Feu semblait avoir amplifié sa voix.

– Je veux dire… Si quelqu'un a commis une erreur et a laissé échapper quelque chose, ce n'était pas volontaire, poursuivit-il d'une voix toujours plus forte qu'à l'accoutumée. Ce n'est pas sa faute. Nous devons avoir confiance les uns dans les autres. J'ai confiance en chacun de vous, je ne crois pas que quiconque dans cette pièce m'aurait vendu à Voldemort.

Un nouveau silence suivit ses paroles. Tout le monde le regardait. Une fois de plus, Harry sentit la chaleur monter en lui et but encore un peu de whisky pour se donner une contenance. En même temps, il pensa à Fol Œil. Fol Œil qui s'était toujours montré caustique devant la tendance qu'avait Dumbledore à accorder sa confiance aux autres.

– Bien dit, Harry, déclara Fred, inopinément.

– Il faut toujours lui prêter une oreille attentive, ajouta George avec un petit clin d'œil à Fred dont le coin de la bouche tressaillit.

Lupin observait Harry avec une étrange expression : c'était presque de la pitié.

– Vous pensez que je suis un imbécile ? demanda Harry avec force.

– Non, je pense que tu es comme James, répondit Lupin. James aurait considéré la méfiance à l'égard de ses amis comme le comble du déshonneur.

Harry savait où Lupin voulait en venir : son père avait été trahi par l'un de ses amis, Peter Pettigrow. Il éprouva soudain une colère irrationnelle. Il aurait voulu discuter, mais Lupin s'était détourné de lui. Il avait posé son verre sur une petite table et s'adressa à Bill :

– Il y a un travail à faire, je peux demander à Kingsley si…

– Non, l'interrompit Bill. Je m'en occupe. Je vais venir avec toi.

– Où allez-vous ? interrogèrent Tonks et Fleur d'une même voix.

– Le corps de Fol Œil, répondit Lupin. Nous devons le retrouver.

– Est-ce qu'on ne pourrait pas… ? commença Mrs Weasley en jetant à Bill un regard implorant.

– Quoi ? s'exclama Bill. Tu préfères que ce soient les Mangemorts qui s'en emparent ?

Personne ne prononça un mot. Lupin et Bill prirent congé et partirent ensemble.

Les autres se laissèrent tomber sur des chaises ou dans des fauteuils, à part Harry qui resta debout. La soudaineté de la mort, son caractère irrémédiable l'habitaient comme une présence.

– Il faut que j'y aille aussi, dit-il.

Une dizaine de regards surpris se tournèrent vers lui.

– Ne sois pas stupide, Harry, répliqua Mrs Weasley. De quoi tu parles ?

– Je ne peux pas rester.

Il se frotta le front : sa cicatrice était à nouveau douloureuse. Il y avait plus d'un an qu'il n'avait pas eu aussi mal.

– Vous êtes tous en danger tant que je suis ici. Je ne veux pas…

– Arrête de dire des bêtises ! protesta Mrs Weasley. L'objectif, ce soir, était de t'amener dans cette maison sain et sauf, et Dieu merci, ça a marché. Fleur a même accepté de se marier ici plutôt qu'en France, nous avons tout organisé pour pouvoir rester ensemble et veiller sur toi…

Elle ne comprenait pas qu'en parlant ainsi, elle aggravait son malaise au lieu de l'apaiser.

– Si Voldemort découvre où je suis…

– Comment le découvrirait-il ? interrogea Mrs Weasley.

– Il y a une douzaine d'endroits où tu pourrais te trouver en ce moment, Harry, intervint Mr Weasley. Il n'a aucun moyen de savoir dans quelle maison tu es.

– Ce n'est pas pour moi que je m'inquiète ! s'exclama Harry.

– Nous le savons, répondit Mr Weasley d'un ton calme. Mais tous les efforts que nous avons faits ce soir n'auraient plus beaucoup de sens si tu partais.

– Tu n'iras nulle part, grogna Hagrid. Et puis quoi, encore, après tout ce qu'on a subi pour t'amener ici ?

– Ouais, pense un peu à mon oreille, lança George en se redressant sur ses coussins.

– Je sais que…

– Fol Œil n'aurait pas voulu…

– JE LE SAIS ! hurla Harry.

Il se sentait cerné, soumis à un véritable chantage : pensaient-ils qu'il ne se rendait pas compte de ce qu'ils avaient fait pour lui, ne comprenaient-ils pas que c'était pré-cisément la raison pour laquelle il voulait s'en aller, avant qu'ils n'aient à souffrir encore davantage à cause de lui ? Sa cicatrice continua de lui faire mal, tandis que s'installait un long silence qui fut enfin brisé par Mrs Weasley :

– Où est Hedwige, Harry ? lui demanda-t-elle d'un ton conciliant. Nous pourrions la mettre avec Coquecigrue et lui donner quelque chose à manger.

Ses entrailles se serrèrent comme un poing. Il n'arrivait pas à lui dire la vérité. Pour éviter de répondre, il but ce qui lui restait de whisky.

– Attends un peu qu'on sache que tu y es arrivé encore une fois, lança Hagrid. Que tu lui as échappé, que tu as réussi à le battre alors qu'il était à tes trousses !

– Ce n'était pas moi, répondit Harry d'un ton catégorique. C'était ma baguette. Ma baguette a agi toute seule.

Au bout d'un moment, Hermione lui fit remarquer avec douceur :

– C'est impossible, Harry. Tu veux sans doute dire que tu as lancé un sortilège sans t'en rendre compte, que tu as réagi instinctivement.

– Non, répliqua Harry. La moto tombait, j'aurais été incapable de savoir où était Voldemort. Mais ma baguette a tourné d'elle-même dans ma main, elle l'a trouvé toute seule et lui a jeté un sort. Ce n'était même pas un sort que je connaissais. Je n'avais encore jamais fait jaillir des flammes dorées.

– Souvent, dit Mr Weasley, quand on est soumis à une pression intense, on arrive à produire des phénomènes magiques dont on ne se serait jamais douté. Les petits enfants le découvrent parfois avant d'avoir rien appris…

– Ce n'était pas cela, coupa Harry, les dents serrées.

Sa cicatrice était brûlante. Il se sentait contrarié, en colère. L'idée qu'ils puissent imaginer que son pouvoir magique valait celui de Voldemort lui déplaisait profondément.

Personne ne parla. Harry savait qu'ils ne le croyaient pas. Maintenant qu'il y pensait, il n'avait encore jamais entendu parler d'une baguette qui jetait des sorts toute seule.

La douleur de sa cicatrice empirait. Il faisait ce qu'il pouvait pour s'empêcher de gémir. Marmonnant qu'il avait besoin d'air frais, il posa son verre et quitta la pièce.

Lorsqu'il traversa la cour plongée dans l'obscurité, le grand Sombral squelettique leva la tête, remua ses énormes ailes semblables à celles d'une chauve-souris, puis recommença à brouter. Harry s'arrêta à la porte du jardin et contempla sa végétation touffue. Il frotta son front douloureux en pensant à Dumbledore.

Dumbledore, lui, l'aurait cru, il en était sûr. Dumbledore aurait su pourquoi et comment la baguette de Harry avait agi toute seule, car il savait toujours répondre aux questions. Il connaissait les baguettes, avait expliqué à Harry l'étrange relation qui existait entre celle de Voldemort et la sienne… Mais Dumbledore, comme Fol Œil, comme Sirius, comme ses parents, comme sa malheureuse chouette, étaient partis là où Harry ne pourrait plus jamais leur parler. Il sentit dans sa gorge une brûlure qui n'avait rien à voir avec le whisky Pur Feu…

Puis soudain, sans raison apparente, la douleur de sa cicatrice devint insupportable. Il porta les mains à son front, ferma les yeux, et entendit une voix hurler dans sa tête :

« Tu m'as dit que le problème serait résolu en utilisant la baguette de quelqu'un d'autre ! »

Dans son esprit surgit alors l'image d'un vieil homme émacié, vêtu de haillons et couché sur un sol de pierre. L'homme poussait un hurlement, un long cri prolongé, le cri d'une insupportable souffrance…

– Non ! Non ! Je vous en supplie, je vous en supplie…

– Tu as menti à Lord Voldemort, Ollivander !

– Non, je n'ai pas menti… Je jure que je n'ai pas menti…

– Tu cherchais à aider Potter, à l'aider à m'échapper !

– Je vous jure que non… Je croyais vraiment qu'une autre baguette serait plus efficace…

– Alors, explique-moi ce qui s'est passé. La baguette de Lucius a été détruite !

– Je n'arrive pas à comprendre… la connexion… existe seulement… entre vos deux baguettes…

– *Mensonges !*

– S'il vous plaît… Je vous en supplie…

Harry vit s'élever une main pâle et ressentit la colère destructrice de Voldemort. Sur le sol, le vieil homme frêle se tordit de douleur…

– Harry ?

L'image disparut aussi vite qu'elle était venue. Debout dans l'obscurité, Harry tremblait, cramponné à la porte du jardin, le cœur battant à tout rompre, sa cicatrice toujours cuisante. Il lui fallut un bon moment pour s'apercevoir que Ron et Hermione se trouvaient à côté de lui.

– Harry, viens, rentre, murmura Hermione. Tu ne penses plus à partir, j'espère ?

– Il faut que tu restes, mon vieux, dit Ron en lui donnant une grande tape sur le dos.

– Tu te sens bien ? s'inquiéta Hermione, suffisamment proche à présent pour voir le visage de Harry. Tu as une mine épouvantable !

– En tout cas, répondit Harry d'une voix tremblante, j'ai sûrement meilleure mine qu'Ollivander…

Lorsqu'il leur eut raconté ce qu'il venait de voir, Ron sembla consterné. Hermione, elle, était absolument terrifiée.

– Pourtant, en principe, c'était fini ! Ta cicatrice… Elle ne devait plus te faire mal ! Tu ne dois pas laisser ce contact se rétablir… Dumbledore voulait que tu fermes ton esprit !

Voyant qu'il ne répondait pas, elle lui saisit le bras.

– Harry, il est en train de s'emparer du ministère, des journaux et de la moitié du monde des sorciers ! Ne le laisse pas entrer dans ta tête, en plus !

6

LA GOULE EN PYJAMA

Dans les jours qui suivirent, le choc provoqué par la mort de Fol Œil hantait la maison. Harry s'attendait toujours à le voir franchir la porte de derrière de son pas claudicant, comme les autres membres de l'Ordre qui entraient et sortaient pour apporter les nouvelles. Harry sentait que seule l'action pourrait atténuer le chagrin et la culpabilité qu'il éprouvait. Il devait se lancer le plus vite possible dans sa mission de chercher et de détruire les Horcruxes.

– De toute façon, tu ne peux rien tenter au sujet des – Ron forma silencieusement sur ses lèvres le mot « Horcruxes » – avant d'avoir dix-sept ans. Tu es toujours soumis à la Trace. Et on peut établir des plans ici aussi bien que n'importe où ailleurs, non ? À moins que – il baissa la voix en un murmure – tu ne saches déjà où sont les tu-sais-quoi ?

– Non, je n'en sais rien, avoua Harry.

– Je crois qu'Hermione a fait quelques recherches, poursuivit Ron. Elle m'a dit qu'elle attendait que tu sois là pour en parler.

Ils étaient assis à la table du petit déjeuner. Mr Weasley et Bill venaient de partir travailler et Mrs Weasley était montée réveiller Hermione et Ginny, tandis que Fleur s'était éloignée d'un pas nonchalant pour aller prendre un bain.

– La Trace sera levée le 31, dit Harry. Ça signifie que je dois rester ici quatre jours seulement. Ensuite, je pourrai…

– Cinq jours, rectifia Ron d'un ton ferme. Nous devons être là pour le mariage. Sinon, elles vont nous tuer.

Harry comprit que « elles » désignait Fleur et Mrs Weasley.

– Ça ne fait qu'un jour de plus, ajouta Ron en remarquant le regard frondeur de Harry.

– Elles ne peuvent donc pas se rendre compte de l'importance de… ?

– Bien sûr que non, l'interrompit Ron. Elles n'en ont pas la moindre idée. Et puisque tu en parles, je voulais te dire un mot à ce propos.

Il jeta un coup d'œil vers le couloir pour s'assurer que Mrs Weasley n'allait pas revenir tout de suite, puis se pencha vers Harry.

– Maman a essayé de nous faire parler, Hermione et moi. Elle veut savoir quels sont nos projets. La prochaine fois, c'est avec toi qu'elle essaiera, alors prépare-toi. Papa et Lupin nous ont posé des questions, eux aussi, mais quand on leur a répondu que Dumbledore t'avait recommandé de ne rien dire à personne en dehors de nous, ils ont laissé tomber. Maman, elle, insiste. Elle est bien décidée à savoir.

Quelques heures plus tard, la prédiction de Ron se vérifia. Peu avant le déjeuner, Mrs Weasley emmena Harry à l'écart des autres en lui demandant de l'aider à identifier une chaussette solitaire qui, d'après elle, était peut-être tombée de son sac à dos. Dès qu'elle l'eut isolé dans la minuscule arrière-cuisine, elle se lança :

– Ron et Hermione semblent penser que vous allez abandonner Poudlard, tous les trois, commença-t-elle d'un ton léger, détaché.

– Oui, répondit Harry, en effet, c'est vrai.

L'essoreuse tournait toute seule dans un coin, passant entre ses rouleaux l'un des maillots de corps de Mr Weasley.

– Puis-je te demander *pourquoi* vous laissez tomber vos études ? reprit Mrs Weasley.

– Eh bien, Dumbledore m'a laissé… des choses à faire, marmonna Harry. Ron et Hermione sont au courant et veulent venir avec moi.

– Quelle sorte de « choses » ?

– Désolé, mais je ne peux pas…

– Pour te parler franchement, j'estime qu'Arthur et moi avons le droit de savoir et je suis sûre que Mr et Mrs Granger seraient d'accord avec moi ! répliqua Mrs Weasley.

Harry avait redouté une attaque du genre « parents inquiets ». Il se força à la regarder dans les yeux et remarqua qu'ils avaient exactement la même couleur marron que ceux de Ginny. Ce qui ne l'aidait pas.

– Dumbledore ne voulait pas que quiconque d'autre soit au courant, Mrs Weasley. Je suis désolé. Ron et Hermione ne sont pas obligés de venir avec moi, c'est eux qui l'ont décidé…

– Je ne vois pas pourquoi *toi* tu devrais partir ! répliqua sèchement Mrs Weasley, abandonnant à présent tout faux-semblant. Vous êtes à peine majeurs tous les trois ! C'est de la pure folie. Si Dumbledore avait une tâche à accomplir, il avait l'Ordre tout entier à sa disposition ! Harry, tu as dû mal comprendre ce qu'il te disait. Il t'a sans doute parlé de quelque chose qu'il *voulait* voir réaliser et tu as cru qu'il te demandait à *toi* de…

– J'ai très bien compris ce qu'il m'a dit, répondit Harry d'un ton catégorique. Il faut que ce soit moi.

Il lui rendit la chaussette solitaire qu'il était censé identifier et dont les motifs représentaient des cannes de jonc dorées.

– Ce n'est pas la mienne. Je ne suis pas supporter du Club de Flaquemare.

– Comment ? Ah, non, bien sûr, dit Mrs Weasley qui avait repris son ton détaché avec une soudaineté déconcertante. J'aurais dû m'en douter. Eh bien, Harry, pendant que tu es encore là, peut-être accepteras-tu de nous aider un peu à préparer le mariage de Bill et Fleur ? Il y a encore tant de choses à faire.

– Mais… bien entendu, répondit Harry, décontenancé par ce brusque changement de sujet.

– C'est très gentil à toi, répliqua-t-elle.

Elle lui sourit et sortit de l'arrière-cuisine.

À compter de ce moment, Mrs Weasley donna tant de travail à Harry, Ron et Hermione pour aider aux préparatifs du mariage qu'ils n'avaient presque plus le temps de réfléchir. L'explication la plus indulgente qu'on pouvait trouver était que Mrs Weasley s'efforçait de détourner leurs pensées de Fol Œil et des terreurs qu'ils avaient endurées au cours de leur récent voyage. Mais, après deux jours entiers passés à astiquer les couverts, harmoniser les couleurs des faveurs, des rubans et des fleurs, dégnomer le jardin et à aider Mrs Weasley à préparer d'immenses plats de petits-fours, Harry la soupçonna d'avoir en tête un motif bien différent. Toutes les tâches qu'elle leur confiait semblaient avoir pour but d'éloigner Ron, Hermione et lui-même les uns des autres. Depuis le premier soir où il leur avait raconté comment Voldemort avait torturé Ollivander, il n'avait plus jamais eu l'occasion de leur parler seul à seuls.

– Je crois que maman s'imagine qu'en vous empêchant d'être ensemble et de faire des projets, elle pourra retarder ton départ, murmura Ginny à Harry le troisième soir, alors qu'ils mettaient la table pour le dîner.

– Et qu'est-ce qui va se passer, à son avis ? marmonna Harry. Elle pense peut-être que quelqu'un d'autre va aller tuer Voldemort pendant qu'elle nous retient ici à cuisiner des vol-au-vent ?

Il avait parlé sans réfléchir et vit Ginny pâlir.

– C'est donc vrai ? murmura-t-elle. C'est ce que tu vas essayer de faire ?

– Je... non... je disais ça pour rire, répondit Harry, tentant de se dérober.

Ils se regardèrent dans les yeux. Il y avait plus que de l'effarement dans l'expression de Ginny. Harry se rendit compte brusquement qu'il ne s'était plus trouvé seul avec elle depuis les heures volées dans des recoins secrets de Poudlard. Et il était sûr qu'elle aussi se souvenait. Tous deux sursautèrent lorsque la porte s'ouvrit pour laisser passer Mr Weasley, Kingsley et Bill.

D'autres membres de l'Ordre venaient souvent dîner, désormais, car le Terrier remplaçait le 12, square Grimmaurd comme quartier général. Mr Weasley avait expliqué qu'après la mort de Dumbledore, leur Gardien du Secret, chacun de ceux à qui il avait révélé l'emplacement du square Grimmaurd était devenu à son tour Gardien du Secret.

– Et comme nous sommes une vingtaine dans ce cas, le pouvoir du sortilège de Fidelitas s'en trouve considérablement affaibli. Les Mangemorts ont vingt fois plus de chance d'arracher le secret à quelqu'un. Nous ne pouvons donc plus compter dessus bien longtemps.

– Vous ne croyez pas qu'à l'heure qu'il est, Rogue a déjà donné l'adresse aux Mangemorts ? demanda Harry.

– Fol Œil a jeté deux ou trois maléfices contre Rogue, au cas où il retournerait là-bas. Nous espérons qu'ils seront suffisamment puissants pour l'empêcher d'y entrer et lui lier la langue s'il essaye de parler de la maison, mais nous ne pouvons pas en être sûrs. Il aurait été déraisonnable de conserver cet endroit comme quartier général, à présent que sa protection est devenue si incertaine.

Il y avait tellement de monde dans la cuisine, ce soir-là, qu'on avait du mal à manœuvrer son couteau et sa fourchette. Harry se retrouva serré contre Ginny. Après ce qui s'était passé entre eux avant le dîner, leur long regard muet, Harry aurait préféré qu'ils soient séparés. Il faisait tant d'efforts pour essayer de ne pas lui effleurer le bras qu'il parvenait à peine à couper son poulet.

– Pas de nouvelles pour Fol Œil ? demanda Harry à Bill.

– Non, rien, répondit celui-ci.

Aucune cérémonie funèbre en hommage à Maugrey n'avait pu avoir lieu car Bill et Lupin n'avaient pas réussi à retrouver son corps. Il était difficile de savoir où il était tombé, compte tenu de l'obscurité et de la confusion qui avait régné pendant la bataille.

– *La Gazette du sorcier* n'a pas dit un mot de sa mort, ou de la recherche de son corps, poursuivit Bill. Mais cela ne signifie pas grand-chose. Il y a beaucoup de sujets qui sont passés sous silence, ces temps-ci.

– Le ministère n'a toujours pas prévu d'audience contre moi ? lança Harry à Mr Weasley, assis de l'autre côté de la table.

Mr Weasley hocha la tête en signe de dénégation.

– Pourtant, je n'étais toujours pas majeur quand j'ai utilisé la magie contre les Mangemorts. Est-ce parce qu'ils savent que je n'avais pas le choix ou parce qu'ils préfèrent ne pas m'entendre annoncer au monde entier que Voldemort m'a attaqué ?

– C'est plutôt la deuxième raison, me semble-t-il. Scrimgeour ne veut pas admettre que Tu-Sais-Qui est devenu aussi puissant que lui, ni qu'il y a eu une évasion massive à Azkaban.

– Bien sûr, pourquoi dire la vérité au public ? ironisa Harry.

Il serra si fort son couteau que les fines cicatrices toujours présentes sur le dos de sa main droite ressortirent, blanchâtres, contre sa peau : « Je ne dois pas dire de mensonges. »

– Il n'y a donc personne au ministère qui soit prêt à se dresser contre lui ? interrogea Ron avec colère.

– Bien sûr que si, Ron, mais les gens sont terrifiés, répondit Mr Weasley. Terrifiés à l'idée d'être les prochains à disparaître, ou de voir leurs enfants attaqués ! De terribles rumeurs circulent. Pour ma part, je ne pense pas que le professeur d'étude des Moldus à Poudlard ait démissionné. On ne l'a plus vue depuis des semaines. Pendant ce temps, Scrimgeour reste toute la journée enfermé dans son bureau. J'espère simplement qu'il travaille à un plan d'action.

Il y eut un silence que Mrs Weasley mit à profit pour débarrasser par magie les assiettes vides et servir la tarte aux pommes.

– Il faut décider comment on va te déguiser, Arry, dit Fleur lorsque tout le monde eut mangé son dessert. Pour le mariage, ajouta-t-elle devant son air interrogateur. Oh, bien sûr, il n'y aura aucun Mangemort parmi nos invités mais nous ne pouvons pas garantir que personne ne laissera échapper quelque chose à ton sujet après avoir bu du champagne.

Harry en conclut qu'elle soupçonnait toujours Hagrid.

— Oui, c'est vrai, lança Mrs Weasley, du bout de la table où elle était assise.

Ses lunettes perchées sur le bout de son nez, elle examinait une immense liste de tâches à accomplir qu'elle avait griffonnée sur un très long morceau de parchemin.

— Ron, as-tu rangé ta chambre ?

— *Pourquoi ?* s'exclama-t-il.

Il jeta bruyamment sa cuillère sur la table et regarda sa mère d'un œil mauvais.

— Pourquoi faudrait-il que je range ma chambre ? Elle nous convient très bien telle qu'elle est, à Harry et à moi !

— Dans quelques jours, nous allons célébrer ici le mariage de ton frère, jeune homme…

— Et ils vont se marier dans ma chambre ? lança Ron avec fureur. Non ! Alors pourquoi, par les glandes de Merlin…

— Ne parle pas comme ça à ta mère ! trancha Mr Weasley d'un ton ferme. Et fais ce qu'on te dit.

Ron regarda ses parents d'un air renfrogné puis il reprit sa cuillère et s'attaqua au petit morceau de tarte qui restait dans son assiette.

— Je peux t'aider, il y a une partie du désordre qui est à moi, dit Harry à Ron, mais Mrs Weasley l'interrompit.

— Non, Harry, mon chéri, je préférerais que tu aides Arthur à nettoyer le poulailler et toi, Hermione, tu me rendrais un grand service si tu voulais bien changer les draps pour Monsieur et Madame Delacour, ils arrivent demain matin à onze heures.

Mais il apparut que s'occuper des poulets ne demanderait pas beaucoup de travail.

– Inutile de… heu… d'en parler à Molly, dit Mr Weasley à Harry en bloquant l'accès au poulailler, mais… heu… Ted Tonks m'a envoyé une bonne partie de ce qui restait de la moto de Sirius et… heu… j'ai caché, ou plutôt j'ai rangé, tout ça ici. Des pièces splendides : il y a un pot d'échappement, je crois que c'est comme ça qu'on dit, une batterie magnifique, et puis je vais avoir une occasion unique de découvrir comment marchent des freins. J'essayerai de la remonter quand Molly ne… Je veux dire, quand j'aurai un peu de temps.

Lorsqu'ils revinrent dans la maison, Mrs Weasley n'était pas là et Harry en profita pour monter silencieusement l'escalier et rejoindre Ron dans sa chambre, sous les toits.

– Oui, oui, ça y est, je suis en train de ranger ! Ah, c'est toi, dit Ron, soulagé en voyant entrer Harry.

Ron se rallongea sur le lit qu'il venait manifestement de quitter. La pièce était toujours dans le même désordre qu'au cours de la semaine. Le seul changement, c'était qu'Hermione se trouvait à présent assise dans le coin opposé, Pattenrond, son chat orange au poil touffu, blotti à ses pieds. Elle était occupée à répartir en deux énormes piles des livres parmi lesquels Harry reconnut quelques-uns des siens.

– Salut, Harry, dit-elle, tandis qu'il s'asseyait sur son lit de camp.

– Et toi, comment as-tu fait pour t'échapper ?

– La mère de Ron avait oublié qu'elle m'avait déjà demandé de changer les draps hier avec Ginny, répondit Hermione.

Elle jeta *Numérologie et grammaire* sur l'un des tas et *Grandeur et décadence de la magie noire* sur l'autre.

– On parlait de Fol Œil, dit Ron à Harry. Je pense qu'il a peut-être survécu.

– Bill a vu le sortilège de Mort le frapper, objecta Harry.

– Oui, mais Bill était attaqué lui aussi. Comment peut-il être sûr de ce qu'il a vu ?

– Même si le sortilège l'a manqué, Fol Œil est quand même tombé d'une hauteur d'au moins trois cents mètres, dit Hermione qui soupesait à présent dans sa main *Équipes de Quidditch de Grande-Bretagne et d'Irlande*.

– Il a peut-être utilisé le charme du Bouclier…

– Fleur dit que sa baguette lui a sauté des mains, fit remarquer Harry.

– Très bien, si vous tenez absolument à ce qu'il soit mort…, grommela Ron avec mauvaise humeur en frappant son oreiller d'un coup de poing pour lui donner une forme plus confortable.

– Bien sûr que non, on ne tient pas à ce qu'il soit mort ! protesta Hermione, choquée. C'est horrible qu'il soit mort ! Mais nous sommes réalistes !

Pour la première fois, Harry imagina le corps de Fol Œil brisé, comme l'avait été celui de Dumbledore, mais toujours avec son œil tournoyant dans son orbite. Il eut une réaction de dégoût en même temps qu'une bizarre envie de rire.

– Les Mangemorts ont sans doute fait le ménage derrière eux, c'est pour ça que personne n'a retrouvé son corps, conclut Ron avec sagesse.

– Ouais, dit Harry, comme Barty Croupton transformé en os et enterré dans le jardin de Hagrid. Ils ont sans doute métamorphosé Maugrey et l'ont empaillé…

– Ne dis pas des choses pareilles ! couina Hermione.

Surpris, Harry se tourna vers elle et la vit fondre en larmes sur son syllabaire Lunerousse.

– Oh, non, s'exclama Harry en se débattant pour se relever de son vieux lit de camp. Hermione, je ne voulais pas te faire de peine…

Mais, dans un grincement sonore de vieux ressorts rouillés, Ron avait bondi du lit et arriva avant Harry auprès d'Hermione. Il lui passa un bras autour des épaules, puis plongea la main dans la poche de son jean et en sortit un mouchoir répugnant qu'il avait utilisé un peu plus tôt pour nettoyer le four. Tirant hâtivement sa baguette magique, il la pointa sur le chiffon et prononça la formule :

– *Tergeo*.

La baguette aspira la plus grande partie de la graisse qui imbibait le tissu. L'air plutôt content de lui, Ron tendit à Hermione le mouchoir qui fumait légèrement.

– Oh… merci, Ron… Je suis désolée…

Elle se moucha et eut un hoquet.

– C'est tellement af… freux. Juste après Dumbledore… Je… n'a… n'avais jamais… i… imaginé que Fol Œil puisse mourir. Il paraissait si solide !

– Je sais, soupira Ron qui la serra contre lui. Mais tu sais bien ce qu'il dirait s'il était là ?

– Vi… Vigilance constante, répondit Hermione en s'essuyant les yeux.

– Exactement, approuva Ron avec un hochement de tête. Il nous dirait de tirer les leçons de ce qui lui est arrivé. Et la leçon que j'ai tirée c'est de ne jamais faire confiance à ce lamentable petit trouillard de Mondingus.

Hermione fut secouée d'un éclat de rire et se pencha en avant pour prendre deux autres livres. Un instant plus tard, Ron lui lâcha brusquement l'épaule. Elle lui avait laissé tomber sur le pied *Le Monstrueux Livre des monstres*. L'ouvrage se libéra de la ceinture qui le maintenait fermé et fit claquer férocement les bords de sa reliure, telles des mâchoires, en les refermant sur la cheville de Ron.

– Je suis désolée, je suis désolée ! s'écria Hermione tandis que Harry arrachait le livre de la jambe de Ron et l'attachait à nouveau.

– D'ailleurs, qu'est-ce que tu fabriques avec tous ces livres ? interrogea Ron qui retournait vers son lit d'un pas claudicant.

– J'essaye de décider quels sont ceux que je vais emporter, répondit Hermione. Quand nous serons partis à la recherche des Horcruxes.

– Ah oui, bien sûr, dit Ron, en se frappant le front du plat de la main. J'avais oublié que nous devions traquer Voldemort dans une librairie ambulante.

– Ha, ha, très drôle, répliqua Hermione.

Elle examina le syllabaire Lunerousse.

– Je me demande… Aurons-nous besoin de traduire des runes ? Peut-être… Je pense que nous devrions le prendre, pour être plus sûrs.

Elle laissa tomber le syllabaire sur le plus haut des deux tas et prit *L'Histoire de Poudlard*.

– Écoutez, dit Harry.

Il s'était redressé, assis sur son lit. Ron et Hermione le regardèrent avec le même mélange de résignation et de défi.

– Je sais bien qu'après l'enterrement de Dumbledore, vous m'avez dit que vous vouliez venir avec moi, commença Harry.

– Et ça y est, c'est parti, lança Ron à Hermione, les yeux au ciel.

– On savait qu'on y aurait droit, soupira Hermione en se

tournant à nouveau vers les livres. Je pense que je vais prendre *L'Histoire de Poudlard*. Même si nous n'y retournons pas, je ne me sentirais pas à mon aise si je ne l'avais pas avec…

– Écoutez ! répéta Harry.

– Non, Harry, c'est toi qui vas nous écouter, l'interrompit Hermione. On vient avec toi. La décision a été prise il y a des mois – des années, en fait.

– Mais…

– Silence, lui conseilla Ron.

– Vous êtes sûrs que vous avez bien réfléchi ? insista Harry.

– Voyons, reprit Hermione, en jetant avec un regard féroce *Randonnées avec les trolls* sur la pile des livres à ne pas emporter. Depuis plusieurs jours, je prépare les bagages pour que nous soyons prêts à partir à tout moment, ce qui a nécessité, je te le signale pour ton information, des manipulations magiques passablement difficiles. Sans parler du stock de Polynectar préparé par Fol Œil, que j'ai réussi à détourner sous le nez de la mère de Ron.

« J'ai aussi modifié les souvenirs de mes parents pour les convaincre qu'ils s'appellent en réalité Wendell et Monica Wilkins et que la grande ambition de leur vie est d'aller s'installer en Australie, ce qu'ils ont fait, à l'heure qu'il est. Tout cela pour rendre la tâche de Voldemort plus difficile s'il veut les retrouver et les interroger à mon sujet – ou au tien car, malheureusement, je leur ai raconté pas mal de choses sur toi.

« En admettant que je survive à la chasse aux Horcruxes, j'irai rejoindre papa et maman pour lever le sortilège. Sinon… je crois que j'ai utilisé un charme suffisamment puissant pour qu'ils puissent vivre heureux et en toute sécurité. Wendell et Monica Wilkins ne savent pas qu'ils ont une fille, tu comprends ?

Les yeux d'Hermione étaient à nouveau embués de larmes. Ron se releva de son lit, la prit encore une fois par les épaules et regarda Harry en fronçant les sourcils, comme pour lui reprocher son manque de tact. Harry ne trouva rien à dire, notamment parce qu'il était très inhabituel que Ron donne des leçons de tact.

– Je… Hermione, je suis désolé… Je ne m'étais…

– Pas rendu compte que Ron et moi savons parfaitement ce que nous risquons en t'accompagnant ? Eh bien, oui, nous le savons. Ron, montre à Harry ce que tu as fait.

– Non, il vient de manger, répondit Ron.

– Vas-y, il faut qu'il sache !

– Bon, d'accord. Viens, Harry.

Pour la deuxième fois, il ôta son bras des épaules d'Hermione et s'avança d'un pas lourd vers la porte.

– Allez, viens.

– Où ? demanda Harry en suivant Ron dans le minuscule couloir.

– *Descendo*, marmonna Ron, sa baguette pointée vers le plafond bas.

Une trappe s'ouvrit juste au-dessus de leur tête et une échelle glissa à leurs pieds. Un horrible son, moitié gémissement, moitié bruit de succion, leur parvint à travers l'ouverture, en même temps que se répandait une odeur infecte, semblable à celle d'une bouche d'égout.

– C'est votre goule ? demanda Harry.

Il n'avait jamais vraiment vu la créature qui troublait parfois le silence de la nuit.

– Ouais, répondit Ron en grimpant l'échelle. Viens jeter un coup d'œil.

Harry monta derrière Ron les quelques barreaux de

l'échelle qui menait dans le minuscule espace du grenier. Il avait passé la tête et les épaules dans l'ouverture lorsqu'il aperçut la créature pelotonnée à un ou deux mètres de lui, profondément endormie dans la pénombre, la bouche largement ouverte.

– Mais elle… On dirait… C'est normal qu'une goule porte un pyjama ?

– Non, répondit Ron. Il n'est pas non plus normal qu'elle ait les cheveux roux et le visage couvert de pustules.

Harry contempla la créature avec un certain dégoût. Elle avait une taille et une forme humaines et, maintenant que les yeux de Harry s'étaient habitués à l'obscurité, il vit clairement qu'elle était vêtue d'un vieux pyjama de Ron. Il savait par ailleurs que les goules étaient généralement visqueuses et chauves plutôt que chevelues et recouvertes de cloques violettes, visiblement enflammées.

– Tu vois, c'est moi, dit Ron.

– Non, je ne vois pas, répondit Harry.

– Je t'expliquerai quand on sera revenus dans la chambre, je ne supporte pas l'odeur.

Ils redescendirent l'échelle que Ron fit remonter dans le plafond et rejoignirent Hermione, toujours occupée à trier les livres.

– Quand nous serons partis, la goule viendra habiter dans ma chambre, dit Ron. Je crois qu'elle en a très envie. Il est difficile d'en être sûr parce qu'elle ne sait que gémir et baver, mais elle hoche frénétiquement la tête chaque fois que j'en parle. En tout cas, elle est censée être moi, atteint d'éclabouille. Bon plan, non ?

Harry ne put qu'afficher sa perplexité.

– Très bon plan ! insista Ron, manifestement contrarié

que Harry n'ait pas saisi la brillante intelligence du stratagème. Réfléchis, quand on s'apercevra que nous ne revenons
pas à Poudlard, tout le monde pensera que nous sommes restés avec toi, Hermione et moi, d'accord ? Ce qui signifie que
les Mangemorts iront directement voir nos familles pour
essayer d'obtenir des informations sur l'endroit où tu te
trouves.

– Si tout se passe bien, ils croiront que je suis partie avec
mes parents, dit Hermione. En ce moment, on entend beaucoup de sorciers nés moldus qui parlent d'aller se cacher
quelque part.

– Il est impossible de cacher toute ma famille, ça paraîtrait
trop louche, reprit Ron, et d'ailleurs ils ne peuvent pas quitter leur travail. On va donc faire courir le bruit que je suis
atteint d'une éclabouille grave et que je ne peux pas retourner à l'école. Si quelqu'un passe vérifier, maman ou papa
montrera la goule couverte de pustules dans mon lit. L'éclabouille est très contagieuse, personne ne se risquera à approcher. Et peu importe que la goule soit incapable de dire un
mot parce que, de toute façon, on ne peut plus parler quand
le champignon se répand jusqu'à la luette.

– Tes parents sont d'accord avec ce plan ? demanda Harry.

– Papa, oui. Il a aidé Fred et George à transformer la
goule. Maman... tu la connais. Elle n'acceptera jamais l'idée
qu'on s'en aille, tant qu'on ne sera pas vraiment partis.

Il y eut un long silence, brisé seulement par le léger bruit
mat que produisaient en tombant les livres qu'Hermione
continuait de jeter sur une pile ou sur l'autre. Ron resta assis
à l'observer, tandis que Harry les regardait tour à tour, incapable de prononcer la moindre parole. Les mesures qu'ils
avaient prises pour protéger leurs familles constituaient la

meilleure preuve qu'ils étaient vraiment décidés à partir avec lui en étant pleinement conscients des dangers qui les attendaient. Il aurait voulu leur dire tout ce que cela signifiait pour lui, mais ne trouvait pas de mots assez forts.

Dans le silence leur parvinrent les clameurs étouffées de Mrs Weasley qui criait, quatre étages plus bas.

– Ginny a sans doute oublié un grain de poussière sur un rond de serviette à trois sous, dit Ron. Je ne vois pas pourquoi il faut absolument que les Delacour arrivent deux jours avant le mariage.

– La sœur de Fleur sera demoiselle d'honneur, elle doit être là pour la répétition et elle est trop jeune pour venir toute seule, répondit Hermione qui examinait d'un air indécis *Flâneries avec le spectre de la mort*.

– Avoir des invités n'aidera pas maman à calmer son stress, remarqua Ron.

Sans hésiter, Hermione jeta à la corbeille *Théorie des stratégies de défense magique* mais conserva *Le Guide des écoles de sorcellerie en Europe*.

– Ce que nous devons vraiment décider, dit-elle, c'est notre destination quand nous partirons d'ici. Je sais que tu voulais d'abord aller à Godric's Hollow, Harry, et je comprends pourquoi, mais... enfin, bon... est-ce que notre priorité ne devrait pas être les Horcruxes ?

– Je serais d'accord avec toi si nous savions où en trouver un, répondit Harry.

Il ne pensait pas qu'Hermione comprenait véritablement son désir de retourner à Godric's Hollow. Ce n'était pas seulement la tombe de ses parents qui l'attirait là-bas : il avait aussi le sentiment inexplicable mais profond que cet endroit pouvait apporter des réponses à ses questions. Peut-être tout simplement parce que c'était là qu'il avait survécu au Sortilège de la Mort du Seigneur des Ténèbres. À présent qu'il était mis au défi de renouveler cet exploit, Harry éprouvait le besoin de retourner vers le lieu où il s'était produit, pour essayer de comprendre.

— Ne crois-tu pas que Voldemort pourrait surveiller Godric's Hollow ? s'inquiéta Hermione. Il s'attend peut-être à ce que tu y retournes pour voir la tombe de tes parents, maintenant que tu peux aller où tu veux.

Harry n'y avait pas pensé. Tandis qu'il s'efforçait de trouver un argument à lui opposer, Ron parla à son tour, réfléchissant manifestement à haute voix :

— La personne qui a signé R.A.B., dit-il, tu sais, celui qui a volé le médaillon.

Hermione acquiesça d'un signe de tête.

— Dans le mot qu'il a laissé, il a écrit qu'il allait le détruire, c'est bien ça ?

Harry tira vers lui son sac à dos et en sortit le faux Horcruxe qui contenait toujours le message de R.A.B.

— « J'ai volé le véritable Horcruxe et j'ai l'intention de le détruire dès que je le pourrai », lut Harry à haute voix.

— Et s'il avait *vraiment* réussi à le détruire ? demanda Ron.

— Il ou elle, précisa Hermione.

— Peu importe, dit Ron. Ça en ferait un de moins pour nous !

— Oui, mais il faudra quand même que nous tentions de retrouver le vrai médaillon, non ? objecta Hermione. Pour savoir si oui ou non il a été détruit.

— Et une fois qu'on aura mis la main dessus, on s'y prend comment pour détruire un Horcruxe ?

— Justement, répondit Hermione, j'ai fait des recherches à ce sujet.

– Comment ça ? s'étonna Harry. Je croyais qu'il n'y avait pas de livres sur les Horcruxes à la bibliothèque ?

– En effet, il n'y en a pas, admit Hermione dont les joues avaient rosi. Dumbledore les a tous enlevés mais il… il ne les a pas détruits.

Ron se redressa, les yeux écarquillés.

– Par le caleçon de Merlin, comment as-tu fait pour dénicher des livres sur les Horcruxes ?

– Ce… Ce n'était pas du vol ! assura Hermione en regardant successivement Harry et Ron d'un air éperdu. Ils appartenaient toujours à la bibliothèque, même si Dumbledore les avait enlevés des étagères. Et d'ailleurs, s'il avait *vraiment* voulu que personne ne puisse les consulter, je suis sûre qu'il aurait été beaucoup plus difficile de…

– Viens-en au fait ! s'exclama Ron.

– Eh bien… c'était facile, répondit Hermione d'une petite voix. J'ai simplement utilisé un sortilège d'Attraction. Vous savez… *Accio*… Et… ils sont aussitôt sortis par la fenêtre du bureau de Dumbledore en filant droit vers le dortoir des filles.

– Quand as-tu fait ça ? demanda Harry, qui fixait Hermione avec un mélange d'admiration et d'incrédulité.

– Juste après son enterrement – l'enterrement de Dumbledore, expliqua Hermione d'une voix encore plus fluette. Juste après avoir pris la décision de quitter l'école pour retrouver les Horcruxes. Quand je suis remontée chercher mes affaires, je… j'ai pensé que plus on en saurait à ce sujet, mieux ça vaudrait… J'étais seule là-haut… alors, j'ai essayé… et ça a marché. Les livres se sont engouffrés par la fenêtre ouverte et je… je les ai mis dans ma valise.

Elle déglutit puis ajouta d'un air suppliant :

– Je suis sûre que Dumbledore ne m'en aurait pas voulu, ce n'est pas comme si nous voulions nous en servir pour fabriquer des Horcruxes, non ?

– Est-ce qu'on s'est plaints de quelque chose ? répliqua Ron. Où sont ces livres ?

Hermione fouilla quelques instants puis retira de la pile un gros volume à la reliure de cuir noir usée. L'air un peu dégoûté, elle le manipula avec précaution, comme s'il s'agissait d'une créature morte récemment.

– Voici celui qui donne des instructions explicites sur la façon de créer un Horcruxe. *Secrets les plus sombres des forces du Mal*… C'est un livre abominable, vraiment affreux, rempli de magie maléfique. Je me demande quand Dumbledore l'a retiré de la bibliothèque… S'il ne l'a pas fait avant d'être directeur, je suis prête à parier que Voldemort y a trouvé tous les renseignements dont il avait besoin.

– Dans ce cas, pourquoi aurait-il demandé à Slughorn comment fabriquer un Horcruxe, s'il avait déjà lu tout ça ? interrogea Ron.

– Il a seulement demandé à Slughorn ce qui se passerait si on séparait son âme en sept parties, répondit Harry. Dumbledore était certain que Jedusor savait déjà comment faire un Horcruxe lorsqu'il a posé la question à Slughorn. Je crois que tu as raison, Hermione, il aurait très bien pu tirer ses informations de ce livre.

– Plus j'avançais dans ma lecture, reprit Hermione, plus je trouvais cela horrible, et moins j'arrivais à croire qu'il en ait véritablement créé six. Le livre explique que lorsqu'on en arrache une partie, l'âme devient très instable, même quand on ne fabrique qu'un seul Horcruxe !

Harry se souvint que Dumbledore avait dit de Voldemort

qu'il était allé « au-delà des limites de ce qu'on appelle habituellement le royaume du Mal ».

— N'y a-t-il pas un moyen de reconstituer son âme en rassemblant les morceaux ? demanda Ron.

— Si, répondit Hermione avec un pâle sourire, mais ce serait atrocement douloureux.

— Pourquoi ? Comment y parvient-on ? interrogea Harry.

— Par le remords, répondit Hermione. Il faut ressentir profondément le mal qu'on a fait. Et il y a un détail annexe. Apparemment, la douleur éprouvée est telle qu'elle peut te détruire. J'imagine mal Voldemort tentant l'expérience, et vous ?

— Moi aussi, dit Ron avant que Harry ait pu parler. Mais est-ce qu'on explique comment détruire les Horcruxes, dans ce livre ?

— Oui, déclara Hermione qui tournait à présent les pages fragiles de l'ouvrage comme si elle examinait des entrailles en décomposition. Les sorciers sont avertis qu'ils doivent les entourer d'enchantements très puissants. D'après tout ce que j'ai lu, ce que Harry a fait au journal de Jedusor est un des rares moyens efficaces d'anéantir un Horcruxe.

— Quoi, tu veux dire le transpercer avec un crochet de Basilic ? s'étonna Harry.

— Quelle chance ! On a justement tout un stock de crochets de Basilic à notre disposition, lança Ron. Je me demandais comment on allait les utiliser.

— Il n'est pas nécessaire que ce soit un crochet de Basilic, reprit Hermione d'un ton patient. Il faut quelque chose de tellement destructeur que l'Horcruxe ne puisse pas se réparer de lui-même. Le venin de Basilic n'a qu'un seul antidote qui est extrêmement rare…

– Les larmes de phénix, acheva Harry avec un hochement de tête.

– Exactement, approuva Hermione. L'ennui, c'est qu'il existe très peu de substances aussi destructrices que le venin de Basilic et elles sont toutes très dangereuses à transporter. Mais il faudra bien que nous trouvions une solution car briser, frapper, écraser un Horcruxe n'a aucun effet. On doit l'endommager au point qu'aucune magie ne puisse le réparer.

– Mais même si nous détruisons la chose dans laquelle il vit, pourquoi le fragment d'âme ne pourrait-il pas aller s'abriter dans un autre objet ? dit Ron.

– Parce qu'un Horcruxe est l'exact opposé d'un être humain.

Devant l'air décontenancé de Harry et de Ron, Hermione se hâta de poursuivre :

– Si je prenais brusquement une épée et que je te la passe au travers du corps, Ron, je n'infligerais aucun dommage à ton âme.

– Ce qui serait pour moi une grande consolation, assura Ron.

Harry éclata de rire.

– J'espère bien ! Mais ce que je veux démontrer c'est que, quoi qu'il arrive à ton corps, ton âme reste intacte, continua Hermione. Avec un Horcruxe, en revanche, c'est l'inverse. La survie du fragment d'âme qui y est enfermé dépend de son contenant, de cette espèce de corps ensorcelé. Le morceau d'âme ne peut plus exister sans lui.

– Ce journal a eu l'air de mourir quand j'y ai enfoncé le crochet du Basilic, confirma Harry en se souvenant de l'encre qui ruisselait comme du sang sur les pages transpercées et des hurlements poussés par le fragment de l'âme de Voldemort avant de disparaître.

– Une fois le journal véritablement détruit, le morceau d'âme qui y était enfermé ne pouvait survivre. Avant toi, Ginny a essayé de se débarrasser du journal en le jetant dans les toilettes mais il est réapparu comme neuf.

– Attends un peu, coupa Ron, les sourcils froncés. Le morceau d'âme contenu dans ce journal avait pourtant possédé Ginny, n'est-ce pas ? Comment cela peut-il arriver ?

– Tant que l'Horcruxe est intact, le fragment d'âme qu'il contient peut pénétrer à l'intérieur d'une personne et en sortir à sa guise si cette personne s'approche trop près de l'objet. Je ne veux pas dire le toucher longtemps, ce n'est pas une question de contact physique, ajouta-t-elle avant que Ron ait pu intervenir. Je veux plutôt parler d'une proximité émotionnelle. Ginny a ouvert son cœur à ce journal, elle s'est rendue incroyablement vulnérable. On a de gros ennuis quand on s'attache trop à un Horcruxe, ou qu'on en devient dépendant.

– Je me demande comment Dumbledore s'y est pris pour détruire l'anneau, dit Harry. Pourquoi ne lui ai-je pas posé la question ? Je n'ai jamais vraiment…

Sa voix se perdit : il pensa à tout ce qu'il aurait dû demander à Dumbledore. Depuis la mort du directeur de Poudlard, il avait l'impression d'avoir laissé passer trop d'occasions, quand il était encore vivant, d'en savoir plus… de tout savoir…

Le silence fut brutalement brisé par le fracas de la porte de la chambre qui s'ouvrit à la volée en heurtant le mur avec tant de force qu'il en trembla. Hermione poussa un cri aigu et laissa tomber les *Secrets les plus sombres des forces du Mal*. Pattenrond fila sous le lit en crachant avec indignation. Ron se leva d'un bond, glissa sur un vieil emballage de

Chocogrenouille, et se cogna la tête contre le mur d'en face. Harry, d'un geste instinctif, se précipita sur sa baguette avant de s'apercevoir qu'il se trouvait face à Mrs Weasley, échevelée, le visage déformé par la rage.

– Je suis désolée de troubler cette petite réunion intime, dit-elle, la voix frémissante. Je ne doute pas que vous ayez bien besoin de repos… mais figurez-vous qu'il y a dans ma chambre un tas de cadeaux de mariage qui ne demandent qu'à être triés. Or, il m'a semblé que vous étiez d'accord pour donner un coup de main.

– Oh, oui, bien sûr, s'exclama Hermione, qui se leva aussitôt, l'air terrifié, envoyant des livres voler en tous sens. Nous allons… Nous sommes désolés…

Elle lança un regard anxieux à Harry et à Ron, puis sortit de la pièce derrière Mrs Weasley.

– J'ai l'impression d'être un elfe de maison, se plaignit Ron à voix basse, en se massant la tête. Sauf que je n'ai pas la satisfaction du travail accompli. Plus vite ce mariage sera terminé, plus je serai content, ajouta-t-il tandis qu'il leur emboîtait le pas en compagnie de Harry.

– Ouais, répondit celui-ci. Nous n'aurons plus rien d'autre à faire qu'à trouver les Horcruxes… Ça ressemblera à des vacances…

Ron se mit à rire mais, lorsqu'il vit l'énorme tas de cadeaux qui les attendait dans la chambre de Mrs Weasley, son rire s'étrangla soudain dans sa gorge.

Les Delacour arrivèrent le lendemain matin à onze heures. Harry, Ron, Hermione et Ginny éprouvaient une franche animosité à l'égard de la famille de Fleur, et ce fut avec mauvaise grâce que Ron remonta dans sa chambre pour mettre des chaussettes identiques et que Harry s'efforça d'aplatir ses cheveux en bataille. Lorsque Mrs Weasley estima qu'ils étaient suffisamment présentables, ils se rassemblèrent dans la cour ensoleillée, à l'arrière de la maison, pour y attendre les invités.

Harry n'avait jamais vu l'endroit aussi impeccable. Le chaudron rouillé et les vieilles bottes qui encombraient habituellement les marches avaient disparu, remplacés par deux nouvelles plantes à Pipaillon qui se dressaient dans de grands pots disposés de chaque côté de la porte. Bien qu'il n'y eût aucune brise, les feuilles se balançaient paresseusement, dans un élégant mouvement d'ondulation. Les poulets avaient été enfermés, la cour balayée, et la végétation du jardin contigu soigneusement taillée, élaguée, remodelée dans son ensemble. Mais Harry, qui la préférait dense et touffue, trouvait le jardin un peu triste quand on n'y voyait pas gambader les habituelles cohortes de gnomes.

Il n'aurait su dire combien de sortilèges de Protection avaient été déployés autour du Terrier, à la fois par l'Ordre et par le ministère. Tout ce qu'il savait, c'était qu'on ne pouvait plus y entrer ou en sortir directement par des moyens magiques. Aussi, Mr Weasley était allé attendre les Delacour au sommet d'une colline voisine où ils devaient arriver par Portoloin. Leur approche fut signalée par un rire étrangement aigu qui se révéla être celui de Mr Weasley. Quelques instants plus tard, il apparut à la porte, chargé de bagages et montrant le chemin à une très belle femme blonde, vêtue d'une longue robe vert foncé, qui ne pouvait être que la mère de Fleur.

– Maman ! s'écria Fleur en se précipitant pour la serrer dans ses bras. Papa !

Monsieur Delacour était loin d'avoir le charme de son

épouse. Il avait une tête de moins qu'elle, une silhouette très enveloppée et une barbichette noire et pointue, mais il semblait d'une bonne nature. Chaussé de bottes à talons hauts, il s'avança d'un pas bondissant vers Mrs Weasley et l'embrassa deux fois sur chaque joue, la laissant dans un état de grande confusion.

– Il ne fallait pas vous donner tant de mal, déclara-t-il d'une voix grave. Fleur nous a expliqué que vous avez eu un gros travail. Beaucoup de « ardoueurk », comme on dit chez vous.

– Oh, ce n'est rien, ce n'est rien ! roucoula Mrs Weasley. Nous ne nous sommes donné aucun mal, c'était un plaisir.

Ron se défoula en décochant un coup de pied à un gnome qui avait passé la tête derrière l'une des plantes à Pipaillon.

– Chère Milady ! s'exclama d'un air rayonnant Monsieur Delacour, qui tenait toujours la main de Mrs Weasley entre ses doigts potelés. Croyez bien que l'union entre nos deux familles qui s'avance à grands pas sera pour nous un honneur considérable ! Permettez que je vous présente mon épouse Apolline.

Madame Delacour s'approcha avec grâce et se pencha vers Mrs Weasley pour l'embrasser à son tour.

– Enchantée, dit-elle. Votre mari nous a conté des histoires d'une exquise drôlerie !

Mr Weasley eut un petit rire nerveux. Mrs Weasley lui lança un regard qui le fit taire aussitôt et le visage de Mr Weasley prit l'expression de quelqu'un qui rendrait visite à un ami proche sur son lit de mort.

– Bien entendu, vous connaissez déjà Gabrielle, ma fille cadette ! poursuivit Monsieur Delacour.

Gabrielle ressemblait à Fleur en miniature. Elle avait onze

ans et une longue chevelure d'un blond pur, argenté, qui lui tombait jusqu'à la taille. Elle adressa à Mrs Weasley un sourire éclatant et la serra dans ses bras, puis lança à Harry un regard de braise en battant des cils. Ginny s'éclaircit bruyamment la gorge.

– Eh bien, venez, entrez ! dit Mrs Weasley d'un ton joyeux.

Et elle emmena les Delacour à l'intérieur de la maison à grand renfort de : « Allez-y, s'il vous plaît ! », « Après vous, je vous en prie ! », « Je n'en ferai rien ! »

Les Delacour se révélèrent des hôtes plaisants et serviables. Ils étaient contents de tout et ravis d'aider aux préparatifs du mariage. Monsieur Delacour qualifiait tout ce qu'on lui montrait de « *Charming*, comme on dit chez vous », depuis le plan de table jusqu'aux chaussures des demoiselles d'honneur. Madame Delacour était une virtuose des sortilèges ménagers et nettoya impeccablement le four en un tournemain. Gabrielle ne quittait pas sa sœur aînée, essayant d'apporter son aide de toutes les manières possibles, parlant sans cesse dans un français trop rapide pour qu'on puisse la comprendre.

Le Terrier n'était malheureusement pas conçu pour héberger tant de monde. Mr et Mrs Weasley dormaient à présent dans le salon après avoir insisté pour que Monsieur et Madame Delacour occupent leur chambre en faisant taire à grands cris leurs protestations. Gabrielle dormait avec Fleur dans l'ancienne chambre de Percy et Bill partagerait la sienne avec Charlie, son garçon d'honneur, lorsque celui-ci arriverait de Roumanie. Harry, Ron et Hermione n'avaient pratiquement plus d'occasions de se retrouver ensemble pour établir leurs plans et en désespoir de cause, ils se portèrent volontaires pour aller nourrir les poulets, dans le seul but d'échapper à la maison surpeuplée.

– Elle ne veut *toujours* pas nous laisser seuls ! gronda Ron lorsque leur deuxième tentative de réunion dans la cour fut contrariée par l'apparition de Mrs Weasley, un grand panier de lessive sous le bras.

– Ah, très bien, vous avez donné à manger aux poulets, lança-t-elle en venant vers eux. On ferait bien de les enfermer de nouveau avant l'arrivée des ouvriers, demain… Ils doivent monter le chapiteau, expliqua-t-elle.

Mrs Weasley s'arrêta pour s'appuyer contre le mur du poulailler. Elle paraissait épuisée.

– Les chapiteaux magiques Millamant… Ce sont les meilleurs. Bill va les escorter… Tu ferais bien de rester à l'intérieur pendant qu'ils seront là, Harry. Je dois dire que ça complique un peu les choses d'organiser un mariage avec tous ces sortilèges de Protection autour de nous.

– Je suis désolé, dit humblement Harry.

– Allons, ne sois pas stupide, mon chéri ! répliqua Mrs Weasley. Je ne voulais pas dire… Tu sais bien que ta sécurité passe avant tout ! Au fait, Harry, je voulais te demander comment tu voulais fêter ton anniversaire. Le jour de tes dix-sept ans, c'est important…

– Je voudrais quelque chose de tranquille, dit précipitamment Harry, en songeant à l'effort supplémentaire qui en résulterait pour eux tous. Sincèrement, Mrs Weasley, un simple dîner serait parfait… C'est la veille du mariage…

– Très bien, si tu es sûr que cela te convient. Je pourrais peut-être inviter Remus et Tonks, qu'en penses-tu ? Et Hagrid ?

– Ce serait formidable, répondit Harry. Mais, s'il vous plaît, ne vous donnez pas trop de mal.

– Pas du tout, pas du tout… Ce sera un plaisir.

Elle le regarda, d'un long regard pénétrant, puis elle eut un petit sourire triste, se redressa et s'éloigna. Harry la vit agiter sa baguette près de la corde à linge. Les vêtements humides s'élevèrent aussitôt du panier pour aller se suspendre tout seuls et Harry sentit soudain monter en lui comme une vague de remords en pensant à toutes les difficultés, à toutes les souffrances qu'il lui infligeait.

7
LE TESTAMENT
D'ALBUS DUMBLEDORE

Il marchait le long d'une route de montagne, dans la lumière fraîche et bleue de l'aube. Loin au-dessous de lui, enveloppée de brume, il voyait l'ombre d'une petite ville. L'homme qu'il cherchait était-il là-bas ? L'homme à qui il avait tant besoin de parler qu'il ne pensait plus guère à autre chose, l'homme qui détenait la solution, la solution à son problème...

– Hé, réveille-toi.

Harry ouvrit les yeux. Il était à nouveau allongé sur le lit de camp, dans la chambre miteuse de Ron, sous les toits. Le soleil n'était pas encore levé et la pièce était plongée dans la pénombre. Coquecigrue dormait, la tête sous son aile minuscule. Harry sentait des picotements dans la cicatrice de son front.

– Tu murmurais dans ton sommeil.

– Ah bon ?

– Oui. Tu n'arrêtais pas de répéter « Gregorovitch ».

Harry n'avait pas ses lunettes et le visage de Ron lui apparaissait légèrement flou.

– Qui est Gregorovitch ?

– Je ne sais pas. C'est toi qui parlais de lui.

Harry se massa le front, réfléchissant. Il avait la vague impression d'avoir déjà entendu ce nom mais il ne se rappelait plus où.

– Je crois que Voldemort le cherche.

– Le malheureux, dit Ron, sincère.

Harry se redressa, frottant toujours sa cicatrice. Il était tout à fait réveillé, à présent, et essaya de se souvenir exactement de ce qu'il avait vu dans son rêve. Mais tout ce qui lui revenait en mémoire, c'était un paysage de montagne et les contours d'un village niché au creux d'une vallée profonde.

– Je pense qu'il est à l'étranger.

– Qui, Gregorovitch ?

– Non, Voldemort. Je pense qu'il est quelque part à l'étranger, à la recherche de Gregorovitch. Ça ne ressemblait pas à l'Angleterre.

– Tu crois que tu voyais à nouveau dans sa tête ?

Ron semblait préoccupé.

– S'il te plaît, ne le dis pas à Hermione, lui demanda Harry. D'ailleurs, comment voudrait-elle que je fasse pour ne plus rien voir dans mes rêves ?

Réfléchissant toujours, il regarda le petit Coquecigrue dans sa cage… Pourquoi le nom de Gregorovitch lui était-il connu ?

– Je crois, dit-il lentement, qu'il a quelque chose à voir avec le Quidditch. Il y a un lien mais je n'arrive pas… je n'arrive pas à trouver lequel.

– Le Quidditch ? s'étonna Ron. Tu ne penserais pas à Gorgovitch, par hasard ?

– Qui ?

– Dragomir Gorgovitch, poursuiveur, transféré dans

l'équipe des Canons de Chudley pour une somme astrono-
mique il y a deux ans. Détient le record du joueur qui a le
plus souvent lâché le Souafle en une saison.

– Non, répondit Harry. Je ne pensais pas du tout à Gorgovitch.

– Moi aussi, j'essaye de ne pas y penser. En tout cas, joyeux
anniversaire.

– Waoo… C'est vrai, j'avais oublié ! J'ai dix-sept ans !

Harry prit sa baguette posée à côté du lit de camp, la
pointa sur le bureau encombré où il avait laissé ses lunettes
et prononça la formule :

– *Accio lunettes !*

Bien qu'elles ne fussent qu'à une trentaine de centimètres
de distance, il éprouva une immense satisfaction à les voir
filer vers lui, tout au moins jusqu'à l'instant où il les reçut en
plein dans l'œil.

– Joli, ricana Ron.

Ravi que la Trace soit enfin supprimée, Harry envoya les
objets de Ron voler à travers la pièce, réveillant Coquecigrue qui s'agita frénétiquement dans sa cage. Il tenta aussi de
nouer les lacets de ses baskets par la magie (il fallut plusieurs
minutes pour dénouer à la main le nœud qui en résulta) et,
pour le simple plaisir, colora d'un bleu vif les robes orange
que portaient les joueurs des Canons de Chudley sur les
affiches de Ron.

– Si j'étais toi, je fermerais ma braguette à la main, conseilla Ron, qui eut un petit rire moqueur en voyant Harry baisser les yeux pour vérifier. Voici ton cadeau. Ouvre-le ici,
je ne veux pas que ma mère le voie.

– Un livre ? s'étonna Harry en prenant le paquet rectangulaire. Une petite entorse à la tradition, on dirait ?

– Il ne s'agit pas de n'importe quel livre, dit Ron. C'est de l'or pur : *Douze moyens infaillibles de séduire les sorcières*. Il explique tout ce qu'on doit savoir sur les filles. Si seulement je l'avais eu l'année dernière, j'aurais su exactement quoi faire pour me débarrasser de Lavande et j'aurais su aussi comment m'y prendre avec… Enfin, bon, Fred et George m'en ont donné un exemplaire et j'y ai appris beaucoup de choses. Tu vas être surpris, ce n'est pas juste une question de baguette magique.

Lorsqu'ils descendirent dans la cuisine, ils trouvèrent une pile de cadeaux sur la table. Bill et Monsieur Delacour finissaient leur petit déjeuner, tandis que Mrs Weasley, debout devant sa poêle à frire, bavardait avec eux.

– Arthur m'a chargée de te souhaiter un joyeux anniversaire pour tes dix-sept ans, dit Mrs Weasley en lui adressant un sourire radieux. Il a dû partir tôt pour aller travailler mais il reviendra à l'heure du dîner. Notre cadeau est le premier de la pile.

Harry s'assit, prit le paquet carré qu'elle lui avait montré et déchira l'emballage. Il trouva à l'intérieur une montre très semblable à celle que Mr et Mrs Weasley avaient donnée à Ron pour ses dix-sept ans. Elle était en or avec des étoiles qui tournaient autour du cadran en guise d'aiguilles.

– Il est de tradition d'offrir une montre à un sorcier qui atteint sa majorité, expliqua Mrs Weasley, en l'observant d'un œil anxieux, à côté de sa cuisinière. J'ai bien peur que celle-ci ne soit pas neuve comme l'était celle de Ron. En fait, c'était celle de mon frère Fabian qui n'était pas très soigneux avec ses affaires. Le dos est un peu bosselé, mais…

Le reste de ses paroles se perdit. Harry s'était levé et la serrait contre lui. Il s'efforça d'exprimer dans cette étreinte beaucoup de choses qu'il ne pouvait traduire en mots et peut-être les comprit-elle car lorsqu'il la relâcha, elle lui tapota maladroitement la joue, puis agita sa baguette magique un peu à l'aveuglette, projetant hors de la poêle plusieurs tranches de lard qui tombèrent sur le sol.

– Joyeux anniversaire, Harry ! lança Hermione qui fit irruption dans la cuisine et ajouta son propre cadeau au sommet de la pile. Ce n'est pas grand-chose, mais j'espère que ça te plaira. Qu'est-ce que tu lui as offert ? demanda-t-elle à Ron, qui sembla ne pas l'avoir entendue.

– Vas-y, ouvre le cadeau d'Hermione ! dit-il.

Elle lui avait acheté un nouveau Scrutoscope. Les autres paquets contenaient un rasoir enchanté offert par Bill et Fleur (« Alors, là, vous n'aurez jamais eu la peau aussi douce quand vous vous serez rasé avec ça, lui assura Monsieur Delacour. Mais attention, il faut lui demander clairement ce que vous voulez… Sinon, hou, là, là, vous vous retrouverez avec un peu moins de cheveux que prévu… »). Il y avait aussi des chocolats apportés par les Delacour et une énorme boîte des derniers articles en provenance des Farces pour sorciers facétieux, envoyée par Fred et George.

Harry, Ron et Hermione ne restèrent pas longtemps à table, car avec l'arrivée de Madame Delacour, de Fleur et de Gabrielle, il y eut un peu trop de monde dans la cuisine pour qu'ils s'y sentent à l'aise.

– Je vais les mettre dans ton sac pour toi, dit Hermione d'un ton léger en prenant les cadeaux des bras de Harry tandis qu'ils remontaient tous trois l'escalier. J'ai presque fini les bagages, j'attends simplement que le reste de tes caleçons soient lavés, Ron.

Les balbutiements de Ron furent interrompus par le bruit d'une porte qui s'ouvrait au premier étage.

– Harry, tu veux bien venir un instant ?

C'était Ginny. Ron s'immobilisa brusquement mais Hermione le prit par le bras et l'entraîna avec elle en haut des marches. Un peu inquiet, Harry suivit Ginny dans sa chambre.

Il n'y était encore jamais entré. Elle était petite mais lumineuse. Une grande affiche des Bizarr' Sisters ornait l'un des murs et une image de Gwenog Jones, capitaine de l'équipe exclusivement féminine des Harpies de Holyhead, était accrochée au mur d'en face. Il y avait un bureau devant la fenêtre ouverte qui donnait sur le verger où, l'année précédente, Ginny et lui avaient joué au Quidditch en double, avec Ron et Hermione. L'endroit était maintenant occupé par un grand chapiteau d'un blanc nacré. L'étendard doré qui flottait à son sommet était au niveau de la fenêtre.

Ginny regarda Harry dans les yeux, prit une profonde inspiration et dit :

– Joyeux anniversaire.

– Ouais… merci.

Elle le fixait sans ciller. Lui, en revanche, avait du mal à soutenir son regard. C'était comme s'il avait une lueur éclatante devant les yeux.

– Jolie vue, dit-il d'une voix faible en montrant la fenêtre.

Elle ne prêta aucune attention à sa remarque et il ne pouvait lui en vouloir.

– Je ne savais pas quoi t'offrir, dit-elle.

– Tu n'es pas obligée de me faire de cadeau.

Cette fois encore, elle ignora sa réponse.

– Je ne savais pas ce qui te serait utile. Rien de trop grand parce que tu ne pourrais pas l'emporter avec toi.

Il se risqua à lui jeter un regard. Elle n'avait pas les larmes aux yeux. C'était l'une des nombreuses et merveilleuses qualités de Ginny, elle pleurait rarement. Souvent, il se disait que le fait d'avoir six frères avait dû l'endurcir.

Elle s'avança d'un pas vers lui.

– J'ai donc eu l'idée de t'offrir quelque chose pour que tu te souviennes de moi, au cas, par exemple, où tu rencontrerais une Vélane pendant que tu seras parti faire je ne sais quoi.

– Pour être franc, je ne crois pas que j'aurai beaucoup d'occasions d'inviter des filles à dîner, là où je serai.

– C'est l'espoir que j'avais, murmura-t-elle.

Elle l'embrassa alors comme jamais elle ne l'avait embrassé auparavant, et Harry lui rendit son baiser, se laissant envahir par une délicieuse sensation d'oubli que jamais le whisky Pur Feu n'aurait pu lui procurer. La seule réalité qui comptait au monde, c'était elle. Ginny. Il la sentait contre lui, une main au creux de son dos, l'autre caressant ses longs cheveux au parfum suave.

Derrière eux, la porte s'ouvrit soudain à la volée. Ils sursautèrent, s'écartant l'un de l'autre.

– Oh, dit Ron, fort à propos. Désolé.

– Ron !

Hermione était juste derrière lui, légèrement essoufflée. Il y eut un silence tendu puis, d'une petite voix, Ginny lança :

– En tout cas, joyeux anniversaire, Harry.

Ron avait les oreilles écarlates. Hermione paraissait mal à l'aise. Harry aurait voulu leur claquer la porte au nez mais on aurait dit qu'un courant d'air glacé avait pénétré dans la pièce et son moment de félicité avait éclaté comme une bulle de savon. Toutes les raisons qu'il avait de mettre fin à sa liaison avec Ginny, de s'éloigner d'elle le plus possible, étaient revenues sournoisement dans la pièce lorsque Ron en avait ouvert la porte, et le bonheur de cet instant d'oubli s'était volatilisé.

Il regarda Ginny, voulant lui dire quelque chose, même s'il ne savait pas quoi, mais elle lui avait tourné le dos. Il pensa que pour une fois peut-être, elle s'était laissé gagner par les larmes. Devant Ron, cependant, il ne pouvait rien faire pour la consoler.

– À tout à l'heure, dit-il et il suivit les deux autres dans le couloir.

Ron descendit les escaliers d'un air décidé, traversa la cuisine toujours bondée et sortit dans la cour. Harry lui avait emboîté le pas, Hermione trottinant derrière eux, visiblement effrayée.

Lorsqu'il eut atteint l'espace désert de la pelouse fraîchement tondue, Ron se tourna vers Harry.

– Tu l'as laissée tomber. Pourquoi tu t'amuses avec elle, maintenant ?

– Je ne m'amuse pas avec elle, protesta Harry, alors qu'Hermione les rejoignait.

– Ron…

Mais Ron leva la main pour la faire taire.

– Elle avait le moral à zéro quand tu as rompu…

– Moi aussi. Tu sais très bien pourquoi j'ai rompu. Ce n'était pas parce que j'en avais envie.

– Oui mais maintenant, tu vas dans sa chambre pour la bécoter et elle va de nouveau s'imaginer des choses…

– Elle n'est pas idiote, elle sait que c'est impossible, elle ne s'attend pas à… à ce qu'on finisse mariés, ou…

En même temps qu'il parlait, Harry voyait surgir dans sa tête l'image éclatante de Ginny, vêtue d'une robe blanche et se mariant avec un inconnu sans visage, grand et antipathique. Dans un instant de vertige, cette idée le frappa soudain : l'avenir de Ginny était libre, débarrassé de toute entrave, alors que le sien… Il n'avait devant lui que Voldemort.

– Si tu commences à la tripoter à la première occasion…

– Ça n'arrivera plus, coupa Harry d'un ton brusque.

Le ciel était sans nuages mais il avait l'impression que le soleil avait disparu.

– OK ? ajouta-t-il.

Ron paraissait moitié indigné, moitié penaud. Il se balança d'avant en arrière sur ses talons puis répondit :

– Bon, alors, c'est… ouais, d'accord.

Ce jour-là, Ginny ne chercha plus à se retrouver en tête à tête avec Harry. Elle n'eut aucun regard, aucun geste qui puisse laisser croire qu'ils avaient partagé autre chose qu'une conversation polie quand il s'était trouvé dans sa chambre. L'arrivée de Charlie fut toutefois un soulagement pour Harry. Elle lui offrit une distraction de choix lorsque Mrs Weasley obligea son fils à s'asseoir dans un fauteuil et leva sa baguette d'un geste menaçant en lui annonçant qu'il allait enfin avoir une bonne coupe de cheveux.

Comme le dîner d'anniversaire de Harry aurait rempli à craquer la cuisine du Terrier, même avant l'arrivée de Charlie, Lupin, Tonks et Hagrid, des tables furent disposées bout à bout dans le jardin. Fred et George ensorcelèrent des lanternes violettes, toutes marquées du chiffre 17, pour qu'elles restent suspendues d'elles-mêmes dans les airs, au-dessus des invités. Grâce aux bons soins de Mrs Weasley, la blessure de

George était nette et propre, mais Harry ne s'était toujours pas habitué à voir un trou sombre sur le côté de sa tête, malgré les nombreuses plaisanteries des jumeaux à ce sujet.

Hermione fit jaillir de l'extrémité de sa baguette des serpentins dorés et violets qui vinrent s'enrouler comme une véritable œuvre d'art autour des arbres et des buissons.

– Très beau, dit Ron tandis que, d'un dernier mouvement de sa baguette, Hermione colorait d'or les feuilles du pommier sauvage. Tu as vraiment l'œil pour ces choses-là.

– Merci, Ron ! répondit Hermione, à la fois ravie et un peu perplexe.

Harry se détourna, se souriant à lui-même. Il avait l'étrange impression que, lorsqu'il aurait le temps de le lire, il trouverait un chapitre sur les compliments dans *Douze moyens infaillibles de séduire les sorcières*. Il croisa le regard de Ginny et lui sourit avant de se rappeler sa promesse à Ron. Il s'empressa alors d'engager la conversation avec Monsieur Delacour.

– Attention devant, attention devant ! lança Mrs Weasley d'une voix chantante.

Elle franchit la porte du jardin, précédée d'un objet semblable à un Vif d'or géant, de la taille d'un ballon de plage, qui flottait devant elle. Un instant plus tard, Harry s'aperçut qu'il s'agissait de son gâteau d'anniversaire que Mrs Weasley préférait transporter par la voie des airs, à l'aide de sa baguette magique, plutôt que de prendre le risque de le porter elle-même sur ce sol inégal. Quand le gâteau eut enfin atterri au milieu de la longue table, Harry s'exclama :

– Ça a l'air absolument magnifique, Mrs Weasley.

– Oh, ce n'est rien, mon chéri, répondit-elle d'un ton affectueux.

Par-dessus l'épaule de sa mère, Ron leva les deux pouces vers Harry en formant sur ses lèvres les mots : « Très bon. »

Vers sept heures du soir, tous les invités étaient arrivés, sous la conduite de Fred et de George qui les avaient attendus au bout de la route. Pour l'occasion, Hagrid portait son plus beau – et horrible – costume marron et pelucheux. Malgré le grand sourire que Lupin lui adressa en lui serrant la main, Harry trouva qu'il avait l'air malheureux. C'était curieux, car Tonks, qui se tenait à côté de lui, paraissait tout simplement radieuse.

– Joyeux anniversaire, Harry, dit-elle, et elle le serra dans ses bras.

– Alors, ça y est, tu as dix-sept ans ? lança Hagrid en prenant le verre de vin de la taille d'un seau que lui tendait Fred. Ça fait six ans qu'on s'est vus pour la première fois, Harry, tu te souviens ?

– Vaguement, répondit celui-ci avec un sourire. C'était le jour où vous avez défoncé la porte, où vous avez fait pousser une queue de cochon à Dudley et où vous m'avez annoncé que j'étais un sorcier ?

– J'ai oublié les détails, gloussa Hagrid. Ça va, Ron, Hermione ?

– Très bien, assura Hermione. Et vous ?

– Oh, pas mal. Beaucoup de travail, on a eu des bébés licornes, je vous les montrerai quand vous reviendrez.

Harry évita le regard de Ron et d'Hermione pendant que Hagrid fouillait dans sa poche.

– Tiens, Harry, reprit Hagrid. Savais pas quoi t'offrir, mais je me suis rappelé que j'avais ça.

Il sortit une petite bourse à l'aspect légèrement duveteux, dotée d'un long cordon destiné de toute évidence à être passé autour du cou.

– De la peau de Moke. On peut cacher ce qu'on veut, là-dedans et seul son propriétaire peut récupérer ce qu'il y a mis. Rares, ces trucs-là.

– Merci, Hagrid !

– Oh, c'est rien, dit-il en agitant une main de la taille d'un couvercle de poubelle. Et voilà Charlie ! Je l'ai toujours bien aimé, celui-là… Hé ! Charlie !

Charlie s'approcha, passant les doigts d'un air un peu triste sur ses cheveux brutalement raccourcis. Il était plus petit que Ron, trapu, et ses bras musculeux portaient de nombreuses traces de coups de griffes et de brûlures.

– Salut, Hagrid, comment ça va ?

– Ça fait une éternité que je voulais t'écrire. Comment va Norbert ?

– Norbert ? s'esclaffa Charlie. Le Norvégien à crête ? On l'appelle Norberta, maintenant.

– Qu… Norbert, une fille ?

– Eh oui, dit Charlie.

– Comment peut-on le savoir ? interrogea Hermione.

– Elles sont beaucoup plus féroces, répondit Charlie.

Il regarda par-dessus son épaule et baissa la voix.

– Je voudrais bien que papa se dépêche de revenir. Maman commence à s'inquiéter.

Ils se tournèrent tous vers Mrs Weasley. Elle essayait de bavarder avec Madame Delacour en jetant des coups d'œil répétés vers le portail.

– Je crois que nous devrions commencer sans attendre Arthur, annonça-t-elle à la cantonade. Il a dû être retenu… Oh !

Ils la virent tous en même temps : une traînée de lumière qui vola à travers la cour et atterrit sur la table où elle se transforma en une belette d'une éclatante couleur argentée. Se dressant sur ses pattes de derrière, elle parla avec la voix de Mr Weasley :

– Le ministre de la Magie va venir avec moi.

Puis le Patronus se dissipa dans les airs, alors que la famille de Fleur continuait de regarder bouche bée l'endroit d'où il venait de se volatiliser.

– Il ne faut pas que nous restions ici, dit aussitôt Lupin. Harry, je suis désolé, je t'expliquerai plus tard…

Il saisit Tonks par le poignet et l'entraîna avec lui. Ils allèrent jusqu'à la clôture, l'enjambèrent puis disparurent. Mrs Weasley sembla déconcertée.

– Le ministre ? Mais pourquoi ? Je ne comprends pas…

Ils n'eurent cependant pas le temps d'en dire davantage. Une seconde plus tard, Mr Weasley se matérialisa devant le portail, accompagné de Rufus Scrimgeour, immédiatement reconnaissable à sa crinière de cheveux grisonnants.

D'un pas énergique, les deux nouveaux venus traversèrent la cour en direction du jardin et de la table éclairée par les lanternes, autour de laquelle tout le monde était assis en silence, les regardant s'approcher. Lorsque Scrimgeour s'avança dans la lumière, Harry remarqua qu'il paraissait beaucoup plus vieux que lors de leur dernière rencontre. Il avait l'air décharné, la mine sinistre.

– Désolé de cette intrusion, s'excusa Scrimgeour en marchant jusqu'à la table d'un pas boitillant. D'autant plus que je tombe en pleine fête, à ce que je vois.

Son regard s'attarda un instant sur le gâteau en forme de Vif d'or géant.

– Tous mes vœux.

– Merci, répondit Harry.

– Je souhaiterais m'entretenir avec vous en particulier, poursuivit Scrimgeour. Ainsi qu'avec Mr Ronald Weasley et Miss Hermione Granger.

– Nous ? s'étonna Ron. Pourquoi nous ?

– Je vous expliquerai tout cela lorsque nous serons dans un lieu plus discret, dit le ministre. Pouvez-vous m'indiquer un tel endroit ? demanda-t-il à Mr Weasley.

– Oui, bien sûr, répondit ce dernier, mal à l'aise. Le… heu… le salon. Pourquoi ne pas vous installer là-bas ?

– Montrez-nous donc le chemin, dit Scrimgeour à Ron. Il n'est pas nécessaire de nous accompagner, Arthur.

Au moment où il se levait de table avec Ron et Hermione, Harry vit Mr Weasley échanger un regard inquiet avec Mrs Weasley. Tandis qu'ils ouvraient la marche en silence, Harry sut que les deux autres pensaient la même chose que lui : Scrimgeour avait dû apprendre, d'une manière ou d'une autre, qu'ils avaient tous les trois l'intention d'abandonner Poudlard.

Scrimgeour ne prononça pas un mot lorsqu'ils traversèrent la cuisine en désordre pour se rendre dans le salon du Terrier. La tombée du jour baignait encore le jardin d'une lumière douce et dorée, la maison, en revanche était déjà plongée dans l'obscurité. En entrant, Harry donna un petit coup de baguette vers les lampes à huile qui illuminèrent aussitôt la pièce un peu défraîchie mais confortable. Scrimgeour s'assit dans le fauteuil défoncé que Mr Weasley occupait ordinairement, laissant Harry, Ron et Hermione se serrer sur le canapé. Une fois qu'ils furent installés, Scrimgeour prit la parole :

– J'ai des questions à poser à chacun d'entre vous et je pense qu'il vaudra mieux que je le fasse seul à seul. Si vous voulez bien attendre en haut, tous les deux – il montra Harry et Hermione –, je commencerai par Ronald.

– Nous ne bougerons pas d'ici, répliqua Harry, approuvé par Hermione qui hocha vigoureusement la tête. Vous nous parlerez à tous les trois ensemble ou pas du tout.

Scrimgeour jaugea Harry d'un regard froid. Harry eut l'impression que le ministre se demandait s'il valait la peine d'ouvrir déjà les hostilités.

– Très bien, dans ce cas, restons ensemble, dit-il avec un haussement d'épaules.

Il s'éclaircit la gorge avant de continuer :

– Comme vous le savez sûrement, c'est le testament d'Albus Dumbledore qui m'amène ici.

Harry, Ron et Hermione échangèrent un regard.

– Apparemment, il s'agit d'une surprise ! Vous ignoriez donc que Dumbledore vous avait légué quelque chose ?

– À… À tous les trois ? demanda Ron. À Hermione et à moi aussi ?

– Oui, à tous les trois…

Mais Harry l'interrompit :

– Dumbledore est mort il y a plus d'un mois. Pourquoi faut-il si longtemps pour nous donner cet héritage ?

– C'est évident, non ? intervint Hermione avant que Scrimgeour ait pu répondre. Ils voulaient examiner ce qu'il nous a laissé. Vous n'aviez aucun droit de faire ça ! ajouta-t-elle d'une voix qui tremblait légèrement.

– J'avais tous les droits, répliqua Scrimgeour avec dédain. Le décret sur les Confiscations légitimes donne au ministère le pouvoir de confisquer le contenu d'un testament…

– Cette loi a été créée pour empêcher les sorciers de léguer des instruments de magie noire, objecta Hermione, et le ministère doit d'abord posséder des preuves que les objets en possession du défunt sont illégaux avant de les saisir ! Vous voulez insinuer que Dumbledore a essayé de nous transmettre quelque chose de maléfique ?

– Avez-vous l'intention de faire carrière dans la justice magique, Miss Granger ? interrogea Scrimgeour.

– Non, pas du tout, répliqua Hermione. J'espère plutôt pouvoir faire un peu de bien dans le monde !

Ron éclata de rire. Scrimgeour tourna un rapide regard vers lui puis fixa à nouveau Harry lorsque celui-ci parla :

– Alors, pourquoi avez-vous décidé maintenant que nous pouvions recevoir ce qui nous revient ? Vous n'avez pas trouvé de prétexte pour le garder ?

– Non, c'est simplement parce que le délai de trente et un jours est écoulé, répondit aussitôt Hermione. Ils ne peuvent pas conserver les objets plus longtemps à moins d'avoir pu prouver qu'ils étaient dangereux. C'est bien ça ?

– Diriez-vous que vous étiez proche de Dumbledore, Ronald ? demanda Scrimgeour, sans prêter attention à Hermione.

Ron parut surpris.

– Moi ? Non… pas vraiment… C'était toujours Harry qui…

Ron se tourna vers les deux autres et vit Hermione lui lancer un regard qui signifiait : « Tais-toi, maintenant ! » Mais le mal était déjà fait. Scrimgeour semblait avoir entendu exactement la réponse qu'il attendait et qu'il souhaitait entendre. Il fondit sur Ron comme un rapace sur sa proie.

– Si vous n'étiez pas très proche de Dumbledore, comment expliquez-vous qu'il se soit souvenu de vous dans son testament ? Le nombre de legs personnels qu'il contient est exceptionnellement réduit. La quasi-totalité de ce qu'il possédait – sa bibliothèque privée, ses instruments magiques et autres effets personnels – revient à Poudlard. Pourquoi pensez-vous qu'il vous ait ainsi distingué ?

– Je… ne sais pas, répondit Ron. Je… Quand je disais que nous n'étions pas très proches… Je crois quand même qu'il m'aimait bien…

– Tu es trop modeste, Ron, déclara Hermione. Dumbledore avait une très grande affection pour toi.

C'était repousser un peu loin les limites de la vérité. Autant que Harry pouvait le savoir, Ron et Dumbledore ne s'étaient jamais trouvés seuls en tête à tête et le nombre de contacts directs qu'ils avaient eus était négligeable. Mais, de toute façon, Scrimgeour ne semblait pas écouter. Il plongea une main sous sa cape et en sortit une bourse à cordon beaucoup plus grande que celle offerte à Harry par Hagrid. Il prit à l'intérieur un rouleau de parchemin qu'il déroula et lut à haute voix :

– « Dernières volontés et testament d'Albus Perceval Wulfric Brian Dumbledore… » Voyons… Ah, voilà… « À Ronald Bilius Weasley, je laisse mon Déluminateur dans l'espoir qu'il se souviendra de moi lorsqu'il s'en servira. »

Scrimgeour prit dans le sac un objet que Harry avait déjà vu auparavant : on aurait dit un petit briquet d'argent mais il savait qu'il était doté du pouvoir d'éteindre ou de rallumer, grâce à un simple geste du doigt, toute source de lumière proche. Scrimgeour se pencha et donna le Déluminateur à Ron qui le retourna entre ses mains, l'air stupéfait.

– C'est un objet de grande valeur, commenta Scrimgeour en observant Ron. Peut-être même est-il unique. En tout cas, il est certain que Dumbledore l'a conçu lui-même. Pourquoi, à votre avis, vous a-t-il légué un instrument si rare ?

Ron hocha la tête d'un air perplexe.

– Dumbledore a dû avoir des milliers d'élèves, insista Scrimgeour. Pourtant vous êtes tous les trois les seuls dont il se souvienne dans son testament. Pour quelles raisons ? Quel usage pensait-il que vous feriez de ce Déluminateur, Mr Weasley ?

– Il pensait que j'éteindrais les lumières, j'imagine, grommela Ron. À quoi ça peut servir d'autre ?

De toute évidence, Scrimgeour n'avait pas d'autre idée à proposer. Après avoir fixé Ron de ses yeux plissés pendant quelques instants, il se pencha à nouveau sur le testament de Dumbledore.

– « À Miss Hermione Jean Granger, je lègue mon exemplaire des *Contes de Beedle le Barde* dans l'espoir qu'elle y trouvera de quoi se divertir et s'instruire. »

Scrimgeour sortit alors du sac un petit livre qui avait l'air aussi ancien que le volume des *Secrets les plus sombres des forces du Mal*, resté dans la chambre du haut. Sa reliure était maculée et se décollait par endroits. Sans un mot, Hermione le prit des mains de Scrimgeour. Elle posa le livre sur ses genoux et le contempla. Harry vit que le titre était écrit en runes. Il n'avait jamais appris à les lire. Tandis qu'il regardait la couverture, il vit une larme s'écraser sur les symboles gravés dans le cuir.

– Pourquoi pensez-vous que Dumbledore vous a laissé cet ouvrage, Miss Granger ? interrogea Scrimgeour.

– Il... Il savait que j'aimais les livres, répondit Hermione d'une voix sourde en se tamponnant les yeux avec sa manche.

– Mais pourquoi ce livre en particulier ?

– Je ne sais pas. Il a dû penser qu'il me plairait.

– Avez-vous jamais parlé avec Dumbledore de codes ou d'autres moyens de transmettre des messages secrets ?

– Non, jamais, répondit Hermione qui continuait de s'essuyer les yeux avec sa manche. Et si en trente et un jours le ministère n'a découvert aucun code caché dans ce livre, je doute que j'y arrive moi-même.

Elle étouffa un sanglot. Ils étaient si étroitement serrés les uns contre les autres que Ron eut du mal à extraire un bras pour le passer autour des épaules d'Hermione. Scrimgeour poursuivit sa lecture du testament :

– « À Harry James Potter – Harry sentit une soudaine excitation lui contracter les entrailles –, je lègue le Vif d'or qu'il a attrapé lors de son premier match de Quidditch à Poudlard, pour lui rappeler ce que la persévérance et le talent apportent de récompenses et de bienfaits. »

Lorsque Scrimgeour sortit la minuscule balle d'or de la taille d'une noix, les ailes dont elle était pourvue battirent faiblement et Harry ne put s'empêcher d'éprouver une profonde déception.

– Pourquoi Dumbledore vous a-t-il fait don de ce Vif d'or ? demanda Scrimgeour.

– Aucune idée, répondit Harry. Pour les raisons que vous venez de lire, je suppose… Pour me rappeler ce qu'on peut obtenir quand on… persévère… enfin, ce qu'il a écrit…

– Alors, vous pensez qu'il s'agit d'un simple symbole ?

– J'imagine, dit Harry. Qu'est-ce que vous voulez que ce soit d'autre ?

– C'est moi qui pose les questions, déclara Scrimgeour en rapprochant un peu son fauteuil du canapé.

Au-dehors, c'était vraiment le crépuscule. Par les fenêtres, on apercevait les contours du chapiteau qui se dressait comme un fantôme blanc au-dessus de la haie.

– J'ai remarqué que votre gâteau d'anniversaire avait la

forme d'un Vif d'or, dit Scrimgeour à Harry. Pour quelle raison ?

Hermione eut un rire moqueur.

– Ça ne peut certainement pas être une allusion au fait que Harry est un remarquable attrapeur, ce serait trop évident, lança-t-elle. Il doit sûrement y avoir un message secret de Dumbledore caché dans la crème Chantilly.

– Je ne crois pas qu'il y ait quoi que ce soit caché dans la crème, répliqua Scrimgeour, mais un Vif d'or serait certainement une bonne cachette pour dissimuler un petit objet. Vous savez sûrement pourquoi ?

Harry haussa les épaules. Ce fut Hermione qui répondit. Harry pensa que l'habitude de donner les bonnes réponses aux questions était tellement ancrée en elle qu'elle s'était transformée en un besoin irrépressible.

– Parce que les Vifs d'or ont une mémoire tactile, dit-elle.

– Quoi ? s'exclamèrent Harry et Ron d'une même voix.

Tous deux avaient toujours considéré comme négligeables les connaissances d'Hermione en matière de Quidditch.

– Exact, répondit Scrimgeour. Avant d'être lâché, un Vif d'or n'est jamais touché à mains nues, pas même par le fabricant, qui porte toujours des gants. Il est doté d'un enchantement lui permettant d'identifier le premier humain qui pose la main sur lui, au cas où sa capture donnerait lieu à contestation. Ce Vif d'or – il leva devant lui la petite balle dorée – se souviendra de votre toucher, Potter. L'idée m'est venue que Dumbledore, qui possédait des dons magiques prodigieux quels qu'aient été par ailleurs ses défauts, a peut-être ensorcelé ce Vif afin qu'il ne puisse s'ouvrir que pour vous.

Le cœur de Harry se mit à battre plus fort. Il était persuadé que Scrimgeour avait raison. Mais comment éviter de prendre le Vif d'or à mains nues devant le ministre ?

– Vous restez silencieux, remarqua Scrimgeour. Peut-être savez-vous déjà ce que contient ce Vif ?

– Non, affirma Harry qui se demandait toujours comment faire semblant de prendre l'objet sans le toucher véritablement.

Si seulement il avait su pratiquer la legilimancie, la pratiquer vraiment, il aurait pu lire les pensées d'Hermione. Il avait presque l'impression d'entendre son cerveau vibrer à côté de lui.

– Prenez-le, dit Scrimgeour à voix basse.

Harry croisa le regard aux reflets jaunes du ministre et comprit qu'il n'avait d'autre possibilité que d'obéir. Il tendit la main. Scrimgeour se pencha à nouveau et posa le Vif d'or, lentement, délibérément, dans la paume de Harry.

Rien ne se produisit. Lorsque Harry referma les doigts sur le Vif, ses ailes fatiguées battirent un instant puis s'immobilisèrent. Scrimgeour, Ron et Hermione observaient avec des yeux avides la petite balle à moitié cachée, comme s'ils espéraient qu'elle allait se transformer en quelque chose d'autre.

– Voilà qui est spectaculaire, dit froidement Harry.

Ron et Hermione éclatèrent de rire.

– C'est tout, maintenant ? demanda Hermione qui esquissa un geste pour s'arracher du canapé.

– Pas tout à fait, répondit Scrimgeour, avec un air de mauvaise humeur. Dumbledore vous a légué autre chose, Potter.

– Quoi ? interrogea Harry, son excitation ravivée.

Cette fois, Scrimgeour ne prit plus la peine de lire le testament.

– L'épée de Godric Gryffondor, dit-il.

Hermione et Ron se raidirent. Harry regarda, s'attendant à voir apparaître la poignée incrustée de rubis, mais Scrimgeour ne sortit pas l'épée du sac de cuir qui, d'ailleurs, ne paraissait pas assez grand pour la contenir.

– Alors, où est-elle ? demanda Harry d'un ton soupçonneux.

– Malheureusement, répondit Scrimgeour, il n'appartenait pas à Dumbledore de faire don de cette épée. L'épée de Godric Gryffondor est un objet d'une grande importance historique et, en tant que tel, elle appartient à…

– Elle appartient à Harry ! s'enflamma Hermione. L'épée l'a choisi, c'est lui qui l'a trouvée, elle est sortie du Choixpeau magique pour venir à lui…

– Selon des sources historiques dignes de foi, l'épée se présente parfois à tout élève de Gryffondor qui s'en montre digne, expliqua Scrimgeour. Cela n'en fait pas la propriété exclusive de Mr Potter, quelle que soit la décision de Dumbledore.

Scrimgeour gratta sa joue mal rasée en scrutant le visage de Harry.

– Pourquoi pensez-vous que…

– Dumbledore ait voulu me donner l'épée ? acheva Harry, qui s'efforçait de rester calme. Peut-être pensait-il qu'elle irait bien sur le mur de mon salon ?

– Ce n'est pas une plaisanterie, Potter ! grogna Scrimgeour. Était-ce parce que Dumbledore croyait que seule l'épée de Gryffondor pouvait vaincre l'héritier de Serpentard ? Souhaitait-il vous la confier parce qu'il était convaincu, comme beaucoup d'autres, que vous êtes destiné à anéantir Celui-Dont-On-Ne-Doit-Pas-Prononcer-Le-Nom ?

– Intéressante théorie, commenta Harry. Quelqu'un a-t-il déjà tenté de passer une épée au travers du corps de Voldemort ? Le ministère devrait peut-être envoyer quelques-uns de ses employés étudier la question plutôt que de leur faire perdre leur temps à démonter des Déluminateurs ou à cacher au public les évasions d'Azkaban. C'est donc ainsi que vous occupez vos journées, monsieur le ministre, enfermé dans votre bureau à essayer d'ouvrir un Vif d'or ? Des gens meurent, c'est ce qui a failli m'arriver, Voldemort m'a poursuivi à travers trois comtés, il a tué Maugrey Fol Œil, mais le ministère n'en a pas dit un mot, n'est-ce pas ? Et vous pensez toujours que nous allons coopérer avec vous ?

– Vous allez trop loin ! s'écria Scrimgeour en se levant.

D'un bond, Harry se leva à son tour. Scrimgeour s'avança vers lui d'un pas claudicant et lui enfonça brutalement dans la poitrine le bout de sa baguette magique. Elle perça un trou dans le T-shirt de Harry à la manière d'une brûlure de cigarette.

– Holà ! s'exclama Ron qui avait bondi, sa baguette levée.

Mais Harry l'arrêta d'un geste.

– Non ! lança-t-il. Tu veux lui donner un prétexte pour nous arrêter ?

– Je vous rappelle que vous n'êtes pas retourné à l'école, reprit Scrimgeour, en respirant bruyamment à quelques centimètres du visage de Harry. Je vous rappelle aussi que je ne suis pas Dumbledore, qui pardonnait votre insolence et votre insubordination. Vous portez peut-être cette cicatrice comme une couronne, Potter, mais il n'appartient pas à un garçon de dix-sept ans de me dire comment je dois faire mon travail ! Il serait temps que vous appreniez à manifester un peu de respect !

– Il serait temps que vous le méritiez, répliqua Harry.

Le sol vibra. Il y eut des bruits de pas précipités puis la porte du salon s'ouvrit à la volée et Mr et Mrs Weasley entrèrent en courant.

– Nous… nous avons cru entendre…, commença Mr Weasley, l'air très inquiet en voyant Harry et le ministre pratiquement nez à nez.

– … des éclats de voix, acheva Mrs Weasley, haletante.

Scrimgeour recula de deux pas et jeta un coup d'œil au trou qu'il avait fait dans le T-shirt de Harry. Il semblait regretter d'avoir perdu son calme.

– Ce… ce n'était rien, grogna-t-il. Je… je regrette votre attitude, ajouta-t-il en regardant à nouveau Harry dans les yeux. Vous avez l'air de penser que le ministère ne désire pas la même chose que vous – que Dumbledore. Nous devrions travailler ensemble.

– Je n'aime pas vos méthodes, monsieur le ministre, répondit Harry. Vous vous souvenez ?

Il leva son poing droit et montra pour la deuxième fois à Scrimgeour les cicatrices blanchâtres qu'avaient laissées sur le dos de sa main les mots : « Je ne dois pas dire de mensonges. » Les traits de Scrimgeour se durcirent. Il se tourna sans ajouter un mot et sortit de la pièce en boitant. Mrs Weasley se hâta derrière lui. Harry l'entendit s'arrêter à la porte de derrière. Une minute plus tard, elle leur cria :

– Il est parti !

– Qu'est-ce qu'il voulait ? demanda Mr Weasley.

Il regarda tour à tour Harry, Ron et Hermione, tandis que Mrs Weasley revenait précipitamment dans le salon.

– Nous donner l'héritage que Dumbledore nous a laissé,

répondit Harry. Ils viennent seulement d'autoriser à sortir du ministère ce qu'il nous léguait dans son testament.

Dehors, dans le jardin, les trois objets que Scrimgeour leur avait apportés passèrent de main en main autour des tables. Tout le monde admira à grands cris le Déluminateur et *Les Contes de Beedle le Barde*, en déplorant que Scrimgeour ait refusé de donner l'épée de Gryffondor, mais personne ne sut expliquer pourquoi Dumbledore avait légué à Harry un vieux Vif d'or. Pendant que Mr Weasley examinait le Déluminateur pour la troisième ou quatrième fois, Mrs Weasley dit à Harry d'une voix timide :

– Harry, mon chéri, nous avons tous horriblement faim, nous ne voulions pas commencer sans toi… Je peux servir à dîner, maintenant ?

Les invités mangèrent assez vite et, après qu'ils eurent précipitamment chanté en chœur « Joyeux anniversaire ! » et englouti de grandes parts de gâteau, la fête prit fin. Hagrid, qui était invité au mariage le lendemain mais dont la corpulence lui interdisait de dormir dans le Terrier sur-peuplé, partit se dresser une tente dans un champ voisin.

– Viens nous retrouver là-haut, murmura Harry à Hermione tandis qu'ils aidaient Mrs Weasley à remettre le jardin dans son état habituel. Quand tout le monde sera couché.

Lorsqu'ils furent remontés dans la chambre, sous les toits, Ron examina le Déluminateur et Harry remplit la bourse en peau de Moke de Hagrid, non pas avec de l'or, mais avec les objets qui avaient le plus de prix à ses yeux, bien que certains n'aient apparemment aucune valeur : la carte du Maraudeur, le fragment du miroir magique de Sirius et le médaillon de R.A.B. Il serra étroitement les cordons et passa la bourse autour de son cou. Puis il s'assit en tenant au creux de sa main le vieux Vif d'or dont il regarda les ailes s'agiter faiblement. Enfin, Hermione frappa à la porte et entra sur la pointe des pieds.

– *Assurdiato*, murmura-t-elle, sa baguette pointée vers l'escalier.

– Je croyais que tu n'approuvais pas ce sortilège ? dit Ron.

– Les temps changent, répondit Hermione. Montre-nous un peu le Déluminateur.

Ron ne se fit pas prier. Il l'actionna en le tenant devant lui et l'unique lampe qui éclairait la pièce s'éteignit aussitôt.

– En fait, chuchota Hermione dans l'obscurité, on aurait pu obtenir le même résultat avec la poudre d'Obscurité Instantanée du Pérou.

Il y eut un petit clic et la boule de lumière de la lampe remonta au plafond, les éclairant à nouveau.

– C'est quand même plus cool, répliqua Ron, un peu sur la défensive. Et d'après ce qu'ils disent, Dumbledore l'a inventé lui-même !

– Je sais, mais je ne pense pas qu'il t'aurait couché dans son testament simplement pour nous aider à éteindre la lumière !

– Tu crois qu'il savait que le ministère confisquerait pour analyse tous les objets qu'il nous a légués ? demanda Harry.

– Certainement, répondit Hermione. Il ne pouvait nous indiquer dans son testament pourquoi il nous les laissait mais cela n'explique toujours pas…

– Pourquoi il ne nous a pas donné un indice quand il était encore vivant ? acheva Ron.

– Exactement, approuva Hermione qui feuilletait à présent *Les Contes de Beedle le Barde*. Si ces choses-là sont suffisamment importantes pour passer sous le nez du ministère, on pourrait penser qu'il nous aurait révélé pourquoi... à moins qu'à ses yeux, ce n'ait été évident ?

– Et dans ce cas, il avait tort, fit remarquer Ron. J'ai toujours dit qu'il était fou. Brillant et tout ce qu'on voudra, mais cinglé. Léguer à Harry un vieux Vif d'or... À quoi ça rime ?

– Je n'en ai aucune idée, répliqua Hermione. Quand Scrimgeour t'a obligé à le prendre, j'étais sûre qu'il allait se passer quelque chose !

– Ouais, dit Harry, son pouls s'accélérant lorsqu'il leva le Vif d'or devant lui. Mais je n'allais pas trop essayer devant Scrimgeour, non ?

– Que veux-tu dire ? interrogea Hermione.

– Le Vif que j'ai attrapé dans mon tout premier match de Quidditch. Tu te souviens ?

Hermione parut ne rien comprendre. Ron, en revanche, le souffle coupé, montra frénétiquement du doigt Harry puis le Vif d'or, puis Harry à nouveau, jusqu'à ce qu'il ait retrouvé l'usage de sa voix.

– Celui que tu as failli avaler ?

– Exactement, répondit Harry.

Le cœur battant, il colla le Vif d'or contre sa bouche. Mais rien ne se produisit et il fut brusquement envahi d'un sentiment de frustration, de déception amère. Lorsqu'il ôta la petite sphère d'or de sa bouche, cependant, Hermione s'écria :

– Des lettres ! Quelque chose est écrit dessus, vite, regarde !

La surprise et une excitation soudaine lui firent presque lâcher le Vif d'or. Hermione avait raison. Gravés à la surface lisse de l'or, là où quelques secondes auparavant il n'y avait strictement rien, cinq mots étaient tracés d'une fine écriture penchée que Harry reconnut aussitôt : celle de Dumbledore.

« Je m'ouvre au terme. »

À peine avait-il eu le temps de la lire que l'inscription disparut.

– *Je m'ouvre au terme…* Qu'est-ce que ça peut bien vouloir dire ?

Hermione et Ron hochèrent la tête, déconcertés.

– Je m'ouvre au terme… au *terme*… Je m'ouvre au terme…

Mais ils eurent beau se répéter ces mots sur tous les tons possibles, ils furent incapables d'en tirer la moindre signification.

– Et l'épée ? dit enfin Ron, lorsqu'ils eurent renoncé à toute tentative de comprendre le sens de l'inscription. Pourquoi Dumbledore voulait-il que Harry reçoive l'épée ?

– Et pourquoi ne pouvait-il pas m'en parler, tout simplement ? demanda Harry à voix basse. Elle était *là*, à côté de lui, dans une vitrine de son bureau, pendant tout le temps qu'ont duré nos conversations l'année dernière ! S'il voulait que ce soit moi qui l'aie, pourquoi ne me l'a-t-il pas donnée à ce moment-là ?

Il avait l'impression d'être dans une salle d'examen avec, devant lui, une question à laquelle il aurait dû savoir répondre. Mais son cerveau était lent, incapable de réagir. Quelque chose lui avait-il échappé au cours des longs tête-à-tête qu'il avait eus avec Dumbledore l'année précédente ? Aurait-il dû savoir tout ce que cela signifiait ? Dumbledore s'était-il attendu à ce qu'il comprenne ?

– Et ce livre, dit Hermione, *Les Contes de Beedle le Barde…* Je n'en avais jamais entendu parler !

– Tu n'avais jamais entendu parler des *Contes de Beedle le Barde* ? s'exclama Ron, incrédule. Tu plaisantes, ou quoi ?

– Pas du tout ! répondit Hermione, surprise. Tu les connais, toi ?

– Bien sûr que oui !

Harry leva la tête, son attention soudain détournée. Que Ron ait lu un livre inconnu d'Hermione constituait une situation sans précédent. Ron, cependant, n'en revenait pas de les voir si étonnés.

– Allons, voyons ! Toutes les histoires pour enfants viennent du livre de Beedle, non ? *La Fontaine de la bonne fortune... Le Sorcier et la Marmite sauteuse... Lapina la Babille et sa queue qui caquetait...*

– Pardon ? dit Hermione avec un petit rire. C'était quoi, le dernier ?

– Arrêtez ! s'écria Ron en regardant alternativement Harry et Hermione d'un air stupéfait. Vous avez sûrement entendu parler de Lapina la Babille...

– Ron, tu sais parfaitement que Harry et moi avons été élevés par des Moldus ! répliqua Hermione. Nous n'avons pas connu ce genre d'histoires quand nous étions petits. Nous, on nous racontait *Blanche-Neige et les sept nains* ou *Cendrillon...*

– Qu'est-ce que c'est que ça, une maladie ? s'étonna Ron.

– Il s'agit donc de contes pour enfants ? reprit Hermione en se penchant à nouveau sur les runes.

– Ouais, répliqua Ron d'un air incertain. En tout cas, c'est ce qu'on nous dit, que toutes ces vieilles histoires viennent de Beedle. Je ne sais pas à quoi elles ressemblent dans leur version originale.

– Je me demande pourquoi Dumbledore voulait me les faire lire ?

Il y eut un craquement au bas de l'escalier.

– C'est sans doute Charlie qui va se faire repousser les cheveux en douce, maintenant que maman dort, dit Ron, un peu nerveux.

– On devrait quand même aller se coucher, murmura Hermione. Il ne faudrait pas qu'on se lève trop tard demain matin.

– Tu as raison, approuva Ron. Un triple meurtre sanglant par la mère du marié jetterait un froid sur les noces. Je m'occupe d'éteindre.

Et il actionna à nouveau son Déluminateur tandis qu'Hermione quittait la chambre.

8
LE MARIAGE

Le lendemain, à trois heures de l'après-midi, Harry, Ron, Fred et George, rassemblés à côté du grand chapiteau blanc dressé dans le verger, attendaient l'arrivée des invités. Après avoir pris une bonne dose de Polynectar, Harry était devenu à présent le sosie d'un jeune Moldu aux cheveux roux qui habitait le village voisin de Loutry Ste Chaspoule. Fred s'était chargé de lui voler quelques cheveux à l'aide d'un sortilège d'Attraction. Le plan consistait à présenter Harry comme le cousin Barny. La famille Weasley était tellement étendue qu'il passerait inaperçu.

Tous les quatre avaient à la main la liste des invités et des sièges qui leur étaient réservés afin qu'ils puissent amener chacun à sa place. Une foule de serveurs en robe blanche étaient arrivés une heure plus tôt, en même temps que des musiciens en veste dorée. Pour l'instant, ils s'étaient tous assis un peu plus loin sous un arbre et Harry voyait un nuage bleuâtre de fumée de pipe s'élever de leur groupe.

Derrière Harry, l'entrée du chapiteau laissait voir d'innombrables rangées de chaises dorées, élégantes et fragiles, disposées de chaque côté d'un long tapis pourpre. Les mâts qui soutenaient la toile étaient entourés de guirlandes de fleurs blanc et or entrelacées. Fred et George avaient attaché une énorme gerbe de ballons dorés au-dessus de l'endroit précis où Bill et Fleur deviendraient bientôt mari et femme. Au-dehors, des papillons et des abeilles voletaient paresseusement sur la pelouse et sur les haies. Harry, lui, n'était pas très à son aise. Le Moldu dont il avait pris l'apparence était légèrement plus gros que lui et sa robe de soirée devenue trop serrée lui donnait chaud sous le plein soleil de cette journée d'été.

– Quand je me marierai, dit Fred en tirant sur le col de sa propre robe, je ne m'encombrerai pas de toutes ces idioties. Vous pourrez vous habiller comme vous voudrez et je ferai subir à maman le maléfice du Saucisson jusqu'à ce que tout soit terminé.

– Finalement, elle n'a pas été trop terrible, ce matin, dit George. Elle a un peu pleuré parce que Percy ne sera pas là, mais qui a envie de le voir ? Oh, nom d'une baguette, préparez-vous… les voilà, regardez.

Des silhouettes aux couleurs vives apparaissaient une par une, surgies de nulle part, derrière la lointaine clôture de la cour. En quelques minutes, une procession s'était formée, qui s'avança en serpentant à travers le jardin, en direction du chapiteau. Des fleurs exotiques et des oiseaux ensorcelés frétillaient sur les chapeaux des sorcières tandis que des pierres précieuses étincelaient sur les foulards des sorciers. On entendait s'élever, de plus en plus sonore, la rumeur joyeuse des conversations qui noyait le bourdonnement des abeilles à mesure que la foule s'approchait.

– Très bien, il me semble apercevoir quelques cousines vélanes, dit George en tendant le cou pour mieux voir. Elles auront besoin d'aide pour comprendre les coutumes anglaises. Je vais m'occuper d'elles…

– Pas si vite, l'Oreille-Coupée, répliqua Fred.

Il se précipita, passa en trombe devant le groupe de sorcières d'âge mûr qui menaient la procession et s'approcha de deux jolies Françaises.

– Permettez-moi to assister vous, dit-il dans un français approximatif.

Les deux jeunes filles gloussèrent et acceptèrent de se laisser entraîner par lui à l'intérieur du chapiteau. George dut s'occuper des sorcières d'âge mûr et Ron prit en charge un vieux collègue de Mr Weasley, du nom de Perkins, pendant que Harry héritait d'un couple âgé et un peu sourd.

– Salut ! lança une voix familière quand il ressortit du chapiteau.

Il tomba sur Tonks et Lupin qui étaient les premiers de la file d'attente. Tonks s'était colorée en blonde pour l'occasion.

– Arthur nous a dit que tu étais celui avec les cheveux bouclés. Désolée pour hier soir, ajouta-t-elle dans un murmure lorsque Harry les conduisit à leur place. Le ministère est très anti-loup-garou en ce moment et nous avons pensé que notre présence ne te rendrait pas service.

– Bien sûr, je comprends, répondit Harry qui parlait plus à Lupin qu'à Tonks.

Lupin lui adressa un bref sourire mais quand ils s'éloignèrent pour aller s'installer, Harry vit ses traits s'affaisser à nouveau dans une expression de profonde tristesse. Il ne comprenait pas pourquoi mais il n'eut pas le temps de s'attarder sur le sujet car Hagrid était en train de provoquer un certain désordre. Ayant mal compris les instructions de Fred, il s'était assis non pas sur le siège magique, agrandi et renforcé, qu'on avait prévu pour lui au dernier rang, mais sur cinq chaises qui ressemblaient à présent à un gros tas d'allumettes dorées.

Tandis que Mr Weasley réparait les dégâts et que Hagrid se répandait en excuses auprès de qui voulait l'entendre, Harry se hâta de retourner à l'entrée du chapiteau où il trouva Ron face à face avec un sorcier à l'apparence singulière. Louchant légèrement, ses cheveux blancs semblables à de la barbe à papa lui tombant sur les épaules, il portait une casquette avec un pompon qui pendait devant son nez et une robe d'une couleur jaune d'œuf si vive qu'on en avait les larmes aux yeux. Un étrange symbole semblable à un œil triangulaire luisait au bout d'une chaîne d'or, autour de son cou.

– Xenophilius Lovegood, dit-il en tendant la main à Harry. Ma fille et moi habitons de l'autre côté de la colline. C'est si gentil de la part de ces bons vieux Weasley de nous avoir invités. Mais je crois que vous connaissez déjà ma petite Luna ? ajouta-t-il à l'adresse de Ron.

– Oui, répondit celui-ci. Elle n'est pas avec vous ?

– Elle s'est attardée dans ce charmant petit jardin pour dire bonjour aux gnomes. Leur invasion est une bénédiction ! Combien sont rares les sorciers qui se rendent compte de tout ce qu'on peut apprendre grâce à ces petits gnomes pleins de sagesse – ou plutôt, pour leur donner leur vrai nom, ces *Gernumbli jardinsi*.

– Les nôtres connaissent d'excellents jurons, dit Ron, mais je crois que ce sont Fred et George qui les leur ont appris.

Pendant qu'il conduisait un groupe de sorciers sous le chapiteau, Luna accourut.

– Bonjour, Harry ! lança-t-elle.

170

– Heu… je m'appelle Barny, répondit Harry, désarçonné.

– Ah bon, ça aussi, tu l'as changé ? demanda-t-elle d'une voix joyeuse.

– Comment sais-tu que… ?

– Oh, c'est simplement ton expression, répondit-elle.

Comme son père, Luna portait une robe jaune vif qu'elle avait accompagnée d'un grand tournesol fixé dans ses cheveux. Une fois habitué à l'éclat aveuglant de l'ensemble, l'effet général était plutôt agréable. Au moins, il n'y avait pas de radis accrochés à ses oreilles.

Xenophilius, qui était en grande conversation avec une de ses connaissances, n'avait pas entendu l'échange entre Luna et Harry. Prenant congé du sorcier, il se tourna vers sa fille qui leva alors un doigt devant elle et dit :

– Regarde, papa… un des gnomes m'a mordue !

– C'est merveilleux ! La salive de gnome a des propriétés extraordinairement bénéfiques ! assura Mr Lovegood en prenant le doigt tendu de Luna pour examiner les traces de dents ensanglantées. Luna, ma chérie, si aujourd'hui tu sens un nouveau talent naître en toi – par exemple une irrépressible envie de chanter des airs d'opéra ou de déclamer des poèmes en langue aquatique –, surtout ne le réprime pas ! Tu as peut-être reçu un don de gernumblie !

Ron, qui allait dans la direction opposée, laissa échapper un ricanement sonore en les croisant.

– Ron peut bien rire, dit Luna d'un air serein tandis que Harry les amenait à leurs places, elle et Xenophilius, mais mon père a fait beaucoup de recherches sur la magie des *Gernumbli*.

– Vraiment ? répondit Harry, qui avait décidé depuis longtemps de ne jamais contester les vues un peu particulières de

Luna ou de son père. Mais tu ne crois pas que tu devrais quand même mettre quelque chose sur cette morsure ?

– Non, c'est très bien comme ça, assura Luna.

Suçant son doigt d'un air rêveur, elle regarda Harry des pieds à la tête.

– Tu es très élégant. J'avais dit à papa que la plupart des invités auraient sans doute des robes de soirée mais il pense que dans les mariages, il faut s'habiller avec des couleurs solaires, pour porter bonheur, tu comprends ?

Elle suivit son père d'un pas nonchalant pendant que Ron réapparaissait avec une vieille sorcière accrochée à son bras. Son nez en forme de bec, ses yeux bordés de rouge et son chapeau à plumes roses lui donnaient l'air d'un flamant grincheux.

– … et tes cheveux sont beaucoup trop longs, Ronald. Au début, je t'ai pris pour ta sœur Ginevra. Par la barbe de Merlin, comment Xenophilius Lovegood s'est-il accoutré ? On dirait une omelette. Et vous, qui êtes-vous ? aboya-t-elle à l'adresse de Harry.

– Ah oui, tante Muriel, voici notre cousin Barny.

– Un autre Weasley ? Ma parole, vous vous reproduisez comme des gnomes. Harry Potter n'est pas là ? J'espérais le rencontrer. Je croyais que c'était un de tes amis, Ronald, à moins que tu ne te sois vanté ?

– Non, il n'est pas là… Il n'a pas pu venir…

– Mmmmh. Il a trouvé une excuse, hein ? Il n'est donc pas si niais qu'il en a l'air sur ses photos. Je viens d'expliquer à la mariée comment il convient de porter ma tiare, cria-t-elle à Harry. Elle a été fabriquée par des gobelins, figurez-vous, et ça fait des siècles qu'elle est dans ma famille. C'est une jolie fille mais il n'empêche qu'elle est... *française*. Voyons, voyons, trouve-moi un bon siège, Ronald, j'ai cent sept ans et il ne faut pas que je reste debout trop longtemps.

Ron passa devant Harry en lui lançant un regard éloquent et ne se montra plus pendant un certain temps. Lorsqu'ils se croisèrent à nouveau à l'entrée, Harry avait conduit une douzaine d'autres personnes à leurs places. Le chapiteau était maintenant presque plein et, pour la première fois, il n'y avait plus de file d'attente au-dehors.

– Un vrai cauchemar, cette tante Muriel, dit Ron qui s'épongea le front avec sa manche. Elle venait chaque année à Noël et puis heureusement, elle s'est fâchée parce que Fred et George ont fait éclater une Bombabouse sous sa chaise pendant le réveillon. Papa dit toujours qu'elle a dû les rayer de son testament – comme s'ils en avaient quelque chose à faire, ils vont devenir les plus riches de la famille, au rythme où ça va... Waow, ajouta-t-il avec des battements de paupières précipités en voyant Hermione s'approcher d'eux à grands pas. Tu es superbe !

– Ça te surprend toujours, on dirait, répliqua Hermione qui ne put s'empêcher de sourire.

Elle était vêtue d'une robe fluide couleur lilas et portait des chaussures à talons hauts assorties. Ses cheveux étaient lisses et brillants.

– Ta grand-tante Muriel n'est pas d'accord avec toi ; je l'ai rencontrée là-haut pendant qu'elle donnait sa tiare à Fleur. Elle a dit : « Oh, mon Dieu, c'est celle qui est née moldue ? » et tout de suite après : « Mauvais maintien et chevilles trop maigres. »

– Ne le prends pas mal, elle est odieuse avec tout le monde, répondit Ron.

— Vous parlez de Muriel ? demanda George qui émergeait du chapiteau en compagnie de Fred. Elle vient de me faire remarquer que mes oreilles ne sont pas symétriques. Quelle vieille toupie ! En revanche, j'aurais bien voulu que l'oncle Bilius soit encore parmi nous. On rigolait bien, avec lui, aux mariages.

— Ce ne serait pas celui qui est mort vingt-quatre heures après avoir vu un Sinistros ? interrogea Hermione.

— Oui, il faut dire qu'il était un peu bizarre, vers la fin, admit George.

— Mais avant qu'il devienne dingue, c'était un vrai boute-en-train, dit Fred. Il vidait toute une bouteille de whisky Pur Feu puis se précipitait sur la piste de danse, soulevait sa robe et faisait sortir des bouquets de fleurs de son…

— Un vrai charmeur, coupa Hermione tandis que Harry éclatait d'un grand rire.

— Il ne s'est jamais marié, je ne sais pas pourquoi, ajouta Ron.

— Tu m'étonnes, répliqua Hermione.

Ils riaient tellement qu'aucun d'eux ne remarqua le dernier arrivé, un jeune homme aux cheveux bruns avec un grand nez arrondi et d'épais sourcils noirs, jusqu'à ce qu'il tende son invitation à Ron et dise à Hermione, les yeux fixés sur elle :

— Tu es merrrveilleuse.

— Viktor ! s'écria-t-elle d'une voix perçante.

Elle lâcha son petit sac en perles qui tomba sur le sol avec un grand bruit sourd disproportionné à sa taille. Les joues en feu, elle se précipita pour le ramasser.

— Je ne savais pas que tu…, balbutia-t-elle. Mon Dieu… C'est formidable de te voir… Comment vas-tu ?

Une fois de plus, les oreilles de Ron étaient devenues rouge vif. Après avoir jeté un coup d'œil à l'invitation de Krum comme s'il ne croyait pas un mot de ce qui y était écrit, il lança d'une voix beaucoup trop forte :

— Comment se fait-il que tu sois là ?

— Fleurrr m'a invité, répondit-il, les sourcils levés.

Harry, qui n'avait rien contre Krum, lui serra la main. Puis, sentant qu'il valait mieux l'éloigner de Ron, il lui proposa de le conduire à sa place.

— Ton ami n'est pas content de me voir, dit Krum lorsqu'ils pénétrèrent sous le chapiteau à présent bondé. Ou peut-être es-tu de la famille ? ajouta-t-il en jetant un coup d'œil aux cheveux roux et bouclés de Harry.

— Un cousin, marmonna Harry, mais Krum ne l'écoutait pas vraiment.

Son apparition fit sensation, surtout parmi les Vélanes. Après tout, c'était un célèbre joueur de Quidditch ! Alors que les invités continuaient de tendre le cou pour mieux le voir, Ron, Hermione, Fred et George accoururent le long de l'allée centrale.

— Il est temps de s'asseoir, dit Fred à Harry. Si on reste dans le chemin, on va se faire écraser par la mariée.

Harry, Ron et Hermione allèrent prendre leurs places au deuxième rang, derrière Fred et George. Hermione avait le teint d'un rose soutenu et les oreilles de Ron étaient toujours écarlates. Au bout d'un moment, il se pencha vers Harry et marmonna :

— Tu as vu cette stupide petite barbe qu'il s'est fait pousser ?

Harry répondit d'un grognement neutre.

Une atmosphère d'attente fébrile se répandait dans la chaleur du chapiteau, le brouhaha des conversations interrompu de temps à autre par des éclats de rire surexcités. Mr et Mrs Weasley remontèrent l'allée centrale d'un pas tranquille, souriant et adressant des signes de la main à des membres de la famille. Mrs Weasley portait une robe toute neuve, couleur d'améthyste, et un chapeau assorti.

Un instant plus tard, Bill et Charlie se levèrent, à l'avant du chapiteau, tous deux vêtus de robes de cérémonie, de grandes roses blanches à la boutonnière. Fred siffla comme s'il avait vu passer une jolie fille et des gloussements retentirent parmi les cousines vélanes. Puis l'assistance devint silencieuse lorsqu'une musique s'éleva, provenant apparemment des ballons dorés.

– Ooooh ! s'exclama Hermione en pivotant sur sa chaise pour regarder l'entrée du chapiteau.

Un immense soupir collectif monta de la foule des sorcières et des sorciers quand Monsieur Delacour et Fleur s'avancèrent dans l'allée centrale, Fleur d'un pas aérien, Monsieur Delacour d'une démarche bondissante, le visage rayonnant. Fleur portait une robe blanche très simple et semblait émettre autour d'elle un puissant halo de lumière argentée. Alors qu'habituellement, son éclat éclipsait tous les autres, aujourd'hui en revanche, il embellissait quiconque s'en approchait. Ginny et Gabrielle, toutes deux vêtues de robes dorées, paraissaient encore plus belles qu'à l'ordinaire et lorsque Fleur fut arrivée à sa hauteur, Bill semblait n'avoir jamais rencontré Fenrir Greyback sur son chemin.

– Mesdames et messieurs, dit une voix légèrement chantante.

Avec une certaine surprise, Harry vit le même petit sorcier aux cheveux en épis qui avait présidé aux funérailles de Dumbledore. Il se tenait à présent devant Bill et Fleur.

– Nous sommes aujourd'hui réunis pour célébrer l'union de deux âmes fidèles…, poursuivit-il.

– Ma tiare fait très joliment ressortir l'ensemble, remarqua la tante Muriel, dans un murmure très audible. Mais je dois dire que la robe de Ginevra est beaucoup trop décolletée.

Ginny se retourna en souriant, adressa un clin d'œil à Harry puis regarda à nouveau devant elle. Harry laissa ses pensées vagabonder bien loin du chapiteau, se rappelant les après-midi où il était seul avec Ginny dans des coins isolés de Poudlard. Ces moments-là lui semblaient appartenir à un passé très lointain. Ils lui avaient toujours paru trop beaux pour être vrais, comme s'il avait volé des heures merveilleuses à la vie d'une autre personne, de quelqu'un qui n'aurait pas eu sur le front une cicatrice en forme d'éclair…

– William Arthur, voulez-vous prendre pour épouse Fleur Isabelle…

Au premier rang, Mrs Weasley et Madame Delacour sanglotaient en silence dans de petits mouchoirs de dentelle. Des bruits de trompette, au fond du chapiteau, indiquèrent que Hagrid avait également sorti l'un de ses propres mouchoirs, de la taille d'une nappe. Hermione tourna vers Harry un visage rayonnant. Elle aussi avait les yeux baignés de larmes.

– Je vous déclare donc unis pour la vie.

Le sorcier aux cheveux en épis leva haut sa baguette au-dessus des têtes de Bill et de Fleur et une pluie d'étoiles d'argent tomba sur eux, tournoyant autour de leurs silhouettes à présent enlacées. Fred et George entraînèrent les invités dans une salve d'applaudissements, en même temps que les ballons dorés éclataient au-dessus d'eux. Des oiseaux de paradis et de minuscules cloches d'or en jaillirent et se mirent à voleter ou à flotter dans les airs, ajoutant leurs chants et leurs carillons au vacarme des acclamations.

– Mesdames et messieurs ! s'écria le sorcier aux cheveux en épis. Si vous voulez bien vous lever !

Tout le monde s'exécuta, la tante Muriel ronchonnant à haute voix, et le sorcier agita sa baguette. Les chaises sur lesquelles les invités s'étaient assis s'envolèrent avec grâce tandis que les parois de toile du chapiteau disparaissaient. Ils se retrouvèrent sous un dais soutenu par des colonnes dorées, avec une vue magnifique sur le verger et la campagne environnante, illuminés de soleil. Puis un bassin d'or fondu se répandit au centre de la tente pour former une piste de danse à la surface scintillante. Les chaises suspendues en l'air se regroupèrent devant de petites tables aux nappes blanches qui retombèrent sur le sol avec la même grâce en se disposant d'elles-mêmes autour de la piste. Les musiciens vêtus de vestes dorées se dirigèrent alors vers un podium.

– Belle réussite, dit Ron d'un ton approbateur, pendant que des serveurs surgissaient de tous côtés, certains portant des plateaux d'argent chargés de jus de citrouille, de Bièraubeurre et de whisky Pur Feu, d'autres tenant en équilibre des piles vacillantes de tartelettes et de sandwiches.

– Nous devrions aller les féliciter ! proposa Hermione, dressée sur la pointe des pieds pour voir l'endroit où Bill et Fleur disparaissaient au centre d'une foule de gens qui leur adressaient des vœux de bonheur.

– On aura bien le temps plus tard, répondit Ron avec un haussement d'épaules.

Il prit trois Bièraubeurres sur un plateau qui passait et en tendit une à Harry.

– Tiens, Hermione, attrape. On va se trouver une table... Pas là ! Le plus loin possible de Muriel...

Suivi d'Hermione et de Harry, Ron traversa la piste de danse vide en jetant des regards à droite et à gauche. Harry était sûr qu'il surveillait Krum du coin de l'œil. Lorsqu'ils furent arrivés de l'autre côté, la plupart des tables étaient prises. Celle où il y avait le moins de monde était occupée par Luna, assise seule.

– On peut se mettre à côté de toi ? demanda Ron.

– Bien sûr, répondit-elle d'un ton joyeux. Papa est allé donner notre cadeau à Bill et à Fleur.

– Qu'est-ce que c'est, une provision à vie de Ravegourdes ? dit Ron.

Hermione voulut lui lancer un coup de pied sous la table mais elle atteignit Harry à sa place. La douleur lui fit monter les larmes aux yeux et il perdit le fil de la conversation pendant quelques instants.

L'orchestre avait commencé à jouer. Bill et Fleur s'avancèrent sur la piste et ouvrirent le bal sous les applaudissements. Au bout d'un moment, Mr Weasley entraîna Madame Delacour, suivi par Mrs Weasley et le père de Fleur.

– J'aime cette chanson, dit Luna en se balançant au rythme d'un air de valse.

Quelques secondes plus tard, elle se leva et, d'un pas léger, se rendit sur la piste où elle tourna sur elle-même, seule, les yeux fermés, en agitant les bras.

– Elle est formidable, non ? commenta Ron avec admiration. Toujours aussi drôle.

Mais son sourire s'effaça aussitôt : Viktor Krum venait de se laisser tomber sur la chaise vide de Luna. Hermione se trémoussa d'un air ravi mais cette fois, Krum n'était pas venu lui adresser des compliments. Le visage renfrogné, il demanda :

– Qui est cet homme en jaune ?

– C'est Xenophilius Lovegood, le père d'une de nos amies, répondit Ron.

Son ton belliqueux laissait clairement entendre qu'ils n'étaient pas disposés à se moquer de Xenophilius, en dépit de cette provocation délibérée.

– Viens danser, lança-t-il à Hermione d'un ton brusque.

Prise au dépourvu, mais finalement contente, elle se leva et ils disparurent tous deux au milieu de la foule grandissante des danseurs.

– Ah, ils sont ensemble, maintenant ? dit Krum, son attention momentanément détournée.

– Heu… d'une certaine manière, répondit Harry.

– Et toi, qui es-tu ? interrogea Krum.

– Barny Weasley.

Ils se serrèrent la main.

– Toi, Barrrny… Tu connais bien cet homme, Lovegood ?

– Non, je l'ai rencontré aujourd'hui pour la première fois. Pourquoi ?

Le regard noir au-dessus de son verre, Krum observait Xenophilius qui bavardait avec d'autres sorciers, de l'autre côté de la piste de danse.

– Parrrce que, dit Krum, s'il n'était pas un invité de Fleurrr, je le prrrovoquerrrais en duel, ici même, à cause de ce signe ignoble qu'il porrrte autourrr du cou.

– Un signe ? s'étonna Harry en se tournant à son tour vers Xenophilius.

L'étrange œil triangulaire brillait sur sa poitrine.

– Pourquoi, qu'est-ce qu'il a de spécial ?

– Grrrindelwald. C'est le signe de Grrrindelwald.

– Grindelwald… le mage noir que Dumbledore a vaincu ?

– Exactement.

Les muscles de la mâchoire de Krum remuèrent comme s'il était en train de mâcher, puis il poursuivit :

– Grrrindelwald a tué beaucoup de gens, mon grrrand-pèrrre, parrr exemple. Bien sûrrr, il n'a jamais été puissant dans ce pays, on disait qu'il avait peurrr de Dumbledorrre – et il avait rrraison quand on voit comment il a fini. Mais ça – il montra Xenophilius du doigt –, ça, c'est son symbole, je l'ai tout de suite rrreconnu : Grrrindelwald l'a grrravé dans un murrr à Durrrmstrrrang quand il était élève là-bas. Des idiots l'ont rrrecopié dans leurrrs livrrres ou sur leurrrs vêtements, simplement pourrr choquer, se donner l'airrr imprrrressionnant, jusqu'à ce que ceux d'entrrre nous qui avions perrrdu des membrrres de nos familles à cause de Grrrindelwald leurrr donnent une leçon.

Krum fit craquer ses jointures d'un geste menaçant et fusilla Xenophilius du regard. Harry était perplexe. Il semblait tout à fait improbable, incroyable même, que le père de Luna soit un adepte des forces du Mal et d'ailleurs, personne d'autre, sous le chapiteau, ne paraissait avoir reconnu le symbole triangulaire en forme de rune.

– Et tu es… heu… absolument sûr que c'est bien celui de Grindelwald…

– Je ne me trrrompe pas, répliqua froidement Krum. Je suis passé devant ce signe pendant des années, je le connais bien.

– Dans ce cas, reprit Harry, il est possible que Xenophilius ne sache pas vraiment ce que représente ce symbole. Les Lovegood sont un peu… particuliers. Il l'a peut-être trouvé quelque part et pense que c'est la coupe transversale d'une tête de Ronflak Cornu ou quelque chose comme ça.

– La coupe trrransverrrsale de quoi ?

– Je ne sais pas vraiment ce que sont les Ronflaks Cornus, mais apparemment, sa fille et lui essayent d'en attraper pendant leurs vacances…

Harry sentit qu'il s'y prenait mal pour expliquer qui étaient Luna et son père.

– La voici, là-bas, dit-il en montrant Luna qui dansait toujours toute seule, remuant les bras autour de sa tête comme si elle chassait des moucherons.

– Pourrrquoi fait-elle ça ? demanda Krum.

– Elle essaye sans doute de se débarrasser d'un Joncheruine, répondit Harry qui reconnaissait les symptômes.

Apparemment, Krum n'arrivait pas à savoir si Harry se moquait de lui ou pas. Il sortit sa baguette magique de sa robe et tapota sa cuisse d'un air menaçant. Des étincelles jaillirent à son extrémité.

– Gregorovitch ! s'écria soudain Harry.

Krum sursauta mais Harry était trop excité pour s'en soucier. La mémoire lui était revenue en regardant sa baguette : il revoyait Ollivander la prendre et l'examiner minutieusement avant le Tournoi des Trois Sorciers.

– Et alorrrs, pourrrquoi parrles-tu de lui ? interrogea Krum d'un ton soupçonneux.

– C'est un fabricant de baguettes !

– Je sais, dit Krum.

– Ta baguette vient de chez lui ! Voilà pourquoi je pensais… au Quidditch.

Krum paraissait de plus en plus méfiant.

– Comment sais-tu que Grrregorrrovitch a fabrrriqué ma baguette ?

– Je… je l'ai lu quelque part, je crois, répondit Harry. Dans un… un magazine de fans, ajouta-t-il, improvisant comme il pouvait.

Krum sembla se calmer.

– Je ne m'étais même pas rrrendu compte que j'avais parrrlé de ma baguette à mes fans, dit-il.

– Et… heu… comment va Gregorovitch, ces temps-ci ?

Krum eut l'air déconcerté.

– Il a prrris sa rrretrrraite il y a quelques années. J'ai été un des derrrrniers à acheter une baguette chez lui. Ce sont les meilleurrres – mais je sais que vous, les Brrritanniques, vous tenez beaucoup à Ollivanderrr.

Harry ne répondit pas. Il fit semblant de regarder les danseurs, comme Krum, mais il réfléchissait. Ainsi donc, Voldemort voulait retrouver un fabricant de baguettes réputé. Harry n'avait pas besoin d'en chercher très loin la raison : c'était sûrement à cause de ce que sa baguette avait fait la nuit où Voldemort le poursuivait en plein ciel. La baguette en bois de houx avec une plume de phénix avait vaincu la baguette empruntée, un phénomène qu'Ollivander n'avait pas prévu ni compris. Gregorovitch en saurait-il plus ? Était-il véritablement un plus grand expert qu'Ollivander ? Connaissait-il sur les baguettes magiques des secrets ignorés d'Ollivander ?

– Cette fille est trrrès jolie, remarqua Krum, ramenant Harry à l'instant présent.

Krum montrait Ginny qui venait de rejoindre Luna.

– Elle est aussi de ta famille ?

– Oui, répondit Harry, soudain irrité. Et elle a quelqu'un

dans sa vie, du genre très jaloux. Un grand type costaud. Il vaut mieux ne pas se trouver sur son chemin.

Krum poussa un grognement.

– À quoi serrrt-il d'êtrrre un joueurrr de Quidditch inter-rrnational si toutes les jolies filles sont déjà prrrises ?

Il vida sa coupe, se leva et s'éloigna à grands pas, pendant que Harry prenait un sandwich sur le plateau d'un serveur qui passait devant lui. Harry contourna la piste de danse bondée. Il voulait retrouver Ron, lui parler de Gregorovitch, mais Ron dansait avec Hermione au milieu de la foule. Harry s'adossa contre l'une des colonnes dorées et regarda Ginny qui dansait à présent avec Lee Jordan, l'ami de Fred et de George. Il s'efforça de chasser son amertume en songeant à la promesse qu'il avait faite à Ron.

Jamais encore il n'avait assisté à un mariage, il ne pouvait donc pas savoir en quoi les célébrations des sorciers différaient de celles des Moldus mais il était quasiment sûr que, chez ces derniers, on ne voyait pas de pièce montée ornée de deux petits phénix qui s'envolaient lorsqu'on coupait le gâteau, ni de bouteilles de champagne passant toutes seules parmi la foule des invités. À mesure que le soir tombait et que les papillons de nuit commençaient à s'engouffrer sous le dais, éclairé à présent par des lanternes flottantes, les réjouissances devenaient de plus en plus débridées. Fred et George avaient disparu depuis longtemps dans l'obscurité en compagnie de deux cousines de Fleur. Charlie, Hagrid et un petit sorcier trapu coiffé d'un canotier violet chantaient *Odo le héros* dans un coin.

Se faufilant dans la foule pour échapper à un oncle de Ron, manifestement ivre, qui se demandait s'il n'était pas son fils, Harry aperçut un vieux sorcier assis seul à une table.

Son nuage de cheveux blancs le faisait ressembler à une aigrette de pissenlit et il était coiffé d'un fez mangé aux mites. Son visage lui paraissait vaguement familier : fouillant dans sa mémoire, Harry se rappela soudain qu'il s'agissait d'Elphias Doge, membre de l'Ordre du Phénix, et auteur de la nécrologie de Dumbledore.

Il s'approcha de lui.

– Puis-je m'asseoir ?

– Bien sûr, bien sûr, répondit Doge.

Il avait une voix sifflante, plutôt aiguë.

Harry se pencha en avant.

– Mr Doge, je suis Harry Potter.

Doge étouffa une exclamation.

– Cher ami ! Arthur m'a dit que vous étiez déguisé... Je suis si heureux, si honoré !

Avec une émotion ravie, Doge versa précipitamment à Harry une coupe de champagne.

– J'ai pensé à vous écrire, murmura-t-il, après Dumbledore... le choc... et pour vous, je suis sûr que...

Ses yeux minuscules se remplirent soudain de larmes.

– J'ai lu la nécrologie que vous avez écrite pour *La Gazette du sorcier*, dit Harry. Je ne savais pas que vous connaissiez si bien le professeur Dumbledore.

– Aussi bien que n'importe qui d'autre, répondit Doge en s'essuyant les yeux avec une serviette. En tout cas, je suis celui qui l'a connu le plus longtemps, si l'on excepte Abelforth – et pour des raisons que j'ignore, les gens ne tiennent jamais compte d'Abelforth.

– Puisqu'on parle de *La Gazette du sorcier*... Je ne sais pas, Mr Doge, si vous avez vu...

– Oh, s'il vous plaît, appelez-moi Elphias, cher ami.

– Elphias, je ne sais pas si vous avez vu l'interview qu'a donnée Rita Skeeter au sujet de Dumbledore.

La fureur colora soudain le visage de Doge.

– Oh, oui, Harry, je l'ai vue. Cette femme, ou plutôt ce vautour devrait-on dire, m'a littéralement harcelé pour que j'accepte de lui parler. J'ai honte de vous avouer que je suis devenu assez discourtois, je l'ai traitée de vieille truite foui-neuse, ce qui s'est traduit, comme vous l'avez lu, par des calomnies concernant ma santé mentale.

– En tout cas, dans cette interview, poursuivit Harry, Rita Skeeter insinue que le professeur Dumbledore aurait prati-qué la magie noire quand il était jeune.

– N'en croyez pas un mot ! répliqua aussitôt Doge. Pas un mot, Harry ! Ne laissez pas ternir la mémoire d'Albus Dum-bledore !

Harry observa le visage grave, douloureux, de Doge et ne se sentit pas rassuré pour autant, mais plutôt contrarié. Doge pensait-il donc que c'était si facile, que Harry pou-vait simplement *choisir* de ne pas croire ce qu'il lisait ? Ne comprenait-il pas le besoin qu'il éprouvait d'être sûr, de tout savoir ?

Doge se doutait peut-être de ce que ressentait Harry car il parut inquiet et se hâta d'ajouter :

– Harry, Rita Skeeter est une horrible…

Mais il fut interrompu par un caquètement suraigu :

– Rita Skeeter ? Je l'adore, je lis toujours ses articles !

Harry et Doge levèrent la tête et virent devant eux la tante Muriel, des plumes dansant sur son chapeau, une coupe de champagne à la main.

– Figurez-vous qu'elle a écrit un livre sur Dumbledore !

– Bonjour, Muriel, dit Doge. Oui, nous parlions justement…

– Toi, là ! Donne-moi ta chaise, j'ai cent sept ans !

Un autre cousin Weasley, les cheveux roux, l'air effaré, bondit aussitôt de sa chaise que la tante Muriel fit pivoter avec une force surprenante avant de s'y laisser tomber lourdement, entre Doge et Harry.

– Rebonjour, Barry, ou je ne sais quoi, dit-elle à Harry. Alors, qu'est-ce que vous disiez à propos de Rita Skeeter, Elphias ? Vous saviez qu'elle a écrit une biographie de Dumbledore ? J'ai hâte de la lire, il faut que je pense à la commander chez Fleury et Bott !

Doge eut un air pincé, solennel, mais la tante Muriel vida sa coupe et claqua ses doigts osseux vers un serveur qui passait par là pour qu'il lui en apporte une autre. Après avoir bu une nouvelle et longue gorgée de champagne, elle laissa échapper un rot et poursuivit :

– Qu'est-ce qui vous arrive ? Vous avez l'air de deux grenouilles empaillées ! Avant qu'il devienne si respectable et respecté, et toutes ces fadaises, il y avait de sacrées rumeurs qui circulaient sur Albus !

– Des insinuations d'ignorants, répliqua Doge, son teint reprenant une couleur de radis.

– Je savais que vous diriez ça, Elphias, gloussa la tante Muriel. J'ai remarqué comment vous avez glissé sur les zones d'ombre dans votre nécrologie !

– Je suis navré que vous ayez cette opinion, répondit Doge, d'un ton encore plus froid. Je puis vous assurer que j'ai parlé avec mon cœur en écrivant cet article.

– Oh, tout le monde sait que vous aviez une véritable vénération pour Dumbledore. J'imagine que vous le considérez toujours comme un saint même s'il apparaît qu'il s'est débarrassé de sa sœur cracmolle.

– *Muriel* ! s'exclama Doge.

Une sensation glacée qui n'avait rien à voir avec le champagne se répandit dans la poitrine de Harry.

– Qu'est-ce que vous entendez par là ? demanda-t-il à Muriel. Qui a dit que sa sœur était une Cracmolle ? Je pensais qu'elle était malade ?

– Eh bien, vous pensiez de travers, Barry ! lança la tante Muriel, visiblement enchantée de l'effet qu'elle avait produit. D'ailleurs, comment auriez-vous pu le savoir ? Ça s'est passé à un moment où vous n'étiez même pas à l'état de projet, mon jeune ami, et la vérité, c'est que nous qui étions là à l'époque n'avons jamais su ce qui était vraiment arrivé. Voilà pourquoi je brûle de découvrir les révélations de Skeeter ! Dumbledore a si longtemps gardé le silence sur sa sœur !

– Faux ! protesta Doge de sa voix sifflante. Absolument faux !

– Il ne m'a jamais dit que sa sœur était une Cracmolle, lança Harry sans y penser, la sensation glacée persistant en lui.

– Et pourquoi donc vous l'aurait-il dit ? couina Muriel qui se balança un peu sur sa chaise dans un effort pour voir plus nettement Harry.

– La raison pour laquelle Albus ne parlait jamais d'Ariana, commença Elphias d'une voix tendue par l'émotion, me paraît tout à fait évidente. Il a été si bouleversé par sa mort…

– Pourquoi personne ne l'a jamais vue, Elphias ? s'écria la tante Muriel. Pourquoi une bonne moitié d'entre nous n'ont-ils jamais soupçonné son existence, avant qu'on sorte son cercueil de la maison et qu'on célèbre ses funérailles ? Où était donc le très saint Albus pendant qu'Ariana se trouvait enfermée dans la cave ? Il brillait de tous ses feux à Poudlard et peu importe ce qui se passait dans sa propre maison !

– Que voulez-vous dire par « enfermée dans la cave » ? interrogea Harry. Qu'est-ce que ça signifie ?

Doge semblait anéanti. La tante Muriel poussa un nouveau caquètement et répondit à Harry :

– La mère de Dumbledore était une femme terrifiante, tout simplement terrifiante. Née dans une famille moldue, bien qu'elle ait, paraît-il, prétendu le contraire…

– Elle n'a jamais prétendu cela ! Kendra était une femme remarquable, murmura Doge, l'air accablé.

Mais la tante Muriel ne lui prêta aucune attention.

– Fière et très dominatrice, le genre de sorcière qui aurait été mortifiée à l'idée de donner naissance à une Cracmolle…

– Ariana n'était pas une Cracmolle ! affirma Doge de sa voix sifflante.

– C'est ce que vous dites, Elphias, mais expliquez-moi dans ce cas pourquoi elle n'est jamais allée à Poudlard ! répliqua la tante Muriel.

Elle se tourna à nouveau vers Harry.

– De notre temps, quand on avait un Cracmol dans la famille, on n'en parlait pas. Mais de là à séquestrer une petite fille dans la maison en faisant comme si elle n'existait pas…

– Je vous dis que ça ne s'est pas passé ainsi ! protesta Doge, mais la tante Muriel poursuivit sur sa lancée comme un rouleau compresseur, s'adressant toujours à Harry.

– Les Cracmols étaient habituellement envoyés dans des écoles de Moldus et on les encourageait à intégrer leur communauté… C'était beaucoup plus charitable que d'essayer de leur trouver une place dans le monde des sorciers où ils auraient toujours été relégués au second rang. Mais naturellement, Kendra Dumbledore n'aurait jamais songé à laisser sa fille fréquenter une école de Moldus…

– Ariana était fragile, déclara Doge en désespoir de cause. Sa santé a toujours été trop précaire pour lui permettre de…

– Pour lui permettre de quitter la maison ? couina Muriel. Et pourtant, on ne l'a jamais envoyée à Ste Mangouste et on n'a jamais appelé de guérisseur à son chevet !

– Muriel, voyons, comment pouvez-vous savoir si…

– Pour votre information, Elphias, mon cousin Lancelot était guérisseur à Ste Mangouste, à l'époque, et il a raconté à ma famille, en toute confidentialité, qu'on n'avait jamais vu Ariana là-bas. Très louche, pensait Lancelot !

Doge paraissait sur le point d'éclater en sanglots. La tante Muriel, qui semblait s'amuser beaucoup, claqua des doigts pour obtenir une nouvelle coupe de champagne. Hébété, Harry repensa à la façon dont les Dursley l'avaient enfermé, bouclé dans un placard, caché à la vue des autres, pour avoir commis le seul crime d'être un sorcier. La sœur de Dumbledore avait-elle subi le même traitement pour la raison inverse ? L'avait-on séquestrée parce qu'elle n'était pas suffisamment douée pour la magie ? Et Dumbledore l'avait-il véritablement abandonnée à son sort, pendant que lui-même allait à Poudlard où il se montrait brillant et talentueux ?

– Si Kendra n'était pas morte la première, reprit Muriel, j'aurais dit que c'était elle qui en avait fini avec Ariana…

– Comment osez-vous, Muriel ? gémit Doge. Une mère tuer sa propre fille ? Réfléchissez à ce que vous dites !

– Pourquoi pas, si cette même mère a été capable d'emprisonner sa fille pendant des années entières, répliqua la tante Muriel avec un haussement d'épaules. Mais comme je l'ai déjà dit, ça ne cadre pas, car Kendra est morte avant Ariana. De quoi ? Personne ne semble pouvoir l'affirmer avec certitude.

– Oh, il ne fait aucun doute qu'Ariana l'a assassinée, lança Doge, essayant courageusement de se montrer ironique. Pourquoi pas, pendant qu'on y est ?

– Oui, peut-être qu'Ariana, dans une tentative désespérée pour conquérir sa liberté, a tué Kendra au cours de la bagarre, suggéra la tante Muriel d'un air songeur. Vous pouvez hocher la tête autant que vous voulez, Elphias ! Vous étiez à l'enterrement d'Ariana, non ?

– En effet, j'y étais, répondit Doge, les lèvres tremblantes. Et je ne pense pas avoir jamais vécu un moment de plus grande tristesse. Albus avait le cœur brisé…

– Il n'y a pas eu que son cœur. Abelforth n'a-t-il pas aussi brisé le nez d'Albus en plein milieu de la cérémonie ?

Si Doge avait pu paraître horrifié auparavant, ce n'était rien comparé à l'expression qu'il affichait à présent. Il aurait sans doute eu la même tête si Muriel lui avait enfoncé un poignard dans le ventre. Elle laissa échapper un gloussement sonore, puis but à nouveau du champagne qui dégoulina sur son menton.

– Comment osez-vous… ? croassa Doge.

– Ma mère était amie avec la vieille Bathilda Tourdesac, reprit la tante Muriel d'un air joyeux. Bathilda a raconté toute l'histoire à maman pendant que j'écoutais à la porte. Une bagarre devant un cercueil ! D'après le récit de Bathilda, Abelforth a hurlé que c'était la faute d'Albus si Ariana était morte, puis il lui a donné un coup de poing dans la figure. À en croire Bathilda, Albus n'a même pas cherché à se défendre, ce qui est déjà étrange en soi, car s'il s'était battu en duel avec lui, il n'aurait eu aucun mal à écraser Abelforth avec les deux mains liées derrière le dos.

Muriel avala encore un peu de champagne. L'évocation de ces anciens scandales semblait la réjouir autant qu'elle horrifiait Doge. Harry ne savait plus ce qu'il fallait penser, ce qu'il fallait croire : il voulait la vérité mais Doge ne trouvait rien d'autre à faire que de rester assis là à chevroter d'une voix faible qu'Ariana avait été malade. Harry avait peine à imaginer que Dumbledore ne soit pas intervenu si une telle cruauté avait été véritablement exercée sous son toit. Pourtant, il était indiscutable qu'il y avait quelque chose d'étrange dans cette histoire.

– Et j'ajouterai encore un détail, poursuivit Muriel qui éloigna la coupe de ses lèvres en laissant échapper un léger hoquet. Je crois que Bathilda a tout raconté à Rita Skeeter. Ces allusions, dans l'interview de Skeeter, à une source bien informée, proche des Dumbledore… Dieu sait que Bathilda était présente, d'un bout à l'autre de cette histoire d'Ariana… Tout cela cadre parfaitement !

– Bathilda n'aurait jamais parlé à Rita Skeeter, murmura Doge.

– Bathilda Tourdesac ? répéta Harry. L'auteur d'*Histoire de la magie* ?

Ce nom était imprimé sur la couverture de l'un de ses livres de classe, mais il fallait admettre que ce n'était pas celui auquel il avait accordé le plus d'attention.

– Oui, répondit Doge, s'accrochant à la question de Harry comme un homme qui se noie à une bouée. Une historienne de la magie particulièrement douée et une vieille amie d'Albus.

– Complètement gaga depuis quelque temps, d'après ce qu'on m'a dit, ajouta joyeusement la tante Muriel.

– Si c'est vrai, c'est encore plus déshonorant de la part de Skeeter d'en avoir profité, trancha Doge, et on ne peut accorder aucun crédit à ce que Bathilda a pu déclarer !

– Oh, il existe des moyens de ramener les souvenirs à la surface et je suis persuadée que Rita Skeeter les connaît tous, déclara la tante Muriel. Mais même si Bathilda a totalement perdu la boule, je suis sûre qu'elle a toujours de vieilles photos, peut-être même des lettres. Elle a fréquenté les Dumbledore pendant des années… Ça vaut bien un petit voyage à Godric's Hollow, me semble-t-il.

Harry, qui avait bu une gorgée de Bièraubeurre, s'étrangla et se mit à tousser. Tandis que Doge lui donnait des tapes dans le dos, il regarda la tante Muriel à travers les larmes qui lui montaient aux yeux. Lorsqu'il eut retrouvé le contrôle de sa voix, il demanda :

– Bathilda Tourdesac habite à Godric's Hollow ?

– Oh, oui, elle a toujours vécu là ! Les Dumbledore sont venus s'y installer après l'arrestation de Perceval et ils étaient voisins.

– Les Dumbledore vivaient à Godric's Hollow ?

– Oui, Barry, c'est ce que je viens de dire, répliqua la tante Muriel avec mauvaise humeur.

Harry se sentait épuisé, vidé. Pas une seule fois en six ans Dumbledore ne lui avait dit qu'ils avaient tous les deux vécu et perdu des êtres chers à Godric's Hollow. Pourquoi ? Lily et James étaient-ils enterrés près de la mère et de la sœur de Dumbledore ? Dumbledore était-il allé se recueillir sur leurs tombes, était-il passé, à cette occasion, devant celles de Lily et de James ? Il n'en avait jamais parlé à Harry… ne s'était jamais soucié de le lui dire…

Pourquoi était-ce si important ? Harry n'aurait su l'expliquer, même pas à lui-même, pourtant, il ressentait comme l'équivalent d'un mensonge le fait de ne pas lui avoir révélé qu'ils avaient en commun cet endroit et ces deuils. Les yeux dans le vague, il remarquait à peine ce qui se passait tout autour, et ne vit pas qu'Hermione était sortie de la foule des danseurs, jusqu'au moment où elle tira une chaise pour s'asseoir auprès de lui.

– Je n'en peux plus de danser, dit-elle d'une voix haletante.

Elle ôta une de ses chaussures et se massa la plante du pied.

– Ron est allé chercher d'autres Bièraubeurres. C'est bizarre, je viens de voir Viktor quitter le père de Luna d'un air furieux. On dirait qu'ils se sont disputés.

Elle observa Harry et baissa la voix :

– Harry, tu te sens bien ?

Il ne savait par où commencer, mais cela n'avait pas d'importance car au même instant, une longue forme argentée tomba à travers le dais, au-dessus de la piste. Gracieux et luisant, un lynx atterrit avec légèreté au milieu des danseurs surpris. Des têtes se tournèrent tandis que ceux qui se trouvaient le plus près de lui se figeaient en plein mouvement, dans une pose absurde. Le Patronus ouvrit alors largement sa gueule et parla avec la voix lente, forte, profonde, de Kingsley Shacklebolt :

– *Le ministère est tombé. Scrimgeour est mort. Ils arrivent !*

9

UN ENDROIT OÙ SE CACHER

Tout sembla flou, lent. Harry et Hermione se levèrent d'un bond et tirèrent leurs baguettes. De nombreux invités commençaient tout juste à comprendre qu'il s'était passé quelque chose d'étrange. Des têtes étaient encore tournées vers le félin argenté lorsqu'il disparut. Le silence se répandit comme une onde glacée, prenant sa source à l'endroit où le Patronus avait atterri. Puis quelqu'un cria.

Harry et Hermione se précipitèrent dans la foule saisie de panique. Des invités couraient en tous sens. Beaucoup transplanaient. Les sortilèges de Protection disposés autour du Terrier avaient été brisés.

– Ron ! s'écria Hermione. Ron, où es-tu ?

Alors qu'ils se frayaient un chemin à travers la piste de danse, Harry vit des silhouettes enveloppées de capes, le visage masqué, apparaître dans la cohue. Puis il aperçut Lupin et Tonks, leurs baguettes brandies, et les entendit s'exclamer tous les deux :

– *Protego !*

Le cri fut repris en écho de tous côtés.

– Ron ! Ron ! appela Hermione, sanglotant à moitié.

Harry et elle furent violemment bousculés par des invités

terrifiés. Au moment où Harry lui saisissait la main pour être sûr qu'ils ne seraient pas séparés, un trait de lumière siffla au-dessus de leurs têtes. S'agissait-il d'un sortilège de Protection ou d'un signal plus sinistre, il l'ignorait…

Ron apparut alors. Il attrapa le bras libre d'Hermione et Harry la sentit pivoter sur place. Les images et les bruits s'évanouirent, effacés par l'obscurité qui s'abattait sur lui. Il ne sentait plus que la main d'Hermione tandis qu'il était aspiré dans l'espace et le temps, loin du Terrier, loin des Mangemorts qui surgissaient de partout, loin, peut-être, de Voldemort lui-même…

– Où sommes-nous ? demanda la voix de Ron.

Harry ouvrit les yeux. Pendant un instant, il eut l'impression qu'ils n'avaient pas quitté le mariage : ils étaient toujours au milieu d'une foule.

– Tottenham Court Road, à Londres, répondit Hermione d'une voix essoufflée. Marchez, marchez droit devant vous, il faut trouver un endroit où se changer.

Harry fit ce qu'elle disait. Ils marchèrent, courant à moitié, le long de la large rue sombre, grouillante de noctambules, bordée de magasins fermés, sous un ciel scintillant d'étoiles. Un bus à impériale passa près d'eux dans un grondement de moteur et un groupe de joyeux fêtards qui faisaient la tournée des pubs les contemplèrent avec des yeux ronds : Harry et Ron portaient toujours leurs robes de soirée.

– Hermione, nous n'avons rien pour nous changer, lui répondit Ron alors qu'une jeune femme éclatait d'un rire éraillé en le voyant.

– Pourquoi n'ai-je pas emporté la cape d'invisibilité ? se lamenta Harry, maudissant intérieurement sa propre stupidité. L'année dernière, je ne m'en séparais jamais et…

– Je l'ai, la cape, j'ai aussi des vêtements pour vous, annonça Hermione. Essayez simplement d'avoir l'air naturel jusqu'à ce que... Ici, ça ira.

Elle les entraîna dans une rue adjacente puis à l'abri d'une ruelle plongée dans la pénombre.

– Quand tu dis que tu as la cape et des vêtements..., commença Harry, en regardant Hermione les sourcils froncés.

Elle ne portait rien dans les mains à part son petit sac en perles dans lequel elle s'était mise à fouiller.

– Ils sont là-dedans, répondit-elle.

À la grande stupéfaction de Harry et de Ron, elle sortit de son sac un jean, un sweat-shirt, des chaussettes violettes et enfin la cape argentée.

– Comment as-tu fait pour...

– Un sortilège d'Extension indétectable, expliqua Hermione. Difficile, mais je crois que je l'ai réussi. En tout cas, j'ai pu y mettre tout ce dont nous avions besoin.

Elle secoua un peu le petit sac d'apparence fragile et l'écho d'objets pesants qui roulaient les uns sur les autres résonna à l'intérieur comme dans la cale d'un navire.

– Ah, mince, ce sont les livres, dit-elle en jetant un coup d'œil dans le sac. C'est bête, je les avais classés par sujets... Tant pis... Harry, prends la cape d'invisibilité. Ron, dépêche-toi de te changer...

– Quand as-tu fait tout ça ? s'étonna Harry pendant que Ron se débarrassait de sa robe de sorcier.

– Je vous l'ai dit au Terrier, j'avais préparé les bagages depuis des jours, au cas où nous aurions à partir précipitamment. J'ai rempli ton sac à dos ce matin, Harry, une fois que tu t'étais changé, et je l'ai mis là-dedans... j'avais une intuition...

– Tu es vraiment étonnante, toi, dit Ron en lui tendant sa robe roulée en boule.

– Merci, répondit Hermione.

Elle parvint à esquisser un sourire et fourra la robe dans le sac.

– Harry, s'il te plaît, mets cette cape !

Harry jeta la cape d'invisibilité sur ses épaules et la remonta sur sa tête, disparaissant à la vue. Il commençait seulement à prendre la mesure de ce qui s'était passé.

– Les autres… les invités du mariage…

– Nous n'avons pas le temps de nous en soucier pour l'instant, murmura Hermione. C'est toi qu'ils cherchent, Harry, et nous mettrions tout le monde encore plus en danger si nous retournions là-bas.

– Elle a raison, approuva Ron, qui n'avait pas besoin de voir le visage de Harry pour savoir qu'il s'apprêtait à discuter. La plupart des membres de l'Ordre étaient présents, ils s'occuperont des autres.

Harry hocha la tête mais se rappela qu'il était invisible et répondit simplement :

– Ouais…

Il pensait à Ginny et sentait la peur bouillonner en lui comme un acide.

– Venez, il faut que nous partions d'ici, dit Hermione.

Ils reprirent la rue adjacente en sens inverse et revinrent dans la grande artère où un groupe d'hommes, sur le trottoir opposé, chantaient en titubant.

– Par simple curiosité, pourquoi as-tu choisi Tottenham Court Road ? demanda Ron à Hermione.

– Aucune idée, ça m'est venu en tête mais je suis sûre que nous sommes en sécurité dans le monde des Moldus, ce n'est pas là qu'ils penseront à nous chercher.

– Exact, admit Ron en regardant autour de lui. Mais tu ne te sens pas un peu… exposée ?

– Sinon, où aller ? dit Hermione avec un mouvement de recul en entendant le groupe des fêtards, de l'autre côté de la rue, lui lancer des sifflets appréciateurs. Nous ne pouvons quand même pas louer des chambres au Chaudron Baveur ? Et la maison du square Grimmaurd est exclue si Rogue peut y entrer… J'imagine qu'on pourrait essayer la maison de mes parents, mais il y a un risque que les Mangemorts aillent y faire un tour… Oh, si seulement ils pouvaient se taire, ceux-là !

– Ça va, chérie ? criait le plus ivre des fêtards sur le trottoir d'en face. Je t'offre un verre ? Laisse tomber le rouquin et viens boire une pinte de bière avec moi !

– Allons nous asseoir quelque part, dit précipitamment Hermione, alors que Ron ouvrait la bouche pour répliquer. Regardez, là-bas, ça devrait nous convenir.

C'était un petit café miteux ouvert toute la nuit. Une mince couche de graisse recouvrait les tables en Formica, mais au moins l'endroit était vide. Harry se glissa le premier dans un box et Ron s'assit à côté de lui, face à Hermione qui tournait le dos à l'entrée et n'aimait pas ça : elle jetait si souvent des regards derrière elle qu'elle avait l'air d'avoir un tic. Harry n'avait pas envie de rester immobile. Marcher dans la rue lui avait donné l'illusion qu'ils avaient une destination. Sous la cape, il sentait se dissiper les derniers effets du Polynectar, ses mains reprenant leur taille et leur forme habituelles. Il sortit ses lunettes de sa poche et les remit sur son nez.

– Vous savez qu'on n'est pas loin du Chaudron Baveur, ici, fit remarquer Ron, une minute plus tard. Il suffit d'aller à Charing Cross…

– Ron, on ne peut pas ! l'interrompit Hermione.

– Pas pour y rester, simplement pour savoir ce qui se passe !

– Nous savons très bien ce qui se passe ! Voldemort s'est emparé du ministère, qu'est-ce que tu as besoin de savoir d'autre ?

– D'accord, d'accord, c'était simplement une idée en l'air !

Ils retombèrent dans un silence crispé. La serveuse, qui mâchait du chewing-gum, s'avança d'un pas traînant et Hermione demanda deux cappuccinos : Harry étant invisible, il aurait semblé étrange de lui en commander un également. Deux ouvriers à la silhouette massive entrèrent dans le café et se glissèrent dans le box voisin. Hermione baissa la voix dans un murmure.

– Je propose qu'on trouve un endroit tranquille pour transplaner et qu'on aille quelque part à la campagne. De là, on pourra envoyer un message à l'Ordre.

– Tu sais faire le coup du Patronus qui parle ? demanda Ron.

– Je me suis entraînée et je crois que oui, répondit Hermione.

– Très bien, du moment que ça ne leur attire pas d'ennuis, mais ils ont peut-être été arrêtés à l'heure qu'il est. Beurk, ce truc est dégoûtant, ajouta Ron, après avoir avalé une gorgée de café grisâtre et mousseux.

La serveuse l'avait entendu. Elle le fusilla du regard en traînant les pieds pour aller prendre la commande des nouveaux clients. Harry vit que le plus grand des deux ouvriers – un blond d'une taille colossale – renvoyait la serveuse d'un geste de la main. Vexée, elle le dévisagea d'un air glacial.

– Bon, allons-y, je ne veux pas boire cette boue, dit Ron. Hermione, tu as de l'argent moldu pour payer ça ?

– Oui, j'ai pris tout ce que j'avais sur mon compte d'épargne logement avant de partir pour le Terrier. Je parie que la monnaie doit se trouver tout au fond, soupira-t-elle, la main tendue vers son sac en perles.

Les deux ouvriers firent simultanément le même geste et Harry les imita sans y penser : tous trois tirèrent en même temps leurs baguettes magiques. Ron mit quelques secondes à comprendre ce qui se passait puis plongea par-dessus la table et poussa Hermione de côté sur la banquette. La puissance des sortilèges lancés par les Mangemorts fracassa le mur recouvert de carreaux, là où la tête de Ron s'était trouvée un instant auparavant. Au même moment, Harry s'écria :

– *Stupéfix !*

Le grand Mangemort blond fut frappé en pleine tête par un jet de lumière rouge et s'affaissa sur le côté, inconscient. Son compagnon, incapable de voir qui avait jeté le sort, en lança un autre à Ron : des cordelettes noires et brillantes s'échappèrent de l'extrémité de sa baguette et ligotèrent Ron de la tête aux pieds. La serveuse poussa un hurlement et se rua vers la porte. Harry envoya un nouveau sortilège de Stupéfixion, visant le Mangemort au visage tordu qui avait ligoté Ron, mais il rata son coup et le maléfice, après avoir ricoché sur une fenêtre, frappa la serveuse qui s'effondra devant la porte.

– *Expulso !* s'écria le Mangemort.

La table derrière laquelle se trouvait Harry explosa. L'onde de choc le projeta violemment contre le mur et il sentit sa baguette lui échapper des mains tandis que la cape glissait de ses épaules.

– *Petrificus totalus !* hurla Hermione, qui était restée hors de vue.

Le Mangemort tomba en avant comme une statue et atterrit dans un bruit de verre brisé sur l'amas de tasses cassées, de débris de table, et de café. Tremblante, Hermione sortit en rampant de sous la banquette, secouant la tête pour débarrasser ses cheveux des éclats d'un cendrier fracassé.

– D… *Diffindo !* dit-elle, sa baguette pointée sur Ron qui poussa un rugissement de douleur lorsque le sortilège déchira la toile de son jean et lui entailla profondément le genou. Je… Je suis vraiment désolée, Ron, j'ai la main qui tremble ! *Diffindo !*

Les cordes tranchées tombèrent sur le sol et Ron se releva, secouant ses bras engourdis pour rétablir la circulation. Harry ramassa sa baguette, enjamba le tas de ruines, et s'approcha du grand Mangemort blond étalé en travers de la banquette.

– J'aurais dû le reconnaître tout de suite, il était là le soir de la mort de Dumbledore, dit-il.

Il retourna du pied l'autre Mangemort, qui avait les cheveux plus foncés. D'un rapide coup d'œil, l'homme regarda successivement Harry, Ron et Hermione.

– Celui-là, c'est Dolohov, dit Ron. Je le reconnais, sa tête était mise à prix sur de vieilles affiches. Je pense que le grand type doit être Thorfinn Rowle.

– Peu importe leurs noms ! s'écria Hermione d'une voix un peu hystérique. Comment nous ont-ils trouvés ? Qu'allons-nous faire ?

D'une certaine manière, son accès de panique sembla éclaircir les idées de Harry.

– Ferme la porte à clé, lui dit-il, et toi, Ron, éteins les lumières.

Il baissa les yeux vers Dolohov, toujours paralysé, réfléchissant à toute vitesse pendant que la serrure cliquetait et que Ron se servait du Déluminateur pour plonger le café dans l'obscurité. Harry entendit au loin les fêtards qui avaient sifflé sur le passage d'Hermione lancer des plaisanteries à une autre fille.

– Qu'est-ce qu'on va faire d'eux ? murmura Ron dans le noir.

Puis, plus bas encore, il ajouta :

– Les tuer ? Eux aussi nous auraient tués. Ils viennent d'essayer.

Hermione frémit et fit un pas en arrière. Harry hocha la tête.

– Il faut simplement effacer leurs souvenirs, dit-il. C'est mieux. Comme ça ils perdront notre piste. Si nous les tuons, il deviendra évident que nous étions ici.

– C'est toi qui commandes, répondit Ron qui avait l'air profondément soulagé. Mais je n'ai jamais pratiqué de sortilège d'Amnésie.

– Moi non plus, dit Hermione, mais je connais la théorie.

Elle respira profondément pour retrouver son calme puis pointa sa baguette sur le front de Dolohov et prononça la formule :

– *Oubliettes*.

Aussitôt, le regard de Dolohov se fit vague et rêveur.

– Magnifique ! s'exclama Harry en lui donnant une grande tape dans le dos. Occupe-toi de l'autre Mangemort et de la serveuse pendant que Ron et moi, on fait le ménage.

– Le ménage ? dit Ron, qui jeta un coup d'œil sur la salle partiellement détruite. Pourquoi ?

– Tu ne crois pas qu'ils vont se demander ce qui s'est passé s'ils se réveillent dans un endroit où on dirait qu'une bombe vient d'exploser ?

– Ah oui, d'accord…

Ron mit un bon moment avant de réussir à extraire sa baguette de sa poche.

– Pas étonnant que je n'arrive pas à la sortir, Hermione, tu as emporté mon vieux jean, il est trop étroit.

– Oh, crois bien que j'en suis désolée, persifla Hermione.

Tandis qu'elle tirait la serveuse à l'écart de la vitrine, Harry l'entendit marmonner quelque chose sur l'endroit où Ron pouvait enfoncer sa baguette.

Lorsque le café eut retrouvé son état initial, ils soulevèrent les Mangemorts et les remirent dans leur box en les asseyant face à face.

– Mais comment nous ont-ils trouvés ? demanda Hermione qui regardait alternativement les deux hommes inertes. Comment ont-ils pu savoir où nous étions ?

Elle se tourna vers Harry.

– Tu… Tu ne penses pas avoir toujours la Trace sur toi, n'est-ce pas, Harry ?

– C'est impossible, répondit Ron. La Trace est levée à dix-sept ans, c'est la loi des sorciers, on ne peut pas la mettre sur un adulte.

– Pour autant que tu le saches, répliqua Hermione. Et si les Mangemorts avaient trouvé le moyen de la maintenir sur un sorcier de dix-sept ans ?

– Mais Harry ne s'est pas approché d'un Mangemort dans les dernières vingt-quatre heures. Qui aurait pu rétablir sa Trace ?

Hermione ne répondit pas. Harry se sentit souillé, sali : était-ce véritablement ainsi que les Mangemorts les avaient retrouvés ?

– Si je ne peux pas utiliser la magie, ni vous quand vous

êtes près de moi, sans révéler l'endroit où nous sommes…, commença-t-il.

– Pas question que nous nous séparions ! l'interrompit Hermione d'un ton sans réplique.

– Nous devons trouver un endroit sûr où nous cacher, dit Ron. Pour nous donner le temps de réfléchir.

– Le square Grimmaurd, suggéra Harry.

Les deux autres en restèrent bouche bée.

– Ne sois pas stupide, Harry, Rogue peut y aller quand il veut !

– Le père de Ron a dit qu'ils y avaient jeté des maléfices contre lui. Et même s'ils n'ont pas marché, insista-t-il en voyant qu'Hermione voulait discuter, quelle importance ? Je te jure que rien ne me ferait plus plaisir que de me retrouver devant Rogue !

– Mais…

– Hermione, où veux-tu aller, autrement ? C'est la meilleure chance que nous ayons. Rogue est tout seul, alors que si la Trace est toujours sur moi, nous aurons une foule de Mangemorts à nos trousses, où que nous allions.

Elle n'avait aucun argument à objecter, malgré son désir manifeste d'en trouver un. Elle déverrouilla la porte du café et Ron rétablit la lumière en actionnant le Déluminateur. Puis, lorsque Harry eut compté jusqu'à trois, ils annulèrent les maléfices lancés sur leurs victimes. À peine la serveuse et les Mangemorts avaient-ils eu le temps d'émerger de leur sommeil que Ron, Hermione et Harry pivotaient une fois de plus sur eux-mêmes et disparaissaient dans des ténèbres qui les comprimaient de toutes parts.

Quelques secondes plus tard, Harry sentit avec soulagement ses poumons se dilater et ouvrit les yeux : ils avaient atterri au beau milieu d'une petite place sinistre et familière, entourée de hautes maisons délabrées. Le numéro 12 était visible à leurs yeux car ils avaient été informés de son existence par Dumbledore, son Gardien du Secret. Ils se précipitèrent, vérifiant tous les dix mètres que personne ne les suivait ou ne les épiait, et montèrent quatre à quatre les marches de pierre du perron. Lorsque Harry donna un petit coup de baguette magique sur la porte d'entrée, ils entendirent une suite de cliquetis métalliques et le tintement d'une chaîne, puis la porte pivota dans un grincement et ils se hâtèrent d'en franchir le seuil.

Dès que Harry referma le panneau, les vieilles lampes à gaz d'un autre âge s'allumèrent, jetant des lueurs vacillantes tout au long du hall. L'endroit était tel qu'il se le rappelait : inquiétant, rempli de toiles d'araignée, les têtes d'elfes de maison accrochées au mur peuplant l'escalier d'ombres étranges. De longs rideaux sombres masquaient le portrait de la mère de Sirius. La seule chose qui n'était pas exactement à sa place, c'était le porte-parapluies en forme de jambe de troll, couché par terre, comme si Tonks venait à nouveau de le renverser.

– Je crois que quelqu'un est venu ici, murmura Hermione en le montrant du doigt.

– C'est peut-être arrivé quand l'Ordre a quitté la maison, chuchota Ron.

– Où sont donc ces maléfices jetés contre Rogue ? interrogea Harry.

– Peut-être qu'ils ne s'activés qu'en sa présence ? suggéra Ron.

Ils demeurèrent cependant regroupés à l'entrée, le dos contre la porte, craignant d'avancer plus loin à l'intérieur de la maison.

– On ne va quand même pas rester ici indéfiniment, dit Harry qui s'avança d'un pas.

– *Severus Rogue ?*

La voix de Maugrey Fol Œil murmura dans la pénombre, les faisant tous les trois sursauter de peur.

– Nous ne sommes pas Rogue ! répondit Harry d'une voix rauque.

Quelque chose siffla au-dessus de sa tête, comme un courant d'air glacé, et sa langue s'enroula sur elle-même, lui interdisant de parler. Mais avant qu'il ait eu le temps de se passer le doigt dans la bouche, sa langue se déroula.

Apparemment, les deux autres avaient éprouvé la même sensation désagréable. Ron avait des haut-le-cœur et Hermione bégaya :

– Ce… Ce doit ê… être un sor… sortilège de Langue de Plomb que Fol Œil destinait à Rogue !

Avec précaution, Harry s'avança un peu plus loin. Quelque chose remua dans l'ombre, à l'autre bout du hall, et avant que l'un d'eux ait pu prononcer un mot, une haute silhouette, couleur de poussière, surgit du tapis, terrifiante : Hermione poussa un hurlement, ainsi que Mrs Black, dont les rideaux s'ouvrirent brusquement. La silhouette grise glissa vers eux, de plus en plus vite, ses cheveux tombant jusqu'à la taille, sa barbe flottant derrière elle, le visage émacié, décharné, ses orbites vides. Horriblement familière, atrocement altérée, l'apparition leva un bras squelettique et le tendit vers Harry.

– Non ! s'écria celui-ci.

Il brandit sa baguette, mais ne sut quel sortilège lancer.

– Non ! Ce n'est pas nous ! Ce n'est pas nous qui vous avons tué.

Au mot « tué », la silhouette explosa dans un grand nuage de poussière. Toussant, les larmes aux yeux, Harry regarda derrière lui et vit Hermione accroupie par terre, près de la porte, les bras sur la tête. Ron, tremblant de tout son corps, lui tapotait maladroitement l'épaule en répétant :

— Tout va b… bien… C'est f… fini…

De la poussière tournoya autour de Harry, scintillant à la lueur bleutée des lampes à gaz, tandis que Mrs Black continuait de hurler :

— Sang-de-Bourbe, vermine, opprobre et déshonneur, honteuses salissures dans la maison de mes ancêtres…

— TAISEZ-VOUS ! s'écria Harry, sa baguette pointée sur elle.

Il y eut une détonation, une gerbe d'étincelles et les rideaux se refermèrent en la réduisant au silence.

— Ce… C'était…, gémit Hermione.

Ron l'aida à se relever.

— Oui, répondit Harry, mais ce n'était pas vraiment lui. Simplement quelque chose pour effrayer Rogue.

Le sortilège avait-il eu l'effet recherché ou bien Rogue avait-il foudroyé l'épouvantable apparition avec la même désinvolture que lorsqu'il avait tué le véritable Dumbledore ? Les nerfs toujours à vif, Harry entraîna les deux autres à l'autre bout du hall, s'attendant plus ou moins à voir surgir une nouvelle horreur. Mais plus rien ne bougea, à part une souris qui trottinait le long d'une plinthe.

— Avant d'aller plus loin, je pense qu'il vaudrait mieux vérifier, murmura Hermione.

Elle leva sa baguette et prononça la formule :

— *Hominum revelio !*

Rien ne se produisit.

– Tu viens d'avoir un grand choc, dit Ron avec douceur. C'était censé faire quoi, ça ?

– Exactement ce que je voulais ! répliqua Hermione, courroucée. Il s'agit d'un sortilège qui révèle toute présence humaine et je peux te dire qu'il n'y a personne ici en dehors de nous !

– Nous et le vieux poussiéreux, ajouta Ron en regardant l'endroit d'où avait jailli la silhouette cadavérique.

– Allons là-haut, reprit Hermione, après avoir jeté à son tour un coup d'œil craintif au tapis.

Suivie des deux autres, elle monta l'escalier aux marches grinçantes qui menait au salon du premier étage.

Hermione donna un coup de baguette pour allumer les vieilles lampes à gaz puis, frissonnant légèrement dans la pièce traversée de courants d'air, elle s'assit au bord du canapé, s'entourant de ses bras étroitement serrés. Ron s'approcha de la fenêtre et écarta de quelques centimètres l'épais rideau de velours.

– Je ne vois personne dehors, annonça-t-il. Si Harry avait toujours la Trace sur lui, j'imagine qu'ils nous auraient suivis. Je sais bien qu'ils ne peuvent pas pénétrer dans la maison, mais… Qu'est-ce qui se passe, Harry ?

Il avait poussé un cri de douleur : sa cicatrice le brûlait à nouveau tandis que quelque chose étincelait dans sa tête à la manière d'une lumière vive reflétée à la surface de l'eau. Il distingua une silhouette massive et sentit une fureur qui n'était pas la sienne secouer tout son corps, brève et violente comme une décharge électrique.

– Qu'est-ce que tu as vu ? demanda Ron en s'avançant vers lui. Il est chez moi ?

– Non, j'ai juste éprouvé sa colère… Il est vraiment fou de rage…

– Et il pourrait très bien être au Terrier, dit Ron d'une voix forte. Quoi d'autre ? Tu n'as rien vu ? Est-ce qu'il a lancé un maléfice à quelqu'un ?

– Non, c'est simplement de la colère… Je ne pourrais pas préciser…

Harry se sentait harcelé, désorienté, et Hermione ne l'aida pas lorsqu'elle lança d'une voix effrayée :

– Encore ta cicatrice ? Mais qu'est-ce qui se passe ? Je croyais que la connexion était rompue !

– Elle l'a été pendant un moment, marmonna Harry.

Sa cicatrice lui faisait toujours mal, ce qui ne facilitait pas sa concentration.

– Je… Je pense qu'elle se rétablit chaque fois qu'il perd le contrôle de lui-même, c'est comme ça que…

– Alors, il faut que tu fermes ton esprit ! coupa Hermione d'une voix perçante. Harry, Dumbledore ne voulait pas que tu utilises cette connexion, il voulait que tu y mettes fin, c'est pourquoi tu étais censé apprendre l'occlumancie ! Sinon, Voldemort peut introduire de fausses images dans ton cerveau, souviens-toi…

– Oui, merci, je me souviens très bien, répliqua Harry, les dents serrées.

Il n'avait pas besoin qu'Hermione lui rappelle que Voldemort s'était servi de cette même connexion pour l'attirer dans un piège, et que la conséquence en avait été la mort de Sirius. Il regrettait de leur avoir dit ce qu'il avait vu et senti. Cela rendait Voldemort plus menaçant, comme s'il était présent, le front contre la fenêtre du salon, et pourtant la douleur de sa cicatrice augmentait, il essayait de la combattre mais c'était aussi difficile que de s'empêcher de vomir.

Il tourna le dos à Ron et à Hermione, faisant semblant

d'examiner la vieille tapisserie accrochée au mur, sur laquelle était représenté l'arbre généalogique de la famille Black. Hermione poussa alors un cri aigu. Harry tira à nouveau sa baguette et pivota sur ses talons : un Patronus argenté venait de traverser la fenêtre et atterrit sur le sol où il se matérialisa sous la forme d'une belette qui leur parla avec la voix du père de Ron :

– *Famille saine et sauve, ne répondez pas, nous sommes surveillés.*

Le Patronus se volatilisa. Ron laissa échapper un son indistinct, entre gémissement et grognement, puis s'affala sur le canapé. Hermione s'approcha et lui prit le bras.

– Ils vont bien, murmura-t-elle, ils vont bien.

Ron la serra contre lui, riant à moitié.

– Harry, dit-il, par-dessus l'épaule d'Hermione, je…

– Je comprends, répondit Harry que la douleur de son front rendait malade. C'est ta famille, normal que tu t'inquiètes, je ressentirais la même chose, à ta place.

Il pensa à Ginny.

– Je *ressens* la même chose.

La douleur de sa cicatrice atteignit un pic, le brûlant avec la même intensité que dans le jardin du Terrier. Il perçut faiblement la voix d'Hermione qui disait :

– Je ne veux pas dormir toute seule. On ne pourrait pas camper ici, cette nuit, dans les sacs de couchage ?

Harry entendit Ron l'approuver. Il ne pouvait combattre plus longtemps la douleur : il devait lui céder.

– La salle de bains, marmonna-t-il.

Il quitta la pièce aussi vite qu'il le put sans courir.

Il arriva juste à temps. Verrouillant la porte derrière lui d'un geste tremblant, il se prit la tête entre les mains, les tempes battantes, et s'effondra sur le sol. Puis, dans une explosion de souffrance, il ressentit la rage qui n'était pas la sienne s'emparer de son âme. Il vit une longue pièce, éclairée par un simple feu de cheminée, et le grand Mangemort blond qui hurlait, se tordait par terre. Il vit aussi une silhouette plus mince penchée sur lui, la baguette tendue. Harry se mit alors à parler d'une voix aiguë, glacée, impitoyable :

– Tu en veux davantage, Rowle, ou bien on en reste là et on te donne à manger à Nagini ? Lord Voldemort n'est pas sûr de pardonner, cette fois… Tu m'as rappelé pour ça, pour m'annoncer que Harry Potter s'était à nouveau échappé ? Drago, fais sentir encore une fois à Rowle l'intensité de notre déplaisir… Vas-y ou c'est toi qui subiras ma colère !

Une bûche tomba dans la cheminée. Les flammes se dressèrent, projetant leur clarté sur un visage blanc et pointu, au regard terrifié. Avec l'impression d'émerger d'une eau profonde, Harry respira longuement à plusieurs reprises et rouvrit les yeux.

Il était étendu les bras en croix sur le sol de marbre noir et froid, le nez à quelques centimètres de l'une des queues de serpent en argent qui servaient de pieds à la grande baignoire. Il se redressa. Le visage émacié, pétrifié, de Malefoy semblait gravé sur sa rétine. Harry était dégoûté par ce qu'il avait vu, par la façon dont Voldemort se servait à présent de Drago.

De petits coups secs furent frappés à la porte et Harry sursauta lorsqu'il entendit retentir la voix d'Hermione :

– Harry, tu veux ta brosse à dents ? Je te l'ai apportée.

– Ah, très bien, merci, répondit-il en s'efforçant d'adopter un ton détendu tandis qu'il se relevait pour lui ouvrir la porte.

10
LE RÉCIT DE KREATTUR

Le lendemain matin, Harry s'éveilla de bonne heure, pelotonné dans un sac de couchage, sur le sol du salon. Un éclat de ciel était visible entre les lourds rideaux : une fente d'un bleu clair et froid, comme de l'encre diluée, quelque part entre la nuit et l'aube. À part la respiration lente et régulière d'Hermione et de Ron, tout était silencieux. Harry jeta un coup d'œil à leurs formes sombres allongées à côté de lui. Dans un accès de galanterie, Ron avait insisté pour qu'Hermione dorme sur les coussins du canapé, si bien que sa silhouette était un peu surélevée par rapport à lui. Le bras arrondi d'Hermione reposait sur le sol, ses doigts à quelques centimètres de ceux de Ron. Harry se demanda s'ils s'étaient endormis en se tenant la main. Cette idée lui donna un sentiment d'étrange solitude.

Il leva les yeux vers le plafond obscur, au lustre recouvert de toiles d'araignée. Moins de vingt-quatre heures plus tôt, il était en plein soleil, à l'entrée du chapiteau, attendant les invités pour les conduire à leurs places. Il lui semblait qu'une vie entière s'était déroulée entre-temps. Qu'allait-il arriver, maintenant ? Étendu par terre, il pensa aux Horcruxes, à la mission complexe, redoutable, que Dumbledore lui avait confiée... Dumbledore...

213

Il ressentait différemment, désormais, le chagrin qui l'avait habité depuis sa mort. Les accusations portées par Muriel pendant le mariage s'étaient nichées dans son cerveau, tels les germes d'une maladie dont la contagion infectait les souvenirs du sorcier qu'il avait idolâtré. Dumbledore avait-il pu laisser de telles choses se produire ? S'était-il comporté à la manière de Dudley, satisfait de voir quelqu'un négligé, maltraité, du moment qu'il n'en était pas affecté ? Avait-il pu tourner le dos à une sœur que l'on cachait, que l'on séquestrait ?

Harry pensa à Godric's Hollow, aux tombes qui s'y trouvaient et dont Dumbledore n'avait jamais parlé. Il pensa aux mystérieux objets légués sans explication dans son testament et le ressentiment qu'il éprouvait enfla dans la pénombre. Pourquoi Dumbledore ne lui avait-il rien dit ? Pourquoi ne lui avait-il donné aucune explication ? Au fond, s'était-il véritablement soucié de Harry ? Ou bien n'avait-il été pour lui qu'une sorte d'outil qu'il avait poli, aiguisé, mais ne considérait pas digne de sa confiance, de ses confidences ?

Harry ne supportait plus d'être allongé dans ce salon sans autre compagnie que ses pensées amères. Cherchant désespérément quelque chose à faire pour se changer les idées, il se glissa hors de son sac de couchage, prit sa baguette magique et sortit silencieusement de la pièce. Dans le couloir, il murmura : « *Lumos* » et monta l'escalier à la lueur que projetait la baguette.

Au deuxième étage se trouvait la chambre dans laquelle Ron et lui avaient dormi la dernière fois qu'ils étaient venus. Il y jeta un coup d'œil. La porte de la penderie était ouverte et les draps du lit arrachés. Harry se rappela la jambe de troll renversée au rez-de-chaussée. Quelqu'un avait fouillé la maison depuis le départ de l'Ordre. Rogue ? Ou peut-être Mondingus qui avait subtilisé beaucoup de choses ici, du vivant de Sirius et aussi après sa mort ? Le regard de Harry s'attarda sur le tableau qui représentait parfois le portrait de Phineas Nigellus Black, l'arrière-arrière-grand-père de Sirius, mais le cadre était vide, ne montrant qu'une toile de fond d'un brun terreux. De toute évidence, Phineas Nigellus passait la nuit dans le bureau directorial de Poudlard.

Harry continua à monter l'escalier jusqu'au dernier palier où il n'y avait que deux portes. Celle d'en face portait une plaque sur laquelle était gravé le nom « Sirius ». Harry n'était encore jamais entré dans la chambre de son parrain. Il poussa la porte, tenant haut sa baguette pour diffuser la plus grande lumière possible.

La pièce était spacieuse et avait dû être belle, autrefois. Il y avait un grand lit au cadre de bois sculpté, une haute fenêtre masquée par de longs rideaux de velours et un lustre, recouvert d'une épaisse couche de poussière, qui portait encore des restes de chandelles d'où pendaient des coulées de cire figée, semblables à du givre. Une fine pellicule poussiéreuse s'étalait sur la tête de lit et sur les tableaux exposés aux murs. Une toile d'araignée s'étirait entre le lustre et le haut de la grande armoire en bois et lorsque Harry s'avança un peu plus dans la pièce, il entendit s'enfuir des souris qu'il avait dérangées.

Sirius adolescent avait accroché tant d'affiches et de photos qu'on ne voyait plus grand-chose de la soie gris-argent qui tapissait les murs. Harry présumait que ses parents avaient dû être incapables d'annuler le maléfice de Glu

Perpétuelle qui maintenait toutes ces images en place, car il était certain qu'ils n'auraient guère apprécié les goûts de leur fils aîné en matière de décoration. Visiblement, Sirius s'était donné beaucoup de mal pour exaspérer ses parents. De grandes bannières de Gryffondor, aux couleurs rouge et or délavées, soulignaient une volonté de marquer sa différence avec sa famille, fidèle à Serpentard. On voyait de nombreuses photos de motos moldues, et aussi (Harry ne put qu'admirer l'audace de Sirius) des affiches représentant de jeunes Moldues en bikini. Harry savait qu'il s'agissait de Moldues car elles demeuraient immobiles, leurs sourires défraîchis et leurs regards ternis figés sur le papier. Ce qui faisait mieux ressortir par contraste l'unique photo de sorcier sur laquelle quatre élèves de Poudlard, debout côte à côte, bras dessus bras dessous, riaient devant l'objectif.

Avec un tressaillement de joie, Harry reconnut son père. Ses cheveux noirs mal coiffés se dressaient en épis à l'arrière de sa tête, comme ceux de Harry, et lui aussi portait des lunettes. À côté se tenait Sirius, d'une beauté désinvolte, son visage, légèrement arrogant, beaucoup plus jeune et plus heureux que Harry ne l'avait jamais vu de son vivant. À la droite de Sirius, on reconnaissait Pettigrow, d'une tête plus petit, grassouillet, les yeux humides, savourant le plaisir de faire partie d'une bande aussi cool, aux côtés de ces rebelles tant admirés qu'étaient James et Sirius. À la gauche de James, il y avait Lupin qui paraissait déjà un peu miteux et affichait le même air de surprise ravie, à l'idée de se trouver ainsi aimé, admis… Ou bien était-ce simplement parce que Harry connaissait leur histoire qu'il voyait tout cela sur la photo ? Il essaya de la décrocher du mur. Après tout, elle lui appartenait, à présent – son parrain lui avait tout légué – mais elle ne bougea pas. Sirius avait pris toutes les précautions pour empêcher ses parents de changer la décoration de sa chambre.

Harry jeta un coup d'œil par terre. Au-dehors, le ciel s'éclaircissait et un rayon de lumière révéla des papiers, des livres et de petits objets éparpillés sur le tapis. De toute évidence, la chambre de Sirius avait également été fouillée mais son contenu avait dû être jugé sans valeur, dans sa plus grande partie tout au moins. Quelques-uns des livres avaient été secoués sans ménagement, au point que leurs couvertures s'étaient décollées et que des pages détachées jonchaient le sol.

Harry se pencha, ramassa des morceaux de papier et les examina. Il reconnut une page d'une ancienne édition d'*Histoire de la magie*, par Bathilda Tourdesac, une autre appartenait à un manuel d'entretien de moto. Un troisième papier était froissé et écrit à la main. Il le lissa pour le lire.

Cher Patmol,

Merci, merci, pour le cadeau d'anniversaire de Harry ! C'est de très loin celui qu'il a préféré. Un an et il file déjà sur son balai-jouet ! Tu ne peux pas savoir comme il était content, je te joins une photo pour que tu le voies toi-même. Comme tu le sais, le balai ne vole qu'à soixante centimètres de hauteur mais Harry a failli tuer le chat et il a pulvérisé un horrible vase que Pétunia m'avait offert pour Noël (ce dont je ne me plains pas). Bien entendu, James a trouvé ça très drôle, il a dit qu'il deviendrait sûrement un grand joueur de Quidditch, mais nous avons dû enlever tous les bibelots et nous le surveillons de près chaque fois qu'il fait un tour avec.

Nous avons eu un dîner d'anniversaire très tranquille, simple-

ment nous et Bathilda qui a toujours été charmante avec nous et qui adore Harry. Nous étions désolés que tu ne puisses pas venir, mais l'Ordre passe avant tout le reste et d'ailleurs, Harry n'est même pas assez grand pour savoir que c'est son anniversaire ! James commence à en avoir assez d'être enfermé ici, il essaye de ne pas le montrer, mais je le vois bien. De plus, Dumbledore a toujours sa cape d'invisibilité, toute escapade lui est donc interdite. Si tu pouvais venir nous voir, il serait ravi. Le petit Queudver était là le week-end dernier, j'ai trouvé qu'il n'avait pas le moral, mais c'était sans doute à cause de ce qui est arrivé aux McKinnon. J'ai pleuré toute la soirée quand j'ai appris la nouvelle.

Bathilda vient nous voir presque tous les jours, cette petite vieille est fascinante, elle raconte des histoires absolument extraordinaires sur Dumbledore, mais je ne suis pas sûre qu'il en serait ravi s'il le savait ! J'ignore ce qu'il y a de vrai dans tout cela, car il semble incroyable que Dumbledore

Harry sentait ses extrémités engourdies. Il resta immobile, tenant entre ses doigts insensibles la lettre miraculeuse tandis qu'une sorte d'explosion silencieuse répandait joie et chagrin à parts égales le long de ses veines. Titubant jusqu'au lit, il alla s'asseoir.

Il relut la lettre mais ne put rien y découvrir de plus que la première fois et en fut réduit à examiner l'écriture elle-même. Elle formait ses g comme les siens. Il regarda chacun d'eux, et chacun lui apparut comme un petit signe amical aperçu derrière un voile. Ces lignes constituaient un trésor inestimable, la preuve que Lily Potter avait été une personne vivante, vraiment vivante, que sa main tiède avait un jour parcouru ce parchemin, traçant à l'encre ces lettres, ces mots, des mots qui parlaient de lui, Harry, son fils.

Il essuya d'un geste impatient ses yeux devenus humides et relut à nouveau la lettre, se concentrant cette fois sur sa signification. Il avait l'impression d'entendre une voix à demi oubliée.

Ils avaient donc un chat… peut-être avait-il été tué, comme ses parents, à Godric's Hollow… Ou alors, il s'était enfui lorsque plus personne n'était là pour le nourrir… Sirius lui avait offert son premier balai… Ses parents connaissaient Bathilda Tourdesac. Était-ce Dumbledore qui les avait présentés ? « Dumbledore a toujours sa cape d'invisibilité… » Il y avait là quelque chose de bizarre…

Harry réfléchit à ce qu'avait écrit sa mère. Pourquoi Dumbledore avait-il pris la cape d'invisibilité de James ? Harry se souvenait avec précision de ce que le directeur de Poudlard lui avait dit, des années auparavant : « Moi, je n'ai pas besoin de cape pour devenir invisible. » Peut-être que quelqu'un de moins doué, au sein de l'Ordre, en avait eu l'utilité et que Dumbledore s'était chargé de la lui apporter ? Harry poursuivit sa lecture…

« Le petit Queudver était là… » Pettigrow, le traître, « n'avait pas le moral », semblait-il… Savait-il qu'il voyait James et Lily vivants pour la dernière fois ?

Et enfin, encore une fois, Bathilda, qui racontait des histoires extraordinaires sur Dumbledore : « Il semble incroyable que Dumbledore… »

Que Dumbledore quoi ? Il y avait tellement de choses qui semblaient incroyables dans la vie de Dumbledore. Par exemple, qu'il ait eu un jour la plus mauvaise note à un examen de métamorphose, ou qu'il ait choisi les cours de charmeur de chèvre, comme Abelforth…

Harry se leva et scruta le sol. Peut-être la suite de la lettre s'y trouvait-elle. Il ramassa avidement plusieurs papiers qu'il ne traita pas avec plus de considération que la personne qui avait fouillé la chambre avant lui. Il ouvrit des tiroirs, secoua des livres, monta sur une chaise pour passer la main au sommet de l'armoire et rampa sous le lit et le fauteuil.

Enfin, face contre terre, il aperçut un morceau de papier déchiré sous la commode. Lorsqu'il eut réussi à l'attraper, il s'aperçut qu'il s'agissait de la photo – pas tout à fait entière – dont Lily parlait dans sa lettre. Un bébé aux cheveux noirs fonçait sur un balai, sortant de l'image puis y entrant à nouveau avec de grands éclats de rire, poursuivi par une paire de jambes qui appartenaient sans doute à James. Harry glissa la photo dans sa poche, avec la lettre de Lily et continua à chercher la suite.

Mais un quart d'heure plus tard, il fut bien forcé de conclure que la deuxième partie de la lettre avait disparu. Avait-elle simplement été perdue au cours des seize années écoulées depuis que sa mère l'avait écrite, ou bien la personne qui avait fouillé la pièce avant lui l'avait-elle emportée ? Harry lut à nouveau la première page. Cette fois, il cherchait des indices sur ce que la deuxième page pouvait contenir d'important. Son balai-jouet n'avait sans doute pas grand intérêt pour les Mangemorts… La seule chose potentiellement utile, c'était une éventuelle information sur Dumbledore. « Il semble incroyable que Dumbledore… » que Dumbledore quoi ?

– Harry ? Harry ? *Harry ?*

– Je suis là, s'exclama-t-il. Qu'est-ce qui se passe ?

Il y eut des bruits de pas précipités de l'autre côté de la porte et Hermione fit irruption dans la pièce.

– On s'est réveillés et on ne savait pas où tu étais ! dit-elle, le souffle court.

Elle se retourna et cria par-dessus son épaule :

– Ron ! Je l'ai trouvé !

La voix irritée de Ron résonna au loin, quelques étages plus bas :

– Très bien. Dis-lui de ma part que c'est un crétin !

– Harry, s'il te plaît, ne disparais pas comme ça, on a eu une peur bleue ! Et d'abord, pourquoi es-tu monté ici ?

Elle jeta un coup d'œil dans la pièce sens dessus dessous.

– Qu'est-ce que tu as fabriqué ?

– Regarde ce que je viens de trouver.

Il lui donna la lettre de sa mère. Hermione la prit et la lut sous le regard de Harry. Lorsqu'elle fut arrivée au bas de la page, elle leva les yeux vers lui.

– Oh, Harry…

– Et il y a ça, aussi.

Il lui tendit la photo déchirée et Hermione sourit lorsqu'elle vit le bébé sortir de l'image puis y entrer à nouveau en filant sur son balai-jouet.

– J'ai cherché la suite de la lettre, expliqua Harry, mais elle n'est pas là.

Hermione regarda autour d'elle.

– C'est toi qui as tout mis dans cet état ou bien c'était déjà comme ça quand tu es arrivé ?

– Quelqu'un est venu fouiller avant moi, répondit Harry.

– Ça ne m'étonne pas. Toutes les pièces dans lesquelles je t'ai cherché sont en désordre. Qu'est-ce qu'ils voulaient, à ton avis ?

– Des informations sur l'Ordre, si c'était Rogue.

– On pourrait penser qu'il a déjà tout ce qu'il lui faut. Lui-même en était membre, non ?

– Dans ce cas, reprit Harry, impatient de lui soumettre son hypothèse, ils voulaient peut-être des informations sur

Dumbledore ? La deuxième page de cette lettre, par exemple. Cette Bathilda dont parle ma mère, tu sais qui c'est ?

– Qui ?

– Bathilda Tourdesac, l'auteur de…

– *Histoire de la magie*, coupa Hermione, intéressée. Tes parents la connaissaient ? C'était une extraordinaire historienne de la magie.

– Et elle vit toujours, dit Harry. Elle habite Godric's Hollow. Muriel, la tante de Ron, en parlait au mariage. Elle connaissait aussi la famille de Dumbledore. Ce serait assez intéressant d'aller la voir, non ?

Hermione lui sourit avec un air un peu trop entendu au goût de Harry. Il reprit la lettre et la photo puis les fourra dans la bourse accrochée à son cou pour éviter de la regarder et de trahir ses pensées.

– Je comprends que tu aies très envie de lui parler de ta mère et de ton père – et aussi de Dumbledore, répondit Hermione. Mais ça ne nous aiderait pas vraiment à trouver les Horcruxes, tu ne crois pas ?

Harry demeura silencieux et elle poursuivit :

– Harry, je sais que tu veux absolument aller à Godric's Hollow, mais j'ai peur… J'ai peur quand je vois avec quelle facilité ces Mangemorts nous ont retrouvés, hier. Je sens plus que jamais que nous devrions éviter l'endroit où tes parents sont enterrés. Ils s'attendent à ce que tu te rendes là-bas, j'en suis sûre.

– Ce n'est pas seulement ça, assura Harry, qui évitait toujours de la regarder. Muriel a raconté des choses sur Dumbledore, au mariage. Je veux connaître la vérité…

Il lui répéta les paroles de Muriel. Lorsqu'il eut terminé, Hermione dit :

– Je comprends que tu sois bouleversé…

– Je ne suis pas bouleversé, mentit Harry. Je dois simplement savoir si c'est vrai ou pas…

– Harry, tu penses vraiment obtenir la vérité d'une vieille femme méchante comme Muriel, ou de Rita Skeeter ? Comment peux-tu les croire ? Tu connaissais Dumbledore !

– Je croyais le connaître, marmonna-t-il.

– Tu es bien placé pour savoir ce qu'il y avait de vrai dans tout ce que Rita Skeeter a écrit sur toi ! Doge a raison, comment peux-tu laisser ces gens-là ternir les souvenirs que tu gardes de Dumbledore ?

Il regarda ailleurs, s'efforçant de ne pas trahir son amertume. C'était la même chose, encore une fois : il fallait choisir ce qu'on allait croire. Il voulait la vérité. Pourquoi tout le monde s'acharnait-il à l'en détourner ?

– Si on descendait à la cuisine ? suggéra Hermione au bout d'un moment. Pour trouver de quoi faire un petit déjeuner ?

Il acquiesça, mais à contrecœur, et sortit derrière elle. Ils passèrent devant la deuxième porte du palier. La peinture qui la recouvrait portait la trace d'éraflures profondes, sous un petit écriteau qu'il n'avait pas remarqué dans l'obscurité. Il s'arrêta en haut des marches pour le lire. C'était une plaque prétentieuse, écrite à la main en lettres soigneusement tracées, le genre de chose que Percy Weasley aurait pu coller sur la porte de sa chambre :

DÉFENSE D'ENTRER
SANS L'AUTORISATION EXPRESSE
DE REGULUS ARCTURUS BLACK

Un sentiment d'excitation s'insinua en lui, mais Harry n'en comprit pas tout de suite la raison. Il lut à nouveau l'écriteau. Hermione avait déjà descendu une volée de marches.

— Hermione, dit-il, surpris de pouvoir parler d'une voix si calme. Viens voir.

— Qu'est-ce qu'il y a ?

— R.A.B. Je crois que je l'ai trouvé.

Hermione étouffa une exclamation et remonta l'escalier.

— Dans la lettre de ta mère ? Mais je n'ai pas vu...

Harry l'interrompit d'un hochement de tête et lui montra la plaque de Regulus. Elle la lut, puis serra si fort le bras de Harry qu'il fit une grimace.

— Le frère de Sirius ? murmura-t-elle.

— C'était un Mangemort, dit Harry. Sirius m'a raconté son histoire. Il est devenu un Mangemort quand il était très jeune, ensuite il a eu peur et a essayé de les quitter... Alors, ils l'ont tué.

— Tout concorde ! s'exclama Hermione. Si c'était un Mangemort, il pouvait approcher leur chef et s'il a été déçu, il a dû vouloir abattre Voldemort !

Elle relâcha le bras de Harry, se pencha par-dessus la rampe et cria :

— Ron ! RON ! Viens ici, vite !

Une minute plus tard, Ron apparut, essoufflé, sa baguette à la main.

— Qu'est-ce qui se passe ? S'il y a encore des araignées géantes, je veux d'abord un petit déjeuner avant de...

Il fronça les sourcils en voyant sur la porte de Regulus l'écriteau qu'Hermione lui montrait.

— Quoi ? C'était le frère de Sirius, non ? Regulus Arcturus... Regulus... R.A.B. ! Le médaillon... Tu crois que...

– On va essayer de le savoir, dit Harry.

Il poussa la porte. Elle était verrouillée. Hermione pointa sa baguette sur la poignée et prononça la formule :

– *Alohomora.*

Il y eut un déclic et la porte s'ouvrit.

Ils franchirent le seuil ensemble, jetant des coups d'œil autour d'eux. La chambre de Regulus était légèrement plus petite que celle de Sirius mais il en émanait la même atmosphère de grandeur passée. Alors que Sirius avait cherché à afficher sa différence d'avec le reste de la famille, Regulus affirmait clairement le contraire. Les couleurs vert émeraude et argent de Serpentard étaient partout, drapant le lit, les murs et les fenêtres. Les armoiries des Black avaient été peintes avec soin au-dessus du lit, avec leur devise, « Toujours pur ». Au-dessous, des coupures de journaux jaunies étaient fixées au mur, en un collage hétéroclite. Hermione traversa la pièce pour les examiner de plus près.

– Elles parlent toutes de Voldemort, dit-elle. Il semble que Regulus ait été un de ses admirateurs plusieurs années avant de s'enrôler dans les Mangemorts…

Un petit nuage de poussière s'éleva du couvre-lit lorsqu'elle s'assit pour lire les coupures. Pendant ce temps, Harry avait remarqué une autre photo. Les joueurs d'une équipe de Quidditch de Poudlard souriaient en agitant la main. Il s'approcha et vit les serpents qui ornaient leurs poitrines : des Serpentard. Regulus était immédiatement reconnaissable, assis au milieu du premier rang. Il avait les cheveux bruns et l'air légèrement hautain de son frère mais il était plus petit, moins athlétique et moins beau que Sirius.

– Il était attrapeur, dit Harry.

– Quoi ? demanda Hermione d'un ton vague.

Elle était toujours plongée dans les coupures de journaux sur Voldemort.

– Il est assis au milieu du premier rang, c'est là que l'attrapeur… peu importe, répondit Harry, s'apercevant que personne ne l'écoutait.

Ron, à quatre pattes, fouillait sous l'armoire. Harry regarda autour de la pièce, à la recherche de possibles cachettes et s'avança vers le bureau. Là encore, quelqu'un était passé avant lui. Dans les tiroirs, tout avait été retourné récemment, la poussière remuée, mais il n'y avait aucun objet de valeur : de vieilles plumes, des manuels scolaires dépassés qui, là encore, avaient été traités sans ménagement, une bouteille d'encre fracassée, dont le résidu gluant avait coulé sur le contenu du tiroir.

– Il y a un meilleur moyen, dit Hermione tandis que Harry essuyait sur son jean ses doigts tachés d'encre.

Elle leva sa baguette et lança :

– *Accio médaillon !*

Rien ne se produisit. Ron, qui fouillait à présent les plis des rideaux délavés, sembla déçu.

– Alors, c'est fini ? Il n'est pas là ?

– Oh, si, il pourrait y être, répondit Hermione, mais protégé par des contre-sorts. Des enchantements qui empêchent de le faire venir par magie.

– Comme ceux que Voldemort a jetés sur le bassin de la caverne, dit Harry, en se souvenant que le faux médaillon avait résisté à son sortilège d'Attraction.

– Alors, comment allons-nous le retrouver ? interrogea Ron.

– On va le chercher à la main, répliqua Hermione.

– Très bonne idée, dit Ron, les yeux au ciel, en examinant à nouveau les rideaux.

Pendant plus d'une heure, ils passèrent la pièce au peigne fin mais finalement, ils durent admettre que le médaillon n'était pas là.

Le soleil s'était élevé dans le ciel, à présent, et ils furent éblouis par son éclat, même à travers les fenêtres crasseuses du palier.

– Il pourrait être quelque part ailleurs dans la maison, dit Hermione d'un ton optimiste, alors qu'ils redescendaient l'escalier.

Harry et Ron s'étaient laissé gagner par le découragement, mais elle paraissait plus décidée que jamais.

– Qu'il ait ou non réussi à le détruire, il aurait voulu, de toute façon, le cacher à Voldemort, non ? Vous vous souvenez de toutes les horreurs dont nous nous sommes débarrassés, la dernière fois que nous étions ici ? Cette horloge qui jetait des boulons sur tout le monde et ces vieilles robes qui avaient essayé d'étrangler Ron. Regulus les avait peut-être placées là pour protéger l'endroit où il cachait le médaillon, même si on ne s'en est pas rendu compte sur le... sur le...

Harry et Ron la regardèrent. Debout sur un pied, l'autre suspendu en l'air, elle avait l'expression hébétée de quelqu'un qui vient de subir un sortilège d'Amnésie. Ses yeux étaient même devenus vitreux.

– ... sur le moment, acheva-t-elle dans un murmure.

– Quelque chose qui ne va pas ? s'inquiéta Ron.

– Il y avait un médaillon.

– Quoi ? s'exclamèrent Harry et Ron d'une même voix.

– Dans l'armoire vitrée du salon. Personne n'arrivait à l'ouvrir. Et nous... nous...

Harry eut l'impression d'avoir avalé une brique qui lui tombait dans l'estomac. Il se souvint qu'il avait retourné le médaillon entre ses doigts quand ils se l'étaient passé de main en main, chacun essayant de l'ouvrir de force. Ils avaient fini par le jeter dans un sac de vieilleries, avec la tabatière pleine de poudre à Verrue et la boîte à musique qui avait failli endormir tout le monde…

– Kreattur a récupéré plein de choses derrière notre dos, dit Harry.

C'était la seule chance, le seul petit espoir qui leur restait et il était bien décidé à s'y cramponner jusqu'à ce qu'il soit forcé de lâcher prise.

– Il avait gardé tout un tas d'objets dans son placard de la cuisine. Venez.

Il dévala l'escalier quatre à quatre, les deux autres se précipitant à sa suite dans un martèlement de pas semblable à un tonnerre. Ils firent tant de bruit qu'ils réveillèrent le portrait de la mère de Sirius quand ils traversèrent le hall.

– *Vermine ! Sang-de-Bourbe ! Souillures !* hurla-t-elle tandis qu'ils se ruaient au sous-sol en claquant la porte derrière eux.

Harry traversa la cuisine au pas de course et s'arrêta dans une glissade devant la porte du placard qu'il ouvrit à la volée. Il y avait toujours le nid de vieilles couvertures crasseuses dans lequel Kreattur dormait autrefois mais on ne voyait plus briller les bibelots que l'elfe de maison avait récupérés dans les poubelles. Il restait simplement un exemplaire de *Nobles par nature : une généalogie des sorciers*. Refusant d'en croire ses yeux, Harry arracha les couvertures et les secoua. Une souris morte en tomba et roula sur le sol dans une vision d'horreur. Ron poussa un grognement en se jetant sur une chaise et Hermione ferma les paupières.

– Ce n'est pas fini, dit Harry.

Il éleva la voix et appela :

– *Kreattur !*

Il y eut un crac ! sonore et l'elfe de maison que Harry avait, bien malgré lui, hérité de Sirius surgit de nulle part, devant la cheminée vide et froide. Minuscule, d'une taille de moitié inférieure à celle d'un être humain, il avait une peau blanchâtre, dont les plis pendaient de toutes parts, et des poils blancs qui sortaient en grosses touffes de ses oreilles semblables à celles d'une chauve-souris. Il portait toujours le chiffon crasseux dans lequel ils l'avaient vu pour la première fois et le regard méprisant qu'il posa sur Harry montrait que son attitude à l'égard de son nouveau maître n'avait pas plus changé que sa façon de s'habiller.

– Maître, coassa-t-il de sa voix de crapaud.

Il s'inclina et marmonna, comme s'il s'adressait à ses genoux :

– De retour dans l'ancienne maison de ma maîtresse avec Weasley, le traître à son sang, et la Sang-de-Bourbe.

– Je t'interdis de traiter quiconque de traître à son sang ou de Sang-de-Bourbe, grogna Harry.

Avec son nez en forme de groin et ses yeux injectés de sang, Kreattur lui aurait inspiré bien peu d'affection, même si l'elfe n'avait pas trahi Sirius auprès de Voldemort.

– J'ai une question à te poser, dit Harry.

Son cœur se mit à battre plus fort lorsqu'il baissa les yeux sur l'elfe.

– Et je t'ordonne de répondre la vérité. Compris ?

– Oui, maître, répliqua Kreattur en s'inclinant profondément une fois de plus.

Harry vit ses lèvres remuer sans bruit, formant sans aucun doute les insultes qu'il n'avait plus le droit de proférer.

229

– Il y a deux ans, reprit Harry, son cœur martelant à présent sa poitrine, il y avait un gros médaillon en or dans le salon du premier étage. Nous l'avons jeté. Est-ce que tu l'as récupéré ?

Il y eut un instant de silence pendant lequel Kreattur se redressa de toute sa hauteur pour regarder Harry en face. Puis il répondit :

– Oui.

– Où est-il, maintenant ? demanda Harry sur un ton de jubilation, tandis que Ron et Hermione affichaient une expression réjouie.

Kreattur ferma les yeux, comme s'il ne pouvait supporter de voir leur réaction au prochain mot qu'il prononcerait.

– Disparu.

– Disparu ? répéta Harry comme en écho, sa joie le quittant brusquement. Que veux-tu dire par « disparu » ?

L'elfe frissonna. Il vacilla sur place.

– Kreattur, reprit Harry d'un ton féroce, je t'ordonne…

– Mondingus Fletcher, coassa l'elfe, les yeux toujours fermés. Mondingus Fletcher a tout volé : les photos de Miss Bella et de Miss Cissy, les gants de ma maîtresse, la médaille de l'Ordre de Merlin, première classe, les coupes gravées aux armoiries de la famille, et, et…

Kreattur haletait, cherchant son souffle. Sa poitrine creuse enflait et se dégonflait rapidement, puis ses yeux s'ouvrirent et il laissa échapper un cri à glacer le sang :

– … et le médaillon, le médaillon de monsieur Regulus, Kreattur a mal fait, Kreattur n'a pas su exécuter les ordres !

Harry réagit instinctivement : lorsque Kreattur se précipita sur le tisonnier posé contre la grille du foyer, il se jeta sur l'elfe, l'aplatissant au sol. Le cri d'Hermione se mêla à celui de Kreattur mais Harry hurla plus fort qu'eux :

– Kreattur, je t'ordonne de rester tranquille !

Il sentit l'elfe s'immobiliser et le relâcha. Kreattur resta étendu sur le sol de pierre glacé, des larmes ruisselant de ses yeux aux paupières tombantes.

– Harry, laisse-le se relever ! murmura Hermione.

– Pour qu'il puisse se donner des coups de tisonnier ? ricana Harry en s'agenouillant à côté de l'elfe. Sûrement pas. Maintenant, Kreattur, je veux la vérité : comment sais-tu que Mondingus Fletcher a volé le médaillon ?

– Kreattur l'a vu ! s'étrangla l'elfe, des larmes coulant sur son groin et sa bouche aux dents grises. Kreattur l'a vu sortir du placard de Kreattur, les mains pleines des trésors de Kreattur. Kreattur a dit au voleur d'arrêter mais Mondingus Fletcher a ri et s'est en… enfui…

– Tu as déclaré que le médaillon était celui de M. Regulus, reprit Harry. Pourquoi ? D'où venait-il ? Qu'est-ce que Regulus avait à voir avec ça ? Kreattur, redresse-toi et raconte-moi tout ce que tu sais sur ce médaillon, et tout ce que Regulus avait à faire avec cet objet !

L'elfe, assis par terre, se pelotonna en boule, appuya son visage plein de larmes contre ses genoux et commença à se balancer d'avant en arrière. Lorsqu'il parla à nouveau, sa voix était étouffée mais on l'entendait distinctement dans la cuisine silencieuse où ses paroles résonnaient en écho :

– M. Sirius est parti de la maison, bon débarras, car c'était un méchant garçon qui a brisé le cœur de ma maîtresse avec ses manières de voyou. Mais M. Regulus, lui, avait le sens de l'honneur. Il savait ce qui était dû au nom des Black et à la dignité de son sang pur. Pendant des années, il a parlé du Seigneur des Ténèbres qui allait sortir les sorciers de la clandestinité pour qu'ils règnent sur les

Moldus et les nés-Moldus… Quand il a eu seize ans, M. Regulus a rejoint les rangs du Seigneur des Ténèbres. Si fier, si fier, si heureux de servir…

« Et un jour, un an après, M. Regulus est descendu dans la cuisine pour voir Kreattur. M. Regulus a toujours aimé Kreattur. Et M. Regulus a dit… il a dit…

Le vieil elfe se balança de plus en plus vite.

– … il a dit que le Seigneur des Ténèbres avait besoin d'un elfe.

– Voldemort avait besoin d'un *elfe* ? répéta Harry en se tournant vers Ron et Hermione, aussi stupéfaits que lui.

– Oh, oui, gémit Kreattur. Et M. Regulus avait proposé Kreattur. C'était un honneur, disait M. Regulus, un honneur pour lui et pour Kreattur qui devait veiller à bien obéir aux ordres du Seigneur des Ténèbres… et ensuite revenir à la maison.

Kreattur se balança encore plus vite, sa respiration se transformant en sanglots.

– Alors, Kreattur s'est rendu auprès du Seigneur des Ténèbres. Le Seigneur des Ténèbres n'a pas dit à Kreattur ce qu'ils allaient faire, mais il a emmené Kreattur dans une grotte à côté de la mer. Et tout au fond de la grotte, il y avait une caverne et dans la caverne un grand lac noir…

Harry sentit ses cheveux se hérisser sur sa nuque. Il avait l'impression que la voix éraillée de Kreattur provenait de l'autre rive de cette eau sombre. Il voyait ce qui s'était passé aussi clairement que s'il avait été présent.

– … il y avait aussi un bateau…

Bien sûr qu'il y avait un bateau. Harry le connaissait, ce bateau minuscule, d'un vert fantomatique, ensorcelé pour ne pouvoir transporter qu'un seul sorcier et sa victime jusqu'à l'île située au centre du lac. C'était donc ainsi que Volde-mort avait vérifié si les défenses qui protégeaient l'Horcruxe étaient efficaces : en empruntant une créature qu'il pouvait aisément sacrifier, un elfe de maison…

– Sur l'île, il y avait un b… bassin rempli de potion. Le S… Seigneur des Ténèbres a fait boire la potion à Kreattur…

L'elfe trembla de la tête aux pieds.

– Kreattur a bu et, en buvant, il a vu des choses terribles… Les entrailles de Kreattur étaient en feu… Kreattur a pleuré, supplié pour que M. Regulus vienne le sauver, il a supplié sa maîtresse, Mrs Black, mais le Seigneur des Ténèbres a éclaté de rire… Il a obligé Kreattur à boire toute la potion… Ensuite, il a laissé tomber un médaillon dans le bassin vide… Et il l'a de nouveau rempli de potion. Puis le Seigneur des Ténèbres est reparti dans le bateau en abandonnant Kreattur sur l'île…

Harry voyait se dérouler la scène. Il voyait le visage blanc, telle une tête de serpent, disparaître dans l'obscurité, les yeux rouges impitoyables fixant l'elfe qui se débattait dans les souffrances et dont la mort se produirait dans quelques minutes, lorsqu'il succomberait à la soif atroce que la potion brûlante provoquait chez ses victimes… Mais son imagina-tion ne pouvait aller plus loin, car il ne comprenait pas com-ment Kreattur avait réussi à s'échapper.

– Kreattur avait besoin d'eau, il a rampé jusqu'au bord de l'île et il a bu dans le lac noir… mais des mains, des mains mortes, sont sorties de l'eau et ont entraîné Kreattur au fond…

– Comment as-tu fait pour te sortir de là ? demanda Harry.

Il s'entendit parler dans un murmure et n'en fut pas surpris.

Kreattur releva sa tête repoussante et regarda Harry de ses grands yeux injectés de sang.

– M. Regulus a dit à Kreattur de revenir, répondit-il.

– Je sais, mais comment as-tu échappé aux Inferi ?

Kreattur ne sembla pas comprendre.

– M. Regulus a dit à Kreattur de revenir, répéta-t-il.

– Je sais, mais…

– Enfin, quoi, Harry, c'est évident, non ? intervint Ron. Il a transplané !

– Mais… le transplanage était impossible dans cette caverne, objecta Harry, sinon Dumbledore…

– La magie des elfes n'est pas la même que celle des humains, fit remarquer Ron. Par exemple, ils peuvent entrer à Poudlard ou en sortir en transplanant alors que nous ne le pouvons pas.

Il y eut un silence pendant lequel Harry réfléchit à ce qu'il venait d'entendre. Comment Voldemort avait-il pu commettre une telle erreur ? Mais au moment même où il se posait cette question, Hermione parla à son tour, d'une voix glaciale :

– Bien entendu, Voldemort a toujours considéré la vie des elfes de maison indigne de son attention, à la manière des Sang-Pur qui les traitent comme des animaux… Il ne lui serait jamais venu à l'esprit qu'ils puissent posséder des pouvoirs magiques dont il ne disposait pas lui-même.

– Un elfe de maison ne connaît d'autre loi que les ordres de son maître, récita Kreattur. Kreattur a reçu l'ordre de rentrer à la maison, Kreattur est donc rentré à la maison…

– Dans ce cas, tu as fait ce qu'on te disait, n'est-ce pas ? conclut Hermione avec douceur. Tu n'as donc pas désobéi aux ordres !

Kreattur hocha la tête, se balançant plus vite que jamais.

— Et que s'est-il passé quand tu es revenu ? demanda Harry. Comment a réagi Regulus quand tu lui as raconté ce qui était arrivé ?

— M. Regulus était très inquiet, très inquiet, coassa Kreattur. M. Regulus a ordonné à Kreattur de rester caché et de ne pas quitter la maison. Et ensuite… quelque temps plus tard… M. Regulus est venu une nuit chercher Kreattur dans son placard. M. Regulus était étrange, pas comme d'habitude, Kreattur voyait qu'il avait l'esprit troublé… Et il a dit à Kreattur de l'emmener dans la caverne, la caverne où Kreattur était allé avec le Seigneur des Ténèbres…

Ils étaient donc partis là-bas. Harry les voyait clairement, l'elfe terrorisé et le jeune homme aux cheveux bruns, l'attrapeur à la silhouette mince, qui ressemblait tant à Sirius… Kreattur savait comment ouvrir l'entrée secrète qui menait à la caverne souterraine, il savait comment faire émerger le minuscule bateau. Et cette fois, c'était Regulus, son maître adoré, qui traversait le lac avec lui jusqu'à l'île où se trouvait le bassin rempli de poison…

— Il t'a fait boire la potion ? interrogea Harry, dégoûté.

Kreattur fit non de la tête et fondit en larmes. Hermione plaqua soudain ses mains contre sa bouche : elle semblait avoir compris quelque chose.

— M… M. Regulus a sorti de sa poche un médaillon semblable à celui du Seigneur des Ténèbres, expliqua Kreattur, des larmes ruisselant de chaque côté de son nez en forme de groin. Et il a donné l'ordre à Kreattur de le prendre et d'échanger les deux médaillons quand le bassin serait vide…

Les sanglots de Kreattur se transformèrent en grincements

rauques. Harry devait se concentrer pour comprendre ses paroles.

– Et il a dit… à Kreattur de partir… sans lui… de rentrer à la maison… et de ne jamais raconter à la maîtresse… ce qu'il avait fait… mais de détruire… le premier médaillon. Ensuite, il a bu… toute la potion… et Kreattur a échangé les médaillons… et il a regardé… quand M. Regulus… a été entraîné sous l'eau… et…

– Oh, Kreattur ! gémit Hermione qui pleurait à présent.

Elle se laissa tomber à genoux à côté de l'elfe et essaya de le serrer contre elle. Mais il se releva aussitôt avec un mouvement de recul, visiblement dégoûté.

– La Sang-de-Bourbe a touché Kreattur, il ne le permettra pas, que dirait sa maîtresse ?

– Je t'ai interdit de l'appeler Sang-de-Bourbe ! gronda Harry.

Mais l'elfe était déjà en train de se punir : il s'était jeté par terre et se frappait le front contre le sol.

– Arrête-le… Arrête-le ! s'exclama Hermione. Tu vois maintenant comme c'est affreux, la façon dont ils sont obligés d'obéir ?

– Kreattur… Arrête, arrête ! cria Harry.

L'elfe resta allongé, tremblant, pantelant, un mucus verdâtre luisant autour de son groin, un hématome s'épanouissant déjà sur son front blafard, là où il s'était cogné la tête, les yeux gonflés, rouges et baignés de larmes. Harry n'avait jamais rien vu d'aussi pitoyable.

– Tu as donc rapporté le médaillon à la maison, reprit-il, implacable, car il était bien décidé à entendre toute l'histoire. Et tu as essayé de le détruire ?

– Rien de ce que faisait Kreattur n'arrivait à l'abîmer,

gémit l'elfe. Kreattur a tout essayé, tous les moyens qu'il connaissait, mais rien, rien ne marchait… Il était protégé par des maléfices si puissants que Kreattur était certain qu'il fallait le détruire de l'intérieur mais il refusait de s'ouvrir… Kreattur s'est puni, il a essayé de nouveau, il s'est de nouveau puni, il a encore essayé. Kreattur n'a pas su exécuter les ordres, Kreattur n'a pas pu détruire le médaillon ! Et sa maîtresse était folle de chagrin car M. Regulus avait disparu et Kreattur ne pouvait pas lui dire ce qui était arrivé, oh non, parce que M. Regulus avait in… int… interdit de raconter à sa famille ce qui s'était passé dans la ca… caverne…

Kreattur se mit à sangloter si fort qu'il n'arrivait plus à articuler de paroles cohérentes. Des larmes coulaient sur les joues d'Hermione tandis qu'elle regardait l'elfe mais elle n'osa pas le toucher à nouveau. Même Ron, qui n'était pas un grand admirateur de Kreattur, paraissait troublé. Harry s'assit sur ses talons et secoua la tête pour essayer d'éclaircir ses pensées.

– Je ne te comprends pas, Kreattur, dit-il enfin. Voldemort a tenté de te tuer, Regulus est mort en voulant faire tomber Voldemort, mais toi, tu étais très content de trahir Sirius au profit de Voldemort. Tu étais très content d'aller voir Narcissa et Bellatrix et de leur confier des informations pour qu'elles les transmettent à Voldemort…

– Harry, Kreattur ne pense pas de cette manière, expliqua Hermione en s'essuyant les yeux d'un revers de main. C'est un esclave. Les elfes de maison sont habitués à être maltraités, brutalisés, même. Ce que Voldemort a fait à Kreattur n'était pas si différent de ce qu'ils subissent ordinairement. Qu'est-ce que les guerres entre sorciers peuvent bien signifier pour un elfe comme Kreattur ? Il est loyal envers des gens qui sont gentils avec lui, Mrs Black l'était sans doute, et Regulus sûrement, il les servait donc volontiers et singeait leur façon de penser. Je sais ce que tu vas me répondre, poursuivit-elle en voyant que Harry s'apprêtait à protester, tu vas me dire que Regulus avait changé d'avis… mais il ne semblait pas l'avoir expliqué à Kreattur. Et je crois savoir pourquoi. Kreattur et la famille de Regulus étaient beaucoup plus en sécurité s'ils restaient fidèles à leur ancienne lignée au sang pur. Regulus essayait de les protéger tous.

– Sirius…

– Sirius était odieux avec Kreattur, Harry, et ce n'est pas la peine de faire cette tête, tu sais très bien que c'est vrai. Kreattur avait longtemps vécu seul avant que Sirius ne vienne habiter ici et il avait sans doute grand besoin d'un peu d'affection. Je suis sûre que « Miss Cissy » et « Miss Bella » ont été absolument adorables avec Kreattur quand il est revenu les voir, il leur a donc rendu service en leur révélant tout ce qu'elles voulaient connaître. J'ai toujours affirmé que les sorciers payeraient un jour la façon dont ils traitent les elfes de maison. Eh bien, c'est ce qui est arrivé à Voldemort… Et aussi à Sirius.

Harry ne répliqua rien. En regardant Kreattur sangloter par terre, il se souvint de ce que Dumbledore lui avait dit quelques heures seulement après la mort de Sirius : « Je ne crois pas que Sirius ait considéré Kreattur comme un être doué des mêmes sentiments qu'un homme. »

– Kreattur, dit Harry au bout d'un moment, quand tu te sentiras prêt, tu voudras bien t'asseoir, s'il te plaît ?

Il fallut plusieurs minutes avant que l'elfe parvienne à étouffer ses hoquets et retrouve le silence. Il se redressa à nouveau, se frottant les yeux de ses poings, à la manière d'un enfant.

– Kreattur, je vais te demander quelque chose, reprit Harry.

Il jeta un regard à Hermione pour solliciter son aide : il voulait lui donner un ordre avec une certaine douceur mais ne pouvait cacher qu'il s'agissait bel et bien d'un ordre. Son changement de ton, cependant, semblait lui avoir gagné l'approbation d'Hermione. Elle lui adressa un sourire encourageant.

– Kreattur, je voudrais, s'il te plaît, que tu ailles chercher Mondingus Fletcher. Nous devons absolument savoir où se trouve le médaillon – le médaillon de M. Regulus. C'est très important. Nous voulons terminer le travail entrepris par M. Regulus, nous voulons… heu… faire en sorte qu'il ne soit pas mort en vain.

Kreattur laissa tomber ses poings et leva les yeux vers Harry.

– Trouver Mondingus Fletcher ? coassa-t-il.

– Et l'amener ici, square Grimmaurd, ajouta Harry. Tu crois que tu pourrais t'en charger ?

Lorsque Kreattur se releva en acquiesçant d'un signe de tête, Harry eut une soudaine inspiration. Il sortit la bourse de Hagrid et en retira le faux Horcruxe, le médaillon de substitution dans lequel Regulus avait placé le mot à destination de Voldemort.

– Kreattur, je… heu… voudrais te donner ceci, dit-il en glissant le médaillon dans la main de l'elfe. Il appartenait à Regulus et je suis sûr qu'il aurait voulu te le léguer en signe de gratitude pour ce que tu…

– Tu en fais trop, mon vieux, coupa Ron.

L'elfe avait pris le médaillon. Il laissa alors échapper un hurlement qui exprimait à la fois la stupéfaction et la détresse, puis se jeta à nouveau par terre.

Il leur fallut près d'une demi-heure pour calmer l'elfe, si bouleversé de recevoir pour lui seul un héritage de la famille Black que ses jambes n'avaient plus la force de le soutenir. Quand il fut enfin capable de faire quelques pas en vacillant, ils l'accompagnèrent tous les trois jusqu'à son placard, le regardèrent ranger soigneusement son médaillon dans ses couvertures crasseuses et lui assurèrent qu'ils n'auraient d'autre priorité que de protéger le précieux objet pendant son absence. Il s'inclina alors profondément devant Harry et Ron puis alla même jusqu'à esquisser en direction d'Hermione un drôle de petit mouvement, semblable à un spasme, qui aurait pu passer pour une tentative de salut respectueux. Enfin, il transplana, accompagné du crac ! habituel.

11
CORRUPTION

Si Kreattur avait pu échapper à un lac rempli d'Inferi, Harry ne doutait pas que la capture de Mondingus ne lui prendrait que quelques heures et il passa toute la matinée à rôder dans la maison dans un état d'extrême impatience. Kreattur, cependant, ne revint pas ce matin-là, ni même l'après-midi. Vers le soir, Harry se sentait découragé, anxieux, et un dîner composé essentiellement de pain moisi qu'Hermione avait soumis sans succès à diverses tentatives de métamorphose ne fit rien pour l'aider.

Kreattur ne revint pas non plus le lendemain, ni le jour suivant. En revanche, deux hommes vêtus de capes étaient apparus au-dehors, devant le numéro 12, et restèrent là jusqu'à la nuit, les yeux fixés en direction de la maison qu'ils ne pouvaient voir.

– Des Mangemorts, sans aucun doute, dit Ron, tandis que Harry, Hermione et lui regardaient par la fenêtre du salon. J'imagine qu'ils doivent savoir qu'on est là.

– Je ne pense pas, répondit Hermione, bien qu'elle eût l'air effrayée, ou alors, ils auraient envoyé Rogue nous chercher, vous ne croyez pas ?

– Tu crois qu'il est venu ici et qu'il n'a pas pu parler à

cause du sortilège de Langue de Plomb jeté par Maugrey ? demanda Ron.

– Oui, répondit Hermione, sinon, il aurait expliqué à ces deux-là comment faire pour entrer. Ils doivent simplement surveiller pour voir si on va venir. Après tout, ils savent que la maison appartient à Harry.

– Comment ont-ils pu… ? commença Harry.

– Les testaments des sorciers sont examinés par le ministère, tu te souviens ? Ils savent donc que tu es le propriétaire des lieux.

La présence des Mangemorts au-dehors rendait l'atmosphère de la maison plus menaçante encore. Ils n'avaient pas eu la moindre nouvelle de l'extérieur depuis le Patronus de Mr Weasley et la tension commençait à se faire sentir. Agité et irritable, Ron avait contracté une manie agaçante qui consistait à jouer dans sa poche avec le Déluminateur. Hermione en était particulièrement exaspérée car, pour passer le temps en attendant le retour de Kreattur, elle étudiait *Les Contes de Beedle le Barde* et n'appréciait guère que les lumières ne cessent de s'éteindre et de se rallumer.

– Tu vas arrêter ça, oui ? s'écria-t-elle.

C'était la troisième soirée d'absence de Kreattur et les lumières venaient à nouveau de s'éteindre dans le salon.

– Désolé, désolé ! répondit Ron en actionnant le Déluminateur pour rallumer les lampes. Je le fais sans y penser.

– Tu ne pourrais pas trouver quelque chose de plus utile pour t'occuper ?

– Quoi, par exemple ? Lire des contes pour les mômes ?

– Dumbledore m'a légué ce livre, Ron…

– Et moi, il m'a légué le Déluminateur. C'était peut-être pour que je m'en serve !

Incapable de supporter plus longtemps ces disputes, Harry se glissa hors de la pièce à l'insu des deux autres et descendit en direction de la cuisine où il se rendait régulièrement, certain que Kreattur choisirait cet endroit pour réapparaître. Mais à mi-chemin de l'escalier qui menait dans le hall, il entendit un petit coup frappé à la porte d'entrée, suivi d'un cliquetis métallique et du grincement de la chaîne.

Tous les nerfs de son corps se tendirent à craquer. Il sortit sa baguette, se dissimula à l'ombre des têtes d'elfes décapités et attendit. La porte s'ouvrit. Il eut une brève vision de la place éclairée par les réverbères, puis une silhouette vêtue d'une cape se faufila dans le hall et referma la porte. Lorsque l'intrus se fut avancé d'un pas, la voix de Maugrey demanda :

– *Severus Rogue ?*

L'être de poussière se dressa à l'extrémité du hall et se précipita en levant sa main morte.

– Ce n'est pas moi qui vous ai tué, Albus, dit une voix douce.

Le maléfice se brisa. L'apparition explosa une nouvelle fois et il fut impossible de distinguer le visiteur à travers l'épais nuage de poussière grise qu'elle avait laissé derrière elle.

Harry pointa sa baguette vers le centre du nuage.

– Ne bougez pas !

Il avait oublié le portrait de Mrs Black. Au son de sa voix, les rideaux qui la cachaient s'ouvrirent à la volée et elle se mit à crier :

– *Sang-de-Bourbe et vermine qui déshonorez ma maison…*

Ron et Hermione dévalèrent l'escalier à grand bruit derrière Harry, leurs baguettes pointées, comme la sienne, vers l'inconnu qui se tenait à présent dans le hall, les mains levées.

– Ne tirez pas, c'est moi, Remus !

– Oh, Dieu merci, dit Hermione d'une voix faible, en dirigeant sa baguette vers Mrs Black.

Les rideaux se refermèrent avec un grand bang ! et le silence tomba. Ron abaissa lui aussi sa baguette, mais pas Harry.

– Montrez-vous ! ordonna-t-il.

Lupin s'avança à la lumière, les mains toujours levées en signe de reddition.

– Je suis Remus John Lupin, loup-garou, connu parfois sous le nom de Lunard, l'un des quatre créateurs de la carte du Maraudeur, marié à Nymphadora, qu'on appelle généralement Tonks et je t'ai appris, Harry, comment produire un Patronus qui prend la forme d'un cerf.

– Bon, d'accord, dit Harry en détournant sa baguette, mais il fallait bien que je vérifie, non ?

– Ayant été ton professeur de défense contre les forces du Mal, je ne peux qu'être d'accord avec toi. Ron, Hermione, vous ne devriez pas baisser vos défenses si rapidement.

Descendant quatre à quatre les dernières marches, ils coururent vers lui. Enveloppé d'une épaisse cape de voyage, il paraissait épuisé, mais content de les voir.

– Alors, pas de signe de Severus ? demanda-t-il.

– Non, répondit Harry. Qu'est-ce qui se passe ? Tout le monde va bien ?

– Oui, assura Lupin, mais vous êtes tous surveillés. Il y a deux Mangemorts sur la place, dehors.

– On sait…

– Il a fallu que je transplane sur la marche supérieure du perron, juste devant la porte pour être sûr qu'ils ne me voient pas. Ils ne savent sûrement pas que vous êtes là, sinon ils seraient venus en plus grand nombre. Ils vérifient tous les endroits qui ont un rapport avec toi, Harry. Descendons au sous-sol, j'ai beaucoup de choses à vous raconter et je veux savoir ce qui vous est arrivé après votre départ du Terrier.

Ils l'accompagnèrent dans la cuisine où Hermione pointa sa baguette vers la grille du foyer. Des flammes jaillirent aussitôt, qui se reflétèrent le long de la table de bois et donnèrent aux murs de pierre nue l'illusion d'une atmosphère douillette. Lupin sortit quelques Bièraubeurres de sous sa cape et ils s'assirent.

– J'aurais pu être là il y a trois jours mais il a d'abord fallu que je me débarrasse des Mangemorts qui me suivaient, expliqua Lupin. Et vous, vous êtes venus directement ici après le mariage ?

– Non, répondit Harry, nous sommes d'abord tombés sur deux Mangemorts dans un café de Tottenham Court Road.

Lupin renversa sur lui une bonne partie de sa Bièraubeurre.

– *Quoi ?*

Ils lui expliquèrent ce qui était arrivé. Lorsqu'ils eurent terminé, Lupin paraissait atterré.

– Mais comment vous ont-ils trouvés si vite ? On ne peut pas suivre quelqu'un qui transplane à moins de s'accrocher à lui quand il disparaît !

– Et il est peu probable qu'ils se soient simplement promenés dans Tottenham Court Road juste à ce moment-là, non ? ajouta Harry.

– Nous nous sommes demandé, risqua Hermione, si Harry n'avait pas toujours la Trace sur lui.

– Impossible, répliqua Lupin.

Ron eut un petit air satisfait et Harry éprouva un immense soulagement.

– Pour commencer, si Harry avait toujours la Trace sur lui, ils sauraient qu'il est ici. Mais je ne vois pas comment ils ont pu vous suivre dans Tottenham Court Road, c'est inquiétant, très inquiétant.

Il paraissait troublé mais, aux yeux de Harry, cette question n'était pas prioritaire.

– Racontez-nous ce qui s'est passé après notre départ, nous n'avons plus eu aucune nouvelle depuis que le père de Ron nous a fait savoir que la famille était en sécurité.

– Eh bien, Kingsley nous a sauvés, répondit Lupin. Grâce à son avertissement, la plupart des invités ont pu transplaner avant l'arrivée des autres.

– Étaient-ce des Mangemorts ou des gens du ministère ? interrogea Hermione.

– Un mélange des deux. En fait, c'est la même chose, maintenant, affirma Lupin. Ils étaient environ une douzaine mais ils ignoraient que tu étais là, Harry. Arthur a entendu une rumeur selon laquelle ils auraient torturé Scrimgeour pour essayer de lui faire dire où tu te trouvais avant de le tuer. Si c'est vrai, il ne t'a pas trahi.

Harry regarda Ron et Hermione. Leur expression reflétait l'effarement mêlé de gratitude qu'il ressentait. Il n'avait jamais beaucoup aimé Scrimgeour mais, si ce que Lupin disait était vrai, sa dernière action avait été de protéger Harry.

– Les Mangemorts ont fouillé le Terrier de fond en comble, poursuivit Lupin. Ils ont trouvé la goule mais n'ont pas voulu trop s'en approcher. Ensuite, ils ont interrogé pendant des heures ceux d'entre nous qui étaient restés. Ils essayaient d'obtenir des informations sur toi, Harry, mais bien sûr, personne, en dehors des membres de l'Ordre, ne savait que tu t'étais trouvé là.

« En même temps qu'ils fichaient le mariage en l'air, d'autres Mangemorts entraient de force dans toutes les maisons du pays liées à des membres de l'Ordre. Aucune perte à déplorer, s'empressa-t-il d'ajouter, anticipant la question, mais ils ont commis des violences. Ils ont entièrement brûlé la maison de Dedalus Diggle, qui n'était pas là, comme tu le sais, et ils ont fait usage du sortilège Doloris contre la famille Tonks. Cette fois encore, ils essayaient de savoir où tu étais parti après les avoir quittés. Les Tonks s'en sont bien remis, ils ont été secoués, bien sûr, mais sinon, ça va.

– Les Mangemorts ont réussi à franchir tous ces sortilèges de Protection ? s'étonna Harry, en se souvenant à quel point ils avaient été efficaces la nuit où il s'était écrasé dans le jardin des parents de Tonks.

– Ce dont tu dois te rendre compte, Harry, c'est que les Mangemorts bénéficient à présent de toute la puissance du ministère, reprit Lupin. Ils ont le pouvoir d'utiliser des maléfices violents sans avoir peur d'être identifiés ou envoyés en prison. Ils ont réussi à forcer tous les sortilèges de Défense que nous avions jetés contre eux et, une fois entrés dans les maisons, ils ne cachaient pas les raisons pour lesquelles ils étaient venus.

– Est-ce qu'ils donnent des excuses pour essayer d'arracher par la torture des informations sur Harry ? demanda Hermione, d'un ton tranchant.

– Eh bien, justement, répondit Lupin.

Il hésita un instant puis sortit un exemplaire plié de *La Gazette du sorcier*.

– Regarde, dit-il en glissant le journal vers Harry. De toute façon, tu l'aurais su à un moment ou à un autre. C'est le prétexte qu'ils ont trouvé pour te traquer.

Harry déplia le journal. Une immense photo de lui s'étalait à la une. Il lut la manchette qui figurait au-dessus :

RECHERCHÉ POUR INTERROGATOIRE
DANS L'ENQUÊTE SUR
LA MORT D'ALBUS DUMBLEDORE

Ron et Hermione poussèrent des cris scandalisés. Harry, lui, ne dit rien et écarta le journal. Il ne voulait pas en lire davantage. Il savait déjà ce que contenait l'article. Personne, en dehors de ceux qui s'étaient trouvés au sommet de la tour lorsque Dumbledore était mort, ne savait qui l'avait véritablement tué et, ainsi que Rita Skeeter l'avait déjà révélé au monde des sorciers, des témoins avaient vu Harry quitter les lieux en courant, quelques instants après que Dumbledore fut tombé.

— Je suis désolé, Harry, dit Lupin.

— Alors, les Mangemorts se sont aussi emparés de *La Gazette du sorcier* ? demanda Hermione avec fureur.

Lupin acquiesça d'un signe de tête.

— Mais les gens doivent bien s'apercevoir de ce qui se passe, non ?

— Le coup de force s'est déroulé en douceur et quasiment en silence, répondit Lupin. La version officielle du meurtre de Scrimgeour, c'est qu'il a démissionné. Il a été remplacé par Pius Thicknesse, qui est soumis au sortilège de l'Imperium.

— Pourquoi Voldemort ne s'est-il pas proclamé lui-même ministre de la Magie ? interrogea Ron.

Lupin éclata de rire.

— Il n'en a pas besoin. En réalité, c'est lui le ministre, mais pourquoi prendrait-il la peine d'aller s'asseoir derrière un bureau ? Thicknesse, sa marionnette, s'occupe des affaires courantes et laisse à Voldemort toute liberté d'étendre son pouvoir bien au-delà du ministère.

« Évidemment, beaucoup en ont tiré des conclusions. Il y a eu un changement spectaculaire dans la politique du ministère, ces derniers jours, et ils sont nombreux à murmurer que Voldemort doit être derrière tout ça. Mais justement, c'est bien là le point essentiel : ils murmurent. Ils n'osent pas se parler les uns aux autres, car ils ne savent pas en qui ils peuvent avoir confiance. Ils ont peur de dire les choses à voix haute, au cas où leurs soupçons seraient fondés, et qu'on s'en prenne à leurs familles. Voldemort joue un jeu très habile. Se déclarer officiellement aurait pu provoquer une rébellion ouverte. En restant masqué, il entretient la confusion, l'incertitude et la peur.

– Et ce changement spectaculaire dans la politique du ministère, dit Harry, consiste aussi à mettre en garde le monde des sorciers contre moi et non pas contre Voldemort ?

– Ça fait partie de l'ensemble, sans aucun doute, répondit Lupin. Et c'est un coup de maître. Maintenant que Dumbledore est mort, on pouvait être certain que tu serais, toi le survivant, le symbole et le point de ralliement de toute résistance à Voldemort. Mais en laissant entendre que tu as eu une responsabilité dans la mort du vieux héros, Voldemort n'a pas seulement mis ta tête à prix, il a aussi insinué le doute et la crainte parmi ceux qui étaient prêts à te défendre. Dans le même temps, le ministère a commencé à prendre des mesures contre les sorciers nés moldus.

Lupin montra *La Gazette*.

– Regarde en page 2.

Hermione tourna les pages du journal avec la même expression de dégoût que lorsqu'elle avait eu entre les mains les *Secrets les plus sombres des forces du Mal*.

– « *Fichier des nés-Moldus*, lut-elle à haute voix. *Le ministère de la Magie entreprend une enquête sur ceux qu'on appelle communément les "nés-Moldus", ce qui permettra de mieux comprendre comment ces derniers en sont arrivés à posséder des secrets magiques.*

De récentes recherches menées par le Département des mystères ont révélé que la magie ne peut être transmise que d'individu à individu lorsque les sorciers se reproduisent. En conséquence, quand il n'existe aucune ascendance magique, il est probable que ceux qu'on appelle les nés-Moldus ont acquis leurs pouvoirs par le vol ou la force.

Le ministère est déterminé à éradiquer ces usurpateurs de la puissance magique et invite donc à cette fin tous ceux qui entrent dans la catégorie des nés-Moldus à se présenter pour un entretien devant la Commission d'enregistrement des nés-Moldus, récemment nommée. »

– Ça ne peut pas se passer comme ça, les gens ne les laisseront pas faire, dit Ron.

– Ça se passe comme ça, Ron, répondit Lupin. À l'heure où nous parlons, il y a des rafles de nés-Moldus.

– Mais comment sont-ils censés avoir « volé » de la magie ? s'étonna Ron. C'est complètement dingue. Si on pouvait voler de la magie, il n'y aurait plus de Cracmols, non ?

– Je sais, dit Lupin. Il n'empêche que quiconque ne peut prouver qu'il a au moins un sorcier parmi ses proches parents est considéré comme ayant obtenu ses pouvoirs magiques illégalement et doit en subir le châtiment.

Ron jeta un regard à Hermione puis demanda :

– Et si des Sang-Pur ou des Sang-Mêlé jurent qu'un né-Moldu appartient à leur famille ? Je n'ai qu'à raconter à tout le monde qu'Hermione est ma cousine…

Hermione posa sa main sur celle de Ron et la serra.

– Merci, Ron, mais je ne peux pas te laisser…

– Tu n'auras pas le choix, répliqua Ron d'un ton féroce en lui prenant la main à son tour. Je vais t'apprendre l'arbre généalogique de ma famille pour que tu puisses répondre aux questions.

Hermione eut un petit rire tremblant.

– Ron, étant donné que nous sommes en fuite en compagnie de la personne la plus recherchée dans le pays, je ne crois pas que ça change grand-chose. Si je retournais à l'école, ce serait différent. Quelles sont les intentions de Voldemort au sujet de Poudlard ? demanda-t-elle à Lupin.

– Tous les jeunes sorciers et sorcières sont désormais obligés de s'y inscrire, répondit-il. L'annonce en a été faite hier. Il s'agit d'un changement, puisque ce n'était pas obligatoire auparavant. Bien sûr, presque tous les sorciers et sorcières de Grande-Bretagne ont fait leurs études à Poudlard mais leurs parents avaient le droit d'assurer leur éducation eux-mêmes ou de les envoyer dans une école à l'étranger, s'ils le jugeaient bon. Avec la nouvelle loi, Voldemort pourra surveiller toute la population des sorciers dès leur enfance. C'est aussi un autre moyen de se débarrasser des nés-Moldus car, pour avoir le droit d'assister aux cours, les élèves devront recevoir un Statut du sang – signifiant que la preuve a été apportée au ministère qu'ils étaient bien issus d'une lignée de sorciers.

Harry était dégoûté et furieux. En ce moment même, des jeunes de onze ans, surexcités à l'idée d'entrer à l'école, devaient se plonger dans des piles de grimoires récemment achetés, sans se douter qu'ils ne verraient jamais Poudlard, et que, peut-être, ils ne reverraient même plus leurs familles.

– C'est… c'est…, marmonna-t-il, essayant de trouver des mots assez forts pour exprimer l'horreur qu'il éprouvait.

Mais Lupin l'interrompit :

– Je sais, dit-il à voix basse.

Il hésita.

– Je comprendrais très bien que tu ne veuilles pas me le confirmer, Harry, mais l'Ordre a l'impression que Dumbledore t'a confié une mission.

– C'est vrai, répondit Harry. Ron et Hermione sont au courant et ils vont venir avec moi.

– Peux-tu me confier en quoi consiste cette mission ?

Harry scruta le visage prématurément ridé, encadré de cheveux épais mais grisonnants, et regretta de ne pouvoir donner une réponse différente.

– C'est impossible, Remus, je suis désolé. Si Dumbledore ne vous en a pas parlé, je ne pense pas pouvoir le faire à sa place.

– Je m'attendais à ce que tu me dises ça, soupira Lupin, l'air déçu. Mais peut-être pourrais-je quand même me rendre utile ? Tu sais qui je suis et ce que je sais faire, je pourrais t'accompagner pour te fournir une protection. Tu n'aurais pas besoin de me révéler exactement ce que tu fais.

Harry hésita. L'offre était tentante bien qu'il ne pût imaginer comment il leur serait possible de garder le secret sur leur mission, si Lupin les accompagnait en permanence.

Hermione, cependant, parut perplexe.

– Et Tonks, alors ? demanda-t-elle.

– Quoi, Tonks ? s'étonna Lupin.

– Eh bien, reprit Hermione, les sourcils froncés, vous êtes mariés ! Qu'est-ce qu'elle en penserait si vous partiez avec nous ?

– Tonks sera en parfaite sécurité, assura Lupin. Elle habitera dans la maison de ses parents.

Il y avait quelque chose d'étrange dans sa voix. Elle était presque froide. L'idée que Tonks aille se cacher dans la maison de ses parents paraissait également bizarre. Après tout, elle était membre de l'Ordre et, autant que Harry pouvait l'imaginer, elle voudrait sûrement être au cœur de l'action.

– Remus, risqua Hermione d'une voix timide. Est-ce que tout va bien… je veux dire… entre vous et…

– Tout va parfaitement bien, merci, répondit Lupin d'un ton clair et net.

Les joues d'Hermione prirent une teinte rose. Il y eut un nouveau silence, gênant, embarrassé, puis Lupin ajouta, comme s'il se forçait à faire un aveu déplaisant :

– Tonks va avoir un bébé.

– Oh ! C'est merveilleux ! s'écria Hermione.

– Excellente nouvelle ! lança Ron, enthousiaste.

– Félicitations, dit Harry.

Lupin eut un sourire artificiel qui ressemblait davantage à une grimace, puis reprit :

– Alors… vous acceptez ma proposition ? Vous voulez bien être quatre au lieu de trois ? Je ne peux pas croire que Dumbledore aurait été contre, après tout, c'est lui qui m'a nommé professeur de défense contre les forces du Mal. Et je suis convaincu, je dois vous le dire, qu'il nous faudra affronter une forme de magie que beaucoup d'entre nous n'ont jamais connue ou même imaginée.

Ron et Hermione se tournèrent tous deux vers Harry.

— Soyons… soyons clairs, dit-il. Vous voulez laisser Tonks chez ses parents et venir avec nous ?

— Elle sera parfaitement en sécurité là-bas, ils s'occuperont d'elle, répondit Lupin.

Il avait un ton péremptoire, proche de l'indifférence.

— Harry, je suis sûr que James aurait voulu que je reste auprès de toi.

— Eh bien, moi, je n'en suis pas sûr du tout, répliqua Harry avec lenteur. Je pense que mon père aurait voulu savoir pourquoi vous ne voulez pas rester auprès de votre enfant.

Le visage de Lupin perdit toute couleur. On aurait dit que la température de la cuisine venait de tomber de dix degrés. Ron regarda autour de la pièce comme s'il s'était promis d'en graver chaque détail dans sa mémoire tandis que les yeux d'Hermione se posaient alternativement sur Lupin et sur Harry.

— Tu ne comprends pas, dit enfin Lupin.

— Alors, expliquez-moi, rétorqua Harry.

Lupin déglutit.

— J'ai… j'ai fait une grave erreur en épousant Tonks. J'aurais dû y réfléchir à deux fois et je l'ai souvent regretté depuis.

— Je vois, dit Harry. Vous allez donc l'abandonner avec son enfant et vous enfuir avec nous ?

Lupin se leva d'un bond. Sa chaise tomba en arrière et il lança un regard si féroce à Harry que, pour la première fois, celui-ci vit l'ombre du loup sur son visage d'homme.

— Tu ne comprends donc pas ce que j'ai fait à ma femme et à mon enfant à naître ? Je n'aurais jamais dû épouser Tonks, j'ai fait d'elle une réprouvée !

Lupin donna un coup de pied dans la chaise qu'il avait renversée.

– Tu ne m'as jamais vu qu'au sein de l'Ordre, ou sous la protection de Dumbledore, à Poudlard ! Tu ne sais pas comment la plupart des sorciers considèrent les créatures telles que moi ! Quand ils apprennent mon infortune, c'est tout juste s'ils acceptent encore de me parler ! Tu ne te rends donc pas compte de ce que j'ai fait ? Même à sa propre famille, notre mariage n'inspire que du dégoût, quels parents voudraient voir leur fille unique épouser un loup-garou ? Et l'enfant… l'enfant…

Lupin s'arrachait littéralement les cheveux ; il paraissait en proie à une crise de folie.

– Habituellement, les gens de mon espèce évitent de se reproduire ! Cet enfant sera comme moi, j'en suis convaincu… Comment pourrais-je jamais me pardonner d'avoir en toute connaissance de cause pris le risque de transmettre mon propre mal à un être innocent ? Et si, par un quelconque miracle, il n'est pas comme moi, il sera alors beaucoup mieux, cent fois mieux, sans la présence de son père dont il devrait à tout jamais avoir honte !

– Remus ! murmura Hermione, les larmes aux yeux. Ne dites pas cela… Comment un enfant pourrait-il avoir honte de vous ?

– Oh, qui sait, Hermione, lança Harry. Moi, j'aurais honte de lui.

Harry ne savait pas d'où lui venait sa rage, mais elle l'avait poussé, lui aussi, à se lever d'un bond. Lupin eut la même expression que si Harry l'avait frappé.

– Si le nouveau régime pense que les sorciers nés moldus sont condamnables, poursuivit Harry, que penseront-ils d'un demi-loup-garou dont le père est membre de l'Ordre ? Mon propre père est mort en essayant de protéger ma mère et moi-même et vous vous imaginez qu'il vous recommanderait d'abandonner votre enfant pour partir à l'aventure avec nous ?

– Comment… comment oses-tu ? s'indigna Lupin. Il ne s'agit pas pour moi de rechercher… le danger ou une gloire personnelle… Comment oses-tu laisser entendre quelque chose d'aussi… ?

– Je crois que vous vous sentez une vocation de tête brûlée, répliqua Harry. Vous aimeriez bien suivre les traces de Sirius…

– Harry, non ! le supplia Hermione, mais il continua de fixer d'un regard flamboyant le visage furieux de Lupin.

– Je n'aurais jamais cru cela, reprit Harry. L'homme qui m'a appris à combattre les Détraqueurs… un lâche.

Lupin sortit sa baguette si vite que Harry eut à peine le temps de faire un geste pour saisir la sienne. Une forte détonation retentit et il se sentit projeté en arrière, comme si on lui avait donné un coup de poing. Tandis qu'il s'écrasait contre le mur de la cuisine et glissait sur le sol, il aperçut un pan de la cape de Lupin qui disparaissait dans l'embrasure de la porte.

– Remus, Remus, revenez ! s'écria Hermione, mais Lupin ne répondit pas.

Un instant plus tard, ils entendirent claquer la porte d'entrée.

– Harry ! se lamenta Hermione. Comment as-tu pu faire une chose pareille ?

– C'était facile, répliqua Harry.

Il se releva, sentant une bosse enfler là où sa tête avait heurté le mur. Il ressentait encore une telle colère qu'il en tremblait.

– Ne me regarde pas comme ça, lança-t-il sèchement à Hermione.

– Ne commence pas à t'en prendre à elle ! gronda Ron.

– Non… non… nous ne devons pas nous disputer ! s'exclama Hermione en se jetant entre eux.

– Tu n'aurais pas dû dire ces choses-là à Lupin, fit remarquer Ron à Harry.

– Il l'a cherché, répondit Harry.

Des images sans suite se bousculèrent dans sa tête : Sirius tombant à travers le voile ; Dumbledore suspendu dans les airs, le corps brisé ; un éclair de lumière verte et la voix de sa mère qui demandait grâce, suppliante…

– Les parents, dit Harry, ne devraient jamais quitter leurs enfants, à moins… à moins qu'ils ne puissent faire autrement.

– Harry…, commença Hermione.

Elle tendit vers lui une main consolante mais il se dégagea d'un mouvement d'épaule et s'éloigna, les yeux fixés sur le feu qu'elle avait fait apparaître. C'était devant cette même cheminée qu'il avait un jour parlé à Lupin, lorsqu'il cherchait à être rassuré au sujet de James, et Lupin l'avait consolé. À présent, le visage blafard, torturé, de Lupin semblait flotter dans les airs, devant ses yeux. Il sentit monter en lui une vague de remords qui lui donna la nausée. Ni Ron ni Hermione ne prononçaient un mot, mais Harry était sûr que, derrière son dos, ils communiquaient silencieusement en échangeant des regards.

Il fit volte-face et les vit se détourner précipitamment l'un de l'autre.

– Je sais bien que je n'aurais pas dû le traiter de lâche.

– Non, tu n'aurais pas dû, dit aussitôt Ron.

– Mais il se conduit comme s'il l'était.

– Quand même…, soupira Hermione.

– Je sais, admit Harry. Mais si cela le fait revenir auprès de Tonks, ça en valait la peine, non ?

Sa voix avait un ton d'excuse qu'il n'était pas parvenu à effacer. Hermione paraissait compatissante, Ron incertain. Harry baissa les yeux, en pensant à son père. James aurait-il approuvé ce qu'il avait dit à Lupin ou aurait-il été en colère d'entendre son fils traiter ainsi son vieil ami ?

La cuisine silencieuse semblait vibrer des échos de la scène qui s'y était déroulée et des reproches muets de Ron et d'Hermione. *La Gazette du sorcier* apportée par Lupin se trouvait toujours sur la table, le visage de Harry à la une fixant le plafond. Il alla s'asseoir sur une chaise, ouvrit le journal au hasard et fit semblant de le lire. Il n'arrivait pas à comprendre les mots qui s'étalaient sous ses yeux, son altercation avec Lupin était encore trop présente dans son esprit. De l'autre côté du journal, Ron et Hermione, il le savait, avaient dû reprendre leurs communications silencieuses. Il tourna bruyamment une page et le nom de Dumbledore lui sauta alors aux yeux. Il lui fallut un moment pour comprendre la signification de la photo qui montrait une famille réunie. La légende indiquait : « La famille de Dumbledore. De gauche à droite : Albus, Perceval tenant dans ses bras Ariana qui vient de naître, Kendra et Abelforth. »

Son attention éveillée, Harry examina plus attentivement l'image. Perceval, le père de Dumbledore, était un bel homme dont les yeux semblaient pétiller, même sur cette vieille photo défraîchie. Ariana, le bébé, n'était guère plus grande qu'une miche de pain, sans traits distinctifs. Kendra, la mère, avait des cheveux d'un noir de jais coiffés en un épais chignon. On aurait dit que son visage était sculpté. En dépit de la robe de soie à col haut dont elle était vêtue, Harry pensa à une Indienne d'Amérique quand il vit ses yeux sombres, ses pommettes saillantes et son nez droit. Albus et Abelforth portaient tous deux des vestes assorties, à col de dentelle, et leurs cheveux longs qui tombaient sur leurs épaules avaient la même coupe. Albus paraissait plus âgé de quelques années, sinon les deux garçons étaient très semblables, car la photo avait été prise avant qu'Albus ait le nez cassé et avant qu'il porte des lunettes.

La famille avait l'air heureuse, normale, souriant sereinement sur la page du journal. La petite Ariana agitait vaguement le bras sous son châle. Harry regarda au-dessus de la photo et vit le titre de l'article :

EN EXCLUSIVITÉ UN EXTRAIT
DE LA BIOGRAPHIE
D'ALBUS DUMBLEDORE
À PARAÎTRE PROCHAINEMENT
par Rita Skeeter

Pensant que rien ne pouvait aggraver l'état dans lequel il se trouvait déjà, Harry commença à lire :

Orgueilleuse et hautaine, Kendra Dumbledore ne pouvait supporter de rester à Terre-en-Lande après que l'arrestation et l'emprisonnement à Azkaban de son mari Perceval eurent largement défrayé la chronique. Elle décida par conséquent de faire déménager sa famille et de l'installer à Godric's Hollow, le village qui devait par la suite devenir célèbre pour avoir été le lieu où Harry Potter échappa étrangement à Vous-Savez-Qui.

Tout comme Terre-en-Lande, Godric's Hollow était le lieu de résidence de nombreuses familles de sorciers mais Kendra n'y connaissant personne, elle n'aurait pas à y affronter la curiosité que lui avait value le crime de son mari dans son ancien village. Après avoir repoussé à plusieurs reprises tous ceux qui tentaient d'établir avec elle des relations de bon voisinage, elle fut bientôt assurée que personne ne les dérangerait plus, elle et sa famille.

« Elle m'a claqué la porte au nez quand je suis allée lui souhaiter la bienvenue en lui apportant des fondants du chaudron que j'avais préparés moi-même, raconte Bathilda Tourdesac. Au cours de la première année, je n'ai vu que les deux garçons. Je n'aurais jamais su qu'il y avait une fille si je n'étais allée cueillir des Braillantines au clair de lune, l'hiver qui a suivi leur emménagement. J'ai vu alors Kendra emmener Ariana se promener dans le jardin, à l'arrière de la maison. Elle lui a fait faire une seule fois le tour de la pelouse en lui tenant fermement la main, puis elle l'a ramenée à l'intérieur. Je ne savais pas quoi en penser. »

Il semble que Kendra ait vu dans le déménagement à Godric's Hollow une occasion parfaite de cacher définitivement Ariana, un projet qu'elle nourrissait sûrement depuis des années. Le moment choisi était significatif. Ariana avait à peine sept ans lorsqu'elle a disparu. Or, selon la plupart des experts, c'est précisément vers l'âge de sept ans que la magie se révèle chez les enfants, si elle est présente. Personne aujourd'hui ne se souvient d'avoir jamais vu Ariana manifester le moindre signe d'aptitude à la magie. Il apparaît donc clairement que Kendra a pris la décision de cacher sa fille plutôt que de subir la honte d'admettre qu'elle avait mis au monde une Cracmolle. Déménager loin des amis et des voisins qui avaient connu Ariana lui permettait d'autant plus facilement de la dissimuler aux regards. Elle pouvait être sûre que le très petit nombre de ceux qui étaient au courant de son existence garderaient le secret, notamment les deux frères qui détournaient toujours les questions embarrassantes en répétant ce que leur avait dit leur mère : « Ma sœur est d'une santé trop fragile pour aller à l'école. »

La semaine prochaine : Albus Dumbledore à Poudlard – Récompenses et faux-semblants.

Harry avait eu tort. Ce qu'il venait de lire l'avait plongé dans un état encore pire qu'auparavant. Il regarda à nouveau la photo de la famille apparemment heureuse. Était-ce vrai ? Comment pourrait-il le savoir ? Il voulait se rendre à Godric's Hollow, même si Bathilda n'était pas en mesure de lui parler. Il voulait voir l'endroit où Dumbledore et lui avaient tous deux perdu des êtres chers. Alors qu'il s'apprêtait à reposer le journal et à demander leur opinion à Ron et à Hermione, un crac ! assourdissant résonna dans la cuisine.

Pour la première fois depuis trois jours, Harry avait complètement oublié Kreattur. Sa première pensée fut que Lupin avait à nouveau fait irruption dans la maison et pendant une fraction de seconde, il ne parvint pas à distinguer quoi que ce soit dans l'enchevêtrement de membres gesticulants qui était apparu juste à côté de lui. Il se leva d'un bond tandis que Kreattur se dégageait puis s'inclinait très bas devant Harry en annonçant de sa voix rauque :

– Kreattur est revenu avec le voleur Mondingus Fletcher, maître.

Mondingus se releva précipitamment et sortit sa baguette. Mais Hermione fut trop rapide pour lui.

– *Expelliarmus !*

La baguette de Mondingus fut projetée dans les airs et Hermione la rattrapa. Le regard fou, il se rua vers l'escalier.

Ron le plaqua comme au rugby et Mondingus s'abattit sur le sol de pierre dans un craquement étouffé.

– Quoi ? hurla-t-il en se tortillant pour essayer de se libérer de la prise de Ron. Qu'est-ce que j'ai fait ? Lancer sur moi un maudit elfe de maison, à quoi vous jouez, qu'est-ce que j'ai fait, laissez-moi partir, laissez-moi ou alors…

– Vous n'êtes pas tellement en position de proférer des menaces, répliqua Harry.

Il jeta le journal sur la table, traversa la cuisine en quelques enjambées et se laissa tomber à genoux à côté de Mondingus qui cessa aussitôt de se débattre, l'air terrifié. Ron se releva, le souffle court, et regarda Harry pointer délibérément sa baguette sur le nez de Mondingus. Il empestait la vieille sueur et la fumée de tabac. Ses cheveux étaient emmêlés, sa robe tachée.

– Kreattur présente ses excuses pour avoir tardé à ramener le voleur, maître, coassa l'elfe. Fletcher s'y connaît pour échapper à la capture, il dispose de nombreuses cachettes et de beaucoup de complices. Mais Kreattur a fini par le coincer.

– Tu as fait un très bon travail, Kreattur, répondit Harry et l'elfe s'inclina à nouveau. On a quelques questions à vous poser, reprit-il à l'adresse de Mondingus.

– J'ai paniqué, d'accord ? s'écria celui-ci. Depuis le début, je ne voulais pas venir. Sans vouloir t'offenser, mon bonhomme, je n'ai jamais eu l'intention de mourir pour toi et tout d'un coup, voilà que j'avais ce maudit Tu-Sais-Qui aux trousses, n'importe qui aurait fichu le camp à ma place, j'avais toujours dit que je ne voulais pas y aller…

– Pour votre information, répliqua Hermione, sachez que personne d'autre parmi nous n'a transplané.

– Eh bien, vous faites une jolie bande de héros mais moi, je n'ai jamais prétendu que j'étais prêt à me faire tuer…

– La raison pour laquelle vous avez abandonné Fol Œil ne nous intéresse pas, coupa Harry qui approcha sa baguette un peu plus près des yeux cernés et injectés de sang de Mondingus. Nous savions déjà que vous étiez une petite canaille indigne de confiance.

– Alors pourquoi tu envoies des elfes à mes basques ? C'est encore à cause de cette histoire de coupes ? Il ne m'en reste plus une seule, sinon, tu aurais pu les avoir…

– Il ne s'agit pas non plus des coupes, mais vous chauffez, répondit Harry. Taisez-vous et écoutez-moi.

C'était une sensation merveilleuse d'avoir quelque chose à faire, de se trouver face à quelqu'un à qui on pouvait arracher une parcelle de vérité. La baguette de Harry était si près de l'arête de son nez que Mondingus s'était mis à loucher pour ne pas la perdre de vue.

– Lorsque vous avez vidé cette maison de tous ses objets de valeur…, commença Harry.

Mais Mondingus l'interrompit à nouveau :

– Sirius se fichait bien de toute cette camelote…

Il y eut un bruit de pas précipités, un éclat de cuivre étincelant, un clang ! retentissant et un hurlement de douleur : Kreattur s'était rué sur Mondingus et lui avait abattu une casserole sur la tête.

– Empêche-le, empêche-le, il faudrait l'enfermer, celui-là ! s'écria Mondingus en se recroquevillant lorsqu'il vit Kreattur lever à nouveau la lourde casserole.

– Kreattur, non ! lança Harry.

Les bras frêles de l'elfe tremblaient sous le poids de la casserole qu'il tenait toujours en l'air.

– Peut-être encore une fois, maître Harry, pour porter bonheur ?

Ron éclata de rire.

– Il faut qu'il reste conscient, Kreattur, mais si nous avons besoin d'arguments frappants, c'est toi qui lui en feras l'honneur, répondit Harry.

– Merci beaucoup, maître, dit Kreattur.

Il salua et recula légèrement, fixant avec dégoût ses grands yeux pâles sur Mondingus.

– Lorsque vous avez dépouillé cette maison de tous les objets de valeur que vous pouviez y trouver, reprit Harry, vous avez pris un tas de choses dans le placard de la cuisine. Il y avait notamment un médaillon.

Harry sentit brusquement sa bouche s'assécher. Il percevait la tension mêlée d'excitation de Ron et d'Hermione.

– Qu'avez-vous fait de ce médaillon ?

– Pourquoi ? demanda Mondingus. Il vaut cher ?

– Vous l'avez toujours ! s'écria Hermione.

– Non, il ne l'a plus, dit Ron, perspicace. Il se demande simplement s'il n'aurait pas pu en tirer plus d'argent.

– Plus d'argent ? répliqua Mondingus. Ça, ce n'aurait pas été difficile… Je l'ai laissé pour rien, figurez-vous. Pas le choix.

– Qu'est-ce que vous voulez dire ?

– Je vendais des choses sur le Chemin de Traverse et là-dessus, elle est arrivée en me demandant si j'avais une licence pour le commerce des objets magiques. Fichue fouineuse. Elle allait me coller une amende mais le médaillon lui a tapé dans l'œil et elle m'a dit qu'elle allait le prendre, qu'elle me laisserait tranquille pour cette fois, et que je pouvais m'estimer heureux.

– Qui était cette femme ? interrogea Harry.

– Sais pas, une quelconque harpie du ministère.

Mondingus réfléchit un instant, le front plissé.

– Une petite bonne femme avec un nœud sur la tête.

Il fronça les sourcils et ajouta :

– Elle avait l'air d'un crapaud.

Harry abaissa sa baguette. Elle heurta au passage le nez de Mondingus et projeta des étincelles rouges sur ses sourcils qui prirent feu.

– *Aguamenti !* s'écria Hermione.

Un jet d'eau jaillit de sa baguette, inondant Mondingus qui se mit à tousser et à crachoter.

Harry leva les yeux et vit sur les visages de Ron et d'Hermione le reflet de sa propre stupeur. Les cicatrices de sa main droite semblaient le picoter à nouveau.

12
LA MAGIE EST PUISSANCE

À mesure qu'avançait le mois d'août, la pelouse en friche, au milieu du square Grimmaurd, s'était desséchée sous le soleil pour n'être plus qu'un carré d'herbe roussie et craquante. Dans les maisons environnantes, personne n'avait jamais aperçu les habitants du numéro 12. Les Moldus qui habitaient l'endroit s'étaient depuis longtemps accoutumés à l'amusante erreur de numérotation qui avait placé le numéro 11 à côté du 13.

À présent, cependant, le square Grimmaurd attirait des visiteurs qui semblaient très intrigués par cette anomalie. Il se passait rarement une journée sans qu'une ou deux personnes arrivent sur la place en n'ayant d'autre but, apparemment tout au moins, que de s'appuyer contre les grilles situées devant les numéros 11 et 13 pour contempler la jointure entre les deux maisons. Ces observateurs n'étaient jamais les mêmes deux jours de suite, mais tous avaient l'air d'éprouver la même aversion pour les vêtements normaux. La plupart des Londoniens qui les croisaient étaient habitués aux tenues excentriques et n'y prêtaient guère attention, mais parfois, l'un d'eux jetait un regard en arrière en se demandant qui donc pouvait bien porter d'aussi longues capes par une chaleur pareille.

Ces visiteurs ne paraissaient pas tirer grande satisfaction de leurs longues attentes. Il arrivait que l'un d'eux fasse un pas en avant d'un air surexcité, comme s'il avait enfin vu quelque chose d'intéressant, mais il laissait aussitôt retomber son élan, visiblement dépité.

Le premier jour de septembre, les curieux vinrent plus nombreux que jamais. Une demi-douzaine d'hommes vêtus de longues capes se tenaient là, silencieux et attentifs, le regard toujours fixé sur les maisons des numéros 11 et 13, mais ce qu'ils étaient venus chercher continuait apparemment de leur échapper. Alors que le soir approchait, apportant avec lui, pour la première fois depuis des semaines, une averse de pluie froide très inattendue, survint l'un de ces inexplicables moments où ils semblaient avoir enfin aperçu quelque chose d'intéressant. Un homme au visage tordu tendit le doigt et son compagnon le plus proche, un petit homme grassouillet au visage blafard, se rua aussitôt en avant, mais un instant plus tard, ils étaient tous deux retombés dans leur habituelle passivité, l'air déçus et contrariés.

Pendant ce temps, au numéro 12, Harry venait de pénétrer dans le hall de la maison. Il avait failli perdre l'équilibre en transplanant sur la dernière marche du perron, juste devant la porte d'entrée, et pensa que les Mangemorts avaient peut-être aperçu son coude, brièvement exposé. Refermant soigneusement la porte derrière lui, il ôta sa cape d'invisibilité, la replia sur son bras et se hâta de traverser le hall sinistre en direction de la porte qui donnait accès au sous-sol. Il tenait à la main un exemplaire volé de *La Gazette du sorcier*.

L'habituel murmure de « Severus Rogue ? » l'accueillit, il

sentit le courant d'air glacé souffler sur lui et pendant un instant, sa langue s'enroula.

– Ce n'est pas moi qui vous ai tué, dit-il dès qu'elle eut repris sa position normale.

Puis il retint son souffle pendant que la silhouette du maléfice explosait. Parvenu au milieu de l'escalier qui menait à la cuisine, à bonne distance des oreilles de Mrs Black et à l'abri du nuage de poussière, il annonça :

– J'ai des nouvelles et elles ne vont pas vous plaire.

La cuisine était presque méconnaissable. À présent, la moindre petite surface brillait de tous ses feux : les marmites et les casseroles de cuivre avaient été astiquées et luisaient d'une teinte rosée, la table de bois miroitait, les coupes et les assiettes déjà disposées pour le dîner étincelaient à la lumière du feu qui ronflait joyeusement dans la cheminée et sur lequel bouillonnait un chaudron. Mais le changement le plus spectaculaire était sans nul doute celui de l'elfe de maison qui se précipitait maintenant vers Harry, vêtu d'une serviette d'un blanc de neige, les poils de ses oreilles aussi propres et duveteux que du coton hydrophile, le médaillon de Regulus sautillant sur sa poitrine.

– Voulez-vous enlever vos chaussures, s'il vous plaît, monsieur Harry, et vous laver les mains avant le dîner ? coassa Kreattur.

Il prit la cape d'invisibilité et alla la suspendre à un crochet fixé au mur, à côté de robes démodées, fraîchement nettoyées.

– Qu'est-ce qui s'est passé ? demanda Ron avec appréhension.

Hermione et lui étaient occupés à examiner une liasse de feuilles griffonnées et de cartes tracées à la main, étalées à un bout de la table. Levant les yeux, ils regardèrent Harry s'avancer à grands pas et jeter le journal sur leur tas de parchemins.

Sur la première page, un homme au visage familier, le nez crochu, les cheveux noirs, les regardait sous une manchette annonçant :

SEVERUS ROGUE CONFIRMÉ COMME
DIRECTEUR DE POUDLARD

– Non ! s'exclamèrent Ron et Hermione.

Hermione fut la plus rapide. Elle s'empara du journal et commença à lire à haute voix l'article qui accompagnait la photo :

– *Severus Rogue, depuis longtemps maître des potions à l'école de sorcellerie de Poudlard, a été promu aujourd'hui au rang de directeur. Cette nomination constitue le changement le plus important parmi ceux intervenus dans la réorganisation du personnel de l'antique établissement. À la suite de la démission de l'ancien professeur d'étude des Moldus, ce poste sera désormais confié à Alecto Carrow, tandis qu'Amycus, le frère de cette dernière, sera chargé de la défense contre les forces du Mal.*

« *Je me réjouis que l'occasion me soit donnée de maintenir et de perpétuer les plus hautes valeurs et traditions de la sorcellerie...* » Comme de commettre des meurtres ou de couper les oreilles des gens, par exemple ! Rogue, directeur ! Rogue dans le bureau de Dumbledore – par le caleçon de Merlin ! s'exclama soudain Hermione d'une voix perçante qui fit sursauter Harry et Ron.

Elle bondit de sa chaise et se rua hors de la cuisine en criant :

– Je reviens dans une minute !

– Le caleçon de Merlin ? répéta Ron, l'air amusé. Elle doit être dans tous ses états.

Il prit le journal et lut en détail l'article consacré à Rogue.

– Les autres profs n'accepteront jamais ça. McGonagall, Flitwick, Chourave, tous connaissent la vérité, ils savent comment Dumbledore est mort. Ils ne voudront pas de Rogue comme directeur. Et d'abord, qui sont ces Carrow ?

– Des Mangemorts, répondit Harry. Il y a des photos d'eux en pages intérieures. Ils se trouvaient au sommet de la tour quand Rogue a tué Dumbledore, ils sont tous copains.

Harry tira une chaise et poursuivit d'un ton amer :

– Je ne vois pas ce que les autres profs pourraient faire. Si le ministère et Voldemort sont derrière Rogue, ils auront le choix entre continuer à enseigner ou passer quelques joyeuses années à Azkaban – et encore, s'ils ont de la chance. J'imagine qu'ils préféreront rester pour protéger les élèves.

Kreattur revint vers la table d'un air affairé, une grande soupière entre les mains. À l'aide d'une louche, il remplit de soupe les bols impeccables, en sifflotant entre ses dents.

– Merci, Kreattur, dit Harry qui retourna *La Gazette* pour ne pas avoir la tête de Rogue sous les yeux. Enfin, au moins, on sait exactement où se trouve Rogue, maintenant.

Il prit une cuillerée de soupe. La qualité de la cuisine de Kreattur s'était améliorée de manière spectaculaire depuis qu'il avait reçu en cadeau le médaillon de Regulus. Jamais Harry n'avait goûté une soupe à l'oignon aussi délicieuse.

– Il y a encore toute une bande de Mangemorts qui surveillent la maison, dit-il à Ron en continuant de manger. Ils sont plus nombreux que d'habitude. On dirait qu'ils espèrent nous voir sortir avec nos bagages pour aller prendre le Poudlard Express.

Ron jeta un coup d'œil à sa montre.

– J'y ai pensé toute la journée. Le train est parti il y a près de six heures. Ça fait bizarre de ne pas être dedans, tu ne trouves pas ?

Harry eut l'impression de revoir la locomotive rouge vif que Ron et lui avaient un jour suivie par la voie des airs, scintillant parmi les prés et les collines, telle une chenille écarlate qui rampait au-dessous d'eux. Il était sûr qu'en cet instant, Ginny, Neville et Luna étaient assis ensemble, se demandant peut-être où ils se trouvaient, Ron, Hermione et lui, ou discutant de la meilleure façon de saper le nouveau régime de Rogue.

– Tout à l'heure, les Mangemorts ont failli me voir au moment où je rentrais, reprit Harry. J'ai mal atterri sur la marche et la cape a glissé.

– Ça m'arrive tout le temps. Ah, la voilà, ajouta Ron en se dévissant le cou pour voir Hermione revenir dans la cuisine. Et maintenant, par tous les caleçons les plus avachis de Merlin, peux-tu nous expliquer ce que tu fabriques ?

– Je me suis souvenue de ça, haleta Hermione.

Elle avait à la main un grand tableau encadré qu'elle posa par terre avant de prendre sur le buffet son petit sac en perles. Elle l'ouvrit et entreprit de faire entrer le tableau à l'intérieur. Bien qu'il fût manifestement trop grand pour tenir dans le sac minuscule, il disparut en quelques secondes dans ses vastes profondeurs, comme toutes les autres choses qui y étaient rangées.

– Phineas Nigellus, expliqua Hermione en jetant sur la table le petit sac qui produisit à nouveau un bruit sonore d'objets entrechoqués.

– Pardon ? dit Ron.

271

Mais Harry, lui, avait compris. L'image peinte de Phineas Nigellus avait la faculté de passer de son portrait du square Grimmaurd à celui qui était accroché dans le bureau du directeur de Poudlard : la pièce circulaire, au sommet d'une tour, où Rogue était sans aucun doute assis en ce moment même, triomphant à l'idée d'avoir en sa possession la collection de fragiles instruments d'argent de Dumbledore, la Pensine en pierre, le Choixpeau magique et, à moins qu'elle n'ait été déplacée vers un autre lieu, l'épée de Gryffondor.

— Rogue aurait pu envoyer Phineas Nigellus regarder ce qui se passe ici, expliqua Hermione à Ron tandis qu'elle se rasseyait à la table. Mais maintenant, s'il essaye, tout ce que Phineas verra, c'est l'intérieur de mon sac.

— Bien pensé ! s'exclama Ron, impressionné.

— Merci, dit Hermione avec un sourire en prenant son bol de soupe. Alors, Harry, qu'est-ce qui s'est passé d'autre, aujourd'hui ?

— Rien, répondit-il. J'ai surveillé l'entrée du ministère pendant sept heures de suite. Pas la moindre trace d'elle. Mais j'ai vu ton père, Ron. Il paraît en bonne forme.

Ron hocha la tête, satisfait d'entendre la nouvelle. D'un commun accord, ils avaient estimé trop dangereux de tenter d'entrer en contact avec Mr Weasley quand il entrait dans le ministère ou en sortait car il était sans cesse entouré de collègues. L'apercevoir de temps en temps était cependant rassurant, même s'il semblait très tendu et anxieux.

— Papa nous a toujours dit que la plupart des gens qui travaillent au ministère utilisent le réseau des cheminées pour se rendre au bureau, expliqua Ron. C'est pour ça que nous n'avons pas vu Ombrage, elle ne se déplace jamais à pied, elle pense qu'elle est trop importante pour ça.

– Et cette drôle de vieille sorcière avec ce petit sorcier en robe bleu marine ? demanda Hermione.

– Ah oui, le type de la maintenance magique, répondit Ron.

– Comment sais-tu qu'il est à la maintenance ? interrogea Hermione, sa cuillère suspendue en l'air.

– D'après papa, tous les gens du Service de la maintenance magique portent des robes bleu marine.

– Tu ne nous avais jamais raconté ça !

Hermione laissa tomber sa cuillère et fit glisser vers elle la liasse de papiers et de cartes qu'elle étudiait avec Ron lorsque Harry était entré dans la cuisine.

– Il n'y a rien sur des robes bleu marine, là-dedans, rien ! s'écria-t-elle en feuilletant fébrilement les pages.

– Et alors, qu'est-ce que ça change ?

– Ça change *tout*, Ron ! Si nous voulons pénétrer dans le ministère sans être démasqués alors qu'ils recherchent *forcément* d'éventuels intrus, chaque petit détail compte ! Nous en avons parlé longuement. À quoi peuvent bien servir tous ces voyages de reconnaissance si tu ne prends même pas la peine de nous informer…

– Enfin quoi, Hermione, j'ai simplement oublié une petite chose…

– J'espère que tu t'en rends compte : pour nous, il n'y a sans doute pas d'endroit plus dangereux au monde que le ministère de la…

– Je crois que nous devrions agir dès demain, l'interrompit Harry.

Hermione s'immobilisa, bouche bée. Ron faillit s'étrangler en avalant sa soupe.

—Demain ? répéta Hermione. Tu n'es pas sérieux, Harry ?

—Si, répliqua-t-il. Je pense que même si nous passions encore un mois à rôder autour du ministère, nous ne serions pas mieux préparés que maintenant. Plus on retarde l'opération, plus le médaillon s'éloigne de nous. Il y a déjà de grands risques qu'Ombrage l'ait jeté. Il est impossible de l'ouvrir.

—À moins, dit Ron, qu'elle y soit parvenue et qu'elle soit maintenant possédée.

—Dans son cas, ça ne changerait rien, elle a toujours été maléfique, fit observer Harry avec un haussement d'épaules.

Hermione se mordait la lèvre, plongée dans de profondes réflexions.

—Nous savons tout ce qu'il est important de savoir, poursuivit Harry en se tournant vers elle. Nous savons qu'ils ont interrompu tout transplanage, pour entrer dans le ministère ou pour en sortir. Nous savons que seuls les fonctionnaires de haut rang sont autorisés à connecter leur maison au réseau des cheminées car Ron a entendu deux Langues-de-Plomb s'en plaindre. Et nous savons à peu près où se trouve le bureau d'Ombrage puisque toi-même, tu as entendu ce que le barbu disait à son copain…

— « Je monte au niveau un, Dolores veut me voir », récita aussitôt Hermione.

—Exactement, dit Harry. Et on sait que pour entrer, il faut une de ces drôles de pièces, ou de jetons, ou je ne sais quoi, parce que j'ai vu une sorcière qui en empruntait un à une amie…

—Mais on n'en a pas !

—Si le plan marche, on en aura, assura Harry, très calme.

—Je ne sais pas, Harry, je ne sais pas… Il y a tant de choses qui pourraient aller mal, c'est vraiment une question de chance…

— Ce sera toujours vrai même si on passe trois mois de plus à préparer notre coup, répliqua Harry. Il est temps d'agir.

Il savait, d'après l'expression de leurs visages, que Ron et Hermione avaient peur. Lui-même n'était pas très rassuré mais il avait la conviction que le moment était venu de mettre leur plan en application.

Au cours des quatre semaines précédentes, ils avaient endossé à tour de rôle la cape d'invisibilité pour aller espionner l'entrée officielle du ministère que Ron, grâce à Mr Weasley, connaissait depuis l'enfance. Ils avaient suivi des employés qui se rendaient au travail, écouté leurs conversations et appris, en les observant attentivement, quels étaient ceux dont on pouvait être sûr qu'ils apparaîtraient seuls, chaque jour à la même heure. Parfois, l'occasion leur était offerte de subtiliser *La Gazette du sorcier* dans l'attaché-case de l'un d'eux. Peu à peu, ils avaient accumulé les cartes rapidement esquissées et les notes qui s'entassaient à présent devant Hermione.

— Très bien, dit lentement Ron. Admettons qu'on fasse ça demain… Je pense que nous devrions y aller tous les deux, Harry et moi.

— Ah, non, tu ne vas pas recommencer, soupira Hermione. Je croyais qu'on avait réglé la question.

— Se poster sous la cape à l'entrée du ministère est une chose, Hermione, mais là, c'est différent.

Ron tapota du doigt un numéro de *La Gazette du sorcier* daté de dix jours auparavant.

— Tu es sur la liste des nés-Moldus qui ne se sont pas présentés à l'entretien obligatoire !

– Et toi, tu es censé être en train de mourir d'éclabouille au Terrier ! Si quelqu'un devait ne pas y aller, ce serait Harry. Sa tête est mise à prix dix mille Gallions.

– Très bien, dans ce cas, je resterai ici, répliqua Harry. Si jamais vous arrivez à vaincre Voldemort, n'oubliez pas de me prévenir, d'accord ?

Tandis que Ron et Hermione éclataient de rire, Harry ressentit une douleur à sa cicatrice et plaqua une main contre son front. Voyant les yeux d'Hermione se plisser, il s'efforça de transformer son geste pour lui faire croire qu'il dégageait simplement une mèche de cheveux.

– Très bien, mais si nous y allons tous les trois, nous devrons transplaner séparément, reprit Ron. Nous ne pouvons plus tenir à trois sous la cape.

La cicatrice de Harry lui faisait de plus en plus mal. Il se leva. Kreattur se précipita aussitôt.

– Monsieur n'a pas fini sa soupe, Monsieur aimerait-il mieux un savoureux ragoût, ou bien une de ces tartes à la mélasse qui plaisent tant à Monsieur ?

– Merci, Kreattur, je reviens dans une minute... heu... toilettes.

Conscient qu'Hermione l'observait d'un air soupçonneux, Harry se hâta de monter l'escalier qui menait dans le hall puis continua jusqu'au premier étage. Il se rua dans la salle de bains et verrouilla à nouveau la porte derrière lui. Grognant de douleur, il s'effondra sur le lavabo noir aux robinets en forme de serpent à la gueule ouverte, et ferma les yeux...

Il marchait d'un pas souple le long d'une rue éclairée par le soleil couchant. De chaque côté s'alignaient des façades ornées de hauts pignons à colombage. On aurait dit des maisons en pain d'épice.

Il s'approcha de l'une d'elles et vit la blancheur de sa propre main aux longs doigts qui frappait à la porte. Il sentit l'excitation monter en lui.

La porte s'ouvrit : une femme en train de rire se tenait sur le seuil. Ses traits s'affaissèrent en voyant le visage de Harry. Toute joie avait disparu, laissant place à une expression de terreur…

– Gregorovitch ? demanda une voix froide et haut perchée.

Elle fit non d'un signe de tête et essaya de refermer la porte. La main blanche la bloqua, l'empêchant de la lui claquer au nez…

– Je veux Gregorovitch.

– *Er wohnt hier nicht mehr !* s'écria-t-elle avec un nouveau hochement de tête. Lui ne pas habite ici ! Pas habite ici ! Je ne pas le connaître !

Abandonnant toute tentative de refermer la porte, elle recula dans le hall sombre et Harry la suivit, avançant vers elle de son pas souple. Sa main aux longs doigts avait sorti sa baguette.

– Où est-il ?

– *Das weiß ich nicht !* Il déménager ! Je ne pas savoir, je ne pas savoir !

Il leva la baguette. La femme hurla. Deux petits enfants arrivèrent en courant dans le hall. Elle essaya de les protéger de ses bras. Il y eut alors un éclair de lumière verte…

– Harry ! HARRY !

Il rouvrit les yeux. Il s'était effondré par terre. Hermione martelait à nouveau la porte.

– Harry, ouvre !

Il avait crié, il le savait. Il se leva et déverrouilla la porte.

Hermione, qui s'était appuyée contre le panneau, trébucha en avant, reprit son équilibre et regarda autour d'elle avec une expression méfiante. Ron, qui se tenait juste derrière, pointa sa baguette d'un air affolé dans tous les coins de la salle de bains glacée.

– Qu'est-ce que tu fabriquais ? demanda Hermione, sévère.

– À ton avis ? répondit-il d'un ton bravache qui manquait d'assurance.

– Tu criais à t'en faire exploser la tête ! dit Ron.

– Ah oui… j'ai dû m'endormir ou alors…

– Harry, s'il te plaît, ne nous prends pas pour des imbéciles, coupa Hermione en respirant profondément. On sait que ta cicatrice t'a fait mal quand tu étais dans la cuisine et maintenant, tu es blanc comme un linge.

Harry s'assit sur le bord de la baignoire.

– D'accord. Je viens de voir Voldemort tuer une femme. Au moment où je te parle, il a sans doute tué toute sa famille. Et ça ne lui était pas nécessaire. C'était comme si je revoyais le meurtre de Cedric, ils étaient juste *là*…

– Harry, tu ne dois plus laisser des choses pareilles se reproduire ! s'écria Hermione, l'écho de sa voix résonnant dans la salle de bains. Dumbledore voulait que tu utilises l'occlumancie ! Il pensait que cette connexion était dangereuse – Voldemort peut *s'en servir*, Harry ! À quoi ça t'avance de le regarder tuer ou torturer, en quoi cela peut-il t'aider ?

– Ça signifie que je sais ce qu'il fait, répondit-il.

– Alors, tu ne vas même pas *tenter* de le faire sortir de ta tête ?

– Je ne peux pas, Hermione. Tu sais bien que je suis très mauvais en occlumancie, je n'ai jamais réussi à assimiler la technique.

– Tu n'as jamais vraiment essayé ! s'emporta-t-elle. Je ne comprends pas, Harry – ça te plaît d'avoir cette connexion, ou relation ou… ou je ne sais quoi…

Le regard qu'il lui lança en se levant la fit balbutier.

– Si ça me plaît ? dit-il à mi-voix. Et *toi*, ça te plairait ?

– Je… non… je suis désolée, Harry, je ne voulais pas…

– Ça me rend malade, je ne supporte pas qu'il puisse entrer en moi, que je sois obligé de l'observer quand il est le plus dangereux. Mais je compte m'en servir.

– Dumbledore…

– Oublie Dumbledore. C'est moi qui décide, personne d'autre. Je veux savoir pourquoi il cherche Gregorovitch.

– Qui ?

– Un fabricant de baguettes étranger. C'est lui qui a fabriqué la baguette de Krum et Krum pense qu'il est exceptionnel.

– Mais d'après toi, Voldemort a enfermé Ollivander quelque part, fit remarquer Ron. S'il a déjà un fabricant de baguettes, pourquoi lui en faudrait-il un autre ?

– Peut-être qu'il est d'accord avec Krum, peut-être qu'il pense que Gregorovitch est le meilleur… ou alors il espère que Gregorovitch saura lui expliquer ce que ma baguette a fait d'elle-même quand il me poursuivait, parce qu'Ollivander, lui, l'ignore.

Harry jeta un coup d'œil dans le miroir craquelé, poussiéreux, et vit Ron et Hermione échanger derrière son dos des regards sceptiques.

– Harry, tu parles toujours de ce que ta baguette a fait d'elle-même, dit Hermione, mais c'est *toi* qui as agi ! Pourquoi refuses-tu d'assumer ton propre pouvoir ?

– Parce que je sais bien que ce n'était pas moi ! Et Voldemort le sait aussi, Hermione ! Nous savons tous les deux ce qui s'est vraiment passé !

Ils échangèrent un regard noir : Harry savait qu'il n'avait pas convaincu Hermione et qu'elle se préparait à contre-attaquer à la fois sa théorie de la baguette et son refus de mettre fin à la connexion qui lui permettait de pénétrer dans l'esprit de Voldemort. À son grand soulagement, Ron intervint.

– Laisse tomber, conseilla-t-il à Hermione. C'est à lui de décider. Et si on veut aller au ministère demain, vous ne pensez pas qu'on devrait plutôt mettre notre plan au point ?

Hermione abandonna la partie mais les deux autres voyaient bien que c'était à contrecœur et Harry était sûr qu'elle reviendrait à la charge à la première occasion. En attendant, ils redescendirent dans la cuisine où Kreattur leur servit du ragoût et de la tarte à la mélasse.

Ce soir-là, ils se couchèrent tard après avoir passé des heures à répéter leur plan jusqu'à ce que chacun puisse le réciter au mot près. Harry, qui dormait à présent dans la chambre de Sirius, était allongé dans son lit – la lumière de sa baguette dirigée vers la vieille photo représentant son père, Sirius, Lupin et Pettigrow –, et passa à nouveau dix minutes à se répéter leur plan à voix basse. Mais lorsqu'il éteignit sa baguette, il ne pensait plus au Polynectar, aux pastilles de Gerbe ou aux robes bleu marine de la maintenance magique. Il songeait plutôt à Gregorovitch, le fabricant de baguettes, en se demandant combien de temps il parviendrait à rester caché, alors que Voldemort le recherchait avec tant d'obstination.

L'aube sembla succéder à la nuit avec une précipitation proche de l'indécence.

– Tu as une mine épouvantable, lui lança Ron en guise de salutations quand il entra dans la chambre pour réveiller Harry.

– Plus pour longtemps, répliqua celui-ci en bâillant.

Ils retrouvèrent Hermione dans la cuisine. Elle se faisait servir du café et des petits pains chauds par Kreattur et affichait l'expression un peu démente que Harry lui voyait ordinairement quand elle révisait ses examens.

– Robes, dit-elle à mi-voix, en les saluant d'un signe de tête nerveux.

Elle était absorbée dans l'inspection du contenu de son sac en perles.

– Polynectar… cape d'invisibilité… Leurres Explosifs… Vous devriez en prendre deux chacun, au cas où… Pastilles de Gerbe, nougats Néansang, Oreilles à rallonge…

Ils avalèrent leur petit déjeuner et remontèrent l'escalier. Kreattur s'inclina sur leur passage en leur promettant une tourte au bœuf et aux rognons, à leur retour.

– Qu'il soit béni, dit Ron d'un ton affectueux. Quand je pense qu'à un moment, je m'étais mis dans l'idée de lui couper la tête et de l'accrocher au mur…

Ils sortirent sur le perron avec d'infinies précautions. Deux Mangemorts aux yeux bouffis observaient la maison sur la place baignée de brume. Hermione transplana la première avec Ron, puis revint pour emmener Harry.

Après l'habituelle sensation d'étouffement et le bref passage dans l'obscurité, Harry se retrouva dans une minuscule ruelle où devait se dérouler la première phase de leur plan. Pour l'instant, à l'exception de deux grosses poubelles, elle était totalement vide. Les premiers employés du ministère ne se montraient généralement pas avant huit heures, au plus tôt.

– Bien, dit Hermione en consultant sa montre. Elle devrait être là dans cinq minutes. Dès que je l'aurai stupéfixée…

– Hermione, on sait, l'interrompit Ron d'un ton sévère. Et je croyais qu'on devait ouvrir la porte avant qu'elle arrive ?

Hermione poussa un petit cri.

– J'ai failli oublier ! Reculez-vous…

Juste à côté d'eux, la porte d'une issue de secours, couverte de graffiti, était fermée par un cadenas. Hermione pointa sa baguette et le panneau métallique s'ouvrit avec fracas. Comme ils le savaient déjà, grâce à leurs repérages méticuleux, le couloir sombre qui se trouvait derrière menait à un théâtre vide. Hermione tira la porte vers elle pour qu'elle paraisse toujours fermée.

– Maintenant, dit-elle, en se tournant vers les deux autres, on remet la cape d'invisibilité…

– … et on attend, acheva Ron qui regarda Harry, les yeux au ciel, en jetant la cape sur la tête d'Hermione comme une housse sur la cage d'une perruche.

Une minute plus tard, environ, il y eut un pop ! à peine audible et une petite sorcière du ministère, les cheveux gris flottant au vent, transplana à quelques dizaines de centimètres d'eux, le regard un peu ébloui par la clarté soudaine. Le soleil venait de sortir d'un nuage, mais elle n'eut pas le temps de profiter de cette tiédeur inattendue, car le sortilège de Stupéfixion qu'Hermione lui jeta silencieusement la frappa en pleine poitrine et la fit basculer en arrière.

– Joli coup, Hermione, apprécia Ron en émergeant de derrière une poubelle, à côté de l'entrée du théâtre, tandis que Harry enlevait la cape d'invisibilité.

Tous trois portèrent la petite sorcière dans le couloir

obscur qui donnait accès aux coulisses. Hermione arracha quelques cheveux à la sorcière et les ajouta à un flacon de Polynectar couleur de boue qu'elle avait pris dans son sac en perles. Ron fouilla dans le petit sac à main de l'employée du ministère.

– C'est Mafalda Hopkrik, dit-il en lisant une petite carte qui identifiait leur victime comme assistante au Service des usages abusifs de la magie. Tu ferais bien de garder ça, Hermione, et voici les jetons.

Il lui donna plusieurs petites pièces d'or toutes gravées des lettres M.d.l.M. qu'il avait prises dans le sac de la sorcière.

Hermione but le Polynectar, qui avait à présent une agréable couleur de tournesol, et en quelques secondes se transforma en sosie de Mafalda Hopkrik. Elle prit les lunettes de la sorcière pour les mettre sur son nez, et Harry consulta sa montre.

– On est en retard. Mr Maintenance Magique va arriver d'une seconde à l'autre.

Ils se dépêchèrent de refermer la porte du théâtre sur la vraie Mafalda. Harry et Ron s'enveloppèrent de la cape d'invisibilité mais Hermione resta bien en vue et attendit. Quelques secondes plus tard, il y eut un nouveau pop ! et un petit sorcier à tête de fouine apparut devant eux.

– Ah, bonjour, Mafalda.

– Bonjour ! dit Hermione d'une voix tremblante. Comment ça va, aujourd'hui ?

– Pas si bien que ça, répondit le petit sorcier, l'air très abattu.

Hermione et le sorcier se dirigèrent vers la rue principale. Harry et Ron les suivirent à pas feutrés.

— Je suis navrée que tu n'aies pas le moral, lança Hermione, couvrant délibérément la voix du petit sorcier qui tentait de lui exposer ses problèmes.

Il était essentiel de l'empêcher d'atteindre la rue.

— Tiens, prends un bonbon.

— Hein ? Oh, non merci…

— J'insiste ! dit Hermione d'un ton agressif en agitant le sac de pastilles devant son nez.

Un peu inquiet, le petit sorcier en prit une.

L'effet fut instantané. Dès l'instant où la pastille toucha sa langue, l'homme fut saisi de vomissements tellement violents qu'il ne remarqua même pas qu'Hermione lui arrachait une touffe de cheveux.

— Oh, mon Dieu ! s'exclama-t-elle, tandis que le sorcier continuait de vomir par terre. Tu ferais peut-être mieux de prendre un jour de congé !

— Non… Non ! s'étrangla-t-il, secoué de haut-le-cœur, en essayant de poursuivre son chemin bien qu'il fût incapable de marcher droit. Aujourd'hui… je dois… dois aller…

— Voyons, c'est stupide ! reprit Hermione, alarmée. Tu ne peux pas travailler dans cet état. Je crois que tu devrais filer à Ste Mangouste pour qu'ils voient ce que tu as !

Le sorcier, hoquetant, tomba à quatre pattes et s'efforça malgré tout de ramper vers la rue principale.

— Tu ne vas pas aller au travail comme ça ! s'écria Hermione.

Il finit par entendre raison et parvint à se relever tant bien que mal en se cramponnant au bras d'Hermione, dégoûtée. Lorsqu'il fut debout, il tourna sur place et disparut, ne laissant derrière lui que son sac, dont Ron s'était emparé en le lui arrachant des mains, et quelques giclées de vomissures.

— Beurk, dit Hermione, les pans de sa robe relevés pour

éviter les mares de saleté. Il aurait été plus propre de le stupéfixer aussi.

– Oui, admit Ron qui sortit de sous la cape en tenant le sac du sorcier. Mais je persiste à croire qu'un tas de corps inconscients aurait un peu trop attiré l'attention. En tout cas, il tenait à aller travailler, celui-là. Donne-nous les cheveux et la potion.

Quelques minutes plus tard, Ron avait la même petite taille, la même tête de fouine, que le sorcier malade et il s'était habillé de la robe bleu marine qu'il avait trouvée pliée dans le sac.

– Bizarre qu'il ne l'ait pas portée sur lui aujourd'hui, vu sa hâte à vouloir travailler. En tout cas, d'après l'étiquette cousue dans le dos, je suis Reg Cattermole.

– Alors, tu restes ici, dit Hermione à Harry, toujours caché sous la cape d'invisibilité, et on reviendra t'apporter quelques cheveux.

Il dut attendre dix minutes qui lui semblèrent infiniment plus longues, tournant en rond dans la ruelle souillée de vomissures, à côté de la porte derrière laquelle était dissimulée Mafalda, stupéfixée. Enfin, Ron et Hermione réapparurent.

– On ne sait pas qui c'est, annonça Hermione en donnant à Harry quelques cheveux noirs et bouclés, mais il est rentré chez lui avec d'horribles saignements de nez ! Tiens, comme il est très grand, il te faudra une robe plus ample…

Elle sortit quelques-unes des vieilles robes de sorcier que Kreattur avait spécialement lavées pour eux et Harry s'éloigna pour boire la potion et se changer.

Une fois la douloureuse transformation achevée, il mesurait plus d'un mètre quatre-vingts et les muscles puissants qu'il sentait dans ses bras laissaient deviner qu'il était solidement bâti. Il avait également une barbe. Rangeant sa cape d'invisibilité et ses lunettes sous sa nouvelle robe, il rejoignit les deux autres.

– Nom d'une gargouille, ça fait peur, s'exclama Ron en levant les yeux vers Harry, qui le dominait à présent de toute sa taille.

– Prends un des jetons de Mafalda, dit Hermione à Harry. Et allons-y, il est presque l'heure.

Ils sortirent ensemble de la ruelle. Cinquante mètres plus loin, sur le trottoir bondé, des grilles noires et pointues encadraient deux escaliers, l'un portant l'écriteau « Messieurs », l'autre « Dames ».

– À tout à l'heure, dit Hermione, un peu nerveuse, avant de descendre d'un pas chancelant les marches réservées aux dames.

Harry et Ron se joignirent à un groupe d'hommes étrangement habillés qui descendaient dans ce qui apparut comme des toilettes publiques, au sol recouvert d'un carrelage crasseux noir et blanc.

– Bonjour, Reg ! lança un autre sorcier, vêtu lui aussi d'une robe bleu marine.

Il entra dans une cabine en insérant un jeton doré dans une fente de la porte.

– C'est vraiment la galère, ce truc, tu ne trouves pas ? Nous obliger à passer par là pour aller travailler ! Qu'est-ce qu'ils s'imaginent ? Que Harry Potter va débarquer ici ?

Le sorcier éclata d'un grand rire, amusé par sa propre plaisanterie. Ron se força à glousser.

– Ouais, dit-il, vraiment idiot, hein ?

Harry et lui entrèrent dans des cabines contiguës. Harry

entendait des bruits de chasse d'eau de tous les côtés. Il s'accroupit et jeta un coup d'œil sous la cloison qui séparait sa cabine de celle de droite, juste à temps pour voir une paire de pieds bottés grimper dans le siège des toilettes. Il tourna la tête à gauche et aperçut Ron qui le regardait d'un air effaré.

– Il faut qu'on monte là-dedans et qu'on tire la chasse d'eau ? chuchota-t-il.

– On dirait, oui, répondit Harry dans un murmure.

Sa voix était devenue grave et rocailleuse.

Ils se relevèrent tous deux. Se sentant particulièrement idiot, Harry mit les deux pieds dans la cuvette.

Il sut tout de suite qu'il avait eu raison. Bien qu'il fût apparemment debout dans l'eau, ses pieds, ses chaussures et le bas de sa robe étaient restés parfaitement secs. Il leva le bras, tira la chaîne et fut précipité dans un petit toboggan dont il sortit par une cheminée du ministère de la Magie.

Il se remit debout avec des gestes maladroits, gêné par un corps beaucoup plus volumineux qu'à l'ordinaire. Le grand atrium semblait plus sombre que dans ses souvenirs. Auparavant, une fontaine d'or occupait le centre du hall, projetant des reflets de lumière scintillante sur les murs lambrissés et le parquet de bois poli. À présent, une gigantesque statue de pierre noire dominait le décor. C'était une grande sculpture, assez effrayante, représentant une sorcière et un sorcier assis sur des trônes ouvragés. Les deux figures regardaient de haut les employés du ministère qui tombaient des cheminées. Gravés au bas de la sculpture, en lettres d'une trentaine de centimètres de hauteur, on lisait ces mots : LA MAGIE EST PUISSANCE.

Harry reçut un coup violent à l'arrière de la jambe : un autre sorcier venait d'être projeté hors de la cheminée, derrière lui.

– Dégagez, là, vous ne pouvez pas faire att... oh, désolé, Runcorn !

Visiblement effrayé, un sorcier au front dégarni s'éloigna en hâte. L'homme dont Harry avait pris la place, le dénommé Runcorn, semblait intimider ses collègues.

– Psst ! dit une voix.

Il se retourna et vit une petite sorcière frêle, accompagnée d'un sorcier à tête de fouine du Service de la maintenance, lui faire signe de loin, à côté de la statue. Harry se dépêcha de les rejoindre.

– Tu as réussi à entrer sans difficulté ? chuchota Hermione à Harry.

– Non, il est toujours coincé dans la cuvette, répliqua Ron.

– Oh, très drôle... C'est horrible, hein ? dit-elle à Harry qui avait levé la tête et contemplait la statue. Tu as vu sur quoi ils sont assis ?

Harry regarda plus attentivement et s'aperçut que ce qu'il avait pris pour des trônes ouvragés était en fait un entassement d'êtres humains sculptés : des centaines et des centaines de corps nus d'hommes, de femmes, d'enfants, aux visages laids et stupides, étaient serrés les uns contre les autres, dans des poses contournées, pour supporter le poids des sorciers élégamment vêtus de leurs robes.

– Des Moldus, murmura Hermione. Remis à leur place. Venez, on y va.

Ils se mêlèrent au flot des sorcières et des sorciers qui se dirigeaient vers les grandes portes d'or, à l'extrémité du hall. Ils regardèrent autour d'eux le plus discrètement possible, mais ne virent pas la silhouette caractéristique de Dolores Ombrage. Après avoir franchi les portes, ils pénétrèrent dans un hall plus petit où des queues s'étaient formées devant une vingtaine de grilles d'or dont chacune donnait accès à un ascenseur. À peine s'étaient-ils joints à la file d'attente la plus proche qu'une voix appela :

– Cattermole !

Ils jetèrent un coup d'œil derrière eux et Harry en eut l'estomac retourné. L'un des Mangemorts qui avaient assisté à la mort de Dumbledore s'avançait à grands pas. À côté d'eux, les autres employés firent aussitôt silence, les yeux baissés. Harry sentit une onde de peur les traverser. L'expression renfrognée du nouveau venu, son visage aux traits quelque peu grossiers, contrastaient d'une certaine manière avec sa robe magnifique, longue et ample, abondamment brodée de fils d'or. Quelqu'un, dans la foule qui attendait les ascenseurs, lança d'un ton flagorneur :

– Bonjour, Yaxley !

Mais Yaxley ne lui prêta aucune attention.

– J'ai demandé qu'on m'envoie quelqu'un de la maintenance pour arranger mon bureau, Cattermole. Il pleut toujours à l'intérieur.

Ron regarda autour de lui comme s'il espérait que quelqu'un d'autre allait intervenir, mais personne ne dit un mot.

– Il pleut… dans votre bureau ? C'est… c'est embêtant, non ?

Ron eut un petit rire nerveux. Yaxley écarquilla les yeux.

– Vous trouvez ça drôle, Cattermole, ça vous fait rire ?

Deux sorcières quittèrent la file d'attente et s'éloignèrent précipitamment.

– Non, dit Ron, non, bien sûr…

– Vous savez que je m'apprête à descendre pour interroger votre épouse, Cattermole ? D'ailleurs, je suis très surpris que vous ne soyez pas en bas, auprès d'elle, pour lui tenir la main pendant qu'elle attend. Vous l'avez déjà passée par profits et pertes ? C'est sans doute plus sage. La prochaine fois, vous veillerez à épouser une femme de sang pur.

Hermione avait laissé échapper un petit couinement horrifié. Yaxley la regarda. Elle toussa faiblement et se détourna.

– Je… je…, balbutia Ron.

– Si mon épouse était accusée d'être une Sang-de-Bourbe, reprit Yaxley – bien qu'une femme que j'aurais épousée ne puisse jamais être confondue avec une telle vermine –, et que le directeur du Département de la justice magique me demande de faire un travail, je considérerais cette tâche comme une priorité, Cattermole. Me suis-je bien fait comprendre ?

– Oui, murmura Ron.

– Alors, allez-y, Cattermole, et si mon bureau n'est pas parfaitement sec dans une heure, le Statut du sang de votre femme deviendra encore plus douteux qu'auparavant.

La grille dorée s'ouvrit devant eux dans un bruit métallique. Avec un signe de tête et un sourire déplaisant à l'adresse de Harry qui était censé apprécier le traitement infligé à Cattermole, Yaxley se dirigea à grands pas vers un autre ascenseur. Harry, Ron et Hermione entrèrent dans leur cabine mais personne ne les suivit : on aurait dit qu'ils étaient devenus contagieux. Les grilles se refermèrent dans un cliquetis et l'ascenseur commença à monter.

– Qu'est-ce que je vais faire ? demanda aussitôt Ron aux deux autres.

Il paraissait atterré.

– Si je n'y vais pas, ma femme… je veux dire la femme de Cattermole…

–On va venir avec toi, il faut qu'on reste ensemble…, commença Harry, mais Ron hocha frénétiquement la tête.

–Ce serait de la folie, on n'a pas beaucoup de temps. Vous deux, vous cherchez Ombrage, moi, je vais réparer le bureau de Yaxley. Mais comment je vais faire pour empêcher de pleuvoir ?

–Essaye *Finite incantatem*, conseilla Hermione, ça devrait arrêter la pluie si elle est causée par un maléfice ou un enchantement. Si ça ne marche pas c'est qu'il y a eu une anomalie dans un charme atmosphérique, ce qui sera plus difficile à réparer. Dans ce cas, comme mesure provisoire, tu peux essayer *Impervius* pour protéger ses affaires…

–Répète-moi ça lentement…, dit Ron, fouillant désespérément dans ses poches à la recherche d'une plume.

Mais au même moment, l'ascenseur s'immobilisa dans une vibration métallique. Une voix de femme désincarnée annonça :

– Niveau quatre, Département de contrôle et de régulation des créatures magiques, section des animaux, êtres et esprits, Bureau de liaison des gobelins, Agence de conseil contre les nuisibles.

Les grilles se rouvrirent, laissant entrer deux sorciers et plusieurs avions en papier d'une couleur violet pâle, qui voletèrent autour de la lampe, au plafond de la cabine.

–Bonjour, Albert, dit un homme à la moustache broussailleuse en souriant à Harry.

Il jeta un coup d'œil à Ron et à Hermione tandis que l'ascenseur reprenait sa course dans un grincement. Hermione chuchotait précipitamment des instructions à Ron. Le sorcier se pencha alors vers Harry, le regard en biais, et marmonna :

–Dirk Cresswell, hein ? Du Bureau de liaison des gobelins ? Bien joué, Albert. Je suis presque sûr d'avoir son poste, maintenant !

Il lui adressa un clin d'œil. Harry répondit par un sourire, espérant que ce serait suffisant. L'ascenseur s'arrêta. Les grilles s'ouvrirent à nouveau.

– Niveau deux, Département de la justice magique, Service des usages abusifs de la magie, Quartier général des Aurors, Services administratifs du Magenmagot, annonça la voix désincarnée.

Harry vit Hermione pousser légèrement Ron qui se hâta de sortir de l'ascenseur, suivi par les deux autres sorciers. Harry et Hermione restèrent seuls. Dès que la porte dorée se fut refermée, Hermione dit très vite :

– En fait, Harry, il vaudrait mieux que j'y aille avec lui. Il n'y connaît rien et si jamais il se fait prendre, tout va…

– Niveau un, ministre de la Magie et cabinet du ministre.

Lorsque les grilles dorées s'écartèrent une nouvelle fois, Hermione eut un haut-le-corps. Quatre personnes se tenaient devant eux, deux d'entre elles absorbées dans leur conversation : un sorcier aux cheveux longs, vêtu d'une magnifique robe noir et or, et une sorcière trapue qui ressemblait à un crapaud et portait un nœud de velours dans ses cheveux courts. Elle tenait un bloc-notes serré contre sa poitrine.

13
LA COMMISSION D'ENREGISTREMENT DES NÉS-MOLDUS

– Ah, Mafalda ! dit Ombrage en voyant Hermione. C'est Travers qui vous a envoyée, n'est-ce pas ?

– Ou… oui, couina Hermione.

– Très bien, vous ferez ça parfaitement.

Ombrage s'adressa au sorcier vêtu de noir et or.

– Voilà un problème résolu, monsieur le ministre. S'il est possible de transférer Mafalda pour qu'elle consigne les interrogatoires, nous pourrons commencer tout de suite.

Elle consulta son bloc-notes.

– Dix personnes aujourd'hui et l'une d'elles est la femme d'un de nos employés ! Vous vous rendez compte… même ici, en plein cœur du ministère !

Elle pénétra dans la cabine, à côté d'Hermione, suivie par les deux autres sorciers qui avaient écouté sa conversation avec le ministre.

– Nous allons descendre directement, Mafalda, vous trouverez tout ce dont vous aurez besoin dans la salle d'audience. Bonjour, Albert, vous ne vous arrêtez pas à cet étage ?

– Si, bien sûr, répondit Harry avec la voix grave de Runcorn.

Il sortit de la cabine et les grilles dorées se refermèrent derrière lui dans un cliquetis. Jetant un regard par-dessus son épaule, il vit Hermione, le visage anxieux, disparaître dans les profondeurs, encadrée de deux sorciers de haute taille, le nœud en velours d'Ombrage lui arrivant à l'épaule.

– Qu'est-ce qui vous amène ici, Runcorn ? demanda le nouveau ministre de la Magie.

Sa barbe et ses longs cheveux noirs étaient parsemés d'argent et son grand front bombé projetait une ombre sur ses yeux étincelants. Harry eut l'impression de voir un crabe qui le regardait sous un rocher.

– J'avais un mot à dire à…

Harry hésita pendant une fraction de seconde.

– Arthur Weasley. Quelqu'un m'a dit qu'il était au niveau un.

– Ah, dit Pius Thicknesse. L'aurait-on surpris à entrer en contact avec un Indésirable ?

– Non, répondit Harry, la gorge sèche. Non, non, il ne s'agit pas de ça.

– Oh, ce n'est qu'une question de temps, assura Thicknesse. Si vous voulez mon avis, les traîtres à leur sang sont aussi détestables que les Sang-de-Bourbe. Bonne journée, Runcorn.

– Bonne journée, monsieur le ministre.

Harry regarda Thicknesse s'éloigner le long du couloir au sol recouvert d'une épaisse moquette. Dès que le ministre fut hors de vue, Harry tira de sous sa lourde cape noire sa cape d'invisibilité dont il s'enveloppa, et suivit le couloir dans la direction opposée. Runcorn était si grand que Harry devait se baisser pour être sûr que ses pieds ne dépassent pas de la cape.

Il sentit la panique lui contracter l'estomac. À mesure qu'il passait devant une succession de portes en bois verni – chacune portant une petite plaque qui indiquait le nom et la fonction de l'occupant du bureau –, la puissance du ministère, sa complexité, son impénétrabilité s'imposaient à lui avec une telle force que le plan mis au point avec Ron et Hermione au cours des quatre dernières semaines lui parut soudain d'une puérilité risible. Tous leurs efforts avaient consisté à trouver un moyen d'entrer sans être repérés : ils n'avaient jamais pensé à ce qu'ils devraient faire si jamais ils étaient obligés de se séparer. À présent, Hermione se retrouvait coincée dans une salle d'audience à jouer les greffières, ce qui lui prendrait sûrement des heures, Ron se débattait avec des formules magiques dont Harry était sûr qu'elles le dépassaient – la liberté d'une femme dépendant peut-être du résultat – et lui-même errait dans les couloirs du dernier étage tout en sachant parfaitement que sa proie venait de descendre dans l'ascenseur.

Il s'arrêta, s'appuya contre un mur et s'efforça de prendre une décision. Le silence l'oppressait. Ici, il n'y avait aucune agitation, personne ne courait d'un air affairé. Les couloirs à la moquette pourpre étaient aussi feutrés que si on y avait jeté le sortilège d'*Assurdiato*.

« Son bureau doit se trouver à cet étage », songea Harry.

Il semblait très improbable qu'Ombrage garde ses bijoux dans son bureau mais d'un autre côté, il aurait été idiot de ne pas le fouiller pour s'en assurer. Il repartit donc le long du couloir sans croiser personne, à part un sorcier aux sourcils froncés, murmurant des instructions à une plume qui flottait devant lui en écrivant sur un morceau de parchemin.

Harry, qui lisait à présent les plaques fixées aux portes, tourna un coin de mur. Au milieu du couloir suivant, il se retrouva dans un vaste espace ouvert, où une douzaine de sorcières et de sorciers étaient assis côte à côte devant de petits bureaux assez semblables à des pupitres d'écoliers, mais aux surfaces mieux polies et dépourvues de graffiti. Harry s'arrêta pour les observer : le spectacle avait quelque chose de fascinant. Ils agitaient leurs baguettes à l'unisson, la tournant entre leurs doigts, et des carrés de papier coloré volaient en tous sens, tels de petits cerfs-volants roses. Harry se rendit bientôt compte que ce manège répondait à un certain rythme, que les papiers suivaient la même trajectoire et au bout de quelques secondes, il comprit qu'il assistait à la fabrication d'une brochure dont les papiers constituaient les pages. Une fois assemblées, pliées et collées par magie, elles se déposaient en piles bien nettes à côté de chaque sorcier.

Harry s'approcha en silence, mais les employés affairés étaient de toute façon si absorbés par leur tâche qu'ils n'auraient pu entendre le bruit de ses pas étouffés par la moquette. Il parvint ainsi à subtiliser l'une des brochures en la prenant sur une pile posée à côté d'une jeune sorcière et l'examina sous sa cape d'invisibilité. Sa couverture rose était gravée d'un titre en lettres d'or :

LES SANG-DE-BOURBE
*ET LES DANGERS QU'ILS REPRÉSENTENT POUR UNE SOCIÉTÉ
DE SANG-PUR DÉSIREUX DE VIVRE EN PAIX*

Sous le titre, on voyait l'image d'une rose rouge avec, au milieu de ses pétales, un visage minaudant, étranglé par une liane verte aux dents pointues, à l'air sinistre. La brochure ne portait pas de nom d'auteur mais, cette fois encore, les cicatrices sur le dos de sa main droite le picotèrent quand il contempla la couverture. La jeune sorcière confirma ses soupçons lorsqu'elle déclara, sans cesser d'agiter et de tourner sa baguette :

– Est-ce que quelqu'un sait si la vieille harpie va passer toute la journée à interroger des Sang-de-Bourbe ?

– Attention à ce que tu dis, répliqua le sorcier assis à côté d'elle en jetant autour de lui des regards inquiets.

L'une de ses pages glissa et tomba par terre.

– Tu crois qu'elle a aussi des oreilles magiques, en plus de son œil ?

La sorcière fit un signe de tête vers la porte d'acajou verni, face à l'endroit où travaillaient les fabricants de brochures. Harry regarda à son tour et sentit la rage se lever en lui comme un serpent prêt à l'attaque. À l'endroit où l'on mettait généralement un judas sur les portes de Moldus, un gros œil rond à l'iris d'un bleu vif avait été serti dans le bois. Un œil qui aurait paru horriblement familier à quiconque avait connu Alastor Maugrey.

Pendant une fraction de seconde, Harry oublia où il était et ce qu'il était venu y faire. Il oublia même qu'il était invisible. Il s'avança droit vers la porte et regarda l'œil de près. Il ne bougeait pas, tourné vers le plafond, figé, le regard aveugle. Au-dessous une plaque indiquait :

DOLORES OMBRAGE
SOUS-SECRÉTAIRE D'ÉTAT AUPRÈS DU MINISTRE

Un peu plus bas, une nouvelle plaque plus brillante précisait :

DIRECTRICE DE LA COMMISSION D'ENREGISTREMENT
DES NÉS-MOLDUS

Harry se tourna à nouveau vers les douze fabricants de brochures. Même s'ils étaient très concentrés sur leur travail, il ne pouvait imaginer qu'ils ne remarqueraient rien si la porte d'un bureau vide s'ouvrait toute seule devant eux. Il sortit alors d'une poche intérieure un étrange objet doté de petites pattes remuantes et d'un corps en forme de trompe d'automobile, avec une poire en caoutchouc. S'accroupissant sous la cape, il posa par terre le Leurre Explosif.

L'objet fila aussitôt vers les jambes des sorciers qui se trouvaient devant lui. Harry attendit, la main posée sur la poignée de la porte. Quelques instants plus tard, une forte détonation retentit et un gros nuage de fumée âcre et noire s'éleva dans un coin. La jeune sorcière du premier rang poussa un cri perçant. Des pages roses volèrent de tous côtés et ses collègues bondirent de leurs chaises, cherchant autour d'eux l'origine de l'explosion. Harry tourna la poignée, entra dans le bureau d'Ombrage et referma la porte derrière lui.

Il eut l'impression d'avoir remonté le temps. La pièce était exactement semblable au bureau d'Ombrage à Poudlard : des étoffes agrémentées de dentelles, des napperons et des fleurs séchées couvraient chaque surface disponible. Les murs étaient décorés des mêmes assiettes ornementales, chacune représentant un chaton aux couleurs vives, le cou entouré d'un ruban, qui gambadait et folâtrait dans des images d'une écœurante mièvrerie. Un tissu à fleurs bordé de volants recouvrait le bureau. Derrière l'œil de Maugrey était fixé un mécanisme télescopique qui permettait à Ombrage d'espionner les employés, de l'autre côté de la porte. Harry y jeta un coup d'œil et les vit tous regroupés autour du Leurre Explosif. Il arracha le télescope de la porte, laissant un trou dans le bois, ôta l'œil magique et le rangea dans sa poche. Puis il se tourna vers le centre de la pièce, leva sa baguette et murmura :

– *Accio médaillon.*

Rien ne se produisit mais il s'y était attendu. Ombrage devait connaître tous les sortilèges et charmes de protection. Il se précipita alors derrière le bureau et ouvrit les tiroirs. Il y trouva des plumes, des carnets, du Sorcier Collant, des trombones ensorcelés, lovés comme des serpents, qu'il fallait frapper pour les empêcher d'attaquer, une petite boîte tarabiscotée, recouverte de dentelles, pleine de nœuds et de pinces pour les attacher dans les cheveux. Mais pas la moindre trace de médaillon.

Derrière le bureau se trouvait également une armoire de rangement que Harry entreprit de fouiller. Tout comme les armoires de Rusard à l'école, elle était remplie de classeurs dont chacun portait un nom inscrit sur une étiquette. Lorsqu'il arriva au tiroir du bas, Harry découvrit quelque chose qui le détourna de ses recherches : le dossier de Mr Weasley.

Il le sortit et l'ouvrit.

ARTHUR WEASLEY

STATUT DU SANG :   *Sang-Pur mais manifeste une attirance inacceptable pour les Moldus. Connu pour être membre de l'Ordre du Phénix.*

FAMILLE :   *Marié (épouse Sang-Pur), sept enfants,*
les deux plus jeunes à Poudlard.
NB : Le plus jeune fils est actuellement
alité chez lui, en raison d'une grave
maladie confirmée par les inspecteurs.

STATUT SÉCURITÉ :   *ÉTROITEMENT SURVEILLÉ.*
Tous ses déplacements sont sous contrôle.
Forte probabilité que Indésirable n°1
entre en contact avec lui (il a déjà
séjourné dans la famille Weasley).

– Indésirable n° 1, marmonna Harry en remettant en place le dossier de Mr Weasley dans le tiroir qu'il referma.

L'identité de celui qu'on appelait ainsi ne faisait guère de doute à ses yeux et en effet, lorsqu'il se releva et jeta un regard autour de lui, il vit sur le mur une affiche qui le représentait avec la mention INDÉSIRABLE N° 1 en travers de la poitrine. Un petit papier rose, orné dans un coin d'une image de chaton, y était collé. Harry s'approcha et lut, de l'écriture d'Ombrage : « À punir. »

Plus furieux que jamais, il tâtonna au fond des vases et des paniers de fleurs séchées mais ne s'étonna pas de ne pas y trouver le médaillon. Il promena une dernière fois son regard sur le bureau et sentit soudain son cœur faire un bond. Dumbledore le dévisageait dans un petit miroir rectangulaire posé sur l'étagère d'une bibliothèque, à côté du bureau.

Harry se précipita à l'autre bout de la pièce et s'en saisit. Mais dès qu'il eut posé la main dessus, il s'aperçut qu'il ne s'agissait pas du tout d'un miroir. Dumbledore lui souriait avec mélancolie sur la couverture glacée d'un livre. Harry n'avait pas tout de suite remarqué les lettres vertes et rondes tracées sur son chapeau : *Vie et mensonges d'Albus Dumbledore*, ni celles légèrement plus petites en travers de sa poitrine : *par Rita Skeeter, auteur du best-seller* Armando Dippet : maître ou crétin ?

Harry ouvrit le livre au hasard et tomba sur la photo en pleine page de deux adolescents qui riaient de bon cœur en se tenant par les épaules. Dumbledore, dont les cheveux lui arrivaient jusqu'aux coudes, s'était fait pousser une minuscule barbiche semblable à celle que Ron avait trouvée si ridicule sur le menton de Krum. Le garçon qui éclatait d'un rire silencieux à côté de Dumbledore avait un air joyeux, et même déchaîné. Ses cheveux tombaient en boucles blondes sur ses épaules et Harry se demanda si c'était le jeune Doge, mais avant qu'il ait pu lire la légende, la porte du bureau s'ouvrit.

Si Thicknesse n'avait pas jeté un coup d'œil par-dessus son épaule au moment d'entrer, Harry n'aurait pas eu le temps de se cacher sous la cape d'invisibilité. Peut-être le ministre avait-il aperçu quelque chose car, pendant un instant, il resta parfaitement immobile, son regard curieux fixé sur l'endroit d'où Harry venait de disparaître. Estimant qu'il avait sans doute vu Dumbledore se gratter le nez sur la couverture du livre que Harry avait précipitamment reposé sur l'étagère, il s'approcha du bureau et pointa sa baguette sur la plume plantée dans l'encrier. Elle bondit aussitôt sur une feuille et se mit à griffonner un mot pour Ombrage. Très lentement, osant à peine respirer, Harry sortit du bureau à reculons en direction du grand espace qui s'étendait de l'autre côté de la porte.

Les fabricants de brochures étaient toujours rassemblés autour des restes du Leurre Explosif, qui continuait d'émettre de faibles coups de Klaxon en laissant échapper de la fumée. Harry se rua dans le couloir tandis que la jeune sorcière disait à ses collègues :

– Je parie que ce truc-là s'est échappé de la Commission des sortilèges expérimentaux, ils sont tellement négligents, vous vous souvenez du canard venimeux ?

Se dirigeant en hâte vers les ascenseurs, Harry révisa son plan. Il était très peu probable que le médaillon se trouve ici, au ministère, et tant qu'elle resterait dans une salle d'audience bondée, il n'y avait aucun espoir de soumettre Ombrage à un sortilège qui la forcerait à révéler l'endroit où elle l'avait caché. Leur priorité à présent était de quitter le ministère avant d'être découverts et de refaire une tentative un autre jour. Tout d'abord, il devait retrouver Ron, ensuite, tous deux chercheraient un moyen de sortir Hermione de la salle d'audience.

Lorsque l'ascenseur arriva à l'étage, il était vide. Harry sauta dans la cabine et ôta sa cape d'invisibilité pendant la descente. À son grand soulagement, quand l'ascenseur s'arrêta au niveau deux, dans son habituel bruit de ferraille, Ron, trempé et le regard effaré, se précipita à l'intérieur.

– Bon… Bonjour, balbutia-t-il au moment où l'ascenseur se remettait en marche.

– Ron, c'est moi, Harry !

– Harry ! Par Merlin, j'avais oublié que tu avais cette tête-là. Pourquoi Hermione n'est-elle pas avec toi ?

– Elle a été obligée de descendre dans les salles d'audience avec Ombrage, elle ne pouvait pas refuser, et…

Mais avant que Harry ait pu finir sa phrase, l'ascenseur s'arrêta à nouveau. Les grilles s'ouvrirent et Mr Weasley pénétra dans la cabine, en compagnie d'une sorcière âgée dont les cheveux blonds étaient arrangés en un chignon si haut qu'il ressemblait à une fourmilière.

– Je comprends très bien ce que vous dites, Wakanda, mais j'ai bien peur de ne pouvoir participer à…

Mr Weasley s'interrompit. Il venait de remarquer la présence de Harry. Celui-ci éprouva une impression très étrange lorsqu'il vit que Mr Weasley le regardait avec une véritable aversion. Les portes de l'ascenseur se refermèrent et la cabine reprit sa descente poussive en emportant ses quatre occupants.

– Ah, bonjour, Reg, dit Mr Weasley qui s'était retourné en entendant le bruit des gouttes d'eau qui tombaient avec régularité de la robe de Ron. Ce n'est pas aujourd'hui qu'on devait interroger votre épouse ? Heu… Que vous est-il arrivé ? Pourquoi êtes-vous tout mouillé ?

– Il pleut dans le bureau de Yaxley, répondit Ron.

Il s'était adressé à l'épaule de Mr Weasley. Harry était sûr qu'il craignait d'être reconnu par son père si jamais ils se regardaient dans les yeux.

– Je n'ai pas réussi à arranger les choses, alors on m'a envoyé chercher Bernie… Pillsworth, c'est ce qu'ils ont dit, je crois…

– Oui, il y a eu beaucoup de pluie dans les bureaux, ces temps derniers, déclara Mr Weasley. Avez-vous essayé *Meteorribilis recanto* ? C'est ce qui a marché pour Bletchley.

– *Meteorribilis recanto* ? murmura Ron. Non, je n'ai pas encore essayé. Merci, pa… je veux dire merci, Arthur.

Les portes de l'ascenseur s'ouvrirent. La vieille sorcière aux cheveux en forme de fourmilière descendit et Ron fila à toutes jambes, passant devant elle et disparaissant au loin. Harry s'apprêtait à le suivre lorsque Percy Weasley, plongé dans des papiers, entra soudain dans la cabine et lui barra le passage.

Ce fut seulement quand les grilles se refermèrent que Percy s'aperçut de la présence de son père dans l'ascenseur. Il leva les yeux de ses papiers, vit Mr Weasley, rougit comme une tomate et quitta la cabine dès que les portes se furent rouvertes. Pour la deuxième fois, Harry essaya de sortir mais ce fut le bras de Mr Weasley qui lui barra le passage.

– Un instant, Runcorn.

Les grilles se refermèrent et tandis que l'ascenseur poursuivait sa descente dans un bruit de ferraille, Mr Weasley lança :

– J'ai entendu dire que vous aviez livré des informations concernant Dirk Cresswell.

Harry eut l'impression que la désagréable rencontre avec Percy n'était pas la moindre cause de la colère de Mr Weasley. Il estima que la meilleure chance de s'en sortir était de jouer les idiots.

– Pardon ? dit-il.

– Ne faites pas semblant, Runcorn, répliqua Mr Weasley d'un ton féroce. Vous l'avez traqué parce qu'il a falsifié son arbre généalogique, n'est-ce pas ?

– Je… Et alors, en admettant que ce soit vrai ?

– Eh bien, Dirk Cresswell est un sorcier dix fois plus doué que vous, répondit Mr Weasley à mi-voix, l'ascenseur s'enfonçant davantage vers les étages inférieurs. Et s'il survit à Azkaban, vous aurez des comptes à lui rendre, sans parler de sa femme, de ses fils et de ses amis…

– Arthur, l'interrompit Harry, vous savez que vous êtes surveillé ?

– C'est une menace, Runcorn ? interrogea Mr Weasley d'une voix sonore.

– Non, dit Harry, c'est un fait ! Ils épient le moindre de vos déplacements.

Les grilles s'ouvrirent. Ils étaient arrivés à l'atrium. Mr Weasley fusilla Harry du regard et sortit de la cabine. Harry resta immobile, ébranlé. Il aurait préféré prendre la place de quelqu'un d'autre que ce Runcorn... Les portes se refermèrent.

Harry remit sur lui la cape d'invisibilité. Il allait essayer de faire sortir Hermione tout seul pendant que Ron s'occupait du bureau pluvieux. Lorsque les portes se rouvrirent, il s'avança dans un corridor aux murs de pierre, éclairé par des torches, très différent des couloirs lambrissés au sol recouvert de moquette des étages supérieurs. L'ascenseur repartit et Harry trembla légèrement en contemplant au loin la porte noire qui marquait l'entrée du Département des mystères.

Sa destination, cependant, n'était pas cette porte mais l'ouverture dont il se souvenait très bien et qui donnait, à gauche, sur une volée de marches menant aux salles d'audience. Il les descendit précautionneusement en réfléchissant à ses possibilités d'action : il avait encore deux Leurres Explosifs, mais peut-être vaudrait-il mieux frapper tout simplement à la porte de la salle, entrer sous l'apparence de Runcorn et demander s'il pouvait dire quelques mots en particulier à Mafalda. Bien sûr, il ne savait pas si Runcorn était suffisamment important pour que son stratagème réussisse, et même dans ce cas, l'absence prolongée d'Hermione risquait de déclencher des recherches avant qu'ils n'aient eu le temps de sortir du ministère...

Perdu dans ses pensées, il ne remarqua pas tout de suite le froid anormal qui l'enveloppa soudain, comme s'il pénétrait dans une nappe de brouillard. Le froid s'intensifiait à chaque pas : il lui descendait droit dans la gorge et lui déchirait les poumons. Il éprouva alors cette sensation d'accablement, de désespoir, qui s'insinuait dans son corps, l'envahissait, enflait en lui...

« Des Détraqueurs », pensa-t-il.

Lorsqu'il atteignit le bas des marches, il tourna à droite et une vision d'épouvante s'étala sous ses yeux. Le passage obscur, à l'extérieur des salles d'audience, était rempli de hautes silhouettes noires encapuchonnées, le visage complètement dissimulé. On n'entendait d'autre son que leur respiration semblable à un râle. Les sorciers nés moldus qu'on avait amenés là pour subir un interrogatoire étaient assis, pétrifiés, tremblants, serrés les uns contre les autres sur des bancs de bois dur. La plupart se cachaient le visage dans les mains, essayant peut-être instinctivement de se protéger de la bouche avide des Détraqueurs. Certains étaient accompagnés de leur famille, d'autres restaient seuls. De leur pas glissant, les Détraqueurs marchaient de long en large devant eux et le froid, l'accablement, le désespoir s'abattirent sur Harry comme un maléfice...

« Résiste », se dit-il à lui-même, mais il savait qu'il ne pouvait créer un Patronus dans cet endroit sans se démasquer instantanément et il se contenta de poursuivre son chemin le plus silencieusement possible. À chaque pas, son cerveau semblait s'engourdir un peu plus, mais il se força à penser à Hermione et à Ron, qui avaient besoin de lui.

S'avancer au milieu de ces silhouettes noires qui le dominaient de toute leur hauteur avait quelque chose de terrifiant. Les visages sans regard, cachés derrière leurs capuchons, se tournaient vers lui sur son passage et il savait qu'ils percevaient ses sentiments, qu'ils sentaient en lui une présence humaine habitée par un certain espoir, une certaine faculté de résistance...

Puis, brusquement, dans un bruit terrible qui déchira le silence glacé, la porte de l'un des cachots s'ouvrit à la volée sur le mur de gauche et on entendit des cris résonner de l'autre côté :

– Non, non, je suis de sang mêlé, je suis de sang mêlé, je vous le jure ! Mon père était un sorcier, vous pouvez vérifier, c'était un *véritable* sorcier, Arkie Alderton, un ingénieur en balais bien connu, vérifiez, je vous dis... Lâchez-moi, lâchez-moi...

– C'est le dernier avertissement, dit alors la voix douce-reuse d'Ombrage, amplifiée par la magie pour couvrir les hurlements désespérés de l'accusé. Si vous vous rebellez, vous serez soumis au baiser du Détraqueur.

Les cris de l'homme s'évanouirent, mais des sanglots retentirent dans le couloir.

– Emmenez-le, dit Ombrage.

Deux Détraqueurs apparurent dans l'encadrement de la porte, leurs mains putréfiées, couvertes de croûtes, se refermant sur les bras d'un sorcier qui paraissait au bord de l'éva-nouissement. Ils l'emmenèrent le long du couloir, s'éloignant de leur pas glissant, et l'obscurité qu'ils traînaient dans leur sillage engloutit le prisonnier.

– Suivante. Mary Cattermole, appela Ombrage.

Une petite femme se leva, tremblant de la tête aux pieds. Ses cheveux bruns tirés en un chignon, elle portait une longue robe très simple. Son visage était livide et Harry la vit frissonner lorsqu'elle passa devant les Détraqueurs.

Il réagit instinctivement, sans aucun plan préconçu, parce qu'il ne pouvait supporter de la voir entrer seule dans le cachot. Lorsque la porte pivota sur ses gonds pour se refer-mer, il se glissa dans la salle d'audience, derrière la femme.

Ce n'était pas la même salle que celle dans laquelle il avait été un jour interrogé pour usage abusif de la magie. Celle-ci était beaucoup plus petite, bien que haute de plafond. Elle donnait l'impression étouffante de se retrouver coincé au fond d'un puits.

À l'intérieur, d'autres Détraqueurs projetaient autour d'eux leur aura glaciale. Ils se tenaient debout, telles des sentinelles sans visage, à chaque coin de la salle, à bonne distance de l'estrade surélevée. C'était là, derrière une balustrade, qu'Ombrage était assise avec, d'un côté, Yaxley et, de l'autre, Hermione dont le visage paraissait aussi pâle que celui de Mrs Cattermole. Au pied de l'estrade, un chat aux longs poils brillants et argentés se promenait de long en large, allant, venant, repartant, revenant, et Harry comprit que sa présence était destinée à protéger les procureurs du désespoir qui émanait des Détraqueurs : seuls les accusés devaient le ressentir, pas leurs accusateurs.

– Asseyez-vous, dit Ombrage de sa voix douce, veloutée.

Mrs Cattermole avança d'un pas vacillant vers le siège unique installé au milieu de la salle, au bas de l'estrade. Dès qu'elle se fut assise, des chaînes jaillirent dans un cliquetis des bras du fauteuil et l'immobilisèrent.

– Vous vous appelez bien Mary, Elizabeth, Cattermole ? demanda Ombrage.

Mrs Cattermole acquiesça d'un signe de tête tremblant.

– Épouse de Reginald Cattermole, du Département de la maintenance magique ?

Mrs Cattermole fondit en larmes.

– Je ne sais pas où il est, il devait me retrouver ici !

Ombrage ne lui prêta aucune attention.

– Mère de Maisie, Ellie et Alfred Cattermole ?

Mrs Cattermole sanglota de plus belle.

– Ils ont peur, ils croient que je ne vais peut-être pas revenir…

– Épargnez-nous vos pleurnicheries, lança Yaxley. La marmaille des Sang-de-Bourbe ne nous inspire aucune compassion.

Les sanglots de Mrs Cattermole couvrirent les bruits de pas de Harry qui s'approcha précautionneusement des marches donnant accès à l'estrade. Dès qu'il eut franchi l'endroit où patrouillait le Patronus en forme de chat, il sentit un changement de température : l'atmosphère devenait tiède, agréable, dans cette partie de la salle. Le Patronus, il en était sûr, était celui d'Ombrage et s'il brillait d'un tel éclat, c'était qu'elle se sentait heureuse ici, dans son élément, appliquant des lois tordues qu'elle avait elle-même contribué à rédiger. Lentement, avec la plus grande prudence, il s'avança sur l'estrade, dans le dos d'Ombrage, de Yaxley et d'Hermione, puis s'assit sur une chaise, derrière celle-ci. Il craignait de la faire sursauter. Tout d'abord, il pensa jeter le sortilège d'*Assurdiato* sur Ombrage et Yaxley mais le simple fait de murmurer la formule pouvait alarmer Hermione. Ombrage haussa la voix pour s'adresser à Mrs Cattermole et Harry saisit alors sa chance.

– Je suis derrière toi, murmura-t-il à l'oreille d'Hermione.

Comme il s'y était attendu, elle sursauta si violemment qu'elle faillit renverser la bouteille d'encre avec laquelle elle était censée consigner l'interrogatoire, mais Ombrage et Yaxley, tous deux concentrés sur Mrs Cattermole, ne remarquèrent rien.

– Aujourd'hui, à votre arrivée au ministère, une baguette magique vous a été confisquée, Mrs Cattermole, déclara

Ombrage. Vingt et un centimètres huit, bois de cerisier, crin de licorne. Reconnaissez-vous cette description ?

Mrs Cattermole acquiesça d'un signe de tête, s'essuyant les yeux à l'aide de sa manche.

— Pouvez-vous, s'il vous plaît, nous dire à quel sorcier, ou sorcière, vous avez pris cette baguette ?

— Je… j'ai pris ? sanglota Mrs Cattermole. Je ne l'ai pr… prise à personne. Je l… l'ai achetée quand j'avais onze ans. Elle… elle… elle m'a *choisie*.

Elle pleura de plus belle.

Ombrage émit un petit rire de fillette qui donna à Harry l'envie de l'attaquer. Elle se pencha en avant, par-dessus la balustrade, pour mieux observer sa victime et un objet en or accroché à son cou se mit alors à se balancer dans le vide : le médaillon.

Hermione le vit et laissa échapper un petit couinement mais Ombrage et Yaxley, absorbés par leur proie, restaient sourds à toute autre chose.

— Non, dit Ombrage. Non, je ne crois pas, Mrs Cattermole. Les baguettes ne choisissent que des sorcières ou des sorciers. Or, vous n'êtes pas une sorcière. J'ai ici les réponses au questionnaire qui vous a été adressé… Mafalda, passez-les-moi.

Ombrage tendit sa petite main. En cet instant, elle ressemblait tellement à un crapaud que Harry fut surpris de voir que ses doigts courts et boudinés n'étaient pas palmés. Hermione, sous le choc, avait les mains qui tremblaient. Elle fouilla maladroitement dans une pile de documents posés en équilibre sur une chaise à côté d'elle et en retira enfin une liasse de parchemins sur laquelle était écrit le nom de Mrs Cattermole.

– C'est… c'est joli, ça, Dolores, dit-elle en montrant le pendentif qui brillait sur le jabot du chemisier d'Ombrage.

– Quoi ? répliqua Ombrage d'un ton sec.

Elle baissa les yeux.

– Ah oui, c'est un vieux souvenir de famille, expliqua-t-elle, tapotant le médaillon qui pendait sur son abondante poitrine. Le S est l'initiale de Selwyn… Je suis parente des Selwyn… En fait, il n'y a guère de familles de Sang-Pur avec lesquelles je n'ai pas de lien de parenté… Dommage, poursuivit-elle, tandis qu'elle feuilletait le questionnaire rempli par Mrs Cattermole, qu'on ne puisse en dire autant à votre sujet. Profession des parents : marchands de fruits et légumes.

Yaxley eut un rire moqueur. Au-dessous, le chat d'argent au pelage touffu continuait de marcher de long en large et les Détraqueurs étaient toujours postés aux quatre coins de la salle.

Ce fut le mensonge d'Ombrage qui fit monter le sang à la tête de Harry et effaça en lui tout souci de prudence. Il ne supportait pas que le médaillon, confisqué à un petit voleur en guise de dessous-de-table, lui serve à se vanter de sa lignée de Sang-Pur. Il brandit sa baguette, sans même prendre la précaution de la maintenir cachée sous sa cape d'invisibilité et lança :

– *Stupéfix !*

Un éclair de lumière rouge jaillit. Ombrage s'affaissa, son front heurtant le bord de la balustrade. Les papiers de Mrs Cattermole glissèrent de ses genoux et tombèrent sur le sol. Au pied de l'estrade, le chat argenté disparut. Aussitôt, un air glacé s'abattit sur eux comme une rafale de vent. Yaxley, désorienté, chercha autour de lui la source de ce désordre et vit la main sans corps de Harry pointer sur lui une baguette magique. Il tenta de tirer sa propre baguette, mais trop tard.

– *Stupéfix* !

Yaxley s'effondra par terre, le corps recroquevillé.

– Harry !

– Hermione, si tu crois que j'allais rester assis là et la laisser prétendre que…

– Harry, Mrs Cattermole !

Harry fit volte-face, jetant sa cape d'invisibilité. En bas, dans la salle, les Détraqueurs avaient quitté leur coin et s'avançaient de leur pas glissant vers la femme enchaînée au siège des accusés. Était-ce parce que le Patronus avait disparu, ou parce qu'ils avaient senti que leurs maîtres ne contrôlaient plus la situation ? En tout cas, ils avaient abandonné toute retenue. Mrs Cattermole poussa un horrible cri de terreur lorsqu'une main visqueuse, couverte de croûtes, l'attrapa par le menton et rejeta sa tête en arrière.

– *SPERO PATRONUM* !

Le cerf argenté jaillit de la baguette de Harry et bondit sur les Détraqueurs qui reculèrent et se fondirent à nouveau dans l'ombre. Le cerf galopa tout autour de la salle et sa clarté, plus puissante, plus ardente que la protection du chat, réchauffa le cachot tout entier.

– Prends l'Horcruxe, dit Harry à Hermione.

Après avoir fourré sa cape d'invisibilité dans son sac, il dévala les marches qui descendaient de l'estrade et s'approcha de Mrs Cattermole.

– Vous ? murmura-t-elle en le dévisageant. Mais… mais Reg m'a dit que c'est vous qui vouliez que je sois interrogée !

– Vraiment ? marmonna Harry qui tirait sur les chaînes pour essayer de la libérer. Eh bien, j'ai changé d'avis.

– Diffindo !

Mais rien ne se produisit.

– Hermione, qu'est-ce qu'il faut faire pour se débarrasser de ces chaînes ?

– Attends, je suis en train d'essayer quelque chose…

– Hermione, on est cernés par les Détraqueurs !

– Je sais, Harry, mais si elle voit que le médaillon a disparu quand elle se réveillera… Il faut que j'en fabrique un double… *Gemino !* Voilà… Elle devrait s'y laisser prendre…

Hermione courut à son tour au bas des marches.

– Voyons… *Lashlabask !*

Les chaînes cliquetèrent et rentrèrent dans les bras du fauteuil. Mrs Cattermole avait l'air toujours aussi terrorisée.

– Je ne comprends pas, murmura-t-elle.

– Vous allez partir avec nous, répondit Harry en la relevant. Rentrez chez vous, prenez vos enfants et allez-vous-en, quittez le pays s'il le faut. Déguisez-vous et fuyez. Vous avez vu ce qui se passe, vous n'aurez jamais droit à une vraie justice, ici.

– Harry, comment allons-nous sortir avec tous ces Détraqueurs qui attendent devant la porte ? demanda Hermione.

– Des Patronus, répondit Harry.

Il pointa sa baguette vers le sien. Le cerf ralentit l'allure et marcha au pas en direction de la porte, brillant toujours d'un éclat étincelant.

– Autant de Patronus que nous pourrons en créer. Fais apparaître le tien, Hermione.

– Spe… *Spero Patronum !* lança Hermione.

Mais ce fut sans effet.

– C'est le seul sortilège qu'elle ait du mal à réussir, expliqua Harry à une Mrs Cattermole abasourdie. Pas de chance… Allez, Hermione…

– *Spero Patronum !*

Une loutre argentée surgit alors à l'extrémité de la baguette d'Hermione et s'envola avec grâce pour rejoindre le cerf.

– Venez, dit Harry.

Il entraîna Hermione et Mrs Cattermole vers la porte.

Lorsque les Patronus émergèrent de la salle, il y eut des cris de stupeur parmi ceux qui attendaient à l'extérieur. Harry regarda autour de lui. Les Détraqueurs reculaient des deux côtés, se fondant dans l'obscurité, se dispersant devant les créatures argentées.

– Il a été décidé que vous deviez tous rentrer chez vous et vous cacher avec vos familles, annonça Harry aux sorciers nés-moldus, éblouis par la clarté des Patronus, et toujours un peu craintifs. Partez pour l'étranger si vous le pouvez. Éloignez-vous le plus possible du ministère. C'est la… heu… nouvelle position officielle. Si vous suivez les Patronus, vous pourrez quitter l'atrium.

Ils parvinrent à remonter les marches de pierre sans que personne ne les arrête mais lorsqu'ils approchèrent des ascenseurs, Harry commença à s'inquiéter. S'ils débarquaient dans l'atrium avec un cerf argenté, une loutre qui volait à ses côtés et une vingtaine de personnes dont la moitié était accusée d'être des nés-Moldus, ils risquaient fort d'attirer sur eux une attention intempestive. Il venait d'en arriver à cette fâcheuse conclusion lorsque l'ascenseur s'arrêta à leur étage.

– Reg ! s'écria Mrs Cattermole.

Et elle se jeta dans les bras de Ron.

– Runcorn m'a laissée sortir, il a attaqué Ombrage et Yaxley, et a conseillé à tout le monde de quitter le pays. Je crois qu'on devrait le faire, Reg, je le crois vraiment.

Dépêchons-nous de rentrer à la maison pour chercher les enfants et… Pourquoi es-tu tout mouillé ?

– C'est de l'eau, marmonna Ron en se libérant de son étreinte. Harry, ils savent qu'il y a des intrus dans le ministère, à cause d'un trou dans la porte du bureau d'Ombrage. Je pense que nous avons encore cinq minutes si…

Le Patronus d'Hermione se volatilisa avec un petit pop ! tandis qu'elle se tournait vers Harry, l'air horrifiée.

– Harry, si nous sommes coincés ici…

– Ça n'arrivera pas si on se dépêche, répliqua Harry.

Il se retourna vers le groupe de sorciers silencieux qui le regardaient bouche bée.

– Quels sont ceux qui ont une baguette ?

La moitié d'entre eux leva la main.

– Bon. Chacun de ceux qui n'ont pas de baguette se met avec quelqu'un qui en a une. Nous devrons être rapides… avant qu'ils nous arrêtent. Venez.

Ils parvinrent à s'entasser dans deux ascenseurs. Le Patronus de Harry monta la garde devant les grilles dorées qui se refermaient. Les ascenseurs commencèrent à monter.

– Niveau huit, dit la voix froide de la sorcière. Atrium.

Harry sut aussitôt que les ennuis commençaient. L'atrium était rempli de sorciers qui allaient de cheminée en cheminée pour en condamner l'accès.

– Harry ! couina Hermione. Qu'est-ce qu'on va…

– STOP ! tonna Harry, la voix puissante de Runcorn résonnant dans tout le hall.

Les sorciers qui s'affairaient devant les cheminées se figèrent.

– Suivez-moi, murmura-t-il au groupe des nés-Moldus terrifiés qui s'avancèrent, serrés les uns contre les autres, sous la conduite de Ron et d'Hermione.

– Que se passe-t-il, Albert ? demanda le sorcier au front dégarni qui était sorti de la cheminée derrière Harry, à son arrivée dans l'atrium.

Il paraissait nerveux.

– Tous ces gens-là doivent partir avant que vous fermiez les issues, déclara Harry avec toute l'autorité dont il était capable.

Devant lui, les sorciers échangèrent des regards.

– Nous avons reçu l'ordre de sceller toutes les cheminées et de ne laisser personne…

– *Seriez-vous en train de me contredire ?* tempêta Harry. Vous voulez sans doute que je soumette à examen votre arbre généalogique, comme je l'ai fait pour celui de Dirk Cresswell ?

– Désolé, balbutia le sorcier au front dégarni, battant en retraite. Je ne voulais rien dire, Albert, mais je croyais… Je croyais qu'ils devaient être interrogés et…

– Leur sang est pur, trancha Harry.

Sa voix grave retentissait dans le hall d'une manière impressionnante.

– Plus pur que celui de beaucoup d'entre vous, je n'hésite pas à l'affirmer. Vous pouvez partir, ajouta-t-il de sa voix de stentor à l'adresse des nés-Moldus qui se précipitèrent vers les cheminées et commencèrent à disparaître deux par deux.

Les sorciers du ministère se tenaient en retrait, certains perplexes, d'autres effrayés ou indignés. Puis…

– Mary !

Mrs Cattermole jeta un coup d'œil derrière elle. Le véritable Reg Cattermole, qui ne vomissait plus mais restait pâle et défait, venait de sortir d'un ascenseur.

– R… Reg ?

Elle regarda son mari puis Ron qui poussa un juron sonore.

Le sorcier au front dégarni ouvrit grand la bouche, sa tête tournant alternativement vers l'un et l'autre des deux Reg Cattermole, dans un ridicule mouvement de va-et-vient.

– Hé… Qu'est-ce qui se passe ? Qu'est-ce que c'est que ça ?

– Bloquez la sortie ! BLOQUEZ TOUT !

Yaxley avait surgi d'un autre ascenseur et se précipitait vers l'endroit où s'était trouvé le groupe des sorciers nés moldus qui, à présent, avaient tous réussi à disparaître dans les cheminées, à l'exception de Mrs Cattermole. Lorsque le sorcier au front dégarni leva sa baguette, Harry brandit un énorme poing et le frappa en plein visage, le projetant dans les airs.

– Yaxley, il a aidé des nés-Moldus à s'enfuir ! s'écria Harry.

Il y eut parmi les collègues du sorcier dégarni un véritable tumulte de protestations que Ron mit à profit pour entraîner Mrs Cattermole dans la cheminée encore ouverte et disparaître avec elle. Déconcerté, Yaxley regarda tour à tour Harry et le sorcier assommé, tandis que le véritable Reg Cattermole hurlait :

– Ma femme ! Qui était avec ma femme ? Qu'est-ce qui se passe ?

Harry vit Yaxley tourner la tête. La vérité commençait à se faire jour sur son visage aux traits grossiers.

– Viens ! lança Harry à Hermione.

Il lui saisit la main et tous deux sautèrent ensemble dans la cheminée, au moment où le maléfice que leur lançait Yaxley sifflait au-dessus de la tête de Harry. Pendant quelques secondes, ils pivotèrent sur eux-mêmes avant de jaillir d'un siège de toilettes, dans l'une des cabines. Harry ouvrit la porte à la volée. Près des lavabos, Ron continuait à se débattre avec Mrs Cattermole.

– Reg, je ne comprends pas…

– Lâchez-moi, je ne suis pas votre mari, il faut que vous retourniez chez vous !

Il y eut un bruit dans la cabine située derrière eux. Harry se retourna. Yaxley venait d'apparaître.

– FILONS ! hurla Harry.

Il attrapa la main d'Hermione et le bras de Ron, puis tournoya sur place.

L'obscurité les engloutit et ils eurent la sensation d'être serrés dans des bandelettes, mais quelque chose se passait mal… La main d'Hermione semblait glisser de la sienne…

Il se demanda s'il n'allait pas étouffer. Il ne parvenait plus à respirer, ni à voir. Les seuls éléments solides qui existaient encore étaient le bras de Ron et les doigts d'Hermione qu'il sentait glisser lentement…

Il distingua alors la porte du 12, square Grimmaurd, avec son heurtoir en forme de serpent, mais avant qu'il ait pu reprendre son souffle, il entendit un cri et vit un éclair de lumière violette. La main d'Hermione se referma soudain sur la sienne avec la force d'un étau et les ténèbres l'aspirèrent à nouveau.

14
LE VOLEUR

Lorsqu'il rouvrit les yeux, Harry fut ébloui par une clarté vert et or. Il n'avait aucune idée de ce qui s'était passé, il savait seulement qu'il était étendu sur une couche de feuilles et de brindilles. S'efforçant à grand-peine de faire entrer un peu d'air dans ses poumons qui lui donnaient l'impression d'avoir été écrasés, il cligna des yeux et s'aperçut que cette lumière étincelante était celle du soleil traversant une voûte de feuillage, loin au-dessus de lui. Quelque chose remua alors tout près de son visage. Il se releva à quatre pattes, prêt à affronter une féroce petite créature, mais il s'agissait en fait du pied de Ron. Regardant autour de lui, Harry vit qu'ils avaient atterri tous les trois sur le sol d'une forêt, où ils étaient apparemment seuls.

Harry pensa tout d'abord à la Forêt interdite et pendant un instant, même s'il savait à quel point il serait stupide et dangereux pour eux d'apparaître dans l'enceinte de Poudlard, il se sentit le cœur léger à l'idée de se faufiler parmi les arbres jusqu'à la cabane de Hagrid. Dans les quelques secondes qui suivirent, cependant, alors que Ron émettait un grognement et que Harry rampait vers lui, il se rendit compte qu'il ne s'agissait pas de la Forêt interdite : les arbres paraissaient plus jeunes, plus largement espacés, le sol plus dégagé.

Il se retrouva devant Hermione, également à quatre pattes, qui regardait la tête de Ron. Lorsqu'il le vit à son tour, Harry en oublia tous ses autres soucis. Son corps était trempé de sang sur tout un côté et le sol recouvert de feuilles faisait ressortir la blancheur grisâtre de son teint. Les effets du Polynectar s'estompaient. L'apparence de Ron se transformait, à mi-chemin entre celle de Cattermole et la sienne, ses cheveux devenant de plus en plus roux tandis que son visage se vidait de ses ultimes traces de couleur.

– Qu'est-ce qui lui est arrivé ?

– Désartibulé, expliqua Hermione, dont les doigts s'affairaient déjà à l'endroit de sa manche où le sang était plus sombre et plus humide.

Harry, horrifié, la regarda déchirer la chemise de Ron. Il avait toujours considéré le désartibulement comme un phénomène comique, mais là… Il sentit ses entrailles se contracter lorsqu'elle dénuda le bras de Ron, sur lequel un gros morceau de chair manquait, comme découpé par un couteau.

– Harry, vite, dans mon sac, il y a un petit flacon marqué « Essence de dictame »…

– Le sac… d'accord…

Harry se rua à l'endroit où Hermione avait atterri, prit le minuscule sac et y plongea la main. Il sentit une multitude d'objets défiler sous ses doigts : des reliures en cuir, des manches de pulls en laine, des talons de chaussures…

– *Vite !*

Il ramassa sa baguette tombée par terre et la pointa vers les profondeurs du sac magique.

320

– *Accio dictame !*

Une petite bouteille marron jaillit aussitôt. Il l'attrapa et revint auprès d'Hermione et de Ron, dont les yeux étaient à présent mi-clos, ses globes oculaires ne laissant plus voir qu'un trait blanc entre ses paupières.

– Il s'est évanoui, dit Hermione, elle-même plutôt pâle. Elle ne ressemblait plus à Mafalda, mais ses cheveux restaient gris par endroits.

– Ouvre-le pour moi, Harry, j'ai les mains qui tremblent.

Harry arracha le bouchon qui fermait le flacon. Hermione le prit et versa trois gouttes de potion sur la blessure ensanglantée. Une fumée verdâtre s'éleva. Lorsqu'elle se dissipa, Harry vit que le sang avait cessé de couler. La plaie semblait à présent dater de plusieurs jours. Une peau neuve s'étirait à l'endroit où la chair avait été déchirée.

– Waow ! s'écria Harry.

– C'est la seule chose que je puisse faire en toute sécurité, dit Hermione d'une voix tremblante. Il existe des sortilèges qui le guériraient complètement, mais je n'ose pas les appliquer. Si je me trompe, je causerai encore plus de dégâts… Il a déjà perdu tellement de sang…

– Comment a-t-il été blessé ?

Harry secoua la tête pour essayer de s'éclaircir les idées, de comprendre ce qui venait de se passer.

– Et d'abord, pourquoi sommes-nous ici ? Je croyais que nous devions revenir square Grimmaurd ?

Hermione prit une profonde inspiration. Elle paraissait au bord des larmes.

– Harry, je pense que nous ne pourrons plus retourner là-bas.

– Qu'est-ce que tu… ?

– Au moment où nous avons transplané, Yaxley m'a attrapé le bras et je n'ai pas réussi à me dégager, il était trop fort. Il me tenait toujours à notre arrivée au square Grimmaurd. Je crois qu'il a dû voir la porte en pensant que c'était notre destination, alors il a relâché sa prise, j'ai réussi à me libérer et je vous ai emmenés ici !

– Dans ce cas, où est-il ? Attends… Tu ne veux pas dire qu'il est resté square Grimmaurd ? Tu crois qu'il pourrait entrer dans la maison ?

Hermione acquiesça d'un signe de tête, les yeux brillants de larmes qui ne coulaient pas.

– Je crois que oui, Harry. Je… je l'ai forcé à me lâcher à l'aide d'un maléfice de Répulsion, mais nous étions déjà dans le champ d'action du sortilège de Fidelitas. Depuis la mort de Dumbledore, nous sommes devenus les Gardiens du Secret, je lui ai donc livré ce secret, n'est-ce pas ?

Il était inutile de se cacher la vérité. Harry savait qu'elle avait raison. C'était un coup très dur. Si Yaxley pouvait désormais pénétrer dans la maison, il leur était impossible d'y revenir. En ce moment même, peut-être y amenait-il d'autres Mangemorts par transplanage. Si oppressante et sinistre qu'elle fût, la maison leur avait offert jusqu'à présent un refuge sûr. Et même, maintenant que Kreattur était tellement plus heureux et amical, une sorte de foyer. Avec une pointe de regret qui ne devait rien à la gastronomie, il imagina l'elfe de maison s'affairant à la préparation d'une tourte au bœuf et aux rognons que Harry, Ron et Hermione ne mangeraient jamais.

– Harry, je suis désolée, vraiment désolée !

– Ne sois pas stupide, ce n'était pas ta faute ! Si quelqu'un est responsable, ce serait plutôt moi…

Harry glissa une main dans sa poche et en sortit l'œil magique de Maugrey. Hermione, horrifiée, eut un mouvement de recul.

– Ombrage l'avait collé à la porte de son bureau, pour espionner ses employés. Je ne pouvais pas le laisser là... Mais c'est comme ça qu'ils se sont aperçus de la présence d'intrus.

Avant qu'Hermione ait pu répondre, Ron poussa un grognement et ouvrit les yeux. Il avait toujours le teint grisâtre et son visage luisait de sueur.

– Comment tu te sens ? murmura Hermione.

– Lamentable, croassa Ron.

Il tâta son bras blessé et fit une grimace.

– Où sommes-nous ?

– Dans les bois où s'est tenue la Coupe du Monde de Quidditch, répondit Hermione. Je voulais un endroit clos, à l'écart, et c'est...

– ... le premier auquel tu as pensé, acheva Harry à sa place, en regardant la clairière apparemment déserte.

Il ne put s'empêcher de repenser à ce qui était arrivé la dernière fois qu'ils avaient transplané dans un lieu choisi par Hermione, à la façon dont les Mangemorts les avaient retrouvés en quelques minutes. Était-ce de la legilimancie ? Voldemort et ses hommes de main savaient-ils en ce moment même où Hermione les avait emmenés ?

– Tu ne crois pas qu'on devrait aller ailleurs ? demanda Ron à Harry.

En voyant l'expression de son visage, Harry comprit qu'il pensait la même chose que lui.

– Je ne sais pas.

Ron était toujours pâle et moite. Il n'avait même pas

essayé de se redresser et semblait trop faible pour cela. La perspective de devoir le déplacer à nouveau avait de quoi les décourager.

– Restons ici pour l'instant, dit Harry.

Soulagée, Hermione se releva d'un bond.

– Où vas-tu ? demanda Ron.

– Si nous restons, il faut jeter quelques sortilèges de Protection autour de nous, répondit-elle.

Elle brandit sa baguette et décrivit à pas lents un large cercle autour de Harry et de Ron, en marmonnant des incantations. Harry remarqua de petites perturbations dans l'atmosphère : on aurait dit qu'Hermione avait fait naître une brume de chaleur sur leur clairière.

– *Salveo maleficia… Protego totalum… Repello Moldum… Assurdiato…* Tu peux sortir la tente, Harry…

– La tente ?

– Dans le sac.

– Dans le… Ah oui, bien sûr.

Cette fois, Harry ne se donna pas la peine de tâtonner dans le sac, il utilisa tout de suite un sortilège d'Attraction. La tente apparut sous la forme d'un gros tas de toile, de cordes et de piquets. Harry la reconnut aussitôt, notamment à cause de son odeur de chat. C'était celle sous laquelle ils avaient dormi la nuit précédant la Coupe du Monde de Quidditch.

– Elle n'appartenait pas à un employé du ministère du nom de Perkins ? demanda Harry en démêlant les sardines de la tente.

– Si, mais apparemment, il n'en veut plus, son lumbago ne s'arrange pas, répondit Hermione, occupée à réaliser avec sa baguette une figure complexe en huit mouvements. Le père de Ron a donc dit qu'on pouvait l'emprunter. *Erigo*! ajouta-t-elle, sa baguette pointée sur la toile informe qui, dans un mouvement fluide, s'éleva toute seule et s'installa sur le sol, toute montée, devant Harry.

Ébahi, il vit une sardine lui sauter des mains et se planter toute seule, dans un bruit mat, à l'extrémité d'une corde.

– *Cave inimicum*, dit enfin Hermione avec un gracieux mouvement de baguette en direction du ciel. Voilà tout ce que je peux faire. Au moins, on devrait être avertis si jamais ils viennent. Je ne peux pas garantir que ça suffira à éloigner Vol…

– Ne prononce pas ce nom ! l'interrompit Ron d'un ton brusque.

Harry et Hermione échangèrent un regard.

– Je suis désolé, dit Ron, gémissant un peu lorsqu'il se redressa pour mieux les voir, mais j'ai l'impression que c'est devenu un maléfice, ou quelque chose comme ça. On ne pourrait pas l'appeler Tu-Sais-Qui… s'il vous plaît ?

– Dumbledore disait que la peur d'un nom…, commença Harry.

– Au cas où tu ne l'aurais pas remarqué, mon vieux, appeler Tu-Sais-Qui par son nom n'a pas fait beaucoup de bien à Dumbledore, à la fin, répliqua sèchement Ron. Essaye de montrer un peu de respect envers Tu-Sais-Qui, tu veux bien ?

– Du *respect* ? répéta Harry.

Mais Hermione l'avertit d'un coup d'œil qu'il valait mieux ne pas se disputer avec Ron tant qu'il se trouvait dans cet état de faiblesse.

Harry et Hermione le portèrent dans la tente, en le traînant à moitié. L'intérieur était exactement tel que s'en souvenait Harry : un petit appartement avec une salle de bains complète et une minuscule cuisine. Il repoussa un vieux fauteuil et allongea Ron précautionneusement sur la couchette inférieure de lits superposés. Même très court, ce déplacement avait rendu Ron encore plus pâle et dès qu'ils l'eurent installé sur le matelas, il referma les yeux et resta silencieux un bon moment.

— Je vais faire du thé, proposa Hermione, essoufflée, en sortant de son sac une bouilloire et des tasses qu'elle emporta dans la cuisine.

Harry trouva le thé aussi bienvenu que l'avait été le whisky Pur Feu la nuit où Fol Œil était mort. Sa chaleur semblait chasser un peu la peur qu'il sentait frémir dans sa poitrine. Une minute plus tard, Ron rompit le silence :

— À votre avis, qu'est-ce qui est arrivé aux Cattermole ?

— Avec un peu de chance, ils s'en sont sortis, répondit Hermione, serrant sa tasse contre elle pour se réconforter. Si Mr Cattermole a eu suffisamment de sang-froid, il a dû transporter sa femme par transplanage d'escorte et ils vont tout de suite quitter le pays avec leurs enfants. C'est ce que Harry lui a dit de faire.

— Par Merlin, j'espère qu'ils ont réussi à s'enfuir, dit Ron en s'appuyant contre ses oreillers.

Apparemment, le thé lui faisait du bien. Son visage avait retrouvé un peu de couleurs.

— Mais je n'ai pas eu l'impression que ce Reg Cattermole avait l'esprit très vif, d'après la façon dont tout le monde me parlait quand j'avais son apparence. Mon Dieu, j'espère qu'ils ont pu filer... S'ils finissent tous les deux à Azkaban à cause de nous...

Harry se tourna vers Hermione mais la question qu'il s'apprêtait à lui poser – pour lui demander si le fait que Mrs Cattermole n'ait plus sa baguette pouvait l'empêcher de transplaner au côté de son mari – resta coincée dans sa gorge. Hermione regardait Ron s'inquiéter du sort des Cattermole avec une telle tendresse que Harry eut presque l'impression de l'avoir surprise en train de l'embrasser.

– Alors, tu l'as ? lui demanda Harry, en partie pour lui rappeler qu'il était là.

– J'ai… j'ai quoi ? répondit-elle en sursautant légèrement.

– Pourquoi crois-tu qu'on se soit donné tant de mal ? Le médaillon, bien sûr ! Où est le médaillon ?

– Vous l'avez ? s'écria Ron qui se redressa un peu plus sur ses oreillers. Personne ne me dit rien ! Enfin, quoi, vous auriez pu m'en parler !

– Je te rappelle qu'on avait les Mangemorts à nos trousses, répliqua Hermione. Tiens.

Elle sortit le médaillon d'une poche de sa robe et le lui tendit.

Il avait la taille d'un œuf de poule. La lettre S, délicatement ouvragée, était sertie de petites pierres vertes qui luisaient faiblement sous la lumière diffuse filtrée par la toile de la tente.

– Tu ne penses pas que quelqu'un aurait pu le détruire depuis que Kreattur l'a récupéré ? demanda Ron avec espoir. Peut-on être sûr que c'est toujours un Horcruxe ?

– Je crois que oui, répondit Hermione en le lui reprenant des mains pour l'examiner attentivement. S'il avait été détruit par magie, il serait abîmé.

Elle le donna à Harry qui le retourna entre ses doigts. L'objet paraissait parfait, comme dans son état d'origine. Il se rappela les pages transpercées du journal de Jedusor et la pierre de la bague-Horcruxe qui s'était fendue lorsque Dumbledore l'avait détruite.

— Je pense que Kreattur a raison, dit Harry. Il faut trouver le moyen de l'ouvrir avant de pouvoir l'anéantir.

Au moment où il prononçait ces mots, Harry prit soudain conscience de ce qu'il tenait entre les mains, de ce qui vivait derrière ce petit ovale d'or. Même après tous les efforts qu'ils avaient dû déployer pour le retrouver, il éprouvait un désir violent de jeter le médaillon au loin. Parvenant à se maîtriser, il tenta de le forcer avec les doigts puis essaya la formule dont Hermione s'était servie pour ouvrir la porte de la chambre de Regulus. Sans résultat. Il rendit le médaillon à Ron et à Hermione qui firent de leur mieux mais n'eurent pas plus de succès.

— Tu le sens ? demanda Ron à voix basse en serrant le médaillon dans son poing.

— Je sens quoi ?

Ron lui passa l'Horcruxe. Au bout d'un moment, Harry crut comprendre ce que Ron voulait dire. Était-ce son propre sang qu'il sentait palpiter dans ses veines ou bien y avait-il quelque chose qui battait à l'intérieur du médaillon, tel un minuscule cœur de métal ?

— Qu'est-ce qu'on va en faire ? interrogea Hermione.

— Le mettre en sûreté en attendant de trouver le moyen de le détruire, répondit Harry.

Bien qu'il n'en eût aucune envie, il passa la chaîne autour de son cou et cacha le médaillon sous sa robe où il reposa contre sa poitrine, à côté de la bourse offerte par Hagrid.

— Je pense que nous devrions monter la garde à tour de rôle devant la tente, reprit-il à l'adresse d'Hermione.

Il se leva et s'étira.

– Il faudra aussi nous occuper de trouver quelque chose à manger. Toi, tu restes ici, ajouta-t-il d'un ton sans réplique lorsqu'il vit Ron se redresser dans son lit et son teint prendre aussitôt une horrible couleur verdâtre.

Après avoir soigneusement installé sur la table le Scrutoscope qu'elle lui avait offert pour son anniversaire, Harry et Hermione partagèrent les tours de garde pendant le reste de la journée. Le Scrutoscope resta silencieux et immobile. En dehors de quelques oiseaux et écureuils, leur coin de forêt demeura vide, soit en raison des enchantements protecteurs et des sortilèges Repousse-Moldu qu'Hermione avait jetés autour d'eux, soit tout simplement parce qu'il était rare que des promeneurs s'aventurent de ce côté. La soirée n'apporta aucun changement. Lorsque, à dix heures, il changea de place avec Hermione, Harry alluma sa baguette et resta là à contempler les lieux déserts, ne remarquant que le passage des chauves-souris qui voletaient loin au-dessus de sa tête, dans la seule partie du ciel étoilé qu'on pouvait apercevoir à l'abri de cette clairière.

Il avait faim, à présent, et la tête lui tournait un peu. Hermione n'avait pas emporté de provisions dans son sac magique, car elle avait pensé qu'ils reviendraient ce soir-là square Grimmaurd. Ils n'avaient donc rien mangé en dehors de quelques champignons sauvages qu'elle avait ramassés parmi les arbres proches et fait cuire dans un faitout. Après en avoir avalé deux bouchées, Ron avait renoncé à sa part, l'air dégoûté. Harry n'avait mangé la sienne jusqu'au bout que pour éviter de vexer Hermione.

Seuls d'étranges bruissements et des craquements de brindilles brisaient de temps à autre le silence environnant.

Harry pensait qu'ils étaient dus plus à des animaux qu'à des hommes, mais il n'en gardait pas moins sa baguette prête, pour parer à toute éventualité. Un sentiment de malaise remuait ses entrailles, déjà mises à mal par les champignons caoutchouteux.

Il avait cru qu'il serait enchanté d'avoir récupéré l'Horcruxe mais, d'une certaine manière, ce n'était pas le cas. Tout ce qu'il éprouvait, assis dans l'obscurité dont sa baguette n'éclairait qu'une minuscule partie, c'était l'appréhension de ce qui allait se passer par la suite. Comme si, pendant des semaines, des mois, des années peut-être, il s'était rué en avant pour en arriver là, puis s'était retrouvé brutalement immobilisé, sans plus savoir quel chemin prendre.

Il y avait d'autres Horcruxes quelque part, mais il n'avait pas la moindre idée de l'endroit où ils pouvaient se trouver. Il ignorait même quelle forme ils avaient. Et en attendant, il ne savait même pas comment détruire le seul qui était en leur possession, le médaillon qu'il sentait contre sa poitrine nue. Curieusement, l'objet ne s'était pas réchauffé au contact de son corps, il était si froid contre sa peau qu'il donnait l'impression de sortir d'une eau glacée. De temps en temps, Harry croyait percevoir – ou peut-être était-ce son imagination – l'infime pulsation qui battait irrégulièrement, en même temps que son propre cœur.

D'indéfinissables pressentiments s'insinuaient en lui tandis qu'il restait assis là dans l'obscurité. Il essayait d'y résister, de les repousser, mais ils revenaient inlassablement à la charge. « Aucun d'eux ne peut vivre tant que l'autre survit… » Ron et Hermione, qui parlaient à présent à voix basse dans la tente, pouvaient partir à tout moment, s'ils le voulaient. Pour lui, c'était impossible. Et pendant que Harry s'efforçait de maîtriser sa peur, son épuisement, il lui semblait que l'Horcruxe marquait de son battement contre sa poitrine le temps qui lui restait… « Une idée stupide, se dit-il, il ne faut pas penser des choses pareilles… »

Sa cicatrice recommençait à le picoter. Il avait peur que cette sensation soit provoquée par ses pensées et il essaya de les orienter ailleurs. Il songea au malheureux Kreattur qui les attendait à la maison et avait vu arriver Yaxley à leur place. L'elfe tiendrait-il sa langue ou révélerait-il au Mangemort tout ce qu'il savait ? Harry voulait croire que l'attitude de Kreattur à son égard avait changé au cours du mois écoulé, qu'il se montrerait loyal, à présent, mais qui pouvait savoir ce qui se passerait ? Et si les Mangemorts le torturaient ? Des images répugnantes grouillaient dans sa tête et il essaya de les repousser, elles aussi, car, de toute façon, il ne pouvait rien faire pour Kreattur. Hermione et lui avaient déjà pris la décision de ne pas essayer de le faire venir. Si quelqu'un du ministère l'accompagnait ? Ils ne pouvaient être sûrs que le transplanage d'elfe soit à l'abri du même inconvénient qui avait amené Yaxley, accroché à la manche d'Hermione, au square Grimmaurd.

La cicatrice de Harry le brûlait, à présent. Il y avait tant de choses qu'ils ignoraient : Lupin avait raison lorsqu'il parlait d'une forme de magie qu'ils n'avaient jamais connue ou même imaginée. Pourquoi Dumbledore ne s'était-il pas expliqué davantage ? Pensait-il qu'il en aurait toujours le temps, qu'il vivrait des années, des siècles peut-être, comme son ami Nicolas Flamel ? En ce cas, il s'était trompé… Rogue y avait veillé… Rogue, le serpent endormi qui avait frappé au sommet de la tour…

Et Dumbledore était tombé… tombé…

– *Donne-moi ça, Gregorovitch.*

La voix de Harry était devenue aiguë, tranchante et glaciale. Une main blanche aux longs doigts levait devant lui sa baguette. L'homme sur lequel il la pointait était suspendu dans les airs, la tête en bas, mais sans qu'aucune corde ne le retienne. Il se balançait là, attaché par de sinistres liens invisibles, ses bras entourant sa poitrine, son visage terrifié juste à la hauteur de celui de Harry, les joues rougies par le sang qui affluait à sa tête. Il avait des cheveux d'un blanc immaculé et une barbe épaisse, broussailleuse : on aurait dit un père Noël ficelé comme une volaille.

– Je ne pas l'avoir, je ne plus l'avoir ! C'était volé à moi, il y a beaucoup d'années !

– Ne mens pas à Lord Voldemort, Gregorovitch. Il sait… Il sait toujours.

Les pupilles de l'homme suspendu étaient dilatées par la peur. Elles semblèrent s'élargir encore, devenir de plus en plus béantes, au point que leur obscurité avala Harry tout entier…

À présent, il avançait à grands pas le long d'un couloir, derrière la petite silhouette corpulente de Gregorovitch qui tenait haut une lanterne. Celui-ci fit irruption dans une pièce située au bout du couloir et sa lanterne illumina ce qui semblait un atelier. Des copeaux de bois et de la poussière d'or brillaient dans le cercle de lumière qui se balançait. Et là, sur le rebord d'une fenêtre, un jeune homme aux cheveux d'un blond doré était assis, perché à la manière d'un oiseau géant. La lanterne l'éclaira pendant une fraction de seconde et Harry vit une expression réjouie sur son beau visage. Puis l'intrus lança du bout de sa baguette magique un sortilège de Stupéfixion et fit un grand saut en arrière, s'enfuyant par la fenêtre dans un éclat de rire rauque.

Harry se précipita hors du tunnel que formaient les larges pupilles et vit le visage de Gregorovitch frappé de terreur.

– *Qui était le voleur, Gregorovitch ?* demanda la voix aiguë et glacée.

– Je ne sais pas, je n'ai jamais su, un jeune homme… non… s'il vous plaît… S'IL VOUS PLAÎT !

Le cri se prolongea, longtemps, longtemps, puis il y eut un éclair de lumière verte…

– *Harry !*

Il ouvrit les yeux, pantelant, le front palpitant de douleur. Il s'était évanoui contre la toile de la tente et avait glissé sur le sol où il était allongé les bras en croix. Il leva les yeux vers Hermione, dont les cheveux ébouriffés masquaient le petit coin de ciel visible parmi les branches, hautes et sombres, qui s'étendaient au-dessus d'eux.

– Mauvais rêve, dit-il.

Il se redressa et s'efforça de répondre au regard noir d'Hermione par un air d'innocence.

– J'ai dû m'assoupir, désolé.

– Je sais que c'était ta cicatrice ! Je le vois à ton visage ! Tu étais encore en train de regarder dans la tête de Vol…

– Ne prononce pas son nom ! l'interrompit la voix furieuse de Ron, au fond de la tente.

– *D'accord*, répliqua Hermione. Dans la tête de *Tu-Sais-Qui*, alors !

– Je ne l'ai pas fait exprès ! assura Harry. C'était un rêve ! Tu arrives à contrôler tes rêves, toi ?

– Si seulement tu apprenais à te servir de l'occlumancie…

Mais Harry n'avait aucune envie de subir des réprimandes. Il voulait parler de ce qu'il venait de voir.

– Il a retrouvé Gregorovitch, Hermione, et je crois qu'il l'a tué mais avant, il a lu dans ses pensées et j'ai vu...

– Je crois que je ferais bien de te remplacer si tu es trop fatigué pour rester éveillé, répliqua Hermione d'un ton froid.

– Je peux finir mon tour de garde !

– Non, de toute évidence, tu es épuisé. Va te coucher.

Elle s'assit par terre, à l'entrée de la tente, la mine obstinée. En colère, mais soucieux d'éviter une dispute, Harry se baissa et retourna à l'intérieur.

Le visage toujours blafard de Ron lui apparut sur la couchette du bas. Harry grimpa sur le lit supérieur, s'allongea et contempla le plafond de toile, plongé dans le noir. Quelques instants plus tard, Ron parla à voix si basse qu'Hermione, pelotonnée à l'entrée, ne pouvait l'entendre :

– Qu'est-ce que fait Tu-Sais-Qui ?

Harry plissa les yeux dans un effort pour se souvenir de tous les détails, puis il murmura dans l'obscurité :

– Il a retrouvé Gregorovitch. Il l'a ligoté et il était en train de le torturer.

– Comment Gregorovitch peut-il lui fabriquer une nouvelle baguette s'il est attaché ?

– Je ne sais pas... Bizarre, non ?

Harry ferma les yeux, repensant à tout ce qu'il avait vu et entendu. Plus il se rappelait, moins il comprenait... Voldemort n'avait rien dit de la baguette de Harry, rien de leurs plumes de phénix jumelles, rien d'une nouvelle baguette plus puissante que Gregorovitch aurait pu lui fournir pour le vaincre...

– Il exigeait quelque chose qui appartenait à Gregorovitch, poursuivit Harry, les yeux toujours étroitement fermés. Il lui a demandé de lui donner ce qu'il voulait mais

Gregorovitch a répondu que quelqu'un l'avait volé... Et ensuite... ensuite...

Il se rappela comment, dans la tête de Voldemort, il avait eu l'impression de plonger dans les yeux mêmes de Gregorovitch, pour atteindre ses souvenirs...

– Il lisait dans ses pensées et j'ai vu un jeune type perché sur le rebord d'une fenêtre. Il a jeté un sortilège à Gregorovitch et s'est enfui en sautant dehors. Il l'a volé, il a volé ce que cherche Tu-Sais-Qui. Et je... je crois avoir déjà vu ce personnage quelque part...

Harry aurait voulu apercevoir à nouveau le visage hilare du jeune homme. Le vol avait eu lieu bien des années auparavant, selon Gregorovitch. Pourquoi le voleur lui avait-il paru si familier ?

Les sons en provenance des bois environnants étaient étouffés sous la tente. Harry n'entendait plus que la respiration de Ron. Au bout d'un moment, celui-ci mumura :

– Tu n'as pas pu voir ce que le voleur avait à la main ?

– Non... Ce devait être quelque chose de tout petit.

– Harry ?

Ron changea de position et les lattes de bois de son lit craquèrent.

– Harry, tu ne crois pas que Tu-Sais-Qui pourrait chercher un autre objet pour le transformer en Horcruxe ?

– Je ne sais pas, répondit lentement Harry. Peut-être. Mais ne serait-ce pas dangereux pour lui d'en fabriquer un nouveau ? Hermione nous a dit qu'il avait déjà poussé son âme jusqu'aux extrêmes limites.

– Oui, mais peut-être ne le sait-il pas ?

– Ouais... peut-être, admit Harry.

Il avait la certitude que Voldemort avait cherché le

moyen de contourner le problème des deux plumes de phénix, qu'il avait pensé trouver la solution auprès du vieux fabricant de baguettes… Et pourtant, il l'avait tué, apparemment sans lui poser une seule question en matière de baguettes magiques.

Qu'est-ce que Voldemort essayait de trouver ? Pourquoi, maintenant qu'il avait le ministère de la Magie et le monde des sorciers à ses pieds, était-il parti au loin, résolu à s'emparer d'un objet que Gregorovitch avait eu autrefois en sa possession et qui lui avait été dérobé par ce voleur inconnu ?

Harry revoyait le visage du jeune homme aux cheveux blonds qui semblait fou de joie. Il y avait quelque chose de Fred et de George dans cet air de ruse triomphante. Il s'était envolé par la fenêtre à la manière d'un oiseau et Harry avait déjà vu cette tête, mais il ne savait plus où…

Gregorovitch mort, c'était maintenant le voleur au visage réjoui qui était en danger et ce fut sur lui que les pensées de Harry s'attardèrent, tandis que les ronflements de Ron montaient de la couchette inférieure et que lui-même se laissait à nouveau emporter lentement par le sommeil.

15
LA REVANCHE DU GOBELIN

Le lendemain matin de bonne heure, avant que Ron et Hermione ne soient réveillés, Harry quitta la tente pour fouiller les bois alentour, à la recherche de l'arbre le plus vieux, le plus noueux, le plus résistant qu'il puisse trouver. À l'ombre de ses branches, il enterra l'œil magique de Maugrey Fol Œil et marqua l'endroit d'une petite croix qu'il creusa dans l'écorce du tronc à l'aide de sa baguette. Ce n'était pas grand-chose, mais Harry sentait que Maugrey aurait préféré savoir son œil enterré là plutôt que collé sur la porte de Dolores Ombrage. Puis il retourna vers la tente et attendit le réveil des deux autres pour qu'ils décident ensemble de leur destination suivante.

Harry et Hermione pensaient qu'il valait mieux ne pas rester trop longtemps dans le même endroit et Ron les approuva, à l'unique condition que leur prochain déplacement les amène à proximité d'un sandwich au jambon. Hermione annula les enchantements dont elle avait entouré la clairière pendant que Harry et Ron effaçaient du sol toute marque, toute empreinte, pouvant indiquer qu'ils avaient campé là. Puis ils transplanèrent aux abords d'une petite ville.

Lorsqu'ils eurent monté leur tente à l'abri d'un bosquet d'arbres et qu'ils l'eurent protégée par de nouveaux sortilèges, Harry mit sa cape d'invisibilité et partit à la recherche de nourriture. Mais les choses ne se passèrent pas comme prévu. À peine était-il entré dans la ville qu'un froid anormal, accompagné d'une nappe de brume et d'un assombrissement soudain du ciel, le figea sur place.

– Mais tu sais faire de magnifiques Patronus ! s'étonna Ron quand Harry revint à la tente les mains vides, le souffle court, et formant sur ses lèvres, sans le prononcer à haute voix, le mot « Détraqueurs ».

– Je n'ai pas pu…, haleta-t-il, une main plaquée sur son point de côté. Il ne voulait… pas venir.

Devant leur expression déçue, consternée, Harry eut honte. Il avait vécu un véritable cauchemar quand il avait vu les Détraqueurs émerger de la brume et s'était rendu compte, dans le froid paralysant qui oppressait ses poumons et l'écho des hurlements qui retentissaient au loin, qu'il était incapable de s'en protéger. Il lui avait fallu toute la force de sa volonté pour s'arracher de cet endroit et courir vers la tente, laissant derrière lui les Détraqueurs sans yeux glisser parmi les Moldus qui ne pouvaient peut-être pas les voir mais ressentaient sans nul doute le désespoir que ces créatures répandaient partout sur leur passage.

– Donc, on n'a toujours rien à manger.

– Tais-toi, Ron, lança sèchement Hermione. Harry, que s'est-il passé ? À ton avis, pourquoi n'as-tu pas pu créer un Patronus ? Hier, tu y as parfaitement réussi !

– Je ne sais pas.

Il s'enfonça dans l'un des vieux fauteuils de Perkins, se sentant un peu plus humilié à chaque instant. Il avait peur que quelque chose se soit déréglé en lui. La journée d'hier lui paraissait très lointaine : aujourd'hui, peut-être était-il revenu à l'âge de treize ans, à l'époque où il avait été le seul à s'évanouir dans le Poudlard Express.

Ron donna un coup de pied dans une chaise.

– Et alors, quoi ? grogna-t-il à l'adresse d'Hermione. Je meurs de faim ! Tout ce que j'ai mangé depuis que j'ai failli être saigné à mort, c'est deux champignons !

– Dans ce cas, vas-y toi-même et débrouille-toi avec les Détraqueurs, répliqua Harry, piqué au vif.

– Je voudrais bien, mais j'ai le bras en écharpe, au cas où tu ne l'aurais pas remarqué !

– C'est bien pratique.

– Qu'est-ce que tu veux dire par…

– Bien sûr ! s'écria soudain Hermione, en se frappant le front. Surpris, les deux autres se turent.

– Harry, donne-moi le médaillon ! Vite, dit-elle avec impatience.

Voyant qu'il ne réagissait pas, elle claqua des doigts vers lui.

– L'Horcruxe, Harry, tu l'as toujours sur toi !

Elle tendit la main et Harry ôta la chaîne d'or de son cou. Dès l'instant où le médaillon cessa d'être à son contact, il ressentit une impression de liberté et d'étrange légèreté. Il ne prit conscience de la moiteur de sa peau et du poids qui lui avait pesé sur l'estomac qu'au moment où ces deux sensations eurent soudain disparu.

– Ça va mieux ? demanda Hermione.

– Oh oui, beaucoup mieux !

– Harry, dit-elle.

Elle s'accroupit devant lui et parla d'une voix qu'on réserve d'habitude aux gens gravement malades.

– Tu ne penses pas être possédé, n'est-ce pas ?

– Quoi ? Non ! répondit-il, sur la défensive. Je me souviens de tout ce que nous avons fait pendant que je le portais autour du cou. Si j'étais possédé, je n'aurais plus conscience de mes actes, non ? Ginny m'a raconté qu'il y avait des moments où elle ne se souvenait de rien.

– Mmh, marmonna Hermione en contemplant le lourd médaillon. Il vaudrait peut-être mieux ne pas l'avoir sur soi. Nous n'avons qu'à le ranger dans la tente.

– Pas question de laisser traîner cet Horcruxe, déclara Harry d'un ton ferme. Si nous le perdons, si on nous le vole...

– D'accord, d'accord, admit Hermione.

Elle le passa alors autour de son propre cou et le cacha sous son chemisier.

– Mais nous le porterons à tour de rôle, pour que personne ne le garde trop longtemps sur soi.

– Parfait, commenta Ron d'un ton irrité, et maintenant que nous avons réglé cette question, est-ce qu'on pourrait s'occuper de trouver quelque chose à manger, s'il vous plaît ?

– Bien sûr, mais on ira chercher ailleurs, dit Hermione en lançant un vague coup d'œil à Harry. Il ne sert à rien de s'attarder dans un endroit sillonné par des Détraqueurs.

Ils finirent par s'installer pour la nuit dans un champ lointain qui appartenait à une ferme isolée où ils purent se procurer des œufs et du pain.

– Ce n'est pas du vol, hein ? demanda Hermione, anxieuse, tandis qu'ils dévoraient des œufs brouillés sur toast. Puisque j'ai laissé de l'argent à côté du poulailler ?

Ron leva les yeux au ciel et répondit, les joues pleines :

– Her-mignonne, 'u es 'oujours 'rop inquiè'e. 'é'ends-'oi.

Et en effet, il leur fut beaucoup plus facile de se détendre après avoir bien mangé. Ce soir-là, la dispute autour des Détraqueurs s'oublia dans les rires, et Harry se sentit joyeux, optimiste même, lorsqu'il prit le premier des trois tours de garde.

Pour la première fois, ils se rendaient compte que rien ne vaut un ventre bien rempli pour être de bonne humeur alors qu'un estomac vide rend querelleur et maussade. Harry ne fut pas le plus surpris des trois car il avait dû endurer de longues périodes de quasi-famine chez les Dursley. Hermione avait supporté raisonnablement les soirées où ils ne parvenaient à rapporter que quelques baies et des biscuits rassis ; son caractère devenait toutefois un peu plus abrupt, ses silences plus butés. Ron, en revanche, avait toujours bénéficié de trois délicieux repas par jour, assurés par sa mère ou par les elfes de maison de Poudlard, et la faim le rendait déraisonnable et irascible. Chaque fois que le manque de nourriture coïncidait avec le moment où son tour était venu de porter l'Horcruxe, il se révélait franchement désagréable.

« Où va-t-on, maintenant ? » était devenu son refrain habituel. Lui-même ne semblait pas avoir d'idées, il attendait simplement que Harry et Hermione proposent quelque chose pendant qu'il restait assis à se morfondre devant l'insuffisance de leurs provisions. De leur côté, Harry et Hermione passaient des heures stériles à essayer de déterminer les endroits où ils pourraient trouver les autres Horcruxes et à chercher un moyen de détruire celui qu'ils possédaient déjà, leurs conversations devenant de plus en plus répétitives, en l'absence d'informations nouvelles.

Comme Dumbledore avait dit à Harry qu'à son avis,

Voldemort avait caché les Horcruxes dans des endroits importants pour lui, ils ne cessaient, en une sorte de terrible litanie, de réciter la liste des lieux où le Seigneur des Ténèbres avait vécu ou qu'il avait visités. L'orphelinat dans lequel il était né et avait été élevé, Poudlard où il avait fait ses études, Barjow et Beurk où il avait travaillé à sa sortie de l'école, puis l'Albanie où il avait passé ses années d'exil : ces divers éléments formaient la base de leurs spéculations.

– C'est ça, on n'a qu'à aller en Albanie. Il ne nous faudra pas plus d'un après-midi pour fouiller le pays, lança Ron, sarcastique.

– Il ne peut rien y avoir là-bas. Il avait déjà fabriqué ses Horcruxes avant de s'exiler et Dumbledore était certain que le serpent est le sixième, répondit Hermione. Or, nous savons que le serpent ne se trouve pas en Albanie, il quitte rarement Vol…

– *Ne t'ai-je pas demandé de ne plus prononcer ce nom ?*

– D'accord ! Le serpent quitte rarement Tu-Sais-Qui… Tu es content comme ça ?

– Pas spécialement.

– Je ne le vois pas cacher quoi que ce soit chez Barjow et Beurk, reprit Harry.

Il avait souvent souligné ce point, mais il se répéta une fois de plus pour briser le silence déplaisant qui s'était installé.

– Barjow et Beurk étaient experts en objets de magie noire, ils auraient tout de suite reconnu un Horcruxe.

Ron bâilla volontairement. Réprimant une forte envie de lui jeter quelque chose à la figure, Harry poursuivit laborieusement :

– Je crois toujours qu'il aurait pu cacher quelque chose à Poudlard.

Hermione soupira.

– Dumbledore l'aurait trouvé, Harry !

Il exposa à nouveau l'argument en faveur de cette hypothèse.

– Dumbledore a dit devant moi qu'il n'avait jamais eu la prétention de connaître tous les secrets de Poudlard. Je vous le répète, s'il y a un endroit que Vol...

– Hé !

– TU-SAIS-QUI, d'accord ! s'écria Harry, excédé. S'il y avait un endroit important pour Tu-Sais-Qui, c'était bien Poudlard !

– Arrête, répliqua Ron d'un ton moqueur. Son *école* ?

– Ouais, son école ! Elle a été sa première maison, l'endroit qui a fait de lui un être à part, elle signifiait tout, à ses yeux, et même après l'avoir quittée...

– C'est bien de Tu-Sais-Qui qu'on parle ? Pas de toi ? interrogea Ron.

Il tirait la chaîne de l'Horcruxe passée autour de son cou et Harry éprouva le désir de s'en servir pour l'étrangler.

– Tu nous as raconté que Tu-Sais-Qui avait demandé à Dumbledore de lui confier un poste d'enseignant après son départ, dit Hermione.

– Exact, confirma Harry.

– Et Dumbledore pensait qu'il voulait revenir simplement pour essayer de trouver quelque chose, sans doute un autre objet ayant appartenu à l'un des fondateurs, afin de le transformer en Horcruxe ?

– Oui.

– Mais il n'a pas obtenu ce poste, n'est-ce pas ? poursuivit Hermione. Il n'a donc jamais eu l'occasion de s'emparer d'un tel objet et de le cacher dans l'école !

– Très bien, d'accord, admit Harry. Tu as gagné. Oublions Poudlard.

Sans autre piste à suivre, ils se rendirent à Londres et, cachés sous la cape d'invisibilité, cherchèrent l'orphelinat dans lequel Voldemort avait été élevé. Hermione se faufila dans une bibliothèque et découvrit dans les archives que l'endroit avait été démoli de nombreuses années auparavant. Quand ils allèrent sur place, ils se retrouvèrent devant une tour de bureaux.

– On pourrait peut-être essayer de creuser dans les fondations ? suggéra Hermione sans grande conviction.

– Ce n'est pas là qu'il aurait caché un Horcruxe, répondit Harry.

Il le savait depuis le début : l'orphelinat était le lieu dont Voldemort avait résolu de s'enfuir. Jamais il n'y aurait dissimulé une partie de son âme. Dumbledore avait expliqué à Harry que Voldemort cherchait dans ses cachettes une certaine grandeur ou une puissance mystique. Ce sinistre coin grisâtre de Londres était aussi éloigné que possible du château de Poudlard, du ministère de la Magie ou d'un édifice comme Gringotts, la banque des sorciers, avec ses portes d'or et ses sols de marbre.

Même dépourvus de nouvelles idées, ils continuèrent de parcourir la campagne, plantant la tente dans un endroit différent chaque soir pour des raisons de sécurité. Au matin, ils s'assuraient de ne laisser derrière eux aucun indice pouvant trahir leur présence, puis partaient en quête d'un autre lieu retiré et solitaire, transplanant vers des forêts, des crevasses obscures au flanc des falaises, des landes pourpres, des montagnes aux pentes couvertes d'ajoncs et même, un jour, la plage de galets d'une crique abritée. Toutes les douze heures environ, ils se passaient l'Horcruxe, comme dans une version dénaturée, au ralenti, d'un jeu de furet où ils redoutaient que la chanson s'arrête car le prix à payer s'élevait à douze heures d'angoisse et de peur.

Harry continuait de ressentir des picotements dans sa cicatrice. Il remarqua que le phénomène se produisait plus souvent lorsque c'était lui qui portait l'Horcruxe. Parfois, il ne pouvait s'empêcher de réagir à la douleur.

– Quoi ? Qu'est-ce que tu as vu ? demandait Ron lorsqu'il voyait Harry grimacer.

– Un visage, marmonnait celui-ci à chaque fois. Toujours le même. Celui du voleur de Gregorovitch.

Ron détournait alors la tête sans chercher à dissimuler sa déception. Harry savait qu'il espérait avoir des nouvelles de sa famille, ou des autres membres de l'Ordre du Phénix mais, après tout, il n'était pas une antenne de télévision. Il pouvait seulement voir ce que pensait Voldemort à un moment donné, et non pas se brancher sur ce qu'il souhaitait, au gré de sa fantaisie. Apparemment, Voldemort n'avait plus en tête que le jeune inconnu au visage réjoui, dont Harry était sûr que le Seigneur des Ténèbres ignorait tout autant que lui le nom et le lieu de résidence. Tandis que sa cicatrice continuait de le brûler et que le joyeux jeune homme aux cheveux blonds flottait dans sa mémoire, telle une image inaccessible, Harry apprit à dissimuler tout signe de douleur ou de malaise. Les deux autres, en effet, s'irritaient d'entendre toujours parler du voleur. Harry ne pouvait entièrement les en blâmer, en un moment où ils cherchaient si désespérément une piste qui puisse les mener aux Horcruxes.

À mesure que les jours s'étiraient en semaines, il commença à soupçonner Ron et Hermione d'avoir des conversations sans lui et sur lui. Plusieurs fois, ils s'interrompirent brusquement en le voyant entrer dans la tente et à deux reprises, il les surprit par hasard, à quelque distance, leurs têtes penchées l'une contre l'autre, en train de parler précipitamment. Les deux fois, ils se turent à son approche et firent semblant de s'affairer à ramasser du bois ou à remplir un seau d'eau.

Il ne put s'empêcher de se demander s'ils avaient accepté de l'accompagner, dans ce qui apparaissait à présent comme un voyage futile et incohérent, uniquement parce qu'ils avaient cru tout d'abord que Harry avait un plan secret dont ils apprendraient les détails en cours de route. Ron ne faisait aucun effort pour dissimuler sa mauvaise humeur et Harry avait peur qu'Hermione, elle aussi, soit déçue par son incapacité à diriger les opérations. Dans une tentative désespérée, il essaya de penser à d'autres lieux où pourraient se trouver les Horcruxes mais le seul qui lui revenait régulièrement en tête était Poudlard. Et comme cette hypothèse paraissait improbable aux deux autres, il cessa d'en parler.

L'automne s'installait dans la campagne qu'ils ne cessaient de parcourir. Ils montaient à présent leur tente sur des couches de feuilles mortes et des brumes naturelles s'ajoutaient à celles répandues par les Détraqueurs. La pluie et le vent aggravaient leurs soucis. Le fait qu'Hermione ait appris à mieux identifier les champignons comestibles ne pouvait suffire à compenser leur isolement continu, le manque de compagnie ou leur totale ignorance de ce qui se passait dans la guerre contre Voldemort.

– Ma mère, dit Ron, un soir où ils étaient installés dans la tente sur la berge d'une rivière galloise, est capable de faire surgir dans les airs de délicieux petits plats.

L'air morose, il piqua sa fourchette dans les morceaux de poisson grisâtres et carbonisés rassemblés dans son assiette. Harry jeta machinalement un regard en direction de son cou et vit briller, comme il s'y était attendu, la chaîne d'or de l'Horcruxe. Il parvint à réfréner l'envie d'insulter Ron dont l'attitude, il le savait, s'améliorerait légèrement quand le moment serait venu pour lui d'enlever le médaillon.

– Ta mère ne peut pas faire surgir de la nourriture du néant, répliqua Hermione. Personne ne le peut. La nourriture est la première des exceptions principales à la loi de Gamp sur la métamorphose élémentaire…

– Tu ne peux pas parler normalement ? l'interrompit Ron en arrachant une arête d'entre ses dents.

– Il est impossible de faire apparaître de bons petits plats à partir de rien ! On peut utiliser un sortilège d'Attraction si on sait où ils se trouvent, on peut les modifier, on peut en accroître la quantité si on en a déjà…

– Surtout, ne te donne pas la peine d'accroître la quantité de ce truc-là, c'est dégoûtant, coupa Ron.

– Harry a pêché le poisson et j'ai fait ce que j'ai pu pour le préparer ! Je constate que c'est toujours moi qui finis par m'occuper de la cuisine. Sans doute parce que je suis une fille !

– Non, c'est parce que tu es censée être la meilleure en magie ! rétorqua Ron.

Hermione se leva d'un bond et des morceaux de brochet rôtis glissèrent de son assiette en étain, tombant sur le sol.

– Demain, c'est *toi* qui t'occuperas de la cuisine, Ron, c'est *toi* qui te procureras les ingrédients et c'est *toi* qui trouveras les formules magiques pour les transformer en quelque chose de mangeable. Moi, je resterai assise à ronchonner en faisant des grimaces et tu verras comment tu…

– Silence ! trancha Harry, en se levant à son tour, les deux mains tendues devant lui. Plus un mot !

Hermione parut scandalisée.

– Comment peux-tu prendre son parti, il ne fait pratiquement jamais la cuisine…

– Hermione, tais-toi, j'entends quelqu'un.

Il tendit l'oreille, les mains toujours levées pour les empêcher de parler. Mêlées au bruit de la rivière dont les eaux sombres bouillonnaient et clapotaient à côté d'eux, il entendit à nouveau des voix. Il jeta un coup d'œil au Scrutoscope. Il ne bougeait pas.

– Tu as jeté l'*Assurdiato* ? murmura-t-il à Hermione.

– J'ai fait tout ce qu'il fallait, chuchota-t-elle. *Assurdiato*, Repousse-Moldu et sortilèges de Désillusion, tout. Quels qu'ils soient, ils ne devraient ni nous entendre ni nous voir.

Des grattements, des raclements, auxquels s'ajoutaient des bruits de pierres ou de branchages remués, leur indiquèrent que plusieurs personnes descendaient la pente boisée et escarpée qui menait vers la berge étroite où ils avaient planté leur tente. Ils sortirent leurs baguettes, attendant. Les sortilèges qu'ils avaient jetés autour d'eux auraient dû suffire, dans l'obscurité quasi totale, à les dissimuler aux yeux de Moldus ou de sorciers normaux. Mais s'il s'agissait de Mangemorts, leurs défenses allaient peut-être subir pour la première fois l'épreuve de la magie noire.

À mesure que les nouveaux venus avançaient vers la rive, leurs voix devenaient plus sonores mais pas plus intelligibles. Harry estima que le groupe devait se trouver à cinq ou six mètres mais avec le bruit de cascade de la rivière, il était impossible d'en être sûr. Hermione attrapa le sac en perles et fouilla dedans. Au bout d'un certain temps, elle en retira trois Oreilles à rallonge et en jeta deux à Harry et à Ron qui enfoncèrent aussitôt dans leurs propres oreilles l'extrémité de la ficelle couleur chair, dont ils déroulèrent l'autre bout à l'entrée de la tente.

Quelques secondes plus tard, Harry entendit une voix d'homme au ton las :

– Il devrait y avoir des saumons, ici, ou tu crois que c'est trop tôt dans la saison ? *Accio saumon !*

Il y eut des clapotements caractéristiques puis les claquements d'un poisson qui se débattait entre les mains de l'homme. Quelqu'un poussa un grognement appréciateur. Harry enfonça plus profondément l'Oreille à rallonge dans la sienne. Par-dessus le murmure de la rivière, il percevait d'autres voix, mais elles ne parlaient pas anglais ni aucune autre langue humaine qu'il eût jamais entendue. C'était un langage rude, dissonant, une suite de sons gutturaux, grinçants. Apparemment, il y avait deux personnes qui s'exprimaient ainsi dont l'une avait une voix plus basse, plus lente que l'autre.

Des flammes jaillirent et dansèrent de l'autre côté de la toile. De grandes ombres passaient entre le feu et la tente. Un délicieux fumet de saumon braisé flotta jusqu'à eux, tentateur. Puis ils entendirent des cliquetis de couverts et d'assiettes et le premier homme parla à nouveau :

– Tenez, Gripsec, Gornuk.

« Des gobelins » dit Hermione en formant silencieusement le mot sur ses lèvres.

Harry approuva d'un signe de tête.

– Merci, répondirent ensemble les deux gobelins, en anglais.

– Alors, il y a combien de temps que vous êtes en fuite, tous les trois ? demanda une nouvelle voix, mélodieuse et agréable à l'oreille.

Elle était vaguement familière à Harry qui imagina un homme au visage jovial et au ventre rebondi.

– Six semaines… Sept peut-être… j'ai oublié, répondit l'homme au ton las. J'ai rencontré Gripsec au bout de deux jours et Gornuk s'est joint à nous quelque temps plus tard. Ça fait du bien d'avoir un peu de compagnie.

Il y eut une pause pendant laquelle on les entendit racler leurs couteaux contre les assiettes, puis prendre et reposer des chopes d'étain.

– Et toi, qu'est-ce qui t'a décidé à partir, Ted ? reprit l'homme.

– Je savais qu'ils venaient me chercher, répondit la voix mélodieuse du dénommé Ted, et Harry le reconnut soudain : c'était le père de Tonks. La semaine dernière, j'ai entendu dire qu'il y avait des Mangemorts dans le coin et j'ai décidé qu'il valait mieux m'enfuir. J'avais refusé de me faire enregistrer comme né-Moldu, par principe, tu comprends ? Je savais donc que ce n'était plus qu'une question de temps. Finalement, j'aurais été obligé de partir. Ma femme ne devrait pas avoir de problème, elle est de sang pur. Ensuite, j'ai rencontré Dean… c'était quand, fiston ? Il y a quelques jours, non ?

– Oui, répondit une autre voix.

Harry, Ron et Hermione échangèrent un regard. Ils restèrent silencieux, mais ils avaient du mal à contenir leur fébrilité, car ils étaient sûrs d'avoir reconnu la voix de Dean Thomas, leur condisciple de Gryffondor.

– Tu es né moldu, hein ? demanda le premier homme.

– Pas sûr, répliqua Dean. Mon père a quitté ma mère quand j'étais enfant. Mais je n'ai aucune preuve que c'était un sorcier.

Pendant un moment, le silence ne fut troublé que par des bruits de mastication, puis Ted parla à nouveau :

– Je dois dire, Dirk, que je suis surpris de tomber sur toi. Content, mais surpris. La rumeur courait que tu avais été arrêté.

– C'est vrai, répondit Dirk. Mais à mi-chemin d'Azkaban, je me suis enfui, j'ai stupéfixé Dawlish et je lui ai volé son balai. C'était plus facile qu'on ne l'aurait cru. Je crois qu'il n'est pas en très bonne forme, ces temps-ci. Il a peut-être subi un sortilège de Confusion. Si c'est le cas, j'aimerais bien serrer la main du sorcier ou de la sorcière qui lui a jeté le sort, ça m'a sans doute sauvé la vie.

Il y eut une nouvelle pause. Le feu crépitait, l'eau de la rivière bouillonnait. Enfin, Ted reprit :

– Et vous deux, comment vous vous situez ? Je… heu… j'avais l'impression que dans l'ensemble, les gobelins étaient partisans de Vous-Savez-Qui.

– C'était une fausse impression, répliqua le gobelin à la voix plus aiguë que l'autre. Nous ne prenons pas parti. C'est une guerre entre sorciers.

– Dans ce cas, pourquoi vous cachez-vous ?

– J'ai estimé que c'était plus prudent, répondit le gobelin à la voix grave. Ayant refusé de me soumettre à une exigence que je jugeais impudente, je voyais bien que ma sécurité personnelle était menacée.

– Que vous ont-ils demandé ? interrogea Ted.

– D'accomplir des tâches incompatibles avec la dignité de mon espèce, répondit le gobelin, la voix plus rude et moins humaine. Je ne suis pas un elfe de maison.

– Et vous, Gripsec ?

– Mêmes raisons, dit le gobelin à la voix aiguë. Gringotts n'est plus sous le seul contrôle de mes semblables. Et je ne reconnais aucun maître parmi les sorciers.

Dans un murmure, il ajouta quelque chose en Gobelbabil et Gornuk éclata de rire.

– C'était quoi, la blague ? demanda Dean.

– Il a dit, expliqua Dirk, qu'il y a aussi des choses que les sorciers ne reconnaissent pas.

Il y eut un bref silence.

– Je ne comprends pas l'astuce, avoua Dean.

– J'ai eu ma petite revanche avant de partir, reprit Gripsec en anglais.

– Bravo, bonhomme…, approuva Ted. Bongobelin, devrais-je dire, rectifia-t-il aussitôt. Vous n'avez quand même pas réussi à enfermer un Mangemort dans l'une de vos vieilles chambres fortes inviolables ?

– Si c'était le cas, l'épée ne l'aurait pas aidé à forcer la porte, répondit Gripsec.

Gornuk s'esclaffa à nouveau et Dirk lui-même eut un petit rire sec.

– Encore quelque chose qui nous a échappé, à Dean et à moi, dit Ted.

– Il y a aussi quelque chose qui a échappé à Severus Rogue, mais il ne le sait pas encore, reprit Gripsec.

Les deux gobelins éclatèrent d'un grand rire féroce.

À l'intérieur de la tente, l'excitation de Harry devint telle qu'il avait du mal à respirer. Ils se regardèrent avec Hermione, tendant l'oreille pour ne pas perdre le moindre mot.

– Tu n'as pas entendu parler de ça, Ted ? demanda Dirk.

Les mômes qui ont essayé de voler l'épée de Gryffondor dans le bureau de Rogue, à Poudlard ?

Figé sur place, Harry eut l'impression que chaque nerf de son corps était parcouru d'un courant électrique.

– Jamais rien su, dit Ted. Ils n'en ont pas parlé dans *La Gazette* ?

– Ça m'étonnerait, répondit Dirk en gloussant de rire. C'est Gripsec qui me l'a raconté. Il l'a entendu dire par Bill Weasley qui travaille pour la banque. L'un des mômes qui ont essayé de voler l'épée était la jeune sœur de Bill.

Harry jeta un coup d'œil à Hermione et à Ron qui s'accrochaient tous deux à leurs Oreilles à rallonge comme s'il s'était agi d'un filin de sécurité.

– Elle et deux autres amis se sont introduits dans le bureau de Rogue et ont fracassé la vitrine dans laquelle il gardait l'épée. Rogue les a surpris au moment où ils essayaient de s'enfuir dans l'escalier.

– Dieu les bénisse, dit Ted. Pensaient-ils pouvoir se servir de l'épée contre Vous-Savez-Qui ? Ou contre Rogue lui-même ?

– Je ne sais pas ce qu'ils avaient en tête mais, en tout cas, Rogue a estimé que l'épée n'était plus en sécurité là où elle était, poursuivit Dirk. Deux jours plus tard, sur l'ordre de Vous-Savez-Qui, j'imagine, il a envoyé l'épée à Londres pour qu'elle soit conservée à Gringotts.

Les gobelins recommencèrent à rire.

– Je ne vois toujours pas ce qu'il y a de drôle, remarqua Ted.

– C'est un faux, répondit Gripsec d'une voix râpeuse.

– L'épée de Gryffondor !

– Oui. C'est une copie – une excellente copie, il est

vrai – mais fabriquée par des sorciers. La vraie a été forgée il y a des siècles par des gobelins et elle était dotée de certaines propriétés que seules les armes produites par les gobelins possèdent. J'ignore où se trouve la véritable épée de Gryffondor, mais ce n'est certainement pas dans un coffre de Gringotts.

– Je comprends, dit Ted. Et bien entendu, vous ne vous êtes pas donné la peine d'en informer les Mangemorts ?

– Je ne voyais aucune raison de les importuner avec ce genre de détails, répondit Gripsec d'un ton suffisant.

Cette fois, Ted et Dean joignirent leurs éclats de rire à ceux de Gornuk et de Dirk.

Dans la tente, Harry ferma les yeux. Il souhaitait ardemment que quelqu'un pose la question si importante pour lui et au bout d'une minute qui lui parut dix fois plus longue, ce fut Dean qui exauça son vœu. Lui aussi (Harry tressaillit à ce souvenir) avait été le petit ami de Ginny.

– Qu'est-ce qui est arrivé à Ginny et aux autres ? Ceux qui ont essayé de voler l'épée ?

– Oh, ils ont été punis, et cruellement, répondit Gripsec d'un ton indifférent.

– Ce n'est pas trop sérieux, j'espère ? demanda précipitamment Ted. Les Weasley n'ont vraiment pas besoin qu'un autre de leurs enfants soit blessé.

– Autant que je le sache, ils n'ont rien subi de grave, assura Gripsec.

– Une chance pour eux, remarqua Ted. Avec les antécédents de Rogue, on peut s'estimer heureux qu'ils soient toujours vivants.

– Alors, toi aussi, tu crois cette histoire, Ted ? interrogea Dirk. Tu penses que Rogue a tué Dumbledore ?

– Bien sûr que oui, répliqua Ted. Tu ne vas quand même pas m'affirmer tranquillement que Potter a quelque chose à voir là-dedans ?

– On ne sait plus que croire, ces temps-ci, marmonna Dirk.

– Je connais Harry Potter, intervint Dean. Et à mon avis, il mérite sa réputation… c'est bien lui l'Élu, ou quel que soit le nom qu'on lui donne.

– Ouais, il y a plein de gens qui aimeraient bien en être persuadés, fiston, répliqua Dirk. Moi y compris. Mais où est-il ? Apparemment, il a pris la fuite. S'il savait quelque chose qu'on ignore, ou s'il était quelqu'un d'exceptionnel, on pourrait penser qu'il serait là à se battre, à organiser la résistance, au lieu de se cacher. Et tu sais, *La Gazette* a publié des articles assez convaincants contre lui…

– *La Gazette* ? l'interrompit Ted avec mépris. Tu mérites bien qu'on te raconte des mensonges si tu continues à lire cette flaque de boue, Dirk. Si tu veux les faits, essaye *Le Chicaneur*.

Il y eut une soudaine explosion de toux et de hoquets, suivie de grands coups sourds. Apparemment, Dirk avait avalé une arête. Il parvint enfin à balbutier :

– *Le Chicaneur* ? Le torchon délirant de Xeno Lovegood ?

– Il n'est pas si délirant que ça, ces temps-ci, dit Ted. Tu devrais y jeter un coup d'œil. Xeno publie tout ce que *La Gazette* passe sous silence, il ne parle pas une seule fois du Ronflak Cornu dans le dernier numéro. Combien de temps le laisseront-ils faire, je n'en sais rien. Mais Xeno affirme à la une de chaque numéro que tous les sorciers opposés à Vous-Savez-Qui devraient avoir pour priorité d'apporter leur aide à Harry Potter.

– Pas facile d'aider quelqu'un qui a disparu de la surface de la terre, fit remarquer Dirk.

– Écoute, le simple fait qu'ils n'aient pas encore réussi à le capturer est déjà un sacré exploit, poursuivit Ted. J'aimerais bien en prendre de la graine. C'est ce qu'on cherche tous à faire, rester libres, non ?

– Oui, c'est vrai, sur ce point, tu as raison, reconnut Dirk d'un ton lourd. Avec le ministère et tous ses informateurs à ses trousses, je m'attendais à ce qu'il soit en prison, à l'heure qu'il est. Mais finalement, qui peut assurer qu'ils ne l'ont pas déjà arrêté et exécuté sans l'avoir annoncé ?

– Ah, ne dis pas ça, Dirk, murmura Ted.

Pendant la longue pause qui suivit, on entendit de nouveaux bruits de couverts entrechoqués. Lorsque la conversation reprit, ce fut pour décider s'ils feraient mieux de dormir sur la berge ou de remonter le flanc boisé de la colline. Estimant que les arbres leur offriraient un meilleur abri, ils éteignirent leur feu et gravirent la pente, leurs voix s'évanouissant au loin.

Harry, Ron et Hermione enroulèrent les Oreilles à rallonge. Harry, qui avait éprouvé de plus en plus de difficultés à demeurer silencieux à mesure qu'il les entendait parler, fut incapable de dire autre chose que :

– Ginny... L'épée...

– Je sais ! s'exclama soudain Hermione.

Elle se rua sur le sac en perles et y plongea cette fois le bras tout entier.

– Ça y est... le... voilà..., dit-elle entre ses dents serrées.

Elle tira quelque chose qui se trouvait dans les profondeurs. Lentement, le coin d'un cadre ouvragé apparut. Harry se précipita pour l'aider. Tout en hissant hors du sac le portrait vide de Phineas Nigellus, Hermione gardait sa baguette pointée dessus, prête à jeter un sort à tout instant.

– Si quelqu'un a échangé la véritable épée contre sa copie pendant qu'il était dans le bureau de Dumbledore, dit-elle d'une voix essoufflée, tandis qu'ils posaient le tableau debout contre la toile de la tente, Phineas Nigellus l'aurait vu, il était accroché juste à côté de la vitrine !

– À moins qu'il n'ait été endormi, objecta Harry.

Mais il retint quand même son souffle lorsque Hermione s'agenouilla devant la toile vide, sa baguette dirigée en son centre, et dit, après s'être éclairci la gorge :

– Heu… Phineas ? Phineas Nigellus ?

Il ne se passa rien.

– Phineas Nigellus ? répéta Hermione. Professeur Black ? Pourrions-nous vous parler ? S'il vous plaît ?

– « S'il vous plaît » est toujours utile, répondit une voix froide et narquoise.

Phineas Nigellus se glissa alors dans son tableau. Hermione s'écria aussitôt :

– *Obscuro !*

Un bandeau noir apparut soudain sur les yeux sombres et vifs de Phineas Nigellus qui se cogna contre le bord du cadre et poussa un cri de douleur.

– Que… Comment osez-vous… ? Qu'est-ce que vous…

– Je suis vraiment désolée, professeur Black, s'excusa Hermione, mais c'est une précaution indispensable !

– Ôtez immédiatement cet ajout détestable ! Ôtez-le, vous dis-je ! Vous êtes en train de détruire une grande œuvre d'art ! Où suis-je ? Que se passe-t-il ?

– Peu importe où nous sommes, répondit Harry.

Phineas Nigellus s'immobilisa, abandonnant toute tentative d'effacer le bandeau peint.

– Est-il possible qu'il s'agisse de la voix de l'insaisissable Mr Potter ?

– Peut-être bien, admit Harry, sachant qu'il éveillerait ainsi l'intérêt de Phineas Nigellus. Nous avons deux ou trois questions à vous poser… au sujet de l'épée de Gryffondor.

– Ah, dit Phineas qui tournait la tête dans tous les sens pour s'efforcer d'apercevoir Harry. Oui, cette petite sotte a agi d'une manière bien imprudente…

– Ne parlez pas comme ça de ma sœur, s'insurgea Ron d'un ton abrupt.

Phineas Nigellus haussa des sourcils dédaigneux.

– Qui d'autre se trouve ici ? demanda-t-il, tournant à nouveau la tête de tous côtés. Votre ton me déplaît ! Cette jeune fille et ses amis se sont conduits avec une extrême témérité. Voler le directeur !

– Ils ne volaient pas, répliqua Harry. L'épée n'appartient pas à Rogue.

– Elle appartient à l'école du professeur Rogue, déclara Phineas Nigellus. Pourriez-vous me dire exactement quel droit cette fille Weasley peut avoir sur cet objet ? Elle a mérité sa punition, ainsi que cet idiot de Londubat et cette grotesque petite Lovegood !

– Neville n'est pas un idiot et Luna n'est pas grotesque ! protesta Hermione.

– Où suis-je ? répéta Phineas Nigellus qui recommençait à se débattre avec son bandeau. Où m'avez-vous amené ? Pourquoi m'avez-vous enlevé de la maison de mes ancêtres ?

– Peu importe ! Quelle punition Rogue a-t-il infligée à Ginny, Neville et Luna ? demanda Harry d'un ton pressant.

– Le professeur Rogue les a envoyés dans la Forêt interdite accomplir quelques tâches pour ce gros balourd de Hagrid.

– Hagrid n'est pas un gros balourd ! s'écria Hermione d'une voix perçante.

– Rogue a peut-être pensé que c'était une punition, dit Harry, mais Ginny, Neville et Luna ont dû bien s'amuser avec Hagrid. La Forêt interdite... Ils ont vu pire ! Ce n'est pas grand-chose !

Il se sentit soulagé. Il avait imaginé des horreurs, le sortilège Doloris, au minimum.

– Ce que nous voulons vraiment savoir, professeur Black, c'est si quelqu'un d'autre a un jour... heu... pris l'épée ? Peut-être pour la nettoyer ou... ou autre chose ?

Phineas interrompit à nouveau ses efforts pour se débarrasser du bandeau et ricana.

– Ah, les *nés-Moldus* ! répliqua-t-il. Les armes et armures fabriquées par les gobelins n'ont pas besoin d'être nettoyées, petite simplette. L'argent des gobelins repousse la vulgaire saleté et n'absorbe que ce qui le renforce.

– Ne traitez pas Hermione de simplette, protesta Harry.

– Je commence à me lasser d'être sans cesse contredit, déclara Phineas Nigellus. Peut-être est-il temps pour moi de retourner dans le bureau du directeur ?

Les yeux toujours bandés, il tâtonna le bord de son cadre, essayant de sortir du tableau et de revenir dans celui de Poudlard à l'aveuglette. Harry eut une inspiration soudaine.

– Dumbledore ! Vous pouvez faire venir Dumbledore ?

– Je vous demande pardon ? s'étonna Phineas Nigellus.

– Le portrait du professeur Dumbledore... Ne pourriez-vous pas l'amener dans le vôtre ?

Phineas tourna la tête dans la direction d'où lui parvenait la voix de Harry.

— De toute évidence, il n'y a pas que les nés-Moldus qui sont ignorants, Potter. Les portraits de Poudlard peuvent aller d'un tableau à l'autre, mais il leur est impossible de voyager hors du château sauf pour se rendre dans une autre peinture qui les représente ailleurs. Dumbledore ne peut pas venir ici avec moi et après le traitement que j'ai dû subir entre vos mains, je puis vous assurer que je ne renouvellerai pas ma visite !

Légèrement dépité, Harry regarda Phineas redoubler d'efforts pour quitter son cadre.

— Professeur Black, reprit Hermione, ne pourriez-vous simplement nous préciser, *s'il vous plaît*, à quel moment l'épée a quitté sa vitrine pour la dernière fois ? Je veux dire, avant que Ginny la prenne ?

Phineas eut un petit grognement impatient.

— Je crois que la dernière fois que j'ai vu l'épée de Gryffondor sortir de sa vitrine, c'est quand le professeur Dumbledore s'en est servi pour fendre une bague.

Hermione se retourna soudain vers Harry. Ils ne voulaient pas en dire plus devant Phineas Nigellus qui avait enfin réussi à trouver la sortie.

— Je vous souhaite une bonne nuit, lança-t-il, d'un ton un peu aigre.

À nouveau, il commença à disparaître. On ne voyait plus que le bord de son chapeau lorsque Harry poussa un cri soudain.

— Attendez ! Avez-vous raconté à Rogue ce que vous aviez vu ?

Le visage aux yeux bandés de Phineas réapparut à l'intérieur du cadre.

– Le professeur Rogue a bien d'autres soucis en tête que les nombreuses excentricités d'Albus Dumbledore. *Adieu*, Potter !

Cette fois, il s'effaça complètement, ne laissant derrière lui que la toile de fond d'un brun terreux.

– Harry ! s'écria Hermione.

– Je sais ! s'exclama Harry.

Incapable de se dominer, il donna un coup de poing dans le vide : il n'aurait jamais osé en espérer tant ! Il marcha de long en large sous la tente, avec un tel entrain qu'il aurait volontiers couru deux kilomètres. Il n'avait même plus faim. Hermione fourra à nouveau le portrait de Phineas Nigellus dans le sac en perles. Lorsqu'elle l'eut refermé, elle le jeta un peu plus loin et leva vers Harry un visage rayonnant.

– L'épée peut détruire les Horcruxes ! Les lames fabriquées par les gobelins n'absorbent que ce qui les renforce. Harry, cette épée est imprégnée de venin de Basilic !

– Et Dumbledore ne me l'a pas donnée lui-même parce qu'il en avait encore besoin, il voulait l'utiliser pour le médaillon…

– Et il a dû prévoir qu'ils ne te laisseraient pas la prendre s'il te la léguait par testament…

– Il en a donc fait faire une copie…

– Et a mis la fausse épée dans la vitrine…

– En laissant la vraie… Où ?

Leurs regards se croisèrent. Harry sentait que la réponse était suspendue dans les airs, invisible, au-dessus de leur tête, à la fois proche et inaccessible. Pourquoi Dumbledore ne lui avait-il pas dit où elle se trouvait ? Ou bien le lui avait-il dit sans que Harry le comprenne sur le moment ?

– Réfléchis ! murmura Hermione. Réfléchis ! Où aurait-il pu la cacher ?

– Pas à Poudlard, répondit Harry en recommençant à faire les cent pas.

– Quelque part à Pré-au-Lard ? suggéra Hermione.

– La Cabane hurlante, peut-être ? Personne n'y va jamais.

– Mais Rogue sait comment y entrer, tu ne crois pas que ce serait un peu risqué ?

– Dumbledore avait confiance en Rogue, lui rappela Harry.

– Pas suffisamment pour lui révéler qu'il avait échangé les deux épées, fit remarquer Hermione.

– C'est vrai, tu as raison !

Harry se sentit encore plus joyeux à la pensée que Dumbledore ait pu avoir des réserves, si faibles soient-elles, sur la loyauté de Rogue.

– Dans ce cas, aurait-il caché l'épée loin de Pré-au-Lard ? Qu'est-ce que tu en penses, Ron ? Ron ?

Harry regarda autour de lui. Pendant un instant d'incrédulité, il pensa que Ron était peut-être sorti de la tente puis s'aperçut qu'il était simplement allongé dans l'ombre d'un des lits superposés, le visage immobile.

– Ah tiens, vous vous êtes souvenus de mon existence ? dit-il.

– Quoi ?

Ron laissa échapper un petit ricanement, les yeux fixés sur le lit supérieur, au-dessus de sa tête.

– Continuez tous les deux, je ne veux surtout pas jouer les rabat-joie.

Perplexe, Harry se tourna vers Hermione, en quête d'un peu d'aide, mais elle hocha la tête, apparemment aussi déconcertée que lui.

– C'est quoi, le problème ? demanda Harry.

– Le problème ? Il n'y a pas de problème, répondit Ron, refusant toujours de regarder Harry. Selon toi, en tout cas.

Ils entendirent plusieurs ploc ! sur la toile, au-dessus de leurs têtes. Il avait commencé à pleuvoir.

– Toi, en revanche, on voit que tu en as un, reprit Harry. Alors, vas-y, raconte.

Ron balança ses longues jambes hors du lit et se redressa en position assise. Il avait un air méchant qui ne lui ressemblait pas.

– D'accord, je vais raconter. Ne compte pas sur moi pour marcher de long en large dans cette tente en me demandant où peut bien se trouver un de ces fichus objets qu'il faudrait se procurer. Tu n'as qu'à l'ajouter à la liste de tout ce que tu ne sais pas.

– Que je ne sais pas ? répéta Harry. Que *je* ne sais pas ?

Ploc ! Ploc ! Ploc ! La pluie tombait plus fort et plus dru. Elle tambourinait autour d'eux sur la berge recouverte de feuilles mortes et sur l'eau de la rivière qui murmurait dans l'obscurité. La crainte tempéra soudain l'enthousiasme de Harry : Ron était en train de dire exactement tout ce qu'il l'avait soupçonné de penser, tout ce qu'il avait appréhendé.

– Je m'amuse comme un petit fou, ici, croyez-le bien, poursuivit Ron, avec mon bras estropié et rien à manger, à me geler les fesses toutes les nuits. J'avais simplement espéré qu'après avoir passé des semaines à courir partout, on aurait fini par obtenir un résultat.

– Ron, dit Hermione, mais à voix si basse qu'il pouvait faire semblant de ne pas l'avoir entendue avec le martèlement de la pluie sur la tente.

– Je croyais que tu savais à quoi tu t'étais engagé, lança Harry.

– Oui, moi aussi, je le croyais.

– Alors qu'est-ce qui n'est pas à la hauteur de tes espérances ? interrogea Harry.

La colère venait à sa rescousse, à présent.

– Tu pensais que nous allions descendre dans des hôtels cinq étoiles ? Que nous trouverions un Horcruxe tous les deux jours ? Tu croyais pouvoir revenir chez maman pour Noël ?

– On croyait que tu savais ce que tu faisais ! s'exclama Ron en se levant.

Ses paroles transpercèrent Harry comme des lames brûlantes.

– On croyait que Dumbledore t'avait expliqué comment t'y prendre, on croyait que tu avais un véritable plan !

– Ron ! s'écria Hermione.

Cette fois, sa voix était parfaitement audible malgré le fracas de la pluie sur le toit de la tente, mais il ne lui prêtait toujours pas la moindre attention.

– Eh bien, désolé de t'avoir déçu, répondit Harry d'un ton très calme, malgré le sentiment de vide, d'insuffisance, qu'il éprouvait. J'ai été franc avec toi dès le début, je t'ai répété tout ce que Dumbledore m'avait révélé. Et au cas où tu ne l'aurais pas remarqué, nous avons trouvé un Horcruxe…

– Oui, et on est aussi près de s'en débarrasser que de retrouver les autres… C'est-à-dire fichtrement loin.

– Enlève le médaillon, Ron, le pressa Hermione, la voix étrangement aiguë. S'il te plaît, enlève-le. Tu ne parlerais pas comme ça si tu ne l'avais pas porté toute la journée.

– Oh, si, il dirait exactement la même chose, assura Harry qui ne voulait pas trouver d'excuses à Ron. Vous croyez que je n'ai pas remarqué vos messes basses derrière mon dos ? Vous croyez que j'ignorais ce que vous aviez dans la tête, tous les deux ?

– Harry, nous n'étions pas…

– Ne mens pas ! lui lança Ron. Toi aussi, tu m'as avoué que tu étais déçue, toi aussi, tu pensais qu'il en savait un peu plus que…

– Je ne l'ai pas dit comme ça… Harry, ce n'est pas ce que j'ai dit ! s'écria-t-elle.

La pluie continuait de marteler la tente, des larmes ruisselaient sur le visage d'Hermione et l'excitation qu'ils avaient ressentie quelques minutes auparavant s'était évanouie, tel un bref feu d'artifice dont l'éclat se serait trop vite éteint, ne laissant autour d'eux que l'obscurité, l'humidité et le froid. L'épée de Gryffondor était cachée quelque part, ils ne savaient pas où, et pour l'instant, ils n'étaient plus que trois adolescents dans une tente, avec pour seul résultat à leur actif le fait de ne pas être encore morts.

– Alors, pourquoi es-tu toujours ici ? demanda Harry à Ron.

– Je n'en sais rien, répliqua celui-ci.

– Rentre chez toi, dans ce cas, suggéra Harry.

– Ouais, c'est peut-être ce que je vais faire !

Il s'avança en direction de Harry qui ne recula pas.

– Tu n'as donc pas entendu ce qu'ils ont dit au sujet de ma sœur ? Mais bien sûr, tu t'en fiches comme d'un pet de rat, on l'a seulement envoyée dans la Forêt interdite. Harry Potter, *Celui-Qui-A-Vu-Pire*, ne se soucie pas de ce qui a pu lui arriver, eh bien, moi, figure-toi, je me soucie des araignées géantes et de tous ces trucs de dingues…

– Je disais seulement… elle était avec les autres, ils étaient avec Hagrid…

– Ouais, c'est bien ça, tu t'en fiches ! Et le reste de ma famille ? « Les Weasley n'ont vraiment pas besoin qu'un autre de leurs enfants soit blessé », tu l'as entendu ?

– Oui, je…

– Mais tu ne t'es pas inquiété de savoir ce que ça pouvait bien signifier, hein ?

– Ron ! s'exclama Hermione, se glissant entre eux de force. Je ne pense pas que ça veuille dire qu'il se soit passé quelque chose de nouveau, quelque chose que nous ignorons. Réfléchis, Ron, Bill a eu le visage tailladé, plein de gens, à l'heure qu'il est, ont dû voir que George avait perdu une oreille et tu es censé être sur ton lit de mort, terrassé par l'éclabouille, je suis sûre que c'est la seule chose qu'il voulait dire…

– Ah, tu es sûre ? Très bien, alors, je ne vais plus me faire de souci pour eux. Tout va bien pour vous deux, vos parents sont en sécurité…

– Mes parents sont *morts* ! beugla Harry.

– Et il pourrait arriver la même chose aux miens ! hurla Ron.

– Alors, VA-T'EN ! rugit Harry. Va les retrouver, fais semblant d'avoir guéri de ton éclabouille, comme ça, maman pourra te préparer à manger et…

Ron fit un mouvement brusque. Harry réagit mais, avant que l'un d'eux ait eu le temps de tirer sa baguette de sa poche, Hermione brandissait déjà la sienne.

– *Protego* ! s'écria-t-elle, et un bouclier invisible se déploya, Harry et elle d'un côté, Ron de l'autre.

Sous la force du sortilège, tous trois furent projetés en arrière de quelques pas et Harry et Ron se regardèrent d'un air féroce, de part et d'autre de la barrière transparente, comme si c'était la première fois qu'ils se voyaient distinctement. Harry ressentit à l'égard de Ron une haine corrosive : quelque chose s'était cassé entre eux.

– Laisse l'Horcruxe, dit Harry.

Ron enleva la chaîne de son cou en la passant par-dessus sa tête d'un geste brusque et jeta le médaillon sur un fauteuil proche. Puis il se tourna vers Hermione.

– Qu'est-ce que tu fais ?

– Que veux-tu dire ?

– Tu restes ou quoi ?

– Je...

Elle parut angoissée.

– Oui... oui, je reste. Ron, nous avions dit que nous partirions avec Harry, nous avions dit que nous l'aiderions...

– Compris. C'est lui que tu choisis.

– Ron, non... s'il te plaît... reviens, reviens !

Son propre charme du Bouclier l'empêcha de passer. Lorsqu'elle l'eut annulé, Ron avait déjà filé dans la nuit. Harry resta debout, immobile et silencieux, l'écoutant sangloter et appeler le nom de Ron parmi les arbres.

Quelques minutes plus tard, elle revint dans la tente, ses cheveux ruisselants collés contre son visage.

– Il... il est p... parti ! Il a transplané !

Elle se jeta dans un fauteuil, se recroquevilla et fondit en larmes.

Harry se sentait hébété. Il se pencha, prit l'Horcruxe et l'accrocha autour de son cou. Puis il arracha les couvertures du lit de Ron et les étala sur Hermione. Enfin, il grimpa dans son propre lit et fixa des yeux le toit sombre de la tente, écoutant la pluie qui tambourinait sur la toile.

16
GODRIC'S HOLLOW

Lorsque Harry se réveilla le lendemain matin, il lui fallut plusieurs secondes pour se rappeler ce qui s'était passé. Il eut alors l'espoir puéril qu'il s'agissait d'un rêve, que Ron était toujours là, qu'il n'était jamais parti. Pourtant, en tournant la tête sur son oreiller, il vit son lit abandonné. Ses yeux semblaient attirés par cette couchette vide comme par un cadavre. Harry sauta à bas de son propre lit en évitant de regarder celui de Ron. Hermione, qui s'affairait déjà dans la cuisine, ne lui dit pas bonjour et détourna vivement la tête lorsqu'il passa à côté d'elle.

« Il est parti, songea Harry. Il est parti. » Il dut se le répéter pendant qu'il se lavait et s'habillait, comme si cela pouvait atténuer le choc. « Il est parti et il ne reviendra pas. » C'était la vérité pure et simple, Harry ne pouvait l'ignorer car, une fois qu'ils auraient quitté cet endroit, leurs sortilèges de Protection empêcheraient Ron de les retrouver.

Ils prirent leur petit déjeuner en silence. Hermione avait les yeux rouges et bouffis. On aurait dit qu'elle n'avait pas dormi de la nuit. Ils firent leurs bagages, mais Hermione traînait. Harry savait pourquoi elle tenait tant à s'attarder au bord de cette rivière. À plusieurs reprises, il la vit lever les yeux d'un air fébrile : elle avait eu l'illusion d'entendre un bruit de pas sous la pluie battante, mais aucune tête aux cheveux roux n'apparaissait entre les arbres. Chaque fois que Harry l'imitait, qu'il jetait soudain un regard par-dessus son épaule (car il ne pouvait s'empêcher de conserver lui-même un petit espoir) et ne voyait que les arbres balayés par la pluie, une nouvelle parcelle de fureur explosait en lui. Il entendait encore Ron lui dire : « On croyait que tu savais ce que tu faisais ! » et il continuait à emballer ses affaires, l'estomac noué.

La rivière boueuse, à côté d'eux, montait rapidement et bientôt, ses eaux déborderaient. Ils avaient déjà dépassé d'une bonne heure le moment où ils quittaient habituellement leur campement. Enfin, après avoir vidé et rempli trois fois de suite le sac en perles, Hermione ne sembla plus trouver aucune raison de s'attarder davantage. Harry et elle se prirent alors par la main et transplanèrent, réapparaissant au flanc d'une colline couverte de bruyère et battue par le vent.

À l'instant même où ils arrivèrent, Hermione lâcha la main de Harry et s'éloigna de lui. Elle finit par s'asseoir sur un gros rocher, le front sur les genoux, secouée de sanglots. Harry la regarda, en pensant qu'il devrait aller la réconforter, mais quelque chose le clouait sur place. Tout en lui semblait froid et tendu. Il revit en pensée l'expression de mépris sur le visage de Ron. Harry se mit à marcher à grands pas dans la bruyère et décrivit un large cercle dont la malheureuse Hermione était le centre, prononçant lui-même les formules des sortilèges qu'elle se chargeait habituellement de jeter autour d'eux pour assurer leur protection.

Dans les jours qui suivirent, ils ne parlèrent pas du tout

de Ron. Harry était décidé à ne plus jamais prononcer son nom et Hermione savait qu'il était inutile d'aborder le sujet. Parfois, cependant, il l'entendait pleurer la nuit quand elle le croyait endormi. Entre-temps, Harry avait pris l'habitude de sortir la carte du Maraudeur et de l'examiner à la lueur de sa baguette. Il attendait le moment où le point portant le nom de Ron resurgirait dans les couloirs de Poudlard, prouvant qu'il était de retour dans le confortable château où il serait protégé par son statut de sang-pur. Mais Ron n'apparaissait pas sur la carte et au bout d'un certain temps, Harry ne la sortit plus que pour voir le nom de Ginny dans le dortoir des filles, en se demandant si l'intensité de son regard pouvait la visiter dans son sommeil, lui faire savoir d'une manière ou d'une autre qu'il pensait à elle, espérant qu'elle allait bien.

Ils consacraient leurs journées à tenter de déterminer où pouvait bien se trouver l'épée de Gryffondor, mais plus ils évoquaient les endroits où Dumbledore aurait pu la cacher, plus leurs spéculations devenaient excessives, désespérées. Il avait beau se creuser la cervelle, Harry ne parvenait pas à se souvenir que Dumbledore ait jamais mentionné un lieu quelconque dans lequel il aurait eu l'idée de dissimuler quelque chose. Parfois, il ne savait pas si c'était contre Ron ou contre Dumbledore qu'il était le plus en colère. « On croyait que tu savais ce que tu faisais… On croyait que Dumbledore t'avait expliqué comment t'y prendre, on croyait que tu avais un véritable plan ! »

Il ne pouvait se le cacher : Ron avait raison. Dumbledore l'avait laissé pratiquement sans rien. Ils avaient découvert un Horcruxe mais ils ne disposaient d'aucun moyen de le détruire. Quant aux autres, ils étaient toujours aussi inaccessibles. Le désespoir menaçait de le submerger. Il était atterré, à présent, en repensant à sa propre présomption, lorsqu'il avait accepté la proposition de ses amis de l'accompagner dans ce vagabondage dérisoire, incohérent. Il ne savait rien, n'avait aucune idée, et restait constamment, douloureusement, à l'affût du moindre signe indiquant qu'Hermione, elle aussi, s'apprêtait à lui annoncer qu'elle en avait assez et qu'elle s'en allait.

Ils passaient la plupart de leurs soirées dans un silence presque total et Hermione avait maintenant pris l'habitude de sortir le portrait de Phineas Nigellus qu'elle posait debout sur une chaise, comme s'il pouvait remplir en partie le vide laissé par le départ de Ron. En dépit de son affirmation qu'il ne reviendrait plus jamais les voir, Phineas Nigellus n'avait pas pu résister au désir d'en savoir plus sur ce que Harry préparait et il consentait ainsi à réapparaître de temps à autre, son bandeau sur les yeux. Harry était même content de le voir, car il lui tenait compagnie même s'il était du genre narquois et persifleur. Ils se délectaient des nouvelles en provenance de Poudlard, bien que Phineas Nigellus ne fût pas l'informateur idéal. Il vénérait Rogue, le premier directeur issu de Serpentard depuis que lui-même avait dirigé l'école, et ils devaient prendre garde à ne pas le critiquer, ou à ne pas poser de questions impertinentes à son sujet, sinon Phineas quittait instantanément son tableau.

Parfois, cependant, il laissait échapper quelques bribes d'information. Rogue devait apparemment faire face à une mutinerie constante qui venait de la base et était menée par un noyau dur d'élèves. Ginny n'avait plus le droit d'aller à Pré-au-Lard. Rogue avait par ailleurs remis en vigueur l'ancien décret d'Ombrage interdisant les rassemblements de trois élèves ou plus, ainsi que toute association non officielle.

De tout cela, Harry avait déduit que Ginny, et sans doute avec elle, Neville et Luna, avaient fait de leur mieux pour perpétuer l'armée de Dumbledore. Ces maigres nouvelles lui donnaient une telle envie de voir Ginny qu'il en éprouvait comme un mal de ventre. Mais elles le faisaient également penser à Ron, et à Dumbledore, et aussi à Poudlard qui lui manquait presque autant que son ex-petite amie. Tandis que Phineas Nigellus parlait des mesures disciplinaires imposées par le nouveau directeur, Harry eut même, pendant une fraction de seconde, une pensée folle, imaginant qu'il pourrait tout simplement retourner à Poudlard pour participer à la déstabilisation du régime de Rogue : être nourri, avoir un lit douillet, avec des gens qui prenaient tout en charge, lui semblait en cet instant la plus merveilleuse perspective du monde. Mais il se rappela alors qu'il était l'Indésirable n° 1, que sa tête était mise à prix dix mille Gallions et qu'entrer à Poudlard ces temps-ci était à peu près aussi dangereux que de pénétrer dans le ministère de la Magie. Par inadvertance, Phineas Nigellus souligna ce fait en glissant quelques questions-pièges pour essayer d'en savoir plus sur l'endroit où Harry et Hermione se trouvaient. À chaque fois qu'il agissait ainsi, Hermione le remettait aussitôt dans son sac en perles et Phineas Nigellus refusait invariablement de réapparaître pendant plusieurs jours, vexé d'avoir été congédié avec une telle brusquerie.

Il faisait de plus en plus froid. Harry et Hermione n'osaient pas rester trop longtemps dans la même région et plutôt que de s'attarder dans le sud de l'Angleterre, où ils n'avaient pas de plus grave souci que la dureté du sol gelé, ils continuèrent à vagabonder dans tout le pays, bravant la neige fondue qui martela leur tente au flanc d'une montagne, un vaste marécage qui les inonda d'eau glacée, et une île minuscule au centre d'un loch écossais où ils furent à moitié ensevelis sous la neige au cours de la nuit.

Déjà, ils avaient vu briller les premiers arbres de Noël aux fenêtres des maisons lorsque Harry résolut un soir de suggérer à nouveau ce qui lui semblait la seule piste encore inexplorée. Ils venaient de terminer un repas exceptionnellement savoureux : Hermione s'était rendue dans un supermarché sous la cape d'invisibilité (en partant, elle avait scrupuleusement jeté l'argent dans le tiroir ouvert d'une caisse enregistreuse) et Harry pensa qu'elle serait peut-être plus influençable avec un ventre rempli de spaghetti *bolognese* et de poires au sirop. Par précaution, il avait également proposé qu'ils cessent pendant quelques heures de porter l'Horcruxe, et l'avait accroché au-dessus du lit, à côté de lui.

– Hermione ?

– Mmh ?

Elle était pelotonnée dans l'un des fauteuils défoncés, plongée dans *Les Contes de Beedle le Barde*. Il avait du mal à imaginer ce qu'elle pourrait bien encore tirer de ce livre qui, après tout, n'était pas si long. Mais de toute évidence, elle avait à nouveau trouvé quelque chose à y déchiffrer car le syllabaire Lunerousse était ouvert sur le bras du fauteuil.

Harry s'éclaircit la gorge. Il ressentait exactement la même chose que le jour où, plusieurs années auparavant, il avait demandé au professeur McGonagall s'il pourrait aller à Pré-au-Lard, bien qu'il n'eût pas réussi à convaincre les Dursley de lui signer son autorisation de sortie.

– Hermione, j'ai réfléchi et…

– Harry, est-ce que tu pourrais m'aider ?

Apparemment, elle ne l'avait pas écouté. Elle se pencha en avant et lui tendit *Les Contes de Beedle le Barde*.

– Regarde ce symbole, dit-elle en montrant le haut d'une page.

Au-dessus de ce qui semblait être le titre de l'histoire (étant incapable de lire les runes, il ne pouvait en être sûr), il vit une image représentant une sorte d'œil triangulaire, la pupille barrée par un trait vertical.

– Je n'ai jamais étudié les runes anciennes, Hermione.

– Je sais, mais ce n'est pas une rune et ce symbole ne figure pas dans le syllabaire. J'ai toujours pensé qu'il représentait un œil mais finalement je crois que ce n'est pas ça ! Il a été tracé à l'encre, regarde, quelqu'un l'a dessiné là, ça ne fait pas partie du livre. Réfléchis, est-ce que tu l'as déjà vu quelque part ?

– Non… non… attends…

Harry regarda plus attentivement.

– Ce ne serait pas le même signe que le père de Luna portait autour du cou ?

– C'est ce que je pensais !

– Alors, c'est la marque de Grindelwald.

Elle le regarda bouche bée.

– *Quoi ?*

– Krum m'a dit…

Il lui répéta l'histoire que Viktor Krum lui avait racontée au mariage et Hermione parut abasourdie.

– La marque de *Grindelwald* ?

Elle regarda alternativement Harry et l'étrange symbole.

– Je n'ai jamais entendu dire que Grindelwald avait une

marque. On n'en parle nulle part dans tout ce que j'ai lu sur lui.

– Comme je te l'ai dit, Krum affirme que ce symbole était gravé sur un mur à Durmstrang et pense que c'est Grindelwald qui l'avait mis là.

Hermione se laissa retomber au fond du vieux fauteuil, les sourcils froncés.

– C'est vraiment bizarre. S'il s'agit d'un symbole de magie noire, qu'est-ce qu'il fait dans un recueil de contes pour enfants ?

– Bizarre, en effet, admit Harry. Et on pourrait penser que Scrimgeour l'aurait reconnu. En tant que ministre, il aurait dû être expert en matière de magie noire.

– Je sais… Peut-être a-t-il pensé comme moi que c'était tout simplement un œil. Toutes les autres histoires ont des petits dessins au-dessus du titre.

Elle se tut et continua de contempler l'étrange marque. Harry fit une nouvelle tentative.

– Hermione ?

– Mmh ?

– J'ai réfléchi. Je… je veux aller à Godric's Hollow.

Elle leva la tête mais elle avait le regard vague et Harry était persuadé qu'elle pensait toujours au mystérieux symbole du livre.

– Oui, dit-elle. Oui, moi aussi, je me suis posé la question. Je pense vraiment qu'il faut y aller.

– Tu as bien entendu ce que je viens de te dire ? insista Harry.

– Bien sûr. Tu veux aller à Godric's Hollow et je suis d'accord avec toi. De toute façon, je ne vois pas dans quel autre endroit elle pourrait se trouver. Ce sera dangereux mais plus j'y pense, plus il me semble probable qu'elle soit là-bas.

– Heu… que *quoi* soit là-bas ? s'étonna Harry.

Hermione parut aussi déconcertée que lui.

– Voyons, Harry, l'épée ! Dumbledore devait savoir que tu voudrais y retourner et en plus, Godric's Hollow est le lieu de naissance de Godric Gryffondor.

– Vraiment ? Gryffondor était originaire de Godric's Hollow ?

– Harry, t'est-il jamais arrivé d'ouvrir *Histoire de la magie* ?

– Heu…, dit-il.

Il eut l'impression qu'il souriait pour la première fois depuis des mois : les muscles de son visage lui paraissaient étrangement raides.

– J'ai dû y jeter un coup d'œil quand je l'ai acheté… Ce jour-là, c'est tout…

– On a donné son nom au village, je pensais donc que tu aurais fait le rapprochement, répliqua Hermione.

Elle semblait beaucoup plus proche à présent de sa véritable personnalité qu'elle ne l'avait été ces derniers temps. Harry s'attendait presque à l'entendre annoncer qu'elle allait tout de suite voir à la bibliothèque.

– Il y a un passage sur le village dans *Histoire de la magie*, attends…

Elle ouvrit le sac en perles et y fouilla un certain temps. Enfin, elle en sortit un exemplaire de leur vieux manuel scolaire, intitulé *Histoire de la magie*, par Bathilda Tourdesac, et le feuilleta pour trouver la page qu'elle cherchait.

Après la signature du Code international du secret magique en 1689, les sorciers se cachèrent définitivement. Il était sans doute naturel qu'ils forment alors leurs petites communautés au sein de la grande. De nombreux villages et hameaux attirèrent ainsi des familles magiques qui s'associèrent pour assurer leur protection et s'apporter une aide mutuelle. Les villages de Tinworth en Cornouailles, Flagley-le-Haut dans le Yorkshire et Loutry Ste Chaspoule sur la côte Sud de l'Angleterre, devinrent les lieux de résidence bien connus de familles de sorciers qui vivaient parmi des Moldus tolérants – et parfois soumis à des sortilèges de Confusion. Le plus fameux de ces endroits semi-magiques est sans doute Godric's Hollow, un village du sud-ouest de l'Angleterre, lieu de naissance du grand sorcier Godric Gryffondor, et où Bowman Wright, l'ensorceleur de métaux, forgea le premier Vif d'or. Le cimetière est rempli de noms d'antiques familles de sorciers et c'est sans doute là qu'il faut voir l'origine des histoires de fantômes attachées pendant des siècles à la petite église locale.

– Tes parents et toi, vous n'êtes pas cités, dit Hermione en refermant le livre, parce que la période étudiée par le professeur Tourdesac ne dépasse pas la fin du XIXe siècle. Mais tu vois ? Godric's Hollow, Godric Gryffondor, l'épée de Gryffondor... Tu ne crois pas que Dumbledore s'attendait à ce que tu fasses le rapport ?

– Ah, oui, bien sûr...

Harry ne voulut pas avouer qu'il n'avait pas du tout pensé à l'épée lorsqu'il avait suggéré d'aller à Godric's Hollow. Ce qui l'attirait dans ce village, c'était la tombe de ses parents, la maison où il avait échappé de peu à la mort, et la présence de Bathilda Tourdesac.

– Tu te souviens de ce que Muriel a dit ? demanda-t-il enfin.

– Qui ?

– Tu sais bien, répondit-il, hésitant.

Il ne voulait pas prononcer le nom de Ron.

– La grand-tante de Ginny. Au mariage. Celle qui trouvait que tu avais les chevilles trop maigres.

– Ah oui, se rappela Hermione.

Ce fut un moment délicat. Harry savait que le nom de Ron flottait dans l'air. Il se hâta de poursuivre :

– Elle a dit que Bathilda Tourdesac habite toujours Godric's Hollow.

– Bathilda Tourdesac, murmura Hermione en caressant de l'index le nom gravé sur la couverture d'*Histoire de la magie*. J'imagine…

Elle eut soudain un haut-le-corps si violent que Harry sentit ses entrailles chavirer. Il tira sa baguette et se retourna vers l'entrée de la tente, s'attendant presque à voir une main se glisser à travers le rabat de la toile mais il n'y avait rien.

– Quoi ? dit-il, moitié en colère, moitié soulagé. Qu'est-ce qui t'a pris ? J'ai cru que tu avais vu un Mangemort…

– Harry, *et si c'était Bathilda qui avait l'épée ?* Si Dumbledore la lui avait confiée ?

Harry réfléchit à cette hypothèse. Bathilda devait être très âgée et selon Muriel complètement gaga. Était-il plausible que Dumbledore ait caché l'épée de Gryffondor chez elle ? Si c'était le cas, il s'en serait remis un peu trop à la chance. Jamais Dumbledore ne lui avait révélé avoir remplacé l'épée par une copie, et jamais il n'avait évoqué une quelconque amitié avec Bathilda. Mais le moment n'était pas venu de jeter le doute sur la théorie d'Hermione alors qu'elle lui faisait l'excellente surprise d'approuver son vœu le plus cher.

– Oui, c'est peut-être ce qui s'est passé ! Alors, on part pour Godric's Hollow ?

– Oui, mais il faut qu'on se prépare très soigneusement, Harry.

Elle s'était redressée dans son fauteuil, à présent, et Harry voyait que la perspective de mettre au point un nouveau plan lui remontait autant le moral qu'à lui-même.

– Pour commencer, nous devons nous entraîner à transplaner ensemble sous la cape d'invisibilité, ensuite, des sortilèges de Désillusion nous seraient peut-être utiles, à moins que tu ne veuilles jouer le grand jeu et recourir au Polynectar ? Dans ce cas, nous aurons besoin des cheveux de quelqu'un. En fait, je crois que ce serait la bonne solution, Harry, plus notre déguisement sera impénétrable, mieux cela vaudra…

Harry la laissa parler, l'approuvant d'un mot ou d'un hochement de tête chaque fois qu'elle faisait une pause, mais son esprit était bien loin de la conversation. Pour la première fois depuis qu'il avait appris que l'épée de Gryffondor était un faux, il éprouvait à nouveau un sentiment d'exaltation.

Il allait revenir chez lui, revenir à l'endroit où il avait eu une famille. S'il n'y avait pas eu Voldemort, c'était à Godric's Hollow qu'il aurait grandi et passé toutes ses vacances. Il aurait invité des amis dans sa maison… Peut-être aurait-il eu des frères et des sœurs… Le gâteau de son dix-septième anniversaire aurait été préparé par sa mère. La vie qu'il avait perdue ne lui avait jamais semblé aussi réelle qu'en cet instant où il savait qu'il allait revoir le lieu dans lequel on l'en avait privé. Ce soir-là, après qu'Hermione se fut couchée, Harry sortit silencieusement son sac à dos du sac en perles et y chercha l'album de photos que Hagrid lui avait offert il y avait déjà si longtemps. Pour la première fois depuis des mois, il contempla les vieilles images sur lesquelles ses parents lui souriaient et lui adressaient des signes de la main. C'était tout ce qui lui restait d'eux, maintenant.

Harry serait volontiers parti pour Godric's Hollow dès le lendemain, mais Hermione avait une autre idée. Convaincue que Voldemort s'attendait à ce que Harry revienne sur le lieu où ses parents étaient morts, elle avait résolu de s'y rendre sous le meilleur déguisement possible. Aussi n'accepta-t-elle d'entreprendre le voyage qu'une semaine plus tard – après qu'ils eurent subtilisé quelques cheveux à des Moldus innocents pendant leurs achats de Noël et se furent entraînés à transplaner ensemble sous la cape d'invisibilité.

Ils devaient transplaner dans le village sous le couvert de l'obscurité. Ce fut donc en fin d'après-midi qu'ils avalèrent le Polynectar, Harry se transformant en un Moldu d'âge mûr au crâne dégarni, Hermione en sa petite épouse aux allures de souris. Le sac en perles qui contenait toutes leurs affaires (en dehors de l'Horcruxe que Harry portait autour du cou) avait été casé dans une poche du manteau d'Hermione, boutonné jusqu'au cou. Harry déploya sur eux la cape d'invisibilité puis ils pivotèrent sur eux-mêmes, s'enfonçant à nouveau dans les ténèbres oppressantes.

Le cœur lui remontant dans la gorge, Harry ouvrit les yeux. Ils se tenaient par la main dans une allée couverte de neige, sous un ciel d'un bleu sombre dans lequel les premières étoiles du soir commençaient à scintiller faiblement. Des maisonnettes bordaient de chaque côté le chemin étroit, des décorations de Noël étincelant à leurs fenêtres. Un peu plus loin, des réverbères aux lueurs dorées indiquaient le centre du village.

– Toute cette neige ! murmura Hermione sous la cape. Pourquoi n'y avons-nous pas pensé ? Après avoir pris toutes ces précautions, voilà que nous allons laisser des empreintes ! Il va falloir les effacer. Mets-toi devant, je m'en charge…

Harry ne voulait pas que, pour essayer de rester invisibles en faisant disparaître leurs traces par magie, ils soient obligés d'entrer dans le village à la manière d'un cheval de pantomime.

– Enlevons la cape, dit-il.

Voyant son air effrayé, il ajouta :

– Allez, quoi, on a changé d'aspect et il n'y a personne autour de nous.

Il glissa la cape sous sa veste et ils poursuivirent leur chemin sans entraves, l'air glacé leur picotant le visage tandis qu'ils passaient devant d'autres maisonnettes : l'une d'elles était peut-être celle dans laquelle James et Lily avaient autrefois vécu, ou bien celle de Bathilda. Harry regardait leur porte d'entrée, leur toit chargé de neige, leur perron, en se demandant s'il pourrait se souvenir de quelque chose, mais il savait au fond de lui que c'était impossible, qu'il avait tout juste un peu plus d'un an lorsqu'il avait quitté cet endroit pour toujours. Il n'était même pas sûr qu'il lui serait possible de voir la maison. Il ignorait ce qui se passait quand les dépositaires d'un sortilège de Fidelitas mouraient. Le chemin sur lequel ils marchaient décrivit une courbe vers la gauche, et le cœur du village leur apparut sous la forme d'une petite place.

Ornée tout autour de lumières colorées, elle comportait en son centre ce qui semblait être un monument aux morts, à moitié caché par un arbre de Noël penché sous la force du vent. Il y avait plusieurs boutiques, une poste, un pub et une petite église dont les vitraux brillaient comme des joyaux de l'autre côté de la place.

Ici, la neige était tassée. Elle était devenue dure et glissante, là où des passants l'avaient foulée toute la journée. Des villageois se croisaient devant eux, leurs silhouettes brièvement éclairées par la lumière des réverbères. Ils entendirent des éclats de rire et quelques échos d'un morceau de pop music lorsque la porte d'un pub s'ouvrit et se referma. Puis un chant de Noël s'éleva à l'intérieur de la petite église.

– Harry, je crois que c'est la veille de Noël ! dit Hermione.

– Ah bon ?

Il avait perdu la notion des dates. Ils n'avaient pas vu un journal depuis des semaines.

– J'en suis sûre, affirma Hermione, les yeux fixés sur l'église. C'est… c'est là qu'ils sont, non ? Ton père et ta mère ? Je vois le cimetière derrière.

Harry éprouva une sensation qui allait au-delà de l'excitation, quelque chose qui se rapprochait davantage de la peur. À présent qu'il était si près, il se demandait si, finalement, il avait vraiment envie de voir. Peut-être Hermione savait-elle ce qu'il ressentait car elle lui saisit la main et l'entraîna avec elle, prenant l'initiative pour la première fois. Mais lorsqu'ils furent arrivés au centre de la place, elle s'immobilisa soudain.

– Harry, regarde !

Elle montrait du doigt le monument aux morts. Au moment où ils étaient passés devant, il s'était transformé. Au lieu d'un obélisque couvert de noms, il y avait maintenant une statue représentant trois personnes : un homme avec des lunettes et des cheveux en bataille, une belle femme à la longue chevelure, aux traits bienveillants, et un bébé qu'elle portait dans les bras. De la neige s'était déposée sur leurs têtes, comme des casquettes blanches et duveteuses.

Harry s'approcha, contemplant le visage de ses parents. Il n'aurait jamais imaginé qu'il puisse y avoir une statue... Il trouvait tellement étrange de se voir représenté dans la pierre, comme un bébé heureux, sans cicatrice sur le front...

– Viens, dit-il, après avoir regardé la sculpture tout son soûl.

Ils se tournèrent à nouveau vers l'église. En traversant la rue, il jeta un regard par-dessus son épaule. La statue était redevenue un monument aux morts.

Le chant de Noël s'amplifia à mesure qu'ils approchaient de l'église. Harry en avait la gorge serrée. Il ramenait en force dans sa mémoire les souvenirs de Poudlard, Peeves qui vociférait des versions grossières de cantiques traditionnels en se cachant dans des armures, les douze sapins de Noël de la Grande Salle, Dumbledore coiffé d'un chapeau trouvé dans un pétard surprise, Ron vêtu d'un pull tricoté à la main...

Il y avait une porte étroite à l'entrée du cimetière. Hermione la poussa aussi silencieusement que possible et ils se faufilèrent par l'ouverture. De chaque côté du chemin glissant qui menait aux portes de l'église, l'épaisse couche de neige était restée vierge. Ils s'avancèrent sur cette surface immaculée, creusant de profondes ornières dans leur sillage tandis qu'ils contournaient l'édifice, attentifs à demeurer dans l'ombre, sous les vitraux illuminés.

Derrière l'église, des rangées de tombes enneigées se dressaient sur l'étendue bleu pâle du sol, parsemée d'éclats rouges, verts et or, là où les vitraux projetaient leurs reflets. La main serrée sur sa baguette, dans la poche de sa veste, Harry se dirigea vers la tombe la plus proche.

– Regarde, quelqu'un qui s'appelait Abbot, c'est peut-être un parent éloigné d'Hannah ?

– Parle plus bas, le supplia Hermione.

Ils s'enfoncèrent de plus en plus profondément dans le cimetière, leurs pas laissant derrière eux des traces sombres dans la neige. Ils se penchaient pour regarder les inscriptions des pierres tombales, scrutant de temps à autre l'obscurité pour s'assurer qu'ils étaient seuls.

– Harry, là !

Deux rangées de tombes le séparaient d'Hermione. Il dut revenir sur ses pas en pataugeant dans la neige, son cœur lui martelant littéralement les côtes.

– C'est...

– Non, mais regarde !

Elle montra une pierre sombre. Harry se pencha et vit sur le granit gelé, constellé de lichen, le nom de KENDRA DUMBLEDORE. Un peu au-dessous de ses dates de naissance et de mort, il était écrit « ET SA FILLE ARIANA ». Il y avait aussi une citation :

Là où est ton trésor sera aussi ton cœur

Ainsi donc, Rita Skeeter et la tante Muriel avaient raison sur certains points. Les Dumbledore avaient bel et bien vécu ici, et une partie de la famille y était morte.

Voir la tombe était pire que d'en entendre parler. Harry ne pouvait s'empêcher de penser que Dumbledore aurait dû lui dire qu'ils avaient tous deux des racines profondes dans ce cimetière. Pourtant, il n'avait jamais pensé à évoquer ce point commun. Ils auraient pu visiter ce cimetière ensemble. Pendant un instant, Harry s'imagina venant ici avec

Dumbledore, il imagina le lien qui se serait alors établi entre eux, et tout ce qu'il aurait signifié pour lui. Mais il semblait qu'aux yeux de Dumbledore le fait que leurs familles reposent côte à côte dans le même cimetière n'était qu'une coïncidence sans importance, sans rapport, peut-être, avec la tâche qu'il voulait voir Harry accomplir.

Hermione le regardait et il était content que son visage soit caché dans l'ombre. Il lut à nouveau l'inscription sur la pierre tombale. « Là où est ton trésor sera aussi ton cœur. » Il ne comprenait pas ce que signifiaient ces mots. C'était sûrement Dumbledore qui les avait choisis, en tant qu'aîné de la famille, après la mort de sa mère.

– Tu es sûr qu'il n'a jamais parlé…, commença Hermione.

– Non, coupa sèchement Harry. Continuons à chercher, ajouta-t-il, et il tourna les talons en regrettant d'avoir vu cette tombe : il ne voulait pas que l'exaltation fébrile qu'il éprouvait se teinte de ressentiment.

– Ici ! s'écria à nouveau Hermione dans l'obscurité. Oh, non, désolée, je croyais qu'il était écrit Potter.

Elle était en train de frotter une pierre moussue et délabrée qu'elle contemplait avec un petit froncement de sourcils.

– Harry, viens voir.

Il ne voulait pas se détourner une nouvelle fois de son chemin et ce fut à contrecœur qu'il revint vers elle en s'enfonçant dans la neige.

– Quoi ?

– Regarde ça !

La tombe était très vieille, patinée par les intempéries et Harry parvenait difficilement à déchiffrer le nom qu'elle portait. Hermione lui montra un symbole gravé au-dessous.

– Harry, c'est la marque du livre !

Il observa attentivement l'endroit qu'elle lui indiquait : la pierre était si usée qu'on avait du mal à distinguer l'inscription, mais il semblait bien y avoir une marque triangulaire sous le nom devenu presque illisible.

– Ouais… C'est possible…

Hermione alluma sa baguette et la pointa sur la pierre tombale.

– Il est écrit Ig… Ignotus, je crois…

– Je vais continuer de chercher mes parents, d'accord ? répliqua Harry, d'un ton un peu agacé.

Il se remit en chemin, la laissant accroupie auprès de la vieille tombe.

De temps à autre, il reconnaissait un nom – tel Abbot – également porté par quelqu'un qu'il avait connu à Poudlard. Parfois, plusieurs générations de la même famille de sorciers étaient représentées dans le cimetière. D'après les dates, Harry voyait que la lignée s'était éteinte ou que ses actuels descendants avaient quitté Godric's Hollow. Il s'avança de plus en plus parmi les tombes. Chaque fois qu'il passait devant une nouvelle pierre, il sentait un petit tressaillement d'impatience mêlée d'appréhension.

L'obscurité et le silence semblèrent soudain plus épais. Inquiet, Harry regarda autour de lui, pensant à des Détraqueurs. Il s'aperçut alors que les cantiques avaient cessé, que les conversations et les bruits de pas des fidèles s'évanouissaient à mesure qu'ils retournaient sur la place. À l'intérieur de l'église, quelqu'un venait d'éteindre les lumières.

Pour la troisième fois, la voix d'Hermione s'éleva dans la nuit, claire et nette, à quelques mètres de distance :

– Harry, ils sont là… Ici…

Il sut au ton de sa voix que, cette fois, c'étaient bien son père et sa mère. Il marcha vers elle en sentant un poids peser sur sa poitrine. C'était la même sensation qu'il avait éprouvée juste après la mort de Dumbledore, un chagrin qui lui écrasait le cœur, lui oppressait les poumons.

La tombe était située à deux rangées de distance derrière celle de Kendra et d'Ariana. Elle était en marbre blanc, comme celle de Dumbledore, ce qui rendait l'inscription qu'elle portait facilement lisible : elle semblait briller dans le noir. Harry n'eut pas besoin de s'agenouiller, ni même de s'approcher très près pour distinguer ce qui était gravé dans la pierre.

JAMES POTTER, NÉ LE 27 MARS 1960,
MORT LE 31 OCTOBRE 1981
LILY POTTER, NÉE LE 30 JANVIER 1960,
MORTE LE 31 OCTOBRE 1981

LE DERNIER ENNEMI QUI SERA DÉTRUIT, C'EST LA MORT

Harry lut lentement ces mots, comme si c'était sa seule et unique chance d'en comprendre le sens, et prononça la citation à haute voix :

– Le dernier ennemi qui sera détruit, c'est la mort…

Une horrible pensée lui vint alors en tête, accompagnée d'une sorte de panique.

– Ce ne serait pas une idée de Mangemort ? Pourquoi cette phrase est-elle écrite ici ?

– Ça ne veut pas dire vaincre la mort à la manière des Mangemorts, Harry, répondit Hermione d'une voix douce. Ça signifie… enfin, tu comprends… vivre au-delà de la mort. Vivre après la mort.

Mais ils ne vivaient plus, pensa Harry, ils étaient partis à jamais. Les mots vides ne pouvaient masquer le fait que les restes décomposés de ses parents reposaient sous la neige et la pierre, indifférents, inconscients. Les larmes vinrent avant qu'il ait pu songer à les arrêter. Elles coulaient, brûlantes, puis gelaient sur son visage, et d'ailleurs, à quoi bon les essuyer, à quoi bon faire semblant ? Il les laissa ruisseler, les lèvres étroitement serrées, et regarda la neige épaisse qui cachait à ses yeux la tombe où gisaient les dépouilles de Lily et de James, simples ossements à présent, peut-être même poussière, étrangers à la présence si proche de leur fils survivant, dont le cœur continuait de battre grâce à leur sacrifice. En cet instant, cependant, il aurait presque souhaité dormir avec eux sous la neige.

Hermione avait à nouveau pris sa main et la serrait étroitement. Il ne pouvait la regarder mais il lui rendit son étreinte, respirant profondément, à grandes bouffées, l'air de la nuit, essayant de se reprendre, de retrouver le contrôle de lui-même. Il aurait dû leur apporter quelque chose mais il n'y avait pas pensé et toutes les plantes du cimetière étaient gelées, sans feuilles. Hermione leva alors sa baguette, décrivit un cercle dans les airs et ils virent éclore devant eux une couronne de roses de Noël. Harry l'attrapa et la déposa sur la tombe de ses parents.

Dès qu'il se fut relevé, il voulut s'en aller. Il n'aurait pas supporté de rester ici un instant de plus. Il passa un bras autour des épaules d'Hermione qui le prit par la taille ; tous deux se tournèrent en silence et s'éloignèrent à travers la neige, passant devant la mère et la sœur de Dumbledore, puis revenant vers l'église assombrie et la porte étroite, pour l'instant hors de vue.

17
LE SECRET DE BATHILDA

– Harry, arrête-toi.

– Qu'est-ce qu'il y a ?

Ils venaient d'atteindre la tombe de l'Abbot inconnu.

– Il y a quelqu'un, ici. Quelqu'un nous observe. Je le sens.
Là-bas, près des buissons.

Ils s'immobilisèrent, serrés l'un contre l'autre, le regard
fixé sur les arbres noirs qui marquaient la limite du cimetière. Harry ne voyait rien.

– Tu es sûre ?

– Quelque chose a bougé, j'en jurerais…

Elle s'écarta de lui pour libérer son bras et prit sa baguette.

– On a l'air de Moldus, fit remarquer Harry.

– Des Moldus qui viennent de déposer des fleurs sur la
tombe de tes parents ! Harry, je suis persuadée qu'il y a quelqu'un là-bas !

Harry pensa à l'*Histoire de la magie*. Le cimetière était
censé être hanté. Et si… Mais il entendit alors un bruissement et vit un petit tourbillon de neige tomber du buisson
que montrait Hermione. Les fantômes ne pouvaient pas
remuer la neige.

– C'est un chat, dit Harry un instant plus tard, ou un oiseau.

S'il s'agissait d'un Mangemort, il nous aurait déjà tués. Mais commençons par sortir d'ici, ensuite on pourra remettre la cape d'invisibilité.

Ils quittèrent le cimetière en jetant de fréquents coups d'œil derrière eux. Harry, qui ne se sentait pas aussi confiant qu'il l'avait prétendu pour rassurer Hermione, fut content de franchir la porte et de retrouver le trottoir glissant. Ils se couvrirent aussitôt de la cape d'invisibilité. Dans le pub, il y avait encore plus de monde qu'auparavant. À l'intérieur, des voix chantaient à nouveau le cantique qu'ils avaient entendu en s'approchant de l'église. Pendant un instant, Harry songea à s'y réfugier mais avant qu'il ait pu dire un mot, Hermione murmura :

– Allons par là.

Et elle l'entraîna le long de la rue sombre qui menait hors du village, dans la direction opposée à celle d'où ils étaient venus. Harry distinguait au loin le point où finissaient les deux rangées de maisonnettes et où le chemin bifurquait à nouveau dans la campagne. Ils marchèrent aussi vite que possible, passant devant d'autres fenêtres qui étincelaient de lumières multicolores, des sapins de Noël dessinant leurs silhouettes sombres à travers les rideaux.

– Comment allons-nous retrouver la maison de Bathilda ? demanda Hermione qui frissonnait un peu et ne cessait de regarder par-dessus son épaule. Harry ? Qu'en penses-tu ? Harry ?

Elle le tira par le bras mais Harry ne lui prêta aucune attention. Il regardait la masse obscure qui se dessinait tout au bout d'une rangée de maisons. Un instant plus tard, il accéléra le pas, entraînant Hermione dont les pieds glissaient un peu sur la glace.

– Harry…

– Regarde… Regarde ça, Hermione…

– Je ne… oh !

Enfin, il la voyait. Le charme de Fidelitas avait dû mourir avec James et Lily. La haie, laissée à l'état sauvage, avait poussé en tous sens au cours des seize années écoulées, depuis que Hagrid avait recueilli Harry parmi les décombres éparpillés dans l'herbe, si haute à présent qu'elle arrivait jusqu'à la taille. La plus grande partie du cottage était restée debout, entièrement recouverte de lierre et de neige, mais l'aile droite du dernier étage avait été détruite. C'était là que le maléfice s'était retourné contre son auteur, Harry en était sûr. Hermione et lui se tenaient devant la porte, contemplant les ruines de ce qui avait dû être une petite maison semblable à celles qui l'entouraient.

– Je me demande pourquoi personne ne l'a jamais reconstruite, murmura Hermione.

– Peut-être que c'est impossible ? répondit Harry. Comme pour les blessures dues à la magie noire, on ne peut pas réparer les dégâts.

Glissant une main sous la cape, il saisit la porte couverte de neige et d'une épaisse couche de rouille. Il ne voulait pas l'ouvrir, simplement toucher quelque chose qui appartenait à la maison.

– Tu ne vas pas entrer à l'intérieur ? Ça n'a pas l'air très sûr, il se pourrait que… Oh, Harry, regarde !

Le contact de sa main sur la porte semblait avoir provoqué le phénomène. Un écriteau s'était élevé du sol, sous leurs yeux, à travers un enchevêtrement d'orties et de mauvaises herbes, telle une étrange fleur à la croissance instantanée. En lettres d'or gravées sur le bois, on pouvait lire :

EN CE LIEU, DANS LA NUIT DU 31 OCTOBRE 1981
LILY ET JAMES POTTER PERDIRENT LA VIE.
LEUR FILS, HARRY, DEMEURE LE SEUL SORCIER
QUI AIT JAMAIS SURVÉCU AU SORTILÈGE DE LA MORT.
CETTE MAISON, INVISIBLE AUX MOLDUS, A ÉTÉ LAISSÉE
DANS SON ÉTAT DE RUINE COMME UN MONUMENT
À LA MÉMOIRE DES POTTER
ET POUR RAPPELER LA VIOLENCE
QUI A DÉCHIRÉ CETTE FAMILLE.

Tout autour de ces mots soigneusement tracés, des inscriptions avaient été ajoutées par d'autres sorcières et sorciers venus voir l'endroit où le Survivant avait échappé à la mort. Certains avaient simplement signé de leur nom en Encre Éternelle, d'autres avaient gravé leurs initiales dans le bois, d'autres encore avaient écrit des messages. Les plus récents, dont l'éclat tranchait sur les autres graffiti magiques accumulés depuis seize ans, exprimaient tous des pensées semblables.

« BONNE CHANCE, HARRY, OÙ QUE TU SOIS. » « SI TU LIS CECI, HARRY, SACHE QUE NOUS SOMMES TOUS DERRIÈRE TOI ! » « VIVE HARRY POTTER ! »

– Ils n'auraient pas dû écrire sur la pancarte ! s'indigna Hermione.

Mais Harry la regarda avec un sourire rayonnant.

– Au contraire, c'est une idée formidable. Je suis ravi qu'ils l'aient fait. Je...

Il s'interrompit. Une silhouette emmitouflée jusqu'au cou s'avançait vers eux d'un pas vacillant, le long de l'allée, ses contours découpés par les lumières qui étincelaient au loin sur la place du village. Bien qu'il fût difficile d'en juger,

Harry pensa qu'il s'agissait d'une femme. Elle se déplaçait lentement, ayant peut-être peur de glisser sur le sol neigeux. Son dos voûté, sa corpulence, sa démarche traînante, tout donnait l'impression qu'elle était d'un âge extrêmement avancé. Silencieux, ils la regardèrent s'approcher. Harry attendait de voir si elle allait bifurquer vers l'un des cottages devant lesquels elle passait mais il sut instinctivement que ce ne serait pas le cas. Elle s'arrêta enfin à quelques mètres et resta face à eux, au milieu du chemin au sol gelé.

Harry n'avait pas besoin qu'Hermione lui pince le bras. Il n'y avait pratiquement aucune chance pour que cette femme soit une Moldue. Elle se tenait là, les yeux fixés sur une maison qui aurait dû lui être totalement invisible si elle n'avait pas été une sorcière. Mais même en admettant qu'elle en fût une, c'était un étrange comportement que de sortir par une nuit si froide pour venir simplement contempler une vieille ruine. Selon toutes les règles de la magie classique, elle n'aurait pas dû les voir, Hermione et lui. Pourtant, Harry eut la très étrange impression qu'elle percevait leur présence et savait aussi qui ils étaient. Alors qu'il en arrivait à cette troublante conclusion, elle leva une main gantée et leur fit signe.

Sous la cape, Hermione se serra contre Harry, pressant son bras contre le sien.

– Comment sait-elle ?

Il hocha la tête. La femme leur fit à nouveau signe, d'un geste plus vigoureux. Harry aurait eu de bonnes raisons de ne pas obéir à cet appel, mais plus leur face-à-face se prolongeait dans la rue déserte, moins il avait de doutes sur son identité.

Était-il possible qu'elle les eût attendus tout au long de ces derniers mois ? Que Dumbledore lui ait demandé d'attendre en lui assurant que Harry finirait par venir ? N'était-ce pas elle qu'ils avaient vue bouger dans les ombres du cimetière et qui les avait suivis jusqu'ici ? Sa faculté même de sentir leur présence laissait supposer un pouvoir à la Dumbledore qu'il n'avait jamais vu se manifester auparavant.

Enfin, Harry parla, ce qui fit sursauter Hermione :

– Êtes-vous Bathilda ?

La silhouette emmitouflée acquiesça d'un hochement de tête et leur adressa un nouveau signe de la main.

Sous la cape, Harry et Hermione échangèrent un regard. Harry haussa les sourcils d'un air interrogateur et Hermione répondit d'un petit mouvement de tête nerveux.

Ils s'avancèrent alors vers la femme qui pivota aussitôt sur ses talons et revint sur ses pas d'une démarche chancelante. Elle passa devant plusieurs maisons, puis bifurqua vers un portail. Ils la suivirent le long d'une allée qui traversait un jardin presque aussi touffu que celui qu'ils venaient de quitter. Elle remua maladroitement une clé dans la serrure de la porte qu'elle finit par ouvrir et recula d'un pas pour les laisser entrer.

Elle ne sentait pas très bon ou peut-être était-ce la maison : Harry fronça le nez lorsqu'ils se faufilèrent devant elle et ôtèrent leur cape. À présent qu'il était à côté d'elle, il vit à quel point elle était petite. Courbée par l'âge, elle lui arrivait à peine à la poitrine. Elle referma la porte derrière eux, les jointures de ses mains bleuâtres et marbrées se détachant contre la peinture écaillée. Puis elle se tourna vers Harry et le regarda bien en face. Ses yeux étaient obscurcis par la cataracte et s'enfonçaient dans les plis de sa peau diaphane. Son visage tout entier était constellé de petits vaisseaux éclatés et de taches de vieillesse. Il se demanda si elle était capable de le voir si peu que ce soit. Et même si elle l'avait pu, elle n'aurait distingué que le Moldu dont il avait volé l'apparence.

L'odeur de grand âge, de poussière, de vêtements sales et d'aliments gâtés s'intensifia lorsqu'elle ôta son châle noir mangé aux mites, révélant une tête aux cheveux blancs et rares sous lesquels on voyait nettement la peau du crâne.

– Bathilda ? répéta Harry.

Elle acquiesça d'un nouveau signe de tête. Harry prit conscience de la présence du médaillon contre sa poitrine. La chose qui parfois battait, palpitait à l'intérieur s'était réveillée. Il percevait ses pulsations à travers l'or froid. Le médaillon savait-il, sentait-il, que ce qui allait le détruire était proche ?

Bathilda passa devant eux d'un pas traînant, repoussant Hermione comme si elle ne l'avait pas vue et disparut dans ce qui paraissait être un salon.

– Harry, je ne sais pas si nous avons eu raison, dit Hermione dans un souffle.

– Tu as vu comme elle est minuscule. Je crois que nous n'aurions pas de mal à la neutraliser si c'était nécessaire, répondit Harry. Écoute, j'aurais dû te le dire, elle n'a plus toute sa tête. Muriel a dit qu'elle était gaga.

– Venez ! appela Bathilda dans la pièce voisine.

Hermione sursauta et s'agrippa au bras de Harry.

– Tout va bien, lui dit-il d'un ton rassurant.

Et il l'entraîna dans le salon.

Bathilda faisait le tour de la pièce d'un pas vacillant pour allumer des chandelles, mais l'endroit restait sombre, sans parler de l'extrême saleté. Une épaisse poussière craquait sous leurs pieds et le nez de Harry détecta, derrière l'odeur d'humidité et de moisi, quelque chose de pire, comme de la viande pourrie. Il se demanda quand pour la dernière fois quelqu'un était venu vérifier comment Bathilda se débrouillait toute seule. Elle semblait avoir oublié qu'elle-même était capable d'utiliser la magie car elle allumait maladroitement les chandelles à la main, sa manchette en dentelle qui pendait sous son poignet menaçant à tout moment de prendre feu.

– Laissez-moi faire, proposa Harry et il lui prit les allumettes des mains.

Elle resta là, debout, à le regarder allumer les bouts de chandelle collés dans des soucoupes, un peu partout autour de la pièce, en équilibre précaire sur des piles de livres et des dessertes encombrées de tasses craquelées, couvertes de moisissures.

La dernière chandelle était posée sur une commode arrondie où se trouvait également toute une série de photos. Lorsque la flamme jaillit, son reflet dansa sur les cadres d'argent aux verres poussiéreux. Harry perçut quelques infimes mouvements sur les images. Pendant que Bathilda fouillait maladroitement dans les bûches pour préparer un feu, il marmonna :

– *Tergeo.*

La poussière se dissipa et il vit aussitôt qu'une demi-douzaine de photos manquaient dans les cadres les plus grands et les plus ornementés. Il se demanda si c'était Bathilda ou quelqu'un d'autre qui les avait enlevées. Une photo placée à l'arrière de la collection attira alors son regard et il la prit pour la regarder de plus près.

Elle représentait le voleur aux cheveux d'or et au visage réjoui, le jeune homme qu'il avait vu perché sur le rebord de

396

la fenêtre de Gregorovitch. Dans son cadre d'argent, il souriait nonchalamment à Harry. Et tout à coup, il se rappela où il l'avait déjà vu : dans *Vie et mensonges d'Albus Dumbledore*, en compagnie de Dumbledore adolescent, tous deux se tenant par les épaules. Sans doute était-ce là que se trouvaient les photos manquantes : dans le livre de Rita.

– Mrs... Miss... Tourdesac ? dit-il d'une voix légèrement tremblante. Qui est ce garçon ?

Bathilda, debout au milieu de la pièce, regardait Hermione allumer le feu à sa place.

– Miss Tourdesac ? répéta Harry.

Il s'avança vers elle, la photo à la main, tandis que les flammes s'animaient dans la cheminée. Bathilda leva la tête au son de sa voix et il sentit l'Horcruxe battre plus fort contre sa poitrine.

– Qui est cette personne ? demanda Harry en lui tendant la photo.

Elle la regarda d'un air grave puis leva à nouveau les yeux vers Harry.

– Vous savez qui c'est ? insista-t-il, d'une voix plus lente et plus sonore qu'à l'ordinaire. Cet homme ? Vous le connaissez ? Comment s'appelle-t-il ?

Bathilda avait le regard vague. Harry éprouva une terrible frustration. Comment Rita Skeeter avait-elle réussi à la faire parler ?

– Qui est cet homme ? répéta Harry d'une voix forte.

– Harry, qu'est-ce que tu fabriques ? interrogea Hermione.

– La photo, Hermione, c'est le voleur, le voleur qui a dérobé quelque chose à Gregorovitch ! S'il vous plaît ! reprit-il à l'adresse de Bathilda. Qui est-ce ?

Mais elle se contenta de l'observer en silence.

– Pourquoi nous avez-vous demandé de venir avec vous, Mrs… Miss Tourdesac ? demanda Hermione, qui haussa également la voix. Aviez-vous quelque chose à nous dire ?

Sans le moindre signe indiquant qu'elle avait entendu Hermione, Bathilda s'approcha un peu plus de Harry. D'un petit mouvement sec de la tête, elle regarda vers le couloir.

– Vous voulez qu'on s'en aille ? demanda-t-il.

Elle répéta son geste, pointant cette fois un doigt vers lui, puis vers elle-même et enfin vers le plafond.

– Ah, très bien… Hermione, je crois qu'elle veut que je monte là-haut avec elle.

– D'accord, dit Hermione, allons-y.

Mais lorsqu'elle se dirigea vers la porte, Bathilda hocha la tête avec une vigueur surprenante, pointant le doigt une fois de plus sur Harry, puis sur elle-même.

– Elle veut que je vienne seul.

– Pourquoi ? s'étonna Hermione.

Sa voix résonna, claire et forte, dans la pièce éclairée par la lueur des chandelles. La vieille dame, réagissant à ce bruit soudain, secoua un peu la tête.

– Peut-être Dumbledore lui a-t-il dit de ne confier l'épée qu'à moi, et à moi seul ?

– Tu crois vraiment qu'elle sait qui tu es ?

– Oui, répondit Harry en regardant les yeux laiteux fixés sur lui. Je crois que oui.

– Bon, alors, d'accord, mais fais vite, Harry.

– Je vous suis, dit-il à Bathilda.

Elle sembla comprendre car elle le contourna de son pas traînant et se dirigea vers la porte. Harry jeta un regard à Hermione en lui adressant un sourire rassurant, mais il n'était pas certain qu'elle l'ait vu. Elle se tenait immobile, les bras serrés contre elle au milieu de ce décor sordide, à la lueur vacillante des chandelles, en regardant la bibliothèque. Lorsque Harry quitta la pièce, il profita de ce que ni Bathilda, ni Hermione ne le voyaient pour glisser dans une poche intérieure de sa veste la photo du voleur inconnu dans son cadre d'argent.

L'escalier était étroit et raide. Harry fut presque tenté de poser les mains sur le large postérieur de Bathilda pour s'assurer qu'elle n'allait pas basculer en arrière et tomber sur lui, ce qui paraissait très probable. Lentement, la respiration un peu sifflante, elle grimpa les marches jusqu'au palier supérieur, tourna tout de suite à droite et l'amena dans une chambre au plafond bas.

L'obscurité était totale et l'odeur abominable. Harry eut le temps d'apercevoir un pot de chambre qui dépassait de sous un lit avant que Bathilda referme la porte et que cette vision fugitive soit engloutie dans les ténèbres.

– *Lumos*, dit Harry.

Sa baguette magique s'alluma et il sursauta : pendant les quelques secondes où la pièce avait été plongée dans le noir, Bathilda s'était rapprochée de lui sans qu'il l'entende.

– Vous êtes Potter ? murmura-t-elle.

– Oui.

Elle hocha la tête avec lenteur et gravité. Harry sentit l'Horcruxe battre encore plus vite, plus vite que son propre cœur. C'était une sensation désagréable, troublante.

– Avez-vous quelque chose pour moi ? demanda-t-il.

Mais elle semblait distraite par la lumière de sa baguette magique.

– Avez-vous quelque chose pour moi ? répéta-t-il.

Elle ferma les yeux et plusieurs phénomènes se produisirent simultanément : la cicatrice de Harry le brûla, l'Horcruxe se mit à palpiter avec une telle force qu'il souleva l'étoffe de son pull-over, et la pièce sombre, fétide, se volatilisa momentanément. Il ressentit alors une joie soudaine et parla d'une voix aiguë, glacée :

– *Attrape-le !*

Harry vacilla : la pièce obscure et malodorante sembla se refermer à nouveau autour de lui. Il ne comprenait pas ce qui venait de se passer.

– Avez-vous quelque chose pour moi ? demanda-t-il pour la troisième fois, d'une voix beaucoup plus sonore.

– Là-bas, murmura-t-elle, en désignant un coin de la pièce.

Harry brandit sa baguette et distingua les contours d'une coiffeuse surchargée, sous la fenêtre aux rideaux fermés.

Cette fois, elle ne passa pas devant lui pour le guider. Harry se faufila entre Bathilda et le lit défait, sa baguette levée. Il ne voulait pas la quitter du regard.

– Qu'est-ce que c'est ? demanda-t-il lorsqu'il arriva devant la coiffeuse sur laquelle s'entassait du linge sale et malodorant.

– Là, dit-elle en montrant le tas informe.

Pendant l'instant où il détourna la tête pour scruter les vêtements enchevêtrés, cherchant des yeux une poignée d'épée ou un rubis, elle fit un étrange mouvement. Il l'aperçut du coin de l'œil et se figea d'horreur quand il vit le vieux corps s'effondrer et un long serpent en jaillir au niveau du cou.

Le serpent frappa au moment où Harry brandissait sa baguette qui fut projetée vers le plafond sous la force de la morsure qu'il sentit dans son avant-bras. Sa lumière tournoya à travers la pièce, dans un mouvement à donner le tournis, puis s'éteignit. D'un coup puissant, la queue du reptile l'atteignit alors au ventre, lui coupant le souffle. Il tomba en arrière, en plein sur la coiffeuse, au milieu du tas de vêtements crasseux…

Harry pivota sur le côté, évitant de justesse un nouveau coup de queue qui s'abattit sur la coiffeuse, à l'endroit où il s'était trouvé un instant auparavant. Le verre, à la surface du meuble, vola en une pluie d'éclats qui retombèrent sur Harry alors qu'il roulait sur le sol. À l'étage inférieur, il entendit la voix d'Hermione appeler :

– Harry ?

Il ne parvenait pas à faire entrer suffisamment d'air dans ses poumons pour lui répondre. Une masse lourde et lisse l'écrasa sur le plancher et il la sentit glisser sur lui, puissante, musculeuse…

– Non, haleta-t-il, cloué au sol.

– *Si,* murmura la voix. *Sssi… T'attraper… t'attraper…*

– *Accio… Accio baguette…*

Mais rien ne se produisit et il avait besoin de ses mains pour essayer de repousser le serpent qui s'enroulait autour de son torse, vidait l'air de ses poumons, enfonçait profondément l'Horcruxe dans sa poitrine, tel un cercle glacé frémissant de vie, à quelques centimètres de son cœur qui battait frénétiquement. Son cerveau fut balayé par une lumière blanche et froide, toutes ses pensées occultées, son propre souffle noyé, des bruits de pas lointains parvenant à ses oreilles, tout s'évanouissant autour de lui…

Un cœur de métal palpitait avec force contre sa poitrine et à présent, il volait, volait, empli d'une sensation de triomphe, sans l'aide d'un balai ni d'un Sombral…

Il se réveilla brusquement dans une obscurité pestilentielle. Nagini l'avait relâché. Harry se releva précipitamment et vit la silhouette du serpent se découper contre la lumière du couloir. Le reptile frappa et Hermione plongea de côté en poussant un hurlement. Le sortilège qu'elle avait lancé, détourné de sa trajectoire, s'écrasa contre la fenêtre aux rideaux fermés dont les vitres se fracassèrent. Un air glacé se répandit dans la pièce tandis que Harry se baissait pour éviter une nouvelle pluie de verre brisé. Son pied glissa alors sur un objet en forme de crayon – sa baguette…

Il se pencha et s'en saisit mais le serpent, à présent, emplissait toute la pièce, sa queue battant l'air avec violence. Hermione avait disparu de son champ de vision et pendant un instant, Harry craignit le pire mais il y eut soudain une forte détonation et un éclair de lumière rouge. Le serpent se dressa dans les airs, heurtant brutalement au passage le visage de Harry, ses puissants anneaux s'élevant l'un après l'autre jusqu'au plafond. Harry brandit à nouveau sa baguette, mais au même moment sa cicatrice le brûla plus douloureusement, plus intensément qu'elle ne l'avait fait depuis des années.

– Il vient ! *Hermione, il vient !*

Alors qu'il hurlait ainsi, le serpent s'abattit dans un sifflement sauvage. Tout ne fut plus que chaos : il arracha les étagères du mur et de la porcelaine pulvérisée vola en tous sens pendant que Harry bondissait par-dessus le lit et saisissait la forme sombre d'Hermione…

Elle hurla de douleur lorsqu'il la tira en arrière, en travers du lit. Le serpent se dressa à nouveau mais Harry savait que quelqu'un de plus redoutable que le reptile arrivait, quelqu'un qui se trouvait peut-être déjà à la porte du jardin. Sa cicatrice le faisait tellement souffrir que sa tête semblait sur le point de se fendre en deux…

Le serpent plongea à l'instant où il bondissait en avant, entraînant Hermione avec lui. Quand le reptile frappa, Hermione hurla :

– *Confringo !*

Son sortilège vola tout autour de la pièce, fracassa le miroir de l'armoire et ricocha vers eux en rebondissant du sol au plafond. Harry sentit la chaleur du maléfice lui brûler le dos de la main. Un morceau de verre lui entailla la joue tandis que, tirant Hermione derrière lui, il sautait du lit jusqu'à la coiffeuse détruite puis se jetait dans le vide par la fenêtre défoncée, le hurlement d'Hermione résonnant dans la nuit, leurs corps tournoyant dans les airs…

Sa cicatrice sembla exploser et il fut à nouveau Voldemort. Il traversa en courant la chambre fétide, ses longues mains blanches s'agrippant au rebord de la fenêtre lorsqu'il vit l'homme au crâne dégarni et la petite femme tourner sur eux-mêmes et disparaître. Il hurla de rage. Son cri se mêla à celui que poussait la fille et retentit dans les jardins sombres, dominant le tintement des cloches de l'église qui célébraient Noël…

Et son cri était celui de Harry, sa douleur, la douleur de Harry… Que cela puisse se produire en ce lieu, là où c'était déjà arrivé auparavant… à proximité de la maison où il avait failli savoir ce que mourir signifiait… mourir… La douleur était si atroce… lui déchirait le corps… mais il n'avait plus de corps, alors pourquoi sa tête lui faisait-elle si mal, s'il était mort, comment pouvait-il éprouver cette douleur si insupportable, n'allait-elle pas cesser avec la mort, n'allait-elle pas disparaître… ?

Dans la nuit humide et venteuse, deux enfants déguisés en citrouilles traversaient la place d'une démarche chaloupée ; les vitrines des magasins étaient couvertes d'araignées en papier, on voyait partout les ornements de pacotille dont les Moldus se servaient pour évoquer un monde de sorciers auquel ils ne croyaient pas... Il marchait d'un pas souple avec cette détermination, cette puissance, cette certitude d'avoir raison, qu'il éprouvait toujours en semblables circonstances... Ce n'était pas de la colère... Il fallait laisser cela aux âmes plus faibles que la sienne... Mais une sensation de triomphe, oui... Il avait attendu ce moment, il l'avait espéré...

– Joli déguisement, monsieur !

Il vit le sourire de l'enfant s'effacer lorsque celui-ci fut suffisamment près pour regarder sous le capuchon de la cape, il vit la peur assombrir son visage maquillé. Puis l'enfant fit volte-face et s'enfuit en courant... Sous la robe, il tourna sa baguette entre ses doigts... Un simple mouvement et l'enfant ne retournerait jamais auprès de sa mère... mais c'était inutile, tout à fait inutile...

Il s'engagea dans une autre rue plus sombre. À présent, enfin, sa destination était en vue, le sortilège de Fidelitas brisé, mais eux ne le savaient pas... Il faisait encore moins de bruit que les feuilles mortes qui glissaient sur le trottoir lorsqu'il parvint à la hauteur de la haie au feuillage sombre et jeta un coup d'œil par-dessus...

Ils n'avaient pas fermé les rideaux, il les voyait nettement dans leur petit salon, l'homme de haute taille, avec ses lunettes et ses cheveux bruns, faisant jaillir du bout de sa baguette des volutes de fumée colorées pour amuser le petit garçon en pyjama bleu, aux cheveux aussi bruns que ceux de son père. L'enfant riait et essayait d'attraper la fumée, de l'enfermer dans son petit poing...

Une porte s'ouvrit et la mère entra. Elle prononça des paroles qu'il ne pouvait entendre, ses longs cheveux roux foncé lui tombant sur le visage. Le père, à présent, avait pris l'enfant dans ses bras et le tendait à sa mère. Il jeta sa baguette sur le canapé, puis s'étira en bâillant…

La porte du jardin grinça un peu lorsqu'il la poussa, mais James Potter ne l'entendit pas. Sa main blanche sortit la baguette magique de sous sa cape et la pointa vers la porte de la maison qui s'ouvrit à la volée.

Il avait franchi le seuil quand James arriva en courant dans le hall. C'était facile, trop facile, il n'avait même pas pensé à récupérer sa baguette…

– Lily ! Prends Harry et va-t'en ! C'est lui ! Va-t'en ! Cours ! Je vais le retenir…

Le retenir sans baguette à la main ! Il éclata de rire avant de jeter le sort…

– Avada Kedavra !

La lumière verte emplit le hall exigu, elle éclaira le landau rangé contre le mur, elle se refléta sur les barreaux de la rampe d'escalier qui étincelèrent comme des paratonnerres frappés par la foudre et James Potter tomba, telle une marionnette dont on aurait coupé les fils…

Il entendait crier la femme à l'étage, elle était prise au piège mais si elle se montrait raisonnable, elle, au moins, n'avait rien à craindre… Il monta les marches, écoutant avec un léger amusement ses efforts pour se barricader… Elle non plus n'avait pas de baguette, là-haut… Comme ils étaient stupides, trop confiants, pensant que leur sécurité était garantie par leurs amis, qu'on pouvait se séparer de ses armes, ne serait-ce que quelques instants…

D'un petit coup de baguette nonchalant, il força la porte, repoussa la chaise et les boîtes hâtivement entassées pour essayer de la bloquer… et elle était là, tenant l'enfant contre elle. Lorsqu'elle le vit, elle laissa tomber son fils dans le petit lit, derrière elle, et écarta les bras, comme si cela pouvait l'aider, comme

405

si en cachant le bébé à sa vue, elle espérait qu'il la choisirait elle plutôt que lui…

– Pas Harry, pas Harry, je vous en supplie, pas lui !

– Pousse-toi, espèce d'idiote… Allez, pousse-toi…

– Non, pas Harry, je vous en supplie, tuez-moi si vous voulez, tuez-moi à sa place…

– C'est mon dernier avertissement…

– Non, pas Harry ! Je vous en supplie… Ayez pitié… Ayez pitié… Pas Harry ! Pas Harry ! Je vous en supplie… Je ferai ce que vous voudrez…

– Pousse-toi, idiote, allez, pousse-toi…

Il aurait pu l'écarter de force du berceau mais il semblait plus prudent d'en finir avec tout le monde…

Un nouvel éclair de lumière verte illumina la pièce et elle tomba comme son mari. L'enfant n'avait pas du tout pleuré pendant tout ce temps : il parvenait à se tenir debout, accroché aux barreaux de son petit lit, et regardait le visage de l'intrus d'un air radieux et inté-ressé, pensant peut-être que c'était son père qui se cachait sous la cape et faisait jaillir d'autres lumières de sa baguette, que sa mère se relèverait d'un instant à l'autre, en riant…

Il pointa soigneusement la baguette magique sur la tête de l'enfant : il attendait ce moment, la destruction de ce danger unique, inexplicable. Le petit garçon se mit à pleurer : il venait de se rendre compte que ce n'était pas James. Il n'aimait pas l'en-tendre pleurer, il n'avait jamais supporté les cris et les gémisse-ments des tout-petits, à l'orphelinat…

– Avada Kedavra !

Il fut alors brisé : il n'était plus rien, plus rien que douleur et ter-reur et il devait se cacher, non pas ici, dans les ruines de la maison détruite où l'enfant hurlait, pris au piège, mais loin… très loin…

– Non, gémit-il.

Le serpent bruissait sur le sol crasseux, recouvert de débris, et il avait tué le garçon et pourtant il était ce garçon…

– Non…

Il se tenait à présent devant la fenêtre fracassée de la maison de Bathilda, plongé dans le souvenir de la plus grande perte qu'il eût jamais subie, et à ses pieds, le grand serpent ondulait sur les éclats de verre et de porcelaine cassés… Il baissa alors les yeux et vit quelque chose… quelque chose d'incroyable…

– Non…

– Harry, ne t'inquiète pas, tout va bien !

Il se pencha et ramassa la photo dans son cadre brisé. C'était lui, le voleur inconnu, le voleur qu'il cherchait…

– Non… Je l'ai laissée tomber… Je l'ai laissée tomber…

– Harry, tout va bien, réveille-toi, réveille-toi !

Il était Harry… Harry, pas Voldemort… Et ce qu'il entendait bruire n'était pas un serpent.

Il ouvrit les yeux.

– Harry, murmura Hermione. Tu te sens… bien ?

– Oui, mentit-il.

Il était dans la tente, étendu sur la couchette inférieure de l'un des lits superposés, sous une pile de couvertures. Il devinait l'aube proche à en juger par le silence et la lumière froide, mate, qu'il percevait à travers la toile du toit. Il était trempé de sueur, il la sentait sur les draps et les couvertures.

– On a réussi à s'échapper ?

– Oui, dit Hermione. J'ai dû utiliser un sortilège de Lévitation pour te mettre au lit, je n'arrivais pas à te soulever… Tu as été… tu as été très…

Des ombres violettes se dessinaient sous les yeux marron d'Hermione et il remarqua une petite éponge dans sa main : elle lui avait essuyé le visage.

– Tu as été malade, acheva-t-elle. Très malade.

– Il y a combien de temps que nous nous sommes enfuis ?

– Des heures. C'est presque le matin.

– Et j'ai été... quoi ? Inconscient ?

– Pas exactement, répondit Hermione, gênée. Tu criais, tu gémissais... des choses, ajouta-t-elle d'un ton qui mit Harry mal à l'aise.

Qu'avait-il fait ? Hurlé des formules de maléfices, comme Voldemort ? Pleuré comme le bébé dans son lit d'enfant ?

– Je n'arrivais pas à t'enlever l'Horcruxe, dit Hermione.

Il devina qu'elle voulait changer de sujet.

– Il était collé, collé à ta poitrine. Il a laissé une marque. Je suis désolée, j'ai été obligée de jeter un sortilège de Découpe pour le détacher. Le serpent t'a mordu aussi mais j'ai nettoyé la plaie et j'y ai mis du dictame...

Il remonta son T-shirt humide de sueur et regarda. Il y avait à l'endroit de son cœur un ovale écarlate, là où le médaillon l'avait brûlé. Il vit aussi les traces de crochets à moitié guéries sur son avant-bras.

– Où as-tu mis l'Horcruxe ?

– Dans mon sac. Je crois qu'il vaut mieux ne plus le porter pendant un certain temps.

Il retomba sur ses oreillers et observa le visage grisâtre, aux traits tirés, d'Hermione.

– Nous n'aurions pas dû aller à Godric's Hollow. C'est ma faute, tout est ma faute, Hermione, je suis désolé.

– Non, ce n'est pas ta faute. Moi aussi, je voulais y aller. Je pensais vraiment que Dumbledore avait pu laisser l'épée là-bas pour que tu viennes la chercher.

– Oui, eh bien... Nous nous sommes trompés...

– Que s'est-il passé, Harry ? Que s'est-il passé quand elle t'a emmené en haut ? Est-ce que le serpent se cachait quelque part ? Il l'a tuée et t'a attaqué ensuite ?

– Non, répondit-il. C'était elle le serpent… ou le serpent était elle… depuis le début.

– Qu… Quoi ?

Il ferma les yeux. Il sentait encore sur lui l'odeur de la maison de Bathilda, une odeur qui rendait ses souvenirs horriblement vivants.

– Bathilda avait sans doute dû mourir depuis un certain temps. Le serpent était… était en elle. Tu-Sais-Qui l'avait placé là, à Godric's Hollow, pour qu'il m'attende. Tu avais raison. Il savait que je reviendrais.

– Le serpent était *en* elle ?

Il rouvrit les yeux : Hermione paraissait révoltée, dégoûtée.

– Lupin nous a dit que nous aurions à affronter une forme de magie impossible à imaginer, reprit Harry. Elle ne voulait pas parler devant toi parce qu'elle s'exprimait en Fourchelang, uniquement en Fourchelang, je ne m'en suis pas rendu compte sur le moment mais moi, bien sûr, je pouvais la comprendre. Une fois que nous sommes montés dans la chambre, le serpent a envoyé un message à Tu-Sais-Qui, j'ai tout entendu dans ma tête, je l'ai senti surexcité, il lui a ordonné de m'attraper… et ensuite…

Il se souvint du serpent qui sortait du cou de Bathilda. Hermione n'avait pas besoin de connaître les détails.

– Elle s'est transformée, elle s'est transformée en serpent et elle a attaqué.

Il regarda les traces de morsure.

– Ce n'était pas pour me tuer, simplement pour me garder là jusqu'à l'arrivée de Tu-Sais-Qui.

Si seulement il avait réussi à tuer le serpent, toute cette expédition aurait valu la peine… Profondément écœuré, il se redressa et rejeta les couvertures.

– Harry, non, il faut absolument que tu te reposes !

– C'est toi qui as besoin de dormir. Ne le prends pas mal, mais tu as une mine épouvantable. Moi, je vais très bien. Je vais monter la garde. Où est ma baguette ?

Elle ne répondit pas, se contentant de le regarder.

– Où est ma baguette, Hermione ?

Elle se mordait la lèvre et des larmes lui montèrent aux yeux.

– Harry…

– *Où est ma baguette ?*

Elle tendit la main par terre, près du lit, et la lui donna.

La baguette en bois de houx et plume de phénix était presque coupée en deux. Un fragile filament de plume maintenait les deux parties attachées. Le bois s'était complètement cassé en deux morceaux. Harry prit la baguette entre ses mains comme s'il s'était agi d'un être vivant qui aurait subi une terrible blessure. Il n'arrivait pas à réfléchir posément : tout n'était plus qu'un mélange confus de peur, de panique. Il tendit la baguette à Hermione.

– Répare-la, s'il te plaît.

– Harry, je ne pense pas que, cassée comme ça…

– S'il te plaît, Hermione, essaie !

– R… *Reparo*.

Le morceau pendant de la baguette se rattacha à l'autre partie. Harry la leva.

– *Lumos* !

La baguette produisit quelques faibles étincelles, puis s'éteignit. Harry la pointa sur Hermione.

– Expelliarmus !

Une petite secousse fit remuer la baguette magique d'Hermione mais elle resta dans sa main. Cette modeste tentative représentait un effort trop grand pour la baguette de Harry, qui se cassa à nouveau en deux. Il la contempla, effaré, incapable d'admettre ce qu'il voyait… La baguette qui avait traversé tant d'épreuves…

– Harry, murmura Hermione à voix si basse qu'il l'entendit à peine. Je suis vraiment navrée. Je crois que c'est à cause de moi. Quand nous avons fui, le serpent nous attaquait et j'ai jeté un maléfice Explosif qui a rebondi dans tous les sens… Il a dû… il a dû atteindre…

– C'était un accident, dit machinalement Harry.

Il se sentait vide, assommé.

– On… On trouvera un moyen de la réparer.

– Harry, je crois que ce sera impossible, répondit Hermione, des larmes coulant sur son visage. Tu te souviens… tu te souviens de Ron ? Quand il a cassé sa baguette, le jour où la voiture s'est écrasée contre l'arbre ? Elle n'a plus jamais été comme avant, il a dû en prendre une nouvelle.

Harry pensa à Ollivander, enlevé et séquestré par Voldemort, il pensa à Gregorovitch qui était mort. Comment allait-il se procurer une nouvelle baguette ?

– Eh bien, dit-il d'un ton faussement détaché, je vais t'emprunter la tienne. Pendant que je monterai la garde.

Le visage luisant de larmes, Hermione lui tendit sa propre baguette et il la laissa assise à côté du lit, n'ayant plus d'autre désir que de s'éloigner d'elle.

18

VIE ET MENSONGES
D'ALBUS DUMBLEDORE

Le soleil se levait : le vaste espace incolore et immaculé du ciel s'étendait au-dessus de lui, indifférent à son existence, à ses souffrances. Harry s'assit à l'entrée de la tente et respira une longue bouffée d'air pur. Être simplement vivant et voir le soleil apparaître au-dessus d'une colline scintillante de neige aurait dû représenter pour lui le trésor le plus précieux au monde, pourtant, il ne pouvait apprécier le spectacle : ses sens étaient émoussés par la catastrophe que constituait la perte de sa baguette. Il contempla une vallée tapissée de neige, de lointaines cloches d'église carillonnant dans le silence étincelant.

Sans s'en rendre compte, il enfonçait les doigts dans ses bras comme s'il s'efforçait de résister à une douleur physique. Il avait versé son sang plus souvent qu'il n'aurait su le dire. Un jour, il avait perdu tous les os de son bras droit. Ce voyage lui avait déjà valu des cicatrices sur la poitrine et sur l'avant-bras, qui s'ajoutaient à celles de sa main et de son front, mais jamais encore, jusqu'à cet instant, il ne s'était trouvé si implacablement affaibli, vulnérable et nu, comme si l'essentiel de son pouvoir magique lui avait été arraché. Il savait ce que dirait Hermione s'il lui en parlait : la baguette ne vaut que par le sorcier qui s'en sert. Mais elle aurait tort, son cas était différent. Elle ne l'avait jamais sentie pivoter toute seule dans sa main, comme l'aiguille d'une boussole, ni vue projeter des flammes d'or vers son ennemi. Il avait perdu la protection des plumes de phénix jumelles, et c'était seulement au moment où elle n'était plus là qu'il se rendait compte à quel point il s'était toujours fié à sa baguette.

Il sortit de sa poche ses morceaux brisés et, sans les regarder, les rangea dans la bourse de Hagrid, accrochée à son cou. La bourse était à présent trop pleine d'objets inutiles ou cassés pour en contenir davantage. Les mains de Harry effleurèrent le vieux Vif d'or à travers la peau de Moke et pendant un instant, il dut combattre la tentation de le ressortir et de le jeter. Il était impénétrable, inefficace, sans aucun usage, comme tout ce que Dumbledore avait laissé derrière lui...

Sa fureur contre celui-ci le submergea à nouveau comme une coulée de lave, le brûlant à l'intérieur, balayant tout autre sentiment. En désespoir de cause, ils avaient fini par se dire que les réponses à leurs questions se trouvaient à Godric's Hollow et s'étaient convaincus qu'ils devaient s'y rendre, que c'était une étape d'un chemin secret tracé pour eux par Dumbledore. Mais il n'existait ni carte, ni plan. Dumbledore les avait laissés tâtonner dans le noir, se débattre avec des horreurs sans nom, inimaginables, rien ne leur avait été donné gratuitement, ils n'avaient toujours pas l'épée et à présent, Harry n'avait même plus de baguette. En plus, il avait laissé derrière lui la photo du voleur et Voldemort, désormais, n'aurait aucun mal à découvrir qui il était... Voldemort disposait maintenant de toutes les informations.

– Harry ?

Hermione semblait craindre qu'il lui jette un sort avec sa propre baguette. Le visage ruisselant de larmes, elle s'accroupit auprès de lui, deux tasses de thé tremblant dans ses mains. Coincé sous son bras, elle portait un objet volumineux.

– Merci, dit-il en prenant l'une des tasses.

– Ça ne t'ennuie pas que je te parle ?

– Non, répondit-il, soucieux de ne pas la blesser.

– Harry… Tu voulais savoir qui était l'homme sur la photo. Eh bien… j'ai le livre.

Timidement, elle lui posa sur les genoux un exemplaire flambant neuf de *Vie et mensonges d'Albus Dumbledore.*

– Où… comment… ?

– Il était dans le salon de Bathilda, sur un meuble… Il y avait ce mot qui dépassait de la couverture.

Hermione lut à haute voix les quelques lignes tracées d'une écriture pointue, d'un vert acide :

– « Chère Batty, merci de votre aide. Voici un exemplaire du livre, j'espère qu'il vous plaira. Tout ce que j'ai cité, vous l'avez dit, même si vous ne vous en souvenez pas. Rita. » Je pense qu'il a dû arriver pendant que la vraie Bathilda était encore vivante, mais peut-être n'était-elle pas en état de le lire ?

– Non, sans doute pas.

Harry regarda le visage de Dumbledore et éprouva une joie sauvage : que Dumbledore l'ait voulu ou non, il allait savoir à présent tout ce qu'il n'avait pas jugé bon de lui révéler.

– Tu es toujours très en colère contre moi, n'est-ce pas ? demanda Hermione.

Il leva la tête et vit de nouvelles larmes couler de ses yeux. Sa colère devait être visible sur son visage.

– Non, répondit-il à voix basse. Non, Hermione, je sais que c'était un accident. Tu essayais de nous sortir de là vivants et tu as été extraordinaire. Sans ton aide, je serais mort, à l'heure qu'il est.

Il essaya de lui rendre son sourire larmoyant, puis reporta son attention sur le livre. Le dos de sa couverture était raide. De toute évidence, il n'avait jamais été ouvert. Il feuilleta les pages, cherchant les photos. Presque tout de suite, il trouva celle qui l'intéressait, le jeune Dumbledore et son séduisant compagnon, riant de bon cœur à une plaisanterie depuis longtemps oubliée. Harry lut la légende.

« Albus Dumbledore, peu après la mort de sa mère, en compagnie de son ami Gellert Grindelwald. »

À la lecture du dernier mot, Harry resta un long moment bouche bée. Grindelwald. Son ami. Grindelwald. Il jeta un regard en biais à Hermione qui contemplait ce nom comme si elle n'en croyait pas ses yeux. Lentement, elle leva la tête vers lui.

– Grindelwald ?

Ignorant les autres photos, Harry chercha dans les pages voisines les endroits où le nom fatal réapparaissait. Il le découvrit bientôt et lut avidement le passage, mais il se sentit un peu perdu. Il fallait revenir plus loin en arrière pour comprendre et il finit par se retrouver au début d'un chapitre intitulé « Le plus grand bien ». Hermione et lui lurent ensemble :

Approchant maintenant de son dix-huitième anniversaire, Dumbledore quitta Poudlard auréolé de gloire : préfet, préfet en chef, lauréat du prix Barnabus Finkley d'aptitude exceptionnelle aux sortilèges, représentant de la Jeunesse britannique auprès du Magenmagot, médaille d'or pour contribution fondamentale à la Conférence internationale d'alchimie du Caire. Dumbledore avait ensuite l'intention d'entreprendre un tour du monde en compagnie d'Elphias Doge, surnommé Haleine de Chien, le comparse sot mais dévoué qu'il s'était choisi à l'école.

Les deux jeunes hommes avaient pris une chambre au Chaudron Baveur, à Londres, se préparant à partir pour la Grèce le lendemain matin, lorsqu'un hibou apporta un message qui annonçait la mort de la mère de Dumbledore. Doge, dit Haleine de Chien, qui a refusé d'être interviewé pour ce livre, a livré au public sa propre version, très sentimentale, de ce qui s'est passé ensuite. Il présente la mort de Kendra comme un coup tragique et la décision de Dumbledore d'abandonner son expédition comme un noble sacrifice.

Il est vrai que Dumbledore retourna aussitôt à Godric's Hollow, prétendument pour « prendre soin » de ses jeunes frère et sœur. Mais quels « soins » leur prodigua-t-il véritablement ?

« C'était un cinglé, cet Abelforth, déclare Enid Smeek, dont la famille habitait à l'époque un peu en dehors de Godric's Hollow. Il était déchaîné. Bien sûr, avec son père et sa mère qui n'étaient plus là, on aurait pu avoir de la peine pour lui mais il n'arrêtait pas de me jeter des crottes de chèvre à la figure. Je ne crois pas qu'Albus s'occupait beaucoup de lui, d'ailleurs, je ne les ai jamais vus ensemble. »

Alors, que faisait Dumbledore s'il n'essayait pas de réconforter son jeune frère dissipé ? La réponse, semble-t-il, c'est qu'il veillait à maintenir sa sœur séquestrée. Car, bien que sa première geôlière fût morte, il n'y eut aucun changement dans la situation pitoyable d'Ariana Dumbledore. Son existence même continuait de n'être connue, en dehors de la famille, que de quelques personnes qui, comme Doge, alias Haleine de Chien, croyaient volontiers à l'histoire de la « santé fragile ».

Une autre amie tout aussi satisfaite de cette version des faits était Bathilda Tourdesac, la célèbre historienne de la magie qui habite depuis de nombreuses années à Godric's Hollow. Kendra, bien sûr, avait rabroué Bathilda lorsque celle-ci avait essayé de souhaiter la bienvenue à la famille. Quelques années plus tard, cependant, le célèbre auteur envoya à Poudlard un hibou destiné à Albus, car elle avait été favorablement impressionnée par son article sur la transformation interespèces, publié dans Le Mensuel de la métamorphose. Ce premier contact l'amena à faire connaissance avec la famille Dumbledore dans son entier. Au moment de la mort de Kendra, Bathilda était la seule habitante de Godric's Hollow à qui la mère de Dumbledore adressait la parole.

Malheureusement, la brillante intelligence que Bathilda a manifestée au cours de sa vie se trouve à présent quelque peu diminuée. « Le feu est allumé, mais le chaudron est vide », comme me l'a confié Ivor Dillonsby ou, dans les termes plus terre à terre d'Enid Smeek : « Elle n'a pas plus de tête qu'une crotte d'écureuil. » Néanmoins, une longue expérience et une technique éprouvée du reportage m'ont permis d'extraire, telles des pépites, suffisamment de faits réels pour reconstituer toute cette scandaleuse histoire.

Comme tout le monde dans les milieux de la sorcellerie, Bathilda attribue la mort prématurée de Kendra à un « sortilège qui se serait retourné contre elle », une version qu'Albus et Abelforth répétèrent par la suite. Bathilda se fait également l'écho de l'affirmation de la famille selon laquelle Ariana aurait été « fragile » et « délicate ». Sur un point, cependant, Bathilda m'a récompensée des efforts que j'ai déployés pour me procurer du Veritaserum, car elle, et elle seule, connaît toute l'histoire du secret le mieux gardé de la vie d'Albus Dumbledore. Révélé aujourd'hui pour la première fois, il remet en cause tout ce que ses admirateurs croyaient à son sujet : sa haine supposée de la magie noire, son opposition à l'oppression des Moldus, et même son dévouement envers sa propre famille.

L'été même où Dumbledore rentrait à Godric's Hollow, désormais orphelin et chef de famille, Bathilda Tourdesac acceptait d'héberger chez elle son petit-neveu, Gellert Grindelwald.

Le nom de Grindelwald est à juste titre célèbre : sur la liste des plus dangereux sorciers de tous les temps, il aurait mérité de figurer à la première place si, une génération plus tard, Vous-Savez-Qui n'était venu le détrôner. Mais comme Grindelwald n'a jamais étendu sa terreur jusqu'à la Grande-Bretagne, les détails de son accession au pouvoir ne sont pas très connus dans notre pays.

Élève de Durmstrang, où il était déjà réputé pour sa regrettable tolérance de la magie noire, Grindelwald se montra aussi précocement brillant que Dumbledore. Mais au lieu de mettre à profit ses talents pour obtenir prix et récompenses, Gellert Grindelwald se consacra à d'autres ambitions. Lorsqu'il eut atteint l'âge de seize ans, les autorités de Durmstrang elles-mêmes estimèrent qu'elles ne pouvaient plus fermer les yeux sur ses expériences douteuses et il fut renvoyé de l'école.

Jusqu'à maintenant, tout ce que l'on savait de ce que Grindelwald avait fait par la suite, c'était qu'il avait voyagé à l'étranger pendant quelques mois. On peut aujourd'hui révéler que Grindelwald avait décidé de se rendre chez sa grand-tante à Godric's Hollow et que, une fois là-bas, si choquant que cela puisse paraître à certains, il noua une amitié étroite avec Albus Dumbledore.

« Il me semblait un charmant garçon, bredouille Bathilda, quoi qu'il ait fait par la suite. Bien entendu, je l'ai présenté à ce pauvre Albus qui n'avait pas beaucoup d'amis de son âge. Les deux garçons ont tout de suite sympathisé. »

On ne saurait en douter. Bathilda me montre en effet une lettre qu'elle a gardée, envoyée par Albus Dumbledore à Gellert Grindelwald en plein milieu de la nuit.

« Oui, après qu'ils eurent passé toute la journée à discuter – vous pensez, deux jeunes gens si brillants, ils s'entendaient comme chaudrons en foire –, j'entendais parfois un hibou tapoter à la fenêtre de la chambre de Gellert pour lui apporter une lettre d'Albus ! Il venait d'avoir une idée et voulait en faire part immédiatement à Gellert ! »

Et quelles idées ! Si choquantes qu'elles puissent paraître aux fans d'Albus Dumbledore, voici les pensées qu'avait leur héros à dix-sept ans, telles qu'il les exposait à son meilleur ami de fraîche date (une reproduction de la lettre originale se trouve en page 463) :

« Gellert,

« Ce que tu disais sur le fait que la domination des sorciers s'exerce POUR LE PROPRE BIEN DES MOLDUS – voilà le sujet crucial. Oui, un pouvoir nous a été accordé et, oui, ce pouvoir nous donne le droit de gouverner, mais il nous donne également des responsabilités à l'égard des gouvernés. Nous devons insister sur ce point car il sera la première pierre sur laquelle nous pourrons bâtir tout le reste. Chaque fois que nous serons en désaccord, comme cela arrivera sûrement, cette notion fondamentale devra représenter la base de toutes nos discussions. Nous prenons le pouvoir POUR LE PLUS GRAND BIEN. Il en découle que lorsque nous nous heurtons à une résistance, nous ne devons utiliser que la force nécessaire et pas plus. (Ce fut ton erreur à Durmstrang ! Mais je ne m'en plains pas, car si tu n'avais pas été renvoyé, nous ne nous serions jamais rencontrés.)

« *Albus* »

Quelles que soient la stupéfaction, la consternation qu'elle puisse provoquer chez ses nombreux admirateurs, cette lettre n'en apporte pas moins la preuve qu'Albus Dumbledore a autrefois rêvé de mettre à bas le Code du secret magique et d'établir la domination des sorciers sur les Moldus. Quel coup pour ceux qui ont toujours présenté Dumbledore comme le plus grand défenseur des nés-Moldus ! Combien creux nous semblent à présent tous ces discours sur les droits des Moldus, à la lumière de ce document accablant ! Combien méprisable nous apparaît Albus Dumbledore, occupé à manigancer son accession au pouvoir alors qu'il aurait dû pleurer la mort de sa mère et prendre soin de sa petite sœur !

Ceux qui sont décidés à maintenir Dumbledore sur son piédestal branlant glapiront sans aucun doute que, après tout, il n'a jamais mis ses projets à exécution, qu'il a dû changer de conviction, qu'il est revenu à la raison. Mais la vérité semble encore plus scandaleuse.

Leur nouvelle et grande amitié avait commencé depuis à peine deux mois lorsque Dumbledore et Grindelwald se séparèrent. Ils ne devaient plus se revoir jusqu'au jour où ils se retrouvèrent pour leur duel légendaire (pour plus de détails, voir chapitre vingt-deux). Quelle a été la cause de cette rupture brutale ? Dumbledore était-il revenu à de meilleurs sentiments ? Avait-il dit à

Grindelwald qu'il ne voulait plus avoir aucune part dans ses projets ? Hélas, non.

« Je crois que c'est la mort de la petite Ariana qui a tout déclenché, déclare Bathilda. Ce fut un horrible choc. Gellert se trouvait dans leur maison quand c'est arrivé, et il est revenu chez moi dans tous ses états, il m'a dit qu'il voulait partir dès le lendemain. Il était affreusement éprouvé, vous savez. Alors, je lui ai arrangé un départ par Portoloin et je ne l'ai plus jamais revu.

« Albus a été bouleversé par la mort d'Ariana. C'était tellement affreux pour les deux frères. Ils avaient perdu toute leur famille, il n'y avait plus qu'eux. Pas étonnant qu'ils aient eu les nerfs à vif. Abelforth rejetait la responsabilité sur Albus, comprenez-vous, comme c'est souvent le cas en d'aussi terribles circonstances. Mais Abelforth disait toujours des choses un peu folles, le pauvre garçon. Enfin, quand même, casser le nez d'Albus pendant l'enterrement, ce n'était pas très convenable. Kendra aurait été anéantie si elle avait vu ses deux fils se battre comme ça, sur le corps de sa fille. Dommage que Gellert n'ait pas pu rester pour l'enterrement… Au moins, cela aurait été un réconfort pour Albus… »

L'horrible bagarre à côté du cercueil, connue seulement des rares personnes qui assistaient aux funérailles d'Ariana Dumbledore, soulève plusieurs questions. Pourquoi exactement Abelforth Dumbledore tenait-il Albus pour responsable de la mort de sa sœur ? Était-ce, comme le prétend Batty, un simple débordement de chagrin ? Ou bien sa fureur pouvait-elle avoir une autre raison plus concrète ? Grindelwald, renvoyé de Durmstrang pour avoir failli provoquer la mort de camarades de classe qu'il avait attaqués, a fui le pays quelques heures après la mort de la jeune fille et Albus (par peur ou par honte ?) ne l'a jamais revu, jusqu'au jour où il y fut contraint à la demande instante du monde de la sorcellerie.

Ni Dumbledore ni Grindelwald ne semblent avoir jamais évoqué par la suite cette brève amitié de jeunesse. Il ne fait cependant aucun doute que Dumbledore a attendu cinq années de troubles, de morts, de disparitions, avant de se décider enfin à attaquer Gellert Grindelwald. Était-ce un reste d'affection pour l'homme lui-même, ou la crainte de voir révéler leur ancienne amitié, qui a fait hésiter Dumbledore ? Est-ce à contrecœur que Dumbledore a résolu de capturer l'homme qu'il avait été autrefois si enchanté de rencontrer ?

Et comment la mystérieuse Ariana est-elle morte ? A-t-elle été la victime accidentelle d'un quelconque rituel de magie noire ? A-t-elle surpris quelque chose qu'elle n'aurait pas dû voir, à un moment où les deux hommes étaient occupés à s'entraîner pour tenter d'atteindre la gloire et la domination ? Est-il possible qu'Ariana ait été la première personne à mourir « pour le plus grand bien » ?

Le chapitre s'arrêtait là. Harry leva les yeux. Hermione était arrivée avant lui au bas de la page. Elle lui prit le livre des mains, l'air un peu alarmée devant l'expression de son visage, et le referma sans le regarder, comme si elle s'empressait de cacher quelque chose d'indécent.

– Harry…

Mais il hocha la tête en signe de dénégation. Une certitude intérieure venait de s'effondrer en lui. C'était exactement ce qu'il avait éprouvé après le départ de Ron. Il avait eu confiance en Dumbledore, il avait été convaincu qu'il était l'incarnation du bien et de la sagesse. Tout cela partait en cendres : que pouvait-il encore perdre ? Ron, Dumbledore, la baguette à la plume de phénix…

– Harry.

Hermione semblait avoir deviné ses pensées.

– Écoute-moi. Ce… ce n'est pas une lecture très agré-able…

– On peut dire ça comme ça…

– Mais n'oublie pas, Harry, que le livre a été écrit par Rita Skeeter.

– Tu as lu la lettre à Grindelwald, non ?

– Oui, je… je l'ai lue.

Elle hésita, la mine bouleversée, la tasse de thé au creux de ses mains froides.

– Je crois que c'est le pire passage. Je sais que pour Bathilda, il ne s'agissait que de conversations entre deux amis, mais « Pour le plus grand bien » est devenu le slogan de Grindel-wald, sa justification de toutes les atrocités qu'il a commises par la suite. Et… d'après ce qui est écrit là, il semble que ce soit Dumbledore qui lui ait donné l'idée. On dit que « Pour le plus grand bien » était même gravé à l'entrée de Nurmengard.

– Qu'est-ce que c'est que ça, Nurmengard ?

– La prison que Grindelwald a fait construire pour enfer-mer ses opposants. Il y a fini lui-même, quand Dumbledore l'a capturé. En tout cas, c'est… c'est terrible de penser que les idées de Dumbledore ont pu aider Grindelwald à arriver au pouvoir. Mais d'un autre côté, même Rita ne peut pré-tendre qu'ils se soient connus plus de quelques mois, au cours d'un été où ils étaient tous les deux vraiment jeunes, et…

– Je pensais bien que tu dirais ça, l'interrompit Harry.

Il ne voulait pas que sa colère se retourne contre elle mais il avait du mal à parler d'une voix calme.

– Je pensais bien que tu dirais : « Ils étaient jeunes. » Mais ils avaient le même âge que nous aujourd'hui. Et nous, nous sommes là à risquer nos vies pour combattre les forces du Mal alors que lui passait ses journées avec son meilleur ami à comploter leur prise de pouvoir sur les Moldus.

Harry ne parviendrait pas à contrôler sa fureur plus longtemps. Il se leva et se mit à marcher de long en large, s'efforçant de se défouler physiquement.

– Je n'essaye pas de défendre ce que Dumbledore a écrit, assura Hermione. Toutes ces idioties sur le « droit de gouverner », c'est la même chose que « La magie est puissance ». Mais, Harry, il faut comprendre que sa mère venait de mourir, il était coincé tout seul chez lui…

– Tout seul ? Il n'était pas tout seul. Il était avec son frère et sa sœur, sa Cracmolle de sœur qu'il gardait enfermée…

– Je n'y crois pas, dit Hermione.

Elle se leva à son tour.

– J'ignore ce qui n'allait pas chez elle, mais je ne crois pas que c'était une Cracmolle. Le Dumbledore que nous connaissions n'aurait jamais, jamais permis…

– Le Dumbledore que nous pensions connaître n'aurait jamais voulu vaincre les Moldus par la force ! hurla Harry, sa voix résonnant au sommet désert de la colline.

Des merles s'envolèrent, lançant des cris et tournoyant dans le ciel d'un gris nacré.

– Il a changé, Harry, il a changé ! C'est aussi simple que cela ! Peut-être qu'il croyait à ces choses-là quand il avait dix-sept ans mais il a consacré tout le reste de sa vie à combattre les forces du Mal ! Dumbledore a été celui qui a arrêté Grindelwald, celui qui a toujours voté pour la protection des Moldus et pour les droits des sorciers nés-moldus, celui qui s'est battu contre Tu-Sais-Qui depuis le début et qui est mort en essayant de le terrasser !

Le livre de Rita était posé entre eux, sur le sol, et ils voyaient Dumbledore leur sourire avec tristesse.

– Harry, je suis désolée, mais je crois que la véritable raison de ta colère contre Dumbledore, c'est qu'il ne t'a jamais rien raconté de tout cela lui-même.

– Peut-être ! s'écria Harry.

Il leva les bras et les croisa au-dessus de sa tête, ne sachant pas très bien s'il essayait de contenir sa colère ou de se protéger contre le poids de ses propres désillusions.

– Tu vois bien ce qu'il m'a demandé, Hermione ! Risque ta vie, Harry ! Encore ! Et encore ! Et n'attends pas de moi que je te donne toutes les explications, contente-toi d'avoir en moi une confiance aveugle, sois persuadé que je sais ce que je fais, aie confiance en moi, même si moi je n'ai pas confiance en toi ! Jamais la vérité tout entière ! Jamais !

La tension brisa sa voix et ils restèrent debout face à face, à se regarder dans le vaste espace vide et blanc. Sous le ciel immense, Harry avait l'impression qu'ils n'avaient pas plus d'importance que des insectes.

– Il t'aimait beaucoup, murmura Hermione. Je sais qu'il t'aimait beaucoup.

Harry laissa retomber ses bras.

– J'ignore qui il aimait, Hermione, mais sûrement pas moi. Le gâchis dans lequel il m'a abandonné, on ne peut pas appeler ça de l'amour. Il a partagé ses véritables pensées avec Gellert Grindelwald infiniment plus qu'il ne l'a jamais fait avec moi.

Harry ramassa la baguette d'Hermione qu'il avait laissée tomber dans la neige et revint s'asseoir à l'entrée de la tente.

– Merci pour le thé. Je vais finir mon tour de garde. Retourne te mettre au chaud.

Elle hésita mais comprit qu'il lui donnait congé. Elle reprit le livre et revint dans la tente. En passant devant lui, elle lui effleura les cheveux d'un geste léger de la main. Il ferma les yeux à ce contact et s'en voulut de souhaiter qu'elle ait dit la vérité : que Dumbledore avait réellement de l'affection pour lui.

19
LA BICHE ARGENTÉE

Il neigeait lorsque Hermione prit son tour de garde à minuit. Les rêves de Harry étaient confus, troublants : Nagini ne cessait d'aller et venir, sortant d'abord d'une gigantesque bague à la pierre fendue, puis d'une couronne de roses de Noël. Il se réveilla à plusieurs reprises, saisi de panique, persuadé que quelqu'un l'avait appelé au loin, imaginant que le vent qui fouettait la tente était en fait le son d'une voix ou un bruit de pas.

Il finit par se lever dans l'obscurité et rejoignit Hermione qui s'était pelotonnée à l'entrée de la tente et lisait *Histoire de la magie* à la lumière de sa baguette. La neige continuait de tomber dru et elle accueillit avec soulagement sa proposition de partir tôt pour aller ailleurs.

– Nous choisirons un endroit plus abrité, approuvat-elle.

Frissonnante, elle mit un sweat-shirt par-dessus son pyjama.

– Je croyais sans cesse entendre des gens bouger dehors. Il m'a même semblé voir quelqu'un, une ou deux fois.

Harry, qui était lui aussi en train de passer un pull, interrompit son geste et jeta un coup d'œil au Scrutoscope immobile et silencieux posé sur la table.

– Je suis sûre que c'était mon imagination, continua Hermione, apparemment nerveuse, la neige dans le noir, ça donne l'illusion de voir des choses… Mais peut-être vaudrait-il mieux transplaner sous la cape d'invisibilité, par simple précaution ?

Une demi-heure plus tard, la tente repliée, Harry portant l'Horcruxe autour du cou, Hermione serrant contre elle son sac en perles, ils transplanèrent. L'habituelle sensation d'étouffement les engloutit. Les pieds de Harry décollèrent du sol neigeux puis retombèrent lourdement sur ce qui semblait être une surface de terre gelée, couverte de feuilles.

– Où sommes-nous ? demanda-t-il, contemplant une nouvelle étendue d'arbres tandis qu'Hermione ouvrait le sac en perles et commençait à en sortir les piquets de la tente.

– C'est la forêt de Dean, répondit-elle. Je suis venue y camper, un jour, avec mes parents.

Ici aussi, les feuillages étaient enveloppés de neige et il faisait un froid glacial mais au moins, ils étaient protégés du vent. Ils passèrent la plus grande partie de la journée sous la tente, serrés l'un contre l'autre pour se tenir chaud, devant les flammes d'un bleu éclatant qu'Hermione savait si bien faire apparaître et que l'on pouvait conserver et transporter dans un bocal. Harry avait l'impression de se remettre d'une brève mais terrible maladie, une impression renforcée par la sollicitude d'Hermione. Dans l'après-midi, de nouveaux flocons tombèrent sur eux, et même leur clairière abritée fut bientôt recouverte d'une poudre de neige fraîche.

Après avoir passé deux nuits sans beaucoup de sommeil, les sens de Harry semblaient plus en alerte qu'à l'ordinaire. Tous deux avaient vu la mort de si près à Godric's Hollow que Voldemort leur semblait plus présent que jamais, plus menaçant. Lorsque le soir tomba à nouveau, Harry refusa l'offre d'Hermione de monter la garde et lui conseilla d'aller se coucher.

Il installa un vieux coussin à l'entrée de la tente et s'assit. Il avait enfilé tous ses pulls les uns sur les autres mais continuait malgré tout de frissonner. À mesure que les heures passaient, l'obscurité s'épaississait jusqu'à devenir impénétrable. Il s'apprêtait à sortir la carte du Maraudeur pour regarder le point qui représentait Ginny lorsqu'il se souvint que c'était l'époque des vacances de Noël et qu'elle serait au Terrier.

Le plus infime mouvement paraissait amplifié dans l'immensité de la forêt. Harry savait qu'elle devait être remplie de créatures vivantes mais il aurait souhaité qu'elles se tiennent tranquilles pour pouvoir distinguer leurs trépignements et leurs déambulations inoffensives des bruits qui annonceraient peut-être d'autres présences plus menaçantes. Il se rappela le bruissement d'une cape sur des feuilles mortes, bien des années auparavant, et crut l'entendre à nouveau avant de reprendre ses esprits et de chasser cette pensée. Leurs sortilèges de Protection avaient été efficaces pendant des semaines, pourquoi ne le seraient-ils plus aujourd'hui ? Et pourtant, il n'arrivait pas à chasser la sensation que quelque chose, cette nuit, était différent.

À plusieurs reprises, il sursauta, le cou douloureux, car il était tombé endormi, son corps s'affaissant dans une position inconfortable contre un côté de la tente. La nuit noire, satinée, était devenue si épaisse qu'il avait l'impression d'être suspendu dans les limbes, entre le départ et l'arrivée d'un transplanage. Il avait levé une main devant ses yeux pour voir s'il parvenait à distinguer ses doigts lorsque le phénomène se produisit.

Une lumière brillante et argentée apparut un peu plus loin, se déplaçant parmi les arbres. Il ignorait d'où elle venait, mais elle avançait sans bruit et semblait dériver vers lui.

Il se releva d'un bond, la voix coincée au fond de sa gorge, et brandit la baguette d'Hermione. Il plissa les yeux lorsque la lumière devint aveuglante, la silhouette noire des arbres se découpant devant elle. La chose continuait d'approcher…

Il vit alors surgir de derrière un chêne la source de cette lumière. C'était une biche argentée, presque blanche, d'une clarté lunaire, éblouissante. Elle s'avança prudemment, toujours silencieuse, sans laisser de traces sur la fine couche de neige poudreuse. Elle se dirigeait vers lui, dressant haut sa belle tête aux longs cils.

Harry observa la créature, émerveillé non par son étrangeté mais par son inexplicable familiarité. Il avait le sentiment d'avoir attendu sa venue mais de l'avoir oubliée jusqu'à cet instant où ils pouvaient enfin se rencontrer. La première et forte impulsion qui l'avait tout d'abord incité à appeler Hermione avait à présent disparu. Il savait, il en aurait mis sa tête à couper, qu'elle était venue pour lui, et pour lui seul.

Pendant un long moment, ils s'observèrent puis la biche fit volte-face et s'éloigna.

– Non, dit-il, sa voix devenue rauque à force de ne plus parler. Reviens !

Mais la biche poursuivit délibérément son chemin parmi les arbres et, bientôt, son éclat fut zébré par leurs épais troncs noirs. Pendant une seconde de flottement, il hésita. La prudence murmurait : ce pourrait être une ruse, un leurre, un piège. Mais son instinct, un instinct irrésistible, lui assurait qu'il ne s'agissait pas de magie noire, et il s'élança derrière elle.

La neige crissait sous les pieds de Harry mais la biche, elle, ne produisait aucun bruit en se faufilant parmi les arbres, car elle était uniquement constituée de lumière. Elle l'entraîna de plus en plus profondément dans la forêt et Harry accéléra le pas, certain que lorsqu'elle s'arrêterait, elle le laisserait approcher. Il lui parlerait alors et la voix qui émanerait d'elle lui dirait ce qu'il avait besoin de savoir.

Enfin, la biche s'immobilisa. Elle tourna une fois de plus vers lui sa tête magnifique et il courut dans sa direction, brûlant de lui poser une question. Mais au moment où il ouvrait la bouche, elle disparut.

Bien que l'obscurité l'ait engloutie tout entière, son image scintillante restait imprimée sur sa rétine. Elle masquait sa vision, et sa clarté s'intensifia lorsqu'il baissa les paupières, lui faisant perdre ses repères. La peur le gagnait, maintenant. La présence de la biche avait signifié pour lui la sécurité.

– *Lumos* ! murmura-t-il, et l'extrémité de la baguette s'alluma.

L'image de la biche s'effaçait un peu plus à chaque battement de paupières, tandis qu'il demeurait immobile à écouter les bruits de la forêt, le craquement lointain de brindilles, le léger chuintement de la neige. Allait-il être attaqué ? La biche l'avait-elle attiré dans un piège ? Était-ce seulement son imagination qui lui suggérait que quelqu'un se tenait à l'affût, l'observant par-delà le rayon de lumière ?

Il leva plus haut la baguette. Personne ne se précipita sur lui, aucun éclair de lumière verte ne jaillit de derrière un arbre. Pourquoi, dans ce cas, la biche l'avait-elle amené jusqu'ici ?

Quelque chose brilla alors et Harry se tourna aussitôt, mais il ne vit qu'une petite mare gelée, sa surface noire et craquelée chatoyant sous ses yeux lorsqu'il tendit la baguette pour l'examiner.

Il s'avança avec précaution et regarda de plus près. La glace refléta tout d'abord son ombre déformée et le rayon lumineux de la baguette, mais tout au fond de l'épaisse carapace d'un gris nébuleux, il aperçut soudain un objet qui scintillait. Une grande croix d'argent…

Son cœur fit un bond, comme s'il remontait dans sa gorge. Il se laissa tomber à genoux, au bord de la mare, et orienta la baguette de façon à projeter le plus de lumière possible au fond de l'eau. Un éclat rouge foncé… C'était une épée à la poignée incrustée de rubis étincelants… L'épée de Gryffondor reposait au fond de la mare.

Parvenant à peine à respirer, il la fixa des yeux. Comment était-ce possible ? Comment pouvait-elle avoir atterri dans une mare en pleine forêt, si près de l'endroit où ils avaient dressé leur tente ? Un mystérieux phénomène magique avait-il attiré Hermione jusqu'ici ou la biche, qu'il avait prise pour un Patronus, était-elle une sorte de gardienne de la mare ? Ou encore l'épée y avait-elle été déposée après leur arrivée, précisément parce qu'ils étaient là ? Auquel cas, où était la personne qui avait voulu la transmettre à Harry ? Il dirigea à nouveau la lumière de la baguette vers les arbres et les buissons environnants, cherchant une silhouette humaine, l'éclat d'un regard, mais il ne vit personne. Un regain de peur vint toutefois tempérer son euphorie lorsqu'il reporta son attention sur l'épée qui reposait au fond de la mare gelée.

Il pointa la baguette vers la forme argentée et murmura :
— *Accio épée.*

Elle resta inerte. Ce qui ne le surprit pas. Si les choses

avaient dû être faciles, l'épée n'aurait pas été plongée dans les profondeurs d'une mare gelée, mais posée sur le sol où il n'aurait eu qu'à la ramasser. Il fit le tour du cercle de glace, repensant à la dernière fois où l'épée s'était offerte à lui. Il affrontait alors un terrible danger et avait demandé de l'aide.

– Aide-moi, murmura-t-il, mais l'épée demeura au fond de la mare, indifférente, immobile.

Quelles étaient les paroles, se demanda Harry (continuant à tourner autour de la mare), que Dumbledore avait prononcées, la dernière fois qu'il avait repris l'épée ? « Seul un véritable Gryffondor pouvait trouver cette épée dans le Choix-peau magique. » Et quelles étaient les qualités qui définissaient un Gryffondor ? « Les plus hardis et les plus forts sont rassemblés en ce haut lieu. »

Harry cessa de marcher autour de la mare et laissa échapper un long soupir, son haleine embuée se dispersant dans l'air glacé. Il savait ce qu'il lui restait à faire. Il devait reconnaître, pour être honnête avec lui-même, qu'il avait tout de suite pensé à cette hypothèse, dès le moment où l'épée lui était apparue à travers la surface gelée.

Il jeta un nouveau coup d'œil vers les arbres qui l'entouraient mais maintenant, il était convaincu que personne ne l'attaquerait. Ils en auraient eu tout le loisir pendant qu'il marchait seul dans la forêt ou qu'il examinait la mare. S'il retardait encore le moment d'agir, c'était simplement parce que ce qui l'attendait à présent n'avait rien de très enthousiasmant.

Les doigts engourdis, il entreprit d'enlever ses diverses couches de vêtements. Il n'était pas sûr, pensa-t-il avec mélancolie, que la hardiesse et la force qu'on prêtait aux preux chevaliers de Gryffondor aient grand-chose à voir là-dedans, sauf si l'on considérait comme chevaleresque le fait de ne pas avoir appelé Hermione pour qu'elle y aille à sa place.

Un hibou hulula quelque part tandis qu'il se déshabillait et avec un pincement au cœur, il songea à Hedwige. Il frissonnait, à présent, ses dents claquant horriblement, mais il continua à se déshabiller jusqu'à ce qu'il se retrouve en caleçon et pieds nus dans la neige. Il posa sur ses vêtements entassés la bourse qui contenait sa baguette cassée, la lettre de sa mère, le fragment du miroir de Sirius et le vieux Vif d'or, puis pointa vers la glace la baguette d'Hermione.

– *Diffindo*.

Un craquement retentit dans le silence, semblable à la détonation d'une balle de fusil. La surface de la mare se brisa et des morceaux de glace sombre se balancèrent sur l'eau clapotante. Autant que Harry pouvait en juger, la mare n'était pas très profonde mais pour aller chercher l'épée, il devrait quand même s'immerger complètement.

Réfléchir plus longtemps à la tâche qui l'attendait ne la rendrait pas plus facile et ne réchaufferait pas la température de l'eau. Il s'avança donc jusqu'au bord et posa par terre la baguette d'Hermione, toujours allumée. Puis, essayant de ne pas imaginer le froid encore plus glacé qui l'attendait ou les tremblements qui allaient bientôt le secouer de la tête aux pieds, il sauta dans la mare.

Ce fut comme si tous les pores de sa peau s'étaient mis à protester à grands cris. L'air même que contenaient ses poumons paraissait avoir gelé lorsque l'eau glacée lui arriva aux épaules. Il pouvait à peine respirer. Parcouru de tremblements si violents qu'ils projetaient des vaguelettes par-dessus le bord de la mare, il chercha à tâtons de ses pieds engourdis la lame de l'épée. Il ne voulait plonger au fond qu'une seule fois.

Harry, haletant, frémissant, repoussait de seconde en seconde le moment où il s'immergerait totalement. Enfin, il se persuada qu'il ne pouvait plus reculer et, rassemblant tout son courage, il plongea.

Le froid se transforma en douleur, l'attaqua comme un feu. Son cerveau lui-même semblait avoir gelé tandis qu'il s'enfonçait dans l'eau sombre et tendait la main vers le fond, à la recherche de l'épée. Ses doigts se refermèrent autour de la poignée qu'il tira vers lui.

Quelque chose alors lui enserra étroitement le cou. Il pensa à des herbes aquatiques, bien qu'il n'eût rien senti contre sa peau lorsqu'il avait plongé, et leva sa main libre pour se libérer. Mais ce n'était pas une herbe : la chaîne de l'Horcruxe s'était contractée autour de sa gorge et l'étranglait lentement.

Harry donna de grands coups de pied pour essayer de remonter à la surface, mais il ne parvint qu'à se propulser contre la paroi rocheuse de la mare. Se débattant, suffoquant, il attrapa la chaîne à tâtons, ses doigts gelés incapables de la desserrer. De petites lumières jaillissaient à présent dans sa tête et il sombra. Il n'y avait plus rien à faire, il ne pouvait plus rien tenter, et les bras qu'il sentit se refermer autour de sa poitrine étaient sûrement ceux de la mort…

Étouffant, secoué de haut-le-cœur, trempé et glacé comme jamais il ne l'avait été dans sa vie, il reprit connaissance à plat ventre sur la neige. Quelque part, à proximité, quelqu'un d'autre haletait, toussait, trébuchait. Hermione était à nouveau venue à son secours, comme lorsque le serpent l'avait attaqué… Pourtant, il n'avait pas l'impression que c'était elle, à en juger par la toux caverneuse et la lourdeur des pas…

Harry n'eut pas la force de relever la tête pour voir qui était son sauveur. Il put simplement porter une main tremblante à son cou et sentir l'endroit où la chaîne du médaillon s'était profondément enfoncée dans sa chair. L'Horcruxe n'était plus là : quelqu'un l'en avait libéré. Il entendit alors au-dessus de sa tête une voix pantelante :

– Tu… es… *dingue*, ou quoi ?

Seul le choc qu'il éprouva au son de cette voix pouvait redonner à Harry suffisamment d'énergie pour se relever. Parcouru de violents frissons, il se mit debout, vacillant. Devant lui se tenait Ron, habillé de pied en cap mais trempé jusqu'aux os, ses cheveux plaqués contre son visage, l'épée de Gryffondor dans une main, l'Horcruxe dans l'autre, pendant au bout de sa chaîne brisée.

Ron leva le médaillon qui se balança d'avant en arrière à l'extrémité de sa chaîne raccourcie, comme dans une parodie d'hypnose.

– Par tous les diables, haleta Ron, pourquoi n'as-tu pas enlevé cette chose avant de plonger ?

Harry ne put répondre. La biche argentée n'était plus rien, comparée à la réapparition de Ron. Il n'arrivait pas à y croire. Tremblant de froid, il saisit ses vêtements toujours entassés au bord de la mare et s'habilla. Tout en enfilant ses pulls les uns après les autres, Harry ne cessait de dévisager Ron, comme s'il s'attendait plus ou moins à ce qu'il disparaisse chaque fois qu'il le quittait des yeux. Et pourtant, il devait être bien réel : il venait de plonger dans la mare, il lui avait sauvé la vie.

– Alors, c'était t… toi ? bredouilla enfin Harry, claquant

des dents, la voix plus faible qu'à l'ordinaire, en raison de sa quasi-strangulation.

– Heu... oui, répondit Ron, un peu déconcerté.

– La biche... c'était t... toi ?

– Quoi ? Non, bien sûr que non ! Je croyais que c'était ton Patronus !

– Le mien, c'est un cerf.

– Ah oui, c'est vrai. Je me disais bien qu'il paraissait différent. Pas de ramure.

Harry accrocha la bourse de Hagrid autour de son cou, enfila un dernier pull, se baissa pour ramasser la baguette d'Hermione et regarda à nouveau Ron.

– Comment se fait-il que tu sois ici ?

Apparemment, Ron aurait souhaité que ce point ne soit évoqué que plus tard, ou peut-être même pas du tout.

– Eh bien, je... enfin, bon... je suis revenu. Si... – il s'éclaircit la voix – ... Si tu veux toujours de moi.

Pendant le silence qui suivit, l'évocation du départ de Ron sembla dresser entre eux comme un mur. Mais à présent, il était là, il était de retour. Et il avait sauvé Harry.

Ron baissa les yeux et regarda ses mains. L'espace d'un instant, il parut surpris de voir ce qu'il tenait entre ses doigts.

– Oui, je l'ai sortie de l'eau, dit-il inutilement, en levant l'épée pour permettre à Harry de mieux la contempler. C'était pour ça que tu avais plongé, non ?

– Oui, répondit Harry. Mais je ne comprends pas. Comment es-tu venu ici ? Comment nous as-tu trouvés ?

– Longue histoire, répliqua Ron. Il y a des heures que je vous cherche, c'est une grande forêt. Je me disais que j'allais faire un petit somme sous un arbre en attendant le jour quand j'ai vu cette biche arriver, et toi qui la suivais.

– Tu n'as remarqué personne d'autre ?

– Non, dit Ron. Je…

Mais il hésita, lançant un coup d'œil en direction de deux arbres qui se dressaient côte à côte, à quelques mètres d'eux.

– Je crois avoir vu quelque chose bouger là-bas mais c'était au moment où je courais vers la mare. Tu venais de disparaître dans l'eau et je ne te voyais plus revenir à la surface, alors je n'allais pas faire un détour pour… Hé !

Harry s'était déjà précipité vers l'endroit que Ron lui indiquait. Les deux chênes avaient poussé tout près l'un de l'autre. À hauteur d'homme, leurs troncs n'étaient séparés que de quelques centimètres, une cachette idéale pour voir sans être vu. Il n'y avait cependant pas de neige autour des racines et Harry ne distingua aucune empreinte. Il retourna vers Ron qui l'attendait, tenant toujours dans ses mains l'épée et l'Horcruxe.

– Il y a quelque chose ? demanda-t-il.

– Non, répondit Harry.

– Alors, comment l'épée est-elle arrivée dans cette mare ?

– La personne qui a créé le Patronus a dû l'y jeter.

Ils contemplèrent tous deux l'épée ouvragée, sa poignée incrustée de rubis luisant légèrement à la lumière de la baguette d'Hermione.

– Tu crois que c'est la vraie ? demanda Ron.

– Il n'y a qu'un seul moyen de le savoir, non ? répondit Harry.

L'Horcruxe se balançait toujours au bout de la main de Ron. Le médaillon tressaillait légèrement. Harry savait que la chose qu'il contenait s'agitait à nouveau. Cette chose qui avait senti la présence de l'épée et avait essayé de le tuer plutôt que de le laisser s'en emparer. Mais ce n'était pas le moment de se lancer dans de grandes discussions. Pour l'instant, il était urgent de détruire l'Horcruxe une bonne fois pour toutes. Harry jeta un regard alentour, tenant haut la baguette d'Hermione, et repéra l'endroit qui convenait : un rocher relativement plat, à l'ombre d'un sycomore.

– Viens, dit-il.

Suivi de Ron, il s'en approcha, dégagea la neige qui couvrait la surface de la pierre et tendit la main pour prendre l'Horcruxe. Mais lorsque Ron voulut également lui donner l'épée, Harry la refusa d'un hochement de tête.

– Non, c'est toi qui devrais le faire.

– Moi ? s'étonna Ron, choqué. Pourquoi ?

– Parce que tu es allé chercher l'épée au fond de la mare. Je crois donc que cette tâche te revient.

Ce n'était pas par bienveillance ou générosité. De même qu'il avait tout de suite su que la biche n'était pas dangereuse, il savait aussi que c'était à Ron de brandir la lame. Dumbledore avait au moins appris quelque chose à Harry au sujet de certaines formes de magie, ou de l'incalculable pouvoir de certains actes.

– Je vais l'ouvrir, dit Harry, et toi, tu le transperceras. Tout de suite. D'accord ? Parce que ce qu'il y a à l'intérieur ne se laissera pas détruire sans combattre. Le fragment de Jedusor qui se trouvait dans son journal intime a essayé de me tuer.

– Comment vas-tu l'ouvrir ? demanda Ron.

Il paraissait terrifié.

– Je vais lui demander de s'ouvrir tout seul en lui parlant Fourchelang, expliqua Harry.

La réponse lui était venue si facilement qu'il avait l'impression de l'avoir toujours connue au fond de lui : peut-être son récent face-à-face avec Nagini lui avait-il permis d'en prendre conscience. Il regarda le S en forme de serpent, serti de pierres vertes étincelantes sur le médaillon. On pouvait facilement se le représenter comme un minuscule reptile lové sur la pierre glacée.

– Non ! dit Ron. Non, ne l'ouvre pas ! Je suis sérieux !

– Pourquoi ? demanda Harry. Débarrassons-nous de cette horreur. Ça fait des mois que…

– Je ne peux pas, Harry, je suis sérieux… Fais-le, toi…

– Mais pourquoi ?

– Parce que ce truc est mauvais pour moi ! répondit Ron en reculant pour s'éloigner du médaillon posé sur le rocher. Je ne peux pas ! Je ne cherche pas d'excuses à ma conduite, mais il m'affecte beaucoup plus que toi ou Hermione, il me faisait penser à des choses, des choses que, de toute façon, j'avais déjà en tête, sauf qu'il les rendait encore pires. Je ne sais pas pourquoi mais, quand je l'enlevais, je reprenais mes esprits et ensuite, quand je devais remettre ce fichu machin autour du cou… Je ne peux pas faire ça, Harry !

Il s'était écarté du rocher, hochant la tête, l'épée traînant à son côté.

– Tu peux y arriver, insista Harry, tu le peux ! C'est toi qui as l'épée, c'est à toi qu'il revient de t'en servir, je le sais. S'il te plaît, débarrasse-nous de ça, Ron.

Entendre prononcer son nom sembla agir comme un stimulant. Ron déglutit puis, respirant toujours profondément, il revint près du rocher.

– Dis-moi quand, demanda-t-il d'une voix rauque.

– À trois, répondit Harry.

Harry tourna son regard vers le médaillon, plissa les yeux

et se concentra sur la lettre S, imaginant un serpent, tandis qu'il entendait quelque chose remuer à l'intérieur, comme un cafard pris au piège. Il aurait pu en éprouver une certaine pitié, si la marque que la chaîne avait laissée autour de son cou n'était pas restée aussi cuisante.

– Un… deux… trois… *Ouvre-toi*.

Le dernier mot sortit de sa bouche comme un sifflement, un grondement, et les volets d'or du médaillon s'ouvrirent largement avec un petit clic.

À l'intérieur, derrière chacun des deux ovales de verre semblables à de petites fenêtres, un œil cligna, sombre et charmeur, comme l'étaient les yeux de Tom Jedusor avant qu'il ne les transforme en deux fentes écarlates.

– Transperce-le, dit Harry qui maintenait le médaillon immobile sur le rocher.

Ron leva l'épée dans ses mains tremblantes. La pointe de la lame resta suspendue au-dessus des deux yeux qui tournaient frénétiquement en tous sens. Harry plaqua le médaillon contre la pierre, se préparant, imaginant déjà un flot de sang qui jaillirait des deux ovales vides.

Une voix sifflante s'éleva alors de l'Horcruxe :

– *J'ai vu dans ton cœur et ton cœur est mien.*

– Ne l'écoute pas ! lança Harry d'une voix dure. Transperce-le !

– *J'ai vu tes rêves, Ronald Weasley, et j'ai vu tes peurs. Tout ce que tu désires est possible, mais tout ce que tu crains l'est également…*

– Transperce-le ! hurla Harry, sa voix résonnant sous le feuillage des arbres.

La pointe de l'épée trembla et Ron fixa les yeux de Jedusor.

– Le moins aimé, depuis toujours, par une mère qui rêvait d'avoir une fille… Le moins aimé, aujourd'hui, par celle qui préfère ton ami… Toujours en retrait, éternellement dans l'ombre…

– Ron, transperce-le tout de suite ! beugla Harry.

Il sentait le médaillon frémir sous ses doigts et redoutait ce qui allait suivre. Ron leva l'épée encore plus haut et les yeux de Jedusor brillèrent alors d'un éclat écarlate.

Jaillissant des deux ovales de verre, jaillissant des deux yeux, les têtes de Harry et d'Hermione, bizarrement déformées, enflèrent comme deux bulles grotesques.

Ron poussa un cri et recula devant les deux silhouettes qui s'élevaient du médaillon en s'épanouissant comme des fleurs, d'abord la poitrine, puis la taille, puis les jambes. Elles restèrent là, côte à côte, debout dans l'Horcruxe, tels deux arbres à la racine commune, oscillant au-dessus de Ron et du véritable Harry qui avait lâché le médaillon devenu soudain brûlant, comme chauffé à blanc.

– Ron ! hurla-t-il.

Mais l'image de Harry-Jedusor parlait à présent avec la voix de Voldemort et Ron, hypnotisé, fixait son visage.

– Pourquoi es-tu revenu ? Nous étions beaucoup mieux sans toi, beaucoup plus heureux, contents de ton absence… Nous nous moquions de ta stupidité, de ta lâcheté, de ta prétention…

– Ta prétention ! répéta en écho l'image d'Hermione-Jedusor, plus belle, mais aussi plus terrible que la véritable Hermione : elle se balançait, parlant d'une voix caquetante, devant Ron horrifié, cloué sur place, l'épée pendant inutilement à son côté. Qui donc pourrait te regarder, qui donc pourrait jamais te remarquer, à côté de Harry Potter ? Qu'as-tu jamais réussi à accomplir, comparé à l'Élu ? Qui es-tu, comparé au Survivant ?

– Ron, transperce-le, TRANSPERCE-LE ! hurla Harry, mais Ron ne bougea pas.

Il avait écarquillé ses yeux dans lesquels se reflétaient le Harry et l'Hermione-Jedusor, leurs cheveux dansant comme des flammes, leur regard rougeoyant, leurs voix aiguës se mêlant en un duo maléfique.

– *Ta mère a avoué*, reprit Harry-Jedusor d'un ton narquois, accompagné des ricanements de la fausse Hermione, *qu'elle aurait préféré m'avoir comme fils, qu'elle serait ravie de faire l'échange*…

– *Qui ne le préférerait pas ? Quelle femme te choisirait ? Tu n'es rien, rien, face à lui*, susurra Hermione-Jedusor.

Elle s'étira alors comme un serpent puis s'enroula autour de Harry-Jedusor, l'enlaçant étroitement, et leurs lèvres se joignirent.

Devant eux, le visage de Ron s'était rempli d'angoisse. Il leva haut l'épée, les bras tremblants.

– Vas-y, Ron ! s'exclama Harry.

Ron se tourna vers lui et Harry crut voir un reflet écarlate dans ses yeux.

– Ron…

La lame de l'épée étincela et s'abattit. Harry se jeta de côté. Un fracas métallique retentit, suivi d'un grand cri qui se prolongea. Il fit volte-face, glissant sur la neige, sa baguette prête : mais il n'y avait rien à combattre.

Les doubles monstrueux de lui-même et d'Hermione avaient disparu. Il n'y avait plus que Ron, debout, tenant mollement l'épée dans sa main, les yeux fixés sur les restes brisés du médaillon.

Lentement, Harry revint vers lui, ne sachant plus très bien que faire ou que dire. Ron respirait profondément. Il n'y avait plus la moindre lueur écarlate dans ses yeux qui avaient retrouvé leur couleur bleue habituelle. Ils étaient aussi très humides.

Harry se pencha, faisant semblant de n'avoir rien remarqué et ramassa l'Horcruxe fracassé. Ron avait transpercé les deux ovales de verre : les yeux de Jedusor avaient disparu et la soie tachée qui recouvrait le fond du médaillon fumait légèrement. La chose qui vivait dans l'Horcruxe s'était évanouie. Tourmenter Ron avait constitué son dernier acte.

Ron lâcha l'épée qui tomba avec un bruit métallique. Il s'était affaissé sur les genoux, la tête dans les bras. Il tremblait de tout son corps, mais Harry comprit que le froid n'y était pour rien. Il fourra dans sa poche le médaillon brisé, s'agenouilla auprès de Ron et posa précautionneusement une main sur son épaule. Le fait que Ron ne cherche pas à se dégager lui parut un bon signe.

– Après ton départ, dit-il à voix basse, soulagé que Ron se soit caché le visage, elle a pleuré pendant une semaine. Sans doute davantage, mais elle ne voulait pas que je m'en aperçoive. Pendant longtemps, le soir, nous ne nous sommes pas adressé la parole. Sans toi…

Il ne put achever sa phrase. C'était seulement maintenant, avec le retour de Ron, que Harry réalisait pleinement ce que leur avait coûté son absence.

– Elle est comme une sœur pour moi, poursuivit-il. Je l'aime à la manière d'une sœur et je pense qu'elle ressent la même chose de son côté. C'est comme ça depuis toujours. Je croyais que tu le savais.

Ron ne répondit pas, mais il détourna la tête et s'essuya bruyamment le nez sur sa manche. Harry se releva puis s'approcha de l'endroit, quelques mètres plus loin, où Ron avait jeté précipitamment son sac à dos par terre pour courir vers la mare et sauver Harry de la noyade. Il le hissa sur ses propres épaules et retourna vers Ron qui se remettait péniblement debout. Il avait les yeux rougis mais avait repris contenance.

– Je suis désolé, dit-il d'une voix sourde. Je suis désolé d'être parti. Je sais que je me suis conduit comme un… un…

Il scruta l'obscurité comme s'il espérait qu'un mot suffisamment fort allait fondre sur lui et s'imposer d'office.

– On peut dire que tu t'es rattrapé, cette nuit, assura Harry. Aller chercher l'épée, détruire l'Horcruxe, me sauver la vie…

– Tu me fais apparaître plus cool que je ne le suis, marmonna Ron.

– Ce genre de choses paraissent toujours plus cool, comme tu dis, qu'elles ne l'ont vraiment été, répliqua Harry. C'est ce que j'ai essayé de te faire comprendre pendant des années.

D'un même mouvement, ils s'avancèrent l'un vers l'autre et s'étreignirent, Harry serrant le dos toujours trempé du blouson de Ron.

– Maintenant, dit Harry, après qu'ils eurent relâché leur étreinte, il ne nous reste plus qu'à retrouver la tente.

Mais ce ne fut pas si difficile qu'il aurait pu le croire. Alors que la marche à travers la forêt, dans le sillage de la biche, lui avait semblé longue, le trajet de retour au côté de Ron se révéla étonnamment court. Harry était impatient de réveiller Hermione et il éprouva une fébrilité grandissante lorsqu'il entra dans la tente, Ron traînant un peu derrière lui.

À l'intérieur, l'atmosphère paraissait merveilleusement tiède, après la mare gelée et la forêt sous la neige. Le seul éclairage était fourni par les flammes couleur de jacinthe qui continuaient de luire dans une coupe posée par terre. Hermione était profondément endormie, pelotonnée sous les couvertures, et Harry dut l'appeler à plusieurs reprises avant qu'elle bouge enfin :

– Hermione !

Elle se retourna, puis se redressa brusquement, dégageant les cheveux qui lui tombaient sur le visage.

– Qu'est-ce qu'il y a ? Harry ? Ça va ?

– Tout va très bien. Mieux que bien. Je suis en pleine forme. Nous avons de la visite.

– Qu'est-ce que tu veux dire ? Qui...

Elle vit Ron qui se tenait devant elle, l'épée à la main, ses vêtements ruisselant sur le tapis usé. Harry recula dans un coin sombre, fit glisser de ses épaules le sac à dos de Ron et essaya de se fondre dans la toile de la tente.

Hermione sortit de son lit et s'avança comme une somnambule en direction de Ron, le regard fixé sur son visage blafard. Elle s'arrêta juste devant lui, les lèvres légèrement entrouvertes, les yeux écarquillés. Ron lui adressa un pâle sourire plein d'espoir et leva à demi les bras.

Mais Hermione se précipita soudain sur lui et martela à coups de poing chaque centimètre carré de son corps, partout où elle pouvait l'atteindre.

– Aïe... Ouille... Arrête ! Qu'est-ce que... Hermione... Ouille !

– Ronald... Weasley... Espèce de... parfait... *crétin* !

Elle ponctua chaque mot d'un nouveau coup. Ron battit en retraite, se protégeant le visage, alors qu'Hermione continuait d'avancer sur lui.

– Tu... reviens... ici... en douce... après... des semaines... et... des semaines... Oh, *où est ma baguette* ?

Elle semblait prête à l'arracher de force des mains de Harry mais celui-ci réagit instinctivement.

– *Protego* !

Le bouclier invisible se dressa entre Ron et Hermione et sa force la projeta à terre. Recrachant des cheveux qui étaient entrés dans sa bouche, elle se releva d'un bond.

– Hermione, dit Harry. Calme-t…

– Je ne me calmerai pas ! hurla-t-elle.

Jamais encore il ne l'avait vue perdre à ce point son sang-froid. Elle semblait en proie à une crise de démence.

– Rends-moi ma baguette ! *Rends-la-moi* !

– Hermione, s'il te plaît…

– Ce n'est pas à toi de me dire ce que je dois faire, Harry Potter ! s'écria-t-elle d'une voix suraiguë. Ne t'en avise surtout pas ! Rends-la-moi immédiatement ! Et TOI !

Elle pointa sur Ron un doigt accusateur : c'était comme une malédiction et Harry ne fut pas étonné de voir Ron reculer de plusieurs pas.

– J'ai couru après toi ! Je t'ai appelé ! Je t'ai supplié de revenir !

– Je sais, dit Ron. Hermione, je suis désolé, vraiment, je suis…

– Ah, tu es *désolé* !

Elle éclata de rire, d'un rire aigu, incontrôlable. Ron se tourna vers Harry en quête de secours, mais celui-ci lui répondit par une grimace impuissante.

– Tu reviens après des semaines… des semaines… et tu penses qu'il te suffira de dire « désolé » pour que tout s'arrange ?

– Qu'est-ce que tu veux que je dise d'autre ? s'écria Ron.

Harry fut content qu'il se défende.

– Oh, je ne sais pas ! vociféra Hermione avec une ironie redoutable. Creuse-toi la cervelle, ça ne devrait pas te prendre plus de deux ou trois secondes…

– Hermione, intervint Harry, qui considérait cette dernière réplique comme un coup bas, il vient de me sauver la…

– Je m'en fiche ! hurla-t-elle. Je me fiche de ce qu'il a fait ! Des semaines et des semaines, on aurait pu tout aussi bien *mourir*…

– Je savais que vous n'étiez pas morts ! beugla Ron, en dominant pour la première fois la voix d'Hermione.

Il s'approcha aussi près que le lui permettait le bouclier dressé entre eux.

– On ne parle que de Harry dans *La Gazette* et à la radio, ils vous cherchent partout, avec toutes les rumeurs et les histoires de fous qui circulent, je l'aurais su tout de suite si vous étiez morts, vous n'avez aucune idée de ce qui se passe…

– Qu'est-ce qui s'est passé pour *toi* ?

Sa voix était devenue si aiguë que, bientôt, seules les chauves-souris pourraient encore l'entendre, mais elle avait atteint un tel degré d'indignation qu'elle fut momentanément incapable de parler et Ron saisit l'occasion :

– J'ai voulu revenir dès l'instant où j'ai transplané, mais je suis tombé en plein sur un gang de Rafleurs, Hermione, et je ne pouvais plus aller nulle part !

– Un gang de quoi ? demanda Harry, tandis qu'Hermione se jetait dans un fauteuil, bras et jambes si étroitement croisés qu'on se demandait si elle ne mettrait pas plusieurs années à les déplier.

– Des Rafleurs, répondit Ron. Il y en a partout. Ce sont des gangs qui essayent de gagner de l'or en arrêtant les nés-Moldus et les traîtres à leur sang. Le ministère offre une récompense pour chaque capture. J'étais tout seul et on voit bien que je suis en âge d'aller à l'école, ils se sont donc excités en pensant que j'étais peut-être un né-Moldu en fuite. Il a fallu que je trouve très vite quelque chose à leur répondre pour éviter qu'ils me traînent au ministère.

– Qu'est-ce que tu leur as dit ?

– Que j'étais Stan Rocade. C'est la première personne à laquelle j'ai pensé.

– Et ils t'ont cru ?

– Ils n'étaient pas très malins. L'un d'eux était à moitié troll, d'après l'odeur...

Ron jeta un coup d'œil à Hermione, espérant que cette petite note d'humour aurait un effet apaisant mais son visage resta de marbre, ses bras et ses jambes toujours serrés comme dans un nœud.

– En tout cas, ils se sont disputés pour savoir si oui ou non, j'étais Stan. Ma ruse était assez pitoyable, je dois le reconnaître, mais j'étais seul contre cinq et ils m'avaient pris ma baguette. Puis, deux d'entre eux se sont mis à se battre et j'ai profité de la distraction des autres pour donner un coup dans le ventre de celui qui me tenait. J'ai pu lui arracher sa baguette, j'ai jeté un sortilège de Désarmement au type qui m'avait pris la mienne et j'ai aussitôt transplané. Mais ce n'était pas très réussi et je me suis encore désartibulé.

Ron leva sa main droite pour montrer deux doigts sans ongles. Hermione haussa les sourcils d'un air glacial.

– Je suis arrivé à quelques kilomètres de l'endroit où nous avions campé... mais vous étiez déjà partis.

— Quelle histoire palpitante, lança Hermione du ton dédaigneux qu'elle adoptait quand elle voulait blesser quelqu'un. Tu as dû être tout simplement terrifié. Nous, pendant ce temps-là, nous sommes allés à Godric's Hollow et, voyons, qu'est-ce qui s'est passé, déjà, Harry ? Ah oui, je me souviens, le serpent de Tu-Sais-Qui nous attendait, il a failli nous tuer tous les deux, ensuite, Tu-Sais-Qui lui-même est arrivé et nous avons réussi à lui échapper à une seconde près.

— Quoi ? s'exclama Ron, en les regardant bouche bée.

Mais Hermione ne lui prêta aucune attention.

— Tu imagines, Harry, perdre deux ongles ! Voilà qui relativise tout ce que nous avons subi, non ?

— Hermione, dit Harry à voix basse, Ron vient de me sauver la vie.

Elle sembla ne pas l'avoir entendu.

— Il y a quand même une chose que je voudrais savoir, reprit-elle, les yeux fixés sur un point imaginaire situé à trente centimètres au-dessus de la tête de Ron. Comment t'y es-tu pris exactement pour nous retrouver ce soir ? C'est important. Quand nous le saurons, nous pourrons faire ce qu'il faut pour éviter les visiteurs indésirables.

Ron lui lança un regard noir, puis sortit de la poche de son jean un petit objet en argent.

— J'ai utilisé ceci.

Hermione dut tourner les yeux vers lui pour voir ce qu'il leur montrait.

— Le Déluminateur ? s'étonna-t-elle, si surprise qu'elle en oublia de paraître glaciale et féroce.

— Il ne se contente pas d'allumer et d'éteindre les lumières, poursuivit Ron. Je ne sais pas comment il fonctionne, ni pourquoi c'est arrivé à ce moment-là et pas à un autre, puisque de toute façon, depuis que j'étais parti, j'avais envie de revenir. En tout cas, j'étais en train d'écouter la radio, le matin de Noël, de très bonne heure et tout d'un coup, j'ai entendu… ta voix.

Il regardait Hermione.

– Tu m'as entendue à la radio ? demanda-t-elle, incrédule.

– Non, je t'ai entendue dans ma poche. Ta voix venait de là.

Il montra à nouveau le Déluminateur.

– Et qu'est-ce que je disais, exactement ? interrogea Hermione d'un ton qui hésitait entre le scepticisme et la curiosité.

– Mon nom. Ron. Et tu as ajouté quelque chose… à propos d'une baguette…

Le visage d'Hermione se colora d'un rouge flamboyant. Harry se souvenait : c'était la première fois que le nom de Ron avait été prononcé à haute voix par l'un d'eux depuis le jour où il les avait quittés. Hermione l'avait cité lorsqu'ils avaient parlé de réparer la baguette de Harry.

– Alors, je l'ai sorti de ma poche, continua Ron en contemplant le Déluminateur. Il était comme d'habitude mais j'étais sûr de t'avoir entendue. Je l'ai actionné et la lumière s'est éteinte dans ma chambre mais une autre s'est allumée juste devant la fenêtre.

Ron leva son autre main et pointa le doigt devant lui, le regard concentré sur quelque chose que ni Harry ni Hermione ne pouvaient voir.

– C'était une boule lumineuse, bleuâtre, qui semblait vibrer, comme la lumière autour d'un Portoloin, vous voyez ?

– Oui, répondirent machinalement Harry et Hermione d'une même voix.

– J'ai tout de suite su que c'était ce que je cherchais, reprit Ron. J'ai ramassé mes affaires, j'ai tout emballé dans mon sac à dos et je suis descendu dans le jardin.

« La boule de lumière flottait en l'air. Elle m'attendait et, quand je suis sorti, elle s'est éloignée par petits bonds. Je l'ai suivie derrière la cabane à outils et là, elle… elle est entrée en moi.

– Pardon ? dit Harry, persuadé de n'avoir pas bien entendu.

– Elle a flotté vers moi, expliqua Ron en décrivant le mouvement de la boule d'un geste de l'index, droit sur ma poitrine et ensuite… elle est entrée en moi. Elle était ici.

Il montra un point proche de son cœur.

– Je la sentais, elle était chaude. Et une fois qu'elle était en moi, j'ai su ce que je devais faire, j'ai su qu'elle m'emmènerait là où je voulais aller. Alors, j'ai transplané et je suis arrivé au flanc d'une colline. Il y avait de la neige partout…

– C'était là que nous étions, dit Harry. Nous y avons passé deux nuits et la deuxième nuit, j'ai eu sans cesse l'impression d'entendre quelqu'un bouger et appeler dans l'obscurité !

– C'était moi, mais vos sortilèges de Protection ont bien fonctionné, je n'arrivais pas à vous voir ni à vous entendre. Pourtant, j'étais sûr que vous n'étiez pas loin. J'ai fini par m'allonger dans mon sac de couchage et j'ai attendu que vous apparaissiez. Je pensais que vous seriez bien obligés de vous montrer quand vous démonteriez la tente.

– En fait, non, dit Hermione. Par précaution, on a transplané sous la cape d'invisibilité. Et on est partis de très bonne heure parce que, comme te l'a expliqué Harry, nous avions entendu quelqu'un bouger dans les environs.

– En tout cas, je suis resté toute la journée sur cette colline, reprit Ron. J'espérais toujours vous voir apparaître.

Mais la nuit est tombée et j'ai compris que j'avais dû vous rater. J'ai actionné à nouveau le Déluminateur, la lumière bleue a jailli, elle est entrée en moi, j'ai transplané et je suis arrivé ici, dans cette forêt. Je ne parvenais toujours pas à vous retrouver et je suis resté là en espérant que l'un de vous finirait par mettre le nez dehors... C'est ce que Harry a fait. Bien sûr, j'ai d'abord aperçu la biche.

– Tu as aperçu quoi ? l'interrompit brusquement Hermione.

Ils lui expliquèrent ce qui s'était passé et à mesure qu'ils racontaient l'histoire de la biche argentée et de l'épée dans la mare, Hermione les regardait alternativement, les sourcils froncés, l'esprit si concentré qu'elle en oublia de serrer bras et jambes contre elle.

– C'était sûrement un Patronus ! s'exclama-t-elle. Vous n'avez pas vu qui l'avait créé ? Il n'y avait personne ? Et le Patronus t'a amené jusqu'à l'épée ! J'ai du mal à y croire ! Qu'est-ce qui est arrivé ensuite ?

Ron lui raconta comment il avait vu Harry sauter dans l'eau et avait attendu qu'il remonte à la surface. S'apercevant qu'il se passait quelque chose d'anormal, il avait plongé pour le sauver avant de retourner prendre l'épée. Parvenu au moment de l'ouverture du médaillon, il hésita, et ce fut Harry qui poursuivit son récit :

– Quand il a été ouvert, Ron l'a transpercé à coups d'épée.

– Et... il a été détruit ? Simplement comme ça ? murmura Hermione.

– Oh, il... il a crié, dit Harry en jetant un vague coup d'œil à Ron. Tiens.

Il lança le médaillon sur les genoux d'Hermione qui le prit avec des gestes précautionneux et examina les ovales de verre fracassés.

Estimant qu'il pouvait à présent le faire sans danger, Harry annula le charme du Bouclier en agitant la baguette d'Hermione et se tourna vers Ron.

— Tu n'as pas dit que tu avais échappé aux Rafleurs en emportant une de leurs baguettes ?

— Quoi ? répondit Ron qui n'avait cessé de regarder Hermione pendant qu'elle étudiait le médaillon. Ah, oui, oui.

Il détacha une boucle de son sac à dos et sortit d'une poche latérale une petite baguette de bois sombre.

— La voilà. Je me suis dit que c'était toujours utile d'en avoir une en réserve.

— Et tu avais raison, assura Harry en tendant la main. La mienne est cassée.

— Tu plaisantes ? s'exclama Ron, mais au même moment, Hermione se leva et il parut à nouveau inquiet.

Elle rangea l'Horcruxe terrassé dans le sac en perles puis remonta dans la couchette supérieure d'une paire de lits superposés et s'allongea sans ajouter un mot.

Ron donna à Harry la nouvelle baguette.

— Finalement, ça ne s'est pas trop mal passé, tu ne pouvais pas espérer mieux, murmura Harry.

— C'est vrai, répondit Ron. Ça aurait pu être pire. Tu te souviens quand elle m'a jeté des oiseaux à la tête ?

— Il n'est pas totalement exclu que je recommence, répliqua la voix étouffée d'Hermione, sous ses couvertures.

Et Harry vit Ron esquisser un sourire tandis qu'il sortait de son sac à dos son pyjama violet.

20

XENOPHILIUS LOVEGOOD

Harry ne s'était pas attendu à ce que la colère d'Hermione s'apaise au cours de la nuit et ne fut donc pas surpris, le lendemain matin, qu'elle se contente de communiquer par des regards hostiles et des silences appuyés. Ron réagit en se forçant à afficher devant elle un air sombre, censé exprimer un remords profond et durable. Lorsqu'ils se trouvaient tous les trois ensemble, Harry avait l'impression d'assister à un enterrement en petit comité où il aurait été le seul à ne pas porter le deuil. Mais au cours des rares moments qu'il passait seul avec Harry (pour aller chercher de l'eau ou fouiller les sous-bois en quête de champignons), Ron manifestait une joie sans vergogne.

– Quelqu'un nous a aidés, répétait-il. Quelqu'un a envoyé cette biche. Quelqu'un qui est de notre côté. Ça nous fait un Horcruxe de moins, mon vieux !

Encouragés par la destruction du médaillon, ils recommencèrent à évoquer les divers endroits où pourraient se trouver les autres Horcruxes et bien qu'ils en aient si souvent discuté auparavant, Harry se sentait optimiste, persuadé que cette première avancée serait suivie de bien d'autres. La bouderie d'Hermione ne pouvait entamer son moral au beau

455

fixe : leur chance soudaine, l'apparition de la biche mystérieuse, la découverte de l'épée de Gryffondor et, par-dessus
tout, le retour de Ron rendaient Harry si heureux qu'il avait
du mal à conserver un visage impassible.

Vers la fin de l'après-midi, Ron et lui fuirent à nouveau
la présence sinistre d'Hermione et, sous le prétexte d'aller
voir s'ils ne pourraient pas trouver quelques baies inexis-
tantes dans les buissons sans feuilles, ils continuèrent à
s'échanger des nouvelles. Harry avait finalement réussi à
lui raconter tous leurs vagabondages jusqu'au récit détaillé
de ce qui s'était passé à Godric's Hollow. C'était à présent
au tour de Ron de mettre Harry au courant de ce qu'il avait
appris dans le monde des sorciers au cours de ses semaines
d'absence.

– ... Et, au fait, comment avez-vous découvert l'existence
du Tabou ? demanda-t-il à Harry, après lui avoir parlé des
nombreuses tentatives désespérées de nés-Moldus pour
s'évader du ministère.

– Du quoi ?

– Hermione et toi, vous avez cessé de prononcer le nom
de Tu-Sais-Qui !

– Ah, oui. C'est simplement une mauvaise habitude qu'on
a prise, répondit Harry. Mais je n'ai toujours aucun problème
à l'appeler V...

– NON ! rugit Ron.

Son cri fit sursauter Harry qui tomba dans les buissons.
Hermione (le nez plongé dans un livre à l'entrée de la tente)
les regarda d'un air mauvais.

– Désolé, dit Ron, en aidant Harry à s'arracher des ronces,
mais son nom a été frappé d'un maléfice, c'est comme ça
qu'ils retrouvent les opposants ! Prononcer son nom brise les

sortilèges de Protection, ça produit une sorte de perturbation magique… C'est ce qui leur a permis de nous retrouver à Tottenham Court Road !

– Parce qu'on avait dit son *nom* ?

– Exactement ! Il faut leur reconnaître que c'était bien pensé. Seuls ceux qui le combattent sérieusement, comme Dumbledore, osaient l'appeler par son nom. Maintenant qu'ils ont mis un Tabou, quiconque prononce ce nom est aussitôt repéré… un moyen rapide et efficace de découvrir les membres de l'Ordre ! Ils ont failli avoir Kingsley…

– Tu plaisantes ?

– Pas du tout, Bill m'a raconté qu'il a été cerné par une bande de Mangemorts, mais il a réussi à les repousser et à s'échapper. Il est en fuite, maintenant, comme nous.

De l'extrémité de sa baguette, Ron se gratta le menton d'un air pensif.

– Tu ne crois pas que c'est Kingsley qui aurait pu nous envoyer cette biche ?

– Son Patronus est un lynx, on l'a vu au mariage, tu te souviens ?

– Ah, oui…

Ils poursuivirent leur chemin le long des buissons, s'éloignant de la tente et d'Hermione.

– Harry… Tu ne crois pas que ce pourrait être Dumbledore ?

– Comment ça, Dumbledore ?

Ron parut un peu gêné.

– Dumbledore…, reprit-il à voix basse. La biche.

Ron observait Harry du coin de l'œil.

– Après tout, il a été le dernier à avoir la véritable épée entre les mains, non ?

Harry ne fut même pas tenté de rire car il comprenait

trop bien le désir secret qui se cachait derrière la question de Ron. L'idée que Dumbledore ait réussi à revenir vers eux, qu'il puisse veiller sur eux, leur aurait apporté un indicible réconfort. Mais il hocha la tête en signe de dénégation.

– Dumbledore est mort, dit-il. Je l'ai vu mourir, j'ai vu son corps. Il est parti à tout jamais. D'ailleurs, son Patronus était un phénix, pas une biche.

– Les Patronus peuvent changer, non ? fit remarquer Ron. Celui de Tonks, par exemple.

– Oui, mais si Dumbledore était vivant, pour quelle raison ne se montrerait-il pas ? Pourquoi ne nous aurait-il pas donné l'épée directement ?

– Je n'en sais rien, répondit Ron. Peut-être la même raison pour laquelle il ne te l'a pas donnée de son vivant ? La même raison pour laquelle il t'a légué un vieux Vif d'or et a laissé un livre pour enfants à Hermione ?

– Et quelle serait cette raison ? interrogea Harry en se retournant pour regarder Ron dans les yeux, avide d'obtenir une réponse.

– Je ne sais pas, avoua Ron. Parfois, je me disais, quand j'étais un peu énervé, qu'il se moquait de nous ou… ou qu'il voulait rendre les choses plus difficiles. Mais je ne le pense plus. Il savait ce qu'il faisait quand il m'a donné le Déluminateur, non ? Il… enfin…

Les oreilles de Ron devinrent rouge vif et il sembla soudain très absorbé par une grosse touffe d'herbe qu'il tâtonna du pied.

– Il a dû savoir que j'allais vous laisser tomber.

– Non, rectifia Harry. Il a dû savoir que tu aurais toujours envie de revenir.

Ron parut soulagé, mais il avait quand même l'air un peu gêné. Préférant changer de sujet, Harry lui demanda :

– À propos de Dumbledore, tu es au courant de ce que Skeeter a écrit sur lui ?

– Oh, oui, répondit aussitôt Ron. On en parle beaucoup. Bien sûr, en temps normal, ça ferait les gros titres, Dumbledore ami avec Grindelwald, mais maintenant, c'est simplement un sujet de plaisanterie pour les gens qui n'aimaient pas Dumbledore, et une claque dans la figure pour ceux qui le jugeaient irréprochable. Mais je ne sais pas si c'est tellement important, il était très jeune quand ils…

– Il avait notre âge, coupa Harry, en lui faisant la même réponse qu'à Hermione.

Et quelque chose, dans l'expression de son visage, dissuada Ron de continuer sur ce sujet.

Parmi les ronces, une grosse araignée se tenait immobile au milieu d'une toile couverte de givre. Harry la visa avec la baguette que Ron lui avait donnée la veille et qu'Hermione avait daigné examiner, décrétant qu'elle était en bois de prunellier.

– *Amplificatum*.

L'araignée fut parcourue d'un frisson et rebondit légèrement sur la toile. Harry essaya à nouveau. Cette fois, l'araignée grandit un peu.

– Arrête, lança brusquement Ron. Je regrette d'avoir dit que Dumbledore était jeune, d'accord ?

Harry avait oublié son aversion pour les araignées.

– Désolé… *Reducto*.

L'araignée ne diminua pas de volume. Harry regarda la baguette de prunellier. Tous les sortilèges mineurs qu'il avait jetés ce jour-là avaient semblé moins puissants que lorsqu'il les lançait avec sa baguette à plume de phénix. Cette nouvelle baguette lui paraissait étrangère, importune, comme s'il avait eu la main de quelqu'un d'autre greffée au bout de son bras.

— Il faut que tu t'entraînes, lui dit Hermione.

Elle s'était approchée sans bruit derrière eux et avait observé d'un air anxieux les tentatives de Harry pour augmenter ou diminuer la taille de l'araignée.

— Tout est une question de confiance en toi, Harry.

Il savait pourquoi elle tenait tant à ce qu'il y arrive. Elle éprouvait toujours un sentiment de culpabilité pour avoir cassé sa baguette. Harry ravala la réplique qui lui brûlait la langue : si elle pensait qu'il n'y avait pas de différence entre les deux, elle n'avait qu'à prendre elle-même la baguette de prunellier et lui donner la sienne. Mais, désireux avant tout de rétablir leurs liens d'amitié, il se contenta de l'approuver. En revanche, lorsque Ron adressa un timide sourire à Hermione, elle s'éloigna d'un pas raide et disparut à nouveau derrière son livre.

À la tombée de la nuit, ils retournèrent tous trois sous la tente et Harry prit le premier tour de garde. Assis à l'entrée, il essaya de faire léviter de petites pierres avec la baguette de prunellier, mais ses facultés magiques semblaient toujours plus maladroites, moins puissantes qu'à l'ordinaire. Hermione lisait, couchée dans son lit tandis que Ron, après lui avoir lancé à plusieurs reprises des regards inquiets, prenait dans son sac à dos une petite radio en bois qu'il essaya de régler sur une station.

— Il y a une émission, dit-il à Harry à voix basse, qui donne de vraies nouvelles. Toutes les autres soutiennent Tu-Sais-Qui et sont alignées sur la position du ministère, mais celle-ci… Attends un peu d'écouter ça, c'est formidable. Malheureusement, ils ne peuvent pas la diffuser chaque soir, ils doivent changer sans cesse d'endroit, au cas où il y aurait une descente de police. Et il faut un mot de passe pour arriver à la capter… L'ennui, c'est que j'ai raté la dernière…

Il tapota légèrement le dessus de la radio avec sa baguette et marmonna des mots au hasard. Il jetait souvent vers Hermione des regards en biais, craignant manifestement une nouvelle crise de colère, mais elle se montra si indifférente à sa présence qu'il aurait pu tout aussi bien ne pas être là. Pendant environ dix minutes, Ron tapota et marmonna, Hermione tourna les pages de son livre et Harry continua de s'entraîner à jeter des sorts avec la baguette de prunellier.

Enfin, Hermione descendit de son lit et Ron cessa aussitôt de tapoter.

– Si ça t'agace, j'arrête ! dit-il, inquiet.

Hermione ne daigna pas répondre et s'approcha de Harry.

– Il faut qu'on parle, lui annonça-t-elle.

Il regarda le livre qu'elle tenait toujours à la main. C'était *Vie et mensonges d'Albus Dumbledore*.

– De quoi ? demanda-t-il avec appréhension.

Il se rappela que le livre comportait un chapitre le concernant, mais il n'était pas certain d'avoir envie de connaître la version de Rita sur ses relations avec Dumbledore. La réponse d'Hermione, cependant, fut totalement inattendue.

– Je veux aller voir Xenophilius Lovegood.

Il la regarda, les yeux écarquillés.

– Pardon ?

– Xenophilius Lovegood. Le père de Luna. Je veux aller lui parler !

– Heu… pourquoi ?

Elle respira profondément, comme pour concentrer ses forces et répondit :

– À cause de la marque, la marque dans *Beedle le Barde*. Regarde ça !

Elle mit le livre ouvert sous ses yeux réticents et il vit la reproduction de la lettre originale que Dumbledore avait écrite à Grindelwald, de cette écriture fine et penchée qu'il connaissait bien. Il lui répugnait d'avoir la preuve indiscutable que Dumbledore avait bel et bien écrit ces mots, qu'ils n'étaient pas une invention de Rita.

– La signature, dit Hermione. Regarde la signature, Harry !

Il obéit. Pendant un instant, il ne comprit pas de quoi elle voulait parler mais, en regardant de plus près à l'aide de sa baguette allumée, il s'aperçut que Dumbledore avait remplacé le A d'Albus par une minuscule version de la même marque triangulaire tracée dans *Les Contes de Beedle le Barde*.

– Heu… Qu'est-ce que vous… ? dit Ron d'une voix hésitante mais Hermione le fit taire d'un regard et se tourna à nouveau vers Harry.

– Elle n'arrête pas d'apparaître, reprit-elle. Je sais que d'après Viktor, c'était la marque de Grindelwald, mais je suis sûre que c'est aussi celle qu'on a vue au cimetière de Godric's Hollow. Or, les dates inscrites sur la pierre tombale étaient bien antérieures à l'arrivée de Grindelwald ! Et la voilà à nouveau ! On ne peut plus demander à Dumbledore ou à Grindelwald ce qu'elle signifie – je ne sais même pas si Grindelwald est toujours vivant – mais on peut le demander à Mr Lovegood. Il portait ce symbole au mariage, et je suis certaine que c'est important, Harry !

Celui-ci ne répondit pas tout de suite. Il observa l'expression intense, impatiente, du visage d'Hermione puis scruta l'obscurité qui les entourait, réfléchissant. Au bout d'un long moment, il lui répondit enfin :

– Hermione, nous n'avons pas besoin d'un nouveau Godric's Hollow. Nous avions décidé d'aller là-bas après en avoir parlé tous les deux et…

– Mais cette marque revient sans cesse, Harry ! Si Dumbledore m'a légué *Les Contes de Beedle le Barde*, qui te dit que ce n'est pas pour qu'on découvre la signification de ce symbole ?

– Et ça recommence !

Harry sentait l'exaspération monter en lui.

– Nous essayons de nous convaincre que Dumbledore nous a laissé des signes, des indices secrets…

– Le Déluminateur s'est révélé très utile, intervint Ron. Je crois qu'Hermione a raison. Nous devrions aller voir Lovegood.

Harry lui lança un regard noir. Il était persuadé que son soutien à Hermione n'avait pas grand-chose à voir avec le désir d'en savoir plus sur la rune triangulaire.

– Ce ne sera pas comme à Godric's Hollow, ajouta Ron. Lovegood est de ton côté, Harry. *Le Chicaneur* a toujours été pour toi, il continue de dire à tout le monde qu'il faut t'aider.

– Je suis certaine que c'est important ! répéta Hermione d'un ton grave.

– Mais si c'était le cas, tu ne crois pas que Dumbledore m'en aurait parlé avant de mourir ?

– Peut-être que… peut-être que c'est quelque chose qu'il

faut découvrir par soi-même, suggéra Hermione qui donnait un peu l'impression de se raccrocher aux branches.

– Oui, approuva Ron, flagorneur, ce serait logique.

– Pas du tout, répliqua-t-elle sèchement, ça n'aurait rien de logique, mais je pense quand même que nous devrions parler à Mr Lovegood. Un symbole qui lie Dumbledore, Grindelwald et Godric's Hollow ? Harry, je suis sûre que nous devrions tenter d'en savoir plus !

– Je propose qu'on vote, dit Ron. Ceux qui sont d'accord pour aller voir Lovegood…

Sa main se dressa avant celle d'Hermione. Celle-ci leva la sienne à son tour, les lèvres frémissantes, l'air soupçonneux.

– Désolé, Harry, tu es en minorité, dit Ron en lui donnant une claque dans le dos.

– Très bien, admit Harry, moitié amusé, moitié irrité. Mais quand on aura vu Lovegood, on pourrait peut-être essayer de trouver d'autres Horcruxes, d'accord ? Et d'ailleurs, où habitent les Lovegood ? Vous le savez, vous ?

– Oui, ce n'est pas loin de chez moi, dit Ron. Je ne sais pas exactement où, mais quand ils parlent d'eux, mes parents montrent toujours les collines. Ce ne devrait pas être très difficile à trouver.

Lorsque Hermione fut retournée dans son lit, Harry baissa la voix :

– Tu l'as approuvée simplement pour te faire bien voir.

– Comme dit le proverbe, *À la guerre et en amour, tous les coups sont permis*, répliqua Ron d'un ton joyeux. Et en l'occurrence, on est un peu dans les deux. Sois content, c'est les vacances de Noël, Luna sera chez elle !

Au flanc de la colline balayée par le vent sur laquelle ils transplanèrent le lendemain matin, ils avaient une excellente vue du village de Loutry Ste Chaspoule. De leur position élevée, le village avait l'air d'une collection de maisons de poupées illuminées par les rayons obliques du soleil qui perçaient entre les nuages. Ils restèrent là une ou deux minutes à regarder en direction du Terrier, la main sur le front pour se protéger les yeux, mais ils ne distinguèrent que les arbres et les hautes haies du verger qui masquaient à la vue des Moldus la petite maison biscornue.

– C'est bizarre d'être si près et de ne pas pouvoir y aller, remarqua Ron.

– Au moins, il n'y a pas longtemps que tu les as vus. Tu y étais pour Noël, lança froidement Hermione.

– Bien sûr que non, je n'étais pas au Terrier ! répliqua Ron, avec un rire incrédule. Tu crois que j'allais retourner là-bas et leur dire que je vous avais laissés tomber ? Fred et George ne m'auraient pas raté. Et Ginny ? Elle aurait sûrement été très compréhensive…

– Alors, où étais-tu ? s'étonna Hermione.

– Dans la nouvelle maison de Bill et de Fleur. La Chaumière aux Coquillages. Bill a toujours été loyal avec moi. Il… Il ne s'est pas montré très admiratif quand il a entendu ce que j'avais fait, mais il n'a pas insisté. Il savait que je le regrettais profondément. Personne d'autre dans la famille n'a su que j'étais là-bas. Bill a dit à maman que Fleur et lui ne viendraient pas pour Noël parce qu'ils voulaient le passer seuls en amoureux. C'étaient leurs premières vacances depuis leur mariage. Je crois que Fleur ne tenait pas vraiment à y aller. Vous savez à quel point elle déteste Celestina Moldubec.

Ron tourna le dos au Terrier.

– Essayons là-haut, dit-il en les menant sur l'autre versant de la colline.

465

Ils marchèrent quelques heures, Harry caché sous la cape d'invisibilité, sur l'insistance d'Hermione. Les collines basses qui s'étendaient autour d'eux semblaient inhabitées, en dehors d'un petit cottage, apparemment désert.

– Tu crois que c'est leur maison et qu'ils sont partis pour Noël ? dit Hermione en regardant à travers la fenêtre, ornée de géraniums, d'une petite cuisine propre et nette.

Ron ricana.

– Tu sais, j'ai bien l'impression que si on regardait à travers la fenêtre des Lovegood, on saurait tout de suite qui habite là. Essayons plutôt les collines voisines.

Ils transplanèrent quelques kilomètres plus loin vers le nord.

– Ha, ha ! s'écria Ron, le vent fouettant leurs cheveux et leurs vêtements.

Il montrait du doigt le sommet de la colline sur laquelle ils avaient atterri. Une maison des plus étranges se dressait verticalement contre le ciel, une sorte de grand cylindre noir avec une lune fantomatique suspendue derrière elle, dans la lumière de l'après-midi.

– La voilà, la maison de Luna, qui d'autre pourrait vivre dans un endroit pareil ? Il ne manque plus que le roi et la reine.

– Qu'est-ce que tu racontes ? Ça n'a rien d'un palais, répliqua Hermione en regardant la bâtisse les sourcils froncés.

– Non, je pensais à la tour noire d'un jeu d'échecs.

Ron, qui avait les plus longues jambes, atteignit le premier le sommet de la colline. Lorsque Harry et Hermione le rejoignirent, haletants, pliés en deux par des points de côté, il avait un large sourire.

– C'est bien là, dit Ron. Regardez.

Trois écriteaux peints à la main étaient cloués sur un portail délabré. Le premier indiquait :

LE CHICANEUR
Directeur : X. Lovegood

le second :

ALLEZ CUEILLIR VOTRE GUI AILLEURS

le troisième :

NE PAS APPROCHER
DES PRUNES DIRIGEABLES

Le portail grinça lorsqu'ils l'ouvrirent. Le chemin tortueux qui menait à la porte d'entrée était envahi de plantes étranges et diverses, notamment de buissons couverts de fruits orange, en forme de radis, semblables à ceux que Luna portait parfois en guise de boucles d'oreilles. Harry crut reconnaître un Snargalouf et contourna à bonne distance la souche ratatinée. Deux pommiers sauvages, âgés, courbés par le vent, dépouillés de leurs feuilles, mais aux branches toujours chargées de fruits rouges, gros comme des baies, et de couronnes de gui touffues parsemées de boules blanches, se dressaient telles des sentinelles de chaque côté de la porte d'entrée. Un petit hibou avec une tête de faucon légèrement aplatie les regardait, perché sur l'une des branches.

– Tu ferais bien d'enlever la cape d'invisibilité, Harry, dit Hermione. C'est toi que Mr Lovegood veut aider, pas nous.

Il suivit son conseil et lui donna la cape qu'elle rangea

dans le sac en perles. Elle frappa alors trois fois sur l'épaisse porte noire, incrustée de clous en fer et dotée d'un heurtoir en forme d'aigle.

Dix secondes plus tard, tout au plus, la porte s'ouvrit à la volée. Xenophilius Lovegood se tenait devant eux, pieds nus et vêtu d'une chemise de nuit tachée. Ses longs cheveux blancs, semblables à de la barbe à papa, étaient sales et broussailleux. Par comparaison, il s'était montré d'une rare élégance au mariage de Fleur et de Bill.

– Quoi ? Qu'est-ce que c'est ? Qui êtes-vous ? Qu'est-ce que vous voulez ? s'écria-t-il, d'une voix haut perchée, grincheuse.

Il regarda d'abord Hermione, puis Ron et enfin Harry. Lorsqu'il le reconnut, sa bouche s'ouvrit en un O parfaitement dessiné et passablement comique.

– Bonjour, Mr Lovegood, dit Harry en lui tendant la main. Je suis Harry, Harry Potter.

Xenophilius ne serra pas la main de Harry, mais l'un de ses yeux – celui qui n'était pas tourné vers son nez – se fixa sur la cicatrice de son front.

– Pouvons-nous entrer ? demanda Harry. Nous voudrions vous poser une question.

– Je… Je ne suis pas sûr que ce soit raisonnable, murmura Xenophilius.

Il déglutit et jeta un rapide coup d'œil dans le jardin.

– C'est assez surprenant… Ma parole… Je… Je pense que je devrais…

– Ce ne sera pas long, promit Harry, légèrement déçu par cet accueil peu chaleureux.

– Je… Bon, d'accord, entrez vite. *Vite !*

À peine avaient-ils franchi le seuil que Xenophilius claqua la porte derrière eux. Ils se retrouvèrent dans la cuisine la plus étrange que Harry eût jamais vue. La pièce était parfaitement circulaire et donnait l'impression qu'on se trouvait à l'intérieur d'un gigantesque poivrier. Tout avait une forme arrondie pour s'adapter aux murs : la cuisinière, l'évier, les placards, l'ensemble décoré de fleurs, d'insectes et d'oiseaux peints avec des couleurs primaires et criardes. Harry crut reconnaître le style de Luna. L'effet produit dans un espace aussi fermé avait quelque chose d'un peu écrasant.

Au milieu, un escalier de fer forgé en colimaçon menait dans les étages supérieurs. Ils entendaient au-dessus de leurs têtes des claquements et des cliquetis. Harry se demanda à quoi pouvait bien s'occuper Luna.

– Vous feriez mieux de monter, dit Xenophilius, toujours très mal à l'aise.

Il les entraîna derrière lui.

La pièce du dessus semblait un mélange de living-room et d'atelier. Elle était de ce fait plus encombrée encore que la cuisine. Bien que beaucoup plus petite et entièrement circulaire, elle ressemblait un peu à la Salle sur Demande, le jour inoubliable où elle s'était transformée en un gigantesque labyrinthe surchargé d'objets qu'on y avait cachés au cours des siècles. Sur chaque surface s'élevaient des piles et des piles de livres et de papiers. De délicates miniatures suspendues au plafond représentaient des créatures que Harry ne reconnaissait pas, dotées d'ailes qui battaient, ou de mâchoires qui mordaient dans le vide.

Luna n'était pas là : la chose qui produisait un tel vacarme était un objet en bois doté d'une quantité de rouages qui tournaient par magie. On aurait dit un croisement bizarre entre un établi et un meuble à étagères mais au bout d'un moment, Harry, voyant que la machine débitait des exemplaires du *Chicaneur*, en conclut qu'il s'agissait d'une vieille presse à imprimer.

— Excusez-moi, dit Xenophilius.

Il s'approcha à grands pas de la machine, attrapa une nappe crasseuse, sur laquelle était entassée une énorme masse de livres et de papiers qui dégringola par terre, et la jeta sur la presse, étouffant plus ou moins claquements et cliquetis. Puis il se tourna vers Harry.

— Pourquoi êtes-vous venus ici ?

Mais avant qu'il ait pu lui répondre, Hermione, l'air effarée, laissa échapper un petit cri.

— Mr Lovegood… Qu'est-ce que c'est que ça ?

Elle montrait du doigt une énorme corne grise de plusieurs dizaines de centimètres de longueur, en forme de spirale, assez semblable à celle d'une licorne. Elle était accrochée au mur et pointait vers le centre de la pièce.

— C'est une corne de Ronflak Cornu, répondit Xenophilius.

— Non, ce n'est pas ça ! protesta Hermione.

— Hermione, marmonna Harry, gêné, le moment n'est pas venu de…

— Mais Harry, c'est une corne d'Éruptif ! Un produit commercialisable de catégorie B qu'il est très dangereux de garder dans une maison !

— Comment sais-tu qu'il s'agit d'une corne d'Éruptif ? interrogea Ron en s'éloignant de l'objet aussi vite qu'il le put, compte tenu du fouillis qui encombrait la pièce.

— On peut en lire une description dans *Vie et habitat des animaux fantastiques* ! Mr Lovegood, il faut vous en débarrasser tout de suite, ne savez-vous pas qu'elle pourrait exploser au moindre contact ?

– Le Ronflak Cornu, répliqua Xenophilius, le visage buté, en détachant bien ses mots, est une créature timide dotée de grands pouvoirs magiques et sa corne…

– Mr Lovegood, je reconnais les sillons caractéristiques autour de sa base, je vous répète que c'est une corne d'Éruptif et qu'elle est extraordinairement dangereuse… Je ne sais pas où vous vous l'êtes procurée…

– Je l'ai achetée il y a quinze jours à un charmant jeune sorcier qui sait à quel point je m'intéresse à cette exquise créature qu'est le Ronflak, déclara Xenophilius d'un ton autoritaire. C'était une surprise que je destinais à ma chère Luna pour son cadeau de Noël. Et maintenant, ajouta-t-il à l'adresse de Harry, pouvez-vous m'expliquer la raison exacte de votre visite, Mr Potter ?

– Nous avons besoin d'aide, répondit Harry, avant qu'Hermione ait pu à nouveau intervenir.

– Ah, dit Xenophilius. De l'aide. Mmmh.

Son œil normal se posa à nouveau sur la cicatrice de Harry. Il semblait à la fois terrifié et fasciné.

– Oui. L'ennui, c'est que… aider Harry Potter… est assez dangereux…

– N'êtes-vous pas de ceux qui ne cessent de répéter que leur premier devoir est d'aider Harry ? demanda Ron. Dans votre magazine ?

Xenophilius jeta un coup d'œil derrière lui en direction de la presse à imprimer qui continuait de claquer et cliqueter sous la nappe.

– Heu… Oui, j'ai en effet exprimé ce point de vue. Néanmoins…

– C'est valable pour les autres, mais pas pour vous ? coupa Ron.

Xenophilius ne répondit pas. Il déglutissait avec peine, son regard passant de l'un à l'autre. Harry eut l'impression qu'il livrait en lui-même un combat douloureux.

—Où est Luna ? interrogea Hermione. On va bien voir ce qu'elle en pense.

Xenophilius avala sa salive. On aurait dit qu'il s'armait de courage. Enfin, d'une voix tremblante, difficile à percevoir dans le vacarme que continuait de produire la presse, il répondit :

—Luna est descendue à la rivière pour aller pêcher des Boullus d'eau douce. Elle… elle sera contente de vous voir. Je vais aller la chercher et ensuite… oui, c'est ça. J'essaierai de vous aider.

Il disparut dans l'escalier en colimaçon et ils entendirent la porte d'entrée s'ouvrir puis se refermer. Tous trois échangèrent des regards.

—Vieux croûton dégonflé, lança Ron. Luna est dix fois plus courageuse que lui.

—Il s'inquiète sans doute de ce qui leur arriverait si les Mangemorts découvraient que je suis venu ici, fit remarquer Harry.

—Je suis d'accord avec Ron, dit Hermione. C'est un horrible vieil hypocrite, il conseille à tout le monde de t'aider mais lui-même essaye de se défiler. Et pour l'amour du ciel, ne t'approche pas de cette corne.

Harry s'avança vers la fenêtre, à l'autre bout de la pièce. Il aperçut un cours d'eau semblable à un ruban scintillant qui coulait au pied de la colline, loin au-dessous d'eux. La maison avait été bâtie très en hauteur. Un oiseau voleta devant la fenêtre lorsqu'il tourna les yeux vers le Terrier, devenu totalement invisible, masqué par un alignement de collines.

Ginny se trouvait là-bas, quelque part. Aujourd'hui, ils étaient plus près l'un de l'autre qu'ils ne l'avaient jamais été depuis le mariage de Fleur et de Bill, mais elle ne pouvait se douter qu'en cet instant, il regardait dans sa direction en pensant à elle. Il valait mieux s'en contenter pour le moment, supposa-t-il. Car quiconque entrait en contact avec lui courait un grand danger. L'attitude de Xenophilius en apportait la preuve.

Il s'écarta de la fenêtre et vit alors une autre chose étrange posée sur le buffet arrondi et encombré : un buste de pierre représentant une sorcière, belle mais austère, qui portait une coiffe des plus insolites. Deux objets semblables à des cornets acoustiques dorés dépassaient sur les côtés. Une minuscule paire d'ailes bleues et brillantes était fixée à une lanière de cuir attachée sur sa tête et un radis orange ornait une autre lanière autour de son front.

– Regardez, dit Harry.

– Ravissant, commenta Ron. Je m'étonne qu'il ne soit pas venu avec ça au mariage.

Ils entendirent la porte d'entrée se fermer et un instant plus tard, Xenophilius était remonté dans la pièce par l'escalier en colimaçon, ses jambes minces protégées à présent par des bottes montantes. Il tenait un plateau sur lequel étaient disposées des tasses de thé dépareillées et une théière fumante.

– Ah, vous avez découvert mon invention préférée, dit-il.

Il mit le plateau dans les mains d'Hermione et rejoignit Harry au côté de la statue.

– Modelée, avec un certain à-propos, sur la tête de la très belle Rowena Serdaigle. *Tout homme s'enrichit quand abonde l'esprit !*

Il montra les objets en forme de cornets acoustiques.

– Il s'agit de siphons à Joncheruines – pour débarrasser le penseur de tout ce qui pourrait le distraire dans son environnement immédiat. Ce que vous voyez là, poursuivit-il en pointant l'index sur les ailes minuscules, ce sont des ailes de Billywig destinées à élever l'esprit. Et enfin – il désigna le radis orange –, une Prune Dirigeable, pour étendre sa capacité à accepter l'extraordinaire.

Xenophilius revint vers le plateau à thé qu'Hermione avait réussi à poser en équilibre précaire sur l'une des dessertes surchargées.

– Puis-je vous offrir une infusion de Ravegourde ? proposa Xenophilius. Nous la préparons nous-mêmes.

Pendant qu'il versait dans les tasses un liquide d'une couleur violet foncé, semblable à du jus de betterave, il ajouta :

– Luna est partie là-bas, de l'autre côté de Bottom Bridge, elle est ravie que vous soyez venus. Elle ne devrait plus tarder, maintenant, elle a pêché suffisamment de Boullus pour nous faire une bonne soupe. Asseyez-vous et prenez du sucre.

Il ôta d'un fauteuil une pile vacillante de papiers et s'installa en croisant ses jambes bottées.

– Alors, dit-il, en quoi puis-je vous être utile, Mr Potter ?

– Eh bien, voilà, répondit Harry, jetant un coup d'œil à Hermione qui l'encouragea d'un hochement de tête. Il s'agit du symbole que vous portiez autour du cou, le jour du mariage de Fleur et de Bill. Nous nous demandions ce qu'il signifiait.

Xenophilius haussa les sourcils.

– Vous voulez parler du signe des Reliques de la Mort ?

21
LE CONTE DES TROIS FRÈRES

Harry se tourna vers Ron et Hermione. Ils ne semblaient pas avoir compris mieux que lui ce que Xenophilius venait de dire.

– Les Reliques de la Mort ?

– C'est cela, reprit Xenophilius. Vous n'en avez jamais entendu parler ? Ça ne me surprend guère. Les sorciers qui y croient sont très, très rares. Prenez par exemple ce jeune imbécile qui se trouvait au mariage de votre frère – il adressa un signe de tête à Ron. Il m'a attaqué parce que je portais ostensiblement le symbole d'un sorcier bien connu pour ses pratiques de magie noire ! Quelle ignorance... Il n'y a aucune magie noire dans les reliques – en tout cas, pas dans ce sens primaire. On utilise simplement ce symbole pour se révéler auprès de ceux qui y croient, dans l'espoir qu'ils puissent aider à la quête.

Il fit fondre plusieurs morceaux de sucre dans son infusion de Ravegourde et en but un peu.

– Je suis désolé, dit Harry, mais je ne comprends pas vraiment.

Par politesse, il but une gorgée du contenu de sa tasse et faillit s'étouffer : le breuvage était répugnant, on avait l'impression d'avaler sous une forme liquide des Dragées surprises de Bertie Crochue parfumées à la crotte de nez.

– Eh bien, voyez-vous, ceux qui croient sont à la recherche des Reliques de la Mort, expliqua Xenophilius en faisant claquer ses lèvres, apparemment ravi de son infusion de Ravegourde.

– Mais c'est quoi, les Reliques de la Mort ? interrogea Hermione.

Xenophilius posa sa tasse vide.

– J'imagine que vous connaissez tous *Le Conte des trois frères* ?

Harry répondit non, mais Ron et Hermione dirent tous les deux oui.

Xenophilius hocha la tête d'un air grave.

– Eh bien, Mr Potter, tout commence par *Le Conte des trois frères*… Je dois en avoir un exemplaire quelque part…

Il jeta un vague coup d'œil aux piles de livres et de parchemins qui l'entouraient mais Hermione annonça aussitôt :

– J'ai le livre, Mr Lovegood. Je l'ai avec moi.

Elle sortit de son sac en perles *Les Contes de Beedle le Barde*.

– L'original ? s'enquit Xenophilius d'un ton brusque.

Hermione acquiesça d'un signe de tête et il ajouta :

– Dans ce cas, pourquoi ne pas nous le lire à haute voix ? C'est le meilleur moyen pour que nous comprenions tous de quoi il s'agit.

– Heu… d'accord, dit Hermione, un peu inquiète.

Elle ouvrit le livre et Harry vit que le symbole dont ils recherchaient le sens figurait précisément en haut de la page où débutait le conte. Hermione toussota et commença la lecture.

– Il était une fois trois frères qui voyageaient au crépuscule, le long d'une route tortueuse et solitaire…

– Quand elle le racontait, maman disait que ça se passait à minuit, fit remarquer Ron qui avait allongé les jambes, ses bras derrière la tête, pour écouter.

Hermione lui jeta un regard agacé.

– Désolé, je pense simplement que c'est un peu plus effrayant si ça se passe à minuit ! insista Ron.

– Justement, ça tombe bien, il n'y a pas assez de choses effrayantes dans notre vie, coupa Harry sans avoir pu s'en empêcher.

Xenophilius ne semblait pas leur prêter grande attention. Il regardait par la fenêtre, les yeux levés vers le ciel.

– Vas-y, Hermione, dit Harry.

– Après avoir longtemps cheminé, ils atteignirent une rivière trop profonde pour la traverser à gué et trop dangereuse pour la franchir à la nage. Les trois frères, cependant, connaissaient bien l'art de la magie. Aussi, d'un simple mouvement de baguette, ils firent apparaître un pont qui enjambait les eaux redoutables de la rivière. Ils étaient arrivés au milieu du pont lorsqu'une silhouette encapuchonnée se dressa devant eux en leur interdisant le passage.

C'était la Mort et elle leur parla…

– Excuse-moi ? l'interrompit Harry. La Mort leur parla ?

– Il s'agit d'un conte de fées, Harry !

– D'accord, désolé. Continue.

– C'était la Mort et elle leur parla. Elle était furieuse d'avoir été privée de trois victimes car, d'habitude, les voyageurs se noyaient dans la rivière. Mais elle était rusée. Elle fit semblant de féliciter les trois frères pour leurs talents de magiciens et leur annonça que chacun d'eux avait droit à une récompense pour s'être montré si habile à lui échapper.

Le plus âgé des frères, qui aimait les combats, lui demanda une baguette magique plus puissante que toutes les autres, une baguette qui garantirait toujours la victoire à son propriétaire, dans tous les duels qu'il livrerait, une baguette digne d'un sorcier qui avait vaincu la Mort ! La Mort traversa alors le pont et s'approcha d'un sureau, sur la berge de la rivière. Elle fabriqua une baguette avec l'une des branches et en fit don à l'aîné.

Le deuxième frère, qui était un homme arrogant, décida d'humilier la Mort un peu plus et demanda qu'elle lui donne le pouvoir de rappeler les morts à la vie. La Mort ramassa alors une pierre sur la rive et la donna au deuxième frère en lui disant que cette pierre aurait le pouvoir de ressusciter les morts.

Elle demanda ensuite au plus jeune des trois frères ce qu'il désirait. C'était le plus jeune mais aussi le plus humble et le plus sage des trois, et la Mort ne lui inspirait pas confiance. Aussi demanda-t-il quelque chose qui lui permettrait de quitter cet endroit sans qu'elle puisse le suivre. À contrecœur, la Mort lui tendit alors sa propre Cape d'Invisibilité.

– La Mort a une cape d'invisibilité ? l'interrompit Harry.

– Pour s'approcher des gens sans être vue, expliqua Ron. Parfois, elle en a assez de se précipiter sur ses victimes en agitant les bras et en poussant des cris… Désolé, Hermione.

– *Puis elle s'écarta et autorisa les trois frères à poursuivre leur chemin, ce qu'ils firent, s'émerveillant de l'aventure qu'ils venaient de vivre et admirant les présents que la Mort leur avait offerts.*

Au bout d'un certain temps, les trois frères se séparèrent, chacun se dirigeant vers sa propre destination.

L'aîné continua de voyager pendant plus d'une semaine et arriva dans un lointain village. Il venait y chercher un sorcier avec lequel il avait eu une querelle. À présent, bien sûr, grâce à la Baguette de Sureau, il ne pouvait manquer de remporter le duel qui s'ensuivit. Laissant son ennemi mort sur le sol, l'aîné se rendit dans une auberge où il se vanta haut et fort de posséder la puissante baguette qu'il avait arrachée à la Mort en personne, une baguette qui le rendait invincible, affirmait-il.

Cette même nuit, un autre sorcier s'approcha silencieusement du frère aîné qui dormait dans son lit, abruti par le vin. Le voleur s'empara de la baguette et, pour faire bonne mesure, trancha la gorge du frère aîné.

Ainsi la Mort prit-elle le premier des trois frères.

Pendant ce temps, le deuxième frère rentra chez lui où il vivait seul. Là, il sortit la pierre qui avait le pouvoir de ramener les morts et la tourna trois fois dans sa main. À son grand étonnement et pour sa plus grande joie, la silhouette de la jeune fille qu'il avait un jour espéré épouser, avant qu'elle ne meure prématurément, apparut aussitôt devant ses yeux.

Mais elle restait triste et froide, séparée de lui comme par un voile. Bien qu'elle fût revenue parmi les vivants, elle n'appartenait pas à leur monde et souffrait de ce retour. Alors, le deuxième frère, rendu fou par un désir sans espoir, finit par se tuer pour pouvoir enfin la rejoindre véritablement.

Ainsi la Mort prit-elle le deuxième des trois frères.

Pendant de nombreuses années, elle chercha le troisième frère et ne put jamais le retrouver. Ce fut seulement lorsqu'il eut atteint un grand âge que le plus jeune des trois frères enleva sa Cape d'Invisibilité et la donna à son fils. Puis il accueillit la Mort comme une vieille amie qu'il suivit avec joie et, tels des égaux, ils quittèrent ensemble cette vie.

Hermione referma le livre. Xenophilius mit un certain temps à s'apercevoir qu'elle avait fini de lire. Il détourna alors son regard de la fenêtre et dit :

– Voilà, c'est ça.

– Pardon ? demanda Hermione, perplexe.

– Ce sont les Reliques de la Mort, répondit Xenophilius.

Il prit une plume à côté de lui, sur une table surchargée, et tira d'entre deux livres un morceau de parchemin déchiré.

– La Baguette de Sureau, dit-il.

Il dessina un trait vertical.

– La Pierre de Résurrection.

Il traça un cercle autour du trait.

– La Cape d'Invisibilité, acheva-t-il.

Il enferma le cercle et le trait vertical dans un triangle, reconstituant ainsi le symbole qui intriguait tant Hermione.

– Voici rassemblées les Reliques de la Mort.

– Mais on ne parle à aucun moment de Reliques de la Mort dans l'histoire, fit remarquer Hermione.

– Bien sûr que non, répliqua Xenophilius, avec un petit air supérieur parfaitement exaspérant. Il s'agit d'un conte pour enfants qu'on raconte pour amuser plutôt que pour instruire. Mais ceux d'entre nous qui comprennent ces questions-là savent que cette ancienne histoire fait référence à ces trois objets, ou reliques, qui, si on les réunit, feront de leur possesseur le maître de la Mort.

Il y eut un bref silence pendant lequel Xenophilius regarda à nouveau par la fenêtre. Le soleil était déjà descendu sur l'horizon.

– Luna devrait avoir suffisamment de Boullus, à l'heure qu'il est, murmura-t-il.

– Quand vous dites « le maître de la Mort »…, commença Ron.

– Maître, vainqueur, conquérant, choisissez le terme qui vous convient, coupa Xenophilius avec un geste désinvolte de la main.

– Dans ce cas… vous voulez dire que vous y croyez…, reprit Hermione.

Elle parlait lentement et Harry voyait qu'elle essayait d'effacer de sa voix toute trace de scepticisme.

– … que vous croyez à l'existence réelle de ces objets – de ces reliques ?

Xenophilius haussa à nouveau les sourcils.

– Bien sûr.

– Mais, poursuivit Hermione – et Harry sentit qu'elle avait de plus en plus de mal à se maîtriser –, Mr Lovegood, comment *pouvez-vous* croire…

– Luna m'a tout raconté à votre sujet, jeune fille, trancha Xenophilius. Vous ne manquez pas, je pense, d'une certaine intelligence mais vous êtes terriblement limitée. Étriquée. Étroite d'esprit.

– Tu devrais peut-être essayer le chapeau, Hermione, suggéra Ron en montrant d'un signe de tête la coiffe ridicule de la sculpture.

Sa voix tremblait sous l'effort qu'il devait faire pour ne pas éclater de rire.

– Mr Lovegood, insista Hermione, nous savons tous qu'il existe des choses telles que les capes d'invisibilité. Elles sont rares mais réelles. En revanche…

– Oh, mais la troisième relique est une *véritable* cape d'invisibilité, Miss Granger. Je veux dire par là qu'il ne s'agit pas d'une cape de voyage imprégnée d'un sortilège de Désillusion, ou porteuse d'un maléfice d'Aveuglement, ou encore tissée en poils de Demiguise… Ce genre de cape peut en effet dissimuler quelqu'un au début mais ses vertus s'estompent avec le temps et elle finit par devenir opaque. Je vous parle d'une cape qui rend réellement et totalement invisible et dont les effets durent éternellement, offrant à son détenteur une cachette permanente, impénétrable, quels que soient les sorts qu'on lui jette. Combien de capes *de cette nature* avez-vous déjà vues, Miss Granger ?

Hermione ouvrit la bouche pour répondre, puis la referma, plus décontenancée que jamais. Harry et Ron se regardèrent et Harry sut qu'ils pensaient tous la même chose. Le hasard voulait qu'il y eût en cet instant dans la pièce une cape répondant exactement à la description donnée par Xenophilius.

– Je ne vous le fais pas dire, reprit celui-ci, comme s'il venait de les écraser par des arguments raisonnés. Aucun d'entre vous n'a jamais vu une chose pareille. Celui qui la posséderait serait immensément riche, ne croyez-vous pas ?

Il regarda à nouveau par la fenêtre. Le ciel se nuançait à présent d'une teinte rose à peine perceptible.

– Très bien, dit Hermione, déconcertée. Admettons que la cape existe… Mais la pierre, Mr Lovegood ? Ce que vous appelez la Pierre de Résurrection ?

– Et alors ?

– Eh bien, comment pourrait-elle exister ?

– Prouvez-moi plutôt qu'elle n'existe pas, rétorqua Xenophilius.

Hermione parut scandalisée.

– Enfin, voyons… je suis désolée, mais c'est complètement ridicule ! Comment voulez-vous que je puisse prouver qu'elle n'existe pas ? Vous voudriez peut-être que… que je ramasse toutes les pierres du monde et que je les soumette à des tests ? Si on va par là, on peut affirmer que toute chose existe s'il suffit pour y croire que personne n'ait jamais réussi à *démontrer* qu'elle n'existait pas !

– Oui, on peut, assura Xenophilius. Je suis content de voir que votre esprit commence à s'ouvrir.

– Alors, la Baguette de Sureau, dit précipitamment Harry avant qu'Hermione ait pu répondre, vous pensez qu'elle existe aussi ?

– Oh, dans son cas, il y a un nombre infini de preuves, répliqua Xenophilius. La Baguette de Sureau est celle des trois reliques dont il est le plus facile de retrouver la trace, étant donné la manière dont elle passe de main en main.

– C'est-à-dire ? demanda Harry.

– C'est-à-dire que celui qui veut posséder la baguette doit s'en emparer en la prenant à son précédent propriétaire, pour en être véritablement le maître, expliqua Xenophilius. Vous avez sûrement entendu parler de la façon dont la baguette est revenue à Egbert le Magnifique après qu'il eut massacré Emeric le Mauvais ? Ou comment Godelot est mort dans sa propre cave après que Hereward, son fils, la lui eut arrachée ? Vous avez aussi entendu parler de l'épouvantable Loxias qui a tué Barnabas Deverill et lui a pris à son tour la baguette ? La piste sanglante de la Baguette de Sureau a éclaboussé les pages de l'histoire de la sorcellerie.

Harry jeta un coup d'œil à Hermione. Elle observait Xenophilius les sourcils froncés, mais ne chercha pas à le contredire.

– Et à votre avis, où se trouve la Baguette de Sureau, maintenant ? interrogea Ron.

– Hélas ! Qui peut le savoir ? se lamenta Xenophilius en regardant par la fenêtre. Qui sait où elle se cache ? La piste s'arrête avec Arcus et Livius. Qui peut dire lequel d'entre eux a vaincu Loxias, et lequel a pris la baguette ? Et qui sait par quelles mains ils ont été eux-mêmes vaincus ? L'histoire, hélas ! ne nous le révèle pas.

Il y eut un silence. Enfin, Hermione demanda avec raideur :

— Mr Lovegood, la famille Peverell a-t-elle quoi que ce soit à voir avec les Reliques de la Mort ?

Xenophilius parut interloqué et quelque chose remua dans la mémoire de Harry, mais il n'aurait su dire quoi. Peverell... Il avait déjà entendu ce nom...

— Oh mais, vous m'avez induit en erreur, jeune fille ! s'exclama Xenophilius qui s'était à présent redressé dans son fauteuil et contemplait Hermione avec des yeux ronds. Je croyais que vous ne saviez rien de la quête des reliques ! Nombre de ceux qui se sont lancés dans cette quête sont convaincus que les Peverell ont tout – absolument *tout* – à voir avec les reliques !

— Qui sont les Peverell ? interrogea Ron.

— C'était le nom qui figurait sur la tombe où il y avait la marque, à Godric's Hollow, répondit Hermione sans quitter Xenophilius des yeux. Ignotus Peverell.

— Exactement ! dit Xenophilius, l'index levé d'un air pédant. Le signe des Reliques de la Mort sur la tombe d'Ignotus est une preuve concluante !

— Une preuve de quoi ? s'étonna Ron.

— Eh bien, la preuve que les trois frères de l'histoire étaient en fait les frères Peverell, Antioche, Cadmus et Ignotus ! Que c'étaient eux les premiers possesseurs des reliques !

Après avoir jeté un nouveau regard par la fenêtre, il se leva, reprit le plateau et se dirigea vers l'escalier en colimaçon.

— Voulez-vous rester dîner ? lança-t-il en redescendant les marches. Tout le monde nous demande toujours notre recette de soupe aux Boullus d'eau douce.

– Sans doute pour la communiquer au service des poisons de Ste Mangouste, chuchota Ron.

Avant de parler, Harry attendit d'entendre Xenophilius s'affairer dans la cuisine du rez-de-chaussée.

– Qu'en penses-tu ? demanda-t-il à Hermione.

– Oh, Harry, répondit-elle d'un ton las. Ce sont de pures et simples idioties. Le signe ne veut sûrement pas dire ça. C'est sa façon bizarre de l'interpréter. Quelle perte de temps !

– J'imagine qu'il a inventé lui-même les Ronflaks Cornus, dit Ron.

– Tu n'y crois pas non plus ? interrogea Harry.

– Non, cette histoire est simplement un de ces trucs qu'on raconte aux enfants pour leur faire des leçons de morale. « Ne cherchez pas les ennuis, ne vous battez pas, ne vous mêlez pas de choses auxquelles il vaut mieux ne pas toucher ! Gardez un profil bas, occupez-vous de vos affaires et tout ira bien. » Si on y réfléchit, ajouta Ron, c'est peut-être à cause de cette histoire que les baguettes de sureau ont la réputation de porter malheur.

– De quoi tu parles ?

– De l'une de ces superstitions, tu sais bien ? Le genre *Sorcière qui en mai naquit aura un Moldu pour mari, Maléfice du crépuscule à minuit sera nul, Baguette de sureau, toujours un fléau.* Vous les avez sûrement entendus. Ma mère en connaît plein.

– Harry et moi avons été élevés par des Moldus, lui rappela Hermione, on nous a appris d'autres superstitions.

Elle poussa un profond soupir tandis qu'une odeur plutôt âcre montait de la cuisine. Son exaspération à l'égard de Xenophilius avait eu un effet positif : elle avait oublié qu'elle en voulait à Ron.

– Je crois que tu as raison, lui dit-elle. C'est juste un conte moral, on voit tout de suite quel est le meilleur cadeau, celui qu'on devrait choisir…

Tous trois parlèrent en même temps. Hermione dit :

– La cape.

Ron :

– La baguette.

Harry :

– La pierre.

Ils se regardèrent, moitié surpris, moitié amusés.

– On est *censé* choisir la cape, expliqua Ron à Hermione. Mais on n'aurait pas besoin d'être invisible si on avait la baguette. Voyons, Hermione, une baguette qui rend *invincible* !

– On a déjà une cape d'invisibilité, dit Harry.

– Et elle nous a beaucoup aidés, au cas où vous ne l'auriez pas remarqué ! s'exclama Hermione. Alors que la baguette ne nous aurait attiré que des ennuis…

– Seulement si on l'avait crié sur les toits, objecta Ron. Si on avait été suffisamment crétins pour se promener partout en la brandissant au-dessus de notre tête et en chantant : « J'ai une baguette qui me rend invincible, venez donc vous y frotter si vous vous croyez suffisamment fort. » Mais du moment qu'on ferme son clapet…

– La question est de savoir si tu serais *capable* de fermer ton clapet, répliqua Hermione d'un air sceptique. La seule chose vraie qu'il nous ait dite, c'est que les histoires de baguettes plus puissantes que les autres existent depuis des siècles.

– Ah bon ? dit Harry.

Hermione sembla exaspérée : son expression était pour eux si familière, si attendrissante, que Harry et Ron échangèrent un sourire.

– Le Bâton de la Mort, la Baguette de la Destinée, elles apparaissent sous différents noms selon les époques et appartiennent généralement à des mages noirs qui se vantent de les posséder. Le professeur Binns a mentionné certaines d'entre elles, mais… tout ça n'a aucun sens. Il y a toujours eu des sorciers pour se vanter d'avoir une baguette plus grande et meilleure que les autres.

– Mais comment peux-tu être sûre, reprit Harry, que ces baguettes – le Bâton de la Mort et la Baguette de la Destinée – ne sont pas finalement une seule et même baguette qui revient sous différents noms au cours des siècles ?

– Et s'il s'agissait vraiment de la Baguette de Sureau fabriquée par la Mort ? suggéra Ron.

Harry éclata de rire : l'étrange idée qui lui était venue en tête était en fait ridicule. Sa baguette, se répéta-t-il à lui-même, était en bois de houx, non pas de sureau, et elle avait été fabriquée par Ollivander, quoi qu'elle ait pu faire la nuit où Voldemort l'avait poursuivi dans le ciel. D'ailleurs, si elle avait été invincible, comment aurait-elle pu se casser ?

– Et toi, pourquoi as-tu choisi la pierre ? lui demanda Ron.

– Si on pouvait faire revenir les morts, on aurait revu Sirius… Fol Œil… Dumbledore… mes parents…

Ron et Hermione n'eurent pas le moindre sourire.

– Mais si on en croit Beedle le Barde, ils n'auraient pas eu envie de revenir, poursuivit Harry en repensant au conte qu'ils venaient d'entendre. J'imagine qu'il n'y a pas eu beaucoup d'autres histoires sur une pierre capable de ressusciter les morts ? dit-il à Hermione.

– Non, en effet, répondit-elle avec tristesse. À part Mr Lovegood, je ne vois pas qui d'autre pourrait croire à une chose pareille. Beedle s'est sans doute inspiré de la pierre philosophale mais, au lieu d'une pierre qui rend immortel, il en a imaginé une qui fait revenir les morts.

L'odeur qui montait de la cuisine devenait de plus en plus forte. On aurait cru que quelqu'un faisait brûler du linge de corps. Harry se demanda s'ils arriveraient à manger une quantité suffisante de ce que préparait Xenophilius pour ne pas le vexer.

– Et la cape, alors ? demanda lentement Ron. Tu ne crois pas qu'il a raison ? Je me suis tellement habitué à la cape de Harry et à ses effets extraordinaires que je n'ai pas pris le temps de me poser la question. Je n'ai jamais entendu parler d'une autre cape semblable. Elle est infaillible. Jamais personne ne nous a repérés quand nous la portions.

– Bien sûr que non, nous devenons invisibles lorsque nous sommes dessous, Ron !

– Mais tout ce qu'il a raconté sur les autres capes – qu'on ne trouve pas pour trois Noises la douzaine, entre parenthèses –, tu sais bien que c'est vrai ! Je n'y avais pas pensé avant, mais j'ai entendu des tas de choses sur les capes qui perdent leurs propriétés avec le temps ou qui ont des trous parce qu'un sortilège les a déchirées. Celle de Harry, en revanche, appartenait déjà à son père, elle n'est donc pas vraiment neuve et, pourtant, elle est restée… parfaite !

– Oui, d'accord, Ron, mais la *pierre*…

Pendant qu'ils discutaient en chuchotant, Harry déambula dans la pièce, n'écoutant qu'à moitié. Lorsqu'il arriva devant l'escalier en colimaçon, il leva machinalement les yeux vers l'étage supérieur et fut soudain troublé. Son propre visage le regardait depuis le plafond de la pièce qui se trouvait au-dessus de lui.

Après quelques instants de perplexité, il se rendit compte

qu'il ne s'agissait pas d'un miroir mais d'une peinture. Intrigué, il gravit les marches.

– Harry, qu'est-ce que tu fais ? Je ne pense pas que tu devrais visiter la maison quand il n'est pas là !

Mais Harry était déjà monté d'un étage.

Luna avait décoré le plafond de sa chambre de cinq portraits magnifiques, ceux de Harry, Ron, Hermione, Ginny et Neville. Ils n'étaient pas animés comme les tableaux de Poudlard mais il y avait quand même en eux une certaine magie. Harry avait l'impression qu'ils respiraient. De fines chaînes d'or s'entrelaçaient entre les portraits, en les reliant les uns aux autres, mais après les avoir observées pendant un certain temps, il s'aperçut que les chaînes étaient en fait constituées du même mot mille fois répété, tracé à l'encre dorée : « amis… amis… amis… »

Harry ressentit pour Luna un profond élan d'affection. Il regarda autour de la pièce. À côté du lit, une grande photo représentait Luna, plus jeune, en compagnie d'une femme qui lui ressemblait beaucoup. Toutes deux s'étreignaient. Harry n'avait jamais vu Luna aussi soignée que sur cette image. Le cadre de la photo était poussiéreux, ce qu'il trouva un peu étrange. Il continua d'examiner la chambre.

Quelque chose paraissait bizarre. Le tapis bleu pâle était lui aussi recouvert d'une épaisse couche de poussière. Il n'y avait aucun vêtement dans l'armoire dont les portes étaient entrouvertes et le lit semblait froid, peu accueillant, comme si personne n'y avait dormi depuis des semaines. Une unique toile d'araignée s'étendait d'un bord à l'autre de la fenêtre la plus proche, sur un fond de ciel rouge sang.

– Qu'est-ce qui se passe ? demanda Hermione alors que Harry redescendait l'escalier.

Mais avant qu'il n'ait eu le temps de répondre, Xenophilius remonta de la cuisine, portant à présent un plateau
chargé de bols.

– Mr Lovegood, où est Luna ? demanda Harry.

– Pardon ?

– Où est Luna ?

Xenophilius s'immobilisa sur la dernière marche.

– Je… je vous l'ai déjà dit. Elle est descendue à Bottom
Bridge pour pêcher des Boullus.

– Alors pourquoi n'y a-t-il que quatre bols sur ce plateau ?

Xenophilius essaya de répondre, mais aucun son ne sortit
de ses lèvres. On n'entendait que le battement continu de la
presse à imprimer et le léger tintement que produisait à présent le plateau, entre les mains tremblantes de Xenophilius.

– Je crois que Luna est absente depuis plusieurs semaines,
poursuivit Harry. Ses vêtements ont disparu et elle n'a pas
dormi dans son lit. Où est-elle ? Et pourquoi regardez-vous
tout le temps par la fenêtre ?

Xenophilius lâcha le plateau. Les bols tombèrent, rebon-
dirent, se fracassèrent. Harry, Ron et Hermione tirèrent leurs
baguettes. Xenophilius se figea, la main prête à plonger dans
sa poche. Au même moment, une forte détonation s'éleva
de la presse à imprimer et une impressionnante quantité de
Chicaneur jaillit de sous la nappe en se répandant sur le sol.
Puis la machine devint enfin silencieuse.

Hermione se pencha et ramassa l'un des magazines, sa
baguette toujours pointée sur Mr Lovegood.

– Harry, regarde ça.

Il s'avança vers elle aussi vite qu'il le put à travers le
désordre de la pièce. La couverture du *Chicaneur* montrait
une photo de lui, barrée de la mention « Indésirable n° 1 »,

avec en légende le montant de la récompense promise pour sa capture.

– *Le Chicaneur* a révisé sa position ? demanda froidement Harry en réfléchissant très vite. C'est donc ça que vous avez fait lorsque vous êtes descendu dans le jardin, Mr Lovegood ? Vous avez envoyé un hibou au ministère ?

Xenophilius se passa la langue sur les lèvres.

– Ils ont pris ma Luna, murmura-t-il. À cause de ce que j'écrivais dans mon journal. Ils ont pris ma Luna et je ne sais pas où elle est, je ne sais pas ce qu'ils lui ont fait. Mais peut-être qu'ils me la rendront si je… si je…

– Si vous livrez Harry ? acheva Hermione à sa place.

– Pas question, dit sèchement Ron. Écartez-vous, on s'en va.

Xenophilius, le teint blême, paraissait avoir cent ans, ses lèvres étirées en un effroyable rictus.

– Ils vont arriver d'un moment à l'autre. Je dois sauver Luna. Je ne veux pas perdre Luna. Vous allez rester.

Il écarta les bras devant l'escalier et Harry eut la vision soudaine de sa mère faisant le même geste devant son lit d'enfant.

– Ne nous obligez pas à vous faire mal, dit Harry. Écartez-vous, Mr Lovegood.

– HARRY ! hurla Hermione.

Des silhouettes volant sur des balais passèrent devant les fenêtres. Lorsque tous trois tournèrent la tête pour les regarder, Xenophilius tira sa baguette. Harry se rendit compte de leur erreur juste à temps : il se jeta sur le côté, poussant Ron et Hermione hors d'atteinte du sortilège de Stupéfixion que Xenophilius venait de jeter. L'éclair traversa la pièce et frappa de plein fouet la corne d'Éruptif.

Il y eut une gigantesque explosion. La déflagration sembla

pulvériser la pièce. Des morceaux de bois, de papier, de plâtre volèrent en tous sens. Harry fut projeté dans les airs puis s'écrasa par terre, se protégeant la tête de ses bras, incapable de voir quoi que ce soit à travers la pluie de débris qui s'abattait sur lui. Il entendit les cris, les hurlements d'Hermione et de Ron et une série de bruits sourds, métalliques, à donner la nausée : soulevé par l'onde de choc, Xenophilius était tombé en arrière, dans l'escalier en colimaçon.

À moitié enterré sous les gravats, Harry essaya de se relever. À cause de la poussière, il ne voyait plus rien et parvenait à peine à respirer. La moitié du plafond s'était écroulée et l'extrémité du lit de Luna pendait dans le vide. Le buste de Rowena Serdaigle gisait à côté de lui, la moitié de la tête arrachée, des fragments de parchemins déchirés flottaient dans les airs et la presse à imprimer était couchée sur le côté, interdisant l'accès à l'escalier de la cuisine. Une autre silhouette blanche s'approcha et Hermione, couverte de poussière comme une deuxième statue, pressa l'index contre ses lèvres.

Au rez-de-chaussée, la porte d'entrée s'ouvrit à la volée.

– Je t'avais bien dit qu'il était inutile de se presser, Travers, grommela une voix rauque. Je t'avais dit que ce cinglé délirait, comme d'habitude.

Il y eut un bang ! et Xenophilius lança un cri de douleur.

– Non… Non… Là-haut… Potter !

– Je t'ai déjà averti, Lovegood, que si tu nous faisais revenir, il nous faudrait des informations solides. Tu te souviens, la semaine dernière ? Quand tu as voulu nous échanger ta fille contre le stupide chapeau de ta statue ? Et la semaine d'avant – nouveau bang ! et nouveau cri –, quand tu croyais qu'on allait te la rendre si tu nous apportais la preuve de l'existence – bang ! – des Ronflaks – bang ! – Cornus ?

– Non, non, je vous en supplie ! sanglota Xenophilius. C'est vraiment Potter ! Vraiment !

– Et maintenant, on s'aperçoit que tu nous as appelés pour essayer de nous faire sauter ! rugit le Mangemort.

Il y eut une rafale de bang ! ponctuée des cris de douleur de Xenophilius.

– La maison ne va pas tarder à s'effondrer, Selwyn, dit avec froideur une deuxième voix qui résonna dans l'escalier à demi démoli. L'escalier est complètement bloqué. Si on essaye de le dégager, tout risque de s'écrouler.

– Sale petit menteur, s'écria le dénommé Selwyn. Tu n'as jamais vu Potter de ta vie, hein ? Tu croyais pouvoir nous attirer ici pour nous tuer ? Et tu penses que c'est en t'y prenant comme ça que tu vas récupérer ta fille ?

– Je vous jure… je vous jure… Potter est là-haut !

– *Hominum revelio*, dit la voix au pied de l'escalier.

Harry entendit Hermione étouffer une exclamation et eut l'étrange sensation que quelque chose fondait sur lui, le submergeant de son ombre.

– Il y a quelqu'un, là-haut, c'est vrai, Selwyn, dit le deuxième homme d'un ton sec.

– C'est Potter, je vous répète que c'est Potter ! sanglota Xenophilius. S'il vous plaît… S'il vous plaît… Rendez-moi Luna, laissez-moi ma Luna…

– Tu pourras avoir ta fille chérie, Lovegood, si tu montes là-haut et que tu me ramènes Harry Potter, promit Selwyn. Mais si c'est une ruse, si c'est un piège, si tu as un complice qui nous attend pour nous tomber dessus, on verra alors si on peut te garder un petit morceau de ta fille pour que tu aies quelque chose à enterrer.

Xenophilius poussa un gémissement de terreur, de désespoir. Il y eut des bruits de pas précipités, des raclements : il essayait de se frayer un chemin parmi les débris qui obstruaient l'escalier.

– Venez, chuchota Harry, il faut que nous sortions d'ici.

Profitant du vacarme que faisait Xenophilius, il entreprit de se dégager. Ron était enseveli sous une masse de décombres. Harry et Hermione enjambèrent les gravats le plus silencieusement possible pour arriver jusqu'à lui et essayèrent de soulever une lourde commode qui coinçait ses jambes. Hermione parvint à le libérer à l'aide d'un sortilège de Lévitation alors que des coups sonores et des raclements de plus en plus proches annonçaient l'arrivée de Xenophilius.

– Très bien, murmura Hermione.

La presse disloquée qui bloquait le haut de l'escalier commença à trembler. Xenophilius n'était plus qu'à deux ou trois mètres d'eux. Hermione était toujours blanche de poussière.

– Tu as confiance en moi, Harry ? lui demanda-t-elle.

Harry acquiesça d'un signe de tête.

– OK, murmura Hermione, donne-moi la cape d'invisibilité. Ron, tu vas la mettre.

– Moi ? Mais Harry...

– *S'il te plaît, Ron !* Harry, tiens-moi bien la main, Ron, accroche-toi à mon épaule.

Harry tendit sa main gauche. Ron disparut sous la cape. La presse qui interdisait l'accès à l'escalier s'était mise à trépider : Xenophilius essayait de la déplacer en utilisant à son tour un sortilège de Lévitation. Harry ne savait pas ce qu'Hermione attendait.

– Tenez-vous bien, murmura-t-elle. Tenez-vous bien... Attention...

La tête de Xenophilius, d'une blancheur de papier, apparut au-dessus du buffet renversé.

– *Oubliettes !* s'écria aussitôt Hermione en pointant sa baguette sur le visage de Xenophilius. Puis, la dirigeant vers le sol, juste au-dessous d'eux, elle ajouta : *Deprimo !*

Le sortilège fit exploser le plancher du salon en creusant un grand trou. Ils tombèrent comme des rocs, Harry toujours cramponné à la main d'Hermione. Un cri s'éleva au-dessous de lui et il vit deux hommes courir pour essayer d'échapper au déluge de gravats et de meubles brisés qui s'abattaient autour d'eux, à travers le plafond défoncé. Hermione tournoya dans le vide et le fracas de la maison qui s'effondrait retentit aux oreilles de Harry, tandis qu'elle l'entraînait une fois de plus dans les ténèbres.

22

LES RELIQUES DE LA MORT

Harry, pantelant, tomba dans l'herbe et se releva aussitôt. Apparemment, ils avaient atterri au coin d'un champ, à la lueur du crépuscule. Hermione courait déjà en décrivant un cercle autour d'eux, sa baguette brandie.

– *Protego totalum… Salveo maleficia…*

– Cette vieille crapule, ce traître ! haleta Ron.

Il émergea de la cape d'invisibilité et la jeta à Harry.

– Hermione, tu es un génie, un génie absolu, je n'arrive pas à croire que nous nous en soyons sortis !

– *Cave inimicum…* N'avais-je pas dit qu'il s'agissait d'une corne d'Éruptif ? Ne l'ai-je pas averti ? Maintenant, sa maison a explosé !

– Bien fait pour lui, répliqua Ron en examinant son jean déchiré et les écorchures qu'il avait aux jambes. À ton avis, qu'est-ce qu'ils vont lui faire ?

– J'espère qu'ils ne le tueront pas ! gémit Hermione. C'est pour ça que je voulais que les Mangemorts aperçoivent Harry avant que nous ne disparaissions, pour qu'ils sachent que Xenophilius ne mentait pas !

– Mais pourquoi me cacher sous la cape ? s'étonna Ron.

– Ron, tu es censé être cloué au lit par une éclabouille !

Ils ont kidnappé Luna parce que son père soutenait Harry !
Qu'arriverait-il à ta famille s'ils savaient que tu es avec
lui ?

– Mais tes parents à *toi* ?

– Ils sont en Australie, répondit Hermione. Ils devraient
être en sécurité. Ils ne sont au courant de rien.

– Tu es un génie, répéta Ron, impressionné.

– C'est vrai, Hermione, approuva Harry avec ferveur. Je ne
sais pas ce que nous ferions sans toi.

Elle eut un sourire rayonnant mais redevint grave.

– Et Luna ?

– S'ils disent la vérité et qu'elle est toujours en vie…, commença Ron.

– Ne dis pas ça, surtout pas ça ! couina Hermione. Elle est
forcément en vie, forcément !

– Alors, j'imagine qu'elle doit être à Azkaban, poursuivit
Ron. Mais est-ce qu'elle y survivra… ? Il y a des tas de gens
qui n'y arrivent pas…

– Elle, elle y arrivera, affirma Harry.

Envisager le contraire lui était insupportable.

– Elle est coriace, Luna, beaucoup plus coriace qu'on ne
pourrait le croire. Elle doit sans doute apprendre des tas de
choses aux autres prisonniers sur les Joncheruines et les
Nargoles.

– J'espère que tu as raison, dit Hermione.

Elle se passa une main sur les yeux.

– Je serais tellement triste pour Xenophilius, si…

– S'il n'avait pas essayé de nous vendre aux Mangemorts,
acheva Ron. Oui, c'est vrai.

Ils dressèrent la tente et s'y réfugièrent. Ron prépara du
thé. Après avoir échappé de justesse aux Mangemorts, la

tente glaciale aux odeurs de moisi leur apparaissait comme une vraie maison, sûre, familière et accueillante.

– Oh, pourquoi sommes-nous allés là-bas ? se lamenta Hermione après quelques minutes de silence. Harry, tu avais raison, c'était un nouveau Godric's Hollow, une totale perte de temps ! Les Reliques de la Mort... Quelle idiotie... Mais finalement – une pensée soudaine semblait lui être venue en tête –, peut-être qu'il a inventé tout ça lui-même ? Il ne croit sans doute pas du tout aux Reliques de la Mort, il voulait simplement nous retenir jusqu'à l'arrivée des Mangemorts !

– Je ne crois pas, dit Ron. Il est sacrément plus difficile qu'on ne pourrait le penser d'inventer des trucs quand on est en plein stress. Je m'en suis rendu compte au moment où les Rafleurs me sont tombés dessus. Il m'a été beaucoup plus facile de faire semblant d'être Stan, parce que je savais des choses sur lui, que d'inventer entièrement un personnage imaginaire. Le vieux Lovegood était sous pression, il essayait de tout faire pour nous garder chez lui. À mon avis, il nous a dit la vérité, ou ce qu'il croit être la vérité, simplement pour qu'on continue à parler.

– De toute façon, je ne crois pas que ce soit très important, soupira Hermione. Même s'il était sincère, je n'ai jamais entendu de telles absurdités de toute ma vie.

– Oui, mais, attends, reprit Ron. La Chambre des Secrets aussi était censée être un mythe, non ?

– Les Reliques de la Mort ne *peuvent pas* exister, Ron !

– Tu n'arrêtes pas de le répéter mais il y en a au moins une qui existe, rétorqua Ron. La cape d'invisibilité de Harry...

– *Le Conte des trois frères* n'est qu'une histoire, déclara Hermione avec fermeté. Une histoire sur la peur que la mort inspire aux humains. Si survivre était aussi simple que se cacher sous la cape d'invisibilité, nous aurions déjà tout ce qu'il nous faut !

– Pas sûr. Une baguette invincible ne nous ferait pas de mal, assura Harry en tournant entre ses doigts la baguette de prunellier qu'il détestait tant.

– Ces choses-là n'existent pas, Harry !

– Tu as dit qu'il y avait plein de baguettes – le Bâton de la Mort et je ne sais quoi…

– D'accord, si ça t'amuse, tu peux toujours croire que la Baguette de Sureau est bien réelle, mais la Pierre de Résurrection ?

Elle fit un geste des doigts pour dessiner des guillemets imaginaires autour du mot et sa voix débordait d'ironie.

– Aucune magie ne peut ressusciter les morts, et c'est tout !

– Quand ma baguette s'est connectée à celle de Tu-Sais-Qui, ma mère et mon père sont apparus… et Cedric…

– Ils n'étaient pas ressuscités, répliqua Hermione. Ce genre de… de pâle imitation n'a rien à voir avec une véritable résurrection.

– La fille, dans le conte, n'est pas vraiment revenue. L'histoire dit qu'après leur mort, les gens appartiennent au monde des morts. Mais le deuxième frère peut quand même la voir et lui parler. Il a même vécu avec elle pendant un moment…

Il décela une certaine inquiétude sur le visage d'Hermione mais aussi quelque chose d'autre, moins facile à définir. Lorsqu'elle jeta un coup d'œil à Ron, il comprit que c'était de la peur : il l'avait effrayée en lui parlant de vivre avec des morts.

– Et ce Peverell enterré à Godric's Hollow, reprit-il aussitôt, s'efforçant de paraître parfaitement sain d'esprit, tu ne sais rien sur lui ?

– Non, répondit-elle, visiblement soulagée qu'il ait changé de sujet. J'ai cherché des informations après avoir vu la marque sur sa tombe. S'il avait été célèbre, ou s'il avait accompli quelque chose d'important, je suis sûre qu'il figurerait dans l'un de nos livres. Le seul endroit où j'ai trouvé le nom de Peverell, c'est dans *Nobles par nature : une généalogie des sorciers*. Je l'ai emprunté à Kreattur, expliqua-t-elle à Ron qui haussait les sourcils. Le livre donne la liste des familles de sang pur sans postérité mâle. Apparemment, les Peverell sont l'une des premières familles à avoir disparu.

– Sans postérité mâle ? répéta Ron.

– Ça veut dire que le nom n'existe plus, répondit Hermione. C'est le cas depuis des siècles, en ce qui concerne les Peverell. Ils ont peut-être des descendants, mais qui portent des noms différents.

Soudain, le souvenir qu'avait vaguement remué le nom de Peverell revint à la mémoire de Harry, clair et net : il revoyait un vieil homme crasseux qui brandissait une horrible bague sous le nez d'un envoyé du ministère.

– Marvolo Gaunt ! s'écria-t-il.

– Pardon ? s'étonnèrent Ron et Hermione d'une même voix.

– *Elvis Marvolo Gaunt* ! Le grand-père de Vous-Savez-Qui ! Dans la Pensine ! Avec Dumbledore ! Marvolo Gaunt a dit qu'il descendait des Peverell !

Ron et Hermione parurent perplexes.

– La bague, la bague transformée en Horcruxe, Marvolo Gaunt a dit que les armoiries des Peverell étaient gravées dessus ! Je l'ai vu la brandir devant le type du ministère, il a même failli la lui coller dans le nez.

– Les armoiries des Peverell ? répéta Hermione. Tu as vu à quoi elles ressemblaient ?

– Pas vraiment, répondit Harry qui essayait de se rappeler. Autant que je m'en souvienne, elles n'avaient rien de remarquable. Quelques traits, c'est tout. Lorsque je les ai vues de près, la pierre avait déjà été fendue.

Hermione venait de comprendre, car Harry la vit soudain écarquiller les yeux. Ron les regarda successivement, l'air stupéfait.

– Par Merlin… Vous croyez que c'était encore ce signe ? Le signe des reliques ?

– Pourquoi pas ? s'exclama Harry, surexcité. Marvolo Gaunt était un vieil idiot ignorant qui vivait comme un porc. Tout ce qui l'intéressait, c'étaient ses ancêtres. Si cette bague était passée de génération en génération pendant des siècles, peut-être ne savait-il même pas ce qu'elle était vraiment. Il n'y avait pas un seul livre dans cette maison et, croyez-moi, il n'était pas du genre à lire des contes de fées à ses enfants. Il devait être ravi de penser que les traits gravés sur la pierre représentaient des armoiries parce que, pour lui, avoir un sang pur donnait quasiment un statut royal.

– Oui… Tout cela est très intéressant, reprit Hermione avec précaution, mais Harry, si tu penses ce que je pense que tu penses…

– Et alors, pourquoi pas ? *Pourquoi pas ?* répliqua Harry, renonçant à toute prudence. C'était une pierre, non ?

Il se tourna vers Ron, en quête de soutien.

– Si c'était la Pierre de Résurrection ?

Ron en resta bouche bée.

– Nom de nom ! Mais est-ce qu'elle pourrait encore marcher après avoir été fendue par Dumbledore ?

– Marcher ? *Marcher* ? Ron, elle n'a jamais marché ! *Il n'existe pas de Pierre de Résurrection !*

Hermione s'était levée d'un bond, l'air exaspérée, furieuse.

– Harry, tu essaies de faire tout concorder avec l'histoire des reliques…

– *De faire tout concorder* ? répéta-t-il. Hermione, ça concorde tout seul ! Je sais maintenant que le signe des Reliques de la Mort était gravé sur cette pierre ! Et Gaunt a dit qu'il était un descendant des Peverell !

– Il y a une minute, tu nous disais que tu n'avais jamais vu exactement la marque qui figurait sur la pierre !

– À ton avis, où se trouve-t-elle, à présent ? demanda Ron à Harry. Qu'est-ce qu'en a fait Dumbledore après l'avoir brisée ?

Mais l'imagination de Harry courait toute seule, loin devant celle de Ron et d'Hermione…

« Trois objets, ou reliques, qui, si on les réunit, feront de leur possesseur le maître de la Mort… Maître… vainqueur… conquérant… Le dernier ennemi qui sera détruit, c'est la mort… »

Il se vit en possession des reliques, face à Voldemort dont les Horcruxes n'étaient pas de taille à lui résister… « Aucun d'eux ne peut vivre tant que l'autre survit… » Était-ce la réponse ? Les reliques contre les Horcruxes ? Y avait-il un moyen d'assurer son triomphe ? S'il devenait le maître des Reliques de la Mort, serait-il hors de danger ?

– Harry ?

Mais il entendit à peine Hermione. Il avait sorti sa cape d'invisibilité et la faisait glisser entre ses doigts : son étoffe avait la fluidité de l'eau, la légèreté de l'air. Il avait passé près de sept années dans le monde des sorciers et jamais il n'avait vu quelque chose d'équivalent. Elle était exactement telle que Xenophilius l'avait décrite : « Une cape qui rend réellement et totalement invisible et dont les effets durent éternellement, offrant à son détenteur une cachette permanente, impénétrable, quels que soient les sorts qu'on lui jette… »

Puis, avec un tressaillement, il se souvint…

– Dumbledore avait ma cape, le soir où mes parents sont morts !

Sa voix tremblait et il sentait des couleurs lui monter au visage, mais peu lui importait.

– Ma mère a dit à Sirius que Dumbledore avait emprunté la cape ! C'était pour ça ! Il voulait l'examiner parce qu'il pensait qu'il s'agissait de la troisième relique ! Ignotus Peverell est enterré à Godric's Hollow…

Harry faisait machinalement les cent pas sous la tente. Il avait l'impression que la vérité ouvrait autour de lui de nouveaux et vastes horizons.

– C'est mon ancêtre ! Je descends du troisième frère ! Tout se tient !

Il se sentait armé de certitude, d'une véritable foi dans les reliques, comme si la simple idée de les posséder lui donnait déjà une protection, et il éprouvait une grande joie lorsqu'il se tourna à nouveau vers les deux autres.

– Harry, répéta Hermione.

Mais, les doigts tremblants, il était occupé à ouvrir la bourse accrochée à son cou.

– Lis-la, dit-il en lui mettant la lettre de sa mère dans les mains. Lis-la ! C'était Dumbledore qui avait la cape,

503

Hermione ! Pour quelle autre raison l'aurait-il voulue ? Il n'en avait pas besoin, il était capable de produire un sortilège de Désillusion si puissant qu'il parvenait à se rendre invisible sans cape !

Un objet brillant roula sous une chaise : en sortant la lettre, il avait fait tomber le Vif d'or. Il se baissa pour le ramasser et la source des découvertes fabuleuses qui venait de jaillir lui apporta un nouveau présent. Stupéfait, émerveillé, il s'écria :

– ELLE EST LÀ-DEDANS ! Il m'a légué la bague… Elle est dans le Vif d'or !

– Tu… tu crois ?

Il ne comprenait pas pourquoi Ron avait l'air interloqué. C'était si clair, si évident pour Harry : tout cadrait, absolument tout… Sa cape était la troisième relique et lorsqu'il aurait trouvé le moyen d'ouvrir le Vif d'or, il posséderait la deuxième. Après, il n'aurait plus qu'à trouver la première, la Baguette de Sureau, et ensuite…

Mais soudain, ce fut comme si un rideau était tombé sur une scène brillamment éclairée : toute son excitation, tout son espoir et son bonheur s'évanouirent d'un coup. Il se retrouva seul dans l'obscurité et le charme magnifique fut rompu.

– C'est cela qu'il veut.

Son changement de ton inquiéta encore plus Ron et Hermione.

– Vous-Savez-Qui veut la Baguette de Sureau.

Indifférent à leur visage tendu, incrédule, il leur tourna le dos. Il savait que c'était la vérité. Tout se tenait. Voldemort ne cherchait pas une nouvelle baguette. Il en cherchait une ancienne, très ancienne, en vérité. Harry se dirigea vers l'entrée de la tente, oubliant Ron et Hermione, et scruta la nuit, plongé dans ses réflexions…

Voldemort avait été élevé dans un orphelinat de Moldus. Personne n'aurait pu lui lire *Les Contes de Beedle le Barde* quand il était petit, pas plus qu'à Harry. Rares étaient les sorciers qui croyaient aux Reliques de la Mort. Était-il possible que Voldemort en connaisse l'existence ?

Harry contempla l'obscurité… Si Voldemort savait ce qu'étaient les Reliques de la Mort, il aurait certainement essayé de les découvrir et cherché par tous les moyens à se les procurer : trois objets qui faisaient de leur possesseur le maître de la Mort. S'il avait connu les reliques, peut-être n'aurait-il jamais eu besoin des Horcruxes ? Le simple fait qu'il ait transformé une relique en Horcruxe n'était-il pas la preuve qu'il ne connaissait pas ce grand et ultime secret de la sorcellerie ?

Ce qui signifiait que Voldemort cherchait la Baguette de Sureau sans avoir conscience de l'étendue de son pouvoir, sans comprendre qu'elle faisait partie d'un ensemble de trois objets… Car la baguette était celle des trois reliques qu'on ne pouvait cacher, dont l'existence était la mieux connue… « La piste sanglante de la Baguette de Sureau a éclaboussé les pages de l'histoire de la sorcellerie… »

Harry observa le ciel nuageux, des volutes grises et argentées comme de la fumée glissant devant la lune blafarde. L'éblouissement provoqué par ses découvertes lui donnait une sensation de légèreté.

Il retourna dans la tente et éprouva un choc lorsqu'il vit Ron et Hermione debout à l'endroit exact où il les avait laissés, Hermione tenant toujours à la main la lettre de Lily, Ron, à côté d'elle, paraissant légèrement anxieux.

N'avaient-ils pas conscience du chemin parcouru au cours de ces dernières minutes ?

– Tout est clair, dit Harry, essayant de les attirer à la lumière de ses propres certitudes, de son propre ébahissement. Ça explique tout. Les Reliques de la Mort sont bel et bien réelles. J'en possède une… peut-être même deux.

Il leur montra le Vif d'or.

– … et Vous-Savez-Qui court après la troisième, mais il ne s'en rend pas compte… Il pense simplement qu'il s'agit d'une baguette particulièrement puissante…

– Harry, coupa Hermione, en s'approchant pour lui rendre la lettre de Lily. Je suis désolée, mais je crois que tu te trompes, que tu te trompes entièrement.

– Tu ne vois donc pas ? Tout s'enchaîne…

– Non, répliqua-t-elle. Pas du tout, Harry, tu te laisses simplement emporter. S'il te plaît, poursuivit-elle, alors qu'il s'apprêtait à parler, s'il te plaît, réponds à cette simple question. Si les Reliques de la Mort existaient vraiment, et que Dumbledore l'ait su, qu'il ait su que la personne qui les posséderait toutes les trois serait le maître de la Mort… Harry, pourquoi ne te l'aurait-il pas révélé ? Pourquoi ?

Sa réponse était prête.

– Tu as été la première à le dire, Hermione ! Il faut le découvrir par soi-même ! C'est une quête !

– J'ai simplement dit ça pour essayer de te convaincre d'aller chez les Lovegood ! s'écria Hermione, exaspérée. Je n'y croyais pas vraiment !

Harry ne lui prêta pas attention.

– C'était une habitude, chez Dumbledore, de m'amener à faire des découvertes par moi-même. Il mettait ma propre force à l'épreuve, il me laissait prendre des risques.

C'est exactement le genre de choses auxquelles il m'a habitué.

– Harry, il ne s'agit pas d'un jeu, ni d'un exercice ! Nous sommes dans la réalité et Dumbledore t'a donné des instructions très claires : trouver et détruire les Horcruxes ! Ce symbole ne signifie rien, oublie les Reliques de la Mort, nous ne pouvons nous permettre de nous écarter de notre chemin...

Harry l'écoutait à peine. Il ne cessait de retourner le Vif d'or entre ses mains, s'attendant presque à ce qu'il s'ouvre, à ce qu'il révèle la Pierre de Résurrection pour apporter à Hermione la preuve qu'il avait raison, que les Reliques de la Mort étaient une réalité.

Hermione en appela à Ron.

– Tu ne crois pas à ça, n'est-ce pas ?

Harry leva les yeux. Ron hésita.

– Je ne sais pas... Je veux dire... Il y a des éléments qui paraissent concorder, répondit Ron avec maladresse. Mais quand on regarde l'ensemble... – il prit une profonde inspiration –, je pense que nous sommes censés nous débarrasser des Horcruxes, Harry. C'est la mission que Dumbledore nous a confiée. Peut-être... peut-être que nous devrions oublier cette histoire de reliques.

– Merci, dit Hermione. Je vais prendre le premier tour de garde.

D'un pas décidé, elle passa devant Harry et s'assit à l'entrée de la tente, mettant avec une détermination féroce un point final à la discussion.

Harry dormit à peine, cette nuit-là. L'idée des Reliques de la Mort s'était emparée de lui et il ne pouvait se reposer tant que ses pensées s'agitaient dans sa tête : la baguette, la pierre, la cape, si seulement il pouvait les posséder toutes...

« Je m'ouvre au terme… » Mais quel était ce terme ? Pourquoi ne pouvait-il prendre la pierre dès maintenant ? Si seulement il l'avait eue en main, il aurait pu poser ces questions à Dumbledore en personne… Dans l'obscurité, Harry murmura des paroles au Vif d'or, essayant tout, même le Fourchelang, mais la balle dorée refusait de s'ouvrir…

Et la baguette, la Baguette de Sureau, où était-elle cachée ? Où Voldemort menait-il ses recherches en cet instant ? Harry aurait voulu que sa cicatrice le brûle à nouveau et lui révèle les pensées du Seigneur des Ténèbres car, pour la première fois, ils étaient tous deux unis dans la quête d'une même chose… Bien sûr, Hermione n'aimerait pas cette idée… Mais de toute façon, elle n'y croyait pas… D'une certaine manière, Xenophilius avait eu raison… « Limitée. Étriquée. Étroite d'esprit. » La vérité, c'était qu'elle avait peur de la notion même des Reliques de la Mort, surtout de la Pierre de Résurrection… Harry pressa ses lèvres contre le Vif d'or, l'embrassant, l'avalant presque, mais le métal froid ne céda pas…

L'aube était presque là lorsqu'il se souvint de Luna, seule dans sa cellule d'Azkaban, entourée de Détraqueurs, et il eut soudain honte de lui-même. Ses considérations fébriles sur les reliques l'avaient complètement chassée de son esprit. Si seulement ils pouvaient lui venir en aide, mais il serait pratiquement impossible d'attaquer des Détraqueurs en si grand nombre. Maintenant qu'il y pensait, il n'avait pas encore tenté de créer un Patronus avec la baguette de prunellier… Il faudrait qu'il essaye dans la matinée…

S'il avait pu obtenir une meilleure baguette…

Le désir de posséder la Baguette de Sureau, le Bâton de la Mort, indomptable, invincible, le saisit une fois de plus…

Au matin, ils démontèrent la tente et repartirent sous une épouvantable averse. La pluie les poursuivit sur la côte, où ils établirent leur campement ce soir-là, et persista pendant toute la semaine, dans les paysages détrempés que Harry trouvait mornes et déprimants. Il ne pensait plus à rien d'autre qu'aux Reliques de la Mort. C'était comme si une flamme avait jailli en lui que rien, ni la totale incrédulité d'Hermione, ni les doutes persistants de Ron, ne pouvait éteindre. Pourtant, plus l'envie de retrouver les reliques brûlait en lui, moins il était heureux. Il en rendait Ron et Hermione responsables : leur indifférence obstinée était aussi détestable pour son moral que la pluie incessante, mais ni l'une ni l'autre ne pouvaient entamer sa certitude, qui demeurait absolue. La croyance de Harry dans l'existence des reliques, son aspiration à les posséder le consumaient avec une telle force qu'il se sentait de plus en plus isolé, détaché des deux autres et de leur obsession de chercher les Horcruxes.

– Notre obsession ? dit Hermione d'une voix basse, féroce.

Harry avait eu l'imprudence d'utiliser ce mot, un soir, après qu'Hermione lui eut reproché son manque d'intérêt pour la découverte des Horcruxes.

– Ce n'est pas nous qui sommes obsédés, Harry ! Nous, on essaye de faire ce que Dumbledore voulait qu'on fasse !

Mais il resta imperméable à cette critique voilée. Dumbledore avait confié à Hermione le symbole des reliques pour qu'elle en déchiffre la signification et il avait aussi caché, Harry n'en démordait pas, la Pierre de Résurrection dans le Vif d'or... « Aucun d'eux ne peut vivre tant que l'autre survit... le maître de la Mort... » Pourquoi Ron et Hermione ne comprenaient-ils pas ?

– « Le dernier ennemi qui sera détruit, c'est la mort... »,
cita Harry d'un ton calme.

– Je croyais que c'était Tu-Sais-Qui qu'on était censés
combattre ? répliqua Hermione.

Harry renonça à discuter davantage.

Même le mystère de la biche argentée, dont les deux
autres tenaient absolument à débattre, semblait moins
important désormais aux yeux de Harry. Ce n'était plus
qu'un épisode secondaire qui conservait un vague intérêt. La
seule autre chose qui comptait pour lui, c'était que sa cicatrice avait recommencé à le picoter. Il faisait tout, cependant, pour que les autres ne le sachent pas. Chaque fois que
cela se produisait, il s'arrangeait pour être seul mais il était
déçu par ce qu'il voyait. Les visions qu'il partageait avec
Voldemort n'avaient plus la même qualité. Elles étaient
devenues brouillées, instables, comme une image qui oscille
entre le flou et la netteté. Harry parvenait tout juste à distinguer les contours incertains d'un objet qui avait l'air d'un
crâne et d'une forme semblable à une montagne, constituée
d'ombre plus que de matière. Habitué à des images aussi
claires que la réalité, Harry était désorienté par ce changement. Il craignait que la connexion entre lui et Voldemort
ne se soit dégradée, une connexion qu'il redoutait mais à
laquelle – quoi qu'il en ait dit à Hermione – il attachait aussi
beaucoup de prix. D'une certaine manière, Harry liait le
caractère vague, décevant, de ces images à la destruction de
sa baguette, comme si c'était la faute de la baguette de prunellier s'il ne pouvait plus voir aussi bien qu'auparavant dans
l'esprit de Voldemort.

À mesure que passaient les semaines, Harry, bien qu'il fût
tout entier absorbé par sa nouvelle idée, ne put manquer

d'observer que Ron prenait apparemment les choses en main. Peut-être parce qu'il était décidé à se rattraper après les avoir abandonnés, peut-être aussi parce que la langueur dans laquelle Harry s'enfonçait stimulait les qualités de chef qui sommeillaient en lui, Ron était maintenant celui qui encourageait et exhortait les deux autres à agir.

– Il reste trois Horcruxes, ne cessait-il de répéter. Il nous faut un plan d'action, réfléchissons un peu ! Quels sont les endroits où nous ne sommes pas encore allés ? Revoyons la liste. L'orphelinat…

Le Chemin de Traverse, Poudlard, la maison des Jedusor, Barjow et Beurk, l'Albanie, tous les lieux où ils savaient que Tom Jedusor avait vécu, travaillé, séjourné ou tué, Ron et Hermione les passèrent en revue, Harry se joignant à eux seulement pour qu'Hermione cesse de le harceler. Il aurait été beaucoup plus heureux de rester assis en silence à essayer de lire les pensées de Voldemort et d'en apprendre davantage sur la Baguette de Sureau, mais Ron insistait pour se rendre dans des endroits de plus en plus improbables simplement – Harry en était conscient – pour rester toujours en mouvement.

« On ne sait jamais » était devenu son refrain constant.

– Flagley-le-Haut est un village de sorciers, peut-être qu'il y a vécu. Allons y jeter un coup d'œil.

Ces fréquentes incursions dans les territoires de la sorcellerie les amenèrent parfois à portée de vue de Rafleurs.

– Certains ont la réputation d'être aussi redoutables que les Mangemorts, dit Ron. Ceux à qui j'ai eu affaire étaient plutôt minables mais d'après Bill, il y en a de très dangereux. Ils ont expliqué à *Potterveille*…

– À quoi ? s'étonna Harry.

– *Potterveille*, je ne vous avais pas dit que ça s'appelait

511

comme ça ? L'émission que j'essayais de capter à la radio, la seule qui révèle la vérité sur ce qui se passe ! Toutes les autres suivent la ligne de Tu-Sais-Qui, toutes sauf *Potterveille*. Je voudrais vraiment que vous l'entendiez, mais il est très difficile de la recevoir…

Ron passait des soirées à tapoter la radio avec sa baguette magique, sur des rythmes divers, faisant tourner le cadran des longueurs d'onde. De temps à autre, ils entendaient des bribes de conseils sur la façon de traiter la dragoncelle et ils eurent même droit un jour à quelques mesures d'*Un chaudron plein de passion*. En même temps qu'il agitait sa baguette, Ron essayait de trouver le mot de passe, marmonnant une suite de mots choisis au hasard.

— Normalement, les mots de passe ont quelque chose à voir avec l'Ordre, leur expliqua-t-il. Bill est très doué pour les deviner. Je finirai bien par en trouver un…

Mais ce ne fut pas avant le mois de mars que la chance sourit enfin à Ron. Harry était assis à l'entrée de la tente, pour son tour de garde, et contemplait d'un œil absent une touffe de jacinthes des bois, qui avaient réussi à percer le sol encore glacé, lorsque Ron, derrière lui, s'écria d'un ton surexcité :

— Ça y est, je l'ai, je l'ai ! Le mot de passe, c'était Albus ! Viens vite, Harry !

Arraché pour la première fois depuis des jours à ses méditations sur les Reliques de la Mort, Harry se hâta de retourner dans la tente où Ron et Hermione étaient agenouillés par terre, à côté de la petite radio. Hermione, qui avait astiqué l'épée de Gryffondor simplement pour s'occuper, regardait bouche bée le minuscule haut-parleur d'où s'élevait une voix familière.

– ... nos excuses pour avoir été momentanément absents des ondes en raison des visites que nous ont rendues quelques charmants Mangemorts.

– Mais c'est Lee Jordan ! s'exclama Hermione.

– Je le sais bien ! dit Ron avec un sourire rayonnant. Super, non ?

– ... avons maintenant trouvé un endroit sûr, expliquait Lee, et j'ai le plaisir de vous annoncer que deux de nos collaborateurs réguliers se sont joints à moi, ce soir. Bonsoir, les amis !

– Salut.

– Bonsoir, Rivière.

– Rivière, c'est Lee, précisa Ron. Ils ont tous un surnom, mais généralement, on sait...

– Chut ! l'interrompit Hermione.

– Cependant, avant d'écouter Royal et Romulus, poursuivit Lee, nous allons consacrer quelques instants à vous parler des morts que *Sorcellerie-Info* et *La Gazette du sorcier* n'ont pas jugées suffisamment importantes pour les mentionner. C'est avec beaucoup de tristesse que nous informons nos auditeurs des meurtres de Ted Tonks et de Dirk Cresswell.

Harry eut un soudain accès de nausée. Avec Ron et Hermione, ils échangèrent des regards horrifiés.

– Un gobelin du nom de Gornuk a également été tué. On pense que le né-Moldu Dean Thomas et un deuxième gobelin, qui semblaient tous deux voyager avec Tonks, Cresswell et Gornuk, ont pu s'échapper. Si Dean nous écoute, ou si quelqu'un sait où il se trouve, je signale que ses parents et ses sœurs attendent désespérément de ses nouvelles.

« Dans le même temps, à Gaddley, cinq Moldus de la même famille ont été trouvés morts à leur domicile. Les autorités moldues attribuent ces décès à une fuite de gaz mais des membres de l'Ordre du Phénix nous font savoir qu'ils ont en fait succombé à un sortilège de Mort – une preuve de plus, s'il était nécessaire, que le massacre de Moldus est devenu une sorte de loisir sportif sous le nouveau régime.

« Enfin, nous avons le regret d'annoncer à nos auditeurs que les restes de Bathilda Tourdesac ont été découverts à Godric's Hollow. Les premières constatations laissent penser que sa mort remonte à plusieurs mois. L'Ordre du Phénix nous informe que son corps portait des marques caractéristiques de blessures infligées par la magie noire.

« Je voudrais maintenant demander à tous nos auditeurs de se joindre à nous pour observer une minute de silence à la mémoire de Ted Tonks, de Dirk Cresswell, de Bathilda Tourdesac, de Gornuk et des Moldus dont nous ne connaissons pas le nom mais dont nous regrettons profondément le meurtre par des Mangemorts.

Le silence tomba et Harry, Ron et Hermione se turent. Harry avait hâte d'en entendre davantage, mais en même temps il avait peur de ce qui allait suivre. C'était la première fois depuis longtemps qu'il se sentait pleinement relié au monde extérieur.

– Merci, reprit la voix de Lee. Maintenant, nous allons nous tourner vers Royal, un habitué de notre émission, qui va nous apporter les dernières informations sur les conséquences que le nouvel ordre de la sorcellerie a entraînées pour le monde des Moldus.

– Merci, Rivière, dit une voix grave, mesurée, rassurante, qu'on ne pouvait confondre avec aucune autre.

– Kingsley ! s'exclama Ron.

– On sait, coupa Hermione en le faisant taire.

– Les Moldus ne connaissent toujours pas l'origine de leurs malheurs mais ils continuent de subir de lourdes pertes, déclara Kingsley. Nous entendons toujours, cependant, des histoires exemplaires sur des sorcières et des sorciers qui risquent leur propre vie pour protéger des amis ou des voisins moldus, souvent à l'insu de ces derniers. Je voudrais lancer un appel à nos auditeurs pour qu'ils les imitent, par exemple en jetant un sortilège de Protection sur toutes les maisons de Moldus situées dans leur rue. De nombreuses vies pourraient être sauvées en prenant quelques mesures aussi simples.

– Et que répondriez-vous, Royal, à ceux de nos auditeurs qui nous disent qu'en cette époque périlleuse, on devrait penser aux sorciers d'abord ? demanda Lee.

– Je leur répondrais qu'il n'y a qu'un pas entre « les sorciers d'abord » et « les Sang-Pur d'abord ». Ensuite, on passe directement aux Mangemorts, répondit Kingsley. Nous sommes tous des êtres humains, n'est-ce pas ? Chaque vie humaine a la même valeur et vaut la peine d'être sauvée.

– Voilà qui est bien dit et je voterai pour vous comme ministre de la Magie si nous sortons un jour de ce gâchis, assura Lee. Maintenant, je passe la parole à Romulus pour notre rubrique très populaire : « Les Copains de Potter ».

– Merci, Rivière, répondit une autre voix familière.

Ron voulut parler, mais Hermione l'interrompit en murmurant :

– *On sait que c'est Lupin !*

– Romulus, continuez-vous d'affirmer comme chaque fois que vous avez participé à notre émission que Harry Potter est toujours vivant ?

– Je l'affirme, dit Lupin d'un ton ferme. Pour moi, il ne fait aucun doute que sa mort, si elle survenait, serait annoncée aussi largement que possible par les Mangemorts, car elle porterait un coup mortel au moral de ceux qui s'opposent au nouveau régime. Le Survivant reste le symbole de tout ce pour quoi nous combattons, le triomphe du bien, le pouvoir de l'innocence, le besoin de résister.

Harry sentit monter en lui un mélange de honte et de gratitude. Lupin lui avait-il pardonné les choses terribles qu'il lui avait dites lors de leur dernière rencontre ?

– Et quel message voudriez-vous transmettre à Harry si vous étiez sûr qu'il nous écoute, Romulus ?

– Je voudrais lui assurer que nous sommes de tout cœur avec lui, répondit Lupin.

Il hésita légèrement puis ajouta :

– Je lui conseillerais aussi de suivre son instinct, qui est excellent et qui lui indique presque toujours la bonne voie.

Harry regarda Hermione. Elle avait les larmes aux yeux.

– Presque toujours la bonne voie, répéta-t-elle.

– Au fait, je ne vous l'avais pas annoncé ? lança Ron, surpris de son propre oubli. Bill m'a raconté que Lupin est retourné vivre avec Tonks ! Et apparemment, elle a un tour de taille de plus en plus imposant.

– … à présent nos dernières nouvelles sur les amis de Harry Potter qui ont eu à souffrir de leur loyauté, disait Lee.

– Eh bien, comme le savent déjà nos plus fidèles auditeurs, plusieurs partisans déclarés de Harry Potter ont été emprisonnés, notamment Xenophilius Lovegood, ancien directeur du magazine *Le Chicaneur*…, répondit Lupin.

– Au moins, il est toujours vivant, marmonna Ron.

– Nous avons également entendu dire au cours de ces dernières heures que Rubeus Hagrid – tous trois faillirent s'étrangler et manquèrent presque le reste de la phrase –, garde-chasse bien connu de Poudlard, a échappé de peu à une arrestation sur le territoire même de l'école où, selon la rumeur, il aurait organisé dans sa maison une fête sur le thème : Soutien à Harry Potter. Hagrid n'a cependant pas été capturé et serait, croit-on, en fuite.

– Quand on veut échapper aux Mangemorts, j'imagine que ça doit aider d'avoir un demi-frère de cinq mètres de hauteur ? fit remarquer Lee.

– En effet, ça donne un certain avantage, admit Lupin d'un ton grave. Puis-je simplement ajouter que bien que nous approuvions tous, ici, à *Potterveille*, l'état d'esprit de Hagrid, nous conseillons malgré tout aux partisans les plus fervents de Harry Potter de ne pas imiter son exemple. Dans le climat actuel, donner une fête pour un soutien à Harry Potter n'est peut-être pas la chose la plus sage.

– Vous avez raison, Romulus, reprit Lee, nous vous suggérons donc de manifester votre ferveur envers l'homme à la cicatrice en forme d'éclair en écoutant plutôt *Potterveille* ! Et maintenant, passons aux nouvelles concernant l'autre sorcier aussi insaisissable que Harry Potter. Nous avons coutume de l'appeler le Chef Mangemort et voici, pour nous donner son point de vue sur les rumeurs les plus démentes qui circulent au sujet de ce personnage, un nouvel invité que je suis heureux de vous présenter : Rongeur.

– *Rongeur ?* répéta une autre voix familière.

Harry, Ron et Hermione s'écrièrent tous ensemble :

– Fred !

– Ce ne serait pas George, plutôt ?

– Je crois que c'est Fred, confirma Ron en se penchant vers la radio d'où s'élevait la voix de l'un des jumeaux.

– Je refuse d'être Rongeur, il n'en est pas question, je vous ai dit que je voulais être appelé Rapière !

– Très bien. Alors, Rapière, pouvez-vous nous donner votre sentiment sur les diverses histoires qu'on entend circuler à propos du Chef Mangemort ?

– Oui, Rivière, je le peux, répondit Fred. Comme tous nos auditeurs le savent sûrement, à moins qu'ils ne soient cachés dans une mare au fond de leur jardin ou dans un endroit semblable, la stratégie de Vous-Savez-Qui, consistant à rester dans l'ombre, crée un agréable petit climat de panique. Si tous les témoins qui affirment l'avoir vu quelque part disaient vrai, nous aurions au moins dix-neuf Vous-Savez-Qui en train de se promener un peu partout.

– Ce qui est bien pratique pour lui, bien sûr, fit remarquer Kingsley. En laissant planer le mystère, il répand une plus grande terreur que s'il se montrait au grand jour.

– Tout à fait d'accord, approuva Fred. Alors, essayons de retrouver un peu notre calme. La situation est suffisamment détestable pour qu'il ne soit pas nécessaire d'ajouter de nouvelles inventions. Par exemple, l'idée que Vous-Savez-Qui serait désormais capable de tuer quelqu'un d'un simple coup d'œil. Rappelons aux auditeurs que ce sont les *Basilics* qui possèdent ce pouvoir. Voici un test très simple : vérifiez si la chose qui vous observe est pourvue de jambes. Si oui, vous pouvez la regarder dans les yeux. Mais s'il s'agit vraiment de Vous-Savez-Qui, il y a de fortes chances pour que ce soit la dernière chose que vous aurez l'occasion de faire dans votre vie.

Pour la première fois depuis des semaines et des semaines, Harry éclata de rire. Il sentait le poids de la tension le quitter.

– Et les rumeurs selon lesquelles on le verrait souvent à l'étranger ? demanda Lee.

– Qui ne souhaiterait pas partir un peu en vacances après avoir accompli un si dur travail ? répliqua Fred. Mais ce qu'il faut surtout, c'est ne pas se laisser bercer par une fausse sensation de sécurité sous prétexte qu'il aurait quitté le pays. Peut-être est-ce vrai, peut-être pas, mais un fait demeure : quand il le veut, il est capable de filer plus vite que Severus Rogue confronté à une bouteille de shampooing, alors ce n'est pas parce qu'il est loin qu'il faut vous croire à l'abri, si vous avez l'intention de prendre des risques. Je n'aurais jamais pensé dire un jour une chose pareille, mais la sécurité d'abord !

– Merci beaucoup pour ces paroles de grande sagesse, Rapière, conclut Lee. Et voilà, nous arrivons à la fin d'une nouvelle émission de *Potterveille*. Nous ne savons pas quand il nous sera possible d'émettre à nouveau mais vous pouvez être sûrs que nous reviendrons. Continuez à chercher la fréquence, le prochain mot de passe sera Fol Œil. Protégez-vous les uns les autres et gardez confiance. Bonne nuit.

Le cadran de la radio tourna tout seul et la lumière qui éclairait les longueurs d'onde s'éteignit. Harry, Ron et Hermione avaient toujours un sourire radieux. Entendre des voix familières, amicales, constituait un extraordinaire stimulant. Harry s'était tellement habitué à leur isolement qu'il en avait presque oublié que d'autres résistaient également à Voldemort. C'était comme s'il s'était éveillé d'un long sommeil.

– Pas mal, hein ? dit Ron d'un ton joyeux.

– Formidable, répondit Harry.

– C'est tellement courageux de leur part, soupira Hermione avec admiration. S'ils étaient découverts…

– Ils n'arrêtent pas de bouger, fit remarquer Ron. Comme nous.

– Tu as entendu ce que disait Fred ? demanda Harry, d'un ton fébrile.

À présent que l'émission était terminée, ses pensées se recentraient sur son obsession dévorante.

– Il est à l'étranger ! Il continue à chercher la baguette, je le savais !

– Harry…

– Enfin, quoi, Hermione, pourquoi refuses-tu de l'admettre ? Vol…

– HARRY, NON !

– … demort cherche la Baguette de Sureau !

– Le nom est tabou ! beugla Ron qui se leva d'un bond, alors qu'un crac ! sonore retentissait à l'extérieur de la tente. Je te l'avais dit, Harry, je te l'avais dit, on ne peut plus le prononcer… Il faut renouveler les sortilèges de Protection autour de nous… vite… c'est comme ça qu'ils trouvent…

Mais Ron s'interrompit et Harry savait pourquoi. Le Scrutoscope posé sur la table s'était allumé et avait commencé à tourner. Ils entendaient des voix s'approcher : des voix grossières, surexcitées. Ron sortit le Déluminateur de sa poche et l'actionna : les lampes s'éteignirent.

– Sortez, les mains en l'air ! lança dans l'obscurité une voix rauque. Nous savons que vous êtes là-dedans ! Il y a une douzaine de baguettes pointées sur vous et peu importe sur qui tomberont nos maléfices !

23
LE MANOIR DES MALEFOY

Harry jeta un coup d'œil aux deux autres, à présent simples silhouettes dans l'obscurité. Il vit Hermione pointer sa baguette non pas vers l'extérieur mais vers lui. Il y eut une détonation, un éclair de lumière blanche et il se plia de douleur, soudain aveuglé. Il sentait son visage enfler rapidement sous ses doigts tandis que des bruits de pas lourds retentissaient autour de lui.

– Debout, vermine !

Des mains inconnues le soulevèrent brutalement. Avant qu'il ait pu faire un geste, quelqu'un fouilla ses poches et en retira la baguette de prunellier. Le visage de Harry était atrocement douloureux et sous ses doigts, ses traits devenaient méconnaissables, tirés, enflés, bouffis, comme s'il venait de subir une violente réaction allergique. Ses yeux n'étaient plus que des fentes à travers lesquelles il voyait à peine. Ses lunettes tombèrent lorsqu'on l'arracha de la tente et tout ce qu'il pouvait distinguer, c'étaient les formes floues de quatre personnes qui traînaient de force Ron et Hermione à l'extérieur.

– Lâ… chez-… la ! s'écria Ron.

Le bruit caractéristique d'un poing qui s'abattait violemment retentit. Ron grogna de douleur et Hermione poussa un hurlement.

– Non ! Laissez-le tranquille, laissez-le tranquille !

– Ton petit ami va connaître bien pire que ça si son nom est sur ma liste, lança l'horrible voix rauque et familière. Délicieuse jeune fille… Quel régal… J'aime beaucoup la douceur de la peau…

Harry sentit son estomac chavirer. Il savait qui parlait ainsi : Fenrir Greyback, le loup-garou, autorisé à revêtir une robe de Mangemort après avoir mis sa sauvagerie au service de ses maîtres.

– Fouillez la tente ! dit une autre voix.

Harry fut jeté à plat ventre par terre. Un bruit sourd, juste à côté, lui indiqua que Ron avait subi le même sort. Ils entendirent des pas, accompagnés de bruits violents. Les Mangemorts renversaient les fauteuils en fouillant l'intérieur de la tente.

– Voyons qui on a attrapé, dit la voix jubilante de Greyback au-dessus de sa tête.

Harry fut retourné sur le dos et le rayon de lumière d'une baguette éclaira son visage. En le voyant, Greyback éclata de rire.

– Il me faudra une bonne Bièraubeurre pour faire passer celui-là. Qu'est-ce qui t'est arrivé, l'horrible ?

Harry ne répondit pas tout de suite.

– J'ai *dit* : qu'est-ce qui t'est arrivé ? répéta Greyback et Harry reçut dans le plexus un coup violent qui le plia en deux.

– Piqué, marmonna Harry. Me suis fait piquer.

– Ouais, c'est ce qu'on dirait, lança une deuxième voix.

– Comment tu t'appelles ? gronda Greyback.

– Dudley, répondit Harry.

– Et ton prénom ?

– Je… Vernon. Vernon Dudley.

– Vérifie la liste, Scabior, ordonna Greyback.

Harry l'entendit faire un pas de côté pour regarder Ron.

– Et toi, le rouquin ? Tu es qui ?

– Stan Rocade, dit Ron.

– Tu parles ! s'exclama le dénommé Scabior. On connaît très bien Stan Rocade, il nous a souvent donné un coup de main.

Il y eut un nouveau bruit sourd.

– Suis Bardy, dit Ron, et Harry devina qu'il avait la bouche pleine de sang. Bardy Weadley.

– Un Weasley ? grogna Greyback. Tu es donc d'une famille de traîtres à leur sang, même si tu n'es pas un Sang-de-Bourbe. Maintenant, passons à ta jolie petite amie…

La délectation qu'on sentait dans sa voix donna la chair de poule à Harry.

– Du calme, Greyback, lança Scabior, dominant les ricanements des autres.

– Oh, je ne vais pas la mordre tout de suite. On va voir si elle est plus rapide à se souvenir de son nom que Barny. Qui es-tu, fillette ?

– Pénélope Deauclaire, répondit Hermione.

Sa voix était terrifiée mais convaincante.

– Quel est ton Statut du sang ?

– Sang-mêlé, dit Hermione.

– Facile à vérifier, déclara Scabior, mais toute cette bande a encore l'âge d'être à Poudlard.

– On est bardis de l'égole, expliqua Ron.

– Partis de l'école… Vraiment, le rouquin ? s'exclama

523

Scabior. Et vous avez décidé d'aller camper ? Et puis, simplement pour rigoler un peu, vous avez prononcé le nom du Seigneur des Ténèbres ?

— Bas bour rigoler, rectifia Ron. Bas vait egzbrès.

— Pas fait exprès ?

Il y eut de nouveaux ricanements.

— Tu sais qui avait l'habitude de prononcer le nom du Seigneur des Ténèbres, Weasley ? gronda Greyback. Les membres de l'Ordre du Phénix. Ça te dit quelque chose ?

— Don.

— Eh bien, ce sont des gens qui ne montrent pas au Seigneur des Ténèbres le respect qui lui est dû, c'est pour ça que ce nom a été frappé du Tabou. Plusieurs membres de l'Ordre ont été retrouvés de cette manière. On va voir. Attachez-les avec les deux autres prisonniers !

Quelqu'un releva Harry en le tirant par les cheveux, le traîna sur quelques mètres et l'obligea à s'asseoir par terre. Puis il fut ligoté dos à dos avec d'autres personnes. Harry était toujours à demi aveuglé, parvenant à peine à voir à travers ses paupières bouffies. Lorsque l'homme qui les avait ficelés les uns aux autres se fut éloigné, Harry murmura :

— Quelqu'un a encore une baguette ?

— Non, répondirent Ron et Hermione qui étaient attachés à ses côtés.

— Tout est ma faute. C'est moi qui ai prononcé le nom, je suis désolé…

— Harry ?

C'était une nouvelle voix qu'il connaissait bien et qui venait de derrière lui, la voix d'un autre prisonnier ligoté à la gauche d'Hermione.

— Dean ?

– C'est toi ! Si jamais ils découvrent qui ils ont capturé… Ce sont des Rafleurs, ils cherchent des jeunes qui font l'école buissonnière pour les échanger contre un peu d'or…

– Bonne récolte pour une seule soirée, dit Greyback.

Une paire de bottes cloutées s'avança tout près de Harry et ils entendirent d'autres bruits d'objets renversés à l'intérieur de la tente.

– Un Sang-de-Bourbe, un gobelin en fuite et trois élèves échappés de l'école. Tu as vérifié leurs noms sur la liste, Scabior ? rugit-il.

– Ouais. Il n'y a aucun Vernon Dudley.

– Intéressant, commenta Greyback. Très intéressant.

Il s'accroupit à côté de Harry qui vit à travers les deux fentes minuscules séparant ses paupières enflées une tête recouverte de cheveux et de favoris gris, emmêlés, avec une bouche aux dents pointues, des ulcères aux coins des lèvres. Greyback avait la même odeur que lorsqu'il s'était trouvé au sommet de la tour où Dumbledore était mort : une odeur de boue, de sueur et de sang.

– Alors, tu n'es pas recherché, Vernon ? Ou bien tu figures sur la liste sous un autre nom ? Tu étais dans quelle maison, à Poudlard ?

– Serpentard, répondit machinalement Harry.

– Marrant, ils croient tous que c'est ça qu'on veut entendre, lança dans l'ombre la voix railleuse de Scabior. Sauf qu'il n'y en a pas un seul qui sait où est la salle commune.

– Elle se trouve dans les cachots, dit Harry d'une voix assurée. On y entre en traversant le mur. Elle est pleine de crânes et de choses comme ça et elle est sous le lac, si bien que la lumière y est toujours verte.

Il y eut un bref silence.

– Tiens, tiens, on dirait qu'on a vraiment attrapé un petit Serpentard, s'étonna Scabior. C'est une bonne chose pour toi, Vernon, parce qu'il n'y a pas beaucoup de Sang-de-Bourbe, à Serpentard. Qui est ton père ?

– Il travaille au ministère, mentit Harry.

Il savait que son histoire ne résisterait pas à la moindre investigation mais de toute façon ce petit jeu ne pouvait durer que jusqu'au moment où il retrouverait son visage normal.

– Au Département des accidents et catastrophes magiques, précisa-t-il.

– Tu sais quoi, Greyback ? dit Scabior. Je crois bien qu'il y a un Dudley, là-bas.

Harry avait du mal à respirer : la chance, la simple chance allait-elle les sauver ?

– Je vois, je vois…, marmonna Greyback.

Harry perçut une infime nuance d'inquiétude dans sa voix grossière et il devina que Greyback se demandait s'il n'avait pas attaqué et ligoté le fils d'un officiel du ministère. Harry sentit son cœur tambouriner contre les cordes serrées autour de ses côtes. Il n'aurait pas été surpris que Greyback lui-même puisse percevoir ses battements.

– Si tu dis la vérité, l'horrible, tu n'as rien à craindre d'un petit voyage au ministère. Je pense que ton père nous récompensera pour t'avoir retrouvé.

– Mais, répondit Harry, la bouche sèche, si vous nous laissiez simplement…

– Hé ! s'écria une voix à l'intérieur de la tente. Regarde ça, Greyback !

Une silhouette sombre se précipita vers eux et Harry aperçut un reflet argenté à la lueur de leurs baguettes. Ils avaient trouvé l'épée de Gryffondor.

– Maaaagnifique ! s'exclama Greyback d'un ton appréciateur en la prenant des mains de son compagnon. Vraiment magnifique. On dirait un travail de gobelin. Où as-tu trouvé ça ?

– C'est à mon père, mentit Harry, avec l'espoir déraisonnable qu'il fasse trop noir pour que Greyback puisse distinguer le nom gravé sous la garde. On l'a empruntée pour couper du bois.

– 'Tends un peu, Greyback ! Tu as vu ça dans *La Gazette* ?

Au moment même où Scabior prononçait ces mots, la cicatrice de Harry, tendue sur son front déformé, le brûla sauvagement. Il vit alors, plus nettement que tout ce qui l'entourait, un édifice imposant, telle une forteresse lugubre, menaçante, aux murailles d'un noir de jais. Les pensées de Voldemort étaient soudain redevenues d'une clarté tranchante. Il s'avançait de son pas souple en direction du gigantesque bâtiment avec une détermination sereine, euphorique…

Si proche… Si proche…

Dans un considérable effort de volonté, Harry ferma son esprit à celui de Voldemort, s'obligeant à revenir à la réalité, ligoté dans l'obscurité à Ron, Hermione, Dean et Gripsec, écoutant ce que disaient Greyback et Scabior.

– '*Ermione Grangère*, lisait Scabior, *la Sang-de-Bourbe qui voyage avec 'Arry Pottère.*

La cicatrice de Harry s'enflamma dans le silence qui suivit, mais il se concentra de toutes ses forces pour rester présent et ne pas se laisser entraîner dans la tête de Voldemort. Il entendit le grincement des bottes de Greyback qui s'accroupit, cette fois, devant Hermione.

– Tu sais quoi, fillette ? Cette photo te ressemble beaucoup.

– Pas du tout ! Ce n'est pas moi !

Le couinement terrifié d'Hermione avait valeur d'aveu.

– … *qui voyage avec Harry Potter*, répéta Greyback à mi-voix.

Une totale immobilité sembla s'abattre sur eux. La cicatrice de Harry était devenue éminemment douloureuse mais il luttait de toutes ses forces contre l'attraction des pensées de Voldemort. Il n'avait jamais été aussi important pour lui de garder sa présence d'esprit.

– Voilà qui change tout, n'est-ce pas ? murmura Greyback.

Personne ne dit un mot. Harry sentait peser le regard des Rafleurs, figés sur place, et le bras d'Hermione trembla contre le sien. Greyback se leva alors et fit deux pas en direction de Harry, s'accroupissant à nouveau pour observer ses traits difformes.

– Qu'est-ce que c'est que ça, sur ton front, Vernon ? demanda-t-il d'une voix douce.

Harry sentit son haleine fétide tandis qu'il appuyait un doigt crasseux sur la cicatrice tendue au maximum.

– N'y touchez pas ! hurla Harry.

Il n'avait pu s'en empêcher. La douleur était telle qu'il se demandait s'il n'allait pas vomir.

– Je croyais que tu portais des lunettes, Potter ? dit Greyback dans un souffle.

– J'ai justement trouvé des lunettes ! glapit l'un des Rafleurs qui rôdait dans l'obscurité. Il y en avait une paire dans la tente, Greyback, attends…

Quelques secondes plus tard, les lunettes de Harry lui avaient été collées sur le nez. Les Rafleurs se rapprochaient de lui, à présent, le fixant des yeux.

– C'est lui ! s'exclama Greyback de sa voix rauque. On a attrapé Potter !

Ils reculèrent tous de plusieurs pas, abasourdis par ce qu'ils avaient fait. Harry, luttant toujours pour rester présent dans sa propre tête, horriblement douloureuse, ne trouva rien à répondre. Des visions fragmentaires émergeaient dans son esprit...

... il contournait les hautes murailles de la forteresse noire...

Non, il était Harry, ligoté, sans baguette, confronté à un danger très grave...

... levant les yeux vers la plus haute fenêtre, la plus haute tour...

Il était Harry et ils discutaient de son sort à voix basse...

... le moment de prendre son vol...

– ... au ministère ?

– Au diable, le ministère, grogna Greyback. Ils s'attribueront tout le mérite et nous, on nous oubliera. Moi, je dis qu'il faut l'amener directement à Vous-Savez-Qui.

– Tu vas le faire venir ? Ici ? s'écria Scabior, impressionné, terrifié même.

– Non, gronda Greyback. Je n'ai pas... On dit qu'il se sert de la maison des Malefoy comme base. On va emmener le garçon là-bas.

Harry crut savoir pourquoi Greyback ne voulait pas appeler Voldemort. Le loup-garou était peut-être autorisé à revêtir une robe de Mangemort quand on avait besoin de lui, mais seuls les membres du cercle intime de Voldemort portaient la Marque des Ténèbres. Greyback n'avait pas reçu cet ultime honneur.

La cicatrice de Harry s'enflamma à nouveau...

... et il s'élevait dans la nuit, volant droit vers la fenêtre située tout en haut de la tour...

– ... absolument sûr que c'est lui ? Parce que sinon, Greyback, on est morts.

– Qui commande, ici ? rugit le loup-garou, pour faire oublier le moment où s'était révélée son insuffisance. Je vous dis que c'est Potter, et lui plus sa baguette, ça vaut deux cent mille Gallions payés rubis sur l'ongle ! Mais s'il y en a parmi vous qui ont peur de m'accompagner, je garderai tout pour moi et avec un peu de chance, j'aurai même la fille en prime !

... la fenêtre n'était qu'une simple fente dans la roche noire, pas assez large pour permettre le passage d'un homme... Une silhouette squelettique était tout juste visible au travers, recroquevillée sous une couverture... morte ou endormie ?

– D'accord, dit Scabior. D'accord, on est avec toi ! Et les autres, Greyback, qu'est-ce qu'on en fait ?

– On n'a qu'à emmener tout le monde. On a deux Sang-de-Bourbe, ça fait encore dix Gallions. Donne-moi aussi l'épée. Si ce sont des rubis, il y a une autre petite fortune là-dedans.

Ils relevèrent les prisonniers de force. Harry entendait la respiration d'Hermione, précipitée, terrifiée.

– Tenez-les bien, surtout. Moi, je m'occupe de Potter ! lança Greyback en saisissant une poignée de cheveux de Harry.

Celui-ci sentit les longs ongles jaunes lui racler la peau du crâne.

– À trois ! Un... deux... trois...

Ils transplanèrent, entraînant les prisonniers avec eux. Harry se débattit, essaya de se dégager de la main de Greyback, mais c'était sans espoir. De chaque côté, Ron et Hermione étaient étroitement serrés contre lui, il ne pouvait se séparer du groupe. Ses poumons se vidèrent et sa cicatrice le brûla avec encore plus d'intensité…

… il se faufilait à travers l'ouverture de la fenêtre, à la manière d'un serpent, et sautait à l'intérieur de la cellule avec la légèreté d'un nuage de vapeur…

Les prisonniers atterrirent sur une route de campagne en titubant les uns contre les autres. Les yeux de Harry, toujours bouffis, mirent un certain temps à s'adapter et il vit alors un portail de fer forgé au début d'une longue allée. Il éprouva un infime soulagement. Le pire n'était pas encore arrivé : Voldemort n'était pas là. Harry savait – car il luttait de toutes ses forces contre cette vision – qu'il se trouvait dans un lieu étrange, une sorte de forteresse, et qu'il était monté au sommet d'une tour. Combien de temps Voldemort mettrait-il à arriver jusqu'ici, une fois qu'on l'aurait informé de la présence de Harry ? C'était une autre question…

L'un des Rafleurs s'avança vers le portail et secoua les deux battants.

– Comment on fait pour entrer ? C'est fermé à clé, Greyback, je n'arrive pas à… Nom de nom !

Pris de peur, il lâcha le portail. Le fer forgé se déformait, se tordait, les motifs abstraits de ses volutes et de ses torsades se métamorphosant en un visage effrayant qui parla d'une voix métallique, vibrante :

– Annoncez l'objet de votre visite !

– On amène Potter ! rugit Greyback d'une voix triomphante. On a capturé Harry Potter !

Les battants du portail pivotèrent, ouvrant le passage.

– Venez ! dit Greyback à ses hommes.

Les prisonniers furent poussés en avant, le long de l'allée, entre deux hautes haies qui étouffaient leurs pas. Harry aperçut au-dessus de lui une forme blanche, fantomatique, et se rendit compte qu'il s'agissait d'un paon albinos. Il trébucha. Greyback le releva de force. Harry avançait à présent de côté, d'un pas chancelant, ligoté dos à dos aux quatre autres prisonniers. Fermant ses yeux aux paupières bouffies, il laissa la douleur de sa cicatrice le submerger. Il voulait savoir ce que faisait Voldemort, s'il savait que Harry avait été capturé...

... la silhouette émaciée remuait sous sa fine couverture et se retournait vers lui, ses paupières s'ouvrant, son visage semblable à une tête de mort... L'homme gracile se redressait, fixant sur lui, sur Voldemort, ses grands yeux enfoncés dans leurs orbites, puis il souriait. Il n'avait presque plus de dents...

— Vous voici donc. Je me doutais que vous viendriez... un jour. Mais votre voyage aura été vain. Je ne l'ai jamais eue.

— Tu mens !

Tandis que la colère de Voldemort palpitait en lui, la cicatrice de Harry lui fit si mal qu'elle sembla sur le point de s'ouvrir, et il s'arracha à cette vision, ramenant son esprit dans son propre corps, luttant pour rester présent sur l'allée de graviers où l'on traînait les prisonniers.

Un flot de lumière ruissela sur eux.

— Qu'est-ce que c'est ? demanda la voix glacée d'une femme.

— Nous sommes venus voir Celui-Dont-On-Ne-Doit-Pas-Prononcer-Le-Nom ! répondit Greyback de sa voix râpeuse.

— Qui êtes-vous ?

— Vous me connaissez !

Il y avait une certaine amertume dans le ton du loup-garou.

— Fenrir Greyback ! Nous avons capturé Harry Potter !

Greyback empoigna Harry et le fit tourner de force pour le

placer face à la lumière, obligeant les autres prisonniers à accompagner le mouvement.

– Je sais qu'il a la tête enflée, madame, mais c'est lui ! intervint Scabior. Si vous y regardez de plus près, vous verrez sa cicatrice. Et là, cette fille, vous la voyez ? C'est la Sang-de-Bourbe qui voyageait avec lui. Il n'y a pas de doute, c'est bien lui, et on a sa baguette, aussi ! Tenez, madame…

Harry vit Narcissa Malefoy scruter son visage bouffi. Scabior lui mit la baguette de prunellier sous le nez. Elle haussa les sourcils.

– Emmenez-les à l'intérieur, dit-elle.

Poussés à coups de pied, Harry et les autres montèrent de larges marches de pierre qui menaient dans un hall où une série de portraits s'alignaient sur les murs.

– Suivez-moi, ordonna Narcissa, en les conduisant de l'autre côté du hall. Drago, mon fils, est là pour les vacances de Pâques. Si c'est vraiment Harry Potter, il le reconnaîtra.

La lumière du salon était éblouissante après l'obscurité du parc. Même avec ses yeux presque fermés, Harry parvenait à distinguer les vastes proportions de la pièce. Un lustre en cristal était suspendu au plafond et d'autres portraits ornaient les murs d'une couleur violet foncé. Lorsque les Rafleurs poussèrent les prisonniers à l'intérieur, deux silhouettes assises devant une cheminée de marbre sculpté se levèrent de leurs fauteuils.

– Qu'est-ce que c'est ?

La voix traînante, horriblement familière, de Lucius Malefoy retentit aux oreilles de Harry. La panique le gagnait : il ne voyait plus d'issue et, à mesure que la peur montait en lui, il éprouvait moins de difficulté à se fermer aux pensées de Voldemort, bien que sa cicatrice fût toujours aussi brûlante.

– Ils prétendent avoir capturé Potter, dit Narcissa de sa voix glacée. Drago, viens là.

Harry n'osa pas regarder directement Drago mais il le vit de côté : une silhouette légèrement plus grande que lui se levant d'un fauteuil, un visage flou, pâle et pointu, sous des cheveux d'un blond presque blanc.

Greyback força à nouveau les prisonniers à se tourner pour que la lumière du lustre éclaire directement Harry.

– Alors, mon garçon ? dit le loup-garou de sa voix âpre.

Harry était face au miroir qui surmontait la cheminée, dans un cadre doré aux moulures contournées. À travers la fente de ses paupières, il aperçut son reflet pour la première fois depuis qu'il avait quitté le square Grimmaurd.

Son visage était devenu énorme, rose et luisant, chacun de ses traits déformé par le maléfice d'Hermione. Ses cheveux noirs lui tombaient jusqu'aux épaules et une ombre entourait sa mâchoire. S'il n'avait pas su que c'était lui qui se tenait là, il se serait demandé qui portait ses lunettes. Il décida de rester silencieux, car sa voix le trahirait, et continua d'éviter tout contact visuel avec Drago lorsque celui-ci s'approcha de lui.

– Eh bien, Drago ? demanda Lucius Malefoy.

Il semblait avide de savoir.

– C'est lui ? C'est Harry Potter ?

– Je ne… je n'en suis pas sûr, dit Drago.

Il se tenait à bonne distance de Greyback et paraissait avoir aussi peur de poser les yeux sur Harry que Harry craignait de croiser son regard.

– Examine-le attentivement ! Rapproche-toi !

Harry n'avait jamais entendu Lucius Malefoy parler avec une telle fébrilité.

– Drago, si nous livrons Potter au Seigneur des Ténèbres, tout sera pardo…

– Allons, j'espère que nous n'allons pas oublier qui l'a vraiment capturé, Mr Malefoy ? l'interrompit Greyback d'un ton menaçant.

– Bien sûr que non, bien sûr que non ! s'exclama Lucius, agacé.

Il s'avança lui-même vers Harry, si près que celui-ci, en dépit de ses yeux gonflés, vit dans tous ses détails son visage blafard, d'ordinaire indolent. Avec ses bouffissures qui formaient comme un masque, Harry avait l'impression de regarder entre les barreaux d'une cage.

– Que lui avez-vous fait ? demanda Lucius à Greyback. Pourquoi se trouve-t-il dans cet état ?

– Ce n'est pas nous.

– À mon avis, on lui a jeté un maléfice Cuisant, dit Lucius. Ses yeux gris se fixèrent sur le front de Harry.

– Il y a quelque chose, là, murmura-t-il. Ce pourrait être la cicatrice, très étirée… Drago, viens là, regarde bien ! Qu'est-ce que tu en penses ?

Harry voyait de près le visage de Drago, à présent, juste à côté de celui de son père. Ils étaient extraordinairement semblables mais, alors que son père était manifestement surexcité, Drago paraissait très réticent, effrayé, même.

– Je ne sais pas, dit-il, et il retourna vers la cheminée devant laquelle sa mère, debout, l'observait.

– Il vaudrait mieux être certains, Lucius, lança-t-elle à son mari de sa voix claire et glacée. Absolument certains qu'il s'agit bien de Potter avant d'appeler le Seigneur des Ténèbres… Ces gens affirment que c'est la sienne, ajouta-t-elle en examinant la baguette de prunellier, mais elle ne ressemble pas à la description d'Ollivander… Si nous nous trompons, si nous appelons pour rien le Seigneur des Ténèbres… Tu te souviens de ce qu'il a fait à Rowle et à Dolohov ?

— Et la Sang-de-Bourbe, alors ? grogna Greyback.

Harry faillit tomber lorsque les Rafleurs forcèrent les prisonniers à pivoter à nouveau pour que la lumière du lustre éclaire, cette fois, Hermione.

— Attendez, dit brusquement Narcissa. Oui… Oui, elle était dans la boutique de Madame Guipure avec Potter ! J'ai vu sa photo dans *La Gazette* ! Regarde, Drago, n'est-ce pas cette dénommée Granger ?

— Je… peut-être… oui.

— Dans ce cas, celui-là est le jeune Weasley ! s'écria Lucius en contournant les prisonniers pour voir Ron en face. Ce sont eux, ce sont les amis de Potter… Drago, regarde-le, c'est bien le fils d'Arthur Weasley ? Comment s'appelle-t-il, déjà ?

— Oui, répéta Drago, le dos tourné aux prisonniers. C'est possible.

La porte du salon s'ouvrit derrière Harry. Une femme parla et, au son de sa voix, la peur de Harry monta encore d'un cran.

— Qu'est-ce qu'il y a ? Qu'est-ce qui s'est passé, Cissy ?

Bellatrix Lestrange tourna lentement autour des prisonniers et s'arrêta à la droite de Harry, dévisageant Hermione sous ses lourdes paupières.

— Ma parole, dit-elle à mi-voix, c'est la Sang-de-Bourbe ? C'est Granger ?

— Oui, oui, c'est Granger ! s'exclama Lucius. Et à côté d'elle, on pense que c'est Potter ! Potter et ses amis, enfin capturés !

– Potter ? s'écria Bellatrix d'une voix perçante.

Elle recula d'un pas pour mieux examiner Harry.

– Vous êtes sûrs ? Dans ce cas, le Seigneur des Ténèbres doit en être immédiatement informé !

Elle remonta sa manche gauche : Harry vit la Marque des Ténèbres imprimée au fer rouge dans la chair de son bras et il sut qu'elle s'apprêtait à la toucher, à faire venir auprès d'elle son maître bien-aimé...

– J'étais sur le point de l'appeler ! s'exclama Lucius.

Sa main se referma sur le poignet de Bellatrix, l'empêchant de toucher la Marque.

– Je vais m'en occuper moi-même, Bella, Potter a été amené dans ma maison, il est donc placé sous mon autorité...

– Ton autorité ! répliqua-t-elle avec mépris en essayant de dégager son bras. Tu as perdu toute autorité quand tu as perdu ta baguette, Lucius ! Comment oses-tu ? Lâche-moi !

– Tu n'as rien à voir là-dedans, ce n'est pas toi qui l'as capturé...

– Je vous demande pardon, Mr Malefoy, intervint Greyback, mais c'est nous qui avons attrapé Potter et c'est nous qui allons réclamer l'or...

– L'or ! s'esclaffa Bellatrix qui s'efforçait toujours de libérer son poignet, sa main libre tâtonnant dans sa poche pour attraper sa baguette. Prends donc ton or, immonde charognard, qu'ai-je à faire d'un peu d'or ? Je ne cherche que l'honneur de sa... de...

Elle cessa de se débattre, son regard sombre fixé sur quelque chose que Harry ne pouvait voir. Ravi de la voir capituler, Lucius lui lâcha la main et remonta brutalement sa propre manche...

– ARRÊTE ! hurla Bellatrix. N'y touche pas, nous allons tous périr si le Seigneur des Ténèbres arrive maintenant !

Lucius se figea, l'index suspendu au-dessus de sa propre Marque. Bellatrix sortit du champ de vision limité de Harry.

– Qu'est-ce que c'est que ça ? dit-elle.

– Une épée, grogna un Rafleur que Harry ne pouvait voir.

– Donnez-la-moi.

– C'est pas à vous, m'dame, c'est à moi, c'est moi qui l'ai trouvée.

Une détonation retentit, accompagnée d'un éclair de lumière rouge. Harry comprit que le Rafleur venait d'être stupéfixé. Ses camarades poussèrent un rugissement de fureur. Scabior tira sa baguette.

– À quoi vous jouez, ma petite dame ?

– *Stupéfix* ! hurla-t-elle. *Stupéfix* !

Ils n'étaient pas de taille à lui résister, même à quatre contre une : Harry était bien placé pour savoir que c'était une sorcière aux dons prodigieux et complètement dépourvue de conscience. Les Rafleurs étaient tombés, tous sauf Greyback, forcé à se mettre à genoux, les bras tendus. Du coin de l'œil, Harry vit Bellatrix s'avancer d'un pas menaçant sur le loup-garou. Le visage cireux, elle tenait fermement dans sa main l'épée de Gryffondor.

– Où as-tu pris cette épée ? murmura-t-elle à Greyback en lui arrachant sa baguette sans qu'il puisse opposer de résistance.

– Comment osez-vous ? gronda-t-il, sa bouche restant la seule partie de son corps encore mobile.

Sa position agenouillée l'obligeait à lever les yeux vers elle. Il retroussa ses lèvres sur ses dents pointues.

– Relâchez-moi, ma petite dame !

– Où as-tu trouvé cette épée ? répéta-t-elle en la brandissant sous son nez. Rogue l'avait fait mettre dans ma chambre forte, à Gringotts !

– Elle était dans leur tente, répliqua Greyback de sa voix râpeuse. Je vous ai dit de me relâcher !

Elle donna un petit coup de baguette et le loup-garou se releva d'un bond mais il semblait trop méfiant pour s'approcher d'elle. Il alla se réfugier derrière un fauteuil, ses ongles crasseux et recourbés s'enfonçant dans le dossier.

– Drago, fiche-moi cette vermine dehors, lança Bellatrix en indiquant les compagnons inconscients de Greyback. Si tu n'as pas assez de courage pour les achever, laisse-les-moi dans le jardin.

– Ne parle pas à Drago sur ce…, protesta Narcissa, furieuse.

Mais Bellatrix l'interrompit :

– Tais-toi ! s'écria-t-elle. La situation est plus grave que tu ne peux l'imaginer, Cissy ! Nous avons un problème très sérieux !

Haletant légèrement, elle resta debout à contempler l'épée, examinant sa poignée. Puis elle se tourna vers les prisonniers silencieux.

– Si c'est vraiment Potter, il ne faut lui faire aucun mal, marmonna-t-elle, plus pour elle-même que pour les autres. Le Seigneur des Ténèbres souhaite s'en débarrasser lui-même… Mais s'il découvre… Il faut… Il faut que je sache…

Elle regarda à nouveau sa sœur.

– Les prisonniers doivent être enfermés dans la cave pendant que je réfléchis à la façon dont il convient d'agir !

– Nous sommes dans ma maison, Bella, tu n'as pas d'ordres à donner dans ma…

– Faites ce que je vous dis ! Vous n'avez aucune idée du danger que nous courons ! hurla Bellatrix.

Elle était effrayante, comme folle. Un mince jet de feu jaillit de sa baguette et brûla le tapis en y laissant un trou.

Narcissa hésita un instant, puis s'adressa au loup-garou :

– Emmenez ces prisonniers à la cave, Greyback.

– Attends, coupa sèchement Bellatrix. Tous sauf… sauf la Sang-de-Bourbe.

Greyback émit un grognement de plaisir.

– Non ! s'écria Ron. Prenez-moi à sa place, gardez-moi si vous voulez !

Bellatrix le frappa en plein visage. Le coup résonna dans la pièce.

– Si elle meurt pendant l'interrogatoire, c'est de toi que je m'occuperai tout de suite après, dit-elle. Sur ma liste, les traîtres à leur sang viennent juste après les Sang-de-Bourbe. Emmène-les au sous-sol, Greyback, et enferme-les bien, mais ne leur fais rien d'autre… pas encore.

Elle jeta sa baguette à Greyback et sortit de sous sa robe un petit poignard d'argent. Elle détacha Hermione des autres prisonniers puis la tira par les cheveux jusqu'au centre de la pièce pendant que Greyback obligeait les autres à franchir d'un pas traînant une deuxième porte qui ouvrait sur un couloir obscur. Sa baguette tendue devant lui projetait une force invisible et irrésistible.

– Tu crois qu'elle me laissera un morceau de la fille quand elle en aura fini avec elle ? susurra Greyback. J'en mangerais bien une ou deux bouchées, pas toi, le rouquin ?

Harry sentait Ron trembler. Ils furent poussés dans un escalier raide et étroit. Toujours attachés dos à dos, ils risquaient à tout moment de glisser sur les marches et de se rompre le cou. En bas se trouvait une lourde porte. Greyback la déverrouilla d'un geste de sa baguette puis les propulsa dans un espace humide à l'odeur de moisi et les y abandonna dans une totale obscurité. Le bruit de la porte qu'il claqua sur eux résonnait encore lorsqu'un cri terrible et prolongé retentit juste au-dessus de leur tête.

– HERMIONE ! hurla Ron.

Il se mit à se tortiller, à se débattre pour essayer de se dégager des cordes qui les ligotaient et Harry vacilla.

– HERMIONE !

– Silence ! dit Harry. Tais-toi, Ron, il faut que nous trouvions un moyen de…

– HERMIONE ! HERMIONE !

– Nous avons besoin d'un plan, arrête de hurler… Nous devons nous libérer de ces cordes…

– Harry ? murmura alors une voix dans le noir. Ron ? C'est vous ?

Ron cessa de crier. Ils entendirent bouger tout près d'eux et Harry distingua une ombre qui s'approchait.

– Harry ? Ron ?

– *Luna ?*

– Oui, c'est moi ! Oh, je ne voulais surtout pas qu'ils vous attrapent !

– Luna, tu peux nous aider à nous débarrasser de ces cordes ? demanda Harry.

– Oh, oui, ça devrait être possible… Il y a un vieux clou dont on se sert quand on a besoin de casser quelque chose… Attends un peu…

Hermione hurla à nouveau au-dessus d'eux et Bellatrix cria à son tour mais ses paroles restèrent inaudibles car Ron avait recommencé à beugler :

– HERMIONE ! HERMIONE !

Harry entendit Luna dire :

– Mr Ollivander ? Mr Ollivander, avez-vous le clou ? Si vous pouviez vous déplacer juste un peu… Je crois qu'il était à côté de la cruche d'eau…

Elle revint quelques secondes plus tard.

– Ne bougez pas, murmura-t-elle.

Harry la sentit enfoncer le clou dans les fibres épaisses de la corde pour défaire les nœuds. En haut, la voix de Bellatrix retentit une nouvelle fois.

– Je repose la question ! Où avez-vous eu cette épée ? Où ?

– Nous l'avons trouvée… nous l'avons trouvée… S'IL VOUS PLAÎT ! hurla Hermione.

Ron se débattit avec plus de force que jamais et le clou rouillé glissa sur le poignet de Harry.

– Ron, s'il te plaît, tiens-toi tranquille ! chuchota Luna. Je n'arrive pas à voir ce que je fais…

– Ma poche ! dit Ron. Dans ma poche, il y a un Déluminateur et il est plein de lumière !

Quelques secondes plus tard, il y eut un déclic et les sphères lumineuses que le Déluminateur avait aspirées à l'intérieur des lampes allumées sous la tente jaillirent dans la cave. Comme il leur était impossible de rejoindre leur source, elles restèrent suspendues à la manière de petits soleils qui inondèrent la pièce de leur clarté. Harry vit Luna, ses yeux grands ouverts dans son visage blanc, et la silhouette immobile d'Ollivander, le fabricant de baguettes, recroquevillé par terre, dans un coin. Tendant le cou, il aperçut les autres prisonniers : Dean et Gripsec, le gobelin, qui paraissait à peine conscient et ne tenait plus debout que par les cordes qui l'attachaient aux humains.

– Oh, c'est beaucoup plus facile comme ça, merci, Ron, dit Luna qui s'attaqua à nouveau à leurs liens. Bonjour, Dean !

La voix de Bellatrix leur parvint encore une fois.

– Tu mens, immonde petite Sang-de-Bourbe, et je le sais ! Vous avez pénétré dans ma chambre forte, à Gringotts ! Dis-moi la vérité, *dis-moi la vérité* !

Nouveau cri terrible…

– HERMIONE !

– Qu'est-ce que vous avez pris d'autre ? Qu'est-ce que vous avez emporté ? Dis-moi la vérité ou je te jure que je te transperce avec ce poignard !

– Et voilà.

Harry sentit les cordes tomber et se retourna en se massant les poignets. Il vit Ron qui courait tout autour de la cave, les yeux levés vers le plafond bas, à la recherche d'une trappe. Dean, le visage tuméfié, ensanglanté, murmura merci à l'adresse de Luna et resta là, debout, frissonnant. Gripsec, lui, s'effondra sur le sol de la cave, l'air hagard, désorienté, son visage basané couvert de traces de coups.

Ron essayait à présent de transplaner sans baguette.

– Il n'y a pas moyen de sortir, Ron, l'avertit Luna qui observait ses vains efforts. On ne peut pas s'évader de cette cave. Moi aussi, j'ai essayé, au début. Et Mr Ollivander, qui est là depuis très longtemps, a tout tenté.

Hermione avait recommencé à hurler. Le son de ses cris traversait Harry comme une douleur physique. À peine conscient de l'intense brûlure de sa cicatrice, lui aussi se mit à courir tout autour de la cave, tâtant les murs en quête d'il ne savait quoi, conscient au fond de lui-même que c'était inutile.

– Qu'avez-vous pris d'autre ? Quoi d'autre ? RÉPONDS-MOI ! *ENDOLORIS* !

L'écho des hurlements d'Hermione résonna d'un bout à l'autre du rez-de-chaussée. Ron, sanglotant à moitié, martelait les murs de ses poings. En désespoir de cause, Harry saisit la bourse de Hagrid qu'il portait toujours autour du cou et fouilla à l'intérieur : il en retira le Vif d'or qu'il agita, espérant que quelque chose, il ignorait quoi, se produirait – mais il ne se passa rien du tout. Il brandit les deux morceaux brisés de la baguette à plume de phénix mais ils restèrent sans vie. Le fragment de miroir tomba alors sur le sol et il vit briller un reflet bleu vif…

Dans le miroir, l'œil de Dumbledore le regardait.

– Aidez-nous ! hurla-t-il, fou de désespoir. Nous sommes dans la cave du manoir des Malefoy, aidez-nous !

L'œil cligna et disparut.

Harry n'était même pas sûr qu'il ait vraiment été là. Il tourna le fragment de miroir dans un sens puis dans l'autre mais n'y vit que le reflet des murs et du plafond de leur prison. Là-haut, Hermione poussait des cris de plus en plus déchirants et Ron, à côté de lui, continuait de beugler :

– HERMIONE ! HERMIONE !

– Comment êtes-vous entrés dans ma chambre forte ? s'exclama Bellatrix. Est-ce que le sale petit gobelin enfermé dans la cave vous a aidés ?

– On l'a vu pour la première fois ce soir ! sanglota Hermione. Nous ne sommes jamais allés dans votre chambre forte… Ce n'est pas la vraie épée ! C'est une copie, une simple copie !

– Une copie ? hurla Bellatrix d'un ton perçant. Comme c'est vraisemblable !

– Il est facile de le savoir ! intervint la voix de Lucius

Malefoy. Drago, va chercher le gobelin, il pourra nous dire si l'épée est vraie ou pas !

Harry se rua vers l'endroit où Gripsec s'était effondré.

– Gripsec, murmura-t-il à l'oreille pointue du gobelin, il faut absolument leur dire que cette épée est un faux, ils ne doivent pas savoir que c'est la vraie, Gripsec, s'il vous plaît…

Il entendit quelqu'un descendre précipitamment les marches. Un instant plus tard, la voix tremblante de Drago s'éleva derrière la porte :

– Reculez-vous. Alignez-vous contre le mur du fond. Ne tentez rien, ou je vous tue !

Ils s'exécutèrent. Lorsque la clé tourna dans la serrure, Ron actionna le Déluminateur et les lumières disparurent aussitôt dans sa poche, replongeant la cave dans l'obscurité. La porte s'ouvrit à la volée et Malefoy s'avança, pâle et décidé, sa baguette tendue devant lui. Il attrapa le petit gobelin par le bras et sortit à reculons, entraînant Gripsec. À l'instant même où la porte claqua, un crac ! sonore retentit dans la cave.

Ron actionna à nouveau le Déluminateur et trois boules de lumière jaillies de sa poche reprirent leur place dans les airs, révélant Dobby, l'elfe de maison, qui venait de transplaner parmi eux.

– DOB…

Pour l'empêcher de crier, Harry donna un coup sur le bras de Ron qui sembla terrifié par sa propre erreur. Ils entendirent des bruits de pas au-dessus de leur tête : Drago amenait Gripsec devant Bellatrix.

Dobby, écarquillant ses énormes yeux en forme de balles de tennis, tremblait des pieds jusqu'à la pointe de ses oreilles. Il était de retour dans la maison de ses anciens maîtres et manifestement, il était pétrifié.

– Harry Potter, couina-t-il d'une toute petite voix chevrotante, Dobby est venu à votre secours.

– Mais comment as-tu…

Un cri épouvantable noya ses paroles : Hermione était à nouveau soumise à la torture. Harry en vint tout de suite à l'essentiel.

– Peux-tu transplaner hors de cette cave ? demanda-t-il à Dobby qui acquiesça d'un signe de tête en faisant battre ses oreilles.

– Et peux-tu prendre des humains avec toi ?

L'elfe hocha à nouveau la tête.

– Très bien, Dobby, je veux que tu emmènes Luna, Dean et Mr Ollivander… que tu les emmènes…

– Chez Bill et Fleur, acheva Ron. À la Chaumière aux Coquillages, à côté de Tinworth !

Pour la troisième fois, l'elfe approuva d'un signe de tête.

– Ensuite, tu reviendras, poursuivit Harry. Tu peux faire ça, Dobby ?

– Bien sûr, Harry Potter, murmura le petit elfe.

Il se précipita vers Mr Ollivander qui paraissait à peine conscient, prit les mains du fabricant de baguettes dans l'une des siennes puis tendit son autre main à Luna et à Dean. Mais ni l'un ni l'autre ne bougèrent.

– Harry, nous voulons t'aider, chuchota Luna.

– Nous ne pouvons pas te laisser ici, ajouta Dean.

– Partez tous les deux ! Nous vous retrouverons chez Bill et Fleur.

Tandis que Harry parlait, sa cicatrice le brûlait plus que jamais et pendant quelques secondes, il baissa les yeux, non pas sur Mr Ollivander, mais sur un autre homme aussi vieux et aussi maigre. Celui-ci, cependant, riait d'un air méprisant.

– *Tuez-moi donc, Voldemort, la mort sera la bienvenue ! Mais elle ne vous apportera pas ce que vous cherchez… Il y a tant de choses que vous ne comprenez pas…*

Il ressentit la fureur de Voldemort, mais Hermione s'était remise à crier et il ferma son esprit, revenant à l'horreur de son propre présent.

– Partez ! supplia-t-il en s'adressant à Luna et à Dean. Partez ! Nous vous rejoindrons après. Partez, c'est tout !

Ils saisirent alors la main tendue de l'elfe. Un nouveau crac ! retentit et Dobby, Luna, Dean et Ollivander disparurent.

– Qu'est-ce que c'était ? s'écria Lucius Malefoy au-dessus d'eux. Vous avez entendu ? Qu'est-ce que c'était que ce bruit dans la cave ?

Harry et Ron se regardèrent.

– Drago… Non, appelle Queudver ! Envoie-le vérifier ce qui se passe !

Des pas traversèrent la pièce du dessus puis ce fut le silence. Harry devina que les personnes présentes dans le salon devaient tendre l'oreille, en quête de nouveaux bruits en provenance de la cave.

– Il faut essayer de lui sauter dessus, murmura Harry à Ron.

Ils n'avaient pas le choix. Dès que quelqu'un entrerait dans la pièce et constaterait l'absence de trois prisonniers, ils seraient perdus.

– Laisse les lumières allumées, ajouta Harry.

Lorsqu'ils entendirent des pas dans l'escalier, ils se plaquèrent contre le mur, de chaque côté de la porte.

– Reculez, lança la voix de Queudver. Écartez-vous, j'entre.

La porte s'ouvrit brutalement. Pendant une fraction de

547

seconde, Queudver eut devant les yeux une cave vide illuminée par les trois soleils miniatures qui flottaient dans les airs. Puis Harry et Ron se jetèrent sur lui. Ron lui saisit le bras, du côté où il tenait sa baguette, et le tordit violemment pendant que Harry lui plaquait une main sur la bouche pour étouffer le son de sa voix. Ils luttèrent ainsi en silence : la baguette de Queudver émettait des étincelles et sa main d'argent se referma sur le cou de Harry.

– Que se passe-t-il, Queudver ? lança Lucius Malefoy, au-dessus d'eux.

– Rien ! répondit Ron, dans une imitation acceptable de la voix sifflante de Pettigrow. Tout va bien !

Harry avait du mal à respirer.

– Tu veux me tuer ? haleta-t-il en essayant de se dégager des doigts métalliques. Alors que je t'ai sauvé la vie ? Tu as une dette envers moi, Queudver !

Les doigts d'argent relâchèrent leur étreinte. Harry ne s'y était pas attendu. Abasourdi, il se libéra, gardant sa main plaquée sur la bouche de Queudver. Il vit ses petits yeux de rat s'écarquiller dans une expression de surprise apeurée : il semblait aussi stupéfié que Harry par ce que sa main venait de faire, par ce minuscule élan de commisération qu'elle avait trahi. Il se débattit alors avec plus de vigueur, comme pour effacer ce moment de faiblesse.

– On va prendre ça, murmura Ron en arrachant la baguette que tenait Queudver dans son autre main.

Les pupilles de Pettigrow, désarmé, impuissant, se dilatèrent de terreur. Son regard s'était détourné du visage de Harry pour se poser sur autre chose : ses doigts d'argent qui avançaient inexorablement vers sa propre gorge.

– Non…

Sans prendre le temps de réfléchir, Harry essaya de retenir la main de métal, mais il était impossible de l'arrêter. L'outil d'argent que Voldemort avait donné à son serviteur le plus lâche s'était retourné contre lui, à présent qu'il était désarmé, inutile. Pettigrow payait le prix de son hésitation, de son instant de pitié. Il allait être étranglé sous leurs yeux.

– Non !

Ron avait également relâché Queudver et joignait ses efforts à ceux de Harry pour essayer d'arracher de sa gorge les doigts implacables, mais c'était inutile. Pettigrow avait déjà le teint bleuâtre.

– *Lashlabask !* dit Ron en pointant la baguette sur la main d'argent, mais rien ne se produisit.

Pettigrow tomba à genoux. Au même moment, Hermione poussa un cri atroce au-dessus de leur tête. Les yeux de Queudver se révulsèrent. Le visage violacé, il eut un dernier spasme et devint inerte.

Harry et Ron échangèrent un regard puis, abandonnant le corps de Queudver sur le sol de la cave, ils montèrent l'escalier quatre à quatre et se retrouvèrent dans le couloir obscur qui menait au salon. Ils s'avancèrent précautionneusement jusqu'à la porte, restée entrouverte, et virent nettement Bellatrix, les yeux baissés sur Gripsec qui tenait l'épée de Gryffondor entre ses mains aux longs doigts fins. Hermione, étendue aux pieds de Bellatrix, remuait à peine.

– Alors ? dit Bellatrix à Gripsec. Cette épée est la vraie ?

Harry attendit, retenant son souffle, luttant contre la douleur de sa cicatrice.

– Non, répondit Gripsec. C'est un faux.

– Vous êtes sûr ? insista Bellatrix, le souffle court. Vraiment sûr ?

– Oui, affirma le gobelin.

Une expression de soulagement passa sur le visage de Bellatrix, ses traits se détendirent.

– Très bien, dit-elle.

D'un petit mouvement de baguette négligent, elle fit apparaître une nouvelle et profonde entaille sur le visage du gobelin qui s'effondra devant elle en poussant un cri. Elle l'écarta d'un coup de pied.

– Maintenant, annonça-t-elle d'une voix aux accents triomphants, nous allons appeler le Seigneur des Ténèbres !

Elle remonta sa manche et toucha la Marque de son index.

Aussitôt, Harry eut l'impression que sa cicatrice s'était rouverte. La réalité s'évanouit autour de lui : il était Voldemort et sous ses yeux, le sorcier squelettique riait de sa bouche édentée. Il était furieux qu'on l'appelle... Il les avait avertis qu'on ne devait le faire revenir que pour Potter et rien d'autre. S'ils s'étaient trompés...

– *Tuez-moi, maintenant ! exigeait le vieil homme. Vous ne vaincrez pas, vous ne pouvez pas vaincre ! Cette baguette ne sera jamais, jamais à vous...*

La fureur de Voldemort explosa. Un éclair de lumière verte illumina la cellule du prisonnier et le vieux corps gracile fut soulevé de son lit raide et dur, puis retomba sans vie. Voldemort retourna devant la fenêtre, sa colère difficilement contrôlable... S'ils n'avaient pas une bonne raison de l'appeler, ils en subiraient le châtiment...

– Je pense, dit la voix de Bellatrix, que nous pouvons nous débarrasser de la Sang-de-Bourbe. Greyback, prends-la si tu veux.

– NOOOOOOOOOOOON !

Ron avait fait irruption dans le salon. Bellatrix se retourna, stupéfaite. Elle pointa sa baguette sur lui…

– *Expelliarmus !* rugit-il, en brandissant celle de Queudver.

La baguette de Bellatrix lui sauta des mains et fut rattrapée au vol par Harry qui s'était précipité derrière Ron. Lucius, Narcissa, Drago et Greyback firent volte-face. Harry s'écria : « *Stupéfix !* » et Lucius Malefoy s'effondra devant l'âtre de la cheminée. Des jets de lumière jaillirent des baguettes de Drago, Narcissa et Greyback. Harry plongea par terre, roulant derrière un canapé pour les éviter.

– ARRÊTEZ OU ELLE MEURT !

Pantelant, Harry jeta un coup d'œil derrière le bord du canapé. Bellatrix soutenait Hermione, apparemment évanouie, et lui appuyait sur la gorge la lame de son petit poignard d'argent.

– Lâchez vos baguettes, murmura-t-elle. Lâchez-les ou nous allons voir exactement à quel point son sang est immonde !

Ron s'était figé, les doigts serrés sur la baguette de Queudver. Harry se releva, tenant toujours celle de Bellatrix.

– J'ai dit : lâchez-les ! hurla-t-elle d'une voix perçante.

Elle enfonça un peu plus la lame dans la gorge d'Hermione et Harry vit le sang perler.

– D'accord ! cria-t-il.

Il laissa tomber la baguette de Bellatrix à ses pieds et Ron fit de même avec celle de Queudver. Tous deux levèrent les mains à hauteur de leurs épaules.

– Très bien, lança Bellatrix avec un regard mauvais. Drago, va les ramasser ! Le Seigneur des Ténèbres arrive, Harry Potter ! Ta mort approche !

Harry le savait déjà. Sa cicatrice explosait de douleur et il sentait Voldemort voler dans le ciel, venant de très loin. Il se trouvait à présent au-dessus d'une mer sombre et agitée et bientôt, il serait arrivé suffisamment près pour pouvoir transplaner jusqu'à eux. Harry ne voyait pas d'issue.

– Maintenant, Cissy, dit Bellatrix d'une voix douce, tandis que Drago se hâtait de rapporter les baguettes, je crois que nous devrions à nouveau ligoter ces petits héros, pendant que Greyback s'occupe de Miss Sang-de-Bourbe. Je suis sûre que le Seigneur des Ténèbres ne te disputera pas la fille, Greyback, après ce que tu as accompli ce soir.

Au moment où elle prononçait le dernier mot, quelque chose grinça au-dessus d'eux. Tout le monde leva la tête, juste à temps pour voir trembler le lustre de cristal. Dans un craquement et un cliquetis menaçants, il commença à se détacher du plafond. Bellatrix se trouvait juste au-dessous. Elle lâcha Hermione et se jeta de côté en poussant un cri. Le lustre s'écrasa alors par terre dans une explosion de cristal et de chaînes, tombant sur Hermione et le gobelin qui tenait toujours l'épée de Gryffondor serrée entre ses mains. Des éclats de cristal étincelants volèrent en tous sens. Drago se plia en deux, couvrant de ses mains son visage ensanglanté.

Pendant que Ron se précipitait pour sortir Hermione de sous les débris, Harry saisit l'occasion. Il sauta par-dessus un fauteuil, arracha les trois baguettes magiques que tenait encore Drago, les pointa toutes ensemble sur Greyback et s'écria :

– *Stupéfix !*

Sous la force du triple sortilège, le loup-garou fut projeté en l'air, catapulté jusqu'au plafond, puis retomba sur le sol.

Narcissa entraîna Drago à l'abri et Bellatrix se releva d'un bond, ses cheveux voletant autour de sa tête, son poignard d'argent brandi. Mais Narcissa avait dirigé sa baguette vers la porte.

– Dobby ! hurla-t-elle.

Bellatrix elle-même s'immobilisa.

– Toi ! C'est *toi* qui as fait tomber le lustre ! s'exclama Narcissa.

L'elfe minuscule s'avança dans la pièce en trottinant, un doigt tremblant tendu vers son ancienne maîtresse.

– Vous n'avez pas le droit de faire du mal à Harry Potter ! couina-t-il.

– Tue-le, Cissy ! s'écria Bellatrix.

Mais il y eut un nouveau crac ! sonore et la baguette de Narcissa vola à son tour dans les airs, atterrissant à l'autre bout du salon.

– Espèce de sale petit singe ! brailla Bellatrix. Comment oses-tu désarmer une sorcière, comment oses-tu défier tes maîtres ?

– Dobby n'a pas de maître ! répliqua l'elfe d'une voix aiguë. Dobby est un elfe libre et Dobby est venu sauver Harry Potter et ses amis !

Harry éprouva une douleur aveuglante dans sa cicatrice. Il avait la vague conscience que, dans quelques instants, quelques secondes, Voldemort les aurait rejoints.

– Ron, attrape... et FILE ! cria-t-il en lui jetant l'une des baguettes.

Il se pencha pour dégager Gripsec du lustre écrasé. Hissant sur son épaule le gobelin qui gémissait, toujours accroché à l'épée, Harry saisit la main de Dobby et tourna sur place pour transplaner.

Lorsqu'il plongea dans l'obscurité, il eut une dernière vision fugitive du salon : les silhouettes pâles et figées de

Narcissa et de Drago, la tache rousse que formaient les cheveux de Ron et une traînée argentée qui traversa les airs quand Bellatrix lança son poignard vers l'endroit d'où Harry disparaissait…

« Chez Bill et Fleur… La Chaumière aux Coquillages… Chez Bill et Fleur… »

Il avait plongé dans l'inconnu et ne pouvait que répéter le nom de sa destination en espérant que ce serait suffisant pour l'y amener. La douleur de sa cicatrice le transperçait et le poids du gobelin était lourd à porter. Il sentait la lame de l'épée de Gryffondor rebondir contre son dos. La main de Dobby tressaillait dans la sienne. Il se demanda si ce n'était pas l'elfe qui essayait de reprendre l'initiative, de les attirer dans la bonne direction. Il serra les doigts pour lui faire comprendre qu'il serait ravi de se laisser conduire…

Et bientôt, ils touchèrent la terre ferme, respirant un air salé. Harry tomba à genoux, lâcha la main de Dobby et s'efforça de poser doucement Gripsec sur le sol.

– Ça va ? demanda-t-il en voyant le gobelin remuer.

Mais Gripsec se contenta de pousser un gémissement.

Harry scruta l'obscurité. Il semblait y avoir un cottage, un peu plus loin, sous le vaste ciel étoilé et il crut voir quelqu'un bouger à proximité.

– Dobby, c'est la Chaumière aux Coquillages ? murmura-t-il, serrant entre ses doigts les deux baguettes qu'il avait emportées de chez les Malefoy, prêt à combattre en cas de besoin. Sommes-nous arrivés au bon endroit ? Dobby ?

Il regarda à côté de lui. Le petit elfe se tenait debout, tout près.

– DOBBY !

L'elfe vacilla légèrement, les étoiles se reflétant dans ses grands yeux brillants. Ensemble, Harry et lui baissèrent leur regard vers le manche argenté du poignard planté dans sa poitrine haletante.

– Dobby… non… AU SECOURS ! hurla Harry en direction du cottage et des silhouettes qu'il voyait bouger. AU SECOURS !

Il ne savait pas – et ne se souciait pas de savoir – s'il s'agissait de sorciers ou de Moldus, d'amis ou d'ennemis. Tout ce qu'il voyait, c'était qu'une tache sombre s'élargissait sur la poitrine de Dobby et que l'elfe, le regard suppliant, tendait vers lui ses bras minces. Harry le rattrapa au moment où il tombait et l'allongea de côté dans l'herbe fraîche.

– Dobby, non, ne meurs pas, ne meurs pas…

Les yeux de l'elfe se posèrent sur lui et ses lèvres tremblèrent sous l'effort qu'il dut faire pour prononcer ses derniers mots :

– Harry… Potter…

Alors, avec un petit frémissement, l'elfe s'immobilisa, et ses yeux ne furent plus que deux grandes sphères vitreuses dans lesquelles scintillait la lueur des étoiles qu'ils ne pouvaient plus voir.

24

LE FABRICANT DE BAGUETTES

C'était comme replonger dans un ancien cauchemar. Pendant un instant, il se crut agenouillé auprès du corps de Dumbledore, au pied de la plus haute tour de Poudlard, mais en réalité, il contemplait un minuscule cadavre recroquevillé dans l'herbe, percé par le poignard d'argent de Bellatrix. La voix de Harry continuait de murmurer : « Dobby... *Dobby...* » bien qu'il sût que l'elfe était parti quelque part d'où il était impossible de le faire revenir.

Une minute plus tard, il s'aperçut qu'ils étaient finalement arrivés au bon endroit, car Bill, Fleur, Dean et Luna s'étaient rassemblés autour de lui, alors qu'il était toujours agenouillé à côté de l'elfe.

– Hermione ? dit-il soudain. Où est-elle ?

– Ron l'a amenée dans la maison, répondit Bill. Elle se remettra.

Harry baissa à nouveau les yeux vers Dobby. Il tendit la main et arracha de son corps la lame tranchante du poignard puis il retira son propre blouson et l'étala sur l'elfe comme une couverture.

Quelque part, à proximité, la mer se fracassait contre des rochers. Harry l'écouta pendant que les autres parlaient, discutant de sujets auxquels il ne pouvait s'intéresser, prenant des décisions. Dean porta Gripsec, blessé, à l'intérieur du cottage, suivi de Fleur qui se hâtait derrière eux. Bill suggérait à présent des dispositions pour enterrer l'elfe. Harry approuva sans vraiment comprendre ce qu'il disait. Tout en lui répondant machinalement, il gardait les yeux fixés sur le corps minuscule. Sa cicatrice se mit à le picoter, à le brûler, et dans une partie de son cerveau, comme vu du mauvais côté d'un long télescope, il aperçut Voldemort qui punissait ceux qu'ils avaient laissés derrière eux au manoir des Malefoy. Sa rage était épouvantable, mais le chagrin que Harry éprouvait pour Dobby semblait la diminuer. Elle ne devint plus alors qu'un orage lointain dont les échos arrivaient jusqu'à lui par-delà un vaste océan silencieux.

– Je veux que ce soit fait dans les règles.

Ce furent les premières paroles que Harry fut pleinement conscient de prononcer.

– Pas avec de la magie, ajouta-t-il. Tu as une pelle ?

Peu après, il s'était mis au travail, creusant la tombe à l'endroit que Bill lui avait indiqué, au bout du jardin, entre les buissons. Il creusait avec une sorte de fureur, se délectant de ce travail manuel, fier de ce qu'il n'ait rien de magique, car il ressentait chaque goutte de sueur, chaque ampoule de ses mains comme un cadeau offert à l'elfe qui leur avait sauvé la vie.

Sa cicatrice continuait de le brûler mais il maîtrisait la douleur. Bien qu'il la ressentît, elle était comme séparée de lui. Il parvenait enfin à se contrôler, à fermer son esprit à Voldemort, ce que Dumbledore voulait précisément qu'il apprenne de Rogue. De même que Voldemort n'avait pas réussi à posséder Harry pendant qu'il se consumait de chagrin pour Sirius, de même ses pensées ne pouvaient pénétrer son esprit en cet instant où il pleurait Dobby. La peine qu'il éprouvait semblait chasser Voldemort de sa tête… Mais Dumbledore aurait dit, bien sûr, que c'était plutôt l'amour…

Harry continua de creuser de plus en plus profondément dans la terre dure et froide, noyant sa peine dans la sueur, niant la douleur de sa cicatrice. Dans l'obscurité, sans rien d'autre pour lui tenir compagnie que le bruit de sa respiration et celui des vagues, tout ce qui s'était passé chez les Malefoy lui revint à l'esprit, il se souvint des paroles entendues et commença à comprendre, comme si une fleur s'épanouissait en lui, sous le ciel sombre…

Le rythme régulier de ses bras ponctuait ses pensées, comme battant la mesure. Reliques… Horcruxes… Reliques… Horcruxes… mais il ne sentait plus brûler cet étrange et obsédant désir. Le deuil, la peur l'avaient éteint : il avait l'impression d'avoir été réveillé à coups de gifles dans la figure.

Harry creusait, s'enfonçant de plus en plus dans la tombe. Il savait où était allé Voldemort ce soir-là, qui il avait tué dans la plus haute cellule de Nurmengard, et pourquoi…

Il pensa alors à Queudver, mort pour avoir eu un faible élan de pitié inconsciente… Dumbledore avait prévu cela… Qu'avait-il su encore ?

Harry perdait la notion du temps. Lorsqu'il fut rejoint par Ron et par Dean, il vit seulement que la nuit s'était un peu éclaircie.

– Comment va Hermione ?

– Mieux, répondit Ron. Fleur s'occupe d'elle.

Harry avait sa réponse prête pour le moment où ils lui demanderaient pourquoi il ne s'était pas tout simplement servi de sa baguette magique pour créer une tombe qui aurait été parfaite, mais il n'en eut pas besoin. Armés eux aussi de pelles, ils sautèrent dans le trou et tous trois creusèrent en silence jusqu'à ce que la fosse leur semble suffisamment profonde.

Harry serra Dobby plus étroitement dans son blouson. Ron s'assit au bord de la tombe et enleva ses chaussures et ses chaussettes qu'il passa aux pieds nus de l'elfe. Dean sortit un bonnet de laine dont Harry coiffa avec soin la tête de Dobby, recouvrant ses oreilles de chauve-souris.

– Il faudrait lui fermer les yeux.

Harry n'avait pas entendu les autres arriver dans l'obscurité. Bill portait une cape de voyage, Fleur un grand tablier blanc, avec une poche d'où dépassait une bouteille qu'il reconnut comme étant du Poussoss. Hermione, pâle et vacillante, était enveloppée dans une robe de chambre qu'elle avait empruntée. Lorsqu'elle s'approcha de lui, Ron passa un bras autour de ses épaules. Luna, emmitouflée dans un manteau de Fleur, s'accroupit et posa tendrement les doigts sur les paupières de l'elfe qu'elle abaissa sur son regard vitreux.

– Voilà, dit-elle avec douceur. Maintenant, c'est comme s'il dormait.

Harry allongea l'elfe dans la tombe, disposa ses membres minuscules de façon à donner l'impression qu'il se reposait, puis ressortit de la fosse et regarda le petit corps pour la dernière fois. Il s'efforça de contenir son émotion en se rappelant les funérailles de Dumbledore, les rangées interminables de chaises, le ministre de la Magie au premier rang, la longue liste des hauts faits du défunt, la majesté de la tombe de marbre blanc. Il sentait que Dobby méritait un enterrement tout aussi solennel et pourtant, l'elfe était simplement étendu là, entre des buissons, dans un trou grossièrement creusé.

— Je crois que nous devrions prononcer quelques mots, suggéra Luna. Je vais commencer, d'accord ?

Sous les regards qui s'étaient tournés vers elle, elle s'adressa à l'elfe mort, au fond de sa tombe :

— Merci, Dobby, de m'avoir arrachée de cette cave. Il est tellement injuste que tu aies dû mourir alors que tu étais si bon, si courageux. Je me souviendrai toujours de ce que tu as fait pour nous. J'espère que tu es heureux, à présent.

Elle se tourna vers Ron, attendant qu'il parle à son tour. Celui-ci s'éclaircit la gorge et dit d'une voix rauque :

— Ouais… Merci, Dobby.

— Merci, marmonna Dean.

— Adieu, Dobby, murmura Harry.

Il fut incapable d'ajouter autre chose, mais Luna avait déjà tout dit à sa place. Bill brandit sa baguette et le tas de terre accumulé au bord de la tombe s'éleva dans les airs puis retomba dans la fosse, se transformant en un petit tertre rougeâtre.

— Ça ne vous ennuie pas que je reste ici un petit moment ? demanda Harry aux autres.

Ils murmurèrent des paroles qu'il ne comprit pas et il sentit qu'on lui donnait de petites tapes dans le dos. Les autres retournèrent alors vers le cottage d'un pas lourd, laissant Harry seul à côté de l'elfe.

Il jeta un regard alentour : de grosses pierres blanches, polies par la mer, entouraient les massifs de fleurs. Il ramassa l'une des plus grosses et la plaça, tel un oreiller, à l'endroit où reposait à présent la tête de Dobby. Il tâtonna ensuite dans sa poche, à la recherche d'une baguette.

Il y en avait deux. Harry avait oublié, perdu le fil des événements. Il ne se souvenait plus, à présent, à qui avaient appartenu ces baguettes. Il se rappelait vaguement les avoir arrachées des mains de quelqu'un. Il choisit la plus courte des deux qui semblait plus accommodante entre ses doigts et la pointa sur le roc blanc.

Lentement, à mesure qu'il murmurait ses instructions, de profondes entailles apparurent à la surface de la pierre. Il savait qu'Hermione aurait pu le faire avec plus de netteté, et sans doute plus vite, mais il voulait marquer lui-même l'endroit, tout comme il avait creusé lui-même la tombe. Lorsque Harry se releva, on pouvait lire sur la pierre :

CI-GÎT DOBBY, ELFE LIBRE

Il contempla son ouvrage pendant quelques secondes, puis s'éloigna, sa cicatrice le picotant encore un peu, l'esprit rempli de toutes les pensées qui lui étaient venues pendant qu'il creusait la fosse, des idées qui avaient pris forme dans l'obscurité, des idées à la fois fascinantes et terribles.

Lorsqu'il entra dans le petit vestibule du cottage, ils étaient tous assis dans le living-room, écoutant avec attention ce que Bill était en train de leur dire. La pièce était jolie, avec des couleurs claires, et des flammes vives brûlaient dans la cheminée. Harry ne voulait pas laisser de traces de boue sur le tapis et il resta sur le seuil, à écouter.

– … une chance que Ginny soit en vacances. Si elle avait été à Poudlard, ils auraient pu venir la prendre avant que nous ayons eu le temps d'intervenir. Maintenant, nous sommes sûrs qu'elle aussi est en sécurité.

Bill se retourna et vit Harry, debout à l'entrée du living-room.

– Je les ai tous sortis du Terrier, expliqua-t-il. Ils sont installés chez Muriel. Maintenant que les Mangemorts savent que Ron est avec toi, ils vont sûrement s'en prendre à la famille… non, non, ne t'excuse pas, ajouta Bill en voyant l'expression de Harry. Depuis des mois, papa disait que ce n'était plus qu'une question de temps. Nous sommes la plus nombreuse famille de traîtres à leur sang qui existe.

– Comment sont-ils protégés ? demanda Harry.

– Par le sortilège de Fidelitas. Papa est le Gardien du Secret. Nous avons fait la même chose avec le cottage. Ici, c'est moi, le gardien. Aucun d'entre nous ne peut retourner travailler, mais pour l'instant ce n'est pas le plus important. Quand Ollivander et Gripsec iront mieux, nous les enverrons également chez Muriel. Il n'y a pas beaucoup de place, ici, mais chez elle, c'est très grand. Les jambes de Gripsec sont en train de guérir. Fleur lui a donné du Poussoss. On devrait pouvoir les déplacer tous les deux dans une heure ou…

– Non, l'interrompit Harry.

Bill parut interloqué.

– J'ai besoin qu'ils restent ici tous les deux. Je dois leur parler. C'est important.

Harry perçut lui-même le ton autoritaire de sa voix, la conviction, la détermination qu'il avait senties monter en lui lorsqu'il creusait la tombe de Dobby. Tout le monde le regardait, l'air déconcerté.

– Je vais me laver, dit-il à Bill en regardant ses mains toujours couvertes de boue et du sang de Dobby. Après, il faudra que je les voie. Tout de suite.

Il pénétra dans la petite cuisine et s'approcha de l'évier installé sous une fenêtre qui donnait sur la mer. L'aube per-

562

çait à l'horizon, légèrement dorée, d'un rose de nacre, et tandis qu'il se lavait les mains, il suivit à nouveau le fil des pensées qui lui étaient venues à l'esprit dans le jardin obscur...

Dobby ne pourrait plus jamais leur révéler qui l'avait envoyé dans la cave, mais Harry, lui, savait ce qu'il avait vu. Un œil bleu au regard perçant qui l'avait regardé dans le fragment de miroir. Ils avaient alors reçu de l'aide. « À Poudlard, une aide sera toujours apportée à ceux qui la demandent. »

Harry se sécha les mains, indifférent à la beauté du paysage qu'il voyait par la fenêtre et aux murmures qui provenaient du living-room. Il regarda l'océan et sentit, en cet instant où l'aube se levait, qu'il se rapprochait du but, que la clé de tout était plus près de lui.

Il continuait de ressentir des fourmillements dans sa cicatrice et il savait que Voldemort parvenait aux mêmes conclusions. Tout à la fois, Harry comprenait et ne comprenait pas. Son instinct lui disait une chose et son cerveau une autre, très différente. Le Dumbledore présent dans sa tête lui souriait, le regardant par-dessus ses mains jointes comme en une prière.

« Vous avez donné à Ron le Déluminateur. Vous aviez compris qui il était... et vous lui avez fourni le moyen de revenir...

« Vous aviez également compris Queudver... Vous saviez qu'il y aurait quelque part en lui une parcelle de regret...

« Et si vous les connaissiez, eux... que connaissiez-vous de moi, Dumbledore ?

« Suis-je destiné à savoir mais non pas à chercher ? Songiez-vous à quel point cela serait ardu pour moi ? Est-ce pour cette raison que vous avez tout rendu si difficile ? Pour me donner le temps de comprendre par moi-même ? »

Harry resta debout, immobile, ses yeux éteints fixés sur l'horizon où un soleil éclatant dévoilait ses contours dorés. Puis il regarda ses mains propres et fut momentanément surpris de voir le torchon qu'il tenait entre ses doigts. Il le posa et retourna dans le vestibule. Il sentit alors sa cicatrice palpiter de colère et, en un éclair, aussi bref que le reflet d'une libellule à la surface de l'eau, il vit en pensée la silhouette d'un édifice qu'il connaissait très bien.

Bill et Fleur étaient au pied de l'escalier.

– Il faut que je parle à Gripsec et à Ollivander, dit Harry.

– Non, non, Arry, répondit Fleur. Pas maintenant. Ils sont malades et fatigués…

– Désolé, répliqua-t-il, sans s'énerver, mais je ne peux pas attendre. Il faut que je leur parle tout de suite. En privé… et séparément. C'est urgent.

– Enfin, Harry, que se passe-t-il ? demanda Bill. Tu arrives ici avec un elfe mort et un gobelin à moitié assommé, Hermione a l'air d'avoir été torturée et Ron vient de refuser de me dire quoi que ce soit…

– Nous ne pouvons pas te révéler ce que nous faisons, déclara Harry d'un ton catégorique. Tu es membre de l'Ordre, Bill, tu sais que Dumbledore nous a confié une mission. Nous ne sommes pas censés en parler à quiconque d'autre.

Fleur laissa échapper une exclamation irritée mais Bill ne lui accorda pas un regard. Il fixait Harry. L'expression de son visage profondément tailladé était difficile à interpréter. Enfin, il lui dit :

– Très bien. À qui veux-tu parler en premier ?

Harry hésita. Il savait ce qui était suspendu à cette décision. Le temps manquait. Le moment était venu de choisir : Horcruxes ou reliques ?

– Gripsec, répondit Harry. Je vais parler à Gripsec en premier.

Son cœur battait à tout rompre, comme s'il venait de courir pour sauter par-dessus un énorme obstacle.

– Alors, montons là-haut, dit Bill en passant devant lui.

Harry gravit plusieurs marches puis il s'arrêta et jeta un coup d'œil derrière lui.

– J'ai aussi besoin de vous, lança-t-il à Ron et à Hermione qui s'étaient approchés silencieusement de la porte du living-room, à moitié cachés dans l'ombre.

Ils s'avancèrent tous deux dans la lumière, l'air étrangement soulagés.

– Comment vas-tu ? demanda Harry à Hermione. Tu as été extraordinaire… Réussir à inventer cette histoire malgré tout ce qu'elle te faisait subir…

Hermione eut un faible sourire et Ron la serra contre lui, un bras autour de ses épaules.

– Qu'est-ce qu'on fait, maintenant, Harry ? demanda-t-il.

– Vous verrez. Venez.

Harry, Ron et Hermione suivirent Bill dans l'escalier aux marches raides et ils arrivèrent à un petit palier sur lequel donnaient trois portes.

– Là, dit Bill, ouvrant la porte de la chambre où ils dormaient, Fleur et lui.

Cette pièce-là aussi faisait face à la mer, dont la surface était parsemée à présent des reflets dorés du soleil levant. Harry s'approcha de la fenêtre, tourna le dos à la vue magnifique et attendit, les bras croisés, sa cicatrice parcourue de fourmillements. Hermione s'installa à côté de la coiffeuse et Ron s'assit sur l'un des bras du fauteuil qu'elle occupait.

Bill réapparut, portant le petit gobelin qu'il déposa précautionneusement sur le lit. Gripsec marmonna un « merci » et Bill sortit, refermant la porte sur eux.

– Je suis désolé de vous sortir du lit, dit Harry. Comment vont vos jambes ?

– Douloureusement, répondit le gobelin. Mais elles se remettent.

Il tenait toujours serrée contre lui l'épée de Gryffondor et affichait une étrange expression, mi-intriguée, mi-agressive. Harry remarqua sa peau cireuse, ses doigts fins, ses yeux noirs. Fleur lui avait enlevé ses chaussures : ses longs pieds étaient sales. Il était plus grand qu'un elfe de maison, mais pas de beaucoup. Sa tête bombée était en revanche beaucoup plus volumineuse que celle d'un humain.

– Vous ne vous souvenez sans doute pas…, commença Harry.

– Que je suis le gobelin qui vous a amené dans votre chambre forte, lors de votre première visite à Gringotts ? acheva Gripsec. Si, je me souviens, Harry Potter. Même chez les gobelins, vous êtes très célèbre.

Harry et Gripsec s'observèrent, se jaugeant du regard. La cicatrice de Harry le picotait toujours. Il voulait que cet entretien finisse vite et en même temps, il avait peur de commettre un impair. Alors qu'il essayait de trouver le meilleur moyen de formuler sa demande, le gobelin rompit le silence :

– Vous avez enterré l'elfe, dit-il.

Il y avait dans le ton de sa voix une rancœur inattendue.

– Je vous ai vu depuis la fenêtre de la chambre voisine.

– En effet, répondit Harry.

Gripsec le regarda du coin de ses yeux noirs et bridés.

– Vous êtes un sorcier inhabituel, Potter.

– En quel sens ? demanda Harry qui massait sa cicatrice d'un air absent.

– Vous avez vous-même creusé la tombe.

– Et alors ?

Gripsec ne répondit pas. Harry pensa qu'il se moquait de lui parce qu'il avait agi comme un Moldu, mais peu lui importait que le gobelin approuve ou non la façon dont il avait creusé la tombe de Dobby. Il se prépara à passer à l'attaque.

– Gripsec, il faut que je vous demande…

– Vous avez également secouru un gobelin.

– Quoi ?

– Vous m'avez amené ici. Vous m'avez sauvé la vie.

– J'imagine que vous ne le regrettez pas, répliqua Harry avec un certain agacement.

– Non, Harry Potter, assura Gripsec.

D'un doigt, il tortilla la fine barbe noire qu'il portait au menton.

– Mais vous êtes un sorcier très bizarre.

– Admettons, dit Harry. En tout cas, j'ai besoin d'aide, Gripsec, et cette aide, vous pouvez me l'apporter.

Le gobelin ne lui donna aucun signe d'encouragement. Il continuait à regarder Harry en fronçant les sourcils comme s'il n'avait jamais vu quelqu'un de semblable.

– J'ai besoin de pénétrer par effraction dans une chambre forte de Gringotts.

Harry n'avait pas eu l'intention de s'exprimer d'une manière aussi brutale. Les mots étaient sortis malgré lui de sa bouche sous l'effet d'une douleur cuisante de sa cicatrice et il vit à nouveau les contours de Poudlard. Il ferma étroitement son esprit. Il devait tout d'abord traiter avec

567

Gripsec. Ron et Hermione avaient l'air de penser qu'il était devenu fou.

– Harry…, dit Hermione, mais elle fut interrompue par Gripsec.

– Pénétrer par effraction dans une chambre forte de Gringotts, répéta le gobelin qui grimaça légèrement en changeant de position sur le lit. C'est impossible.

– Non, pas du tout, objecta Ron. Quelqu'un l'a déjà fait.

– Oui, dit Harry. Le jour même où je vous ai rencontré pour la première fois, Gripsec. C'était le jour de mon anniversaire, il y a sept ans.

– La chambre forte en question était vide, à l'époque, répliqua sèchement le gobelin. Sa protection était minimale.

Harry comprit que, même si Gripsec avait quitté Gringotts, l'idée qu'on ait pu percer les défenses de la banque lui paraissait offensante.

– La chambre forte dans laquelle nous devons entrer n'est pas vide et je devine que ses protections doivent être très puissantes, reprit Harry. Elle appartient aux Lestrange.

Il vit Ron et Hermione, stupéfaits, échanger un regard, mais il aurait tout le temps de leur fournir des explications après avoir entendu la réponse de Gripsec.

– Vous n'avez aucune chance, déclara le gobelin d'un ton catégorique. Pas la moindre. « Si tu veux t'emparer, en ce lieu souterrain, d'un trésor convoité qui jamais ne fut tien… »

– « Voleur, tu trouveras, en guise de richesse, le juste châtiment de ta folle hardiesse », acheva Harry. Oui, je sais, je m'en souviens. Mais je ne veux pas essayer de m'emparer d'un trésor, je ne veux pas prendre quelque chose pour mon bénéfice personnel. Pouvez-vous croire cela ?

Le gobelin lui jeta un regard en biais et la cicatrice en

forme d'éclair brûla le front de Harry mais il n'y prêta pas attention, refusant la douleur et ce à quoi elle l'invitait.

– S'il existait un sorcier dont je puisse penser qu'il ne cherche pas un bénéfice personnel, dit enfin Gripsec, ce serait vous, Harry Potter. Les gobelins et les elfes ne sont guère accoutumés à la solidarité ou au respect que vous avez manifestés cette nuit. Pas de la part des porteurs de baguettes.

– Les porteurs de baguettes ? répéta Harry.

L'expression sonna étrangement à ses oreilles tandis que sa cicatrice était parcourue de fourmillements. Il sentait Voldemort tourner ses pensées vers le nord du pays et lui-même brûlait de poser des questions à Ollivander, dans la chambre voisine.

– Le droit de porter une baguette, poursuivit le gobelin à mi-voix, a longtemps été un sujet de controverse entre sorciers et gobelins.

– Les gobelins peuvent pratiquer la magie sans baguettes, fit observer Ron.

– La question n'est pas là ! Les sorciers refusent de partager les secrets de la fabrication des baguettes avec les autres êtres magiques, ils nous dénient la possibilité d'étendre nos pouvoirs !

– Les gobelins ne partagent pas non plus leur magie, rétorqua Ron. Vous ne nous avez jamais appris à fabriquer des épées et des armures telles que vous savez les faire. Les gobelins parviennent à travailler le métal d'une façon que les sorciers n'ont jamais…

– Ça n'a aucune importance ! l'interrompit Harry en remarquant les couleurs qui montaient aux joues de Gripsec. Nous ne sommes pas là pour parler des conflits entre les sorciers et les gobelins, ou toute autre créature magique…

Gripsec eut un rire mauvais.

– Mais si, justement, c'est de cela qu'il s'agit ! Maintenant que le Seigneur des Ténèbres devient toujours plus puissant, votre espèce prend un ascendant de plus en plus grand sur la mienne ! Gringotts est soumis à la loi des sorciers, les elfes de maison sont massacrés, et qui, parmi les porteurs de baguettes, proteste contre cette situation ?

– Nous ! s'exclama Hermione.

Elle s'était redressée dans son fauteuil, le regard brillant.

– Nous protestons ! Et je suis tout autant opprimée qu'un gobelin ou un elfe, Gripsec ! Je suis une Sang-de-Bourbe !

– Ne t'appelle pas…, marmonna Ron.

– Et pourquoi pas ? coupa Hermione. Je suis Sang-de-Bourbe et fière de l'être ! Depuis le nouvel ordre des choses, je n'ai pas un rang supérieur au vôtre, Gripsec ! C'est moi qu'ils ont choisi de torturer chez les Malefoy !

Elle écarta le col de sa robe de chambre pour montrer la fine entaille que Bellatrix lui avait faite et dont la couleur écarlate ressortait sur son cou.

– Saviez-vous que c'est grâce à Harry que Dobby est devenu libre ? demanda-t-elle au gobelin. Saviez-vous que depuis des années nous exigeons la libération des elfes ? (Ron se trémoussa d'un air gêné sur le bras du fauteuil d'Hermione.) Vous ne pouvez souhaiter plus que nous la défaite de Vous-Savez-Qui, Gripsec !

Le gobelin observa Hermione avec la même curiosité qu'il avait manifestée envers Harry.

– Qu'est-ce que vous cherchez dans la chambre forte des Lestrange ? interrogea-t-il brusquement. L'épée qui s'y trouve est un faux. La vraie est celle-ci.

Il les regarda tous les trois successivement.

– Je crois que vous le savez déjà. Vous m'avez demandé de mentir pour vous quand nous étions là-bas.

– Mais il n'y a pas que la fausse épée dans cette chambre forte ? Peut-être y avez-vous vu d'autres choses ? demanda Harry.

Son cœur battait plus vite que jamais. Il redoubla d'efforts pour rester indifférent aux pulsations douloureuses de sa cicatrice.

Le gobelin recommença à tortiller sa barbe autour de son doigt.

– Il est contraire à notre code de parler des secrets de Gringotts. Nous sommes les gardiens de trésors fabuleux. Nous avons des devoirs envers les objets que l'on nous confie et qui, bien souvent, ont été façonnés par nos mains.

Le gobelin caressa l'épée et ses yeux noirs se posèrent tour à tour sur Harry, Hermione et Ron, puis revinrent vers Harry.

– Si jeunes, dit-il enfin, pour combattre tant d'ennemis.

– Acceptez-vous de nous aider ? interrogea Harry. Nous ne pouvons espérer pénétrer là-bas sans l'aide d'un gobelin. Vous êtes notre seule chance.

– Je vais… y réfléchir, répondit Gripsec, avec une lenteur exaspérante.

– Mais…, commença Ron, énervé.

Hermione lui donna un coup de coude dans les côtes.

– Merci, répondit Harry.

Le gobelin inclina sa tête bombée en guise de salut puis replia ses jambes courtes.

– Je crois, dit-il en s'installant ostensiblement sur le lit de Fleur et de Bill, que le Poussoss a fait son œuvre. Peut-être vais-je enfin pouvoir dormir. Pardonnez-moi…

– Bien sûr, répondit Harry.

Avant de quitter la pièce, cependant, il se pencha et prit l'épée de Gryffondor, à côté du gobelin. Gripsec ne protesta pas mais Harry crut voir une lueur de ressentiment dans son regard lorsqu'il referma la porte derrière lui.

– Ce petit crétin, murmura Ron. Ça l'amuse de nous faire lanterner.

– Harry, chuchota Hermione en les entraînant tous les deux à l'écart de la porte, jusqu'au milieu du palier encore plongé dans l'obscurité, est-ce que tu penses vraiment ce que je crois que tu penses ? Qu'il y a un Horcruxe dans la chambre forte des Lestrange ?

– Oui, assura Harry. Bellatrix était terrifiée quand elle a cru que nous y avions pénétré. Elle était dans tous ses états. Pourquoi ? Qu'aurions-nous pu voir d'autre, que pensait-elle que nous ayons pu emporter ? Elle était pétrifiée à l'idée que Vous-Savez-Qui vienne à l'apprendre.

– Mais je pensais que nous cherchions des endroits où Vous-Savez-Qui était allé, où il avait fait quelque chose d'important ? dit Ron, déconcerté. Est-ce qu'il a jamais mis les pieds dans la chambre forte des Lestrange ?

– Je ne sais même pas s'il est jamais entré chez Gringotts, répondit Harry. Il n'avait pas d'or là-bas quand il était plus jeune parce que personne ne lui avait rien légué. Mais il a sûrement vu la banque de l'extérieur, dès la première fois où il s'est rendu sur le Chemin de Traverse.

Harry ressentait des élancements dans sa cicatrice, mais il n'y fit pas attention. Il voulait que Ron et Hermione comprennent son raisonnement au sujet de Gringotts avant qu'ils aillent parler à Ollivander.

– Je crois qu'il aurait envié quiconque avait une clé donnant accès à une chambre forte de Gringotts. Je pense qu'il aurait considéré cela comme un symbole d'appartenance au monde des sorciers. Et n'oubliez pas qu'il avait confiance en Bellatrix et en son mari. Ils étaient ses plus dévoués serviteurs avant sa chute et ils l'ont cherché après sa disparition. Il l'a dit le soir où il est revenu, je l'ai entendu.

Harry frotta sa cicatrice.

– Mais je ne crois pas qu'il aurait révélé à Bellatrix qu'il s'agissait d'un Horcruxe. Il n'avait pas non plus dit la vérité à Lucius Malefoy au sujet du journal intime. Sans doute a-t-il expliqué à Bellatrix que c'était un objet qu'il chérissait et il lui a demandé de le conserver dans sa chambre forte. L'endroit le plus sûr du monde quand on veut cacher quelque chose, m'a dit Hagrid… à part Poudlard.

Lorsque Harry eut terminé, Ron hocha la tête.

– Tu le comprends vraiment bien.

– En partie, répondit Harry. Par bribes… J'aimerais avoir compris autant de choses sur Dumbledore. Mais on verra bien. Venez… On passe à Ollivander, maintenant.

Ron et Hermione paraissaient perplexes mais impressionnés lorsqu'ils le suivirent jusqu'à la porte d'en face à laquelle il frappa. Un faible « Entrez ! » leur répondit.

Le fabricant de baguettes magiques était allongé sur le lit jumeau le plus éloigné de la fenêtre. Il avait été enfermé dans la cave pendant plus d'un an et Harry savait qu'il avait subi la torture au moins une fois. Il était émacié, les os de son visage ressortant nettement sous sa peau jaunâtre. Ses grands yeux argentés semblaient immenses dans leurs orbites creuses. Les mains qui reposaient sur la couverture auraient pu être celles d'un squelette. Harry s'assit sur l'autre lit jumeau, à côté de Ron et d'Hermione. D'ici, on ne voyait pas le soleil se lever. La pièce donnait sur le jardin, au sommet de la falaise, et sur la tombe fraîchement creusée.

– Mr Ollivander, je suis désolé de vous déranger, dit Harry.

– Mon cher ami.

La voix d'Ollivander était faible.

– Vous nous avez sauvés. Je croyais que nous allions mourir dans cet endroit. Je ne pourrai jamais assez vous remercier… *jamais*.

– Nous avons été heureux de le faire.

La cicatrice de Harry n'avait cessé de palpiter. Il savait, il en était certain, qu'il leur restait tout juste assez de temps pour parvenir au but avant Voldemort ou pour essayer de contrarier ses projets. Une bouffée de panique monta en lui… mais il avait pris sa décision en choisissant de parler d'abord à Gripsec. Affichant un calme qu'il ne ressentait pas, il fouilla dans la bourse accrochée à son cou et en sortit les deux morceaux de sa baguette brisée.

– Mr Ollivander, j'ai besoin d'aide.

– Tout ce que vous voudrez, tout ce que vous voudrez, répondit le fabricant de baguettes d'une voix faible.

– Pouvez-vous réparer ceci ? Est-ce possible ?

Ollivander tendit une main tremblante et Harry déposa dans sa paume les deux moitiés de baguette encore reliées par un mince filament.

– Bois de houx et plume de phénix, dit Ollivander d'une voix chevrotante. Vingt-sept centimètres et demi. Facile à manier, très souple.

– Oui, répondit Harry. Pouvez-vous…

– Non, murmura Ollivander. Je suis désolé, vraiment désolé, mais je ne connais aucun moyen de réparer une baguette qui a subi de tels dégâts.

Harry s'était préparé à entendre cette réponse mais ce fut quand même un choc. Il reprit les deux morceaux de bois et les remit dans la bourse qu'il portait au cou. Ollivander contempla l'endroit où la baguette brisée venait de disparaître et ne détourna les yeux qu'au moment où Harry sortit de sa poche les deux autres baguettes qu'il avait emportées de chez les Malefoy.

– Pouvez-vous les identifier ? demanda Harry.

Ollivander prit la première baguette et l'approcha tout près de ses yeux usés. Il la fit rouler entre ses doigts noueux, la plia légèrement.

– Bois de noyer et ventricule de dragon, dit-il. Trente et un centimètres huit. Rigide. Cette baguette appartenait à Bellatrix Lestrange.

– Et celle-ci ?

Ollivander l'examina également.

– Bois d'aubépine et crin de licorne. Vingt-cinq centimètres exactement. Relativement souple. C'était la baguette de Drago Malefoy.

– C'était ? répéta Harry. Elle ne l'est plus ?

– Peut-être que non. Si vous l'avez prise…

– En effet…

– Alors, elle est sans doute à vous. Bien sûr, la manière de s'en emparer a une certaine importance. Beaucoup de choses dépendent également de la baguette elle-même. En général, cependant, quand une baguette a été conquise, elle change d'allégeance.

Il y eut un silence qui ne laissa plus entendre que le son lointain des vagues s'écrasant contre le rivage.

– Vous parlez des baguettes comme si elles avaient des sentiments, remarqua Harry, comme si elles pouvaient penser par elles-mêmes.

– C'est la baguette qui choisit son sorcier, répondit Ollivander. Voilà au moins une notion indiscutable pour tous ceux d'entre nous qui ont étudié l'art des baguettes magiques.

– Mais on peut quand même utiliser une baguette qui ne vous a pas choisi, non ? fit observer Harry.

– Oh oui, si vous êtes un vrai sorcier, vous pourrez toujours canaliser votre énergie à travers presque tous les instruments. Mais les meilleurs résultats sont toujours obtenus lorsqu'il existe une forte affinité entre le sorcier et sa baguette. Ces connexions sont complexes. Une attirance de départ, puis la recherche mutuelle d'une certaine expérience, la baguette apprenant du sorcier tout comme le sorcier apprend de la baguette.

On entendait le flux et le reflux de la mer, dans un bruit régulier, mélancolique.

– J'ai pris cette baguette à Drago Malefoy par la force, expliqua Harry. Puis-je l'utiliser en toute sécurité ?

– Je pense, oui. La possession des baguettes est gouvernée par des lois subtiles, mais la baguette qui a été conquise se plie généralement à la volonté de son nouveau maître.

– C'est donc de celle-ci que je devrais me servir ? dit Ron en sortant de sa poche la baguette de Queudver qu'il tendit à Ollivander.

– Bois de châtaignier et ventricule de dragon. Vingt-trois centimètres. Cassante. J'ai été obligé de la faire pour Peter Pettigrow, peu après mon enlèvement. Oui, en effet, si vous l'avez gagnée au combat, elle est plus susceptible qu'une autre de vous obéir, et de vous obéir docilement.

– C'est valable pour toutes les baguettes, n'est-ce pas ? demanda Harry.

–Il me semble, oui, répondit Ollivander, ses yeux protubérants fixés sur Harry. Vous posez des questions profondes, Mr Potter. L'art des baguettes constitue un domaine complexe et mystérieux de la magie.

–Il n'est donc pas nécessaire de tuer son ancien propriétaire pour prendre pleinement possession d'une baguette ? interrogea Harry.

Ollivander déglutit.

–Nécessaire ? Non, je ne dirais pas qu'il est nécessaire de tuer.

–Il existe pourtant des légendes, reprit Harry.

En même temps que le rythme de son cœur s'accélérait, la douleur de sa cicatrice devenait plus intense. Harry était certain que Voldemort avait décidé de mettre son idée en pratique.

–Des légendes à propos d'une baguette ou de plusieurs baguettes qui sont passées de main en main à la suite d'un meurtre.

Ollivander pâlit. Son visage avait pris une teinte gris clair sur son oreiller d'une blancheur de neige et ses yeux étaient devenus énormes, injectés de sang, écarquillés par la peur.

–Il n'existe qu'une seule baguette de cette nature, murmura-t-il.

–Et Vous-Savez-Qui s'y intéresse, n'est-ce pas ? demanda Harry.

–Je… Comment ? murmura Ollivander d'une voix éraillée en jetant à Ron et à Hermione un regard suppliant, comme un appel au secours. D'où tenez-vous cela ?

–Il voulait que vous lui expliquiez comment surmonter la connexion qui lie nos deux baguettes, dit Harry.

Ollivander parut terrifié.

–Il m'a torturé, il faut me comprendre ! Le sortilège

577

Doloris, je... je n'avais pas d'autre choix que de lui dire ce que je savais, ce que je devinais !

– Je comprends, répondit Harry. Vous lui avez parlé des plumes de phénix jumelles ? Vous lui avez dit qu'il devrait emprunter la baguette d'un autre sorcier ?

Ollivander sembla horrifié, pétrifié, par l'étendue de ce que Harry savait. Il acquiesça d'un lent signe de tête.

– Mais ça n'a pas marché, poursuivit Harry. Ma baguette l'a emporté sur celle qu'on lui avait prêtée. Vous en connaissez la raison ?

Avec la même lenteur, Ollivander hocha à nouveau la tête, en signe de dénégation, cette fois.

– Je n'avais... jamais entendu parler d'une chose pareille. Cette nuit-là, votre baguette a agi d'une manière unique. La connexion entre les cœurs semblables de deux baguettes magiques est extraordinairement rare, mais la raison pour laquelle la vôtre a brisé celle qu'il avait empruntée, je ne la connais pas...

– Nous parlions de l'autre baguette, celle qui change de main par le meurtre de son propriétaire. Quand Vous-Savez-Qui s'est rendu compte que ma baguette avait eu un effet étrange, il est revenu vous voir et vous a posé des questions au sujet de cette autre baguette, c'est bien cela ?

– Comment le savez-vous ?

Harry ne répondit pas.

– Oui, murmura Ollivander. Il voulait savoir tout ce que je pouvais lui dire sur la baguette qu'on désigne sous les divers noms de Bâton de la Mort, Baguette de la Destinée, ou Baguette de Sureau.

Harry jeta un regard en biais à Hermione. Elle paraissait abasourdie.

– Le Seigneur des Ténèbres, continua Ollivander d'une voix étouffée, apeurée, a toujours été satisfait de la baguette que j'avais faite pour lui – bois d'if et plume de phénix, 33,75 centimètres – jusqu'à ce qu'il découvre la connexion entre les deux cœurs jumeaux. Maintenant, il en cherche une autre, plus puissante, qui sera le seul moyen de vaincre la vôtre.

– Mais il saura bientôt, si ce n'est déjà fait, que ma baguette est cassée et irréparable, dit Harry à mi-voix.

– Non ! s'exclama Hermione, effrayée. Il ne peut pas le savoir, Harry, comment pourrait-il…

– *Priori Incantatum*, l'interrompit Harry. Nous avons laissé chez les Malefoy ta baguette et la baguette de prunellier, Hermione. S'ils les examinent avec attention en reproduisant les sortilèges qu'elles ont jetés récemment, ils verront que la tienne a brisé la mienne, ils verront que tu as essayé en vain de la réparer et ils s'apercevront que, depuis ce moment, je me suis servi de la baguette de prunellier.

Le peu de couleurs qu'Hermione avait retrouvées depuis leur arrivée dans la maison avaient quitté son visage. Ron lança à Harry un regard de reproche et dit :

– Ne nous inquiétons pas de ça maintenant.

Mais Mr Ollivander intervint :

– Ce n'est plus seulement pour vous détruire, Mr Potter, que le Seigneur des Ténèbres cherche la Baguette de Sureau. Il est décidé à la posséder parce qu'il croit qu'elle le rendra véritablement invulnérable.

– Et ce sera le cas ?

– Le possesseur de la Baguette de Sureau doit toujours craindre d'être attaqué, répondit Ollivander, mais l'idée que le Seigneur des Ténèbres puisse disposer du Bâton de la Mort est, je dois l'avouer… redoutable.

Harry se rappela soudain que, lors de leur première rencontre, il n'était pas très sûr d'avoir éprouvé une grande sympathie pour Mr Ollivander. Aujourd'hui encore, après qu'il eut été torturé et emprisonné par Voldemort, il semblait autant captivé qu'horrifié à la pensée que le mage noir puisse posséder cette baguette.

– Vous… vous pensez vraiment que cette baguette existe, Mr Ollivander ? demanda Hermione.

– Oh, oui, répondit-il. Oui, il est parfaitement possible de reconstituer le parcours de la baguette à travers l'histoire. Il y a, bien sûr, des périodes – et elles sont parfois longues – pendant lesquelles elle disparaît, temporairement perdue ou cachée. Mais elle revient toujours à la surface. Elle possède certaines caractéristiques que savent identifier ceux qui connaissent bien les baguettes magiques. Il existe des relations écrites, certaines obscures, que moi-même et d'autres fabricants de baguettes nous faisons un devoir d'étudier. Elles ont un accent d'authenticité.

– Donc, vous… vous ne pensez pas que ce soit un conte de fées, ou un mythe ? demanda Hermione avec espoir.

– Non, répliqua Ollivander. Que le meurtre soit ou non nécessaire pour qu'elle passe d'un propriétaire à un autre, je n'en sais rien. Son histoire est sanglante, mais cela est peut-être dû au fait qu'il s'agit d'un objet infiniment désirable, qui soulève des passions chez les sorciers. D'une puissance considérable, dangereuse en de mauvaises mains, elle représente un objet d'extraordinaire fascination pour tous ceux d'entre nous qui étudient le pouvoir des baguettes magiques.

– Mr Ollivander, reprit Harry, vous avez dit à Vous-Savez-Qui que Gregorovitch était en possession de la Baguette de Sureau, n'est-ce pas ?

Ollivander devint, si c'était possible, encore plus pâle. On aurait cru un fantôme. Il déglutit avec difficulté.

– Mais comment… comment avez-vous… ?

– Peu importe comment je le sais, répliqua Harry.

Il ferma brièvement les paupières sous la brûlure de son front et, pendant quelques secondes, il eut la vision de la rue principale de Pré-au-Lard, où il faisait encore nuit, car elle était située beaucoup plus au nord.

– Vous avez dit à Vous-Savez-Qui que Gregorovitch possédait la baguette ?

– C'était une rumeur, murmura Ollivander. Une rumeur qui circulait il y a des années et des années, bien avant votre naissance ! Je crois que c'est Gregorovitch lui-même qui a commencé à la répandre. Vous comprenez combien il pouvait être bénéfique pour ses affaires de laisser entendre qu'il étudiait et reproduisait les qualités de la Baguette de Sureau !

– Oui, je comprends, dit Harry.

Il se leva.

– Mr Ollivander, encore une dernière chose, ensuite nous vous laisserons vous reposer. Que savez-vous des Reliques de la Mort ?

– Les… Les quoi ? s'étonna le fabricant de baguettes, visiblement décontenancé.

– Les Reliques de la Mort.

– J'ai bien peur de ne pas savoir de quoi vous parlez. Est-ce qu'il s'agit de quelque chose qui a un rapport avec les baguettes magiques ?

Harry scruta le visage aux joues creuses et fut convaincu qu'Ollivander ne jouait pas la comédie. Il ignorait tout des reliques.

– Merci, dit Harry. Merci beaucoup. Nous vous laissons tranquille, maintenant.

Ollivander avait l'air accablé.

– Il me torturait ! haleta-t-il. Le sortilège Doloris… Vous n'avez aucune idée…

– Si, répliqua Harry. Je sais très bien. Reposez-vous, s'il vous plaît. Merci pour tout ce que vous m'avez dit.

Il descendit l'escalier, suivi de Ron et d'Hermione. Il aperçut Bill, Fleur, Luna et Dean assis autour de la table de la cuisine, devant des tasses de thé. Tous levèrent les yeux vers lui lorsqu'il passa devant l'encadrement de la porte mais il leur adressa à peine un signe de tête et poursuivit son chemin dans le jardin, Ron et Hermione toujours sur ses talons. Le tertre rougeâtre qui recouvrait le corps de Dobby se trouvait un peu plus loin et Harry retourna devant la tombe tandis que, dans sa tête, la douleur devenait de plus en plus intense. Il lui fallait une considérable volonté à présent pour se fermer aux visions qui s'imposaient à son esprit mais il savait qu'il n'aurait plus à résister très longtemps. Il céderait bientôt car il avait besoin de savoir si sa théorie était exacte. Il n'avait plus qu'un dernier et bref effort à faire, le temps de donner des explications à Ron et à Hermione.

– Gregorovitch possédait la Baguette de Sureau il y a très longtemps, dit-il. J'ai vu Vous-Savez-Qui essayer de le retrouver. Lorsqu'il y est parvenu, il s'est aperçu que Gregorovitch ne l'avait plus : elle lui avait été volée par Grindelwald. Comment Grindelwald avait-il découvert qu'elle était chez lui, je n'en sais rien – mais si Gregorovitch a été assez stupide pour en répandre la rumeur, ça n'a pas dû être si difficile.

Voldemort était arrivé à Poudlard, Harry le voyait, debout

devant le portail, il voyait aussi une lampe approcher en se balançant, dans l'obscurité qui précédait l'aube.

– Grindelwald s'est servi de la Baguette de Sureau pour accéder à la puissance. Et quand il est parvenu au sommet du pouvoir, Dumbledore a compris que lui seul avait la force de l'arrêter. Il s'est alors battu en duel contre Grindelwald, il l'a vaincu, et il a pris lui-même la Baguette de Sureau.

– C'était Dumbledore qui avait la Baguette de Sureau ? s'étonna Ron. Mais alors… où est-elle, maintenant ?

– À Poudlard, répondit Harry, qui luttait pour demeurer avec eux, dans le jardin au sommet de la falaise.

– Dans ce cas, allons-y ! dit Ron d'un ton pressant. Harry, allons-y et prenons-la avant lui !

– Trop tard, répliqua Harry.

Il ne put s'empêcher de se prendre la tête entre les mains, pour l'aider à résister à la douleur.

– Il sait où elle est. Il y est en ce moment même.

– Harry ! s'exclama Ron avec fureur. Depuis quand sais-tu tout cela ? Pourquoi avons-nous perdu tout ce temps ? Pourquoi as-tu parlé à Gripsec en premier ? On aurait pu aller… On peut toujours aller…

– Non, coupa Harry.

Il s'effondra à genoux dans l'herbe.

– Hermione a raison. Dumbledore ne voulait pas que la baguette me revienne. Il ne voulait pas que je la prenne. Il voulait que je retrouve les Horcruxes.

– Enfin, quoi, la baguette invincible, Harry ! gémit Ron.

– Je ne suis pas censé m'en occuper… Je suis censé m'occuper des Horcruxes…

À présent, tout était froid et sombre. Le soleil était à peine visible à l'horizon. De son pas souple, il marchait au côté de Rogue, traversant le parc en direction du lac.

— Je te rejoindrai bientôt au château, dit-il de sa voix aiguë et glacée. Laisse-moi, maintenant.

Rogue s'inclina et repartit le long du chemin, sa cape noire flottant derrière lui. Harry avançait lentement, attendant que sa silhouette ait disparu. Il ne fallait pas que Rogue, ou quiconque d'autre d'ailleurs, voie où il allait. Mais il n'y avait aucune lumière aux fenêtres du château et de toute façon, il pouvait se cacher… En un instant, il jeta sur lui un sortilège de Désillusion qui le dissimula même à ses propres yeux.

Il continua à marcher le long du lac, contemplant les contours du château bien-aimé, son premier royaume, le seul droit acquis à sa naissance…

Elle était là, au bord du lac, se reflétant dans les eaux sombres. La tombe de marbre blanc, tache superflue dans le paysage familier. Il éprouva à nouveau cet accès d'euphorie contrôlée, cette détermination grisante à détruire. Il leva la vieille baguette en bois d'if : que ce soit là le dernier acte d'importance qu'elle accomplirait lui paraissait particulièrement approprié.

La tombe se fendit en deux et s'ouvrit sur toute sa longueur. La silhouette enveloppée d'un suaire était aussi longue et mince que de son vivant. Il leva à nouveau la baguette.

Le linceul se détacha. Le visage était translucide, pâle, émacié, mais presque parfaitement conservé. Ils avaient laissé ses lunettes sur son nez crochu : il éprouva un sentiment de dérision amusée. Les mains de Dumbledore étaient croisées sur sa poitrine et elle était là, coincée au-dessous, enterrée avec lui.

Ce vieil idiot avait-il imaginé que le marbre ou la mort protégeraient la baguette ? Avait-il pensé que le Seigneur des Ténèbres aurait craint de violer sa sépulture ? La main semblable à une araignée plongea et arracha la baguette de l'étreinte de Dumbledore. Au moment où il s'en saisit, une pluie d'étincelles jaillit de son extrémité, scintillant au-dessus de la dépouille de son dernier possesseur. Elle était prête, enfin, à servir un nouveau maître.

25
LA CHAUMIÈRE AUX COQUILLAGES

Le cottage de Bill et de Fleur se dressait seul sur une falaise qui dominait la mer, ses murs incrustés de coquillages et blanchis à la chaux. C'était un endroit magnifique et solitaire. Où que Harry se trouve, à l'intérieur de la petite maison ou dans le jardin, il entendait le flux et le reflux constants de la mer, telle la respiration d'une gigantesque créature assoupie. Il passa les quelques jours suivants à chercher des excuses pour s'échapper du cottage surpeuplé, avide de contempler du haut de la falaise le vaste ciel, l'immense mer vide, et de sentir sur son visage le vent froid et salé.

L'énormité de sa décision de renoncer à prendre Voldemort de vitesse pour s'emparer de la baguette avant lui continuait d'effrayer Harry. Il ne se souvenait pas d'avoir jamais choisi dans sa vie de *ne pas* agir. Il était rempli de doutes, des doutes que Ron ne pouvait s'empêcher de formuler lui-même chaque fois qu'ils étaient ensemble :

– Et si Dumbledore avait voulu qu'on comprenne le symbole à temps pour pouvoir retrouver la baguette ? Et si le fait de découvrir la signification du symbole te rendait « digne » de conquérir les reliques ? Harry, s'il s'agit vraiment de la

Baguette de Sureau, comment diable pourrons-nous en finir avec Tu-Sais-Qui ?

Harry n'avait pas de réponses à ces questions : par moments, il se demandait si ce n'était pas de la pure folie de n'avoir rien tenté pour empêcher Voldemort d'ouvrir la tombe. Il était même incapable d'expliquer de manière satisfaisante la raison pour laquelle il y avait renoncé. Chaque fois qu'il s'efforçait de reconstituer les débats intérieurs qui l'avaient amené à prendre cette décision, ses arguments lui paraissaient de plus en plus faibles.

Étrangement, l'approbation d'Hermione le troublait autant que les doutes de Ron. Forcée à présent d'admettre que la Baguette de Sureau existait bel et bien, elle maintenait qu'il s'agissait d'un objet maléfique et que la façon dont Voldemort en avait pris possession était répugnante, impossible à envisager.

– Tu n'aurais jamais pu faire une chose pareille, Harry, répétait-elle sans cesse. Tu n'aurais pas pu forcer la tombe de Dumbledore.

Mais l'idée de la dépouille de Dumbledore effrayait beaucoup moins Harry que l'éventualité d'avoir mal compris les intentions qu'il avait eues de son vivant. Il éprouvait toujours le sentiment de tâtonner dans le noir. Il avait choisi son chemin mais ne cessait de regarder en arrière, se demandant s'il n'avait pas mal lu les indications, s'il n'aurait pas dû prendre l'autre direction. De temps en temps, un accès de colère contre Dumbledore le submergeait à nouveau, aussi puissant que les vagues qui se fracassaient contre la falaise, au-dessous du cottage. Que Dumbledore ne lui ait pas donné d'explications avant de mourir le mettait en fureur.

– Mais est-ce qu'il est vraiment mort ? demanda Ron, trois jours après leur arrivée au cottage.

Harry regardait la mer, par-dessus le muret qui séparait le jardin du bord de la falaise, lorsque Ron et Hermione étaient venus le retrouver. Il aurait mieux aimé rester seul, ne voulant pas participer à leurs disputes.

– Oui, Ron, il est mort, *s'il te plaît*, ne recommence pas !

– Regarde les faits, Hermione, répliqua Ron.

Harry, pris entre les deux, continuait de contempler l'horizon.

– La biche argentée. L'épée. L'œil que Harry a vu dans le miroir…

– Harry reconnaît que cet œil était peut-être un effet de son imagination ! N'est-ce pas, Harry ?

– C'est possible, répondit Harry sans la regarder.

– Mais tu ne le penses pas vraiment ? ajouta Ron.

– Non, je ne le pense pas vraiment, dit Harry.

– Et voilà ! s'exclama aussitôt Ron, avant qu'Hermione ait pu reprendre la parole. Si ce n'était pas Dumbledore, explique-moi comment Dobby a pu savoir que nous étions dans cette cave, Hermione ?

– Je l'ignore… Mais peux-tu m'expliquer comment Dumbledore nous l'aurait envoyé s'il repose dans une tombe à Poudlard ?

– Je ne sais pas, c'était peut-être son fantôme !

– Dumbledore ne reviendrait pas sous la forme d'un fantôme, assura Harry.

Il y avait désormais peu de choses dont il soit sûr au sujet de Dumbledore, mais cela, au moins, il le savait.

– Il aurait continué.

– Qu'est-ce que tu entends par « continué » ? interrogea Ron.

Mais Harry ne put en dire plus, car une voix derrière eux l'interrompit :

– Arry ?

Fleur était sortie du cottage, ses longs cheveux d'un blond argenté volant sous la brise.

– Arry, Gripsec voudrait te parler. Il est dans la plus petite des chambres. Il dit qu'il ne veut pas qu'on l'entende.

De toute évidence, elle n'avait pas du tout apprécié que le gobelin l'envoie transmettre son message. Elle paraissait de mauvaise humeur lorsqu'elle retourna vers la maison.

Gripsec les attendait, comme Fleur l'avait dit, dans la plus minuscule des trois chambres du cottage, là où dormaient Hermione et Luna. Il avait tiré les rideaux de coton rouge contre le ciel brillant, parsemé de nuages, baignant la pièce d'une lueur rougeoyante qui contrastait avec le reste du cottage, où tout était clair, aéré.

– J'ai pris ma décision, Harry Potter, annonça le gobelin, assis les jambes croisées, ses doigts grêles pianotant sur les bras de son fauteuil. Les gobelins de Gringotts verront là une vile trahison, mais j'ai décidé de vous aider…

– Formidable ! s'exclama Harry, qui sentit monter en lui une vague de soulagement. Merci, Gripsec, nous sommes vraiment…

– En échange d'autre chose, coupa le gobelin d'une voix ferme, d'un paiement.

Légèrement interloqué, Harry hésita.

– Combien voulez-vous ? J'ai de l'or.

– Pas d'or, répliqua Gripsec. De l'or, j'en ai aussi.

Son regard noir scintilla. Ses yeux étaient dépourvus de blanc.

– Je veux l'épée. L'épée de Godric Gryffondor.

L'enthousiasme de Harry retomba.

– C'est impossible, dit-il. Je suis désolé.

– Dans ce cas, reprit le gobelin d'une voix douce, nous allons avoir un problème.

– Nous pouvons vous donner autre chose, s'empressa de proposer Ron. J'imagine que la chambre forte des Lestrange doit être bien garnie. Quand nous y serons entrés, vous n'aurez qu'à vous servir.

C'était ce qu'il ne fallait pas dire. Gripsec rougit de colère.

– Je ne suis pas un voleur, mon garçon ! Je n'essaye pas de m'emparer de trésors sur lesquels je n'ai aucun droit !

– L'épée nous appartient…

– Ce n'est pas vrai, répliqua le gobelin.

– Nous sommes des élèves de Gryffondor et cette épée était celle de Godric Gryffondor…

– Et avant d'être à Gryffondor, à qui appartenait-elle ? demanda d'un ton impérieux le gobelin qui s'était redressé dans son fauteuil.

– À personne, répondit Ron. Elle a été fabriquée pour lui, non ?

– Pas du tout ! s'écria le gobelin, hérissé de fureur, un long doigt pointé sur Ron. L'arrogance des sorciers, une fois de plus ! Cette épée était celle de Ragnuk Ier et elle lui a été prise par Godric Gryffondor ! C'est un trésor perdu, un chef-d'œuvre de l'art des gobelins ! Il appartient aux gobelins ! L'épée sera le prix à payer pour mon aide, à prendre ou à laisser !

Gripsec leur adressa un regard noir. Harry jeta un coup d'œil aux deux autres et dit :

– Il faut que nous en parlions, Gripsec, pour voir si nous sommes d'accord avec votre proposition. Pouvez-vous nous donner quelques minutes ?

Le gobelin, la mine revêche, acquiesça d'un signe de tête.

En bas, dans le living-room vide, Harry s'approcha de la cheminée, le front plissé, s'efforçant de réfléchir à ce qu'il convenait de faire. Derrière lui, Ron lança :

— Il se fiche de nous. On ne va pas lui laisser cette épée.

— Est-ce vrai ? demanda Harry à Hermione. Est-ce que l'épée a été volée par Gryffondor ?

— Je ne sais pas, répondit-elle, l'air désespérée. L'histoire telle que la présentent les sorciers glisse souvent sur ce qu'ils ont fait à d'autres espèces magiques, mais je n'ai jamais rien lu qui dise que Gryffondor ait volé l'épée.

— Ça doit encore être une de ces histoires de gobelins qui prétendent que les sorciers essayent toujours de prendre l'avantage sur eux, affirma Ron. On peut s'estimer heureux qu'il ne nous ait pas réclamé une de nos baguettes.

— Les gobelins ont de bonnes raisons de ne pas aimer les sorciers, Ron, rétorqua Hermione. Ils ont été maltraités dans le passé.

— Les gobelins ne sont pas vraiment de mignons petits lapins, fit remarquer Ron. Ils ont tué beaucoup d'entre nous. Ils nous ont combattus sans pitié.

— Mais discuter avec Gripsec pour essayer de savoir laquelle des deux espèces est la plus fourbe et la plus violente ne l'incitera pas à nous aider davantage, tu ne crois pas ?

Il y eut un silence pendant qu'ils réfléchissaient à un moyen de contourner le problème. Harry regarda par la fenêtre, en direction de la tombe de Dobby. Luna disposait des lavandes de mer dans des bocaux à confitures, à côté de la pierre tombale.

— Bon, écoutez-moi, reprit Ron, vous me direz ce que vous en pensez.

Harry se tourna vers lui.

— On explique à Gripsec qu'on a besoin de l'épée jusqu'à ce qu'on soit entrés dans la chambre forte et qu'ensuite, il pourra l'avoir. Il y en a une copie là-bas, non ? On n'a qu'à échanger les deux et lui donner la fausse.

— Ron, il verrait la différence mieux que nous ! répliqua Hermione. Il est le seul à s'être rendu compte qu'il y avait eu un échange !

— Oui, mais on pourrait filer en douce avant qu'il ne s'en aperçoive…

Ron se recroquevilla sous le regard qu'Hermione lui lança.

— Ça, dit-elle à voix basse, c'est méprisable. Lui demander de l'aide et ensuite le trahir ? Après, tu t'étonneras que les gobelins n'aiment pas les sorciers ?

Les oreilles de Ron étaient devenues écarlates.

— Très bien, très bien ! C'est la seule idée qui me soit venue à l'esprit ! Quelle est ta solution, alors ?

— Il faut que nous lui offrions quelque chose d'autre, quelque chose qui ait autant de valeur.

— Brillante idée. Je vais aller chercher une autre épée ancienne fabriquée par des gobelins et tu lui feras un emballage cadeau.

Le silence tomba à nouveau. Harry était sûr que Gripsec n'accepterait rien d'autre que l'épée, même s'ils avaient un objet de même valeur à lui proposer. L'épée était cependant leur arme unique et indispensable contre les Horcruxes.

Il ferma les yeux un moment et écouta le bruit de la mer. L'idée que Gryffondor ait pu voler l'épée lui était désagréable. Il avait toujours été fier d'être un Gryffondor. Gryffondor avait été le défenseur des nés-Moldus, le sorcier qui s'était opposé à l'ami des Sang-Pur : Serpentard…

— Peut-être que Gripsec ment, suggéra Harry en rouvrant les yeux. Peut-être que Gryffondor n'a pas pris l'épée. Comment peut-on être sûr que la version des gobelins est la bonne ?

— Qu'est-ce que ça change ? demanda Hermione.

— Ça change la façon dont je ressens les choses, répondit Harry.

Il respira profondément.

— Nous allons lui dire que nous lui donnerons l'épée quand il nous aura aidés à pénétrer dans la chambre forte… mais nous prendrons la précaution de ne pas lui préciser à quel moment exactement il pourra la récupérer.

Un sourire s'étala sur le visage de Ron. Hermione, en revanche, parut s'alarmer.

— Harry, nous n'allons pas…

— Il l'aura, poursuivit Harry, après que nous nous en serons servis contre tous les Horcruxes. À ce moment-là, je la lui laisserai. Je tiendrai ma parole.

— Mais ça prendra peut-être des années ! s'exclama Hermione.

— Je sais, mais *lui* n'a pas besoin de le savoir. Je ne lui mentirai pas… pas vraiment.

Harry croisa le regard d'Hermione avec un mélange de défi et de honte. Il se rappela les mots gravés au-dessus de la porte de Nurmengard : « Pour le plus grand bien ». Il repoussa cette pensée. Quel autre choix avaient-ils ?

— Je n'aime pas ça, dit Hermione.

— Moi non plus, pas beaucoup, admit Harry.

— Moi, je trouve que c'est génial, approuva Ron en se levant. Allons lui annoncer ça.

De retour dans la petite chambre, Harry présenta la proposition au gobelin en évitant soigneusement de donner une date définitive pour la remise de l'épée. Pendant qu'il parlait, Hermione contemplait le plancher, les sourcils froncés. Harry en éprouva une certaine irritation, craignant qu'elle n'éveille les soupçons de Gripsec. Mais le gobelin ne regardait personne d'autre que Harry.

– J'ai donc votre parole, Harry Potter, que vous me donnerez l'épée de Gryffondor si je vous apporte mon aide ?

– Oui, répondit Harry.

– Alors, serrons-nous la main, dit le gobelin en tendant la sienne.

Harry la prit et la serra. Il se demanda si ces yeux noirs percevaient dans les siens une trace d'appréhension. Gripsec le lâcha puis frappa ses mains l'une contre l'autre et dit :

– Alors, allons-y.

C'était comme s'ils avaient préparé une nouvelle expédition au ministère. Ils se mirent au travail dans la petite chambre qui resta plongée, pour respecter les préférences de Gripsec, dans une semi-obscurité.

– Je n'ai vu la chambre forte des Lestrange qu'une seule fois, leur précisa Gripsec, le jour où on m'a demandé d'y placer la fausse épée. C'est l'une des plus anciennes. Les très vieilles familles de sorciers entreposent leurs trésors au dernier sous-sol, là où les chambres fortes sont les plus grandes et les mieux protégées…

Ils s'enfermaient pendant des heures entières dans la pièce à peine plus grande qu'un placard. Lentement, les jours s'étirèrent en semaines. Il fallait résoudre une succession de problèmes dont le moindre n'était pas la diminution considérable de leurs réserves de Polynectar.

– Il n'en reste plus qu'une seule dose, dit Hermione en

penchant à la lumière de la lampe le flacon qui contenait l'épaisse potion couleur de boue.

– Ce sera suffisant, assura Harry qui examinait le plan des passages souterrains les plus profonds de Gringotts que Gripsec leur avait dessiné.

Les autres habitants de la Chaumière aux Coquillages pouvaient difficilement ignorer que quelque chose se préparait, car Harry, Ron et Hermione n'apparaissaient plus qu'aux heures des repas. Personne ne posait de questions, bien que Harry sentît souvent le regard de Bill se fixer sur eux lorsqu'ils étaient à table, un regard songeur et inquiet.

Plus ils passaient de temps ensemble, plus Harry se rendait compte qu'il n'aimait pas beaucoup le gobelin. Gripsec se montrait étonnamment sanguinaire, s'esclaffait à l'idée que des créatures de moindre importance puissent souffrir et semblait ravi lorsqu'on envisageait l'éventuelle nécessité de malmener d'autres sorciers pour accéder à la chambre forte des Lestrange. Harry savait que son antipathie était partagée par les deux autres, mais ils n'en parlaient pas : ils avaient besoin de Gripsec.

Le gobelin ne prenait ses repas avec eux qu'à contrecœur. Même après que ses jambes furent guéries, il avait exigé qu'on lui apporte à manger dans sa chambre, comme on le faisait pour Ollivander qui, lui, était encore très faible. Jusqu'au jour où Bill (à la suite d'un accès de colère de Fleur) était monté lui annoncer que cet arrangement ne pouvait plus durer. À partir de ce moment-là, Gripsec s'était joint à leur table, trop petite pour tant de convives, mais refusait de manger les mêmes plats qu'eux, insistant pour qu'on lui serve des morceaux de viande crue, des racines et divers champignons.

Harry se sentait responsable : après tout, c'était lui qui

avait voulu que le gobelin reste à la Chaumière aux Coquillages, afin de pouvoir l'interroger. C'était aussi sa faute si toute la famille Weasley avait été obligée de se cacher et si Bill, Fred, George et Mr Weasley ne pouvaient plus travailler.

– Je suis désolé, dit-il à Fleur, par une soirée venteuse d'avril, pendant qu'il l'aidait à préparer le dîner. Je ne voulais pas t'imposer tout ça.

Elle venait de mettre des couteaux au travail, leur faisant couper des steaks pour Gripsec et Bill, qui préférait sa viande saignante depuis qu'il avait été attaqué par Greyback. Tandis que les lames tranchaient derrière elle, son expression quelque peu irritée s'adoucit.

– Arry, tu as sauvé la vie de ma sœur, je ne l'oublie pas.

Ce n'était pas vrai, à proprement parler, mais Harry préféra ne pas lui rappeler que Gabrielle n'avait jamais couru un réel danger.

– De toute façon, poursuivit Fleur en pointant sa baguette vers une casserole remplie de sauce qui se mit à bouillonner sur la cuisinière, Mr Ollivander s'en va chez Muriel ce soir. Ce sera plus facile. Le gobelin – elle se renfrogna en parlant de lui – n'a qu'à déménager au rez-de-chaussée et toi, Ron et Dean, vous prendrez la chambre là-haut.

– Ça ne nous dérange pas de rester dans le living-room, répondit Harry, qui savait que Gripsec ne serait guère enchanté de dormir sur le canapé – or, contenter Gripsec était essentiel à leur projet. Ne t'inquiète pas pour nous.

Lorsqu'elle essaya de protester, il continua :

– Bientôt, nous non plus, tu ne nous auras plus sur le dos, Ron, Hermione et moi. Nous n'aurons plus besoin d'être ici très longtemps.

– Qu'est-ce que tu veux dire ? répliqua-t-elle en fronçant les sourcils, sa baguette pointée vers le plat mijoté, à présent suspendu dans les airs. Il n'est pas question que vous partiez, vous êtes en sécurité dans cette maison !

Elle ressemblait un peu à Mrs Weasley en disant cela et Harry fut content d'entendre la porte de derrière s'ouvrir au même moment. Luna et Dean entrèrent, les cheveux humides de pluie, les bras chargés de bois rejeté par la mer.

– ... et des oreilles minuscules, disait Luna, un peu comme celles d'un hippopotame, d'après papa, sauf qu'elles sont violettes et couvertes de fourrure. Si tu veux les appeler, il faut leur fredonner un air. Ils préfèrent les valses, pas de musique trop rapide...

L'air gêné, Dean haussa les épaules en passant devant Harry et suivit Luna dans le living-room-salle-à-manger où Ron et Hermione étaient en train de mettre la table. Sautant sur l'occasion pour échapper aux questions de Fleur, Harry prit deux cruches de jus de citrouille et leur emboîta le pas.

– ... et si jamais tu viens chez nous, je te montrerai la corne. Papa m'en a parlé dans une lettre, mais je ne l'ai encore jamais vue parce que les Mangemorts m'ont enlevée dans le Poudlard Express et je n'ai pas pu rentrer chez moi pour Noël, racontait Luna pendant qu'elle aidait Dean à remettre du bois dans le feu de la cheminée.

– Luna, on te l'a déjà répété, lui lança Hermione. Cette corne a explosé. C'était celle d'un Éruptif, pas d'un Ronflak Cornu...

– Non, c'était une corne de Ronflak, affirma Luna d'un air serein. C'est mon père qui me l'a dit. Elle a sans doute dû se reformer, maintenant, elles se réparent toutes seules, tu sais.

597

Hermione hocha la tête d'un air consterné et continua à disposer les fourchettes sur la table. Bill apparut dans l'escalier, aidant Mr Ollivander à descendre les marches. Le fabricant de baguettes paraissait toujours terriblement affaibli et se cramponnait au bras de Bill qui le soutenait, une grande valise dans l'autre main.

– Vous allez me manquer, Mr Ollivander, dit Luna en s'approchant du vieil homme.

– Vous aussi, chère amie, vous me manquerez, répondit Ollivander.

Il lui tapota l'épaule.

– Vous m'avez apporté un indicible réconfort dans cette horrible cave.

– Alors, *goudebaille*, Mr Ollivander, dit Fleur en l'embrassant sur les deux joues. Et je voulais vous demander si vous pourriez me rendre le service d'apporter un paquet à la tante Muriel ? Je ne lui ai jamais rendu sa tiare.

– Ce sera un honneur pour moi, assura Ollivander en s'inclinant légèrement. C'est la moindre des choses que je puisse faire pour vous remercier de votre généreuse hospitalité.

Fleur sortit un coffret de velours usé qu'elle ouvrit pour en montrer le contenu au fabricant de baguettes. La tiare reposait à l'intérieur, scintillante, étincelante à la lumière des deux lampes basses suspendues au plafond.

– Pierres de lune et diamants, dit Gripsec qui était entré furtivement dans la pièce sans que Harry le remarque. Fabriquée par des gobelins, je pense.

– Et payée par des sorciers, ajouta Bill d'une voix douce.

Le gobelin lui jeta un regard à la fois sournois et provocateur.

Un vent fort soufflait en rafales contre les vitres du cottage lorsque Bill et Ollivander s'éloignèrent dans la nuit. Les autres se serrèrent autour de la table, coude à coude, et commencèrent à manger en ayant à peine la place de remuer les bras. À côté d'eux, le feu ronflait et craquait dans la cheminée. Harry remarqua que Fleur ne mangeait pas grand-chose. Elle lançait de fréquents regards vers la fenêtre, mais Bill revint avant qu'ils n'aient terminé leurs entrées, ses longs cheveux emmêlés par le vent.

– Tout va bien, annonça-t-il à Fleur, Ollivander est installé, maman et papa vous disent bonjour. Ginny vous envoie toute son affection. Fred et George rendent Muriel folle de rage. Ils continuent de faire marcher leur service de vente par hibou dans la chambre du fond. Elle a quand même été contente de retrouver sa tiare. Elle croyait que nous l'avions volée, m'a-t-elle dit.

– Ah, ça, elle est vraiment *charming*, ta tante, répliqua Fleur avec colère.

Elle leva sa baguette et les assiettes sales décollèrent de la table pour s'empiler toutes seules dans les airs. Fleur les attrapa au vol et les emporta dans la cuisine d'un pas énergique.

– Papa aussi a fabriqué une tiare, intervint Luna. En fait, c'est plutôt une couronne.

Ron croisa le regard de Harry et sourit. Il se rappelait la coiffe ridicule qu'ils avaient vue chez Xenophilius.

– Il a essayé de reconstituer le diadème perdu de Serdaigle. Il pense avoir identifié la plupart de ses éléments. Ajouter des ailes de Billywig l'a beaucoup amélioré…

Quelqu'un cogna à la porte. Toutes les têtes se tournèrent. Fleur sortit en courant de la cuisine, l'air apeurée. Bill se leva d'un bond, sa baguette pointée sur la porte. Harry, Ron et Hermione l'imitèrent. Silencieux, Gripsec se glissa sous la table pour se mettre hors de vue.

– Qui est là ? demanda Bill.

– C'est moi, Remus John Lupin ! lança une voix qui dominait le hurlement du vent.

Harry ressentit une soudaine frayeur. Que s'était-il passé ?

– Je suis un loup-garou, marié à Nymphadora Tonks, et c'est toi, le Gardien du Secret de la Chaumière aux Coquillages, qui m'as donné l'adresse en me demandant de venir en cas d'urgence !

– Lupin, murmura Bill.

Il se précipita vers la porte et l'ouvrit brutalement.

Lupin trébucha sur le seuil. Enveloppé dans une cape de voyage, il avait le visage blafard. Il se redressa, regarda dans la pièce pour voir qui était là, puis s'écria :

– C'est un garçon ! Nous l'avons appelé Ted, comme le père de Dora !

Hermione poussa un cri perçant.

– Que… Tonks ? Tonks a eu son bébé ?

– Oui, oui, elle a eu son bébé ! hurla Lupin.

Des exclamations de joie et des soupirs de soulagement s'élevèrent tout autour de la table. Hermione et Fleur lancèrent d'une petite voix aiguë : « Félicitations ! » et Ron ajouta : « Nom d'une gargouille, un bébé ! » comme s'il n'avait jamais entendu parler d'une chose pareille.

– Oui… Oui… un garçon, répéta Lupin qui semblait ébloui par son propre bonheur.

Il contourna la table à grands pas et serra Harry dans ses bras. On aurait dit que la scène qui s'était déroulée dans le sous-sol du square Grimmaurd n'avait jamais eu lieu.

– Tu veux bien être le parrain ? lui demanda-t-il en relâchant son étreinte.

– M… Moi ? balbutia Harry.

– Oui, toi, bien sûr, Dora est tout à fait d'accord, on ne peut pas trouver mieux.

– Je… oui… ça, alors…

Harry se sentait submergé, abasourdi, ravi. Bill se hâta d'aller chercher du vin et Fleur essaya de convaincre Lupin de boire un verre avec eux.

– Je ne peux pas rester longtemps, il faut que j'y retourne, répondit-il en leur adressant à tous un sourire rayonnant – Harry ne l'avait jamais vu paraître aussi jeune. Merci, merci, Bill.

Bill eut bientôt rempli toutes les coupes. Ils se levèrent et portèrent un toast.

– À Teddy Remus Lupin, dit Lupin. Un futur grand sorcier !

– À qui ressemble-t-il ? demanda Fleur.

– À Dora, je crois ; mais elle, elle pense plutôt qu'il me ressemble. Il n'a pas beaucoup de cheveux. Ils semblaient bruns quand il est né mais je vous jure qu'ils sont devenus roux une heure plus tard. Ils seront sans doute blonds quand je reviendrai. Andromeda dit que les cheveux de Tonks ont commencé à changer de couleur le jour même de sa naissance.

Il vida sa coupe.

– Bon, d'accord, encore un, ajouta-t-il, radieux, tandis que Bill la remplissait à nouveau.

Le vent secouait le petit cottage et le feu aux flammes bondissantes craquait dans la cheminée. Bientôt, Bill ouvrit une autre bouteille de vin. La nouvelle apportée par Lupin les avait rendus fous de joie, les avait arrachés provisoirement à leur état de siège : l'annonce d'une vie nouvelle avait quelque chose d'exaltant. Seul Gripsec paraissait indifférent à la soudaine atmosphère de fête et au bout d'un moment, il retourna furtivement dans la chambre qu'il n'était plus obligé de partager, à présent. Harry crut que les autres n'avaient pas remarqué son départ, mais il vit Bill suivre des yeux le gobelin qui montait l'escalier.

– Non… Non… Cette fois, il faut vraiment que j'y aille, dit enfin Lupin en refusant une nouvelle coupe de vin.

Il se leva et s'enveloppa dans sa cape de voyage.

– Au revoir, au revoir, j'essaierai de vous apporter des photos dans quelques jours… Ils seront tous ravis de savoir que je vous ai vus…

Il attacha sa cape et fit ses adieux, embrassant les femmes, serrant chaleureusement la main des hommes puis, le sourire toujours aussi rayonnant, il replongea dans la nuit agitée par la tempête.

– Tu vas être parrain, Harry ! s'exclama Bill.

Ils étaient entrés tous les deux dans la cuisine en aidant à débarrasser la table.

– Un véritable honneur ! Félicitations !

Harry posa les coupes vides qu'il avait emportées et Bill referma la porte sur eux, étouffant les bruits de voix des autres qui, même après le départ de Lupin, continuaient de célébrer l'événement avec volubilité.

– En fait, je voulais te dire un mot en privé, Harry, mais ce n'était pas facile de trouver un moment tranquille avec tout ce monde.

Bill hésita.

– Harry, tu prépares quelque chose avec Gripsec.

C'était une affirmation, pas une question, et Harry ne se donna pas la peine de nier. Il se contenta de regarder Bill, attendant la suite.

602

– J'ai l'habitude des gobelins, poursuivit Bill. Je travaille pour Gringotts depuis que j'ai quitté Poudlard. Dans la mesure où les liens d'amitié entre sorciers et gobelins sont possibles, je peux dire que j'ai des amis gobelins – ou au moins qu'il y a des gobelins que je connais bien et que j'aime bien.

Bill hésita à nouveau.

– Harry, qu'as-tu demandé à Gripsec et que lui as-tu promis en échange ?

– Je ne peux pas te le révéler, répondit Harry. Désolé, Bill.

La porte de la cuisine s'ouvrit derrière eux. Fleur essayait d'apporter d'autres coupes vides.

– Attends un peu, lui demanda Bill. Juste un instant.

Elle recula et la porte se referma.

– Dans ce cas, voilà ce que j'ai à te dire, Harry, reprit Bill. Si tu as conclu un quelconque marché avec Gripsec et surtout si ce marché implique un objet précieux, il faut que tu fasses preuve d'une exceptionnelle prudence. Chez les gobelins, les notions de propriété, de paiement et de remboursement ne sont pas les mêmes que chez les humains.

Harry, soudain mal à l'aise, eut un léger haut-le-corps, comme si un petit serpent s'était mis à remuer en lui.

– Qu'entends-tu par là ? demanda-t-il.

– Il s'agit de deux espèces différentes, répondit Bill. Les relations entre les sorciers et les gobelins ont toujours été tendues au cours des siècles – mais tu as appris tout cela en histoire de la magie. Les fautes sont partagées. Je ne prétendrai jamais que les sorciers sont innocents. Mais il existe chez certains gobelins, et peut-être plus encore chez ceux de Gringotts, une croyance selon laquelle on ne peut pas faire confiance aux sorciers quand il est question d'or et d'objets précieux. Les sorciers, disent-ils, n'ont aucun respect pour la propriété des gobelins.

– Moi, je respecte…, commença Harry, mais Bill l'interrompit d'un hochement de tête.

– Tu ne comprends pas, Harry, personne ne peut comprendre s'il n'a pas vécu avec des gobelins. Pour eux, le maître véritable et légitime d'un objet est celui qui l'a fabriqué, et non pas son acquéreur. À leurs yeux, toute œuvre réalisée par des gobelins leur appartient de plein droit.

– Mais si on l'a achetée…

– Alors, ils considèrent qu'elle a été simplement louée par la personne qui leur a donné l'argent. Ils ont d'ailleurs beaucoup de mal à accepter l'idée que des objets fabriqués par eux puissent être transmis de sorcier à sorcier. Tu as vu la tête de Gripsec quand la tiare lui est passée devant les yeux. Il désapprouve. À mon avis, il doit croire, comme les plus farouches de ses congénères, qu'elle aurait dû être rendue aux gobelins à la mort de sa première propriétaire. Ils estiment que notre habitude de conserver les objets qu'on leur achète et de les transmettre de sorcier à sorcier sans payer davantage n'est pas très différente d'un vol.

Harry sentit soudain le poids d'une menace. Il se demanda si Bill n'avait pas deviné plus de choses qu'il ne le laissait croire.

– Tout ce que je veux dire, conclut Bill, la main sur la poignée de la porte, c'est qu'il faut être très prudent quand on promet quelque chose à des gobelins, Harry. Il serait moins dangereux d'entrer par effraction chez Gringotts que de ne pas respecter une promesse faite à un gobelin.

– Très bien, répondit Harry, alors que Bill ouvrait la porte. D'accord. Merci. Je garderai ça présent à l'esprit.

Tandis qu'il retournait avec Bill auprès des autres, une pensée ironique lui vint en tête, provoquée sans doute par le vin qu'il avait bu. Il semblait destiné à devenir pour Teddy Lupin un parrain aussi téméraire que l'avait été Sirius pour lui.

26
GRINGOTTS

Leur plan était prêt, les préparatifs achevés. Dans la plus petite des trois chambres, un long cheveu noir et épais (arraché du pull qu'Hermione avait porté au manoir des Malefoy) était enroulé dans une petite fiole de verre posée sur la cheminée.

– Et en plus, tu te serviras de sa véritable baguette, dit Harry en montrant d'un signe de tête la baguette de noyer. Tu seras donc d'autant plus convaincante.

Hermione prit la baguette en ayant l'air de craindre qu'elle la pique ou la morde.

– J'ai horreur de cette chose, dit-elle à voix basse. Je la déteste vraiment. Elle ne me va pas du tout, elle ne marche pas bien avec moi… C'est comme un morceau d'*elle*.

Harry ne put s'empêcher de repenser à la façon dont Hermione avait minimisé sa propre répugnance à l'égard de la baguette de prunellier, affirmant qu'il s'imaginait des choses lorsqu'elle ne fonctionnait pas aussi bien que la sienne, lui recommandant simplement de s'entraîner. Il préféra cependant ne pas lui retourner ses conseils. À la veille de leur tentative d'effraction de Gringotts, ce n'était pas le moment de la contrarier.

– Elle t'aidera sans doute à mieux entrer dans la peau du personnage, dit Ron. Pense à ce que cette baguette a fait !

– Mais justement ! s'exclama Hermione. C'est la baguette qui a torturé les parents de Neville et Dieu sait combien d'autres personnes. C'est celle qui a tué Sirius !

Harry n'y avait pas pensé. Il regarda la baguette et éprouva soudain une envie violente de la casser, de la couper en deux avec l'épée de Gryffondor, posée contre le mur à côté de lui.

– *Ma* baguette me manque, dit Hermione d'un ton malheureux. J'aurais bien aimé que Mr Ollivander puisse m'en faire une autre à moi aussi.

Mr Ollivander avait envoyé ce matin-là une nouvelle baguette à Luna. En ce moment même, elle était sortie sur la pelouse, à l'arrière de la maison, pour en tester les capacités, sous le soleil de cette fin d'après-midi. Dean, qui s'était fait voler la sienne par les Rafleurs, la regardait d'un air plutôt mélancolique.

Harry jeta un coup d'œil à la baguette d'aubépine qui avait appartenu à Drago Malefoy. Il avait été surpris, mais content, de s'apercevoir qu'elle lui obéissait aussi bien que celle d'Hermione. Se rappelant ce qu'Ollivander leur avait dit sur le fonctionnement secret des baguettes, Harry crut deviner le problème d'Hermione : elle n'avait pas pris elle-même la baguette de noyer à Bellatrix et n'avait donc pas obtenu sa soumission.

La porte de la chambre s'ouvrit et Gripsec entra. Harry saisit instinctivement la poignée de l'épée pour la rapprocher de lui mais il regretta aussitôt son geste : il vit que le gobelin l'avait remarqué. Pour essayer de faire oublier ce moment un peu gênant, il dit :

– Nous avons mis au point les détails de dernière minute,

Gripsec. Nous avons prévenu Bill et Fleur que nous partions demain et nous leur avons demandé de ne pas se lever pour nous dire au revoir.

Ils avaient été fermes sur ce point car Hermione devait se transformer en Bellatrix avant leur départ et moins Bill et Fleur savaient ou soupçonnaient de choses sur leur projet, mieux cela valait. Ils leur avaient également précisé qu'ils ne reviendraient pas. Comme ils avaient perdu la tente de Perkins la nuit de leur capture par les Rafleurs, Bill leur en avait prêté une autre. Elle était à présent rangée dans le sac en perles qu'Hermione avait réussi à soustraire aux Rafleurs – Harry en fut très impressionné lorsqu'elle le lui raconta – en le cachant tout simplement dans sa chaussette.

Harry regretterait Bill, Fleur, Luna et Dean, sans parler du confort domestique dont ils avaient bénéficié au cours de ces dernières semaines. Pourtant, il avait hâte d'échapper à l'atmosphère confinée de la Chaumière aux Coquillages. Il était fatigué d'avoir à s'assurer sans cesse qu'ils n'étaient pas entendus, fatigué d'être enfermé dans la chambre sombre, minuscule. Et surtout, il avait envie d'être débarrassé de Gripsec. Mais savoir précisément comment et quand ils pourraient se séparer du gobelin sans lui donner l'épée de Gryffondor demeurait une question à laquelle Harry était bien incapable de répondre. Ils n'avaient pas pu décider comment s'y prendre car le gobelin avait rarement laissé Harry, Ron et Hermione seuls ensemble plus de cinq minutes d'affilée.

– Il pourrait donner des leçons à ma mère, grognait Ron en voyant les longs doigts du gobelin apparaître sans cesse derrière les portes.

Ayant en tête les avertissements de Bill, Harry soupçonnait Gripsec d'être à l'affût d'une possible trahison. Hermione désapprouvait avec tant de vigueur la ruse qu'ils avaient projetée que Harry avait dû renoncer à lui demander des idées pour la mettre en œuvre. Ron, quant à lui, lors des rares moments où Gripsec les laissait libres, se contentait de répondre :

– On n'aura qu'à improviser, mon vieux.

Harry dormit mal, cette nuit-là. Étendu les yeux ouverts, en attendant l'aube, il repensa à la nuit qui avait précédé leur expédition au ministère de la Magie et se souvint qu'il se sentait alors résolu, presque enthousiaste. À présent, il avait des accès d'angoisse, des doutes le harcelaient : il ne pouvait se débarrasser de la peur que tout se passe mal. Il ne cessait de se répéter que leur plan était bon, que Gripsec savait ce qu'ils devraient affronter, qu'ils étaient bien préparés à toutes les difficultés qui les attendaient, pourtant, il se sentait mal à l'aise. Une ou deux fois, il entendit Ron remuer. Harry était sûr que lui aussi était réveillé mais ils partageaient le living-room avec Dean, il préféra donc ne pas essayer de lui parler.

À six heures du matin, ce fut un soulagement de pouvoir se glisser hors des sacs de couchage, s'habiller dans une semi-obscurité puis sortir silencieusement dans le jardin où Hermione et Gripsec devaient les retrouver. L'aube était fraîche mais il n'y avait plus beaucoup de vent, maintenant que le mois de mai était arrivé. Harry leva les yeux vers les étoiles qui continuaient de scintiller faiblement dans le ciel sombre et écouta le flux et le reflux de la mer contre la falaise : ce bruit lui manquerait.

De petites pousses vertes avaient percé la terre rouge qui

marquait la tombe de Dobby. Dans un an, le tertre serait couvert de fleurs. La pierre blanche sur laquelle était gravé le nom de l'elfe avait déjà l'air patinée. Harry songea qu'il aurait été difficile de trouver plus bel endroit pour que Dobby repose en paix, mais il éprouvait une tristesse douloureuse à l'idée de le laisser derrière lui. En regardant la tombe, il se demanda une fois de plus comment l'elfe avait pu savoir où il devait aller pour leur porter secours. Ses doigts remontèrent machinalement jusqu'à la petite bourse accrochée à son cou et il sentit au travers le morceau de miroir brisé dans lequel il était sûr d'avoir vu l'œil de Dumbledore. Le bruit d'une porte qui s'ouvrait le fit alors se retourner.

Bellatrix se dirigea vers eux en traversant la pelouse à grands pas, accompagnée de Gripsec. Tout en marchant, elle rangea le petit sac en perles dans la poche intérieure de l'une des vieilles robes qu'ils avaient emportées du square Grimmaurd. Bien que Harry sût parfaitement que c'était en réalité Hermione, il ne put réprimer un frisson de dégoût. Elle était plus grande que lui, ses longs cheveux noirs tombant en cascade dans son dos, ses yeux aux lourdes paupières le regardant avec une expression dédaigneuse. Mais lorsqu'elle parla, c'était Hermione qui s'exprimait par la voix basse de Bellatrix :

— Elle avait un goût *répugnant*, pire que la Ravegourde ! Ron, viens là que je m'occupe de toi…

— D'accord, mais souviens-toi, je ne veux pas une barbe trop longue…

— Pour l'amour du ciel ! On ne te demande pas d'avoir l'air séduisant…

— Ce n'est pas ça, simplement, on se prend toujours

dedans ! Mais j'aimerais bien un nez un peu plus court, essaye de faire comme la dernière fois.

Hermione soupira et se mit au travail, marmonnant des formules tandis qu'elle transformait divers aspects de l'apparence de Ron. Il devait prendre une identité inventée de toutes pièces et ils comptaient sur l'aura malfaisante de Bellatrix pour le protéger. Harry et Gripsec, eux, se cacheraient sous la cape d'invisibilité.

– Et voilà, dit Hermione. Qu'est-ce que tu en penses, Harry ?

Il lui était possible de deviner Ron sous son déguisement mais seulement, pensa-t-il, parce qu'il le connaissait si bien. Ses cheveux étaient à présent longs et ondulés, il avait une épaisse barbe brune assortie d'une moustache, ses taches de rousseur avaient disparu, son nez était court et large, ses sourcils broussailleux.

– Ce n'est pas vraiment mon genre, mais ça ira, répondit Harry. Bon, on y va ?

Tous trois jetèrent un regard à la Chaumière aux Coquillages, sombre et silencieuse sous les étoiles pâlissantes, puis se dirigèrent vers le mur qui marquait la limite du jardin et au-delà duquel ils pourraient transplaner, le sortilège de Fidelitas cessant d'être actif. Lorsqu'ils eurent franchi le portail, Gripsec parla :

– Je pense que je devrais monter, maintenant, Harry Potter.

Harry se baissa et il grimpa sur son dos, ses mains jointes sur sa gorge. Il n'était pas lourd, mais Harry n'aimait pas le contact du gobelin, ni la force surprenante avec laquelle il s'accrochait à lui. Hermione sortit la cape d'invisibilité du sac en perles et la déploya sur eux.

– Parfait, dit-elle en se penchant jusqu'au sol pour vérifier que les pieds de Harry ne dépassaient pas. On ne voit rien du tout. Allons-y.

Harry pivota sur place, Gripsec sur ses épaules, et se concentra de toutes ses forces sur le Chaudron Baveur, l'auberge qui marquait l'entrée du Chemin de Traverse. Le gobelin s'agrippa à lui encore plus étroitement lorsqu'ils s'enfoncèrent dans l'obscurité oppressante. Quelques secondes plus tard, les pieds de Harry atterrirent sur un trottoir et il ouvrit les yeux sur Charing Cross Road. Des Moldus passaient d'un air affairé, avec les airs de chien battu des petits matins, sans se douter de l'existence de la minuscule auberge.

Le bar du Chaudron Baveur était presque désert. Tom, le patron édenté aux épaules voûtées, essuyait des verres derrière le comptoir. Deux sorciers qui parlaient à voix basse dans le coin opposé jetèrent un coup d'œil à Hermione et reculèrent dans l'ombre.

– Madame Lestrange, murmura Tom.

Au passage d'Hermione, il inclina la tête avec servilité.

– Bonjour, dit Hermione.

Quand Harry se glissa silencieusement devant le bar, portant toujours Gripsec sous la cape, il vit une expression de surprise sur le visage de Tom.

– Trop polie, murmura Harry à l'oreille d'Hermione lorsqu'ils sortirent dans la petite cour de l'auberge. Il faut traiter les gens comme des détritus.

– D'accord, d'accord !

Hermione prit la baguette de Bellatrix et tapota une brique dans le mur d'apparence banale devant lequel ils s'étaient arrêtés. Aussitôt, les autres briques se mirent à tournoyer et à pivoter, laissant apparaître une ouverture qui s'agrandit pour former une arcade donnant sur l'étroite rue pavée qu'on appelait le Chemin de Traverse.

L'endroit était calme, l'heure n'était pas tout à fait venue d'ouvrir les magasins et on ne voyait guère de passants. La rue tortueuse au sol recouvert de petits pavés avait beaucoup changé. Ce n'était plus l'artère animée qu'avait connue Harry avant de commencer sa première année à Poudlard, de nombreuses années auparavant. De plus en plus de magasins étaient condamnés par des planches, bien que de nouveaux établissements consacrés à la magie noire aient été installés depuis sa dernière visite. Son propre visage le regardait d'un œil noir sur des affiches placardées à la devanture de nombreuses boutiques, toujours accompagné de la légende : « Indésirable n°1 ».

Des gens en haillons étaient assis, serrés les uns contre les autres devant des portes de maison. Il les entendait demander d'un ton gémissant un peu d'or aux rares passants, insistant sur le fait qu'ils étaient de véritables sorciers. Un homme portait sur l'œil un bandage ensanglanté.

Lorsqu'ils avancèrent le long de la rue, les mendiants aperçurent Hermione et semblèrent disparaître devant elle, tirant leur capuchon sur leur visage, fuyant aussi vite qu'ils le pouvaient. Hermione les regarda avec curiosité, jusqu'à ce que l'homme au bandage ensanglanté vienne d'un pas chancelant lui barrer le chemin.

– Mes enfants ! mugit-il en pointant le doigt sur elle.

Il y avait un accent de détresse dans sa voix éraillée, haut perchée.

– Où sont mes enfants ? Qu'a-t-il fait d'eux ? Vous le savez, *vous le savez !*

– Je... en fait, je..., balbutia Hermione.

L'homme se jeta sur elle, essayant de la prendre à la gorge. Un éclair rouge jaillit aussitôt, accompagné d'un bang !, et il fut projeté à terre, inconscient. Ron resta figé, sa baguette toujours tendue devant lui, une expression d'horreur perceptible derrière sa barbe. Des visages apparurent aux fenêtres, de chaque côté de la rue, tandis qu'un petit groupe de passants d'allure prospère resserraient les pans de leurs robes et s'éloignaient en trottinant, pressés de quitter les lieux.

Leur entrée sur le Chemin de Traverse pouvait difficilement être plus voyante. Pendant un instant, Harry se demanda s'il ne vaudrait pas mieux repartir tout de suite pour essayer de réfléchir à un nouveau plan. Mais avant qu'ils aient pu bouger ou se consulter, ils entendirent un cri derrière eux.

– Tiens, madame Lestrange !

Harry fit volte-face et Gripsec resserra son étreinte autour de son cou. Un grand sorcier mince avec une couronne de cheveux gris en broussaille et un long nez pointu s'avançait vers eux à grands pas.

– C'est Travers, siffla le gobelin à l'oreille de Harry, mais celui-ci, en cet instant tout au moins, aurait été incapable de dire qui était Travers.

Hermione se redressa de toute sa hauteur puis lança, avec autant de mépris qu'elle le pouvait :

– Et que me voulez-vous ?

Travers s'immobilisa, manifestement offensé.

– C'est un Mangemort ! souffla Gripsec.

Harry fit un pas de côté pour répéter l'information à l'oreille d'Hermione.

– Je voulais simplement vous saluer, dit froidement Travers, mais si ma présence n'est pas la bienvenue…

Harry reconnaissait sa voix, à présent. Travers était l'un des Mangemorts qui avaient été appelés chez Xenophilius.

– Si, si, Travers, répondit précipitamment Hermione, essayant de rattraper son erreur. Comment allez-vous ?

– Eh bien, je dois avouer que je suis surpris de vous voir dehors, Bellatrix.

– Vraiment ? Et pourquoi ? demanda Hermione.

– Eh bien, parce que… – Travers toussota – j'ai entendu dire que les résidants du manoir des Malefoy n'avaient plus le droit de sortir depuis la… heu… l'*évasion*.

Harry forma des vœux pour qu'Hermione garde son sang-froid. Si c'était vrai et que Bellatrix ne soit pas censée apparaître en public…

– Le Seigneur des Ténèbres pardonne à ceux qui l'ont fidèlement servi dans le passé, répliqua Hermione dans une magnifique imitation du ton le plus hautain de Bellatrix. Vous n'avez peut-être pas auprès de lui autant de crédit que moi, Travers.

Bien que le Mangemort eût l'air insulté, il sembla également moins soupçonneux. Il jeta un regard à l'homme que Ron venait de stupéfixer.

– Que vous avait-il fait ?

– Peu importe, il ne recommencera pas, assura Hermione d'une voix glaciale.

– Certains de ces sans-baguette sont parfois très pénibles, commenta Travers. Tant qu'ils se contentent de mendier, je n'y vois pas d'inconvénient mais figurez-vous que, la semaine dernière, il y en a une qui m'a demandé de plaider sa cause auprès du ministère. « Je suis une sorcière, je suis une sorcière,

615

dit-il en imitant une petite voix couinante, laissez-moi une chance de vous le prouver. » Comme si j'allais lui prêter ma baguette. Mais, au fait, ajouta Travers avec curiosité, de quelle baguette vous servez-vous en ce moment, Bellatrix ? J'ai entendu raconter que la vôtre...

— Je l'ai toujours avec moi, coupa Hermione de son ton glacé en levant la baguette de Bellatrix. Je ne sais pas quelles sont ces rumeurs dont vous parlez, Travers, mais vous semblez bien mal informé.

Travers parut quelque peu interloqué et préféra se tourner vers Ron.

— Qui est votre ami ? Je ne le reconnais pas.

— Il s'appelle Dragomir Despard, dit Hermione.

Ils avaient décidé que la meilleure couverture pour Ron consisterait à apparaître comme un étranger au nom imaginaire.

— Il parle très mal l'anglais mais c'est un sympathisant du Seigneur des Ténèbres. Il est venu de Transylvanie pour voir notre nouveau régime.

— Vraiment ? Heureux de faire votre connaissance, Dragomir.

— Très enchanté, répondit Ron en tendant la main.

Travers lui présenta deux doigts et serra négligemment la main de Ron comme s'il avait peur de se salir.

— Alors ? Qu'est-ce qui vous amène si tôt sur le Chemin de Traverse, vous et votre ami... heu... sympathisant ? demanda Travers.

— Je dois aller chez Gringotts, répondit Hermione.

— Moi aussi, hélas, dit Travers. L'or, cet or exécrable ! On ne peut pas vivre sans lui, mais j'avoue que je déplore la nécessité d'avoir à fréquenter nos amis aux longs doigts.

Harry sentit les mains de Gripsec lui serrer brièvement le cou.

– Voulez-vous que nous y allions ensemble ? proposa Travers en faisant un geste pour inviter Hermione à l'accompagner.

Hermione n'eut d'autre choix que de marcher à côté de lui, le long de la rue tortueuse et pavée, en direction de la banque Gringotts qui dressait sa façade d'une blancheur de neige au-dessus des petites boutiques alentour. Ron les suivit d'un pas nonchalant, Harry et Gripsec derrière eux.

Ils se seraient volontiers passés de la compagnie d'un Mangemort trop curieux. Mais le pire était qu'en présence de Travers – au côté de celle qu'il croyait être Bellatrix –, Harry ne pouvait plus communiquer avec Hermione ni avec Ron. Un peu trop tôt à son goût, ils arrivèrent au pied de l'escalier en marbre qui menait au grand portail de bronze. Ainsi que Gripsec les en avait avertis, les gobelins en livrée habituellement postés de chaque côté de l'entrée avaient été remplacés par deux sorciers qui tenaient à la main une canne d'or longue et fine.

– Ah, les Sondes de Sincérité, soupira Travers d'un ton théâtral. Très rudimentaires… mais efficaces !

Il monta les marches, saluant d'un petit signe de tête, à gauche et à droite, les deux sorciers qui brandirent leurs cannes d'or et les lui passèrent sur le corps, de la tête aux pieds. Harry savait que les sondes détectaient les sortilèges de Camouflage et les objets magiques dissimulés. Conscient de n'avoir que quelques secondes pour agir, Harry pointa la baguette de Drago tour à tour sur chacun des gardes et murmura à deux reprises :

– *Confundo.*

Travers, qui regardait au-delà des portes de bronze le hall de la banque, ne remarqua pas le tressaillement des deux gardes au moment où les sortilèges les frappèrent.

Les longs cheveux noirs d'Hermione ondulèrent derrière elle lorsqu'elle monta les marches.

– Un instant, madame, dit l'un des gardes en levant sa sonde.

– Mais vous venez de le faire ! protesta Hermione, du ton arrogant, impérieux, de Bellatrix.

Travers se retourna en haussant les sourcils. Le garde ne savait plus très bien où il en était. Il regarda la fine sonde d'or puis leva les yeux vers son collègue qui lui dit d'une voix légèrement éteinte :

– Mais oui, tu viens de les fouiller, Marius.

Hermione s'avança d'un pas vif, Ron à côté d'elle, Harry et Gripsec, invisibles, trottant derrière eux. Lorsqu'ils franchirent le seuil, Harry jeta un coup d'œil par-dessus son épaule : les deux sorciers se grattaient la tête.

Deux gobelins se tenaient devant les portes intérieures, en argent celles-ci, sur lesquelles était gravé le poème promettant un terrible châtiment aux éventuels voleurs. Harry leva la tête et, tout à coup, un souvenir lui revint en mémoire avec une extraordinaire acuité. Le jour de ses onze ans, le plus merveilleux anniversaire de sa vie, il s'était trouvé à cet endroit même en compagnie de Hagrid dont il entendait encore les paroles : « Comme je te l'ai dit, il faudrait être fou pour essayer de voler quelque chose ici. » Gringotts lui était alors apparu comme un lieu de merveille, la demeure enchantée d'un trésor qu'il possédait sans l'avoir jamais su, et pas un seul instant l'idée ne lui serait venue qu'il puisse y revenir un jour comme un voleur… Quelques secondes plus tard, ils avaient pénétré dans le vaste hall de marbre de la banque.

Derrière le long comptoir, des gobelins assis sur de hauts tabourets servaient les premiers clients de la journée. Hermione, Ron et Travers se dirigèrent vers un vieux gobelin qui examinait une grosse pièce d'or à l'aide d'une loupe. Hermione laissa passer Travers devant elle en prétextant qu'elle voulait expliquer à Ron certains détails architecturaux du grand hall.

Le gobelin jeta de côté la pièce qu'il tenait entre ses doigts et murmura, sans s'adresser à personne en particulier :

– Farfadet.

Puis il salua Travers qui lui donna une minuscule clé d'or. Le gobelin en vérifia l'authenticité et la lui rendit.

Hermione s'avança à son tour.

– Madame Lestrange ! s'exclama le gobelin, visiblement surpris. Ça, alors ! Que… Que puis-je faire pour vous ?

– Je voudrais descendre dans ma chambre forte, répondit Hermione.

Le vieux gobelin eut comme un mouvement de recul. Harry jeta un coup d'œil derrière lui. Non seulement Travers restait là, en retrait, à la regarder, mais d'autres gobelins avaient levé le nez de leur travail pour observer Hermione.

– Vous avez… un document d'identité ? demanda le gobelin.

– D'identité ? On… On ne m'avait encore jamais demandé de document d'identité ! répliqua Hermione.

– Ils savent, murmura Gripsec à l'oreille de Harry. Ils ont dû être avertis qu'il y avait un risque d'imposture !

– Votre baguette fera l'affaire, madame, assura le gobelin.

Il tendit une main légèrement tremblante et Harry comprit soudain avec horreur que les gobelins de Gringotts étaient au courant du vol de la baguette de Bellatrix.

— Intervenez maintenant, chuchota Gripsec. Le sortilège de l'Imperium !

Sous la cape, Harry leva la baguette d'aubépine, la dirigea sur le vieux gobelin et murmura, pour la première fois de sa vie :

— *Impero* !

Il éprouva une étrange sensation le long du bras, une sorte de fourmillement tiède qui semblait jaillir de son cerveau et parcourir les veines, les tendons le reliant à la baguette et au sortilège qu'il venait de lancer. Le gobelin prit la baguette magique de Bellatrix, l'examina attentivement, puis déclara :

— Ah, vous avez fait fabriquer une nouvelle baguette, madame Lestrange !

— Quoi ? dit Hermione. Non, non, c'est la mienne…

— Une nouvelle baguette ? s'étonna Travers qui s'approcha à nouveau du comptoir.

Tout autour, les gobelins continuaient d'observer la scène.

— Mais comment est-ce possible ? À quel fabricant vous êtes-vous adressée ?

Harry réagit sans réfléchir : il pointa sa baguette sur Travers et marmonna une fois de plus :

— *Impero* !

— Ah, oui, je vois, dit alors Travers en regardant la baguette de Bellatrix. Oui, très élégante. Et elle marche bien ? J'ai toujours pensé que les baguettes nécessitaient un certain temps de rodage, vous ne croyez pas ?

Hermione parut abasourdie mais, au grand soulagement de Harry, elle s'adapta sans commentaire à ce bizarre retournement de situation.

Derrière le comptoir, le vieux gobelin frappa dans ses mains et un gobelin plus jeune s'approcha.

– Je vais avoir besoin des Tintamars, dit-il au jeune gobelin.

Celui-ci fila aussitôt puis revint un instant plus tard avec un sac de cuir apparemment rempli d'objets en métal – à en juger par les tintements qu'on entendait – et le donna à son supérieur.

– Parfait, parfait ! Si vous voulez bien me suivre, madame Lestrange, reprit le vieux gobelin, je vais vous conduire à votre chambre forte.

Il sauta du tabouret, disparut derrière le comptoir, et réapparut après en avoir fait le tour, s'avançant vers eux d'un pas joyeux, le contenu de son sac continuant de tinter. Travers, à présent, se tenait immobile, la bouche grande ouverte. Le regard perplexe que Ron posait sur lui attira l'attention sur cet étrange phénomène.

– Bogrod… attends !

Un autre gobelin sortit précipitamment de derrière le comptoir.

– Nous avons des instructions, annonça-t-il en s'inclinant devant Hermione. Pardonnez-moi, madame, mais nous avons reçu des ordres particuliers concernant la chambre forte des Lestrange.

Il murmura quelques mots d'un ton pressant à l'oreille de Bogrod mais le gobelin, soumis à l'Imperium, l'écarta d'un geste.

– Je connais les instructions. Madame Lestrange veut descendre dans sa chambre forte… très vieille famille… vieux clients… par ici, s'il vous plaît…

Accompagné du tintement de son sac, il se hâta vers l'une des portes du hall. Harry jeta un coup d'œil à Travers qui était toujours figé sur place, l'air anormalement absent, et prit alors une décision : d'un petit coup de baguette, il obligea le Mangemort à venir avec eux. Celui-ci les suivit docilement lorsqu'ils franchirent la porte et pénétrèrent dans un couloir de pierre brute, éclairé par des torches enflammées.

– Ça va mal, ils ont des soupçons, dit Harry après que la porte eut claqué derrière eux.

Il ôta sa cape d'invisibilité et Gripsec sauta de ses épaules. Ni Travers, ni Bogrod ne manifestèrent la moindre surprise en voyant brusquement apparaître Harry Potter devant eux.

– Ils sont sous Imperium, ajouta Harry en réponse aux interrogations d'Hermione et de Ron au sujet de Travers et de Bogrod qui restaient là, le visage dépourvu d'expression. Je crois que je n'y suis pas allé assez fort, je ne sais pas…

Un autre souvenir resurgit alors dans sa mémoire, celui de la véritable Bellatrix Lestrange hurlant à ses oreilles, la première fois qu'il avait essayé de jeter un Sortilège Impardonnable : « Il faut vraiment *vouloir* la souffrance de l'autre, Potter ! »

– Qu'est-ce qu'on fait ? demanda Ron. On essaye de sortir maintenant, pendant qu'on peut encore ?

– Si on le peut vraiment, dit Hermione en jetant un coup d'œil vers la porte du hall derrière laquelle ils ignoraient ce qui était en train de se passer.

– Nous sommes arrivés jusqu'ici, on continue, décida Harry.

– Très bien ! approuva Gripsec. Dans ce cas, nous avons besoin de Bogrod pour conduire le wagonnet. Je n'ai plus l'autorité nécessaire. Mais il n'y aura pas assez de place pour emmener le sorcier.

Harry dirigea sa baguette sur Travers.

– *Impero !*

Le sorcier se tourna et avança d'un pas vif le long du passage.

– Qu'est-ce que tu lui fais faire ?

– Je l'envoie se cacher, répondit Harry, sa baguette pointée à présent sur Bogrod.

Celui-ci siffla pour appeler un wagonnet qui surgit de l'obscurité en roulant vers eux sur ses rails. Lorsqu'ils grimpèrent à bord, Bogrod et Gripsec à l'avant, Harry, Ron et Hermione serrés à l'arrière, Harry aurait juré entendre des cris derrière eux, dans le grand hall.

Avec une violente secousse, le wagonnet se mit en route et prit de la vitesse. Ils passèrent en trombe devant Travers qui se tortillait pour essayer de se cacher dans une anfractuosité du mur, puis le wagonnet se mit à tourner et virer dans le labyrinthe des tunnels, entraîné par la pente des rails. Dans le vacarme des roues métalliques, Harry ne pouvait plus rien entendre. Ses cheveux voletaient derrière lui, tandis qu'ils zigzaguaient entre les stalactites, toujours plus loin dans les profondeurs de la terre. Il ne cessait cependant de jeter des regards par-dessus son épaule. C'était comme s'ils avaient laissé d'énormes empreintes sur leur passage. Plus il y pensait, plus il lui semblait absurde d'avoir déguisé Hermione en Bellatrix et d'avoir apporté sa baguette alors que les Mangemorts savaient pertinemment qu'on la lui avait volée…

Jamais Harry n'était descendu aussi loin lors de ses précédentes visites chez Gringotts. Au détour d'un virage en épingle à cheveux qu'ils avaient pris à toute allure, ils virent, à quelques mètres devant eux, une chute d'eau qui s'abattait

sur les rails. Harry entendit Gripsec hurler : « Non ! » mais il
n'y avait pas de freins et ils foncèrent à travers la cascade.
Les yeux et la bouche de Harry se remplirent d'eau : il ne
voyait plus rien, n'arrivait plus à respirer. Puis, dans une terrible embardée, ils furent tous éjectés du wagonnet qui s'était
renversé. Harry l'entendit se fracasser contre la paroi du tunnel. Au même moment, Hermione cria quelque chose d'une
voix perçante et il se sentit tomber sur le sol en vol plané,
comme s'il ne pesait pas plus lourd qu'une plume, atterrissant en douceur sur le sol rocheux.

– Sor… Sortilège de Coussinage, balbutia Hermione que
Ron aidait à se relever.

Harry s'aperçut alors avec horreur qu'elle n'avait plus
l'apparence de Bellatrix. Trempée de la tête aux pieds, elle
était redevenue elle-même, et flottait dans sa robe désormais trop grande. Ron avait de nouveau des cheveux roux
et sa barbe avait disparu. Tous deux s'en rendirent compte
lorsqu'ils se regardèrent l'un l'autre en se passant la main
sur le visage.

– La Cascade des Voleurs ! s'exclama Gripsec.

Il se remit péniblement sur pied et jeta un coup d'œil vers
le déluge qui tombait sur les rails. Harry savait maintenant
qu'il n'était pas seulement constitué d'eau.

– La cascade efface tous les enchantements, tous les
camouflages magiques ! Ils savent que des imposteurs ont
pénétré dans Gringotts, ils ont déclenché des défenses
contre nous !

Harry vit Hermione vérifier que le sac en perles était toujours là et lui-même plongea précipitamment la main dans la
poche de son blouson pour s'assurer qu'il n'avait pas perdu la
cape d'invisibilité. Il se tourna alors vers Bogrod qui hochait

la tête d'un air ahuri : la Cascade des Voleurs semblait avoir levé le sortilège de l'Imperium.

– Nous avons besoin de lui, dit Gripsec. Nous ne pouvons pénétrer dans la chambre forte sans un gobelin de Gringotts. Nous avons aussi besoin des Tintamars !

– *Impero !* répéta Harry.

Sa voix résonna dans le tunnel de pierre et une sensation enivrante de puissance le parcourut à nouveau depuis son cerveau jusqu'à sa baguette. Cette fois encore, Bogrod se soumit à sa volonté, son expression perplexe se transformant en une indifférence polie lorsque Ron se précipita pour lui prendre le sac de cuir qui contenait les outils métalliques.

– Harry, je crois que quelqu'un vient ! s'exclama Hermione.

Elle pointa sa baguette sur la cascade et s'écria :

– *Protego !*

Ils virent le charme du Bouclier jaillir dans le tunnel et interrompre le flot de la chute d'eau ensorcelée.

– Bien joué, dit Harry. Montrez-nous le chemin, Gripsec !

– Comment allons-nous sortir d'ici ? demanda Ron, alors qu'ils se hâtaient de suivre le gobelin dans le passage obscur, Bogrod haletant derrière eux comme un vieux chien.

– On s'en inquiétera en temps utile, répliqua Harry.

Il tendait l'oreille et il lui sembla entendre à proximité un mouvement accompagné d'un cliquetis.

– Gripsec, c'est encore loin ?

– Pas très loin, Harry Potter, pas très loin…

Après avoir tourné l'angle d'un mur, ils virent la chose à laquelle Harry s'était préparé, et qui les arrêta net.

Devant eux, un dragon gigantesque était attaché au sol, interdisant l'accès aux quatre ou cinq chambres fortes les plus profondes de la banque. Au cours de sa longue incarcération sous terre, les écailles de la bête étaient devenues pâles et friables par endroits. Ses yeux étaient d'un rose laiteux. Ses deux pattes de derrière portaient de lourds anneaux munis de chaînes qui les reliaient à d'énormes pitons profondément enfoncés dans la pierre. Ses grandes ailes hérissées de piquants, repliées contre son corps, auraient rempli toute la caverne s'il les avait déployées et lorsqu'il tourna vers eux son horrible tête, il poussa un rugissement à faire trembler la roche, ouvrit la gueule et cracha un jet de feu, les obligeant à rebrousser chemin à toutes jambes.

– Il est partiellement aveugle, haleta Gripsec, mais ça ne le rend que plus féroce. Nous avons cependant un moyen de le contrôler. Il sait ce qui l'attend quand résonnent les Tintamars. Donnez-les-moi.

Ron tendit le sac à Gripsec et le gobelin en sortit plusieurs petits instruments de métal qui, lorsqu'il les remua, produisirent un vacarme retentissant, tels des marteaux frappant des enclumes miniatures. Gripsec en distribua un à chacun et Bogrod prit docilement le sien.

– Vous savez quoi faire, dit Gripsec à Harry, Ron et Hermione. Il s'attend à ressentir une douleur quand il entend ce bruit. Il va reculer et Bogrod devra appuyer la paume de sa main contre la porte de la chambre forte.

Ils tournèrent à nouveau l'angle du mur en secouant les Tintamars. Le bruit résonna sur les parois rocheuses, considérablement amplifié, au point que Harry eut l'impression de sentir sa tête vibrer de l'intérieur. Le dragon laissa échapper un nouveau rugissement rauque puis battit en retraite.

Harry le voyait trembler et lorsqu'ils s'approchèrent, il remarqua en travers de son museau les cicatrices des coups cruels qui lui avaient été infligés. Il devina qu'on lui avait appris à craindre les épées brûlantes chaque fois qu'il entendait le son des Tintamars.

– Obligez-le à appuyer sa main contre la porte ! lança Gripsec à Harry d'un ton pressant.

Harry tourna à nouveau sa baguette vers Bogrod. Le vieux gobelin obéit, plaquant sa paume contre le panneau de bois, et la porte de la chambre forte fondit littéralement pour révéler une sorte de grotte remplie du sol au plafond de pièces et de coupes d'or, d'armures en argent, de peaux d'étranges créatures – certaines dotées de piquants, d'autres d'ailes devenues flasques –, de potions conservées dans des flacons ouvragés et d'une tête de mort encore coiffée d'une couronne.

– Il faut chercher vite ! dit Harry.

Tous se précipitèrent à l'intérieur.

Il avait décrit à Ron et à Hermione la coupe de Poufsouffle mais si c'était l'Horcruxe inconnu qui se trouvait ici, il ne savait pas à quoi il pouvait bien ressembler. À peine eut-il le temps de jeter un regard circulaire qu'un bruit sourd retentit derrière eux : la porte était réapparue, les enfermant dans la chambre forte où ils furent plongés dans une totale obscurité.

– Ce n'est pas grave, Bogrod pourra nous libérer ! assura Gripsec en entendant Ron pousser un cri de surprise. Vous pouvez allumer vos baguettes, n'est-ce pas ? Dépêchez-vous, nous n'avons pas beaucoup de temps !

– *Lumos* !

Harry dirigea sa baguette tout autour de la chambre forte :

son rayon lumineux tomba sur des joyaux étincelants et il vit la fausse épée de Gryffondor posée sur une haute étagère, parmi un enchevêtrement de chaînes. Ron et Hermione avaient également allumé leurs baguettes et examinaient les objets entassés autour d'eux.

– Harry, est-ce que ce ne serait pas… Aargh !

Hermione laissa échapper un cri de douleur et Harry tourna sa baguette vers elle juste à temps pour voir une petite coupe à boire ornementée lui échapper des mains. Mais lorsqu'elle tomba, elle se fendit et se transforma en une pluie d'autres coupes. Une seconde plus tard, dans un grand fracas métallique, le sol fut jonché de coupes identiques qui roulaient en tous sens, l'objet d'origine devenant impossible à reconnaître.

– Elle m'a brûlée ! gémit Hermione qui suçait ses doigts couverts de cloques.

– Ils ont ajouté des maléfices de Gemino et de Flagrance ! s'exclama Gripsec. Tout ce que vous touchez va vous brûler et se multiplier, mais les copies n'ont aucune valeur, et si vous continuez à prendre ces trésors entre vos mains, vous finirez par mourir écrasés sous le poids de l'or qui n'aura cessé de se reproduire.

– OK. Ne touchez à rien ! lança Harry, affolé.

Mais au même moment, Ron poussa involontairement du pied l'une des coupes tombées par terre et une vingtaine d'autres jaillirent aussitôt dans une explosion, Ron sautillant sur place, une partie de sa chaussure brûlée par le contact avec le métal incandescent.

– Tiens-toi tranquille, ne bouge pas ! dit Hermione qui lui avait saisi le bras.

– Contentez-vous de regarder ! recommanda Harry. Souvenez-vous, c'est une petite coupe en or, avec un blaireau gravé dessus, et deux anses. Sinon, essayez de repérer quelque part le symbole de Serdaigle, un aigle…

Ils pointèrent leurs baguettes dans tous les coins et recoins, tournant sur eux-mêmes avec la plus grande prudence. Il était impossible de ne pas effleurer quelque chose et Harry fit tomber une cascade de faux Gallions qui rejoignirent les coupes. À présent, ils avaient à peine la place de mettre leurs pieds et l'or luisant flamboyait de chaleur, transformant la chambre forte en fournaise. La baguette de Harry éclaira des rangées d'étagères qui montaient jusqu'au plafond et sur lesquelles s'alignaient des boucliers et des casques fabriqués par des gobelins. Il leva de plus en plus haut le rayon lumineux et soudain, il aperçut un objet. Son cœur se serra, sa main se mit à trembler et il s'écria :

– *Elle est là-haut, là-haut !*

Ron et Hermione pointèrent à leur tour leurs baguettes et une petite coupe d'or étincela sous l'effet des trois rayons conjugués : c'était la coupe qui avait appartenu à Helga Poufsouffle, puis était passée entre les mains de Hepzibah Smith, à qui Tom Jedusor l'avait volée.

– Et comment on va s'y prendre pour monter là-haut sans toucher à rien ? demanda Ron.

– *Accio coupe !* s'écria Hermione, qui avait oublié, dans sa tentative désespérée, ce que Gripsec lui avait dit au cours de leurs préparatifs.

– Inutile, inutile, gronda le gobelin.

– Alors qu'est-ce qu'on fait ? répliqua Harry en le regardant d'un œil mauvais. Si vous voulez l'épée, Gripsec, il faudra nous aider à… Attendez ! Est-ce que je peux toucher les objets avec l'épée ? Hermione, donne-la-moi !

Hermione glissa la main dans sa robe et en sortit le sac

en perles dans lequel elle fouilla quelques instants avant d'en retirer l'épée resplendissante. Harry saisit sa poignée incrustée de rubis et posa la pointe de la lame contre une aiguière d'argent qui ne se multiplia pas.

– Si j'arrivais à passer la lame à travers une anse… Mais comment faire pour monter là-haut ?

L'étagère sur laquelle se trouvait la coupe était hors de leur portée, même pour Ron qui était le plus grand de tous. Des ondes de chaleur s'élevaient du trésor ensorcelé et Harry sentit la sueur couler sur son visage et le long de son dos pendant qu'il essayait de trouver un moyen d'accéder à la coupe. Il entendit alors le dragon rugir devant la chambre forte et des bruits métalliques se rapprocher.

Ils étaient bel et bien pris au piège. On ne pouvait s'échapper que par la porte et une horde de gobelins semblait s'avancer vers eux. Lorsqu'il jeta un regard à Ron et à Hermione, Harry vit la terreur sur leur visage.

– Hermione, dit-il, alors que les bruits métalliques devenaient de plus en plus sonores, il faut que je monte là-haut, nous devons nous en débarrasser…

Elle pointa sa baguette sur lui et murmura :

– *Levicorpus*.

Hissé dans les airs par la cheville, Harry heurta une armure et des répliques en jaillirent aussitôt, tels des corps chauffés au rouge, remplissant la chambre forte déjà surchargée. Avec des cris de douleur, Ron, Hermione et les deux gobelins furent projetés sur d'autres objets qui se mirent à leur tour à se multiplier. À moitié ensevelis sous un flot de richesses incandescentes, ils se débattirent, poussèrent des hurlements, pendant que Harry passait l'épée à travers une anse de la coupe de Poufsouffle, l'accrochant à la lame.

– *Impervius* ! cria Hermione qui tentait de protéger les gobelins, Ron et elle-même du métal brûlant.

Entendant un hurlement pire que les autres, Harry baissa les yeux : Ron et Hermione étaient enfoncés jusqu'à la taille dans les trésors qui se multipliaient et ils luttaient pour essayer d'empêcher Bogrod d'être submergé par cette marée montante. Gripsec, lui, avait sombré et seul le bout de ses longs doigts fins restait encore visible.

Harry saisit la main de Gripsec et le souleva. Le gobelin, la peau couverte de cloques, émergea peu à peu en hurlant.

– *Liberacorpus* ! s'écria Harry.

Dans un grand vacarme, Gripsec et lui retombèrent sur la masse croissante d'objets précieux et l'épée sauta des mains de Harry.

– Attrapez-la ! vociféra-t-il, combattant la douleur infligée par le métal brûlant, alors que Gripsec grimpait à nouveau sur ses épaules pour éviter l'amas grandissant des objets chauffés au rouge. Où est l'épée ? La coupe y est accrochée !

De l'autre côté de la porte, les bruits métalliques devenaient assourdissants… Il était trop tard…

– Là !

Ce fut Gripsec qui la vit le premier et ce fut lui qui plongea aussitôt. Harry comprit à cet instant que le gobelin n'avait jamais eu confiance en eux. Fermement accroché d'une main à une poignée de cheveux de Harry pour ne pas tomber dans la marée d'or embrasé, Gripsec saisit l'épée et la leva le plus haut possible, en la maintenant hors de portée.

La minuscule coupe d'or embrochée sur la lame par son anse fut projetée en l'air. Le gobelin toujours à califourchon sur ses épaules, Harry se précipita et l'attrapa au vol. Malgré la brûlure qu'il ressentait dans sa chair, il ne la lâcha pas, même lorsque d'innombrables coupes de Pouf-souffle jaillirent de son poing, retombant en pluie sur sa tête. Au même moment, la porte se rouvrit et il glissa, dans une chute incontrôlable, sur l'avalanche d'or et d'argent enflammés qui les emporta, Ron, Hermione et lui, à l'exté-rieur de la chambre forte.

À peine conscient de la douleur provoquée par les brû-lures qui lui couvraient le corps et toujours porté par la vague des trésors inlassablement multipliés, Harry fourra la coupe dans sa poche et tendit la main pour récupérer l'épée. Mais Gripsec avait disparu. Dès qu'il l'avait pu, il s'était laissé tomber des épaules de Harry et avait couru se mettre à l'abri parmi les gobelins qui les entouraient de toutes parts. L'épée à la main, il criait :

– Des voleurs ! Des voleurs ! À l'aide ! Des voleurs !

Il se fondit dans la foule qui avançait. Les gobelins, armés chacun d'un poignard, l'accueillirent parmi eux sans lui poser de questions.

Glissant sur le métal toujours aussi brûlant, Harry se débattit pour se remettre debout et comprit que le seul moyen de s'échapper était de se ruer en avant.

– *Stupéfix* ! beugla-t-il.

Ron et Hermione se joignirent à lui : des jets de lumière rouges jaillirent des baguettes et plusieurs gobelins furent jetés à terre mais les autres continuèrent d'avancer et Harry vit des gardes sorciers surgir à l'angle du couloir en courant vers eux.

Le dragon attaché poussa un rugissement et des flammes volèrent au-dessus des gobelins. Les sorciers prirent la fuite, courbés en deux, rebroussant chemin le long du couloir. Une inspiration, ou plutôt une folie, traversa alors la tête de

Harry. Sa baguette pointée sur les lourds anneaux qui enchaînaient la bête au sol, il s'écria :

– *Lashlabask !*

Les anneaux s'ouvrirent aussitôt avec des bang ! sonores.

– Par ici ! hurla Harry.

Lançant toujours des sortilèges de Stupéfixion sur les gobelins qui ne cessaient de se rapprocher, il se précipita vers le dragon aveugle.

– Harry… Harry… Qu'est-ce que tu fais ? s'exclama Hermione.

– Dépêche-toi, monte, viens…

Le dragon ne s'était pas aperçu qu'il était libre. Le pied de Harry trouva le creux de sa patte arrière et il grimpa sur son dos. Les écailles de la créature étaient dures comme de l'acier : elle ne sembla même pas sentir sa présence. Il tendit le bras : Hermione se hissa à son tour. Ron monta derrière elle et un instant plus tard, le dragon comprit enfin que ses chaînes ne le retenaient plus.

Dans un nouveau rugissement, il se cabra. Harry serra les genoux, s'accrochant aussi fermement que possible à ses écailles aux bords pointus, tandis que les ailes de la créature s'écartaient, renversant comme des quilles les gobelins hurlant de terreur. Le dragon s'éleva alors dans les airs. Harry, Ron et Hermione, à plat ventre sur son dos, frôlèrent le plafond lorsqu'il plongea vers l'entrée du passage pendant que les gobelins lancés à sa poursuite lui jetaient des poignards qui rebondissaient sur ses flancs.

– On n'arrivera jamais à sortir d'ici, il est trop grand ! hurla Hermione, mais le dragon ouvrit largement sa gueule et cracha à nouveau des flammes, calcinant le tunnel dont le sol et les parois craquèrent puis s'éboulèrent.

Par sa seule force physique, la bête se fraya un chemin à coups de griffes. Harry avait fermé étroitement ses paupières pour se protéger de la chaleur et de la poussière. Assourdi par l'effondrement de la roche et les rugissements du dragon, il ne put que se cramponner à ses écailles, s'attendant à tout moment à être précipité à terre. Soudain, il entendit Hermione crier :

– *Defodio* !

Elle aidait le dragon à élargir le passage, découpant le plafond pendant qu'il s'efforçait de remonter vers une atmosphère moins confinée, loin des gobelins qui ne cessaient de hurler. Harry et Ron l'imitèrent, creusant les parois avec de nouveaux sortilèges de Terrassement. Ils passèrent à côté du lac souterrain et l'énorme bête grondante parut sentir devant elle l'espace et la liberté. Derrière eux, la queue hérissée de la créature donnait des coups violents de tous les côtés, répandant dans son sillage de gros morceaux de roche et de gigantesques stalactites brisées. Le vacarme des gobelins semblait de plus en plus étouffé alors que, devant, le feu qui jaillissait de la gueule béante dégageait la voie…

Enfin, par la force combinée de leurs sortilèges et de la puissance brutale du dragon, ils surgirent du couloir et se retrouvèrent dans le hall de marbre. Gobelins et sorciers poussèrent des hurlements et coururent se mettre à l'abri. Le dragon avait à présent la place de déployer ses ailes. Sa tête cornue tournée vers l'air frais qu'il sentait au-dehors, il décolla, Harry, Ron et Hermione toujours cramponnés à son dos, puis força les portes de métal, ne laissant derrière lui que des panneaux tordus qui pendaient de leurs gonds. Il sortit en vacillant sur le Chemin de Traverse et s'élança alors vers le ciel.

27
LA DERNIÈRE CACHETTE

Il n'existait aucun moyen de diriger le dragon. Il ne pouvait voir où il allait et Harry savait que s'il prenait un virage brusque ou se penchait un peu trop, ils ne parviendraient pas à s'agripper plus longtemps à son large dos. Pourtant, alors qu'ils montaient de plus en plus haut, Londres s'étalant au-dessous d'eux telle une carte routière gris et vert, Harry éprouvait surtout un sentiment de gratitude à l'idée d'avoir réussi une évasion qui leur avait paru impossible. Accroupi sur le cou de la bête, il se cramponnait aux écailles métalliques et la brise fraîche soulageait sa peau brûlée, boursouflée, les ailes du dragon battant l'air comme un moulin à vent. Derrière lui – il ne savait si c'était dû à la joie ou à la terreur –, Ron ne cessait de jurer de toute la force de ses poumons et Hermione semblait sangloter.

Au bout de cinq minutes environ, les craintes de Harry s'atténuèrent : apparemment, le dragon n'avait pas l'intention de les précipiter dans le vide, il paraissait surtout décidé à s'éloigner le plus possible de sa prison souterraine. La question de savoir quand et où ils pourraient descendre de leur monture restait cependant préoccupante. Harry ignorait quelle distance les dragons pouvaient parcourir en vol avant d'être obligés d'atterrir, il ne savait pas non plus si celui-ci, qui voyait à peine, serait capable de trouver un bon endroit où se poser. Il regardait constamment autour de lui, s'imaginant que sa cicatrice avait recommencé à le picoter…

Combien de temps se passerait-il avant que Voldemort apprenne qu'ils avaient pénétré dans la chambre forte des Lestrange ? À quel moment les gobelins préviendraient-ils Bellatrix ? Quand allaient-ils identifier l'objet qu'ils avaient emporté ? Et lorsqu'ils découvriraient qu'il s'agissait de la coupe d'or ? Voldemort saurait enfin qu'ils étaient partis à la chasse aux Horcruxes…

Le dragon semblait avide de respirer un air plus frais, plus froid. Il s'éleva régulièrement jusqu'à ce qu'ils traversent des volutes de nuages glacés et que Harry ne parvienne plus à distinguer les petits points colorés que représentaient les voitures dont le flot se déversait en tous sens autour de la capitale. Ils continuèrent de voler au-dessus de la campagne, morcelée en taches vertes et marron, au-dessus de routes et de rivières qui serpentaient dans le paysage comme des morceaux de rubans mats ou brillants.

– À ton avis, qu'est-ce qu'il cherche ? cria Ron, tandis qu'ils s'éloignaient de plus en plus vers le nord.

– Aucune idée, répondit Harry, obligé de crier lui aussi.

Ses mains étaient transies par le froid mais il n'osa pas changer de position. Il s'était demandé pendant un moment ce qu'ils feraient s'ils voyaient la côte apparaître, si le dragon se dirigeait vers la pleine mer. Harry était glacé, engourdi, sans parler de la faim et de la soif qui le tenaillaient. Quand, songea-t-il, la bête elle-même avait-elle pris son dernier repas ? Bientôt, elle aurait sûrement besoin de se sustenter. Que se passerait-il alors, si elle s'apercevait tout à coup que trois humains parfaitement comestibles étaient assis sur son dos ?

Le soleil descendit plus bas dans le ciel qui se teintait à présent d'une couleur indigo. Le dragon continuait de voler, villes et villages se succédant au-dessous d'eux, son ombre immense glissant à la surface de la terre à la manière d'un gros nuage noir. Harry avait mal partout, crispé par l'effort qu'il devait faire pour rester agrippé à la créature.

– Est-ce mon imagination, cria Ron après une très longue plage de silence, ou est-ce qu'on perd de l'altitude ?

Harry baissa les yeux et vit des lacs et des montagnes d'un vert foncé qui prenaient une teinte cuivrée dans le soleil couchant. Le paysage semblait grandir, Harry, penché par-dessus le flanc du dragon, en voyait mieux les détails et il se demanda si la créature avait deviné la présence de l'eau fraîche grâce aux reflets du soleil qui parsemaient sa surface.

De plus en plus bas, le dragon descendait, dans une vaste spirale, visant apparemment l'un des plus petits lacs.

– Dès qu'on sera suffisamment près, on saute ! cria Harry par-dessus son épaule. Droit dans l'eau avant qu'il s'aperçoive qu'on est là !

Les deux autres approuvèrent, Hermione d'une voix un peu éteinte. Harry voyait à présent le large ventre jaunâtre du dragon se refléter dans l'eau ridée du lac.

– MAINTENANT !

Il glissa du flanc de la créature et se laissa tomber, les pieds en avant. La chute fut plus longue qu'il ne l'avait prévu et il heurta l'eau violemment, plongeant comme une pierre dans un monde glacé, verdâtre et peuplé de roseaux. D'un coup de pied, il remonta vers la surface et émergea à l'air libre, haletant. Il vit alors d'énormes ondulations se propager en cercles concentriques depuis l'endroit où Ron et Hermione avaient atterri. Manifestement, le dragon n'avait rien remarqué : il était déjà à une quinzaine de mètres, volant bas au-dessus du lac, et se désaltérait en trempant dans l'eau son museau balafré. Pendant que Ron et Hermione émergeaient à leur tour des profondeurs, suffoquant et crachotant, le dragon poursuivit sa course, à grands battements d'ailes, et se posa enfin sur un rivage lointain.

Harry, Ron et Hermione se dirigèrent vers la rive opposée. Le lac semblait peu profond et bientôt, ils s'aperçurent qu'il s'agissait beaucoup plus de patauger dans la boue et les roseaux que de nager. Trempés, pantelants, épuisés, ils finirent par regagner la terre ferme et s'effondrèrent dans l'herbe humide.

Hermione, toussant et frissonnant, resta étendue par terre, à bout de forces. Bien que Harry se fût volontiers endormi sur place, il se releva péniblement, sortit sa baguette et jeta autour d'eux les habituels sortilèges de Protection.

Lorsqu'il eut terminé, il rejoignit les autres. C'était la première fois qu'il les regardait vraiment depuis leur évasion de la chambre forte. Tous deux avaient des brûlures rougeâtres, à vif, sur le visage et les bras, et leurs vêtements étaient troués par endroits. Avec des grimaces, ils appliquèrent de l'essence de dictame sur leurs nombreuses plaies. Hermione tendit le flacon à Harry et sortit trois bouteilles de jus de citrouille qu'elle avait emportées de la

Chaumière aux Coquillages, ainsi que des robes propres et sèches pour chacun d'eux. Ils se changèrent et burent le jus de citrouille à grands traits.

– L'aspect positif, dit enfin Ron qui s'était assis par terre et regardait la peau de ses mains se reconstituer, c'est qu'on a réussi à trouver l'Horcruxe. L'aspect négatif…

– … c'est qu'on n'a plus d'épée, acheva Harry, les dents serrées.

Il laissait tomber des gouttes de dictame sur une brûlure à vif qui apparaissait à travers un trou de son jean.

– Plus d'épée, répéta Ron. Cet ignoble petit traître…

Harry sortit l'Horcruxe de la poche de son blouson mouillé qu'il venait d'enlever et le posa sur l'herbe, devant eux. La coupe, étincelant au soleil, attirait leur regard tandis qu'ils vidaient leurs bouteilles de jus de citrouille.

– Au moins, on ne peut pas la porter sur nous, cette fois, on aurait l'air un peu bizarre avec ça accroché autour du cou, fit remarquer Ron en s'essuyant la bouche d'un revers de main.

Hermione observa la rive opposée du lac, où le dragon était toujours en train de boire.

– Qu'est-ce qui va lui arriver ? demanda-t-elle. Vous croyez qu'il va s'en sortir ?

– On croirait entendre Hagrid, répliqua Ron. C'est un dragon, Hermione, il peut se débrouiller tout seul. Tu devrais plutôt t'inquiéter pour nous.

– Qu'est-ce que tu veux dire ?

– Eh bien, je ne sais pas comment t'annoncer la nouvelle, répondit Ron, mais il se *peut* qu'ils aient remarqué qu'on était entrés chez Gringotts par effraction.

Tous trois éclatèrent de rire, un rire difficile à contrôler une fois qu'il avait commencé. Les côtes de Harry lui faisaient mal, la faim lui donnait le tournis, mais il resta allongé dans l'herbe, sous le ciel rougeoyant, à rire jusqu'à en avoir la gorge irritée.

– Qu'est-ce qu'on va faire ? dit enfin Hermione qui s'efforçait, à travers ses hoquets, de retrouver son sérieux. Il va savoir, maintenant, non ? Vous-Savez-Qui va savoir qu'on est au courant de ses Horcruxes !

– Peut-être qu'ils auront trop peur pour le lui dire ? suggéra Ron avec espoir. Ils voudront étouffer l'affaire…

Le ciel, l'odeur du lac, le son de la voix de Ron, tout s'éteignit soudain : la douleur fendit en deux la tête de Harry comme un coup d'épée. Il se trouvait à présent dans une pièce mal éclairée, face à des sorciers réunis en demi-cercle, une petite silhouette flageolante agenouillée sur le sol.

– Qu'est-ce que tu viens de me dire ?

Il avait une voix aiguë, glacée, mais la peur et la fureur brûlaient en lui. La seule chose qu'il avait redoutée… Mais ce ne pouvait pas être vrai, il ne voyait pas comment…

Le gobelin tremblait, incapable de croiser le regard des yeux rouges, loin au-dessus des siens.

– Répète ! murmura Voldemort. *Répète !*

– M… Maître, balbutia le gobelin, ses yeux noirs écarquillés de terreur, M… Maître… Nous av… avons essayé de les arrêt… arrêter… Des imp… imposteurs, Maître… Ils sont entrés… entrés dans la… la ch… chambre forte des Lestrange…

– Des imposteurs ? Quels imposteurs ? Je croyais que Gringotts avait des moyens de démasquer les imposteurs ? Qui étaient-ils ?

– C'étaient… C'étaient le j… jeune P… Potter et d… deux complices…

– Et qu'ont-ils pris ? interrogea-t-il d'une voix plus aiguë, saisi d'une peur terrible. Dis-moi ! *Qu'ont-ils pris ?*

– U… Une p… petite c… coupe en or, M… Maître…

Le hurlement de rage, de dénégation, sortit de lui comme si c'était quelqu'un d'autre qui l'avait poussé : il fut pris de folie, de démence, ce ne pouvait pas être vrai, c'était impossible, personne n'avait jamais su : comment ce garçon aurait-il pu découvrir son secret ?

La Baguette de Sureau siffla dans l'air et une lumière verte explosa dans la pièce. Le gobelin agenouillé roula à terre, mort, et les sorciers prirent la fuite, terrifiés. Bellatrix et Lucius Malefoy bousculaient tout le monde sur leur passage, dans leur course effrénée vers la porte. Sa baguette s'abattit à plusieurs reprises et ceux qui étaient encore présents furent foudroyés, tous sans exception, punis d'avoir apporté la nouvelle, de lui avoir annoncé ce qui était arrivé à la coupe d'or…

Seul parmi les cadavres, il arpenta la pièce d'un pas furieux et il les vit défiler dans sa tête : ses trésors, ses sauvegardes, ses ancrages dans l'immortalité… Le journal intime avait été détruit et la coupe volée. Et si, *et si*, ce garçon connaissait l'existence des autres ? Pouvait-il savoir, avait-il déjà agi, était-il sur leur piste ? Dumbledore se trouvait-il à l'origine de tout cela ? Dumbledore, qui s'était toujours méfié de lui, Dumbledore, tué sur son ordre, Dumbledore, dont la baguette lui appartenait désormais et qui pourtant, par-delà l'ignominie de la mort, se manifestait à travers ce garçon, *ce garçon*…

Mais si celui-ci avait réussi à détruire l'un de ses Horcruxes, lui, Lord Voldemort, l'aurait forcément su, il l'aurait senti, n'est-ce pas ? Lui, le plus grand de tous, lui, le plus puissant, lui, qui avait supprimé Dumbledore et combien d'autres hommes, sans valeur et sans nom : comment Lord Voldemort pourrait-il l'ignorer, si lui, lui-même, le plus important, celui dont la vie était la plus précieuse, avait été attaqué, mutilé ?

Il est vrai qu'il n'avait rien ressenti lors de la destruction du journal intime mais c'était, pensait-il, parce qu'il était privé de corps, étant à l'époque moins qu'un fantôme... Non, les autres étaient sûrement à l'abri... Les autres Horcruxes devaient être intacts...

Il fallait cependant qu'il sache, qu'il soit sûr... Il continua à faire les cent pas dans la pièce, écartant d'un coup de pied le corps du gobelin et les images se brouillèrent, s'enflammèrent dans son cerveau bouillonnant : le lac, la masure et Poudlard...

Il avait retrouvé à présent un peu de calme, sa rage s'était tempérée : comment le garçon aurait-il pu savoir qu'il avait dissimulé la bague dans la maison des Gaunt ? Personne n'avait jamais su qu'il était apparenté aux Gaunt, il avait caché ce lien, et on n'avait jamais fait la relation entre les meurtres et lui : la bague était en sécurité, il n'y avait pas lieu d'en douter.

Par ailleurs, comment ce garçon, ou qui que ce soit d'autre, aurait-il pu connaître la caverne ou franchir ses défenses ? L'idée qu'on vole le médaillon était absurde...

C'était comme pour l'école : lui seul savait dans quel endroit de Poudlard il avait caché l'Horcruxe, car lui seul avait exploré les secrets les plus obscurs du château...

Et il y avait toujours Nagini, qui devrait rester près de lui désormais, sous sa protection, ne plus être envoyé en mission ailleurs...

Mais pour être sûr, vraiment sûr, il lui fallait retourner dans chacune de ses cachettes, redoubler les défenses autour de chacun de ses Horcruxes… Une tâche comparable à la quête de la Baguette de Sureau, une tâche qu'il devait entreprendre seul…

Par où commencer, quel était l'endroit le plus exposé ? Un sentiment de malaise déjà ancien remonta en lui. Dumbledore connaissait son deuxième prénom… Il pouvait avoir établi le rapport avec les Gaunt… Leur maison abandonnée était peut-être la moins sûre de ses cachettes, c'était là qu'il devrait se rendre en premier…

Le lac ? Impossible à découvrir… Bien qu'il existât une faible possibilité que Dumbledore ait eu connaissance de ses méfaits de jeunesse, par l'intermédiaire de l'orphelinat.

Et Poudlard… Mais il savait que son Horcruxe y était en sécurité, Potter ne pouvait pénétrer à Pré-au-Lard sans être repéré, encore moins entrer dans l'enceinte de l'école. Il serait toutefois prudent de prévenir Rogue que le garçon allait peut-être tenter de s'introduire à l'intérieur du château… Expliquer à Rogue la raison qui pouvait l'amener à y revenir serait bien sûr idiot. Il avait commis une grave erreur en faisant confiance à Bellatrix et à Malefoy : leur stupidité et leur négligence ne lui avaient-elles pas prouvé à quel point il était malavisé d'accorder sa confiance à qui que ce soit ?

Il se rendrait donc d'abord dans la masure des Gaunt et emmènerait Nagini avec lui : il ne voulait plus se séparer du serpent… Il quitta la pièce, traversa le hall et sortit dans le jardin sombre où la fontaine déployait ses jeux d'eau. En Fourchelang, il appela le serpent qui ondula vers lui, telle une ombre, longue et sinueuse…

Les yeux de Harry se rouvrirent brusquement lorsqu'il s'arracha à sa vision pour revenir à l'instant présent. Il était étendu sur la rive du lac, dans le soleil couchant, sous le regard de Ron et d'Hermione. À en juger par leur expression inquiète et les élancements continus qu'il ressentait dans sa cicatrice, sa brusque incursion dans l'esprit de Voldemort n'était pas passée inaperçue. Il se redressa péniblement, parcouru de frissons, vaguement surpris d'avoir la peau encore humide, et vit la coupe, apparemment innocente, posée dans l'herbe devant lui. Le lac, d'un bleu profond, était parsemé des reflets dorés du soleil déclinant.

– Il sait.

Sa propre voix lui parut grave et étrange, après les hurlements aigus de Voldemort.

– Il sait et il va vérifier les cachettes des autres Horcruxes. Le dernier – il s'était mis debout à présent – se trouve à Poudlard. Je le savais. Je le *savais*.

– Quoi ?

Ron le regardait bouche bée. Hermione se releva sur un genou, l'air préoccupée.

– Qu'est-ce que tu as vu ? Comment peux-tu en être sûr ?

– J'étais là au moment où il a appris ce qui s'est passé pour la coupe… Je… j'étais dans sa tête, il est…

Harry se rappela les meurtres.

– Il est très en colère, il a peur aussi, il n'arrive pas à comprendre comment nous avons pu découvrir l'existence des Horcruxes et maintenant, il veut être certain que les autres sont bien en sûreté. Il va commencer par la bague. Il pense que le mieux protégé est celui de Poudlard, parce que Rogue est là-bas et parce qu'il serait trop difficile d'y entrer sans être repéré. Je crois que c'est le dernier qu'il ira vérifier, mais il se peut quand même qu'il y soit dans quelques heures…

— As-tu vu où se trouve l'Horcruxe de Poudlard ? demanda Ron en se relevant à son tour.

— Non, il songeait surtout à avertir Rogue, il ne pensait pas à la cachette…

— Attendez, attendez ! s'écria Hermione alors que Ron avait déjà ramassé la coupe d'or et que Harry sortait à nouveau la cape d'invisibilité. Nous ne pouvons pas y aller comme ça, nous n'avons aucun plan, il faut d'abord…

— Nous devons partir tout de suite, l'interrompit Harry d'un ton ferme.

Il avait espéré pouvoir dormir, impatient de s'installer sous la nouvelle tente, mais ce n'était plus possible.

— Tu imagines de quoi il est capable quand il s'apercevra que la bague et le médaillon ont disparu ? Qu'est-ce qu'on fera s'il décide que la cachette de Poudlard n'est pas assez sûre et qu'il déplace l'Horcruxe ?

— Mais comment va-t-on s'y prendre pour entrer ?

— On s'arrêtera d'abord à Pré-au-Lard, répondit Harry. Nous essayerons de trouver un moyen quand nous aurons vu le système de protection de l'école. Viens sous la cape, Hermione, je veux que nous restions ensemble, cette fois.

— Mais on ne tiendra pas tous les trois…

— La nuit sera tombée, personne ne verra nos pieds.

Le battement produit par des ailes immenses résonna de l'autre côté de l'eau noire : le dragon avait bu tout son soûl et s'élevait à présent dans les airs. Ils interrompirent leurs préparatifs pour regarder monter de plus en plus haut sa silhouette devenue noire dans le ciel assombri, jusqu'à ce qu'il disparaisse derrière une montagne. Hermione s'avança alors et se glissa entre les deux autres. Harry déploya la cape en la faisant pendre le plus bas possible puis, d'un même mouvement, ils pivotèrent sur place et s'enfoncèrent dans l'obscurité oppressante.

28
LE MIROIR MANQUANT

Les pieds de Harry touchèrent le revêtement d'une route. Il vit la grand-rue de Pré-au-Lard, douloureusement familière : les façades sombres des magasins, le contour des montagnes au-delà du village, la courbe de la route qui menait à Poudlard, un peu plus loin devant lui, la lumière que déversaient les fenêtres des Trois Balais et, le cœur serré, il se souvint avec une précision frappante du jour où il avait atterri ici, presque un an auparavant, soutenant un Dumbledore désespérément affaibli. Il avait perçu tout cela en un instant, lorsqu'il était retombé sur le sol puis, au moment où il relâchait l'étreinte de ses doigts sur les bras de Ron et d'Hermione, quelque chose se produisit.

Un hurlement, semblable à celui qu'avait poussé Voldemort en apprenant le vol de la coupe, déchira l'atmosphère, un cri que Harry sentit vibrer dans chaque nerf de son corps. Il comprit aussitôt que c'était leur arrivée qui l'avait déclenché. Alors qu'il regardait Ron et Hermione sous la cape, la porte des Trois Balais s'ouvrit violemment et une douzaine de Mangemorts encapuchonnés se précipitèrent dans la rue, leurs baguettes brandies.

Harry saisit le poignet de Ron à l'instant où celui-ci levait sa propre baguette. Ils étaient trop nombreux pour qu'ils puissent les stupéfixer. Le simple fait d'essayer trahirait leur position. Un Mangemort agita sa baguette et le hurlement s'interrompit, son écho continuant de résonner dans les montagnes lointaines.

– *Accio cape* ! rugit l'un des Mangemorts.

Harry serra les pans de la cape d'invisibilité mais elle n'esquissa pas le moindre mouvement : le sortilège d'Attraction n'avait pas eu d'effet sur elle.

– Tu n'es pas sous ton emballage, Potter ? s'écria le Mangemort qui avait essayé de jeter le sortilège.

S'adressant à ses compagnons, il ajouta :

– Dispersez-vous et cherchez-le, il est ici.

Six Mangemorts coururent alors vers eux. Harry, Ron et Hermione battirent en retraite aussi vite que possible dans une petite rue adjacente et les Mangemorts les manquèrent de quelques centimètres. Tous trois attendirent dans l'obscurité, écoutant les bruits de pas qui couraient en tous sens, les rayons lumineux projetés par les baguettes magiques des Mangemorts flottant le long de la grand-rue.

– Partons ! murmura Hermione. Transplanons tout de suite !

– Excellente idée, approuva Ron.

Mais avant que Harry ait pu répondre, un Mangemort cria :

– On sait que tu es ici, Potter, et tu ne pourras pas t'échapper ! On te trouvera !

– Ils s'étaient préparés, murmura Harry. Ils ont mis ce sortilège en place pour être prévenus de notre arrivée. J'imagine qu'ils ont également fait ce qu'il fallait pour nous empêcher de repartir, pour nous prendre au piège…

– Et les Détraqueurs ? lança un autre Mangemort. Lâchons-les, ils le retrouveront vite !

– Le Seigneur des Ténèbres ne veut pas que Potter meure d'une autre main que la sienne…

– Mais les Détraqueurs ne le tueront pas ! Le Seigneur des Ténèbres veut la vie de Potter, pas son âme. Il sera plus facile à tuer s'il a d'abord été embrassé !

Il y eut des murmures d'approbation. Harry fut saisi de terreur : pour repousser les Détraqueurs, ils devraient produire des Patronus, ce qui les trahirait aussitôt.

– Il faut qu'on essaye de transplaner, Harry ! chuchota Hermione.

Au même moment, il sentit un froid anormal s'insinuer dans la rue. Toutes les lumières furent aspirées, jusqu'à celles des étoiles, qui s'évanouirent. Dans une totale obscurité, il sentit Hermione lui serrer le bras et ils tournèrent sur place.

Mais c'était comme si l'atmosphère qu'ils auraient dû traverser était devenue solide : ils ne pouvaient plus transplaner. Les sortilèges des Mangemorts se révélaient efficaces. Le froid glacé mordait de plus en plus la chair de Harry. Tous trois reculèrent. Ils suivaient le mur à tâtons en essayant de ne pas faire de bruit. Soudain, au coin de la rue, les Détraqueurs apparurent, glissant en silence. Au nombre de dix, ou plus, ils restaient visibles car leurs silhouettes, avec leurs capes noires et leurs mains putréfiées couvertes de croûtes, étaient encore plus sombres que l'obscurité environnante. Percevaient-ils de la peur à proximité ? Harry en était sûr. Ils semblaient avancer plus vite, il entendait leur lente respiration sifflante, semblable à un râle, qu'il détestait tant, un goût de désespoir se répandait dans l'air, ils se rapprochaient…

Il leva sa baguette : il ne pouvait, ne voulait, subir le baiser d'un Détraqueur, quoi qu'il puisse arriver par la suite. C'était à Ron et à Hermione qu'il pensait lorsqu'il murmura :

– *Spero Patronum !*

Le cerf argenté jaillit de sa baguette et chargea : les Détraqueurs se dispersèrent et quelque part, un cri de triomphe retentit.

– C'est lui, là-bas, là-bas, j'ai vu son Patronus, c'était un cerf !

Les Détraqueurs avaient fui, les étoiles réapparurent et les bruits de pas des Mangemorts se firent de plus en plus proches. Mais avant que Harry, pris de panique, n'ait pu décider de ce qu'il allait faire, le mécanisme d'une serrure grinça, une porte s'ouvrit du côté gauche de la rue étroite et une voix rude lança :

– Potter, vite, ici !

Il obéit sans hésiter : tous trois se précipitèrent à travers l'ouverture.

– Montez là-haut, gardez la cape sur vous, taisez-vous ! marmonna un homme de haute taille qui passa devant eux pour sortir dans la rue et claqua la porte derrière lui.

Au début, Harry n'avait aucune idée de l'endroit où ils se trouvaient, mais bientôt, à la lueur vacillante d'une unique chandelle, il reconnut le bar crasseux, au sol recouvert de sciure, de La Tête de Sanglier. Ils coururent derrière le comptoir puis franchirent une autre porte qui donnait sur un escalier de bois délabré dont ils montèrent les marches aussi vite qu'ils le purent. Ils arrivèrent dans un salon au tapis usé. Au-dessus d'une petite cheminée était accrochée une grande peinture à l'huile représentant une fillette blonde qui contemplait la pièce avec une sorte de douceur absente.

Des cris s'élevèrent de la rue. Toujours recouverts de la cape d'invisibilité, ils s'avancèrent silencieusement et regardèrent par la fenêtre aux vitres sales. Leur sauveur, en qui Harry reconnaissait à présent le barman de La Tête de Sanglier, était la seule personne qui ne portait pas de capuchon.

– Et alors ? hurlait-il au visage de l'une des silhouettes masquées. Et alors ? Si vous envoyez des Détraqueurs dans ma rue, moi, je leur envoie un Patronus ! Je ne veux pas les avoir à côté de chez moi, je vous l'ai déjà dit, je n'en veux pas !

– Ce n'était pas ton Patronus ! répliqua un Mangemort. C'était un cerf, celui de Potter !

– Un cerf ! rugit le barman.

Il sortit une baguette magique.

– Un cerf ! Espèce d'idiot… *Spero Patronum !*

Une forme immense et cornue surgit de la baguette : tête baissée, elle chargea en direction de la grand-rue et disparut.

– Ce n'est pas ce que j'ai vu…, dit le Mangemort, avec moins de certitude, cependant.

– Tu as entendu le bruit, le couvre-feu a été violé, intervint l'un de ses compagnons. Quelqu'un était dans la rue, contrairement au règlement…

– Si je veux faire sortir mon chat, personne ne m'en empêchera et au diable votre couvre-feu !

– C'est toi qui as déclenché le charme du Cridurut ?

– Si je réponds oui, qu'est-ce qui se passera ? Vous allez m'expédier à Azkaban ? Me tuer pour avoir osé mettre le nez dehors devant ma propre porte ? Allez-y, si ça vous amuse ! Mais j'espère pour vous que vous n'avez pas appuyé sur votre petite Marque des Ténèbres pour l'amener ici. Il ne serait pas très content que vous l'appeliez simplement pour me voir moi et mon vieux chat, vous ne croyez pas ?

— Ne t'inquiète pas pour nous, répliqua l'un des Mangemorts, c'est plutôt toi qui devrais te faire du souci pour avoir violé le couvre-feu !

— Et comment vous vous y prendrez, tous autant que vous êtes, pour continuer votre petit trafic de potions et de poisons quand mon pub sera fermé ? Comment vous ferez pour arrondir vos fins de mois ?

— Tu nous menaces ?

— Je ne vous ai jamais dénoncés, c'est pour ça que vous venez ici, non ?

— Et moi, je te dis que j'ai vu un Patronus en forme de cerf ! s'écria le premier Mangemort.

— Un cerf ? gronda le barman. C'est un bouc, idiot !

— D'accord, on a fait une erreur, admit le deuxième Mangemort. Mais si tu violes à nouveau le couvre-feu, on ne sera plus aussi indulgents !

D'un pas énergique, les Mangemorts retournèrent dans la grand-rue. Hermione exprima son soulagement en poussant un petit gémissement. Elle se dégagea de la cape et s'assit sur une chaise aux pieds branlants. Harry ferma soigneusement les rideaux, puis ôta la cape d'invisibilité qui les recouvrait encore, Ron et lui. Ils entendirent le barman verrouiller à nouveau la porte du rez-de-chaussée et monter l'escalier.

L'attention de Harry fut alors attirée par un objet posé sur le manteau de la cheminée : un petit miroir rectangulaire appuyé contre le mur, juste sous le portrait de la fillette.

Le barman entra dans la pièce.

— Bande d'imbéciles, dit-il d'un ton rude en les regardant tour à tour. Qu'est-ce qui vous a pris de venir ici ?

— Merci, répondit Harry, nous ne pourrons jamais vous être assez reconnaissants. Vous nous avez sauvé la vie.

Le barman grogna. Harry s'approcha de lui et le dévisagea, essayant de distinguer ses traits à travers sa barbe et ses cheveux, longs, filandreux, d'un gris de fil de fer. Derrière ses lunettes aux verres sales, ses yeux étaient d'un bleu perçant, brillant.

— C'est votre œil qui était dans le miroir.

Un silence tomba dans la pièce. Harry et le barman se regardèrent.

— Vous nous avez envoyé Dobby.

Le barman acquiesça d'un signe de tête et chercha Dobby des yeux.

— Je pensais qu'il serait avec vous. Où l'avez-vous laissé ?

— Il est mort, dit Harry. Bellatrix Lestrange l'a tué.

Le visage du barman resta impassible. Au bout d'un moment, il murmura :

— Je suis navré de l'apprendre. J'aimais bien cet elfe.

Il se détourna, allumant les lampes d'un coup de baguette magique, sans regarder aucun d'entre eux.

— Vous êtes Abelforth, dit Harry à l'homme qui lui tournait le dos.

Ne cherchant ni à confirmer ni à démentir, il se pencha pour allumer le feu.

— Comment vous êtes-vous procuré ceci ? demanda Harry.

Il s'avança vers le miroir de Sirius, identique à celui qu'il avait brisé près de deux ans auparavant.

— Je l'ai acheté à Ding il y a environ un an, répondit Abelforth. Albus m'a expliqué ce que c'était. J'ai essayé de garder un œil sur vous.

Ron sursauta.

653

– La biche argentée ! s'exclama-t-il, surexcité. C'était vous ?

– De quoi parles-tu ? s'étonna Abelforth.

– Quelqu'un nous a envoyé un Patronus !

– Avec un cerveau comme le tien, tu pourrais devenir Mangemort, fiston. N'ai-je pas montré il y a un instant que mon Patronus était un bouc ?

– Oui, c'est vrai…, admit Ron. En tout cas, j'ai faim ! ajouta-t-il, sur la défensive, alors que son estomac grondait bruyamment.

– J'ai de quoi manger, répondit Abelforth.

Il sortit de la pièce et revint quelques instants plus tard avec une grande miche de pain, du fromage et une cruche d'étain remplie d'hydromel, qu'il posa sur une petite table devant le feu. Ils mangèrent et burent avec avidité et pendant un moment, on n'entendit plus que le craquement des bûches, le tintement des coupes et les bruits de mastication.

– Bien, alors, reprit Abelforth lorsqu'ils eurent mangé à satiété, et que Harry et Ron se furent affalés dans des fauteuils d'un air somnolent. Il faut réfléchir au meilleur moyen de sortir d'ici. On ne peut rien tenter la nuit : dès que le charme du Cridurut se sera déclenché, ils vous tomberont dessus comme des Botrucs sur des œufs de Doxy. Je ne pense pas que j'arriverai une deuxième fois à faire passer un cerf pour un bouc. Attendez l'aube, quand le couvre-feu sera levé, vous pourrez alors remettre votre cape d'invisibilité et partir à pied. Sortez tout de suite de Pré-au-Lard, allez dans les montagnes et là, vous pourrez transplaner. Vous verrez peut-être Hagrid. Il se cache dans une grotte, là-haut, avec Graup, depuis qu'ils ont essayé de l'arrêter.

– On ne s'en va pas, répliqua Harry. Il faut que nous entrions à Poudlard.

– Ne sois pas stupide, mon garçon, dit Abelforth.

– Nous devons y aller, insista Harry.

– La seule chose que vous ayez à faire, poursuivit Abelforth en se penchant en avant, c'est partir d'ici le plus loin possible.

– Vous ne comprenez pas. Il ne reste pas beaucoup de temps. Il faut absolument que nous allions au château. Dumbledore… je veux dire, votre frère… voulait que nous…

La lueur des flammes rendit les verres sales des lunettes d'Abelforth momentanément opaques, d'un blanc brillant, uni, et Harry se souvint des yeux aveugles d'Aragog, l'araignée géante.

– Mon frère Albus voulait toujours beaucoup de choses, l'interrompit Abelforth, et les gens qui l'entouraient avaient la mauvaise habitude de prendre des coups chaque fois qu'il exécutait ses plans grandioses. Ne t'approche pas de cette école, Potter, et quitte le pays si tu le peux. Oublie mon frère et ses savantes machinations. Il est parti là où tout cela ne peut plus lui faire de mal et tu ne lui dois rien.

– Vous ne comprenez pas, répéta Harry.

– Ah, vraiment ? murmura Abelforth. Tu crois que je ne peux pas comprendre mon propre frère ? Tu penses que tu connaissais Albus mieux que moi ?

– Ce n'est pas ce que je voulais dire, répondit Harry, dont le cerveau devenait plus lent sous l'effet de l'épuisement et d'un excès de nourriture et de vin. C'est… Il m'a confié un travail.

– Voyez-vous ça ? Un travail agréable, j'espère ? Facile ? Le genre de choses qu'un jeune sorcier non diplômé peut accomplir sans trop se casser la tête ?

Ron eut un petit rire sinistre. Hermione paraissait tendue.

– Je… non, ce n'est pas facile du tout, dit Harry. Mais il faut que je…

– Il faut ? Pourquoi « Il faut » ? Il est mort, n'est-ce pas ? répliqua Abelforth avec brusquerie. Laisse tomber, mon garçon, sinon, tu vas bientôt le suivre ! Sauve ta propre vie !

– Je ne peux pas.

– Et pourquoi ?

– Je…

Harry se sentit dépassé. Ne pouvant donner d'explication, il préféra prendre l'offensive.

– Vous aussi, vous combattez, vous êtes membre de l'Ordre du Phénix…

– Je l'étais, répondit Abelforth. L'Ordre du Phénix est fini. Vous-Savez-Qui a gagné, c'est terminé, et tous ceux qui prétendent le contraire se font des illusions. Tu ne seras jamais en sécurité, ici, Potter, il a trop envie de te retrouver. Pars à l'étranger, cache-toi, sauve ta peau. Et emmène ces deux-là avec toi, ça vaudra mieux.

D'un geste du pouce, il montra Ron et Hermione.

– Ils seront en danger toute leur vie, maintenant que chacun sait qu'ils ont été à tes côtés.

– Je ne peux pas partir, affirma Harry. J'ai un travail…

– Confie-le à quelqu'un d'autre !

– Impossible. C'est à moi de le faire. Dumbledore m'a bien expliqué…

– Voyez-vous ça… Et est-ce qu'il t'a vraiment tout dit, est-ce qu'il a été sincère avec toi ?

De tout son cœur, Harry aurait voulu répondre oui, mais ce simple mot n'arrivait pas à franchir ses lèvres. Abelforth sembla deviner ses pensées.

– Je connaissais mon frère, Potter. Il a acquis le goût du secret sur les genoux de ma mère. Le secret et le mensonge, c'est là-dedans que nous avons été élevés et Albus… était très doué pour ça.

Les yeux du vieil homme se tournèrent vers le portrait de la fillette, au-dessus de la cheminée. En regardant plus attentivement autour de lui, Harry s'aperçut que c'était le seul tableau accroché dans la pièce. Il n'y avait par ailleurs aucune photo d'Albus Dumbledore, ni de qui que ce soit d'autre.

– Mr Dumbledore ? demanda Hermione d'une voix plutôt timide. Est-ce votre sœur ? Ariana ?

– Oui, répondit simplement Abelforth. On dirait que vous avez lu Rita Skeeter, ma petite demoiselle ?

Même à la lueur rosâtre du feu, on voyait nettement qu'Hermione avait rougi.

– Elphias Doge nous en a parlé, intervint Harry, essayant d'épargner Hermione.

– Ce vieil imbécile, marmonna Abelforth.

Il but une autre gorgée d'hydromel.

– Il a toujours pensé que mon frère répandait le soleil par tous ses orifices, il en était convaincu. Comme beaucoup d'autres, d'ailleurs, y compris vous trois, si j'en crois les apparences.

Harry resta silencieux. Il ne voulait pas exprimer les doutes et les incertitudes qui le rongeaient depuis des mois au sujet de Dumbledore. Il avait fait son choix pendant qu'il creusait la tombe de Dobby. Il avait décidé de suivre le chemin tortueux, périlleux, que lui avait indiqué Albus Dumbledore, d'accepter le fait qu'il ne lui ait pas dit tout ce qu'il voulait savoir, mais simplement demandé de lui faire confiance. Il n'avait aucun désir de douter à nouveau, il ne voulait rien entendre qui puisse le détourner de son but. Il croisa le regard d'Abelforth, si étonnamment semblable à celui de son frère : ses yeux bleus brillants donnaient la même impression de passer aux rayons X tout ce qu'ils examinaient, et Harry songea qu'Abelforth devinait ses pensées et qu'elles lui inspiraient du mépris.

– Le professeur Dumbledore aimait beaucoup Harry, dit Hermione à voix basse.

– Voyez-vous ça ? s'exclama Abelforth. Il est curieux de voir combien de gens que mon frère aimait beaucoup se sont retrouvés dans une situation bien pire que s'il les avait laissés tranquilles.

– Que voulez-vous dire ? demanda Hermione, le souffle coupé.

– Ne cherchez pas à savoir, répliqua Abelforth.

– Mais ce que vous affirmez est très grave ! insista Hermione. Vous voulez… Vous voulez parler de votre sœur ?

Abelforth lui lança un regard mauvais. Ses lèvres remuèrent comme s'il mâchait les mots qu'il s'efforçait de retenir. Enfin, il explosa :

– Lorsque ma sœur avait six ans, elle a été attaquée, agressée, par trois Moldus. Ils l'avaient vue pratiquer la magie en l'épiant à travers la haie du jardin. C'était une enfant, elle n'arrivait pas à contrôler ses pouvoirs, aucun sorcier ne le peut, à cet âge. J'imagine que ce qu'ils avaient vu les avait effrayés. Ils se sont introduits dans le jardin à travers la haie et comme elle était incapable de leur montrer le « truc » qui permettait d'en faire autant, ils se sont un peu emportés en voulant empêcher le petit monstre de recommencer.

À la lueur des flammes, les yeux d'Hermione paraissaient

immenses. Ron semblait pris de nausée. Abelforth se leva, aussi grand qu'Albus, soudain terrible dans sa colère et l'intensité de sa douleur.

– Ce qu'ils lui ont infligé l'a détruite. Elle n'a plus jamais été la même. Elle ne voulait plus entendre parler de magie mais elle ne parvenait pas à s'en débarrasser. Alors, la magie, enfermée à l'intérieur, l'a rendue folle, elle explosait hors d'elle quand elle n'arrivait pas à la contrôler, et parfois elle se montrait étrange, dangereuse même. Mais la plupart du temps, elle était douce, craintive, inoffensive.

« Mon père s'en est pris aux voyous qui avaient fait cela, poursuivit Abelforth, il les a attaqués. C'est pour cette raison qu'on l'a enfermé à Azkaban. Il n'a jamais dit pourquoi il avait agi ainsi, parce que si le ministère avait su ce qu'était devenue Ariana, elle aurait été bouclée pour de bon à Ste Mangouste. Ils l'auraient considérée comme une menace grave pour le Code international du secret magique, instable comme elle l'était, avec toute cette magie qui jaillissait d'elle quand elle ne pouvait plus la retenir.

« Nous avons dû la garder dans le silence et l'isolement. Nous avons déménagé, nous avons prétendu qu'elle était malade et ma mère s'en est occupée, elle a essayé de la calmer, de la rendre heureuse.

« J'étais son préféré, ajouta-t-il, et quand il prononça ces mots, on aurait dit qu'un petit garçon crasseux venait d'apparaître derrière les rides et la barbe en broussaille d'Abelforth. Ce n'était pas Albus qu'Ariana aimait le mieux. Lui, quand il était à la maison, il restait toujours là-haut dans sa chambre, à lire des livres et à compter ses récompenses, à entretenir sa correspondance avec "les personnalités magiques les plus remarquables de son temps".

Abelforth ricana.

— Il ne voulait pas qu'on l'embête avec sa sœur. C'était moi qu'elle préférait. J'arrivais à la faire manger lorsqu'elle refusait d'avaler quoi que ce soit avec ma mère, je parvenais à la calmer quand elle était prise d'un de ses accès de rage, et quand elle se tenait tranquille, elle m'aidait à nourrir les chèvres.

« Puis, quand elle a eu quatorze ans… Je n'étais pas à la maison, vous comprenez, continua Abelforth. Si j'avais été là, j'aurais pu la calmer. Elle a eu une de ses crises de fureur et ma mère n'était plus si jeune, alors… il y a eu un accident. Ariana n'a pas pu se contrôler. Et ma mère a été tuée.

Harry ressentit un mélange effroyable de pitié et de répulsion. Il ne voulait pas en entendre davantage, mais Abelforth poursuivit son récit et Harry se demanda combien de temps s'était passé depuis la dernière fois où il avait parlé de tout cela. Il se demanda même s'il en avait jamais rien dit à personne.

— Et donc, Albus a dû renoncer à son voyage autour du monde avec le petit Doge. Tous les deux sont venus à la maison pour assister aux funérailles de ma mère, puis Doge est parti tout seul et Albus a pris la place de chef de famille. Ha ! Ha !

Abelforth cracha dans les flammes.

— J'aurais été d'accord pour m'occuper d'elle, je le lui ai dit, je me fichais bien de l'école, je serais volontiers resté à la maison pour m'en charger. Mais il m'a répondu que je devais finir mes études et que ce serait lui qui remplacerait ma mère. C'était une dégringolade pour Mr Fort-en-Thème, on ne reçoit pas de prix ou de récompenses pour avoir pris soin d'une sœur à moitié folle en l'empêchant de faire sauter la maison tous les deux jours. Mais il s'en est bien sorti pendant quelques semaines… jusqu'à ce qu'il arrive.

Une expression ouvertement menaçante apparut sur le visage d'Abelforth.

– Grindelwald. Enfin, mon frère avait un *égal* à qui parler, quelqu'un d'aussi brillant, d'aussi talentueux que *lui*. S'occuper d'Ariana devint alors très secondaire, pendant qu'ils mijotaient leurs plans pour établir un ordre nouveau chez les sorciers, et chercher les *reliques* ou faire je ne sais quoi encore qui les intéressait tant. De grands projets qui devaient bénéficier à toute la communauté magique, et si on négligeait de prendre soin d'une fillette, quelle importance, puisque Albus travaillait pour *le plus grand bien* ?

« Mais au bout de quelques semaines, j'en ai eu assez, vraiment assez. Le moment était presque venu pour moi de retourner à Poudlard, alors je leur ai dit, à tous les deux, face à face, comme je vous parle en ce moment… – Abelforth regarda Harry et il ne fallait guère d'imagination pour se le représenter en adolescent efflanqué et furieux, se dressant contre son frère aîné –, je lui ai dit : "Il vaudrait mieux que tu laisses tomber, maintenant. Je ne sais pas où tu as l'intention d'aller, mais on ne peut pas la déplacer, elle n'est pas en état, tu ne peux pas l'emmener avec toi pendant que tu passeras ton temps à prononcer de beaux discours en essayant de rassembler des partisans." Ça ne lui a pas plu, poursuivit Abelforth, et ses yeux furent brièvement occultés par le reflet des flammes sur les verres de ses lunettes qui brillèrent à nouveau d'un éclat blanc, aveugle. Grindelwald n'a pas du tout aimé. Il s'est mis en colère. Il m'a dit que j'étais un petit imbécile qui essayait de leur faire obstacle à lui et à mon frère si brillant… Ne *comprenais*-je

661

donc pas que ma pauvre sœur n'aurait plus *besoin* de rester cachée lorsqu'ils auraient changé le monde, permis aux sorciers de sortir de la clandestinité et appris aux Moldus à demeurer à leur place ?

« Il y a eu une dispute… J'ai sorti ma baguette, il a sorti la sienne et le sortilège Doloris m'a été jeté par le meilleur ami de mon propre frère… Albus essayait de l'arrêter et nous nous sommes affrontés tous les trois. Les éclairs de lumière, les détonations ont provoqué une crise, elle ne pouvait plus le supporter…

Le visage d'Abelforth pâlissait à vue d'œil, comme s'il avait subi une blessure mortelle.

– Je crois qu'elle a voulu aider mais elle ne savait pas vraiment ce qu'elle faisait et j'ignore qui de nous trois était responsable, ce pouvait être n'importe lequel d'entre nous… En tout cas, elle était morte.

Sa voix se brisa en prononçant ces derniers mots et il se laissa tomber dans le fauteuil le plus proche. Les joues d'Hermione étaient humides de larmes et Ron était presque aussi blafard qu'Abelforth. Harry ne ressentait que du dégoût : il aurait voulu n'avoir jamais entendu cette histoire, il aurait voulu pouvoir l'effacer complètement de son esprit.

– Je suis… Je suis navrée, murmura Hermione.

– Partie, murmura Abelforth d'une voix rauque. Partie pour toujours.

Il s'essuya le nez d'un revers de manche et s'éclaircit la gorge.

– Évidemment, Grindelwald a tout de suite filé. Il avait déjà un dossier, dans son propre pays, et il ne voulait pas qu'on ajoute la mort d'Ariana à la liste de ses méfaits. Quant à Albus, n'était-il pas libre, désormais ? Libre du fardeau que représentait sa sœur, libre de devenir le plus grand sorcier de…

– Il n'a jamais été libre, l'interrompit Harry.

– Je vous demande pardon ? dit Abelforth.

– Jamais, répéta Harry. Le soir où votre frère est mort, il a bu une potion qui lui a fait perdre la tête. Il s'est mis à crier, à supplier quelqu'un qui n'était pas là. « Il ne faut pas leur faire de mal, par pitié… C'est à moi qu'il faut faire du mal. »

Ron et Hermione regardaient fixement Harry. Il n'avait jamais raconté les détails de ce qui s'était passé sur l'île, au milieu du lac : les événements qui s'étaient produits après que Dumbledore et lui furent revenus à Poudlard avaient complètement éclipsé le reste.

– Il se croyait de retour là-bas, avec vous et Grindelwald, je le sais, poursuivit Harry qui se rappelait Dumbledore gémissant, suppliant. Il croyait voir Grindelwald en train de vous faire du mal, à vous et à Ariana… Pour lui, c'était une torture, si vous l'aviez vu à ce moment-là, vous ne diriez pas qu'il était libre.

Abelforth avait l'air perdu dans la contemplation de ses mains noueuses aux veines saillantes. Après un long silence, il répondit :

– Comment peux-tu être sûr, Potter, que mon frère n'était pas plus intéressé par « le plus grand bien » que par toi ? Comment peux-tu être sûr que tu n'es pas une quantité négligeable qu'on peut laisser tuer, comme ma petite sœur ?

Harry eut l'impression qu'une pointe de glace lui transperçait le cœur.

– Je n'y crois pas. Dumbledore aimait Harry, assura Hermione.

– Pourquoi ne lui a-t-il pas conseillé de se cacher, dans ce

cas ? rétorqua Abelforth. Pourquoi ne lui a-t-il pas dit :
« Prends soin de toi, voici comment survivre ? »

– Parce que, répliqua Harry avant qu'Hermione ait pu
répondre, parfois il faut penser à autre chose qu'à sa propre
sécurité ! Parfois, il faut penser au plus grand bien ! Nous
sommes en guerre !

– Tu as dix-sept ans, mon garçon !

– Je suis majeur et je vais continuer à me battre même si
vous, vous avez abandonné !

– Qui te dit que j'ai abandonné ?

– « L'Ordre du Phénix est fini, répéta Harry. Vous-Savez-
Qui a gagné, c'est terminé, et tous ceux qui prétendent le
contraire se font des illusions. »

– Même si ça ne me plaît pas, c'est la vérité !

– Non, répondit Harry. Votre frère savait comment venir à
bout de Vous-Savez-Qui et il m'a transmis ce savoir. Je continuerai jusqu'à ce que je réussisse… ou que je meure. Ne
croyez pas que j'ignore comment les choses pourraient finir.
Je le sais depuis des années.

Harry s'attendait à ce qu'Abelforth se moque de lui ou
conteste ses affirmations, mais il n'en fit rien. Il se contenta
d'afficher une mine renfrognée.

– Nous devons entrer à Poudlard, répéta Harry. Si vous ne
pouvez rien pour nous, nous attendrons l'aube, nous vous
laisserons tranquille et nous essayerons nous-mêmes de trouver un moyen. Mais si vous *pouvez* nous aider… ce serait le
moment de nous le faire savoir.

Abelforth resta figé dans son fauteuil, fixant Harry de ses
yeux si extraordinairement semblables à ceux de son frère.
Enfin, il s'éclaircit la gorge, se leva, contourna la petite table
et s'approcha du portrait d'Ariana.

– Tu sais ce que tu dois faire, dit-il.

Elle sourit, tourna les talons et s'en alla, non pas à la manière habituelle des portraits, en sortant du cadre, mais en suivant ce qui semblait être un long tunnel peint derrière elle. Ils regardèrent sa mince silhouette s'éloigner jusqu'à ce qu'elle disparaisse, engloutie par l'obscurité.

– Heu… Qu'est-ce que… ? commença Ron.

– Il n'y a plus qu'un seul moyen d'entrer, maintenant, l'interrompit Abelforth. Il faut que vous le sachiez : d'après mes sources, tous les passages secrets sont surveillés à chaque extrémité, des Détraqueurs sont postés tout autour des murs d'enceinte, des patrouilles font régulièrement des rondes dans le château. Jamais l'endroit n'a été aussi bien gardé. Comment espérez-vous tenter quoi que ce soit quand vous serez à l'intérieur, avec Rogue comme directeur et les Carrow comme adjoints… mais ça, c'est votre affaire, n'est-ce pas ? Tu as dit que tu étais prêt à mourir.

– Qu'est-ce que… ? balbutia Hermione qui fronçait les sourcils en regardant le tableau d'Ariana.

Un minuscule point blanc était réapparu tout au bout du couloir peint. Ariana revenait vers eux, sa silhouette grandissant à mesure qu'elle approchait. Mais à présent, quelqu'un d'autre l'accompagnait, quelqu'un de plus grand qu'elle, qui marchait en boitant, l'air surexcité. Harry ne lui avait jamais vu des cheveux aussi longs. Des entailles barraient son visage et ses vêtements étaient troués, déchirés. Les deux silhouettes continuèrent de grandir jusqu'à remplir le tableau de la tête et des épaules. Puis le cadre pivota sur le mur à la manière d'une petite porte qui révéla l'entrée d'un tunnel, un vrai cette fois. Grimpant à travers l'ouverture, les cheveux trop longs, le visage tailladé, sa robe lacérée, Neville Londubat en personne poussa un rugissement de joie, sauta du manteau de la cheminée et s'écria :

— Je savais que tu viendrais ! *Je le savais, Harry !*

29
LE DIADÈME PERDU

– Neville… Qu'est-ce que… Comment… ?

Mais Neville venait d'apercevoir Ron et Hermione et avec des cris d'allégresse, il se précipita également sur eux pour les serrer dans ses bras. Plus Harry le regardait, plus son état lui paraissait effrayant : il avait un œil enflé, violacé, des marques profondes sur le visage et son apparence dépenaillée laissait deviner qu'il vivait à la dure. Son visage meurtri rayonnait cependant de bonheur lorsqu'il relâcha Hermione et s'exclama à nouveau :

– Je savais que vous viendriez ! Je n'ai pas arrêté de répéter à Seamus que c'était une simple question de temps !

– Neville, qu'est-ce qui t'est arrivé ?

– Quoi ? Ah, ça ?

D'un hochement de tête, il minimisa la gravité de ses blessures.

– Ce n'est rien. Seamus est dans un état bien pire, vous verrez. On y va ? Oh, ajouta-t-il en se tournant vers Abelforth, Ab, il y a peut-être deux autres personnes qui vont arriver.

– Deux autres ? répéta Abelforth d'un ton sinistre. Qu'est-ce que tu veux dire par deux autres, Londubat ? Il y a un

667

couvre-feu et tout le village est soumis au charme du Cridurut !

– Je sais, c'est pour ça qu'ils vont transplaner directement dans le bar, répondit Neville. Envoyez-les simplement dans le passage dès qu'ils arriveront, d'accord ? Merci beaucoup.

Neville tendit la main à Hermione et l'aida à monter sur le manteau de la cheminée pour accéder au tunnel. Ron puis Neville la suivirent. Harry s'adressa à Abelforth :

– Je ne sais comment vous remercier. Vous nous avez sauvé la vie, deux fois.

– Veille bien sur eux, lança Abelforth d'une voix bourrue. Je ne pourrai peut-être pas les sauver une troisième fois.

Harry grimpa à son tour sur la cheminée et franchit l'ouverture derrière le portrait d'Ariana. De l'autre côté, des marches de pierre polie permettaient de descendre dans le passage qui semblait exister depuis des années. Des lampes de cuivre étaient accrochées aux murs et le sol de terre battue était usé, lisse. Lorsqu'ils s'avancèrent, leurs ombres ondulèrent sur le mur, dans un mouvement semblable à celui d'un éventail.

– Depuis quand est-il là, ce tunnel ? demanda Ron tandis qu'ils se mettaient en chemin. Il n'est pas sur la carte du Maraudeur, hein, Harry ? Je croyais qu'il n'y avait que sept passages qui permettaient de sortir de l'école ou d'y entrer ?

– Ils les ont tous condamnés avant le début de l'année, dit Neville. On ne peut plus les utiliser, maintenant, avec tous les maléfices qui en protègent l'entrée et les Mangemorts et les Détraqueurs qui attendent à la sortie.

Il se mit à marcher à reculons devant eux, rayonnant, se délectant de les voir.

– Mais peu importe... Alors, c'est vrai, vous avez réussi à

cambrioler Gringotts ? Et vous vous êtes enfuis sur un dragon ? Tout le monde en parle, Terry Boot s'est fait taper dessus par Carrow pour l'avoir crié dans la Grande Salle pendant le dîner !

– Oui, c'est vrai, confirma Harry.

Neville eut un rire ravi.

– Qu'est-ce que vous avez fait du dragon ?

– On l'a relâché dans la nature, répondit Ron. Hermione avait très envie de le garder avec elle…

– N'exagère pas, Ron…

– Et qu'est-ce que vous avez fabriqué pendant tout ce temps-là, Harry ? Les gens disent que vous étiez simplement en fuite, mais je ne le crois pas. Je me doute que vous aviez quelque chose à faire…

– C'est vrai, admit Harry. Mais parle-nous plutôt de Poudlard, nous ne savons pas du tout ce qui s'y passe.

– C'est devenu… En fait, ce n'est plus le Poudlard que vous avez connu, dit Neville, son sourire s'effaçant. Vous connaissez les Carrow ?

– Les deux Mangemorts qui donnent des cours ?

– Ils ne se contentent pas de donner des cours. On leur a confié toute la discipline. Et crois-moi, ils aiment les punitions, les Carrow.

– Comme Ombrage ?

– Oh non, elle paraît bien pâle à côté d'eux. Les autres profs ont pour consigne de nous envoyer chez les Carrow en cas de mauvaise conduite. Mais ils ne le font pas, s'ils peuvent l'éviter. On voit bien qu'ils les détestent autant que nous.

« Amycus, le frère, nous enseigne ce qu'on appelait la défense contre les forces du Mal, sauf que maintenant, ils ont rebaptisé ça l'art de la magie noire. On est censés s'entraîner à jeter le sortilège Doloris en prenant comme cobayes les élèves qui sont en retenue…

– *Quoi ?*

Les voix de Harry, Ron et Hermione résonnèrent à l'unisson dans tout le tunnel.

– Oui, dit Neville. C'est ce qui m'a valu ceci – il montra une entaille particulièrement profonde sur sa joue –, j'avais refusé de le faire. Mais il y a des gens qui s'y habituent très bien. Crabbe et Goyle, par exemple, aiment beaucoup ça. J'imagine que c'est la première fois qu'ils sont les meilleurs en quelque chose.

« Alecto, la sœur d'Amycus, est chargée de l'étude des Moldus, une matière obligatoire pour tout le monde. On est tous obligés de l'entendre expliquer que les Moldus sont des animaux, sales et stupides, qu'ils ont forcé les sorciers à vivre dans la clandestinité en les persécutant et que l'ordre naturel est en passe d'être rétabli. J'ai eu ça – il montra une autre plaie sur son visage – pour lui avoir demandé quel pourcentage de sang moldu ils avaient dans les veines, son frère et elle.

– Voyons, Neville, dit Ron, quand on veut faire de l'ironie, il faut choisir le bon endroit et le bon moment.

– Tu ne l'as jamais entendue. Toi non plus, tu ne l'aurais pas supporté. D'ailleurs, ça aide quand des élèves leur tiennent tête, ça donne de l'espoir à tout le monde. Je l'avais déjà remarqué à l'époque où c'était toi qui le faisais, Harry.

– On dirait que tu leur as servi à aiguiser des couteaux, remarqua Ron avec une légère grimace lorsqu'ils passèrent sous une lampe qui mit davantage en relief les blessures de Neville.

Celui-ci haussa les épaules.

– Ce n'est pas grave. Ils ne veulent pas trop verser de sang pur, et même s'ils nous torturent un peu quand on est insolents, ils ne nous tuent pas.

Harry ne savait pas ce qui était le pire, ce que Neville racontait ou le ton de banalité sur lequel il le racontait.

– Les seules personnes en danger sont celles dont les amis ou la famille s'opposent au régime. On les prend en otage. Le vieux Xeno Lovegood a exprimé ses opinions un peu trop ouvertement dans *Le Chicaneur*, alors ils ont enlevé Luna dans le train quand elle a voulu rentrer chez elle pour Noël.

– Elle va bien, Neville, on l'a vue…

– Je sais, elle s'est arrangée pour me prévenir.

Il sortit de sa poche une pièce d'or et Harry reconnut l'un des faux Gallions que les membres de l'armée de Dumbledore utilisaient pour s'envoyer des messages.

– Ils ont été très utiles, dit Neville en adressant à Hermione un sourire radieux. Les Carrow n'ont jamais découvert comment on communiquait, ça les rendait fous. La nuit, on avait l'habitude de sortir en douce du dortoir pour aller écrire sur les murs : « Armée de Dumbledore, le recrutement continue », ou des trucs dans ce genre-là. Rogue avait horreur de ça.

– Vous *aviez* l'habitude, dit Harry qui avait remarqué l'usage de l'imparfait.

– C'est devenu plus difficile avec le temps, expliqua Neville. Nous avons perdu Luna à Noël et Ginny n'est jamais revenue après Pâques. Or, nous étions un peu les leaders, tous les trois. Les Carrow semblaient savoir que j'avais une grande part de responsabilité et ils me l'ont fait payer assez durement. Puis Michael Corner a été surpris en train de libérer un élève de première année qu'ils avaient enchaîné. Ils l'ont terriblement torturé, ce qui a fait peur aux autres.

– Tu m'étonnes, marmonna Ron.

Le tunnel commençait à remonter.

– Je ne pouvais pas demander aux gens de subir la même chose que Michael, on a donc laissé tomber ce genre d'exploits. Mais on continuait quand même de se battre, en menant des actions souterraines, jusqu'à il y a quinze jours, environ. À ce moment-là, ils ont dû estimer qu'il n'y avait plus qu'un seul moyen de m'arrêter et ils s'en sont pris à ma grand-mère.

– *Quoi ?* s'exclamèrent Harry, Ron et Hermione d'une même voix.

– Oui, dit Neville, qui haletait un peu à cause de la pente raide que suivait le passage. On comprend leur raisonnement. Ils avaient obtenu de très bons résultats en kidnappant des élèves pour obliger leur famille à rentrer dans le rang, il fallait s'attendre à ce qu'ils appliquent la même méthode dans l'autre sens. Seulement voilà – il se tourna pour leur faire face et Harry fut étonné de le voir sourire –, ils ne savaient pas à quoi ils s'exposaient avec ma grand-mère. Une petite vieille qui vivait seule, ils ont sans doute pensé qu'il était inutile d'envoyer quelqu'un de très qualifié. Le résultat, s'esclaffa Neville, c'est que Dawlish est toujours à Ste Mangouste et que ma grand-mère est en fuite. Elle m'a envoyé une lettre – il tapota la poche de poitrine de sa robe – pour me dire qu'elle était fière de moi, que j'étais le digne fils de mes parents et que je devais continuer comme ça.

– *Cool*, ta grand-mère, dit Ron.

– Oui, approuva Neville d'un air joyeux. La seule chose,

c'est que quand ils se sont aperçus qu'ils n'avaient pas de prise sur moi, ils ont décidé que Poudlard pouvait très bien se passer de ma présence. Je ne sais pas s'ils avaient l'intention de me tuer ou de m'envoyer à Azkaban, en tout cas, je savais qu'il était temps de disparaître.

– Mais, dit Ron, qui paraissait ne plus rien comprendre, est-ce que… est-ce qu'on n'est pas en train de retourner tout droit à Poudlard ?

– Bien sûr que si, dit Neville. Tu vas voir, on arrive.

Ils tournèrent un angle de mur et un peu plus loin devant eux, ils virent le bout du tunnel. Une autre volée de marches menait à une porte identique à celle qui était cachée derrière le portrait d'Ariana. Neville la poussa et passa par l'ouverture. Alors que Harry le suivait, il entendit Neville crier à des gens qu'il ne voyait pas :

– Regardez qui arrive ! Je vous l'avais bien dit, non ?

Lorsque Harry pénétra dans la pièce sur laquelle donnait la porte, il y eut des cris, des hurlements…

– HARRY !

– C'est Potter, c'est POTTER !

– Ron !

– *Hermione !*

Dans une vision confuse, il aperçut des tapisseries colorées, des lampes allumées et des visages qui se pressaient en grand nombre autour d'eux. Ron, Hermione et lui furent engloutis au milieu d'une bonne vingtaine de personnes qui les étreignaient de toutes parts, leur tapaient dans le dos, leur ébouriffaient les cheveux, leur serraient la main, comme s'ils venaient de gagner une finale de Quidditch.

– OK, OK, du calme ! s'exclama Neville.

La foule recula et Harry put observer les lieux.

Il ne reconnaissait pas du tout la pièce. Elle était immense et ressemblait un peu à l'intérieur d'une cabane dans les arbres particulièrement somptueuse ou encore à une gigantesque cabine de navire. Des hamacs multicolores étaient suspendus au plafond et à un balcon qui courait tout autour des murs aux lambris sombres, dépourvus de fenêtres et recouverts de tapisseries aux couleurs vives. Harry vit le lion doré de Gryffondor brodé sur un fond écarlate, le blaireau noir de Poufsouffle sur fond jaune et l'aigle de bronze de Serdaigle sur du bleu. Seul le vert et argent de Serpentard était absent. Des bibliothèques débordaient de livres, quelques balais étaient appuyés contre les murs et dans un coin, il y avait une grande radio en bois.

– Où sommes-nous ?

– Dans la Salle sur Demande, bien sûr ! répondit Neville. Elle s'est surpassée, tu ne trouves pas ? Les Carrow me poursuivaient et je savais que c'était ma seule chance de me cacher : j'ai réussi à franchir la porte et voilà ce que j'ai trouvé ! Elle n'était pas vraiment comme ça quand je suis arrivé, elle était beaucoup plus petite, il n'y avait qu'un seul hamac et uniquement la tapisserie de Gryffondor. Mais elle s'est agrandie à mesure qu'augmentaient les membres de l'AD.

– Et les Carrow ne peuvent pas y entrer ? demanda Harry en se retournant vers la porte.

– Non, dit Seamus, que Harry n'avait pas reconnu avant qu'il ne parle tant son visage était meurtri, tuméfié. C'est une très bonne cachette. Tant que l'un de nous reste à l'intérieur, ils ne peuvent nous atteindre, la porte ne s'ouvre pas. Tout repose sur Neville. Il *maîtrise* vraiment cette salle. Quand on a besoin de quelque chose, il faut le demander très précisément – par exemple : « Je ne veux pas que des partisans des Carrow

674

puissent pénétrer ici » – et la salle le fera pour toi ! On doit seulement être sûr de ne rien laisser au hasard ! Neville est l'homme de la situation !

– En fait, c'est très simple, dit modestement Neville. J'étais là depuis un jour et demi et je commençais à avoir vraiment faim, alors, j'ai souhaité avoir quelque chose à manger et c'est à ce moment-là que le passage vers La Tête de Sanglier s'est ouvert. Je l'ai suivi et j'ai rencontré Abelforth. Il nous a donné des provisions parce que c'est la seule chose que la salle ne puisse pas fournir, je ne sais pas pourquoi.

– La nourriture est l'une des cinq exceptions à la loi de Gamp sur la métamorphose élémentaire, expliqua Ron, à la surprise générale.

– Nous nous sommes donc cachés ici pendant près de deux semaines, reprit Seamus, et la salle ajoute d'autres hamacs chaque fois que nous en avons besoin. Elle a même fabriqué une assez belle salle de bains quand les filles ont commencé à venir…

– … et ont pensé qu'elles aimeraient peut-être pouvoir se laver, ajouta Lavande Brown dont Harry n'avait pas encore remarqué la présence.

Maintenant qu'il regardait plus attentivement, il reconnaissait un bon nombre de visages familiers. Les deux sœurs Patil, les jumelles, étaient là, ainsi que Terry Boot, Ernie Macmillan, Anthony Goldstein et Michael Corner.

– Racontez-nous un peu ce que vous avez fait, dit Ernie, il y a eu tellement de rumeurs… On a essayé d'avoir des nouvelles de vous à *Potterveille* – il montra le poste de radio. Vous n'avez quand même pas cambriolé Gringotts ?

– Si, justement ! s'exclama Neville. Et l'histoire du dragon est vraie aussi !

Il y eut quelques applaudissements et des cris de joie. Ron salua.

– Qu'est-ce que vous cherchiez ? demanda avidement Seamus.

Avant que Ron, Hermione ou lui aient pu détourner la question en en posant une autre, Harry ressentit une douleur terrible, brûlante, dans sa cicatrice en forme d'éclair. Tandis qu'il tournait précipitamment le dos aux visages curieux et ravis qui le regardaient, la Salle sur Demande disparut et il se retrouva debout à l'intérieur d'une masure en ruine. À ses pieds, le plancher moisi était éventré, une boîte en or qu'on avait déterrée était posée, vide, à côté du trou, et le cri furieux de Voldemort vibra dans sa tête.

Dans un immense effort, il s'arracha à nouveau à l'esprit de Voldemort et revint là où il était, dans la Salle sur Demande, chancelant, la sueur ruisselant sur son visage, soutenu par Ron.

– Ça va, Harry ? lui demandait Neville. Tu veux t'asseoir ? J'imagine que tu dois être fatigué…

– Non, coupa Harry.

Il regarda Ron et Hermione pour essayer de leur annoncer silencieusement que Voldemort venait de découvrir la disparition de l'un des autres Horcruxes. Le temps filait vite : si Voldemort décidait de se rendre à Poudlard immédiatement après, ils risquaient de laisser passer leur chance.

– Il faut y aller, dit-il, et l'expression de leur visage lui indiqua qu'ils avaient compris.

– Qu'est-ce qu'on fait, Harry ? demanda Seamus. Quel est le plan ?

– Le plan ? répéta Harry.

Il exerçait toute la force de sa volonté pour s'empêcher de succomber à nouveau à la rage de Voldemort. Sa cicatrice le brûlait toujours.

– Eh bien, il y a quelque chose dont… Ron, Hermione et moi devons nous charger et ensuite, on s'en ira d'ici.

Plus personne ne riait, ni ne poussait de cris de joie. Neville paraissait déconcerté.

– Qu'est-ce que tu veux dire par « on s'en ira d'ici » ?

– Nous ne sommes pas revenus pour rester, répondit Harry en massant sa cicatrice pour essayer de soulager la douleur. Nous avons une tâche importante à accomplir…

– Qu'est-ce que c'est ?

– Je… Je ne peux pas vous en parler.

Des grommellements parcoururent la salle comme une vague. Les sourcils de Neville se froncèrent.

– Et pourquoi ? C'est quelque chose qui a un rapport avec le combat contre Voldemort, non ?

– Eh bien… oui…

– Alors, on va vous aider.

Les autres membres de l'armée de Dumbledore hochèrent la tête en signe d'approbation, certains avec enthousiasme, d'autres d'un air solennel. Deux d'entre eux se levèrent de leurs chaises pour manifester leur volonté de passer tout de suite à l'action.

– Vous ne comprenez pas.

Il semblait que Harry avait souvent répété cette phrase au cours des dernières heures.

– Nous… Nous ne pouvons rien vous dire. Nous devons nous en occuper… seuls.

– Pourquoi ? interrogea Neville.

– Parce que…

Dans sa hâte désespérée de partir à la recherche de l'Horcruxe manquant, ou au moins d'avoir une conversation privée avec Ron et Hermione pour savoir par où commencer, Harry avait du mal à rassembler ses pensées. La douleur de sa cicatrice était toujours cuisante.

— Dumbledore nous a confié un travail à tous les trois, expliqua-t-il avec précaution, et nous ne sommes pas censés révéler… Je veux dire qu'il voulait qu'on s'en charge nous-mêmes, rien que nous trois.

— Nous sommes son armée, objecta Neville. L'armée de Dumbledore. Nous l'avons formée tous ensemble, nous avons continué à la faire vivre pendant que vous étiez partis de votre côté…

— Ce n'était pas vraiment un pique-nique, vieux, répliqua Ron.

— Je n'ai jamais prétendu le contraire, mais je ne vois pas pourquoi vous n'auriez pas confiance en nous. Tous ceux qui sont dans cette salle se sont battus et ont été obligés de se réfugier ici parce que les Carrow les pourchassaient. Chacun de nous a montré sa loyauté envers Dumbledore… envers toi, Harry.

— Écoute, commença Harry, sans savoir ce qu'il allait dire.

Mais c'était sans importance, car la porte du tunnel venait de s'ouvrir derrière lui.

— On a eu ton message, Neville ! Salut, tous les trois, on pensait bien que vous seriez là !

C'étaient Luna et Dean. Seamus poussa un rugissement de bonheur et se précipita pour serrer son meilleur ami dans ses bras.

— Salut, tout le monde ! lança joyeusement Luna. Ça fait du bien de revenir !

– Luna ! s'exclama Harry, décontenancé, qu'est-ce que tu fais ici ? Comment as-tu…

– Je l'ai appelée, répondit Neville en montrant le faux Gallion. Je leur avais promis, à elle et à Ginny, de les avertir si tu te montrais. Nous pensions tous que si tu revenais ici, ça signifierait la révolution. La fin de Rogue et des Carrow.

– C'est ce que ça signifie, bien sûr, dit Luna d'un ton réjoui. N'est-ce pas, Harry ? Nous allons les chasser de Poudlard ?

– Écoute, reprit Harry, qui sentait la panique monter en lui. Je suis désolé, mais ce n'est pas pour ça que nous sommes revenus… Nous avons un travail à accomplir et ensuite…

– Tu ne vas pas nous abandonner dans cette galère ? s'indigna Michael Corner.

– Non ! répliqua Ron. Ce que nous allons faire finira par bénéficier à tout le monde, il s'agit d'essayer de nous débarrasser de Vous-Savez-Qui…

– Alors, laissez-nous vous aider ! s'exclama Neville avec colère. Nous voulons participer !

Il y eut un nouveau bruit derrière eux. Harry se retourna et son cœur faillit s'arrêter : Ginny enjambait l'ouverture du mur, suivie de près par Fred, George et Lee Jordan. Elle adressa à Harry un sourire radieux. Il avait oublié, ou peut-être n'avait-il jamais pleinement réalisé, à quel point elle était belle. Pourtant, jamais il n'avait été si peu content de la voir.

– Abelforth devient un tantinet grognon, dit Fred en levant la main pour répondre aux cris qui le saluaient. Il voudrait bien dormir un peu, mais son bar se transforme en gare de chemin de fer.

Harry resta bouche bée. Derrière Lee Jordan était apparue Cho Chang, son ancienne petite amie. Elle lui sourit.

– J'ai eu le message, dit-elle, en montrant à son tour son faux Gallion.

Elle alla s'asseoir à côté de Michael Corner.

– Alors, quel est le plan, Harry ? demanda George.

– Il n'y en a pas, répondit Harry, toujours désorienté par l'irruption de tout ce monde, incapable d'avoir une vue d'ensemble tant que sa cicatrice le brûlait si cruellement.

– On va improviser au fur et à mesure ? C'est ce que je préfère, dit Fred.

– Il faut arrêter ça ! s'écria Harry à l'adresse de Neville. Pourquoi les as-tu rappelés ? C'est de la folie…

– On se bat, non ? lança Dean en sortant son faux Gallion. Le message disait que Harry était de retour et qu'on allait en découdre ! Mais je dois me procurer une baguette…

– Tu n'as pas de *baguette*… ? s'étonna Seamus.

Ron se tourna soudain vers Harry.

– Pourquoi ne pourraient-ils pas nous aider ?

– Quoi ?

– Ils peuvent nous être utiles.

Baissant la voix de telle sorte que personne ne puisse l'entendre en dehors d'Hermione qui se trouvait entre eux, il ajouta :

– Nous ne savons pas où est caché l'Horcruxe. Il faut que nous le trouvions très vite. Il n'est pas nécessaire de leur dire de quoi il s'agit.

Harry regarda Ron, puis Hermione qui murmura :

– Je crois que Ron a raison. Nous ne savons même pas ce que nous cherchons, nous avons besoin d'eux.

Voyant que Harry n'était pas convaincu, elle poursuivit :

– Tu n'es pas obligé de faire tout toi-même.

Harry réfléchit très vite, sa cicatrice toujours brûlante, sa tête menaçant à nouveau de se fendre. Dumbledore l'avait prévenu qu'il ne devait parler des Horcruxes à personne en dehors de Ron et d'Hermione. « Le secret et le mensonge, c'est là-dedans que nous avons été élevés et Albus… était très doué pour ça… » Était-il en train de se transformer en un autre Dumbledore, qui garderait ses secrets bien serrés contre lui, en ayant peur de faire confiance à qui que ce soit ? Dumbledore, cependant, avait eu confiance en Rogue et où cela l'avait-il mené ? À son assassinat, au sommet de la plus haute tour…

– D'accord, dit-il à mi-voix aux deux autres. OK ! s'écria-t-il pour se faire entendre de toute la salle.

Le silence tomba : Fred et George, qui venaient de raconter quelques bonnes blagues à ceux qui les entouraient, se turent soudain et tout le monde parut attentif, surexcité.

– Nous devons trouver un objet, expliqua Harry, un objet… qui nous aidera à renverser Vous-Savez-Qui et qui est caché ici, à Poudlard, mais nous ne savons pas où. Il se peut qu'il ait appartenu à Serdaigle. Quelqu'un en aurait-il entendu parler ? Quelqu'un a-t-il jamais vu quelque chose orné d'un aigle, par exemple ?

Il regarda avec espoir le petit groupe des Serdaigle qui comportait Padma, Michael, Terry et Cho mais ce fut Luna qui lui répondit, assise sur le bras du fauteuil de Ginny :

– Il y a le diadème perdu. Je t'en avais parlé, tu te souviens, Harry ? Le diadème perdu de Serdaigle ? Papa essaye de le reproduire.

– Oui mais justement, Luna, fit observer Michael Corner

681

en levant les yeux au ciel, le diadème perdu est *perdu*. C'est précisément ça, l'ennui.

– Quand a-t-il été perdu ? interrogea Harry.

– Il y a des siècles, dit-on, répondit Cho.

Harry sentit son cœur se serrer.

– Le professeur Flitwick a raconté que le diadème a disparu avec Serdaigle elle-même. Des gens l'ont cherché – elle regarda ses camarades de Serdaigle d'un air interrogateur – mais personne n'en a jamais retrouvé la trace, c'est bien ça ?

Tous hochèrent la tête en signe d'approbation.

– Désolé, mais c'est *quoi*, un diadème, exactement ? demanda Ron.

– Une sorte de couronne, répondit Terry Boot. Celui de Serdaigle était censé avoir des propriétés magiques, il rendait plus sage la personne qui le portait.

– Oui, et les siphons à Joncheruines de papa...

Mais Harry interrompit Luna :

– Personne parmi vous n'a jamais vu quelque chose qui puisse lui ressembler ?

Ils hochèrent à nouveau la tête, en signe de dénégation, cette fois. Harry regarda Ron et Hermione. La déception qu'il lut sur leur visage reflétait la sienne. Un objet perdu depuis si longtemps, apparemment sans laisser de traces, ne semblait pas le candidat idéal pour servir d'Horcruxe... Mais avant qu'il ait pu formuler une nouvelle question, Cho reprit la parole :

– Si tu veux savoir à quoi le diadème est censé ressembler, je peux t'emmener là-haut dans notre salle commune et te le montrer. La statue de Serdaigle le représente.

La cicatrice de Harry le brûla une nouvelle fois. Pendant un instant, la Salle sur Demande se brouilla devant ses yeux. Il vit la surface noire de la terre s'éloigner au-dessous de lui et sentit le grand serpent enroulé autour de ses épaules. Voldemort avait repris la voie des airs, soit en direction du lac souterrain, soit vers le château lui-même, il n'aurait su le dire. Quoi qu'il en fût, il ne lui restait pas beaucoup de temps.

– Il est en route, dit-il à mi-voix à Ron et à Hermione.

Il jeta un coup d'œil à Cho, puis se tourna à nouveau vers eux.

– Écoutez, je sais que ça ne vaut pas grand-chose comme piste, mais je vais quand même jeter un coup d'œil à cette statue, pour voir au moins le diadème. Attendez-moi ici et… gardez l'autre… en sécurité.

Cho s'était levée, mais Ginny lança d'un air féroce :

– Non, c'est Luna qui va emmener Harry, n'est-ce pas, Luna ?

– Oh, oui, bien sûr, j'en serais ravie, répondit Luna d'une voix joyeuse.

Cho se rassit, visiblement déçue.

– Comment on sort d'ici ? demanda Harry à Neville.

– Par là.

Il conduisit Harry et Luna dans un coin de la salle où un petit placard ouvrait sur un escalier raide.

– Il mène à un endroit différent chaque jour, ce qui fait qu'ils n'ont jamais réussi à le découvrir, dit-il. Le seul ennui, c'est qu'on ne peut pas savoir exactement où on va se retrouver quand on sort. Sois prudent, Harry, il y a toujours des patrouilles dans les couloirs, la nuit.

– Pas de problèmes, assura Harry. À tout de suite.

Luna et lui se dépêchèrent de monter l'escalier qui était long, éclairé par des torches, et tournait brusquement quand on ne s'y attendait pas. Enfin, ils arrivèrent devant ce qui apparaissait comme un mur solide.

– Viens là-dessous, dit Harry à Luna en sortant la cape d'invisibilité qu'il déploya sur eux.

Il exerça une légère poussée sur le mur.

Il s'effaça sous ses doigts et ils purent sortir. Jetant un coup d'œil derrière lui, Harry vit que le mur s'était aussitôt remis en place. Ils se trouvaient dans un couloir sombre. Harry entraîna Luna dans l'obscurité, fouilla dans la bourse qu'il portait au cou et y prit la carte du Maraudeur. Il l'examina attentivement, le nez collé sur le parchemin, et repéra enfin les deux petits points qui les représentaient, Luna et lui.

– Nous sommes au cinquième étage, murmura-t-il en observant Rusard qui s'éloignait d'eux dans un couloir voisin. Viens par ici.

Ils se mirent en chemin à pas feutrés.

Harry avait souvent rôdé dans le château la nuit, mais jamais son cœur n'avait battu aussi fort, jamais autant de choses n'avaient dépendu de la réussite de cette incursion. Harry et Luna traversaient les rectangles de lumière que la lune projetait sur le sol, passaient devant des armures dont les heaumes grinçaient au son de leurs pas, tournaient des angles de mur derrière lesquels Dieu savait ce qui pouvait se cacher. Chaque fois qu'il faisait assez clair, ils consultaient la carte du Maraudeur. À deux reprises, ils s'arrêtèrent pour laisser filer un fantôme sans attirer l'attention sur eux. À tout moment, Harry s'attendait à rencontrer un obstacle. Sa pire crainte était Peeves et il tendait l'oreille à chaque pas pour entendre le premier signe qui trahirait l'approche de l'esprit frappeur.

– Par ici, Harry, chuchota Luna en le tirant par la manche vers un escalier en spirale.

Ils grimpèrent les marches qui tournaient en cercles si étroits qu'on en avait le vertige. Harry n'était encore jamais monté dans cette partie du château. Enfin, ils atteignirent une porte, sans poignée, ni serrure, un simple panneau de bois patiné par le temps auquel était fixé un heurtoir en forme d'aigle.

Luna tendit une main pâle, étrange, qui paraissait flotter dans l'air, sans être rattachée à un bras ou à un corps. Elle frappa une seule fois mais, dans le silence, ce simple son résonna aux oreilles de Harry comme un coup de canon. Aussitôt, le bec de l'aigle s'ouvrit, mais au lieu d'un cri d'oiseau, une voix douce, mélodieuse s'en éleva pour demander :

– Qui est apparu en premier, le phénix ou la flamme ?

– Hmmm… Qu'en penses-tu, Harry ? dit Luna, l'air songeuse.

– Quoi ? Il ne suffit pas d'avoir un mot de passe ?

– Oh non, il faut répondre à une question, expliqua Luna.

– Et si on se trompe ?

– Alors, on doit attendre que quelqu'un d'autre vienne avec la bonne réponse. Comme ça, on a appris quelque chose, tu comprends ?

– Ouais… L'ennui, c'est qu'on ne peut pas vraiment se permettre d'attendre l'arrivée de quelqu'un d'autre, Luna.

– Je vois ce que tu veux dire, déclara-t-elle d'un ton grave. Dans ce cas, je pense que la réponse, c'est que le cercle n'a pas de commencement.

– Bien raisonné, approuva la voix de l'aigle.

Et la porte s'ouvrit.

La salle commune déserte de Serdaigle était un vaste

espace circulaire beaucoup plus aéré que toutes les autres pièces que Harry connaissait à Poudlard. D'élégantes fenêtres en arcade agrémentaient les murs tendus de soie couleur bleu et bronze. Dans la journée, les Serdaigle devaient avoir une vue spectaculaire sur les montagnes environnantes. Le plafond en forme de dôme était parsemé d'étoiles peintes dont on retrouvait le reflet dans la moquette bleu nuit. Il y avait des tables, des fauteuils, des bibliothèques et dans une niche, face à la porte, une haute statue de marbre blanc.

Harry reconnut Rowena Serdaigle grâce au buste qu'il avait vu dans la maison de Luna. La statue se trouvait à côté d'une porte qui devait mener, pensa-t-il, dans les dortoirs de l'étage supérieur. Il s'avança droit vers la femme de marbre qui sembla lui rendre son regard en l'accompagnant d'un demi-sourire énigmatique. Elle était belle mais légèrement intimidante. Un petit diadème délicatement ouvragé avait été reproduit dans la pierre, au sommet de sa tête. Il n'était pas sans rappeler la tiare que Fleur avait portée à son mariage. Des mots écrits en lettres minuscules étaient gravés dessus. Harry sortit de sous la cape d'invisibilité et grimpa sur le piédestal de la statue pour les lire.

Tout homme s'enrichit quand abonde l'esprit

– Mais quand on perd l'esprit, on finit sans le sou, lança derrière lui une voix caquetante.

Harry fit volte-face, glissa du piédestal et atterrit sur le sol. La silhouette aux épaules tombantes d'Alecto Carrow se tenait devant lui. Harry leva sa baguette, mais au même moment, elle appuya un index boudiné sur la tête de mort et le serpent tatoués sur son avant-bras.

30
LE RENVOI DE SEVERUS ROGUE

Dès l'instant où le doigt d'Alecto toucha la Marque, la cicatrice de Harry le brûla sauvagement, la pièce étoilée disparut de son champ de vision et il se retrouva sur un amas de rochers, sous une falaise, la mer bouillonnant autour de lui. Dans son cœur il éprouvait un sentiment de triomphe – *ils avaient capturé le garçon.*

Un bang ! sonore ramena Harry à la réalité : désorienté, il brandit sa baguette, mais la sorcière tombait déjà en avant et s'écrasa si violemment sur le sol que les vitres des bibliothèques tintèrent.

– Je n'avais encore jamais stupéfixé personne, sauf dans les cours de l'AD, dit Luna d'un ton vaguement intéressé. Ça fait beaucoup plus de bruit que je ne le pensais.

En effet, le plafond s'était mis à trembler. Des pas précipités, de plus en plus sonores, retentissaient derrière la porte des dortoirs. Le sortilège de Luna avait réveillé les Serdaigle qui dormaient au-dessus.

– Luna, où es-tu ? Il faut que je retourne sous la cape !

Les pieds de Luna apparurent. Il se hâta de la rejoindre et elle laissa retomber la cape sur eux au moment où la porte s'ouvrait, livrant passage à un flot de Serdaigle, en tenue de nuit, qui se déversa dans la salle commune. Des exclamations de surprise fusèrent de toutes parts lorsqu'ils virent Alecto évanouie par terre. Avançant lentement, leurs pieds traînant sur le sol, ils se rapprochèrent d'elle comme d'une bête sauvage qui pouvait se réveiller à tout moment et les attaquer. Un élève de première année, plus courageux que les autres, se rua alors sur elle et lui enfonça son gros orteil dans les fesses.

– On dirait qu'elle est morte ! s'écria-t-il d'un air réjoui.

– Oh, regarde, chuchota Luna, ravie, en voyant les Serdaigle se presser autour d'Alecto. Ils sont contents !

– Ouais… Très bien…

Harry ferma les yeux et, tandis que sa cicatrice continuait de palpiter douloureusement, il décida de replonger dans l'esprit de Voldemort… Il avançait le long du tunnel qui conduisait à la première caverne… Il avait choisi de vérifier d'abord le médaillon avant de se rendre à Poudlard… Mais cela ne lui prendrait pas beaucoup de temps…

Un coup sec fut frappé à la porte de la salle commune et les Serdaigle se figèrent. De l'autre côté, Harry entendit la voix douce, mélodieuse, s'élever du heurtoir :

– Où vont les objets disparus ? demanda-t-elle.

– J'en sais rien, moi ! Tais-toi ! gronda une voix grossière que Harry reconnut comme étant celle d'Amycus, le frère d'Alecto. Alecto ? *Alecto ?* Tu es là ? Tu l'as eu ? Ouvre la porte !

Les Serdaigle, terrifiés, chuchotaient entre eux. Puis, tout à coup, il y eut une série de bang ! sonores, comme si quelqu'un tirait des coups de feu dans la porte.

– ALECTO ! Si jamais il vient et que nous ne puissions pas lui livrer Potter… Tu veux qu'il nous arrive la même chose qu'aux Malefoy ? RÉPONDS-MOI ! mugit Amycus en secouant de toutes ses forces la porte qui refusait toujours de s'ouvrir.

Les Serdaigle reculaient et les plus effrayés d'entre eux remontèrent précipitamment l'escalier pour rejoindre leurs lits. Puis, au moment où Harry se demandait s'il ne devrait pas ouvrir la porte à la volée et stupéfixer Amycus avant qu'il ait pu faire quoi que ce soit, une deuxième voix, encore plus familière, résonna de l'autre côté du panneau de bois :

– Puis-je savoir à quoi vous vous occupez, professeur Carrow ?

– J'essaye… de pousser… cette fichue… porte ! s'écria Amycus. Allez me chercher Flitwick ! Il faut qu'il me l'ouvre tout de suite !

– Votre sœur n'est-elle pas à l'intérieur ? demanda le professeur McGonagall. Le professeur Flitwick ne l'a-t-il pas laissée entrer un peu plus tôt dans la soirée, à votre demande expresse ? Peut-être pourrait-elle vous ouvrir ? Ainsi, vous n'aurez pas besoin de réveiller tout le château.

– Elle ne répond pas, espèce de vieille mégère ! Ouvrez-moi, vous ! Allez, vite ! Ouvrez !

– Certainement, si vous le désirez, répondit le professeur McGonagall avec une redoutable froideur.

Il y eut un léger coup frappé sur le heurtoir et la voix mélodieuse demanda à nouveau :

– Où vont les objets disparus ?

– Dans le non-être, c'est-à-dire dans le tout, répondit le professeur McGonagall.

– Joliment formulé, répliqua le heurtoir en forme d'aigle.

Et la porte pivota sur ses gonds.

Les quelques élèves de Serdaigle qui étaient restés dans

la salle commune se précipitèrent dans l'escalier lorsque Amycus franchit le seuil d'un bond, sa baguette brandie. Le dos rond, comme sa sœur, il avait des yeux minuscules et un visage blafard, pâteux, dont les traits s'affaissèrent quand il vit Alecto étendue, inerte, sur le sol. Il laissa alors échapper un hurlement de fureur et de peur.

– Qu'est-ce qu'ils lui ont fait, ces petits morveux ? s'écria-t-il. Je vais les soumettre au sortilège Doloris jusqu'à ce qu'ils me donnent le nom du coupable… et que va dire le Seigneur des Ténèbres ? s'exclama-t-il d'une voix perçante en se frappant le front, debout devant sa sœur. Nous n'avons pas réussi à l'attraper et voilà qu'ils l'ont tuée, la malheureuse !

– Elle est simplement stupéfixée, rectifia d'un ton irrité le professeur McGonagall qui s'était penchée pour examiner Alecto. Elle s'en remettra très bien.

– Mais, non, bougre de diable, elle ne s'en remettra pas ! beugla Amycus. Pas après que le Seigneur des Ténèbres lui aura mis la main dessus ! Elle l'a appelé, j'ai senti ma Marque à moi qui me brûlait et lui il croit qu'on a eu Potter !

– Qu'on a eu Potter ? répéta le professeur McGonagall d'un ton brusque. Qu'est-ce que vous entendez par « on a eu Potter » ?

– Il nous a dit que Potter allait peut-être essayer d'entrer dans la tour de Serdaigle et qu'il fallait le prévenir si on l'attrapait !

– Et pourquoi Potter chercherait-il à entrer dans la tour de Serdaigle ? Potter appartient à ma maison !

Derrière l'incrédulité et la colère, Harry perçut une nuance de fierté dans sa voix et il sentit monter en lui une vague d'affection pour Minerva McGonagall.

– On nous a dit que ça se pourrait bien qu'il vienne ici ! reprit Carrow. Mais moi, je sais pas pourquoi, hein ?

Le professeur McGonagall, penchée sur Alecto, se releva et ses petits yeux brillants balayèrent la pièce. Par deux fois, son regard passa à l'endroit où se tenaient Harry et Luna.

– On pourrait peut-être mettre ça sur le dos des gamins, poursuivit Amycus, son visage porcin prenant soudain une expression rusée. Ouais, c'est ce qu'on va faire. On va dire qu'Alecto a été attaquée par les mômes, ceux qui sont là-haut, dans le dortoir – il leva les yeux vers le plafond étoilé – et on dira qu'ils l'ont forcée à appuyer sur la Marque, et que c'est pour ça qu'il y a eu une fausse alerte… Il aura qu'à les punir. Deux ou trois gamins de plus ou de moins, quelle différence ?

– La simple différence entre la vérité et le mensonge, le courage et la lâcheté, répliqua le professeur McGonagall qui avait pâli. Bref, une différence que votre sœur et vous-même semblez incapables de mesurer. Mais je voudrais qu'une chose soit bien claire. Vous ne ferez pas porter aux élèves de Poudlard la responsabilité de vos nombreuses inepties. Je ne le permettrai pas.

– Pardon ?

Amycus s'avança vers le professeur McGonagall, si près que c'en était offensant, son visage à quelques centimètres du sien. Elle refusa de reculer et le regarda de haut comme s'il n'avait été qu'une répugnante saleté sur un siège de toilettes.

– On s'en fiche de ce que *vous* permettez, Minerva McGonagall. Votre époque est terminée. C'est nous qu'on commande, maintenant, et vous serez de mon côté ou alors vous le payerez cher.

691

Et il lui cracha à la figure.

Harry se débarrassa de la cape, leva sa baguette et dit simplement :

— Vous n'auriez pas dû faire ça.

Au moment où Amycus pivotait sur ses talons, Harry s'écria :

— *Endoloris !*

Le Mangemort fut arraché du sol. Il se tortilla dans les airs à la manière d'un homme qui se noie, se débattant, hurlant de douleur puis, dans un fracas de verre brisé, il s'écrasa contre une bibliothèque et s'effondra par terre, inconscient.

— Je comprends ce que Bellatrix voulait dire, commenta Harry, le sang battant dans sa tête, il faut vraiment vouloir la souffrance de l'autre.

— Potter ! murmura le professeur McGonagall, une main contre son cœur. Potter… Vous êtes ici ! Que… Comment…

Elle s'efforça de reprendre contenance.

— Potter, c'était idiot !

— Il vous a craché dessus, dit Harry.

— Potter, je… C'était très… *chevaleresque* de votre part… mais vous rendez-vous compte de…

— Oui, parfaitement, assura Harry.

D'une certaine manière, la panique du professeur McGonagall avait sur lui un effet apaisant.

— Professeur, Voldemort arrive.

— Ah, tiens, on a le droit de prononcer son nom, maintenant ? demanda Luna avec un certain intérêt en ôtant la cape d'invisibilité.

L'apparition d'un deuxième hors-la-loi sembla terrasser le

professeur McGonagall qui recula d'un pas chancelant et tomba dans un fauteuil proche, serrant le col de sa robe de chambre écossaise.

– Je pense que la façon dont on l'appelle n'a pas d'importance, répondit Harry à Luna, il sait déjà que je suis ici.

Dans une partie lointaine de son cerveau, la partie directement reliée à sa cicatrice, brûlante, cuisante, il voyait Voldemort traverser très vite le lac noir à bord du petit bateau vert aux contours fantomatiques… Il avait presque atteint l'île où se trouvait le bassin de pierre…

– Vous devez fuir, murmura le professeur McGonagall. Tout de suite, Potter, aussi vite que possible !

– Je ne peux pas, répliqua Harry. Je dois d'abord faire quelque chose. Professeur, savez-vous où se trouve le diadème de Serdaigle ?

– Le d… diadème de Serdaigle ? Bien sûr que non… N'est-il pas perdu depuis des siècles ?

Elle se redressa un peu dans son fauteuil.

– Potter, c'est de la folie, de la pure folie d'être entré dans ce château…

– Il le fallait, assura Harry. Professeur, il y a ici un objet caché que je suis censé retrouver et il s'agit *peut-être* du diadème… Si seulement je pouvais parler au professeur Flitwick…

Il y eut alors un bruit de mouvement, un tintement de verre : Amycus reprenait connaissance. Avant que Harry ou Luna aient pu réagir, le professeur McGonagall se leva, pointa sa baguette sur le Mangemort hébété et lança :

– *Impero !*

Amycus se remit debout, s'approcha de sa sœur, lui prit sa baguette, puis s'avança docilement vers le professeur

McGonagall et la lui donna en même temps que la sienne. Ensuite, il alla s'allonger par terre à côté d'Alecto. Le professeur McGonagall agita à nouveau sa baguette et une corde argentée jaillit du néant pour s'enrouler comme un serpent autour des Carrow qu'elle ligota étroitement l'un à l'autre.

– Potter, reprit le professeur McGonagall, qui s'était tournée à nouveau vers lui en abandonnant avec une superbe indifférence les Carrow à leur triste sort, si Celui-Dont-On-Ne-Doit-Pas-Prononcer-Le-Nom sait véritablement que vous êtes ici…

Au même moment, une colère semblable à une douleur physique traversa Harry, enflammant sa cicatrice. Pendant un instant, il regarda le bassin dont la potion s'était éclaircie et vit qu'aucun médaillon d'or ne reposait sous sa surface…

– Potter, ça va ? dit une voix.

Il revint aussitôt dans son propre espace, cramponné à l'épaule de Luna pour conserver son équilibre.

– Nous n'avons plus beaucoup de temps, Voldemort se rapproche. Professeur, j'agis sur les ordres de Dumbledore, je dois trouver ce qu'il voulait que je trouve ! Et il faut faire sortir les élèves pendant que je fouille le château… C'est moi que veut Voldemort, mais tuer quelques personnes de plus ou de moins ne le dérangera pas, pas maintenant… « maintenant qu'il sait que je m'en prends aux Horcruxes », acheva Harry pour lui-même.

– Vous agissez sur les ordres de *Dumbledore* ? répéta le professeur McGonagall, une expression d'étonnement naissant sur son visage.

Elle se redressa alors de toute sa hauteur.

– Nous allons protéger l'école contre Celui-Dont-On-Ne-Doit-Pas-Prononcer-Le-Nom pendant que vous chercherez ce… cet objet.

– C'est possible ?

– Je le pense, répondit sèchement le professeur McGonagall. Nous autres, enseignants, ne manquons pas d'une certaine compétence en matière de magie, savez-vous ? Je suis sûre que nous parviendrons à le retenir un moment si nous conjuguons nos efforts. Bien sûr, il faudra faire quelque chose en ce qui concerne le professeur Rogue…

– Je voudrais…

– Et si Poudlard doit être en état de siège, avec le Seigneur des Ténèbres à ses portes, il serait souhaitable d'évacuer le plus grand nombre possible d'innocents. Avec le réseau des cheminées sous surveillance et l'impossibilité de transplaner dans l'enceinte de…

– Il y a un moyen, l'interrompit Harry.

Il lui parla du passage qui menait à La Tête de Sanglier.

– Potter, il s'agit de centaines d'élèves…

– Je sais, professeur, mais si Voldemort et les Mangemorts se concentrent sur l'enceinte de l'école, ils ne s'intéresseront pas à ceux qui transplanent hors de La Tête de Sanglier.

– Il y a du vrai dans ce que vous dites, admit-elle.

Elle pointa sa baguette sur les Carrow et un filet argenté tomba sur leurs corps ligotés, les enveloppa, et les souleva dans les airs où ils restèrent suspendus sous le plafond bleu et or, telles deux créatures marines, énormes et repoussantes.

– Venez, nous devons prévenir les autres directeurs de maison. Vous feriez bien de remettre cette cape.

Elle s'avança vers la porte d'un pas résolu et leva sa

baguette. De son extrémité jaillirent trois chats argentés avec des marques de lunettes autour des yeux. Les Patronus se précipitèrent en souplesse, emplissant l'escalier en colimaçon de lumières argentées tandis que le professeur McGonagall, Harry et Luna se hâtaient de redescendre les marches.

Ils filèrent le long des couloirs et, un par un, les Patronus partirent de leur côté. La robe de chambre écossaise du professeur McGonagall effleurait le sol dans un bruissement et Harry et Luna couraient derrière elle sous la cape d'invisibilité.

Ils avaient descendu deux autres étages lorsque des bruits de pas feutrés se joignirent aux leurs. Harry, dont la cicatrice était toujours cuisante, les entendit le premier. Il tâtonna dans la bourse accrochée à son cou, à la recherche de la carte du Maraudeur, mais avant qu'il ait pu la sortir, McGonagall s'aperçut à son tour qu'ils avaient de la compagnie. Elle s'immobilisa, brandit sa baguette, prête à se battre en duel et demanda :

– Qui est là ?

– C'est moi, répondit une voix basse.

Severus Rogue sortit de derrière une armure.

En le voyant, Harry sentit la haine bouillonner en lui : l'ampleur des crimes de Rogue lui avait fait oublier les détails de son apparence. Il avait oublié la façon dont ses cheveux gras et noirs tombaient autour de son visage maigre, oublié le regard mort, glacé, de ses yeux sombres. Rogue ne portait pas de vêtement de nuit, il était habillé de son habituelle cape noire et lui aussi brandissait sa baguette, prêt au combat.

– Où sont les Carrow ? demanda-t-il à mi-voix.

– Là où vous leur avez dit d'aller, Severus, j'imagine, répondit le professeur McGonagall.

Rogue s'approcha et son regard se tourna de tous côtés, autour du professeur McGonagall, scrutant les environs, comme s'il savait que Harry était là. Celui-ci avait également levé sa baguette, prêt à attaquer.

– J'ai eu l'impression, dit Rogue, qu'Alecto avait appréhendé un intrus.

– Vraiment ? répondit le professeur McGonagall. Et qu'est-ce qui a bien pu vous donner cette idée ?

Rogue plia légèrement le bras gauche, là où la Marque des Ténèbres était gravée dans sa peau.

– Ah, oui, bien sûr, reprit le professeur McGonagall. Vous autres, les Mangemorts, vous avez vos propres moyens de communication, j'avais oublié.

Rogue fit semblant de ne pas l'avoir entendue. Ses yeux inspectaient toujours le couloir autour d'elle et il s'avançait peu à peu, comme si de rien n'était.

– Je ne savais pas que c'était votre tour de patrouiller dans les couloirs, Minerva.

– Vous y voyez un inconvénient ?

– Je me demandais ce qui pouvait bien vous avoir sortie du lit à cette heure avancée de la nuit.

– J'ai cru entendre du bruit, répondit le professeur McGonagall.

– Vraiment ? Tout semble calme, pourtant.

Rogue la regarda dans les yeux.

– Avez-vous vu Harry Potter, Minerva ? Parce que si vous l'avez vu, je dois insister…

Le professeur McGonagall réagit plus vite que Harry ne l'en aurait crue capable : sa baguette fendit l'air et, l'espace d'un instant, il pensa que Rogue allait s'effondrer, inconscient, mais son charme du Bouclier agit avec une telle rapidité que McGonagall en perdit l'équilibre. Elle pointa sa baguette vers le mur et l'une des torches qui éclairaient le couloir jaillit de son support. Harry s'apprêtait à lancer un maléfice sur Rogue, mais il dut tirer Luna hors de la trajectoire des flammes qui descendaient sur eux. Elles se transformèrent en un cercle de feu qui emplit l'espace du couloir et fondit sur Rogue à la manière d'un lasso…

Les flammes disparurent pour laisser place à un grand serpent noir. McGonagall le fit alors exploser en une épaisse fumée qui se reforma, se solidifia en quelques secondes, puis se métamorphosa en un essaim de poignards lancés vers leur cible. Rogue ne parvint à les éviter qu'en poussant l'armure devant lui et, dans un fracas métallique dont l'écho résonna tout au long du couloir, les poignards vinrent se planter les uns après les autres dans le plastron d'acier…

– Minerva ! s'exclama une petite voix aiguë.

Harry, qui protégeait toujours Luna des sortilèges volant autour d'eux, jeta un regard derrière lui et vit les professeurs Flitwick et Chourave arriver en courant, dans leurs vêtements de nuit, suivis de l'énorme professeur Slughorn qui haletait derrière eux.

– Non ! couina Flitwick, sa baguette levée. Vous ne tuerez plus personne à Poudlard !

Le sortilège de Flitwick frappa l'armure derrière laquelle Rogue s'était réfugié : dans un bruit de ferraille, elle s'anima. Rogue se débattit pour se dégager de ses bras qui l'enserraient puis la projeta sur ses attaquants. Harry et Luna durent plonger de côté pour l'éviter et elle s'écrasa contre le mur en se disloquant. Lorsque Harry releva la tête, Rogue prenait la fuite à toutes jambes, poursuivi par McGonagall, Flitwick et Chourave. Il s'engouffra dans une salle de classe et quelques instants plus tard, Harry entendit McGonagall s'écrier :

– Lâche ! LÂCHE !

– Qu'est-ce qui s'est passé, qu'est-ce qui s'est passé ? demanda Luna.

Harry la releva et ils se ruèrent dans le couloir, traînant derrière eux la cape d'invisibilité, puis entrèrent à leur tour dans la salle de classe vide où les professeurs McGonagall, Flitwick et Chourave se tenaient côte à côte devant une fenêtre défoncée.

– Il a sauté, dit le professeur McGonagall au moment où Harry et Luna arrivaient en courant.

– Vous voulez dire qu'il est mort ?

Harry se précipita vers la fenêtre, ne prêtant aucune attention aux cris de stupeur que poussèrent Flitwick et Chourave en le voyant soudain apparaître.

– Non, il n'est pas mort, répondit McGonagall d'un ton amer. À la différence de Dumbledore, il avait toujours sa baguette… et il semble que son maître lui ait appris quelques petites choses.

Avec un frisson d'horreur, Harry vit au loin une forme massive, semblable à une chauve-souris, voler dans l'obscurité en direction du mur d'enceinte.

Des pas lourds résonnèrent derrière eux et ils entendirent souffler bruyamment : Slughorn venait de les rejoindre.

– Harry ! haleta-t-il, massant son large torse sous son pyjama de soie vert émeraude. Mon cher ami… quelle sur-

prise… Minerva, s'il vous plaît, expliquez-moi… Severus…
Que…

– Notre directeur fait une petite pause, répondit le professeur McGonagall en montrant un trou en forme de Rogue
au milieu de la fenêtre.

– Professeur ! s'écria Harry, en se tenant le front.

Il voyait le lac peuplé d'Inferi glisser au-dessous de lui, il
sentit le bateau verdâtre, fantomatique, heurter la rive souterraine et Voldemort sauta à terre avec, dans le cœur, une
envie de meurtre…

– Professeur, il faut barricader l'école, il vient, maintenant !

– Très bien. Celui-Dont-On-Ne-Doit-Pas-Prononcer-Le-
Nom arrive, dit-elle aux autres enseignants.

Chourave et Flitwick étouffèrent une exclamation.
Slughorn laissa échapper un grognement sourd.

– Potter a un travail à accomplir dans le château, sur
ordre de Dumbledore. Il faut que nous mettions en place
toutes les protections possibles, pendant qu'il mènera sa
tâche à bien.

– Vous vous rendez compte, bien sûr, que rien de ce que
nous pourrons faire n'arrivera à maintenir indéfiniment
Vous-Savez-Qui à distance ? couina le professeur Flitwick.

– Mais nous pouvons le retarder, affirma le professeur
Chourave.

– Merci, Pomona, dit le professeur McGonagall.

Les deux sorcières échangèrent un regard sombre qui
montrait qu'elles se comprenaient.

– Je suggère de dresser autour des lieux des défenses élémen-
taires, puis de nous rassembler avec nos élèves dans la Grande
Salle. La plupart d'entre eux doivent être évacués, mais si

certains, parmi ceux qui sont majeurs, veulent rester pour combattre, je pense qu'il faut leur en donner la possibilité.

– D'accord, approuva le professeur Chourave qui se hâtait déjà vers la porte. Je vous retrouve dans la Grande Salle dans vingt minutes avec les élèves de ma maison.

Et tandis qu'elle s'éloignait au pas de course, ils l'entendirent marmonner :

– Tentacula, Filet du Diable et gousses de Snargalouf… J'aimerais bien voir les Mangemorts se battre contre ça…

– Je peux agir d'ici, assura Flitwick.

Bien qu'il pût à peine regarder par-dessus le rebord de la fenêtre, il pointa sa baguette à travers les carreaux défoncés et se mit à marmonner des incantations d'une extrême complexité. Harry entendit alors un souffle bizarre, comme si Flitwick avait libéré dans le parc toute la puissance des vents.

– Professeur, dit Harry en s'approchant du minuscule maître des enchantements, professeur, je suis désolé de vous interrompre mais c'est très important. Avez-vous une idée de l'endroit où pourrait se trouver le diadème de Serdaigle ?

– … *Protego horribilis*… Le diadème de Serdaigle ? s'étonna Flitwick de sa petite voix flûtée. Un peu de sagesse supplémentaire ne peut pas faire de mal, Potter, mais je ne pense pas qu'il vous serait très utile dans cette situation !

– Je voulais simplement dire… Savez-vous où il est ? L'avez-vous jamais vu ?

– Vu ? Personne ne l'a vu de mémoire d'homme ! Il y a très longtemps qu'il est perdu, mon garçon !

Harry ressentit un mélange de désespoir et de panique. Si ce n'était pas le diadème, quel autre objet aurait pu servir d'Horcruxe ?

– Nous nous reverrons avec vos élèves de Serdaigle dans la Grande Salle, Filius ! dit le professeur McGonagall en faisant signe à Harry et à Luna de la suivre.

Ils avaient atteint la porte lorsque Slughorn émit un grognement qui se transforma en un langage articulé :

– Ma parole, haleta-t-il, le visage blafard, couvert de sueur, sa moustache de morse frémissante. Quelle affaire ! Je ne suis pas du tout sûr que tout cela soit très raisonnable, Minerva. Il va certainement trouver un moyen d'entrer, vous le savez bien, et quiconque aura essayé de le retenir se trouvera en très grand danger…

– Je vous attends, vous et les Serpentard, dans la Grande Salle, également dans vingt minutes, répliqua le professeur McGonagall. Si vous voulez quitter le château avec vos élèves, nous ne vous retiendrons pas. Mais si l'un d'entre vous tente de saboter nos efforts de résistance, ou de prendre les armes contre nous dans l'enceinte de l'école, alors, Horace, nous nous livrerons un duel à mort.

– Minerva ! s'exclama Slughorn, atterré.

– Le moment est venu pour la maison de Serpentard de décider envers qui elle sera loyale, trancha le professeur McGonagall. Allez réveiller vos élèves, Horace.

Harry ne s'attarda pas pour entendre les balbutiements de Slughorn. Luna et lui coururent derrière le professeur McGonagall qui était allée se planter au milieu du couloir et brandissait sa baguette.

– *Piertotum*… Oh, pour l'amour du ciel, Rusard, pas maintenant…

Le vieux concierge venait d'apparaître en clopinant et criait :

– Élèves hors des dortoirs ! Élèves dans les couloirs !

– C'est justement ce qu'ils doivent faire, bougre d'idiot ! vociféra McGonagall. Essayez plutôt de vous rendre utile ! Allez chercher Peeves !

– P... Peeves ? bredouilla Rusard, comme si c'était la première fois qu'il entendait ce nom.

– Oui, *Peeves*, imbécile, Peeves ! Il y a bien un quart de siècle que vous vous plaignez de lui, non ? Eh bien, allez le chercher immédiatement !

De toute évidence, Rusard pensait que le professeur McGonagall avait perdu l'esprit mais il s'éloigna en claudiquant, les épaules voûtées, marmonnant dans sa barbe.

– Et maintenant... *Piertotum locomotor !* s'écria le professeur McGonagall.

Tout au long du couloir, les statues et les armures sautèrent aussitôt de leurs piédestals et quand il entendit le fracas qui provenait des autres étages, Harry sut que toutes les statues et armures du château avaient fait de même.

– Poudlard est menacé ! hurla le professeur McGonagall. Postez-vous le long des enceintes, protégez-nous, faites votre devoir envers notre école !

Martelant le sol, hurlant, s'entrechoquant, la horde des statues se précipita le long du couloir, en passant devant Harry : certaines étaient plus petites, d'autres plus grandes que leurs modèles humains. Il y avait aussi des animaux, et les armures qui avançaient dans un cliquetis métallique brandissaient des épées et des masses d'armes.

– Maintenant, Potter, reprit McGonagall, vous et Miss Lovegood feriez bien de retourner auprès de vos amis et de les amener dans la Grande Salle... Je vais réveiller les autres Gryffondor.

Ils se séparèrent en haut de l'escalier suivant. Harry et

Luna revinrent en courant vers l'entrée cachée de la Salle sur Demande. Au passage, ils croisèrent des groupes d'élèves, dont la plupart portaient une cape de voyage par-dessus leur pyjama. Ils suivaient des professeurs ou des préfets qui les conduisaient dans la Grande Salle.

– C'était Potter !

– *Harry Potter ?*

– C'était lui, je te jure, je l'ai vu !

Mais Harry poursuivait son chemin sans regarder en arrière et enfin, ils arrivèrent à l'entrée de la Salle sur Demande. Il s'appuya contre le mur ensorcelé qui s'ouvrit pour les laisser passer et, suivi de Luna, il dévala l'escalier raide.

– Que…

Quand la salle apparut devant leurs yeux, Harry, sous le choc, rata quelques marches. Il y avait beaucoup plus de monde que lorsqu'il l'avait quittée. Elle était bondée, à présent. Kingsley et Lupin s'étaient tournés vers lui, ainsi qu'Olivier Dubois, Katie Bell, Angelina Johnson, Alicia Spinnet, Bill et Fleur, Mr et Mrs Weasley.

– Harry, qu'est-ce qui se passe ? interrogea Lupin en l'accueillant au pied de l'escalier.

– Voldemort est en route, on barricade l'école… Rogue a pris la fuite… Qu'est-ce que vous faites ici ? Comment avez-vous su ?

– On a envoyé des messages aux autres membres de l'armée de Dumbledore, expliqua Fred. Tu ne voulais tout de même pas qu'ils ratent la fête, Harry. L'AD a prévenu l'Ordre du Phénix et ça a fini par faire boule de neige.

– Par quoi on commence, Harry ? demanda George. Quel est le programme ?

– Ils évacuent les élèves les plus jeunes et tout le monde doit se retrouver dans la Grande Salle pour s'organiser, répondit Harry. On va se battre.

Un rugissement sonore s'éleva de la foule et tout le monde se rua vers l'escalier. Harry se retrouva plaqué contre le mur tandis que les autres passaient devant lui en courant, tous réunis, les membres de l'Ordre du Phénix, l'armée de Dumbledore et son ancienne équipe de Quidditch, leurs baguettes levées, en route vers le cœur du château.

– Viens, Luna, cria Dean en arrivant à sa hauteur.

Luna prit la main qu'il lui tendait et le suivit dans l'escalier.

La foule diminuait. Il ne resta bientôt plus qu'un petit groupe de personnes dans la Salle sur Demande, et Harry alla les rejoindre. Mrs Weasley se débattait avec Ginny. Autour d'elles se tenaient Lupin, Fred, George, Bill et Fleur.

– Tu n'es pas majeure ! criait Mrs Weasley à sa fille quand Harry s'approcha. Je ne le permettrai pas ! Les garçons, oui, mais toi, tu dois rentrer à la maison !

– Certainement pas !

Ses cheveux voletant autour d'elle, Ginny arracha son bras des mains de sa mère.

– Je suis dans l'armée de Dumbledore…

– Un gang d'adolescents !

– Un gang d'adolescents qui va se battre contre lui, ce que personne d'autre n'a osé faire ! répliqua Fred.

– Elle a seize ans ! hurla Mrs Weasley. Elle est trop jeune ! Qu'est-ce qui vous a pris de l'emmener avec vous… ?

Fred et George parurent un peu honteux.

– Maman a raison, Ginny, dit Bill avec douceur. Tu ne peux pas y aller. Tous ceux qui sont mineurs doivent partir, c'est normal.

– Je ne veux pas rentrer à la maison ! s'exclama Ginny, des larmes de colère brillant dans ses yeux. Toute ma famille est ici, je ne pourrai pas supporter d'attendre là-bas seule, sans savoir, et...

Pour la première fois, ses yeux croisèrent ceux de Harry. Elle lui adressa un regard suppliant, mais il hocha la tête en signe de dénégation et elle se détourna avec une expression amère.

– Très bien, soupira-t-elle en contemplant l'entrée du tunnel qui menait à La Tête de Sanglier. Je vais vous dire au revoir maintenant, et...

On entendit alors des bruits confus, suivis d'un coup sourd : quelqu'un avait grimpé les marches du tunnel puis avait perdu l'équilibre et était tombé par terre. Le nouveau venu se releva et s'assit sur la chaise la plus proche. Enfin, il regarda autour de lui, ses lunettes cerclées d'écaille posées de travers sur son nez, et dit :

– J'arrive trop tard ? C'est déjà commencé ? Je viens seulement d'apprendre ce qui se passait, et je... je...

Les balbutiements de Percy s'évanouirent dans le silence. Visiblement, il ne s'était pas attendu à tomber sur sa famille presque au complet. Il y eut un long moment de stupéfaction, enfin brisé par Fleur qui se tourna vers Lupin. Dans une tentative cousue de fil blanc, elle s'efforça de rompre la tension en demandant :

– Au fait... Comment va le petit Teddy ?

Lupin sursauta, interloqué. Le silence qui s'était établi entre les Weasley semblait se solidifier, comme de la glace.

– Je... Oui... il va très bien ! répondit Lupin d'une voix sonore. Tonks est avec lui... chez sa mère.

Percy et les autres Weasley continuaient de s'observer, pétrifiés.

– Tenez, j'ai une photo ! s'écria Lupin en sortant de son blouson un cliché qu'il montra à Fleur et à Harry.

Un bébé minuscule, avec une touffe de cheveux d'un bleu turquoise éclatant, agitait vers l'objectif ses petits poings potelés.

– J'ai été un imbécile ! rugit Percy, d'une voix si forte que Lupin faillit en lâcher la photo. Je me suis conduit comme un idiot, comme une andouille prétentieuse, j'ai été un… un…

– Un crétin adorateur de ministère, assoiffé de pouvoir et déloyal envers sa famille, acheva Fred.

Percy déglutit.

– Oui, c'est ce que j'ai été !

– Tu ne saurais mieux dire, répliqua Fred en tendant la main à Percy.

Mrs Weasley fondit en larmes. Elle bondit en avant, repoussa Fred et serra Percy contre elle à l'en étouffer. Il lui tapota le dos, les yeux fixés sur son père.

– Je suis désolé, papa, dit Percy.

Mr Weasley battit précipitamment des paupières puis vint à son tour serrer son fils dans ses bras.

– Qu'est-ce qui t'a rendu la raison, Perce ? demanda George.

– Il y a un certain temps que j'y pense, répondit-il en se tamponnant les yeux sous ses lunettes avec un coin de sa cape de voyage. Mais je devais trouver un moyen de me sortir de là et ce n'est pas facile au ministère, ils n'arrêtent pas d'emprisonner les traîtres. Finalement, j'ai réussi à entrer en contact avec Abelforth et il m'a confié il y a dix minutes que Poudlard était décidé à se battre, alors me voilà.

– Il est vrai que nous comptons sur nos préfets pour assumer une fonction de commandement en des périodes telles que celle-ci, dit George dans une bonne imitation de Percy lors de ses moments les plus grandiloquents. Maintenant, montons là-haut et battons-nous, sinon tous les bons Mangemorts auront déjà été pris.

— Tu es donc ma belle-sœur, à présent, dit Percy en serrant la main de Fleur tandis qu'ils se hâtaient en direction de l'escalier avec Bill, Fred et George.

— Ginny ! aboya Mrs Weasley.

Profitant de la réconciliation, Ginny avait essayé de se glisser dans l'escalier.

— Molly, j'ai une proposition, intervint Lupin. Pourquoi Ginny ne resterait-elle pas ici, comme ça, elle serait sur place et saurait ce qui se passe dans le château sans être prise au milieu des combats ?

— Je…

— C'est une bonne idée, approuva Mr Weasley d'un ton ferme. Ginny, tu vas rester dans cette salle, tu m'entends ?

Ginny ne semblait pas très séduite par cette idée, mais devant la sévérité inhabituelle du regard de son père, elle acquiesça d'un signe de tête. Mr et Mrs Weasley, accompagnés de Lupin, se dirigèrent à leur tour vers l'escalier.

— Où est Ron ? demanda Harry. Et Hermione ?

— Ils doivent déjà être dans la Grande Salle, répondit Mr Weasley par-dessus son épaule.

— Je ne les ai pas vus passer, s'étonna Harry.

— Ils ont parlé de toilettes, dit Ginny, peu après ton départ.

— De toilettes ?

Harry traversa la pièce vers la porte ouverte qui donnait sur la salle de bains de la Salle sur Demande et regarda à l'intérieur. Elle était vide.

— Tu es sûre qu'ils ont dit des toi…

Mais sa cicatrice le brûla soudain et la Salle sur Demande s'évanouit : il regardait à présent à travers le haut portail de fer forgé, flanqué de colonnes surmontées de sangliers ailés. Par-delà le parc plongé dans l'obscurité, il scrutait le château illuminé, Nagini enroulé autour de ses épaules, et se sentait possédé de cette détermination froide, cruelle, qui précédait le meurtre.

31

LA BATAILLE DE POUDLARD

Le plafond enchanté de la Grande Salle était sombre et parsemé d'étoiles. Au-dessous, les quatre longues tables des maisons de Poudlard étaient entourées d'élèves aux cheveux en bataille, certains vêtus de capes de voyage, d'autres de robes de chambre. Par endroits brillaient les silhouettes nacrées des fantômes de l'école. Tous les regards, ceux des vivants et des morts, étaient fixés sur le professeur McGonagall qui parlait sur l'estrade, à l'extrémité de la salle. Derrière elle se tenaient les enseignants qui étaient restés sur place, y compris Firenze, le centaure à la robe claire et cuivrée, et les membres de l'Ordre du Phénix, venus se battre.

— ... l'évacuation se fera sous le contrôle de Mr Rusard et de Madame Pomfresh. Vous, les préfets, quand je vous l'indiquerai, vous devrez organiser vos maisons et mener en bon ordre ceux dont vous avez la charge jusqu'au point d'évacuation.

De nombreux élèves paraissaient terrifiés. Mais lorsque Harry s'avança le long du mur, cherchant des yeux Ron et Hermione à la table des Gryffondor, Ernie Macmillan se leva à celle des Poufsouffle et s'écria :

— Et si on veut participer aux combats ?

Il y eut quelques applaudissements.

– Du moment que vous êtes majeurs, vous pouvez rester, répondit le professeur McGonagall.

– Et nos affaires ? lança une fille à la table des Serdaigle. Nos valises, nos hiboux ?

– Nous n'avons pas le temps de les prendre, expliqua le professeur McGonagall. L'important, c'est que vous sortiez d'ici en toute sécurité.

– Où est le professeur Rogue ? cria une fille à la table des Serpentard.

– Quelqu'un parlait de valises, eh bien, lui, pour employer une expression familière, il s'est fait la malle, répliqua le professeur McGonagall.

Des acclamations explosèrent aux tables des Gryffondor, des Poufsouffle et des Serdaigle.

Harry s'avança dans la Grande Salle, le long de la table des Gryffondor, cherchant toujours Ron et Hermione. Des visages se tournaient vers lui et des chuchotements se multipliaient sur son passage.

– Nous avons déjà installé des défenses autour du château, disait le professeur McGonagall, mais elles ne tiendront pas longtemps si nous ne les renforçons pas. Je vais donc vous demander de vous déplacer vite et dans le calme, en obéissant à vos préfets…

Mais ses derniers mots se perdirent, submergés par une autre voix très différente qui résonna dans toute la Grande Salle. Elle était aiguë, glacée, tranchante et on ne savait pas d'où elle venait. Elle semblait émaner des murs eux-mêmes. Peut-être avait-elle sommeillé là pendant des siècles, tel le monstre auquel elle avait autrefois commandé.

– Je sais que vous vous préparez à combattre.

Des élèves se mirent à hurler, certains s'agrippaient les uns aux autres, jetant des regards terrifiés pour déceler l'origine de la voix.

— Vos efforts sont dérisoires. Vous ne pouvez rien contre moi. Je ne désire pas vous tuer. J'ai un grand respect pour les professeurs de Poudlard. Je ne veux pas répandre le sang des sorciers.

Un grand silence s'abattit soudain dans la salle, cette sorte de silence qui pèse sur les tympans et semble trop intense pour être contenu à l'intérieur des murs.

— Livrez-moi Harry Potter, reprit la voix de Voldemort, et il ne sera fait aucun mal à personne. Livrez-moi Harry Potter et je quitterai l'école en la laissant intacte. Livrez-moi Harry Potter et vous serez récompensés.

« Vous avez jusqu'à minuit.

Le silence les avala à nouveau. Toutes les têtes se tournèrent, tous les regards semblaient s'être posés sur Harry, l'avoir figé comme dans un faisceau lumineux constitué de milliers de rayons invisibles. Puis une silhouette se leva à la table des Serpentard et il reconnut Pansy Parkinson qui tendit un bras tremblant et hurla :

— Mais il est là ! Potter est là ! Que quelqu'un l'attrape !

Avant que Harry ait pu ouvrir la bouche, il y eut un mouvement collectif. Devant lui, les Gryffondor s'étaient dressés et faisaient face, non pas à Harry lui-même, mais aux Serpentard. Puis les Poufsouffle se mirent debout à leur tour et, presque au même moment, les Serdaigle les imitèrent, le dos tourné à Harry, les yeux fixés sur Pansy. Harry, impressionné, bouleversé, vit des baguettes magiques jaillir de partout, sortant de sous les capes ou de l'intérieur des manches.

– Merci, Miss Parkinson, dit le professeur McGonagall d'un ton cassant. Vous allez quitter la Grande Salle la première avec Mr Rusard. Il serait souhaitable que les autres élèves de votre maison partent avec vous.

Harry entendit le raclement des bancs puis les bruits de pas des Serpentard qui allaient se rassembler de l'autre côté de la salle.

– Les Serdaigle, vous les suivez ! s'écria le professeur McGonagall.

Lentement, les quatre tables se vidèrent. Celle des Serpentard était complètement déserte, mais de nombreux Serdaigle, parmi les plus âgés, restèrent assis pendant que leurs condisciples sortaient en rangs. Un nombre plus important encore de Poufsouffle demeurèrent à leur table et la moitié des Gryffondor ne bougèrent pas de leurs bancs, obligeant le professeur McGonagall à descendre de l'estrade pour chasser de la salle les élèves qui n'avaient pas encore atteint leur majorité.

– Il n'en est pas question, Crivey, filez ! *Et* vous aussi, Peakes !

Harry se précipita vers les Weasley, tous assis à la table des Gryffondor.

– Où sont Ron et Hermione ?

– Tu ne les as pas trouvés..., commença Mr Weasley, l'air inquiet.

Mais il s'interrompit, car Kingsley s'avançait sur l'estrade pour s'adresser à ceux qui étaient restés :

– Nous n'avons plus qu'une demi-heure avant minuit, nous devons donc agir vite ! Les enseignants et les membres de l'Ordre du Phénix se sont mis d'accord sur un plan de bataille. Les professeurs Flitwick, Chourave et McGonagall emmèneront des groupes de combattants au sommet des trois plus hautes tours – la tour de Serdaigle, la tour d'astronomie et celle de Gryffondor. De là, ils pourront voir les environs et seront dans une excellente position pour jeter des sortilèges. Pendant ce temps, Remus – il désigna Lupin –, Arthur – il pointa le doigt vers Mr Weasley, assis à la table des Gryffondor – et moi, nous prendrons la tête d'autres groupes dans le parc. Nous aurons besoin de quelqu'un pour organiser la défense des entrées et des passages qui mènent à l'intérieur de l'école…

– Ça, c'est dans nos cordes, lança Fred en montrant George et lui-même.

Kingsley approuva d'un signe de tête.

– Très bien, les chefs, venez ici, nous allons répartir les troupes !

– Potter, dit le professeur McGonagall en se hâtant vers lui pendant que les élèves envahissaient l'estrade, jouant des coudes pour prendre leurs places, recevant des instructions, *n'êtes-vous pas censé chercher quelque chose ?*

– Quoi ? Ah, oui, dit Harry.

Il avait presque oublié l'Horcruxe, presque oublié que la bataille allait être livrée pour qu'il puisse le retrouver. L'inexplicable absence de Ron et d'Hermione avait momentanément chassé toute autre pensée de sa tête.

– Alors, allez-y, Potter, allez-y !

– Oui… D'accord…

Il sentit des regards le suivre lorsqu'il ressortit en courant de la Grande Salle et retourna dans le hall d'entrée toujours rempli d'élèves qu'on évacuait. Il se laissa emporter avec eux dans l'escalier de marbre mais, parvenu en haut des marches, il s'éloigna en hâte le long d'un couloir désert. La peur, la panique embrumaient son cerveau. Il essaya de se calmer, de se concentrer sur la recherche de l'Horcruxe, mais ses pensées bourdonnaient frénétiquement, stérilement, telles des abeilles enfermées sous un verre. Sans Ron et Hermione pour l'aider, il semblait incapable de rassembler ses idées. Il ralentit puis s'arrêta au milieu d'un couloir vide, où il s'assit sur le piédestal d'une statue partie au combat, et sortit la carte du Maraudeur de la bourse accrochée à son cou. Il ne voyait nulle part les noms de Ron et d'Hermione, mais la foule des petits points qui se dirigeaient vers la Salle sur Demande était si dense qu'elle les cachait peut-être. Il rangea la carte, plongea son visage dans ses mains et ferma les yeux, s'efforçant de se concentrer…

« Voldemort pensait que j'allais me rendre dans la tour de Serdaigle. »

C'était un fait solide, le point de départ. Si Voldemort avait posté Alecto Carrow dans la salle commune des Serdaigle, il n'y avait qu'une seule explication possible : Voldemort craignait que Harry sache déjà que son Horcruxe était lié à cette maison.

Or le seul objet qu'on pouvait associer à Serdaigle était le diadème perdu… Comment l'Horcruxe aurait-il pu être ce diadème ? Comment Voldemort, le Serpentard, aurait-il trouvé un objet qui avait échappé à des générations de Serdaigle ? Qui donc lui aurait indiqué où chercher, alors que personne n'avait vu le diadème de mémoire d'homme ?

« De mémoire d'homme… »

La tête toujours dans les mains, Harry rouvrit brusquement les yeux. D'un bond, il se leva du piédestal et rebroussa chemin à toutes jambes, se précipitant vers son unique et dernier espoir. Lorsqu'il revint au sommet de l'escalier de marbre, le tumulte des centaines de personnes qui se dirigeaient vers la Salle sur Demande était devenu de plus en plus retentissant. Les préfets criaient des instructions, essayant de surveiller les élèves de leur maison. On se poussait, on se bousculait. Harry vit Zacharias Smith écarter brutalement des élèves de première année pour se placer en tête de la file. Parmi les plus jeunes, certains étaient en larmes, tandis que les plus âgés appelaient désespérément des amis, des frères, des sœurs…

Harry aperçut une silhouette d'un blanc nacré qui flottait dans les airs en traversant le hall d'entrée et il cria aussi fort qu'il le put pour couvrir le vacarme :

– Nick ! NICK ! Il faut que je vous parle !

Il se fraya un passage à contre-courant dans la marée des élèves et parvint enfin à atteindre le bas de l'escalier où l'attendait Nick Quasi-Sans-Tête, fantôme de la tour de Gryffondor.

– Harry ! Mon cher ami !

Nick lui saisit les mains et les pressa dans les siennes. Harry eut l'impression de les avoir plongées dans de l'eau glacée.

– Nick, il faut que vous m'aidiez. Qui est le fantôme de la tour de Serdaigle ?

Nick Quasi-Sans-Tête parut surpris et légèrement vexé.

– La Dame Grise, bien sûr. Mais si vous avez besoin des services d'un spectre…

– Il faut absolument que je la voie… Savez-vous où elle se trouve ?

– Voyons…

La tête de Nick vacilla légèrement sur sa fraise lorsqu'il la tourna d'un côté puis de l'autre, regardant par-dessus les élèves qui grouillaient autour d'eux.

– La voilà, là-bas, Harry, la jeune femme avec les longs cheveux.

Harry regarda dans la direction que montrait le doigt transparent de Nick et aperçut un fantôme de haute taille qui croisa son regard, haussa les sourcils, et s'en alla en traversant un mur épais.

Harry courut après elle. Quand il eut franchi la porte du couloir dans lequel elle avait disparu, il la vit à l'autre extrémité. Elle glissait en douceur, s'éloignant toujours de lui.

– Hé ! Attendez… Revenez !

Elle consentit à s'arrêter, flottant à quelques centimètres du sol. De loin, Harry pensa qu'elle devait être belle, avec ses longs cheveux tombant jusqu'à la taille et sa cape qui descendait jusqu'au sol, mais elle paraissait également fière et hautaine. Lorsqu'il la vit de plus près, il se souvint d'être passé plusieurs fois devant elle dans ce couloir, sans jamais lui avoir parlé.

– Vous êtes la Dame Grise ?

Elle acquiesça d'un signe de tête, sans prononcer un mot.

– Le fantôme de la tour de Serdaigle ?

– En effet.

Le ton de sa voix n'était pas très encourageant.

– S'il vous plaît, j'ai besoin d'aide. Il faut que je sache tout ce que vous pourrez me dire sur le diadème perdu.

Un froid sourire étira les lèvres du fantôme.

– J'ai bien peur de ne pouvoir vous aider, répondit-elle en se tournant pour s'en aller.

– ATTENDEZ !

Il n'avait pas eu l'intention de crier mais la colère et la

panique menaçaient de le submerger. Il jeta un coup d'œil à sa montre, le fantôme flottant toujours devant lui, et vit qu'il était minuit moins le quart.

– C'est urgent, dit-il d'une voix féroce. Si ce diadème se trouve à Poudlard, il faut que je le trouve, et très vite.

– Vous n'êtes pas le premier à convoiter le diadème, loin de là, lança-t-elle avec dédain. Des générations d'élèves m'ont harcelée…

– Il ne s'agit pas d'obtenir de meilleures notes ! s'écria Harry. Il s'agit de Voldemort… de vaincre Voldemort… À moins que cela ne vous intéresse pas ?

Elle ne pouvait rougir mais ses joues transparentes devinrent un peu plus opaques et elle répliqua d'une voix enflammée :

– Bien sûr que je… Comment osez-vous insinuer… ?

– Alors, aidez-moi !

Elle perdait contenance.

– Ce… Ce n'est pas une question de…, balbutia-t-elle. Le diadème de ma mère…

– De votre *mère* ?

Elle sembla furieuse contre elle-même.

– De mon vivant, dit-elle avec raideur, j'étais Helena Serdaigle.

– Vous êtes sa *fille* ? Mais alors, vous devez savoir ce qu'il est devenu ?

– S'il est vrai que le diadème accorde la sagesse, dit-elle en faisant un effort évident pour se ressaisir, je doute qu'il augmente sensiblement vos chances de vaincre le sorcier qui se donne le nom de Seigneur…

– Je viens de vous dire que je n'ai pas la moindre envie de le porter ! répondit Harry d'un ton agressif. Je n'ai pas le temps de vous expliquer… mais si vous tenez à Poudlard, si vous voulez voir la fin de Voldemort, il faut que vous me disiez tout ce que vous savez de ce diadème !

Le fantôme resta immobile, flottant toujours dans les airs, le regard fixé sur Harry qui se sentait envahi par le désespoir. Si elle avait su quoi que ce soit, elle en aurait bien évidemment parlé à Flitwick ou à Dumbledore qui lui avaient sûrement posé la même question. Il hocha la tête et se détourna d'elle, mais au même moment, elle ajouta quelque chose à mi-voix :

– J'ai volé le diadème à ma mère.

– Vous… Vous avez fait quoi ?

– *J'ai volé le diadème*, répéta Helena Serdaigle dans un murmure. Je voulais devenir plus intelligente, plus importante que ma mère. Je l'ai pris et je me suis enfuie avec.

Il ne savait pas comment il avait réussi à gagner sa confiance et ne le lui demanda pas. Il se contenta d'écouter attentivement tandis qu'elle poursuivait :

– Ma mère, dit-on, n'a jamais admis que le diadème avait disparu, elle a prétendu qu'il était toujours en sa possession. Elle a dissimulé sa perte, dissimulé ma terrible trahison, même aux autres fondateurs de Poudlard.

« Puis elle est tombée malade… Une maladie fatale. En dépit de ma perfidie, elle voulait à tout prix me voir une dernière fois. Elle m'a envoyé un homme qui m'avait longtemps aimée, bien que j'eusse toujours repoussé ses avances. Elle savait qu'il n'aurait de repos tant qu'il ne m'aurait pas retrouvée.

Harry attendit. Elle respira profondément et rejeta sa tête en arrière.

– Il a suivi ma trace dans la forêt où je me cachais. Quand j'ai refusé de revenir avec lui, il est devenu violent. Le Baron a toujours eu un tempérament emporté. Furieux de mon refus, jaloux de ma liberté, il m'a poignardée.

– Le *Baron* ? Vous voulez dire…

– Le Baron Sanglant, oui, reprit la Dame Grise.

Elle écarta un pan de sa cape pour montrer sur sa poitrine blanche la marque sombre laissée par la blessure.

– Quand il a vu ce qu'il avait fait, il a été écrasé de remords. Il a pris l'arme qui m'avait ôté la vie et s'en est servi pour se tuer lui-même. Plusieurs siècles plus tard, il continue de porter ses chaînes en signe de pénitence… comme il se doit, ajouta-t-elle avec amertume.

– Et… Et le diadème ?

– Il est resté là où je l'avais caché quand j'ai entendu dans la forêt le Baron s'avancer vers moi à l'aveuglette. Je l'ai dissimulé dans un arbre creux.

– Un arbre creux ? répéta Harry. Quel arbre ? Où se trouve-t-il ?

– Dans une forêt d'Albanie. Un lieu solitaire dont je pensais qu'il serait hors de portée de ma mère.

– L'Albanie, murmura Harry.

La cohérence venait de naître miraculeusement de la confusion et il comprenait à présent pourquoi elle lui révélait ce qu'elle n'avait pas voulu dire à Dumbledore ou à Flitwick.

– Vous avez déjà raconté cette histoire à quelqu'un d'autre, n'est-ce pas ? À un autre élève ?

Elle ferma les yeux et acquiesça d'un signe de tête.

– Je n'avais… aucune idée… il me tenait des propos… flatteurs. Il semblait… comprendre… compatir…

Oui, songea Harry, Tom Jedusor devait certainement comprendre le désir d'Helena Serdaigle de posséder des objets fabuleux sur lesquels elle n'avait guère de droits.

– Vous n'êtes pas la première personne à qui Jedusor ait réussi à tirer les vers du nez, marmonna Harry. Il pouvait être très charmeur quand il le voulait...

Ainsi donc, Voldemort était parvenu à faire avouer à la Dame Grise l'endroit où se trouvait le diadème perdu. Il s'était rendu dans la lointaine forêt et avait retiré le diadème de sa cachette, peut-être à l'époque même où il avait quitté Poudlard, avant de commencer à travailler pour Barjow et Beurk.

Et cette forêt solitaire d'Albanie n'avait-elle pas semblé le meilleur des refuges lorsque, bien longtemps après, Voldemort avait dû trouver un endroit tranquille où se faire oublier pendant dix longues années ?

Mais le diadème, une fois transformé en un précieux Horcruxe, n'était pas resté dans ce modeste tronc d'arbre... Non, il avait été rapporté secrètement dans son lieu d'origine et Voldemort l'y avait sans doute caché...

– ... le soir où il est venu demander un poste de professeur ! dit soudain Harry, achevant le fil de ses pensées.

– Je vous demande pardon ?

– Il a dissimulé le diadème dans le château le soir où il a demandé à Dumbledore de lui confier un poste d'enseignant ! s'exclama Harry.

Dire les choses à haute voix lui permettait de mieux les comprendre.

– Il a dû cacher le diadème quand il est monté dans le bureau de Dumbledore ou quand il en est descendu ! Mais cela valait quand même la peine d'essayer d'obtenir ce travail. Il aurait eu alors une chance de s'emparer également de l'épée de Gryffondor... Merci, merci !

Harry la laissa là, flottant dans les airs, une expression de total ahurissement sur le visage. En tournant l'angle du mur pour revenir dans le hall d'entrée, il jeta un coup d'œil à sa montre. Il était minuit moins cinq et bien qu'il sût à présent *ce qu'était* le dernier Horcruxe, il n'avait toujours aucune idée de *l'endroit* où il se trouvait…

Des générations d'élèves avaient échoué dans leur quête du diadème. Ce qui laissait supposer qu'il n'était pas dans la tour de Serdaigle… Mais alors, où était-il ? Quelle cachette Tom Jedusor avait-il bien pu découvrir dans le château de Poudlard en pensant qu'elle resterait à jamais secrète ?

S'efforçant désespérément d'échafauder des hypothèses, Harry tourna à nouveau un coin de mur, mais à peine avait-il fait quelques pas dans cet autre couloir que la fenêtre située à sa gauche se fracassa dans un vacarme assourdissant de verre brisé. Il fit un bond de côté à l'instant où un corps gigantesque traversait la fenêtre et heurtait de plein fouet le mur opposé. Une créature d'une taille impressionnante, couverte de fourrure, se détacha en gémissant du nouveau venu et se jeta sur Harry.

– Hagrid ! s'écria Harry qui essayait de repousser les démonstrations d'affection de Crockdur, le molosse, tandis que l'énorme silhouette barbue se relevait tant bien que mal. Qu'est-ce que…

– Harry, tu es là ! *Tu es là !*

Hagrid se pencha, gratifia Harry d'une rapide étreinte à lui rompre les côtes puis retourna précipitamment devant la fenêtre défoncée.

– Très bien, Graupy ! hurla-t-il à travers les carreaux brisés. Je reviens tout à l'heure, tu es un brave garçon !

Derrière Hagrid, dans la nuit sombre, Harry vit au loin des

explosions de lumière et entendit un cri étrange, funèbre. Il regarda sa montre : minuit. La bataille avait commencé.

– Nom de nom, Harry ! s'exclama Hagrid d'une voix haletante, ça y est, hein ? C'est le moment de se battre ?

– Hagrid, d'où venez-vous ?

– J'ai entendu Tu-Sais-Qui jusque dans notre caverne, répondit-il d'un air grave. Il a une voix qui porte. « Vous avez jusqu'à minuit pour me livrer Potter. » J'ai tout de suite su que tu devais être là, j'ai su ce qui devait se passer. Descends, Crockdur. Alors, on est venus participer, moi, Graupy et Crockdur. On a forcé le passage dans l'école en prenant par la forêt, Graupy nous portait, Crockdur et moi. Je lui ai dit de me déposer au château et il m'a poussé par la fenêtre, le cher ange. Ce n'était pas exactement ce que j'avais prévu mais… Où sont Ron et Hermione ?

– Ça, répondit Harry, c'est vraiment une bonne question. Venez.

Ils se hâtèrent tous deux le long du couloir, Crockdur bondissant à leurs côtés. Harry entendait des bruits résonner alentour : des pas qui couraient, des cris. Par les fenêtres, il voyait d'autres éclairs de lumière dans le parc obscur.

– Où est-ce qu'on va ? haleta Hagrid, suivant Harry d'une démarche pesante qui faisait trembler le parquet.

– Je ne sais pas exactement, répondit Harry en tournant au hasard dans un nouveau couloir, mais Ron et Hermione doivent être quelque part par là.

Les premières victimes de la bataille étaient déjà à terre, un peu plus loin : les deux gargouilles de pierre gardant habituellement la salle des professeurs avaient été fracassées par un maléfice qui avait traversé une autre fenêtre défoncée. Leurs restes remuaient faiblement sur le sol et lorsque Harry sauta par-dessus l'une des têtes sans corps, elle murmura dans un gémissement :

– Ne vous en faites pas pour moi... Je vais rester là, tant pis, je continuerai à tomber en morceaux...

Son visage de pierre repoussant rappela soudain à Harry le buste de marbre de Rowena Serdaigle qu'il avait vu chez Xenophilius, avec cette coiffe démente sur sa tête... Puis il repensa à la statue de la tour de Serdaigle, et au diadème sculpté sur ses boucles blanches...

Lorsqu'il atteignit le bout du couloir, le souvenir d'une troisième effigie de pierre lui revint à l'esprit : celle d'un vieux sorcier sur la tête duquel il avait lui-même posé une perruque et un vieux diadème bosselé. À cette pensée, il éprouva un choc, comme la sensation brûlante d'une gorgée de whisky Pur Feu, et il faillit trébucher.

Il savait enfin où l'attendait l'Horcruxe...

Tom Jedusor, qui ne se fiait à personne et opérait toujours en solitaire, avait sans doute eu l'outrecuidance d'imaginer que lui seul était capable de pénétrer les secrets les plus profonds de Poudlard. Bien entendu, Dumbledore et Flitwick, ces élèves modèles, n'avaient jamais mis les pieds dans cet endroit particulier, mais lui, Harry, était sorti des sentiers battus au cours de ses années d'école... Il existait enfin un secret que lui et Voldemort partageaient mais que Dumbledore n'avait jamais découvert...

Il fut arraché à ses pensées par le professeur Chourave qui se ruait dans le couloir, suivie de Neville et d'une demi-douzaine d'autres. Tous étaient équipés de cache-oreilles et portaient de grosses plantes en pot.

– Des mandragores ! hurla Neville à Harry en le regardant par-dessus son épaule tandis qu'il s'éloignait au pas de course.

On va leur jeter ça par-dessus les murs… Ils ne vont pas être très contents !

Harry savait où aller, à présent : il se précipita, Hagrid et Crockdur galopant derrière lui. Ils passèrent devant des successions de portraits dont les silhouettes peintes couraient avec eux, des sorciers et des sorcières portant fraise et hauts-de-chausses, armures et capes, s'entassant dans les toiles voisines, hurlant des nouvelles en provenance d'autres parties du château. Lorsqu'ils atteignirent l'extrémité du couloir, toute l'école se mit à trembler et Harry, voyant un vase gigantesque projeté à bas de son socle avec une force explosive, comprit qu'ils étaient soumis à des enchantements plus redoutables que ceux jetés par les professeurs ou les membres de l'Ordre.

– Ne t'inquiète pas, Crockdur, ne t'inquiète pas ! hurla Hagrid.

Mais le molosse avait pris la fuite sous les débris de porcelaine qui volaient en tous sens comme des éclats d'obus, et Hagrid se lança à la poursuite du chien terrifié, laissant Harry seul.

Celui-ci fonça dans les couloirs aux murs ébranlés, sa baguette brandie. Le long d'un corridor, le portrait du petit chevalier du Catogan se rua de tableau en tableau et lui cria des encouragements, son poney grassouillet trottant derrière lui :

– Maroufles et pendards, marauds et coupe-jarrets, boutez-les hors d'ici, Harry Potter, faites-leur mordre la poussière !

Harry surgit derrière un angle de mur et tomba sur Fred accompagné d'un petit groupe d'élèves, parmi lesquels Lee Jordan et Hannah Abbot. Ils s'étaient postés à côté d'un autre piédestal vide, dont la statue, partie au combat, protégeait ordinairement l'entrée d'un passage caché. Ils avaient sorti leurs baguettes et écoutaient, l'oreille tendue vers l'ouverture secrète.

– Belle soirée pour se battre ! s'exclama Fred, alors que le château tremblait de toutes parts.

Harry fila devant eux sans s'arrêter, à la fois exultant et terrifié. Il s'engouffra dans un autre couloir et vit des hiboux voler de tous côtés, poursuivis par Miss Teigne qui crachait en essayant de les attraper à coups de pattes, dans le seul but, sans nul doute, de les ramener à leur place…

– Potter !

Devant lui, Abelforth Dumbledore barrait le couloir, sa baguette levée.

– Potter, des centaines d'élèves se sont rués dans mon pub !

– Je sais, nous évacuons l'école, répondit Harry. Voldemort a…

– … attaqué parce qu'ils ont refusé de te livrer, je sais, acheva Abelforth. Je ne suis pas sourd, on l'a entendu dans tout Pré-au-Lard. Mais il n'est venu à l'idée d'aucun d'entre vous de garder quelques Serpentard en otages ? Parmi les élèves que vous avez mis à l'abri, il y a des enfants de Mangemorts. N'aurait-il pas été un peu plus intelligent de les enfermer ici ?

– Ça ne suffirait pas à arrêter Voldemort, répliqua Harry, et votre frère n'aurait jamais agi de cette manière.

Abelforth poussa un grognement avant de s'éloigner à grands pas dans la direction opposée.

« Votre frère n'aurait jamais agi de cette manière… » C'était la vérité, songea Harry en recommençant à courir.

Dumbledore, qui avait si longtemps défendu Rogue, n'aurait jamais pris des élèves en otages…

Ses semelles dérapant sur le sol, il tourna un dernier angle de mur puis, avec un cri de soulagement mêlé de colère, il les vit enfin : Ron et Hermione avaient les bras chargés de gros objets recourbés, sales et jaunâtres. Ron portait également un balai sous son bras.

– Mais où *diable* étiez-vous passés ? demanda Harry.

– Dans la Chambre des Secrets, répondit Ron.

– La Chambre… quoi ? s'écria Harry en s'arrêtant devant eux d'un pas vacillant.

– C'est Ron qui a eu l'idée, lui tout seul ! assura Hermione, le souffle court. Absolument génial, non ? Nous étions restés là après ton départ et j'ai dit à Ron : « Même si nous trouvons l'autre Horcruxe, comment allons-nous faire pour nous en débarrasser ? » On n'avait toujours pas réussi à détruire la coupe ! Alors, il a pensé à ça ! Le Basilic !

– Qu'est-ce que…

– Le moyen d'anéantir les Horcruxes, dit simplement Ron.

Harry baissa les yeux vers les objets que Ron et Hermione tenaient dans leurs bras : de grands crochets recourbés, arrachés au squelette d'un Basilic mort.

– Mais comment y êtes-vous entrés ? s'étonna-t-il, regardant successivement les crochets, puis Ron. Il faut parler le Fourchelang !

– Il l'a parlé ! murmura Hermione. Montre-lui, Ron !

Ron produisit un horrible sifflement étranglé.

– Tu avais fait la même chose pour ouvrir le médaillon, dit-il à Harry sur un ton d'excuse. J'ai dû m'y reprendre à plusieurs fois mais… – il haussa les épaules d'un air modeste – on a fini par y arriver.

– Il a été *fabuleux* ! dit Hermione. Fabuleux !

– Alors…, balbutia Harry qui s'efforçait de suivre le fil des événements. Alors…

– Alors, nous avons un Horcruxe de moins, acheva Ron. Il sortit de son blouson les restes tordus de la coupe de Poufsouffle.

– C'est Hermione qui l'a transpercée. J'ai pensé qu'elle devait le faire. Elle n'avait pas encore eu ce plaisir.

– Un génie ! s'écria Harry.

– Ce n'était pas grand-chose, affirma Ron, qui paraissait toutefois très content de lui. Et toi, quelles nouvelles ?

Pendant qu'il leur racontait ce qui s'était passé, une explosion retentit au-dessus de leur tête. Tous trois levèrent les yeux vers la poussière qui tombait du plafond et ils entendirent un hurlement lointain.

– Je sais à quoi ressemble le diadème et je sais où il est, dit précipitamment Harry. Il l'a caché à l'endroit où j'ai rangé mon vieux livre de potions, là où tout le monde a entreposé des tas de choses au cours des siècles. Il pensait avoir été le seul à le découvrir. Venez.

Alors que les murs recommençaient à trembler, il emmena les deux autres jusqu'à l'entrée secrète et descendit avec eux l'escalier qui menait à la Salle sur Demande. Il n'y avait plus que trois personnes présentes : Ginny, Tonks et une sorcière âgée coiffée d'un chapeau mangé aux mites, que Harry reconnut aussitôt comme étant la grand-mère de Neville.

– Ah, Potter, lança-t-elle d'un ton cassant, comme s'il l'avait fait attendre. Peut-être allez-vous pouvoir nous dire ce qui se passe ?

– Tout le monde va bien ? demandèrent Ginny et Tonks d'une même voix.

– D'après ce qu'on sait, oui, répondit Harry. Y a-t-il encore des gens dans le passage de La Tête de Sanglier ?

Il savait que la Salle sur Demande ne pourrait se transformer tant qu'elle était utilisée par d'autres personnes.

– J'ai été la dernière à l'emprunter, déclara Mrs Londubat. J'en ai condamné l'entrée. Je ne pense pas qu'il soit prudent de la laisser ouverte maintenant qu'Abelforth a quitté son pub. Avez-vous vu mon petit-fils ?

– Il est en train de se battre, dit Harry.

– Naturellement, répliqua fièrement la vieille dame. Excusez-moi, mais il faut que j'aille l'aider.

Avec une rapidité surprenante, elle trottina vers les marches de pierre.

Harry regarda Tonks.

– Je croyais que vous étiez chez votre mère avec Teddy ?

– Je ne supportais plus de ne pas savoir ce qui se passe – Tonks paraissait angoissée –, ma mère s'occupera de lui. Tu as vu Remus ?

– Il devait sortir dans le parc à la tête d'un groupe de combattants.

Sans ajouter un mot, Tonks se précipita hors de la salle.

– Ginny, dit Harry, je suis désolé mais toi aussi, il faut que tu t'en ailles. Juste un instant. Ensuite, tu pourras revenir.

Ginny parut enchantée de quitter son sanctuaire.

– Ensuite, tu pourras revenir, répéta-t-il tandis qu'elle montait les marches en courant, derrière Tonks. *Il faut que tu reviennes !*

– Attends un peu, s'exclama brusquement Ron. On a oublié quelqu'un !

– Qui ? s'étonna Hermione.

– Les elfes de maison. Ils doivent tous être dans les cuisines, non ?

– Tu veux dire que nous devrions les envoyer au combat ? demanda Harry.

– Non, répondit Ron avec gravité. Je veux dire que nous devrions les évacuer, eux aussi. Nous ne voulons pas de nouveaux Dobby, n'est-ce pas ? Nous ne pouvons leur donner l'ordre de mourir pour nous…

Il y eut un grand fracas lorsque les crochets de Basilic tombèrent en cascade des bras d'Hermione. Se ruant sur Ron, elle lui passa les bras autour du cou et l'embrassa en plein sur la bouche. À son tour, Ron lâcha les crochets et le balai qu'il tenait entre les mains et lui rendit son baiser avec tant de fougue qu'il la souleva de terre.

– C'est vraiment le moment ? interrogea Harry d'une voix timide.

Voyant que sa question n'avait d'autre effet que de resserrer l'étreinte de Ron et d'Hermione qui se balançaient sur place en s'embrassant, il haussa le ton :

– Hé ! Il y a une guerre en cours !

Ils s'écartèrent un peu l'un de l'autre tout en restant enlacés.

– Je sais, mon vieux, répliqua Ron qui avait l'air d'avoir reçu un Cognard sur l'occiput, mais justement : c'est maintenant ou jamais, tu ne crois pas ?

– La question n'est pas là. Qu'est-ce qu'on fait avec l'Horcruxe ? s'écria Harry. Si vous pouviez vous retenir juste un peu… le temps qu'on retrouve le diadème ?

– Oui… d'accord… désolé…, répondit Ron.

Hermione et lui ramassèrent les crochets. Ils avaient tous deux le teint d'un rose soutenu.

Lorsqu'ils retournèrent dans le couloir, en haut des

marches, la situation s'était gravement détériorée dans le château au cours des quelques minutes qu'ils avaient passées dans la Salle sur Demande : les murs et le plafond tremblaient plus fort que jamais, de la poussière s'était répandue dans l'atmosphère et par une fenêtre, Harry vit des éclairs de lumière verte et rouge si proches que les Mangemorts n'allaient sans doute pas tarder à pénétrer à l'intérieur de l'école. Il aperçut également Graup le géant qui errait au-dehors, brandissant une gargouille de pierre arrachée au toit et poussant des rugissements mécontents.

– Espérons qu'il va en piétiner quelques-uns ! dit Ron, alors que d'autres cris s'élevaient à proximité.

– À condition qu'il ne piétine personne dans notre camp ! répliqua une voix.

Harry se retourna et vit Ginny et Tonks, leurs baguettes à la main, devant la fenêtre voisine dont plusieurs carreaux avaient été pulvérisés. Au moment où il la regardait, Ginny lança un maléfice qui atteignit de plein fouet un groupe de combattants, au-dessous d'eux.

– Bravo, fillette ! gronda une silhouette qui courait dans leur direction à travers un nuage de poussière.

Harry reconnut Abelforth, à la tête d'un groupe d'élèves, ses cheveux gris voletant derrière lui.

– Ils vont peut-être réussir à ouvrir une brèche dans le rempart nord. Ils ont amené leurs propres géants !

– Vous avez vu Remus ? lui cria Tonks.

– Il se battait avec Dolohov, lui lança Abelforth. Pas revu depuis.

– Tonks, dit Ginny. Tonks, je suis sûre que tout va bien pour lui…

Mais Tonks s'était précipitée dans la poussière, sur les talons d'Abelforth.

Ginny, impuissante, se tourna vers Harry, Ron et Hermione.

– Ils s'en sortiront à merveille, assura Harry, tout en sachant qu'il prononçait des paroles creuses. Ginny, nous allons revenir dans un petit moment, pour l'instant reste à l'écart, mets-toi à l'abri… Venez ! ajouta-t-il à l'adresse de Ron et d'Hermione.

Ils retournèrent en courant vers le pan de mur derrière lequel la Salle sur Demande attendait les exigences de son prochain visiteur.

« J'ai besoin de l'endroit où tout est caché », supplia Harry dans sa tête.

La porte se matérialisa à leur troisième passage.

Dès qu'ils l'eurent franchie et refermée derrière eux, le tumulte de la bataille s'évanouit : tout devint silencieux. Ils étaient dans un espace de la taille d'une cathédrale, qui avait l'apparence d'une ville, ses murs imposants constitués d'objets cachés là par des milliers d'élèves depuis longtemps disparus.

– Et il s'est imaginé que *personne* ne viendrait jamais ici ? dit Ron, l'écho de sa voix résonnant dans le silence.

– Il pensait être le seul, répondit Harry. Dommage pour lui que j'aie eu besoin de cacher quelque chose… de cette manière, ajouta-t-il. Je crois que c'est là-bas…

Il passa devant le troll empaillé et l'Armoire à Disparaître que Drago Malefoy avait réparée l'année précédente, avec des conséquences désastreuses, puis il hésita, scrutant les allées qui s'enfonçaient dans le bric-à-brac. Il ne se rappelait plus où il devait aller…

– *Accio diadème*, s'écria Hermione dans une tentative désespérée.

Mais rien ne vola vers eux. Tout comme la chambre forte de Gringotts, la salle ne semblait pas disposée à livrer si facilement ses objets cachés.

– Séparons-nous, dit Harry. Cherchez le buste en pierre d'un vieil homme avec une perruque et une tiare ! Il est posé sur un placard et je suis sûr qu'il n'est pas loin d'ici…

Les deux autres s'éloignèrent en courant dans des allées adjacentes. Harry entendait l'écho de leurs pas à travers les hautes piles de vieilleries, de bouteilles, de chapeaux, de caisses, de chaises, de livres, d'armes, de balais, de battes…

– Pas loin d'ici, marmonna Harry. Pas loin… Pas loin…

Il s'avança de plus en plus profondément dans le labyrinthe, à la recherche d'objets qu'il reconnaissait pour les avoir vus lors de sa première visite. Le bruit de sa respiration résonnait à ses oreilles et soudain, il fut parcouru d'un frémissement qui sembla se répandre jusqu'à son âme même : il était là, devant lui, le placard couvert de cloques où il avait caché son vieux livre de potions, et sur lequel était posé le sorcier de pierre ébréchée dont la tête portait une perruque poussiéreuse et une ancienne tiare aux couleurs délavées.

Bien qu'il fût encore à trois mètres du placard, il avait déjà tendu la main lorsqu'une voix lança derrière lui :

– Pas si vite, Potter.

Il s'arrêta net, ses chaussures dérapant sur le sol, et se retourna. Crabbe et Goyle se tenaient derrière son dos, côte à côte, leurs baguettes pointées droit sur lui. Dans l'espace étroit qui séparait leurs visages ricanants, il aperçut Drago Malefoy.

– C'est ma baguette que tu as là, Potter, dit Malefoy qui glissa la sienne entre Crabbe et Goyle.

– Ce n'est plus la tienne, répliqua Harry, le souffle court, en resserrant les doigts sur la baguette d'aubépine. Le vainqueur devient possesseur, Malefoy. Qui t'en a prêté une ?

– Ma mère, répondit Drago.

Harry éclata de rire, bien que la situation n'eût rien de très comique. Il n'entendait plus Ron, ni Hermione. Ils avaient dû s'éloigner pour chercher le diadème.

– Comment se fait-il que vous ne soyez pas avec Voldemort, tous les trois ? s'étonna Harry.

– On aura notre récompense, dit Crabbe.

Il avait une voix étonnamment douce pour quelqu'un d'aussi énorme. Harry ne l'avait guère entendu parler jusqu'à présent. Crabbe souriait comme un enfant à qui on a promis un gros paquet de bonbons.

– Nous sommes restés en arrière, Potter. Nous avons décidé de ne pas y aller. On voulait te livrer à lui.

– Bon plan, répondit Harry sur un ton de feinte admiration.

Il n'arrivait pas à croire que, si près du but, Malefoy, Crabbe et Goyle puissent l'empêcher de réussir. Il se mit à reculer très lentement, vers l'endroit où l'Horcruxe était posé de travers sur le buste du sorcier. Si seulement il parvenait à mettre la main dessus avant que le combat ne s'engage…

– Comment avez-vous fait pour entrer ici ? interrogea-t-il, essayant de distraire leur attention.

– J'ai pratiquement vécu dans la Salle des Objets Cachés tout au long de l'année dernière, répliqua Malefoy, la voix crispée. Je sais comment y pénétrer.

– On s'est cachés dans le couloir, dehors, grogna Goyle. Maintenant, on sait faire les sortilèges de Désola… Désalu… Des-lusion ! Et là-dessus – son visage se fendit en un sourire niais –, tu es arrivé juste devant nous et tu as dit que tu cherchais un dieu-dame ! C'est quoi, ça, un dieu-dame ?

– Harry ? dit soudain la voix de Ron, de l'autre côté du mur d'objets qui se dressait sur sa droite. Tu parles à quelqu'un ?

Dans un mouvement brusque, semblable à un coup de fouet, Crabbe pointa sa baguette sur les vieux meubles, les malles défoncées, les livres usagés, les robes mitées et autre bric-à-brac non identifié qui s'entassaient en une montagne d'une quinzaine de mètres de hauteur.

– *Descendo !* hurla-t-il.

Le mur commença à vaciller puis à s'ébouler dans l'allée voisine où se trouvait Ron.

– Ron ! beugla Harry.

Quelque part, hors de son champ de vision, Hermione poussa un cri et il entendit d'innombrables objets s'écraser par terre, de l'autre côté du mur chancelant.

– *Finite !* s'exclama-t-il, sa baguette tendue vers le rempart qui se stabilisa aussitôt.

– Non ! vociféra Malefoy en immobilisant le bras de Crabbe au moment où celui-ci s'apprêtait à renouveler son sortilège. Si tout s'écroule, le diadème va être enterré sous les décombres !

– Qu'est-ce que ça peut faire ? répliqua Crabbe en dégageant son bras. C'est Potter que veut le Seigneur des Ténèbres. Qui va s'intéresser à un dieu-dame ?

– Potter est venu ici pour le prendre, dit Malefoy sans parvenir à dissimuler l'agacement que lui inspirait la bêtise de ses deux acolytes. Ce qui doit signifier…

– Doit signifier ?

Crabbe se tourna vers Malefoy avec une férocité qu'il ne cherchait pas à déguiser.

– On s'en fiche de ce que tu penses. Je n'obéis plus à tes ordres, *Drago*. Toi et ton père, vous êtes finis.

– Harry ? s'écria à nouveau Ron, de l'autre côté du mur de vieilleries. Qu'est-ce qui se passe ?

– Harry ? imita Crabbe. Qu'est-ce qui se... non, Potter ! *Endoloris !*

Harry s'était rué sur la tiare. Le sortilège de Crabbe le manqua, mais frappa le buste qui fut projeté en l'air. Le diadème s'envola puis retomba hors de vue, parmi la masse d'objets sur laquelle le buste avait lui-même atterri.

– STOP ! hurla Malefoy à Crabbe, sa voix résonnant en écho dans l'immense salle. Le Seigneur des Ténèbres le veut vivant...

– Et alors ? Je ne l'ai pas tué, non ? s'écria Crabbe, en rejetant le bras de Malefoy qui essayait à nouveau de le retenir. Mais si je le peux, je le ferai, le Seigneur des Ténèbres veut qu'il meure, de toute façon, quelle diff...

Un jet de lumière écarlate passa alors à quelques centimètres de Harry : Hermione s'était précipitée derrière lui et avait lancé un sortilège de Stupéfixion en visant la tête de Crabbe. Mais Malefoy avait réussi à pousser celui-ci hors de la trajectoire de l'éclair qui rata sa cible.

– C'est cette Sang-de-Bourbe ! *Avada Kedavra !*

Harry vit Hermione plonger de côté et la tentative de meurtre de Crabbe le mit dans une fureur telle que tout le reste s'effaça de son esprit. Il jeta à son tour un sortilège de Stupéfixion à Crabbe. Ce dernier l'évita d'un bond, bousculant Malefoy qui, sous le choc, lâcha sa baguette. Elle roula à terre sous une montagne de caisses et de meubles brisés.

– Ne le tuez pas ! NE LE TUEZ PAS ! cria Malefoy à Crabbe et à Goyle qui visaient tous les deux Harry.

Ils hésitèrent une fraction de seconde qui suffit à Harry.

– *Expelliarmus !*

La baguette de Goyle lui échappa des mains et disparut dans la muraille d'objets à côté de lui. Il sauta bêtement sur place pour essayer en vain de la récupérer. Malefoy se rua hors de portée du deuxième sortilège de Stupéfixion que lança Hermione, et Ron, apparaissant soudain au bout de l'allée, jeta à Crabbe un maléfice du Saucisson qui le manqua de peu.

Crabbe fit volte-face et hurla à nouveau :

– *Avada Kedavra !*

D'un bond, Ron échappa au jet de lumière verte. Malefoy, privé de baguette, se réfugia derrière une armoire à trois pieds tandis qu'Hermione fonçait sur eux, lançant au passage un sortilège de Stupéfixion qui frappa Goyle de plein fouet.

– Il est quelque part par là ! lui cria Harry en montrant la pile d'objets sur laquelle le vieux diadème était tombé. Cherche-le pendant que je vais aider R…

– HARRY ! hurla-t-elle.

Derrière lui, un grondement qui enflait rapidement l'avertit de justesse. Il pivota sur ses talons et vit Ron et Crabbe courir vers eux à toutes jambes, le long de l'allée.

– Tu aimes la chaleur, crapule ? rugit Crabbe sans cesser de courir.

Mais il semblait incapable de maîtriser ce qu'il avait déclenché. Des flammes d'une taille anormale les poursuivaient et léchaient au passage les amas d'objets qui s'effritaient en se couvrant de suie à leur contact.

– *Aguamenti !* hurla Harry.

Mais le jet d'eau qui jaillit de sa baguette s'évapora dans l'air.

– COURS !

Malefoy attrapa Goyle, rendu inerte par la stupéfixion, et le traîna avec lui. Crabbe les devançait tous, l'air terrifié, à présent. Harry, Ron et Hermione s'étaient précipités sur ses talons, poursuivis par le feu. Ce n'était pas un feu normal. Crabbe avait lancé un sortilège que Harry ne connaissait pas. Lorsqu'ils tournèrent un coin de l'allée, les flammes les pourchassèrent comme si elles étaient vivantes, dotées de sens, décidées à les tuer. Le feu, maintenant, se métamorphosait, se transformant en une gigantesque horde de bêtes féroces : serpents enflammés, chimères et dragons se dressaient dans les airs, fondaient en piqué puis s'élevaient à nouveau. Les détritus séculaires dont ils se nourrissaient étaient catapultés dans leurs gueules hérissées de dents, projetés très haut sur leurs pattes griffues avant d'être consumés par la fournaise.

Malefoy, Crabbe et Goyle étaient hors de vue. Harry, Ron et Hermione s'immobilisèrent. Les monstres enflammés les avaient encerclés, se rapprochant de plus en plus. Ils donnaient des coups de griffes, de corne, de queue, et la chaleur se solidifiait comme un mur autour d'eux.

– Qu'est-ce qu'on peut faire ? hurla Hermione, sa voix couvrant à peine le rugissement assourdissant du feu. Qu'est-ce qu'on peut faire ?

– Là !

Harry saisit sur la pile d'objets la plus proche une paire de gros balais et en jeta un à Ron qui fit monter Hermione derrière lui. Harry enjamba le sien et, tapant par terre à grands coups de pied, ils s'élevèrent dans les airs, frôlant la gueule cornue d'un rapace embrasé qui essaya de les attraper avec de grands claquements de bec. La fumée et la chaleur commençaient à les submerger. Au-dessous d'eux, le feu maléfique consumait les objets cachés de générations d'élèves pour-chassés, les résultats inavouables de milliers d'expérimentations interdites, les secrets des âmes innombrables qui avaient cherché refuge dans cette salle. Harry ne voyait plus trace de Malefoy, de Crabbe ou de Goyle. Il se risqua à descendre aussi bas que possible au-dessus des monstres de feu en maraude pour essayer de les retrouver mais il n'y avait partout que des flammes. Quelle horrible façon de mourir... Jamais il n'avait voulu une chose pareille...

– Harry, sortons d'ici, sortons ! vociféra Ron, bien qu'il fût impossible de voir où était la porte à travers la fumée.

Harry entendit alors un petit cri humain, faible, pitoyable, au milieu du terrible vacarme que produisait le tonnerre des flammes dévorantes.

– C'est... trop... dangereux..., cria Ron.

Mais Harry fit demi-tour sur son balai. Ses lunettes lui offrant une légère protection contre la fumée, il scruta la tempête de feu, à la recherche d'un signe de vie, d'un visage, d'un bras, d'une jambe qui ne soient pas encore réduits à l'état de cendres...

Il les aperçut enfin. Tous deux étaient perchés sur une pile fragile de bureaux carbonisés, Malefoy entourant de ses bras Goyle inconscient. Harry plongea. Malefoy le vit arriver et leva une main, mais lorsque Harry la saisit, il sut tout de suite qu'il ne parviendrait pas à les soulever : Goyle était trop lourd, et la main de Malefoy, couverte de sueur, glissa aussitôt de celle de Harry...

– SI ON MEURT À CAUSE D'EUX, JE TE TUERAI, HARRY ! rugit la voix de Ron.

Et au moment où une immense chimère de flammes fondait sur eux, Hermione et lui hissèrent Goyle sur leur propre balai puis s'élevèrent à nouveau, roulant et tanguant dans les airs, pendant que Malefoy grimpait derrière Harry.

– La porte, va vers la porte, la porte ! cria Malefoy à l'oreille de Harry qui fonçait derrière Ron, Hermione et Goyle à travers le tourbillon de fumée noire, parvenant à peine à respirer.

Autour d'eux, les derniers objets qui n'avaient pas encore été brûlés par la voracité des flammes volaient en tous sens, jetés en l'air, en manière de célébration, par les créatures nées du feu ensorcelé : des coupes, des boucliers, un collier étincelant et une vieille tiare aux couleurs délavées…

– *Qu'est-ce que tu fais, qu'est-ce que tu fais ? La porte est par là !* hurla Malefoy.

Mais Harry prit un virage en épingle à cheveux et descendit en piqué. Le diadème semblait tomber au ralenti, tournoyant et scintillant dans sa chute vers la gueule béante d'un serpent, et soudain, il l'attrapa, le fit glisser autour de son poignet…

Harry vira à nouveau alors que le serpent se ruait sur lui. Il remonta en flèche et fonça directement vers l'endroit où se trouvait la porte, en priant pour qu'elle soit restée ouverte. Ron, Hermione et Goyle avaient disparu, Malefoy hurlait, cramponné si étroitement à Harry qu'il lui faisait mal. Enfin, à travers la fumée, il distingua un rectangle qui se découpait sur le mur et bifurqua dans cette direction. Quelques instants plus tard, il sentit de l'air frais pénétrer dans ses poumons, puis Malefoy et lui s'écrasèrent contre le mur du couloir, à l'extérieur de la salle.

Malefoy tomba du balai et resta étendu, face contre terre, haletant, toussant, secoué de haut-le-cœur. Harry roula sur lui-même et se redressa en position assise. La porte de la

Salle sur Demande s'était effacée et Ron et Hermione étaient assis sur le sol, pantelants, à côté de Goyle, toujours inconscient.

– Cr… Crabbe, balbutia Malefoy dès qu'il put à nouveau parler. Cr… Crabbe…

– Il est mort, répondit sèchement Ron.

Il y eut un silence. Pendant quelques instants, on n'entendit plus que les quintes de toux et les halètements. Puis une série de détonations assourdissantes secouèrent le château et des silhouettes transparentes montées à cheval filèrent au galop, leurs têtes, qu'elles tenaient sous le bras, poussant des cris sanguinaires. Harry se releva, vacillant sur ses pieds au passage des cavaliers sans tête, et regarda de tous côtés : la bataille continuait de faire rage autour de lui. Il entendait à présent d'autres cris que ceux des fantômes qui battaient en retraite. La panique le saisit.

– Où est Ginny ? lança-t-il brusquement. Elle était ici. Elle devait revenir dans la Salle sur Demande.

– Tu crois que la salle fonctionnera encore après l'incendie ? demanda Ron.

Lui aussi se remit debout. Il se massa la poitrine et regarda à droite et à gauche.

– Tu veux qu'on se sépare et qu'on aille voir…

– Non, trancha Hermione qui se relevait à son tour.

Malefoy et Goyle étaient restés étalés par terre, impuissants. Ils n'avaient plus de baguette, ni l'un, ni l'autre.

– Restons ensemble. Allons-y… Harry, qu'est-ce que tu as sur le bras ?

– Quoi ? Ah, oui…

Il ôta le diadème de son poignet et le leva devant lui. Il était encore chaud, noirci de suie, mais en le regardant de

741

près, il parvint à déchiffrer les mots minuscules qui y étaient gravés : « Tout homme s'enrichit quand abonde l'esprit. »

Un liquide semblable à du sang semblait suinter du diadème. Soudain, Harry sentit l'objet vibrer avec violence, puis il se brisa entre ses mains. Il crut alors entendre un très faible, très lointain cri de douleur provenant non pas du château mais de la chose qui venait de se disloquer sous ses doigts.

– Ce devait être un Feudeymon ! gémit Hermione, les yeux fixés sur les morceaux du diadème.

– Pardon ?

– Le Feudeymon – le feu ensorcelé –, c'est l'une des substances qui détruisent les Horcruxes mais jamais, jamais je n'aurais osé m'en servir, c'est tellement dangereux. Comment Crabbe savait-il… ?

– Ce sont les Carrow qui ont dû lui apprendre, déclara Harry d'un air sinistre.

– Dommage qu'il ne les ait pas écoutés quand ils ont expliqué comment l'arrêter, dit Ron.

Tout comme Hermione, il avait les cheveux roussis et le visage noir de suie.

– S'il n'avait pas essayé de nous tuer, je regretterais vraiment sa mort.

– Mais tu ne te rends pas compte ? murmura Hermione. Cela signifie que si nous parvenions à amener le serpent…

Elle s'interrompit lorsque des cris, des hurlements et les bruits caractéristiques de combats singuliers emplirent soudain le couloir. Harry jeta un coup d'œil et crut que son cœur allait cesser de battre : des Mangemorts avaient pénétré dans Poudlard. Fred et Percy venaient d'apparaître, reculant vers eux, tous deux aux prises avec des hommes masqués et encapuchonnés.

Harry, Ron et Hermione se précipitèrent à leur rescousse. Des jets de lumière jaillirent dans toutes les directions et l'homme qui affrontait Percy se hâta de battre en retraite. Son capuchon glissa alors de sa tête et ils virent un front bombé, des cheveux noirs parsemés d'argent…

– Bonjour, monsieur le ministre ! s'écria Percy.

Il lança un maléfice droit sur Thicknesse qui lâcha sa baguette et crispa les mains sur sa poitrine, visiblement très mal en point.

– Vous ai-je informé de ma démission ?

– Ma parole, Perce, c'est de l'humour ! s'exclama Fred tandis que le Mangemort qu'il combattait s'effondrait sous le choc de trois sortilèges de Stupéfixion simultanés.

Thicknesse était tombé par terre et de minuscules piquants jaillissaient sur toute la surface de son corps. Il semblait se transformer en une sorte d'oursin. Fred regarda Percy d'un air réjoui.

– Tu as *vraiment* fait de l'humour, Perce… Je crois que je ne t'avais plus entendu dire quelque chose de drôle depuis que tu…

L'atmosphère sembla alors exploser. Ils étaient tous regroupés, Harry, Ron, Hermione, Fred et Percy, les deux Mangemorts à leurs pieds, l'un stupéfixé, l'autre métamorphosé. Et ce fut en cet instant précis où le danger paraissait momentanément écarté que le monde éclata en morceaux. Harry se sentit catapulté dans les airs, se protégeant la tête de ses bras, et ne put que serrer le plus étroitement possible cette mince tige de bois qui constituait sa seule et unique arme. Il entendit les cris, les hurlements de ses compagnons, sans le moindre espoir de savoir ce qui leur était arrivé…

Autour de lui, tout n'était plus que douleur et pénombre. Il était à moitié enseveli sous les décombres du couloir qui avait subi une terrible attaque : un courant d'air froid lui indiqua que le flanc du château était éventré et la sensation de tiédeur poisseuse sur sa joue signifiait qu'il saignait abondamment. Il entendit alors un cri déchirant qui lui remua les entrailles, un cri qui exprimait une souffrance que ni le feu ni aucun maléfice ne pouvait provoquer. Il se leva, chancelant, plus terrifié qu'il ne l'avait été depuis le début de cette journée, plus terrifié peut-être qu'il ne l'avait jamais été dans sa vie...

Hermione se débattait parmi les gravats pour se remettre debout. Sur le sol, trois jeunes hommes aux cheveux roux étaient serrés les uns contre les autres, à l'endroit où l'explosion avait défoncé le mur. Harry saisit la main d'Hermione tandis qu'ils titubaient et trébuchaient sur les pierres et les débris de bois.

– Non... non... non ! hurla quelqu'un. Non ! Fred ! Non !

Percy secouait son frère, Ron agenouillé à côté d'eux, mais les yeux de Fred regardaient sans voir, le fantôme de son dernier rire toujours gravé sur son visage.

32

LA BAGUETTE DE SUREAU

C'était la fin du monde, alors pourquoi la bataille n'avait-elle pas cessé, pourquoi le château n'avait-il pas sombré dans un silence horrifié, pourquoi chacun des combattants n'avait-il pas déposé les armes ? Harry eut l'impression que son esprit tombait en chute libre, tournoyant dans le vide, échappant à tout contrôle, incapable de saisir cette réalité impossible, car Fred Weasley ne pouvait pas être mort, ses sens avaient dû le tromper…

Puis, par la brèche ouverte dans le mur de l'école, il vit tomber un corps. Des maléfices jaillirent de l'obscurité et volèrent vers eux, frappant le mur derrière leur tête.

– Couchez-vous ! hurla Harry, alors que de nouveaux sortilèges surgissaient dans la nuit.

Ron et lui avaient tous deux attrapé Hermione, l'obligeant à se coucher par terre, et Percy s'était allongé sur le corps de Fred pour le protéger d'autres mutilations.

– Viens, Percy, il faut partir d'ici ! s'écria Harry.

Mais Percy refusa d'un signe de tête.

– Percy !

Harry vit des traces de larmes sur le visage noirci de Ron qui avait pris son frère aîné par les épaules et essayait de l'entraîner. Mais Percy ne voulait pas bouger.

– Percy, tu ne peux plus rien pour lui ! On va…

Hermione poussa un hurlement et Harry n'eut pas besoin de demander pourquoi. En se retournant, il vit une araignée monstrueuse, de la taille d'une petite voiture, qui essayait de passer par l'énorme trou du mur défoncé : l'un des descendants d'Aragog s'était joint au combat.

Ron et Harry crièrent en même temps et leurs sortilèges se combinèrent pour frapper le monstre qui fut projeté en arrière, les pattes agitées d'horribles secousses, puis disparut dans l'obscurité.

– Il a amené des amis ! s'exclama Harry, en jetant un coup d'œil à travers l'ouverture du mur éventré par les maléfices.

D'autres araignées géantes grimpaient au flanc du château, libérées de la Forêt interdite dans laquelle les Mangemorts avaient dû pénétrer. Harry lança sur elles d'autres sortilèges de Stupéfixion, précipitant le chef des monstres sur ses congénères qui roulèrent au bas de la muraille, hors de son champ de vision. Puis de nouveaux maléfices volèrent au-dessus de la tête de Harry, passant si près qu'il sentit leurs ondes de choc lui ébouriffer les cheveux.

– Partons d'ici ! MAINTENANT !

Harry poussa Hermione devant lui en même temps que Ron, puis se baissa pour saisir le corps de Fred sous les aisselles. Percy, comprenant ce qu'il essayait de faire, cessa d'étreindre le cadavre de son frère et l'aida. Ensemble, penchés le plus bas possible pour éviter les sortilèges qui volaient vers eux depuis le parc, ils emmenèrent Fred à l'abri.

– Ici, dit Harry.

Ils l'installèrent dans une niche, occupée d'habitude par une armure. Harry ne put supporter de regarder Fred une seconde de plus qu'il n'était nécessaire et après s'être assuré que le corps était bien caché, il suivit Ron et Hermione. Malefoy et Goyle avaient disparu mais, au bout du couloir rempli de poussière et de gravats, les vitres des fenêtres depuis longtemps pulvérisées, il vit une foule de gens qui couraient en tous sens, amis ou ennemis, il n'aurait su le dire. Tournant l'angle du mur, Percy poussa un mugissement de taureau :

– ROOKWOOD !

Il se précipita vers un homme de haute taille qui poursuivait deux élèves.

– Harry, par ici ! s'écria Hermione.

Elle avait entraîné Ron derrière une tapisserie et tous deux semblaient aux prises l'un avec l'autre. Pendant un instant de folie, Harry pensa qu'ils avaient recommencé à s'embrasser. Mais il vit qu'en fait Hermione essayait de retenir Ron, de l'empêcher de courir après Percy.

– Écoute-moi… ÉCOUTE-MOI, RON !

– Je veux aider… Je veux tuer des Mangemorts…

Les traits de son visage, sali par la fumée et la poussière, étaient déformés, et il tremblait de rage et de chagrin.

– Ron, nous sommes les seuls à pouvoir en finir ! S'il te plaît… Ron… Il nous faut le serpent… nous devons tuer le serpent ! insista Hermione.

Mais Harry savait ce que Ron ressentait. Se lancer à la poursuite d'un nouvel Horcruxe ne pouvait lui apporter la satisfaction de la vengeance. Lui aussi voulait se battre, il voulait punir ceux qui avaient tué Fred, il voulait également retrouver les autres Weasley et, par-dessus tout, avoir la certitude, la certitude absolue, que Ginny n'était pas… mais il ne pouvait laisser cette pensée se former dans son esprit.

– Nous *allons* nous battre ! s'exclama Hermione. Il le faudra, pour atteindre le serpent ! Mais ne perdons pas de vue ce que nous devons f… faire ! Nous sommes les seuls à pouvoir en finir ! répéta-t-elle.

Elle aussi pleurait. Tout en parlant, elle essuyait son visage avec sa manche déchirée, roussie. Sans lâcher Ron, elle se tourna vers Harry et respira profondément pour se calmer.

– Il faut que tu saches où se trouve Voldemort, puisque le serpent doit être avec lui, n'est-ce pas ? Vas-y, Harry… regarde ce qui se passe dans sa tête !

Pourquoi cela lui fut-il si facile ? Parce que sa cicatrice le brûlait depuis des heures, comme impatiente de lui montrer les pensées de Voldemort ? Obéissant à Hermione, il ferma les yeux et aussitôt, les cris, les détonations, les sons discordants de la bataille se noyèrent jusqu'à devenir tout juste perceptibles, comme s'il se trouvait loin, très loin du tumulte…

Il était debout au milieu d'une pièce sinistre et nue mais étrangement familière, avec ses murs recouverts de papier décollé par endroits et toutes ses fenêtres, sauf une, condamnées par des planches. Le vacarme de l'assaut contre l'école était étouffé, distant. La seule fenêtre qui n'était pas masquée laissait voir de lointaines explosions de lumière, là où se dressait le château, mais à l'intérieur de la pièce il faisait sombre. Seule une lampe à huile l'éclairait.

Il contemplait sa baguette qu'il roulait entre ses doigts, ses pensées tournées vers la salle du château, la salle secrète dont lui seul connaissait l'existence, la salle qui, tout comme la chambre, ne pouvait être découverte qu'à force d'intelligence, de ruse, de curiosité… Il était sûr que le garçon ne trouverait pas le diadème… Bien que la marionnette de Dumbledore eût déjà été beaucoup plus loin qu'il ne l'aurait pensé… trop loin…

– Maître, dit une voix désespérée, éraillée.

Il se tourna : Lucius Malefoy était assis dans le coin le plus sombre, ses vêtements en haillons. Il portait toujours les marques du châtiment qu'il avait reçu après que le garçon eut réussi à s'échapper. L'un de ses yeux était encore fermé, bouffi.

– Maître… s'il vous plaît… Mon fils…

– Si ton fils est mort, Lucius, ce n'est pas ma faute. Il n'est pas venu se joindre à moi, comme le reste des Serpentard. Peut-être a-t-il décidé de devenir ami avec Harry Potter ?

– Non… jamais, murmura Malefoy.

– Il faut l'espérer, cela vaudrait mieux pour toi.

– Ne… Ne craignez-vous pas, Maître, que Potter meure d'une autre main que la vôtre ? demanda Malefoy, la voix tremblante. Ne serait-il pas… pardonnez-moi… plus prudent de mettre un terme à la bataille, d'entrer dans le château et de le chercher v… vous-même ?

– Ne fais pas semblant, Lucius. Tu veux que la bataille cesse pour savoir ce qui est arrivé à ton fils. Mais je n'ai pas besoin de chercher Potter. Avant la fin de la nuit, c'est lui qui sera venu me trouver.

Voldemort baissa à nouveau le regard sur la baguette qu'il tenait entre ses doigts. Il était troublé… et les choses qui troublaient Lord Voldemort devaient être remises en ordre…

– Va chercher Rogue.

– Rogue, M... Maître ?

– Rogue. Maintenant. J'ai besoin de lui. J'ai un... service... à lui demander. Va.

Effrayé, titubant un peu dans la pénombre, Lucius quitta la pièce. Voldemort resta là, debout, continuant de rouler la baguette entre ses doigts, les yeux fixés sur elle.

– C'est le seul moyen, Nagini, murmura-t-il.

Il se retourna et il était là, le grand serpent au corps épais, suspendu dans les airs, ondulant avec grâce dans l'espace ensorcelé, protégé, qu'il avait créé pour lui, une sphère transparente, étoilée, quelque chose qui ressemblait à la fois à une cage scintillante et à un aquarium.

Avec un haut-le-corps, Harry s'arracha à cette vision et rouvrit les yeux. Au même moment, ses tympans furent assaillis par les hurlements, les vociférations, les coups, les fracas de la bataille.

– Il est dans la Cabane hurlante. Le serpent est avec lui, entouré d'une protection magique. Il vient d'envoyer Lucius Malefoy chercher Rogue.

– Voldemort est dans la Cabane hurlante ? s'exclama Hermione, outrée. Il ne... Il n'est même pas en train de se *battre* ?

– Il pense que ce n'est pas nécessaire, dit Harry. Il pense que c'est moi qui vais aller vers lui.

– Mais pourquoi ?

– Il sait que je recherche les Horcruxes... et il ne se sépare plus de Nagini... De toute évidence, il faudra bien que je me rende auprès de lui, si je veux m'approcher de la créature...

– Très bien, dit Ron en redressant les épaules. Il n'est pas question que tu y ailles, c'est ce qu'il veut, c'est ce qu'il attend. Donc, tu restes ici pour t'occuper d'Hermione et moi j'irai le chercher...

Harry lui barra le chemin.

– Vous deux, vous ne bougez pas. Je vais y aller sous la cape d'invisibilité et je reviendrai dès que je…

– Non, l'interrompit Hermione. Il serait beaucoup plus logique que je prenne la cape et…

– N'y pense même pas, gronda Ron.

Hermione avait tout juste eu le temps de répondre : « Ron, je suis aussi capable que toi de… », lorsque la tapisserie au sommet de l'escalier sur lequel ils se tenaient se déchira soudain.

– POTTER !

Deux Mangemorts masqués avaient surgi devant eux, mais à peine avaient-ils fait le geste de lever leurs baguettes qu'Hermione s'était déjà écriée :

– *Glisseo !*

Sous leurs pieds, les marches s'aplatirent aussitôt en formant un toboggan. Harry, Ron et Hermione furent précipités vers le bas de l'escalier, incapables de contrôler leur chute, glissant à une telle vitesse que les sortilèges de Stupéfixion des Mangemorts passaient loin au-dessus de leur tête. Ils traversèrent comme une flèche la tapisserie qui masquait le pied de l'escalier et atterrirent dans un couloir en roulant sur eux-mêmes, pour finir leur course contre le mur opposé.

– *Duro !* s'exclama Hermione en pointant sa baguette.

Deux craquements sonores, à donner la nausée, retentirent derrière la tapisserie qui s'était changée en pierre et contre laquelle leurs poursuivants venaient de s'écraser.

– Écartez-vous ! hurla Ron.

Harry, Hermione et lui s'aplatirent dans l'embrasure d'une porte tandis qu'une horde de pupitres au galop fonçait devant eux, menée à la baguette par le professeur McGonagall qui courait à toutes jambes et ne sembla pas s'apercevoir de leur présence. Ses cheveux défaits étaient tombés sur ses épaules et elle avait une entaille sur la joue. Lorsqu'elle tourna l'angle du mur, ils l'entendirent crier :

– CHARGEZ !

– Harry, mets la cape, dit Hermione. Ne t'inquiète pas pour nous…

Mais il la déploya sur eux trois. Si grands qu'ils fussent, il doutait qu'on puisse voir leurs pieds dans la poussière qui saturait l'atmosphère, les gravats qui tombaient de toutes parts et le scintillement des sortilèges.

Ils dévalèrent l'escalier voisin et se retrouvèrent dans un couloir rempli de combattants. De chaque côté, les tableaux accrochés aux murs étaient peuplés de personnages peints qui hurlaient des conseils et des encouragements pendant que les Mangemorts, masqués ou à visage découvert, affrontaient élèves et professeurs. Dean avait réussi à s'emparer d'une baguette et se battait contre Dolohov. Parvati était aux prises avec Travers. Harry, Ron et Hermione brandirent aussitôt leurs propres baguettes, prêts à frapper, mais tout le monde courait, virait, zigzaguait si vite qu'en lançant un sortilège, ils risquaient fort de toucher quelqu'un de leur propre camp. Concentrés sur le combat, ils guettaient la moindre occasion d'agir, lorsqu'un grand « whiiiiiiiiiiii ! » retentit. Harry leva les yeux et vit Peeves. Filant au-dessus d'eux, il jetait des gousses de Snargalouf sur les Mangemorts dont la tête fut soudain engloutie par des tentacules verdâtres qui se tortillaient comme de gros vers.

– Argh !

Une poignée de gousses était tombée sur la cape d'invisibilité, à l'endroit où Ron avait sa tête. Les racines vertes et gluantes semblèrent suspendues en l'air dans une étrange position, tandis que Ron essayait de s'en débarrasser.

– Il y a quelqu'un d'invisible, là-bas ! s'écria un Mangemort masqué, le doigt tendu.

Dean profita de la distraction momentanée du Mangemort et le frappa avec un sortilège de Stupéfixion. Dolohov essaya de répliquer mais Parvati l'immobilisa à l'aide d'un maléfice du Saucisson.

– ALLONS-Y ! hurla Harry.

Tous trois resserrèrent la cape autour d'eux et se ruèrent en avant, tête baissée, au milieu de la bataille, glissant un peu sur les flaques de jus de Snargalouf. Ils se dirigeaient vers l'escalier de marbre qui menait dans le hall d'entrée.

– Je suis Drago Malefoy, c'est moi, Drago, je suis dans votre camp !

Drago, en haut des marches, suppliait un autre Mangemort masqué de l'épargner. Harry stupéfixa le Mangemort au passage. Malefoy, soudain rayonnant, regarda autour de lui, cherchant son sauveur, mais Ron lui donna un coup de poing à travers la cape. Malefoy tomba en arrière sur le Mangemort inconscient, la bouche ensanglantée, proprement stupéfait.

– C'est la deuxième fois qu'on te sauve la vie, ce soir, abominable faux-jeton ! lança Ron.

Il y avait d'autres combattants du haut en bas de l'escalier ainsi que dans le hall. Harry voyait des Mangemorts partout : Yaxley, près de la porte d'entrée, affrontait Flitwick. À côté d'eux, un Mangemort masqué se battait contre Kingsley. Des élèves couraient en tous sens, certains portant ou traînant des amis blessés. Harry expédia vers le Mangemort masqué

753

un sortilège de Stupéfixion qui le manqua mais faillit frapper Neville. Celui-ci avait surgi de nulle part, les bras chargés d'une Tentacula vénéneuse qui s'enroula joyeusement autour du Mangemort le plus proche et le fit vaciller.

Harry, Ron et Hermione dévalèrent l'escalier de marbre. Du verre se brisa sur leur gauche et le sablier des Serpentard qui comptabilisait les points de leur maison déversa ses émeraudes un peu partout. Plusieurs personnes surprises en pleine course glissèrent et chancelèrent dangereusement. Lorsque tous trois arrivèrent au bas des marches, deux corps tombèrent par-dessus la balustrade, au-dessus de leur tête, et une forme grise, indistincte, que Harry prit pour un animal, se précipita à quatre pattes à travers le hall pour planter ses dents dans l'une des deux victimes.

– NON ! hurla Hermione.

Sa baguette produisit une détonation assourdissante et Fenrir Greyback fut rejeté en arrière, loin du corps de Lavande Brown qui remuait faiblement sur le sol. Greyback heurta de plein fouet la rampe de marbre de l'escalier et se débattit pour se remettre debout. Mais, dans un éclair blanc aveuglant et un craquement sonore, une boule de cristal lui tomba sur la tête et il s'effondra sur le sol, inerte.

– J'en ai d'autres ! s'écria le professeur Trelawney par-dessus la balustrade. Il suffit de demander ! Tenez…

Avec un geste semblable à celui d'un joueur de tennis au service, elle sortit de son sac une énorme sphère de cristal, agita sa baguette en l'air et envoya la boule fracasser une fenêtre de l'autre côté du hall. Au même moment, les lourdes portes de bois de l'entrée s'ouvrirent à la volée et d'autres araignées gigantesques pénétrèrent de force dans le hall.

Des cris de terreur s'élevèrent de toutes parts : les combattants se dispersèrent, les Mangemorts tout comme les élèves de Poudlard, et des jets de lumière rouge et verte volèrent vers les nouveaux monstres qui frémirent de toutes leurs pattes et se cabrèrent, plus effrayants que jamais.

– Comment on s'y prend pour sortir ? s'exclama Ron, sa voix dominant les hurlements.

Mais avant que Harry ou Hermione aient pu répondre, ils furent tous les trois brutalement écartés : Hagrid avait dévalé l'escalier comme un boulet de canon en brandissant son parapluie rose à fleurs.

– Ne leur faites pas de mal, ne leur faites pas de mal ! beugla-t-il.

– HAGRID, NON !

Harry oublia tout le reste : il sortit de sous la cape d'invisibilité et se mit à courir, penché à angle droit pour éviter les maléfices qui illuminaient le hall tout entier.

– HAGRID, REVENEZ !

Il n'avait pas franchi la moitié de la distance qui le séparait de Hagrid lorsque l'inévitable se produisit : Hagrid disparut parmi les araignées qui battaient en retraite sous l'assaut des sortilèges, l'entraînant avec elles dans une immense débandade, un grouillement répugnant.

– HAGRID !

Harry entendit quelqu'un crier son propre nom mais, ami ou ennemi, peu lui importait. Il dévala les marches qui descendaient dans le parc obscur tandis que les araignées s'éloignaient en emportant leur proie. Il n'y avait plus trace de Hagrid.

– HAGRID !

Il crut voir un énorme bras s'agiter au milieu des araignées, mais lorsqu'il se lança à leur poursuite, le chemin lui fut barré par un pied monumental qui surgit de l'obscurité et s'abattit en faisant trembler le sol. Harry leva les yeux : un géant de six mètres de hauteur se dressait devant lui, la tête cachée dans l'ombre. Seuls ses tibias velus, épais comme des troncs d'arbre, étaient éclairés par la lumière qui filtrait à travers les portes ouvertes du château. Dans un mouvement souple et brutal, le géant défonça d'un poing massif une fenêtre des étages supérieurs et une pluie de verre brisé tomba sur Harry, l'obligeant à reculer à l'abri de l'entrée.

– Oh, mon Dieu ! hurla Hermione.

Ron et elle avaient rejoint Harry et, regardaient le géant qui essayait à présent d'attraper des élèves derrière la fenêtre fracassée.

– NE FAIS PAS ÇA ! mugit Ron en saisissant le bras d'Hermione qui levait sa baguette. Si tu le stupéfixes, il va écraser la moitié du château…

– HAGGER ?

Graup apparut à l'angle du château. À cet instant seulement, Harry se rendit compte que Graup était en effet un géant de petite taille. Le monstre gargantuesque qui essayait de broyer ses victimes dans les étages du château se retourna et poussa un rugissement. Les marches de pierre tremblèrent lorsqu'il s'avança à pas lourds vers son congénère plus petit. La bouche tordue de Graup s'ouvrit toute grande, découvrant des dents jaunes de la taille d'une brique. Ils se jetèrent alors l'un sur l'autre avec une sauvagerie de lions.

– COUREZ ! beugla Harry.

La nuit fut remplie des bruits de coups et des cris atroces que produisait la lutte des géants. Harry saisit la main d'Hermione et se rua dans le parc, Ron sur leurs talons. Harry n'avait pas perdu espoir de retrouver et de sauver Hagrid. Il courait si vite qu'ils étaient arrivés à mi-chemin de la Forêt interdite quand ils durent à nouveau s'arrêter net.

Autour d'eux, l'atmosphère s'était figée. Harry eut le souffle coupé, l'air qu'il respirait sembla se solidifier dans sa poitrine. Des formes s'avançaient dans l'obscurité, des silhouettes ondulantes, noires comme un concentré de ténèbres, se dirigeant vers le château en une grande vague mouvante, leurs visages dissimulés sous des capuchons, leur respiration semblable à un râle…

Ron et Hermione l'avaient rattrapé et, derrière eux, le tumulte de la bataille fut soudain assourdi, étouffé, par un silence épais que seuls les Détraqueurs pouvaient répandre dans la nuit…

– Allez, Harry ! dit la voix d'Hermione qui semblait très lointaine. Les Patronus, vite, Harry !

Il leva sa baguette mais une sourde désespérance s'insinuait en lui : Fred était mort et Hagrid était sûrement en train de mourir, ou déjà mort, lui aussi. Combien d'autres avaient succombé sans qu'il le sache ? Il eut l'impression que son âme avait déjà à moitié quitté son corps…

– ALLEZ, HARRY ! hurla Hermione.

De leur pas glissant, une centaine de Détraqueurs s'approchaient, comme s'ils aspiraient l'espace les séparant de Harry et de son désespoir, qui était pour eux comme une promesse de festin…

Il vit le terrier argenté de Ron surgir dans les airs, vaciller faiblement puis expirer. Il vit aussi la loutre d'Hermione s'agiter quelques instants avant de s'effacer. Sa propre baguette tremblait dans sa main, il accueillait presque avec soulagement l'oubli inexorable, la promesse du néant, de la fin de tout sentiment…

Enfin, brusquement, un lièvre, un sanglier et un renard argentés s'envolèrent au-dessus de la tête de Harry, de Ron et d'Hermione. Les Détraqueurs reculèrent à l'approche des créatures. Trois autres personnes étaient sorties de l'obscurité et les entouraient, leurs baguettes tendues, continuant de faire avancer leurs Patronus : Luna, Ernie, Seamus.

– C'est bien, dit Luna d'un ton encourageant, comme s'ils étaient revenus au temps des séances d'entraînement de l'AD, dans la Salle sur Demande. C'est bien, Harry… Allez, pense à quelque chose d'heureux…

– Quelque chose d'heureux ? répéta-t-il, la voix brisée.

– Nous sommes toujours là, tous ensemble, murmura-t-elle, et nous nous battons. Vas-y, maintenant…

Il y eut une étincelle argentée, puis une lumière incertaine et enfin, au prix du plus gros effort qu'il ait jamais eu à fournir, le cerf jaillit à l'extrémité de la baguette de Harry. Il s'élança au petit galop et les Détraqueurs se dispersèrent pour de bon. La nuit retrouva aussitôt sa tiédeur et Harry entendit résonner avec force les bruits de la bataille.

– On ne pourra jamais assez vous remercier, dit Ron d'une voix tremblante en se tournant vers Luna, Ernie et Seamus, vous venez de nous sauver la…

Avec un rugissement et une démarche à faire trembler la terre, un autre géant se dressa dans l'obscurité, venant de la Forêt interdite. Il brandissait une massue plus grande à elle toute seule que n'importe lequel d'entre eux.

– COUREZ ! s'écria à nouveau Harry.

Les autres n'avaient pas besoin du conseil. Ils avaient déjà pris la fuite, d'extrême justesse, car l'énorme pied de la créature s'abattit à l'endroit précis où ils s'étaient trouvés un instant auparavant. Harry se retourna : Ron et Hermione le suivaient mais les trois autres avaient disparu, retournant vers la bataille.

– Éloignons-nous ! hurla Ron.

Le géant brandit à nouveau sa massue et ses mugissements retentirent dans la nuit, à travers le parc où des explosions de lumière rouge et verte continuaient d'illuminer l'obscurité.

– Le Saule cogneur ! dit Harry. Allons-y !

D'une certaine manière, il relégua, verrouilla dans une petite partie de son esprit ce à quoi il ne pouvait penser maintenant : Fred, Hagrid, la terreur éprouvée en songeant à tous ceux qu'il aimait, éparpillés dans le château et dans le parc... Tout cela devrait attendre car pour l'instant, il leur fallait courir, retrouver le serpent, et Voldemort. Comme le disait Hermione, c'était la seule façon d'en finir...

Il fila à toutes jambes, imaginant presque qu'il pourrait distancer la mort elle-même, indifférent aux jets de lumière qui sillonnaient l'obscurité tout autour de lui, au bouillonnement du lac dont l'eau s'agitait comme les vagues de la mer et aux arbres qu'on entendait craquer dans la Forêt interdite, bien qu'il n'y eût pas le moindre souffle de vent. À travers le parc qui semblait lui-même se soulever en signe de rébellion, il courut comme jamais il n'avait couru dans sa vie et fut le premier à apercevoir le grand arbre, le saule qui protégeait le secret caché sous ses racines en faisant claquer ses branches comme des fouets.

Haletant, pantelant, Harry ralentit le pas. Il contourna le saule dont les branches fendaient l'air autour de lui et examina dans l'obscurité son tronc épais, essayant de repérer dans l'écorce du vieil arbre le nœud qui permettait de l'im-

759

mobiliser. Ron et Hermione le rattrapèrent. Hermione était si essoufflée qu'elle n'arrivait plus à parler.

– Comment… Comment allons-nous entrer ? demanda Ron, hors d'haleine. Je vois… l'endroit… si seulement… Pattenrond était là…

– Pattenrond ? s'indigna Hermione, la respiration sifflante, courbée en deux, se tenant la poitrine à deux mains. *Tu es un sorcier, ou quoi ?*

– Hein ? Oui… c'est vrai…

Ron jeta un coup d'œil alentour puis dirigea sa baguette vers une brindille, sur le sol, et prononça la formule :

– *Wingardium Leviosa !*

La brindille décolla de terre, tournoya dans les airs comme si elle était emportée par une rafale de vent, puis fila droit vers le tronc, à travers les branches menaçantes qui s'agitaient en tous sens. Elle heurta un point précis, tout près des racines et l'arbre cessa aussitôt de se contorsionner, devenant soudain immobile.

– Parfait ! haleta Hermione.

– Attendez.

Pendant une seconde d'incertitude, alors que les détonations et les crépitements de la bataille emplissaient l'atmosphère, Harry hésita. Voldemort voulait qu'il agisse ainsi, il voulait qu'il vienne à lui… Était-il en train de mener Ron et Hermione dans un piège ?

Mais la réalité sembla se refermer sur lui, simple et cruelle : le seul moyen de progresser était de tuer le serpent. Or, le serpent se trouvait là où était Voldemort et Voldemort était au bout de ce tunnel…

– Harry, nous te suivons, entre là-dedans ! dit Ron en le poussant en avant.

Harry se tortilla pour se glisser dans le passage qui s'enfonçait sous terre, caché par les racines de l'arbre. Il se sentit beaucoup plus à l'étroit que la dernière fois qu'il s'y était faufilé. Le tunnel avait un plafond bas. Ils avaient dû se courber pour le parcourir, près de quatre ans auparavant, mais maintenant, ils étaient obligés d'avancer à quatre pattes. Harry était passé le premier, sa baguette allumée, s'attendant à tout moment à rencontrer un obstacle, mais il n'y en avait pas. Ils se déplaçaient en silence, les yeux de Harry fixés sur le rayon oscillant de sa baguette qu'il serrait dans son poing.

Enfin, le tunnel commença à remonter vers la surface et Harry vit un peu plus loin un mince rai de lumière. Hermione lui tira la cheville.

– La cape ! murmura-t-elle. Mets la cape !

Il tâtonna derrière lui et elle posa dans sa main libre l'étoffe glissante qu'elle avait roulée en boule. Avec difficulté, il s'en enveloppa, murmura : « *Nox* » pour éteindre sa baguette et continua d'avancer à quatre pattes en faisant le moins de bruit possible. Tous ses sens en éveil, il s'attendait à chaque instant à être découvert, à entendre la voix nette et glacée, à voir jaillir un éclair de lumière verte.

Des voix lui parvinrent, en provenance de la pièce qui se trouvait devant eux, légèrement étouffées par une vieille caisse placée à l'extrémité du tunnel pour en interdire l'accès. Osant à peine respirer, Harry rampa jusqu'à l'entrée du passage et regarda à travers une fente minuscule, entre la caisse et le mur.

De l'autre côté, la pièce était faiblement éclairée mais il voyait Nagini onduler et s'enrouler comme un serpent d'eau, à l'abri de sa sphère ensorcelée, parsemée d'étoiles, qui flottait en l'air sans le moindre support. Il apercevait également le bord d'une table et une main blanche aux longs doigts qui jouait avec une baguette. La voix de Rogue s'éleva alors et Harry sentit son cœur faire un bond : Rogue se trouvait à quelques centimètres de l'endroit où il était tapi, hors de vue.

– … Maître, leur résistance s'effondre…

– … Et cela se produit sans ton aide, répliqua Voldemort de sa voix claire et aiguë. Si habile sorcier que tu sois, Severus, je ne pense pas que tu puisses changer grand-chose, maintenant. Nous sommes presque au but… presque.

– Laissez-moi retrouver ce garçon. Laissez-moi vous livrer Potter. Je sais que je peux le capturer, Maître. S'il vous plaît.

Rogue passa devant l'interstice, entre la caisse et le mur, et Harry recula un peu, gardant les yeux fixés sur Nagini. Il se demandait s'il existait un sortilège qui puisse transpercer la protection qui l'entourait, mais il eut beau réfléchir, il ne trouva rien. Une tentative manquée trahirait sa présence.

Voldemort se leva. Harry le voyait à présent, il voyait ses yeux rouges, son visage aplati, reptilien, dont la pâleur luisait légèrement dans la pénombre.

– J'ai un problème, Severus, déclara Voldemort d'une voix douce.

– Maître ? dit Rogue.

Voldemort leva la Baguette de Sureau, la tenant avec délicatesse et précision comme un chef d'orchestre.

– Pourquoi ne fonctionne-t-elle pas avec moi, Severus ?

Dans le silence qui suivit, Harry crut entendre le serpent siffler légèrement tandis qu'il enroulait et déroulait ses anneaux, ou peut-être était-ce le soupir chuintant de Voldemort qui se prolongeait dans l'air ?

– M… Maître ? reprit Rogue d'une voix neutre. Je ne comprends pas. Vous… Vous avez accompli avec cette baguette de véritables prouesses magiques.

– Non, répliqua Voldemort. J'ai accompli ma magie habituelle. Il est vrai que je suis extraordinaire, mais cette baguette ne l'est… pas. Elle n'a pas produit les merveilles qu'elle promettait. Je n'ai remarqué aucune différence entre cette baguette et celle que je me suis procurée chez Ollivander il y a bien des années.

Le ton de Voldemort était calme, songeur, mais la cicatrice de Harry avait commencé à palpiter, des élancements la traversaient. La douleur naissait sur son front en même temps qu'il sentait s'élever en Voldemort une fureur contrôlée.

– Aucune différence, répéta Voldemort.

Rogue resta silencieux. Harry ne parvenait pas à voir son visage. Il se demanda si Rogue sentait le danger, s'il essayait de trouver les mots justes, de rassurer son maître.

Voldemort se mit à faire les cent pas autour de la pièce. Il le perdit de vue quelques secondes pendant qu'il marchait ainsi, parlant de la même voix mesurée alors que Harry sentait la douleur et la colère monter en lui.

– J'ai réfléchi longtemps, profondément, Severus… Sais-tu pourquoi je t'ai fait rappeler en pleine bataille ?

L'espace d'un instant, Harry vit le profil de Rogue : ses yeux étaient rivés sur le serpent lové dans sa cage ensorcelée.

– Non, Maître, mais je vous supplie de me laisser y retourner. Laissez-moi retrouver Potter.

– On croirait entendre Lucius. Ni l'un ni l'autre vous ne comprenez Potter comme je le comprends. Il est inutile de le chercher. Potter viendra à moi. Je connais sa faiblesse, vois-tu, son plus grand défaut. Il ne supportera pas de voir les autres tomber autour de lui en sachant que c'est pour lui qu'ils meurent. Il voudra arrêter cela à tout prix. Il viendra.

– Mais, Maître, il se peut qu'il soit tué accidentellement par quelqu'un d'autre que vous…

– Les instructions que j'ai données aux Mangemorts ont été parfaitement claires. Capturez Potter. Tuez ses amis – tuez-en le plus possible – mais ne le tuez pas, lui.

« C'est de toi cependant que je veux te parler, Severus, et non pas de Harry Potter. Tu m'as été précieux. Très précieux.

– Mon Maître sait que je cherche seulement à le servir. Laissez-moi partir pour retrouver ce garçon, Maître. Laissez-moi vous le livrer. Je sais que je peux…

– Je t'ai déjà dit non ! trancha Voldemort.

Il se tourna à nouveau et Harry perçut l'éclat rouge de ses yeux. Le bruissement de sa cape évoquait le glissement d'un serpent sur le sol et il sentit l'impatience de Voldemort dans la brûlure de sa cicatrice.

– Ma préoccupation, en ce moment, Severus, c'est ce qui se passera quand j'affronterai enfin ce garçon !

– Maître, la question ne se pose sûrement pas…

– Mais si, la question se pose, Severus. Elle se pose.

Voldemort s'arrêta et, à nouveau, Harry le vit nettement. Il glissait la Baguette de Sureau entre ses doigts blancs, le regard fixé sur Rogue.

– Pourquoi les deux baguettes que j'ai utilisées ont-elles échoué lorsque je les ai dirigées contre Harry Potter ?

– Je… Je l'ignore, Maître.

– Tu l'ignores ?

Son accès de rage donna à Harry l'impression qu'on lui

avait planté un clou dans la tête. Il enfonça son poing dans sa bouche pour s'empêcher de crier de douleur puis ferma les yeux. Il devint alors Voldemort, qui observait le visage blafard de Rogue.

– Ma baguette en bois d'if a toujours accompli ce que je lui demandais, Severus, sauf quand il s'est agi de tuer Harry Potter. Par deux fois, elle a raté. Sous la torture, Ollivander m'a parlé des deux cœurs jumeaux et il m'a conseillé de prendre une autre baguette. C'est ce que j'ai fait, mais la baguette de Lucius s'est brisée face à Potter.

– Je… Je n'ai pas d'explication, Maître.

Rogue ne regardait plus Voldemort. Ses yeux sombres fixaient toujours le serpent lové dans sa sphère protectrice.

– J'ai cherché une troisième baguette, Severus. La Baguette de Sureau, la Baguette de la Destinée, le Bâton de la Mort. Je l'ai prise à son ancien maître. Je l'ai prise dans la tombe d'Albus Dumbledore.

Rogue s'était maintenant tourné vers Voldemort, et son visage ressemblait à un masque mortuaire. Il était blanc comme du marbre et ses traits avaient une telle immobilité que lorsqu'il parla à nouveau, ce fut comme un choc de voir que quelqu'un vivait encore derrière ces yeux vides.

– Maître… Laissez-moi aller chercher ce garçon…

– Tout au long de cette nuit, alors que je suis au bord de la victoire, je suis resté assis dans cette pièce, reprit Voldemort, la voix guère plus haute qu'un murmure, à me demander, encore et encore, pourquoi la Baguette de Sureau refusait d'être ce qu'elle devrait être, refusait d'agir comme la légende dit qu'elle doit agir entre les mains de son possesseur légitime… Et je crois que j'ai trouvé la réponse.

Rogue resta muet.

– Peut-être la connais-tu déjà ? Après tout, tu es un homme intelligent, Severus. Tu as été un bon et fidèle serviteur et je regrette ce qui doit malheureusement arriver.

– Maître…

– La Baguette de Sureau ne peut m'obéir pleinement, Severus, parce que je ne suis pas son vrai maître. Elle appartient au sorcier qui a tué son ancien propriétaire. C'est toi qui as tué Albus Dumbledore et tant que tu vivras, la Baguette de Sureau ne pourra m'appartenir véritablement.

– Maître ! protesta Rogue en levant sa propre baguette magique.

– Il ne peut en être autrement, répliqua Voldemort. Je dois maîtriser cette baguette, Severus. Maîtriser la baguette pour maîtriser enfin Potter.

D'un mouvement du bras, Voldemort donna un grand coup dans le vide avec la Baguette de Sureau. Ce geste n'eut aucun effet sur Rogue qui, pendant une fraction de seconde, sembla penser qu'il avait été épargné. Mais l'intention du Seigneur des Ténèbres devint très vite manifeste. La cage du serpent tournoya dans les airs et avant que Rogue ait pu faire autre chose que pousser un cri, elle lui avait entouré la tête et les épaules. Voldemort s'exprima alors en Fourchelang :

– *Tue.*

Il y eut un horrible hurlement. Harry vit le visage de Rogue perdre ses dernières traces de couleur. Il blêmit, ses yeux noirs s'écarquillèrent et les crochets du serpent s'enfoncèrent dans son cou, tandis qu'il essayait vainement de se dégager de la cage ensorcelée. Bientôt, ses genoux se dérobèrent et il s'effondra sur le sol.

– Je regrette, dit froidement Voldemort.

Et il se détourna. Il n'y avait aucune tristesse en lui, aucun remords. Le moment était venu de quitter la cabane et de prendre le commandement des opérations, avec une baguette qui, à présent, lui obéirait pleinement. Il la pointa vers la cage étoilée qui s'éleva et libéra le corps de Rogue. Celui-ci s'affaissa sur le côté, un flot de sang se déversant des blessures de son cou. Voldemort sortit de la pièce dans un grand mouvement de cape, sans un regard en arrière, et le grand serpent le suivit, flottant derrière lui dans son immense sphère protectrice.

De retour dans le tunnel et dans sa propre tête, Harry rouvrit les yeux. Dans son effort pour ne pas crier, il avait mordu jusqu'au sang les jointures de son poing. Il regarda à nouveau à travers la fente minuscule, entre la caisse et le mur, et vit un pied chaussé d'une botte noire, qui tremblait par terre.

– Harry ! murmura Hermione derrière lui.

Mais il avait déjà pointé sa baguette sur la caisse qui lui bouchait la vue. Elle se souleva à deux centimètres du sol et s'écarta sans bruit. Le plus silencieusement possible, il se faufila à l'intérieur de la pièce.

Il ne savait pas pourquoi il agissait ainsi, pourquoi il s'approchait du mourant. Il ne savait même pas très bien ce qu'il ressentait en voyant le visage livide de Rogue et ses doigts qui essayaient d'étancher la plaie sanglante de son cou. Il enleva la cape d'invisibilité et baissa le regard vers l'homme qu'il haïssait. Les yeux de Rogue se posèrent sur Harry. Il essaya de parler. Lorsque Harry se pencha, Rogue saisit le devant de sa robe et l'attira vers lui.

Un râle, un gargouillement abominable sortit de sa gorge.

– Prenez-… les… Prenez-… les…

Quelque chose d'autre que du sang ruisselait du visage de Rogue. D'un bleu argenté, ni gaz, ni liquide, la substance jaillissait de sa bouche, de ses oreilles, de ses yeux. Harry savait ce que c'était, mais ne savait que faire...

Hermione glissa alors dans ses mains tremblantes une flasque, surgie de nulle part. À l'aide de sa baguette, Harry y versa la substance argentée. Lorsque la flasque fut pleine et que Rogue sembla ne plus avoir en lui une goutte de sang, l'étreinte de sa main sur la robe de Harry se desserra.

– Regardez-... moi, murmura-t-il.

Les yeux verts de Harry croisèrent les yeux noirs de Rogue mais un instant plus tard, quelque chose sembla s'éteindre au fond du regard sombre qui devint fixe, terne, vide. La main qui tenait encore Harry retomba avec un bruit sourd et Rogue ne bougea plus.

33
LE RÉCIT DU PRINCE

Harry resta à genoux au côté de Rogue et le regarda simplement, jusqu'à ce qu'une voix froide et aiguë parle soudain si près de lui qu'il se releva d'un bond, la flasque étroitement serrée dans sa main, en pensant que Voldemort était revenu dans la pièce.

La voix de ce dernier résonnait contre les murs et le plancher et Harry se rendit compte qu'il s'adressait en fait à Poudlard et à ses environs. Les habitants de Pré-au-Lard et tous ceux qui se battaient dans le château allaient l'entendre aussi clairement que s'il avait été derrière eux, son souffle sur leur nuque, suffisamment près pour leur infliger un coup mortel.

– Vous avez combattu vaillamment, disait la voix haute et glacée. Lord Voldemort sait reconnaître la bravoure.

« Mais vous avez aussi subi de lourdes pertes. Si vous continuez à me résister, vous allez tous mourir, un par un. Je ne le souhaite pas. Chaque goutte versée d'un sang de sorcier est une perte et un gâchis.

« Lord Voldemort est miséricordieux. J'ordonne à mes forces de se retirer immédiatement.

« Vous avez une heure. Occupez-vous de vos morts avec dignité. Soignez vos blessés.

« Maintenant, je m'adresse à toi, Harry Potter. Tu as laissé tes amis mourir à ta place au lieu de m'affronter directement. J'attendrai une heure dans la Forêt interdite. Si, lorsque cette heure sera écoulée, tu n'es pas venu à moi, si tu ne t'es pas rendu, alors la bataille recommencera. Cette fois, je participerai moi-même au combat, Harry Potter, je te trouverai et je châtierai jusqu'au dernier homme, jusqu'à la dernière femme, jusqu'au dernier enfant qui aura essayé de te cacher à mes yeux. Une heure.

Ron et Hermione regardèrent Harry et hochèrent frénétiquement la tête en signe de dénégation.

– Ne l'écoute pas, dit Ron.

– Tout ira bien, ajouta Hermione d'un ton farouche. On va… On va revenir au château. S'il est parti dans la forêt, il faut qu'on réfléchisse à un nouveau plan…

Elle jeta un coup d'œil au corps de Rogue puis retourna précipitamment vers l'entrée du tunnel. Ron la suivit. Harry ramassa la cape d'invisibilité et regarda à nouveau Rogue. Il ne savait plus ce qu'il devait ressentir, à part de l'horreur en pensant à la façon dont Rogue avait été tué, et à la raison pour laquelle ce meurtre avait été commis…

Ils remontèrent le tunnel en sens inverse, sans dire un mot, et Harry se demanda si, comme lui, Ron et Hermione entendaient toujours la voix de Voldemort.

« Tu as laissé tes amis mourir à ta place au lieu de m'affronter directement. J'attendrai une heure dans la Forêt interdite… Une heure… »

On aurait dit que de petits tas de vêtements parsemaient la pelouse devant le château. L'aube allait se lever dans une heure environ mais pour l'instant, c'était encore la nuit noire. Tous trois coururent vers les marches de pierre. Ils virent un sabot solitaire, de la taille d'une barque, abandonné là. Il n'y avait pas d'autre trace de Graup ni de son agresseur.

Le château était étrangement silencieux. On ne voyait plus d'éclairs lumineux, on n'entendait plus de détonations, plus de cris. Les dalles du hall d'entrée déserté étaient tachées de sang, des émeraudes toujours répandues sur le sol, mêlées aux morceaux de marbre et aux débris de bois. Une partie de la rampe d'escalier avait été détruite.

– Où sont les autres ? murmura Hermione.

Ron les entraîna dans la Grande Salle. Harry s'arrêta sur le seuil de la porte.

Les tables des maisons avaient disparu et la salle était bondée. Les survivants, debout par groupes, se tenaient par le cou. Les blessés, rassemblés sur l'estrade, étaient soignés par Madame Pomfresh, aidée d'une équipe de volontaires. Firenze comptait parmi les blessés. Le flanc ruisselant de sang, il était allongé, secoué de tremblements, incapable de se relever.

Les morts étaient étendus côte à côte au milieu de la salle. Harry ne voyait pas le corps de Fred, caché par sa famille qui l'entourait. George était agenouillé auprès de lui. Mrs Weasley, affalée sur la poitrine de son fils, tremblait de tout son corps. Mr Weasley lui caressait les cheveux, le visage inondé de larmes.

Sans dire un mot à Harry, Ron et Hermione s'éloignèrent. Harry vit Hermione s'avancer vers Ginny, dont le visage était tuméfié, marbré, et la serrer contre elle. Ron rejoignit Bill, Fleur et Percy qui lui passa un bras autour des épaules. Tandis que Ginny et Hermione s'approchaient du reste de la famille, Harry eut une vision claire des corps allongés à côté de Fred : Remus et Tonks, pâles, immobiles, le visage paisible, semblaient endormis sous le ciel nocturne du plafond ensorcelé.

Reculant d'un pas chancelant, Harry eut l'impression que la Grande Salle s'envolait, rapetissait, se ratatinait. Il n'arrivait plus à respirer. Il ne pouvait supporter de contempler les autres corps, de voir ceux qui étaient morts pour lui. Il ne pouvait supporter l'idée de rejoindre les Weasley, de les regarder dans les yeux, alors que s'il s'était rendu dès le début, Fred ne serait peut-être pas mort…

Il se détourna et monta quatre à quatre les marches de l'escalier de marbre. Lupin, Tonks… Son seul désir aurait été de ne plus rien ressentir… Il aurait voulu s'arracher le cœur, les entrailles, tout ce qui criait en lui…

Le château était entièrement vide. Même les fantômes semblaient s'être joints à la veillée collective, dans la Grande Salle. Harry courut sans s'arrêter, la main crispée sur la flasque de cristal contenant les dernières pensées de Rogue, et ne ralentit l'allure que lorsqu'il arriva devant la gargouille de pierre qui gardait le bureau du directeur.

– Mot de passe ?

– Dumbledore ! répondit Harry sans réfléchir, car c'était lui qu'il désirait voir plus que tout.

À sa grande surprise, la gargouille s'écarta, révélant l'escalier en colimaçon qui se trouvait derrière.

Mais quand il fit irruption dans le bureau circulaire, Harry constata un changement. Les tableaux accrochés aux murs étaient tous vides. Pas un seul portrait de directeur ou de directrice n'était resté dans son cadre. Apparemment, ils avaient filé vers les autres tableaux alignés dans le château pour pouvoir suivre de près les événements.

Harry jeta un regard désespéré au cadre vide de Dumbledore, juste derrière le fauteuil du directeur, puis il lui tourna le dos. La Pensine de pierre se trouvait dans l'armoire où elle avait toujours été rangée. Harry la souleva, la posa sur le bureau et versa les souvenirs de Rogue dans la large bassine aux bords gravés de runes. Fuir dans la tête de quelqu'un d'autre serait un soulagement, une bénédiction… Rien, même si c'était Rogue qui le lui avait laissé, ne pouvait être pire que ses propres pensées. Les souvenirs d'un blanc argenté se mirent à tournoyer, étranges, et sans hésiter, avec un sentiment d'abandon dénué de toute prudence, comme si cela allait apaiser le chagrin qui le torturait, Harry plongea.

Il tomba tête la première et se retrouva en plein soleil, atterrissant sur un sol tiède. Lorsqu'il se redressa, il s'aperçut qu'il était sur un terrain de jeux presque désert. Une immense cheminée solitaire dominait au loin l'horizon. Deux fillettes se balançaient et un petit garçon efflanqué les observait, caché derrière des buissons. Ses cheveux noirs étaient trop longs et ses vêtements si dépareillés qu'on aurait pu croire que c'était fait exprès : un jean trop court, une veste miteuse et trop grande, qui aurait pu être celle d'un adulte, une chemise bizarre, semblable à une blouse.

Harry s'approcha du garçon. Rogue n'avait pas l'air d'avoir plus de neuf ou dix ans. Il était petit, filiforme, le teint cireux. Avec une expression d'avidité non dissimulée sur son visage maigre, il regardait la plus jeune des deux fillettes se balancer de plus en plus haut, beaucoup plus haut que sa sœur.

– Lily, arrête ! s'écria l'aînée.

Mais l'autre fillette avait lâché la balançoire au moment où elle atteignait son point le plus élevé et s'était envolée, littéralement envolée, s'élançant vers le ciel dans un grand éclat de rire. Cependant, au lieu de retomber en s'écrasant sur l'asphalte, elle poursuivit sa course, telle une trapéziste, et resta dans les airs beaucoup trop longtemps, avant d'atterrir avec beaucoup trop de légèreté pour que cela paraisse naturel.

– Maman t'avait dit de ne pas faire ça !

Pétunia arrêta sa balançoire en raclant le sol avec les talons de ses sandales qui crissaient par terre puis elle se leva d'un bond, les mains sur les hanches.

– Maman a dit que tu n'avais pas le droit, Lily !

– Mais tout va très bien, répliqua Lily, qui continuait à glousser de rire. Et maintenant, regarde, Tunie. Regarde ce que j'arrive à faire.

Pétunia jeta un coup d'œil alentour. À part elles, et Rogue – mais les fillettes ignoraient sa présence –, le terrain de jeux était désert. Lily avait ramassé une fleur tombée du buisson derrière lequel Rogue était tapi. Pétunia s'avança, manifestement déchirée entre la curiosité et la désapprobation. Lily attendit que sa sœur soit suffisamment près pour bien voir puis elle tendit sa main. La fleur posée sur sa paume ouvrait et refermait ses pétales, telle une huître étrange aux multiples coquilles.

– Arrête ! s'égosilla Pétunia.

– Elle ne te fera pas de mal, assura Lily, mais elle referma quand même la main sur la fleur et la jeta par terre.

– Ce n'est pas bien, dit Pétunia.

Son regard, cependant, avait suivi la chute de la fleur et s'attardait à l'endroit où elle était tombée.

– Comment tu t'y prends ? ajouta-t-elle.

On sentait une certaine envie dans sa voix.

– C'est évident, non ?

Incapable de se contenir plus longtemps, Rogue avait bondi de derrière les buissons. Pétunia poussa un cri aigu et retourna en courant vers les balançoires. Lily, en revanche, bien que visiblement surprise, resta où elle était. Rogue sembla regretter d'être sorti de sa cachette. Il regarda Lily et ses joues jaunâtres se colorèrent d'un rouge terne.

– Qu'est-ce qui est évident ? demanda Lily.

Rogue paraissait à la fois surexcité et intimidé. Jetant un coup d'œil à Pétunia qui tournait autour des balançoires, un peu plus loin, il baissa la voix et murmura :

– Je sais ce que tu es.

– Comment ça ?

– Tu es… Tu es une sorcière, chuchota Rogue.

Lily parut offensée.

– Ce n'est pas très gentil de dire *ça* à quelqu'un !

Elle tourna la tête, levant le nez en signe de dédain, et s'éloigna à grands pas en direction de sa sœur.

– Non ! s'écria Rogue.

Son visage avait fortement rougi et Harry se demanda pourquoi il n'enlevait pas cette veste ridiculement trop grande, à moins qu'il n'ait craint de montrer la chemise en forme de blouse qu'il portait au-dessous. Il courut vers les fillettes, les pans de sa veste lui battant les flancs. Il avait déjà cette apparence de chauve-souris grotesque qu'il conserverait avec l'âge.

Les deux sœurs l'observèrent, unies dans leur désapprobation, se tenant toutes deux à un montant des balançoires, comme si c'était un refuge sûr dans un jeu de chat perché.

– *Tu es une sorcière !* dit Rogue à Lily. Tu *es* une sorcière. Je l'ai bien vu, je t'observe depuis un bout de temps. Mais il n'y a rien de mal à ça. Ma mère aussi en est une et moi, je suis un sorcier.

Le rire de Pétunia eut l'effet d'une douche froide.

– Un sorcier ! s'écria-t-elle.

Elle retrouvait tout son courage, maintenant qu'elle avait surmonté le choc de son apparition soudaine.

– Je sais qui tu es. Tu es le fils Rogue ! Ils habitent dans l'impasse du Tisseur, près de la rivière, dit-elle à Lily.

D'après le ton de sa voix, il était clair qu'elle considérait l'adresse comme peu recommandable.

– Pourquoi tu nous espionnais ?

– Je ne vous espionnais pas, répliqua Rogue.

Les cheveux sales, il avait chaud et il était mal à l'aise sous le soleil brillant.

– De toute façon, ce n'est pas toi que j'aurais espionnée, ajouta-t-il d'une voix méchante. *Toi,* tu es une Moldue.

Bien que, de toute évidence, Pétunia n'eût pas compris le mot, le ton ne pouvait la tromper.

– Lily, viens, on s'en va ! dit-elle d'une petite voix perçante.

Lily obéit aussitôt à sa sœur et lança à Rogue un coup d'œil furieux en s'éloignant. Il les regarda franchir d'un pas vif l'entrée du terrain de jeux et Harry, resté seul à l'observer, remarqua l'amère déception de Rogue, comprenant qu'il avait préparé ce moment depuis un certain temps. Mais tout s'était mal passé…

L'image qu'il avait devant les yeux se dissipa et avant que Harry s'en soit rendu compte, un autre décor s'était déjà constitué autour de lui. Il se trouvait à présent dans un petit bosquet d'arbres et voyait entre les troncs une rivière scintiller au soleil. Les ombres projetées par les feuillages formaient comme un bassin de fraîcheur verte, à l'abri du soleil. Deux enfants étaient assis en tailleur sur le sol, face à face. Rogue avait enlevé sa veste, à présent. Son étrange blouse paraissait moins insolite dans la demi-obscurité.

– … et le ministère peut te punir si tu fais de la magie en dehors de l'école, tu reçois des lettres.

– Mais moi, *j'ai* fait de la magie en dehors de l'école !

– Nous, ça va. On n'a pas encore de baguette. Ils te laissent tranquille quand tu es un enfant et que tu n'y peux rien. Mais dès qu'on a onze ans – il hocha la tête d'un air important –, et qu'ils commencent à nous apprendre des choses, il faut être prudent.

Il y eut un bref silence. Lily avait ramassé une brindille qu'elle faisait tournoyer en l'air et Harry savait qu'elle imaginait une traînée d'étincelles jaillissant à son extrémité. Puis elle laissa tomber la brindille, se pencha vers le garçon, et demanda :

– C'est vrai, hein ? Ce n'est pas une blague ? Pétunia dit que tu me mens. Pétunia dit que Poudlard n'existe pas. Mais c'est vrai, n'est-ce pas ?

– C'est vrai pour nous, répondit Rogue. Pas pour elle. Mais toi et moi, nous recevrons la lettre.

– Vraiment ? murmura Lily.

– Sûr et certain, affirma Rogue.

En dépit de ses cheveux mal coupés et de ses vêtements bizarres, il paraissait étrangement impressionnant, étalé devant elle, débordant de confiance en son destin.

– Et c'est vraiment un hibou qui apportera la lettre ? chuchota Lily.

– Normalement, oui, assura Rogue. Mais tu es née moldue, il y aura donc quelqu'un de l'école qui viendra expliquer tout ça à tes parents.

– Est-ce que ça fait vraiment une différence d'être née moldue ?

Rogue hésita. Dans l'ombre verte des arbres, ses yeux noirs se posèrent avec ardeur sur le visage au teint pâle, les cheveux d'un roux foncé.

– Non, répondit-il, ça ne fait aucune différence.

– Très bien, dit Lily en se détendant.

Manifestement, elle s'était inquiétée à ce sujet.

– Il y a beaucoup de magie en toi, reprit Rogue. Je l'ai vu. Pendant tout le temps où je t'ai observée…

Sa voix se perdit. Elle ne l'écoutait plus, elle s'était étendue dans l'herbe et contemplait les feuillages qui formaient comme une voûte au-dessus de sa tête. Il la regarda avec la même avidité que lorsqu'il l'épiait sur le terrain de jeux.

– Comment ça va, chez toi ? demanda Lily.

Un pli apparut entre les yeux de Rogue.

– Très bien, dit-il.

– Ils ne se disputent plus ?

– Oh, si, ils continuent.

Rogue ramassa une poignée de feuilles et se mit à les déchirer, sans paraître conscient de ce qu'il faisait.

– Mais ce ne sera plus très long, maintenant. Je partirai bientôt.

– Ton père n'aime pas la magie ?

– Il n'aime pas grand-chose, répondit Rogue.

– Severus ?

Un petit sourire tordit les lèvres de Rogue lorsqu'elle prononça son nom.

– Oui ?

– Parle-moi encore des Détraqueurs.

– Pourquoi tu t'intéresses à eux ?

– Si je pratique la magie en dehors de l'école...

– Ils ne t'enverront pas chez les Détraqueurs pour ça ! Les Détraqueurs, c'est pour les gens qui font vraiment quelque chose de mal. Ils sont les gardiens d'Azkaban, la prison des sorciers. Tu ne finiras pas à Azkaban, tu es trop...

Il rougit à nouveau et lacéra d'autres feuilles entre ses doigts. Puis un léger bruissement, derrière Harry, le fit se retourner : Pétunia, qui s'était cachée derrière un arbre, venait de perdre l'équilibre.

– Tunie ! s'exclama Lily.

Sa voix exprimait la surprise et le contentement de la voir apparaître. Rogue, lui, s'était relevé d'un bond.

– Qui est-ce qui espionne l'autre, maintenant ? s'écria-t-il. Qu'est-ce que tu veux ?

Pétunia avait le souffle court, affolée d'avoir été découverte. Harry voyait qu'elle s'efforçait de trouver quelque chose de blessant à dire.

– Avec quoi tu t'es habillé, d'abord ? demanda-t-elle en montrant la chemise de Rogue. Le corsage de ta mère ?

Il y eut un crac ! Une branche au-dessus de la tête de Pétunia était tombée. Lily poussa un hurlement. La branche avait heurté l'épaule de sa sœur qui recula d'un pas chancelant et fondit en larmes.

– Tunie !

Mais Pétunia s'enfuyait déjà. Lily se tourna vers Rogue.

– C'est toi qui as fait ça ?

– Non.

Le défi et la peur se mêlaient dans sa voix.

779

– Si, c'est toi !

Elle s'écarta de lui à reculons.

– C'est *toi* ! Tu lui as fait mal !

– Non… Non, ce n'est pas moi !

Mais Lily ne se laissa pas convaincre par son mensonge. Elle lui lança un dernier regard flamboyant puis s'enfuit à son tour du petit bosquet, courant après sa sœur, et Rogue resta là, malheureux, désemparé…

Le décor changea à nouveau. Jetant un coup d'œil, Harry vit qu'il était sur le quai de la voie 9 3/4. Rogue se tenait à côté de lui, les épaules légèrement voûtées, en compagnie d'une femme mince, le visage cireux, l'air revêche, qui lui ressemblait beaucoup. Rogue observait une famille de quatre personnes, un peu plus loin. Deux fillettes se tenaient un peu à l'écart de leurs parents. Lily semblait implorer sa sœur. Harry s'approcha pour écouter.

– … Je suis désolée, Tunie, désolée !

Elle lui prit la main et la serra étroitement, bien que Pétunia essayât de se dégager.

– Peut-être que quand je serai là-bas… Écoute-moi, Tunie. Peut-être que quand je serai là-bas, je pourrai aller voir le professeur Dumbledore et le convaincre de changer d'avis !

– Je ne… veux… pas… y aller ! répondit Pétunia.

Elle s'efforça d'arracher sa main à l'étreinte de sa sœur.

– Tu crois que j'ai envie de me retrouver dans un stupide château pour apprendre à être une… une…

Son regard pâle erra sur le quai, sur les chats qui miaulaient dans les bras de leurs propriétaires, sur les hiboux qui échangeaient des hululements en voletant dans leurs cages, sur les élèves, certains déjà vêtus de leurs longues robes noires, chargeant leurs grosses valises dans le train à la locomotive écarlate ou se saluant avec des cris joyeux, contents de se retrouver après la séparation de l'été.

– … Tu veux que je devienne un… un monstre ?

Les yeux de Lily se remplirent de larmes et Pétunia parvint à dégager sa main de celle de sa sœur.

– Je ne suis pas un monstre, répondit Lily. C'est horrible de dire ça.

– En tout cas, c'est chez eux que tu vas, répliqua Pétunia avec délices. Une école spéciale pour les monstres. Toi et ce petit Rogue… Des cinglés, voilà ce que vous êtes, tous les deux. Heureusement qu'on vous sépare des gens normaux. C'est pour notre sécurité à nous.

Lily lança un coup d'œil à ses parents. Ils regardaient autour d'eux avec un plaisir sans réserve, se délectant de ce qu'ils voyaient. Puis elle se tourna à nouveau vers sa sœur et parla d'une voix basse, féroce :

– Tu ne pensais pas tellement que c'était une école de monstres quand tu as écrit au directeur pour le supplier de te prendre comme élève.

Pétunia devint écarlate.

– Supplier ? Je ne l'ai pas supplié du tout !

– J'ai vu qu'il t'avait répondu. C'était gentil de sa part.

– Tu n'aurais pas dû la lire…, murmura Pétunia. Cette lettre était personnelle… Comment as-tu pu…

Lily se trahit en jetant un vague regard vers l'endroit où était Rogue. Pétunia sursauta.

– C'est lui qui l'a trouvée ! Toi et ce garçon, vous êtes entrés en douce dans ma chambre !

– Non… pas en douce…

Lily était sur la défensive, à présent.

– Severus a vu l'enveloppe et il n'arrivait pas à croire qu'une Moldue ait pu entrer en contact avec Poudlard, voilà tout ! Il a dit qu'il devait y avoir des sorciers qui travaillent clandestinement à la poste et qui s'occupent d'envoyer…

– Apparemment, les sorciers mettent leur nez partout, l'interrompit Pétunia, qui avait maintenant pâli autant qu'elle avait rougi précédemment. *Monstre !* cracha-t-elle avant de retourner à grands pas vers ses parents…

Le décor s'effaça une nouvelle fois. À présent, Rogue se hâtait le long d'un couloir du Poudlard Express qui bringuebalait à travers la campagne. Il avait déjà mis sa robe de l'école, peut-être même était-ce la première fois qu'il avait l'occasion de se débarrasser de ses horribles vêtements de Moldu. Il s'arrêta devant un compartiment où avait pris place un groupe de garçons chahuteurs, absorbés dans leur conversation. Pelotonnée dans un coin, à côté de la fenêtre, Lily était assise, le front contre la vitre.

Rogue fit coulisser la porte du compartiment et s'installa face à Lily. Elle lui jeta un coup d'œil puis se tourna à nouveau vers la fenêtre. Elle avait pleuré.

– Je ne veux pas te parler, dit-elle d'une voix étranglée.

– Pourquoi ?

– Tunie me d… déteste. Parce qu'on a vu la lettre de Dumbledore.

– Et alors ?

Elle le regarda avec un air de profonde répugnance.

– Et alors, c'est ma sœur !

– Elle n'est qu'une…

Il se rattrapa à temps. Lily, trop occupée à s'essuyer les yeux sans qu'on la remarque, ne l'entendit pas.

– En tout cas, on y va ! s'exclama Rogue, incapable de

dissimuler le ton euphorique de sa voix. Ça y est ! Nous sommes en route pour Poudlard !

Elle acquiesça d'un signe de tête en se tamponnant les yeux et esquissa un sourire malgré elle.

– Il vaut mieux être à Serpentard, poursuivit Rogue, encouragé par l'expression un peu plus engageante de Lily.

– Serpentard ?

Dans le compartiment, l'un des garçons qui, jusqu'à présent, n'avait pas manifesté pour eux le moindre intérêt tourna la tête en entendant ce nom. Harry, dont l'attention s'était entièrement concentrée sur Lily et Rogue, vit alors son père : il était mince et avait les cheveux noirs, comme Rogue, mais il donnait l'impression indéfinissable d'avoir été aimé, adoré même, ce qui n'était évidemment pas le cas de Rogue.

– Qui a envie d'être un Serpentard ? Moi, je préférerais quitter l'école, pas toi ? demanda James au garçon qui se prélassait sur la banquette d'en face.

Avec un sursaut, Harry reconnut Sirius. Sirius ne sourit pas.

– Toute ma famille était à Serpentard, répondit-il.

– Nom de nom ! s'exclama James. Et moi qui croyais que tu étais quelqu'un de bien !

Sirius eut enfin un sourire.

– Peut-être que je ferai une entorse à la tradition. Où veux-tu être, si tu as le choix ?

James souleva une épée invisible.

– *Si vous allez à Gryffondor, vous rejoindrez les courageux !* Comme mon père.

Rogue émit une petite exclamation méprisante. James reporta son attention sur lui.

– Ça te pose un problème ?

– Non, répondit Rogue, bien que son léger ricanement indiquât le contraire. Si tu préfères le biceps à l'intellect…

– Et toi, où comptes-tu aller, étant donné que tu n'as ni l'un ni l'autre ? lança Sirius.

James éclata de rire. Lily se redressa, le teint rougissant, et regarda successivement James et Sirius avec hostilité.

– Viens, Severus, on va changer de compartiment.

– Oooooooh…

James et Sirius imitèrent sa voix hautaine. James essaya de faire un croche-pied à Rogue lorsqu'il passa devant lui.

– À bientôt, Servilus ! lança une voix, au moment où la porte du compartiment se refermait bruyamment.

Une fois de plus, l'image s'effaça…

Harry, maintenant, était juste derrière Rogue, face aux tables de la Grande Salle autour desquelles s'alignaient des visages subjugués. Le professeur McGonagall annonça :

– Evans, Lily !

Il regarda sa mère s'avancer, les jambes tremblantes, et s'asseoir sur le tabouret branlant. Le professeur McGonagall posa sur sa tête le Choixpeau magique. Une seconde à peine après être entré en contact avec la chevelure roux foncé, le chapeau s'écria :

– *Gryffondor !*

Harry entendit Rogue pousser un petit grognement. Lily enleva le chapeau, le rendit au professeur McGonagall, puis se précipita vers les Gryffondor qui l'accueillirent avec des acclamations. Au passage, elle jeta un coup d'œil à Rogue et eut un petit sourire triste. Harry vit Sirius se pousser sur le banc pour lui faire de la place. Elle lui lança un regard, sembla le reconnaître pour l'avoir déjà vu dans le train, croisa les bras et lui tourna résolument le dos.

L'appel continua. Harry regarda Lupin, Pettigrow et son père rejoindre Lily et Sirius à la table des Gryffondor. Enfin, lorsqu'il ne resta plus qu'une douzaine d'élèves à répartir, le professeur McGonagall appela Rogue.

Harry le suivit jusqu'au tabouret et l'observa quand il posa le chapeau sur sa tête.

– *Serpentard !* s'écria le Choixpeau magique.

Severus Rogue se dirigea de l'autre côté de la Grande Salle, loin de Lily, vers les Serpentard qui l'applaudissaient. Lucius Malefoy, un insigne de préfet brillant sur sa poitrine, tapota l'épaule de Rogue lorsqu'il s'assit à côté de lui…

Nouveau changement de décor…

Lily et Rogue traversaient la cour du château. De toute évidence, ils se disputaient. Harry se dépêcha de les rattraper afin d'entendre ce qu'ils disaient. Lorsqu'il arriva à leur hauteur, il s'aperçut qu'ils avaient beaucoup grandi : plusieurs années semblaient avoir passé depuis leur Répartition.

– … pensais que nous étions amis ? déclarait Rogue. Et même les meilleurs amis, non ?

– C'est *vrai*, Sev, mais je n'aime pas certaines personnes que tu fréquentes ! Je suis désolée, je déteste Avery et Mulciber ! Mulciber ! Qu'est-ce que tu lui trouves, Sev ? Il me donne la chair de poule ! Tu sais ce qu'il a essayé de faire à Mary Macdonald, l'autre jour ?

Lily s'était approchée d'un pilier et s'y adossa, observant le visage mince et cireux.

– Ce n'était rien, assura Rogue. Une simple plaisanterie, rien de plus…

– C'était de la magie noire. Si tu trouves ça drôle…

– Et tout ce que font Potter et ses copains ? répliqua Rogue.

Son visage se colora à nouveau. Il était apparemment incapable de contenir sa rancœur.

– Qu'est-ce que Potter a à voir là-dedans ? s'étonna Lily.

– Ils sortent en douce la nuit. Il y a quelque chose de bizarre chez ce Lupin. Où va-t-il comme ça ?

– Il est malade, répondit Lily. C'est ce qu'on dit…

– Tous les mois à la pleine lune ?

– Je connais ta théorie, reprit Lily, d'un ton glacial. D'ailleurs, pourquoi es-tu tellement obsédé par eux ? Pourquoi t'occupes-tu de ce qu'ils fabriquent la nuit ?

– J'essaye simplement de te montrer qu'ils ne sont pas aussi merveilleux que tout le monde semble le croire.

L'intensité du regard de Rogue fit rougir Lily.

– Eux, au moins, ne pratiquent pas la magie noire.

Elle baissa la voix.

– Et tu es bien ingrat. J'ai entendu parler de ce qui s'est passé l'autre nuit. Tu t'es faufilé dans ce tunnel, sous le Saule cogneur, et James Potter t'a sauvé de ce qu'il y a là-bas…

Les traits de Rogue se déformèrent et il bredouilla :

– Sauvé ? Sauvé ? Tu crois qu'il jouait les héros ? C'était sa peau qu'il sauvait et celle de ses amis ! Tu ne vas pas… Je ne te permettrai pas…

– Me *permettre* ? Me *permettre* ?

Les yeux d'un vert brillant de Lily n'étaient plus que deux fentes. Rogue battit aussitôt en retraite.

– Je ne voulais pas dire… Simplement, je ne veux pas que le ridicule te… Tu lui plais, tu lui plais, à James Potter !

Les mots semblaient lui avoir été arrachés de la bouche contre son gré.

– Et il n'est pas… Tout le monde pense… Le grand héros du Quidditch…

786

L'amertume de Rogue, son aversion le rendaient incohérent et les sourcils de Lily se haussaient de plus en plus à mesure qu'il parlait.

– Je sais que James Potter est un voyou arrogant, l'interrompit Lily. Je n'ai pas besoin de toi pour me le dire. Mais l'idée que se font Mulciber et Avery de l'humour relève de la pure et simple malfaisance. La malfaisance, Sev. Je ne comprends pas comment tu peux être ami avec eux.

Harry doutait que Rogue ait entendu les critiques de Lily à l'égard de Mulciber et d'Avery. Dès l'instant où elle avait insulté James Potter, le corps de Rogue s'était détendu et lorsqu'ils marchèrent à nouveau côte à côte, son pas paraissait plus léger…

Une fois de plus, le décor s'effaça…

Rogue apparut à nouveau devant Harry. Il quittait la Grande Salle après avoir passé son épreuve de BUSE en défense contre les forces du Mal. Harry le vit sortir du château et se hasarder par inadvertance près du hêtre sous lequel James, Sirius, Lupin et Pettigrow s'étaient assis. Mais cette fois, Harry resta à l'écart. Il savait comment les choses s'étaient passées après que James eut ridiculisé Rogue en lui jetant un sort qui l'avait suspendu en l'air, la tête en bas. Il savait ce qui avait été fait et dit, et n'aurait éprouvé aucun plaisir à revoir la scène. Il regarda Lily se joindre au groupe et prendre la défense de Rogue. À distance, il entendit ce dernier lui crier, dans sa rage et son humiliation, le mot impardonnable : « Sang-de-Bourbe ».

Nouveau changement de décor…

– Je suis désolé.

– Ça ne m'intéresse pas.

– Je suis désolé !

– Épargne ta salive.

C'était le soir. Lily, vêtue d'une robe de chambre, se tenait, les bras croisés, devant le portrait de la grosse dame, à l'entrée de la tour de Gryffondor.

– Je suis sortie seulement parce que Mary m'a dit que tu menaçais de dormir ici.

– C'est vrai. Je l'aurais fait. Je n'ai jamais eu l'intention de te traiter de Sang-de-Bourbe, ça m'a simplement…

– Échappé ?

Il n'y avait aucune pitié dans la voix de Lily.

– Il est trop tard. Pendant des années, je t'ai trouvé des excuses. Aucun de mes amis ne comprend pourquoi j'accepte encore de te parler. Toi et tes chers amis Mangemorts… Tu vois, tu ne le nies même pas ! Tu ne nies même pas que vous avez tous l'ambition de le devenir ! Vous avez hâte de rejoindre Tu-Sais-Qui, n'est-ce pas ?

Il ouvrit la bouche puis la referma sans avoir prononcé un mot.

– Je ne peux plus faire semblant. Tu as choisi ta voie, j'ai choisi la mienne.

– Non… Écoute, je ne voulais pas…

– … me traiter de Sang-de-Bourbe ? Mais tu traites de Sang-de-Bourbe tous les gens qui sont de même naissance que moi, Severus. Pourquoi serais-je différente ?

Luttant avec lui-même, il était sur le point de parler. Mais avec un regard méprisant, Lily tourna les talons et se glissa par le trou du portrait…

Le couloir disparut et le décor suivant mit un peu plus longtemps à se constituer. Harry eut l'impression de voler parmi des formes et des couleurs changeantes jusqu'à ce que les choses se solidifient à nouveau autour de lui. Il se retrouva alors au sommet d'une colline, froide et désolée dans l'obscurité, le vent sifflant à travers les branches de quelques arbres sans feuilles. Rogue, adulte à présent, tournait sur lui-même, le souffle court. Sa baguette magique étroitement serrée dans sa main, il attendait quelque chose ou quelqu'un… Harry se sentit contaminé par sa peur, même s'il savait qu'il ne risquait rien, et il regarda par-dessus son épaule en se demandant ce que Rogue attendait ainsi…

Puis un éclair blanc, aveuglant, en forme de ligne brisée, traversa l'atmosphère. Harry crut que c'était la foudre mais Rogue était tombé à genoux et sa baguette lui avait sauté des mains.

– Ne me tuez pas !

– Ce n'était pas mon intention.

Le bruit qu'avait dû faire Dumbledore en transplanant avait été couvert par le sifflement du vent dans les branches. Il se tenait devant Rogue, les pans de sa robe claquant autour de lui, le visage éclairé par-dessous, à la lumière que projetait sa baguette.

– Eh bien, Severus ? Quel est le message que Lord Voldemort veut me transmettre ?

– Pas… Pas de message… Je suis venu ici de ma propre initiative !

Rogue se tordait les mains. Il paraissait un peu fou, avec ses cheveux noirs en bataille qui voletaient autour de lui.

– C'est… C'est une mise en garde… non, plutôt une demande… S'il vous plaît…

Dumbledore donna un petit coup de baguette. Les feuilles et les branches continuèrent de voler autour d'eux, portées par le vent nocturne, mais le silence tomba à l'endroit précis où Rogue et lui se faisaient face.

– Quelle demande pourrait donc me faire un Mange-mort ?

– La… La prophétie… la prédiction… de Trelawney…

– Ah, oui, dit Dumbledore. Qu'avez-vous communiqué à Lord Voldemort ?

– Tout… Tout ce que j'ai entendu ! répondit Rogue. C'est pourquoi… c'est pour cette raison… Il pense qu'il s'agit de Lily Evans !

– La prophétie ne mentionnait pas une femme, fit observer Dumbledore. Elle parlait d'un garçon né à la fin du mois de juillet…

– Vous savez bien ce que je veux dire ! Il pense que c'est son fils, il va la traquer… les tuer tous…

– Si elle a tant d'importance à vos yeux, reprit Dumble-dore, Lord Voldemort l'épargnera sûrement. Ne pouvez-vous lui demander la grâce de la mère en échange de son fils ?

– Je… Je l'ai déjà demandée…

– Vous me dégoûtez ! coupa Dumbledore.

Harry n'avait jamais entendu un tel mépris dans sa voix. Rogue sembla se ratatiner.

– Vous ne vous souciez donc pas de la mort de son mari et de son enfant ? Ils peuvent bien disparaître, du moment que vous obtenez ce que vous voulez ?

Rogue resta silencieux. Il se contenta de lever les yeux vers Dumbledore.

– Cachez-les tous, dans ce cas, dit-il d'une voix rauque. Mettez-la… mettez-les… à l'abri. S'il vous plaît.

– Et que me donnerez-vous en échange, Severus ?

– En… En échange ?

Rogue regarda Dumbledore bouche bée. Harry s'attendait

à l'entendre protester mais au bout d'un long moment, il ajouta :

— Ce que vous voudrez.

Le sommet de la colline s'estompa et Harry se retrouva dans le bureau de Dumbledore. Il entendit un son horrible, comme la plainte d'un animal blessé. Rogue était affalé dans un fauteuil, le visage entre les mains, et Dumbledore se tenait devant lui, la mine sinistre. Au bout d'un moment, Rogue releva la tête. Depuis qu'il avait quitté le sommet de la colline désolée, il avait l'air d'un homme qui aurait vécu un siècle de misère.

— Je croyais… que vous alliez… la mettre… en sûreté…

— James et elle ont accordé leur confiance à quelqu'un qui ne la méritait pas, répondit Dumbledore. Un peu comme vous, Severus. N'espériez-vous pas que Lord Voldemort l'épargnerait ?

Rogue avait du mal à respirer.

— Son fils a survécu, poursuivit Dumbledore.

Rogue eut un petit mouvement de tête, comme s'il chassait une mouche exaspérante.

— Son fils a survécu. Il a ses yeux, exactement les mêmes. Vous vous souvenez sûrement de la forme et de la couleur des yeux de Lily Evans ?

— ARRÊTEZ ! beugla Rogue. Partie… Morte…

— Serait-ce du remords, Severus ?

— Je voudrais… Je voudrais, *moi*, être mort…

— Et en quoi cela servirait-il à qui que ce soit ? interrogea Dumbledore avec froideur. Si vous aimiez Lily Evans, si vous l'aimiez vraiment, la voie qui s'offre à vous est toute tracée.

Le regard de Rogue semblait perdu dans une brume de

douleur et on avait l'impression que les paroles de Dumbledore mettaient longtemps à l'atteindre.

– Que… Que voulez-vous dire ?

– Vous savez comment et pourquoi elle est morte. Faites en sorte que cela n'ait pas été en vain. Aidez-moi à protéger le fils de Lily.

– Il n'a pas besoin de protection, le Seigneur des Ténèbres n'est plus là…

– Le Seigneur des Ténèbres reviendra, et un terrible danger menacera alors Harry Potter.

Il y eut un long silence et Rogue reprit lentement le contrôle de lui-même, maîtrisant sa respiration. Enfin, il parla à nouveau :

– Très bien, très bien. Mais ne le dites jamais à personne, Dumbledore, jamais à personne ! Cela doit rester entre nous ! Jurez-le ! Je ne peux pas supporter… Surtout le fils de Potter… Je veux votre parole !

– Vous voulez ma parole, Severus, que je ne révélerai jamais ce qu'il y a de meilleur en vous ? soupira Dumbledore en baissant les yeux sur le visage à la fois féroce et angoissé de Rogue. Si vous insistez…

Le bureau s'effaça et se reconstitua aussitôt. Cette fois, Rogue faisait les cent pas devant Dumbledore.

– … médiocre, aussi arrogant que son père, décidé à ne tenir compte d'aucune règle, ravi de découvrir qu'il est célèbre, cherchant toujours à se rendre intéressant, impertinent…

– Vous voyez uniquement ce que vous vous attendiez à voir, Severus, répondit Dumbledore sans lever les yeux de son numéro du *Mensuel de la métamorphose*. D'autres enseignants affirment que ce garçon est modeste, sympathique et raisonnablement doué. À titre personnel, je le trouve assez attachant.

Dumbledore tourna une page de son magazine et ajouta, toujours sans lever la tête :

– Surveillez un peu Quirrell, voulez-vous ?

Il y eut un tourbillon de couleur, tout devint plus sombre et Rogue réapparut non loin de Dumbledore, tandis que les derniers retardataires du bal de Noël passaient devant eux en allant se coucher.

– Alors ? murmura Dumbledore.

– La Marque de Karkaroff devient également plus nette. Il est paniqué, il a peur des représailles. Vous savez toute l'aide qu'il a apportée au ministère après la chute du Seigneur des Ténèbres.

Rogue lança un regard en biais vers le profil au nez aquilin de Dumbledore.

– Karkaroff a l'intention de prendre la fuite si la Marque le brûle.

– Vraiment ? répondit Dumbledore d'une voix douce, alors que Fleur Delacour et Roger Davies revenaient du parc en gloussant de rire. Et vous avez l'intention de l'imiter ?

– Non, répondit Rogue, ses yeux noirs suivant les silhouettes de Fleur et de Roger qui s'éloignaient. Je ne suis pas un lâche.

– En effet, approuva Dumbledore. Vous êtes plus courageux, et de très loin, qu'Igor Karkaroff. Vous savez, parfois, je pense que nous répartissons un peu trop tôt…

Il s'en alla, laissant Rogue désemparé…

À présent, Harry était de retour dans le bureau du directeur. C'était la nuit et Dumbledore s'était affaissé de côté dans son fauteuil en forme de trône, derrière sa table, l'air à moitié inconscient. Sa main droite, noircie, brûlée, pendait par-dessus l'accoudoir. Rogue marmonnait des incantations, pointant sa baguette sur le poignet meurtri pendant que, de sa main gauche, il penchait au-dessus des lèvres de Dumbledore une coupe remplie d'une épaisse potion dorée. Au bout d'un certain temps, les paupières de Dumbledore frémirent et s'ouvrirent.

— Pourquoi, dit Rogue sans préambule, pourquoi avez-vous mis cette bague ? Elle est frappée d'un maléfice, vous vous en êtes sûrement rendu compte. Pourquoi même y avez-vous touché ?

La bague de Marvolo Gaunt était posée sur le bureau, devant Dumbledore. Elle était fendue, l'épée de Gryffondor à côté d'elle.

Dumbledore fit une grimace.

— J'ai… été stupide. J'étais terriblement tenté…

— Tenté par quoi ?

Dumbledore ne répondit pas.

— C'est un miracle que vous ayez réussi à revenir ici !

Rogue paraissait furieux.

— Cette bague porte en elle un maléfice d'une extraordinaire puissance, tout ce que nous pouvons espérer, c'est d'en limiter les effets. Pour l'instant, j'ai enfermé le sortilège dans une seule main…

Dumbledore leva sa main noircie, devenue inutile, et l'examina avec l'expression de quelqu'un à qui on montre un intéressant bibelot.

— Vous avez très bien fait, Severus. Combien de temps me reste-t-il, à votre avis ?

Dumbledore parlait sur le ton de la conversation. Il aurait pu tout aussi bien demander les prévisions météorologiques. Rogue hésita, puis répondit :

– Je ne saurais le dire. Peut-être un an. On ne peut arrêter indéfiniment un tel sortilège. Il finira par se répandre, c'est le genre de maléfice qui se renforce avec le temps.

Dumbledore sourit. Apprendre qu'il lui restait moins d'un an à vivre ne semblait guère le préoccuper, et même pas du tout.

– J'ai de la chance, beaucoup de chance, de vous avoir, Severus.

– Si seulement vous m'aviez appelé un peu plus tôt, j'aurais pu faire davantage, vous gagner un peu plus de temps ! répliqua Rogue avec colère.

Il regarda la bague fendue et l'épée.

– Pensiez-vous que briser la bague briserait le maléfice ?

– Quelque chose comme ça… J'étais en plein délire, sans nul doute…, dit Dumbledore.

Au prix d'un gros effort, il se redressa dans son fauteuil.

– En fait, voilà qui rend les choses plus simples.

Rogue parut éminemment perplexe. Dumbledore sourit.

– Je veux parler du plan que Voldemort a échafaudé à mon intention. Son plan pour amener le malheureux Malefoy à me tuer.

Rogue s'assit dans le fauteuil que Harry avait si souvent occupé, face au bureau du directeur. Harry voyait bien qu'il aurait voulu en dire plus au sujet de la main blessée de Dumbledore mais, d'un geste de cette même main, celui-ci refusa poliment d'en parler plus longtemps. Le visage renfrogné, Rogue déclara :

– Le Seigneur des Ténèbres ne s'attend pas à ce que Drago réussisse. Il s'agit d'un simple châtiment destiné à punir les récents insuccès de Lucius. Une torture lente pour que ses parents voient Drago échouer et en payer le prix.

– En résumé, ce garçon est condamné à mort aussi sûrement que moi, dit Dumbledore. J'aurais tendance à croire que le successeur naturel pour accomplir ce travail, une fois que Drago aura échoué, sera vous-même ?

Il y eut un bref silence.

– Je pense que c'est le plan du Seigneur des Ténèbres.

– Lord Voldemort prévoit donc que, dans un avenir proche, il n'aura plus besoin d'espion à Poudlard ?

– Il estime en effet que l'école tombera bientôt sous sa coupe.

– Et si elle tombe sous sa coupe, reprit Dumbledore, presque en aparté, semblait-il, j'ai votre parole que vous ferez tout ce qui est en votre pouvoir pour protéger les élèves de Poudlard ?

Rogue acquiesça en hochant la tête avec raideur.

– Bien. Alors, voilà. Votre première priorité sera de découvrir ce que prépare Drago. Un adolescent apeuré est un danger pour les autres comme pour lui-même. Offrez-lui une aide et des conseils, il devrait accepter, il vous aime bien…

– … Beaucoup moins depuis que son père est en disgrâce. Drago m'en rend responsable, il pense que j'ai usurpé la position de Lucius.

– Essayez quand même. Je suis moins inquiet pour moi que pour les éventuelles victimes des stratagèmes auxquels ce garçon pourrait avoir recours. Bien entendu il n'y aura qu'une seule chose à faire, en définitive, si nous voulons le sauver de la colère de Lord Voldemort.

Rogue haussa les sourcils et demanda d'un ton railleur :

– Vous avez l'intention de le laisser vous tuer ?

– Certainement pas. C'est *vous* qui devrez me tuer.

Un long silence s'installa, brisé seulement par l'étrange claquement que produisait Fumseck le phénix en donnant des coups de bec dans un os de seiche.

– Vous voulez que je le fasse maintenant ? interrogea Rogue, d'un ton chargé d'ironie. Ou souhaitez-vous que je vous accorde quelques instants de répit pour composer une épitaphe ?

– Oh, nous ne sommes pas pressés, répondit Dumbledore en souriant. J'imagine que l'occasion se présentera le moment venu. Étant donné ce qui s'est passé ce soir – il montra sa main desséchée –, on peut être sûr que cela arrivera d'ici un an.

– Si mourir ne vous gêne pas, lança Rogue d'un ton rude, pourquoi ne pas laisser Drago se charger de vous tuer ?

– L'âme de ce garçon n'est pas encore trop abîmée, assura Dumbledore. Je ne voudrais pas qu'elle soit ravagée à cause de moi.

– Et mon âme à moi, Dumbledore ? La mienne ?

– Vous seul pouvez savoir si le fait d'aider un vieil homme à échapper à la douleur et à l'humiliation affectera votre âme, répondit-il. Je vous demande cette grande et unique faveur, Severus, car la mort vient à moi aussi sûrement que les Canons de Chudley arriveront derniers du championnat cette année. Je dois vous avouer que je préférerais une sortie rapide et indolore plutôt que longue et répugnante si, par exemple, Greyback s'en mêlait – j'ai entendu dire que Voldemort l'avait pris à son service ? Ou encore, si j'avais affaire à cette chère Bellatrix qui aime bien jouer avec la nourriture avant de la manger.

Il avait le ton léger mais ses yeux bleus transperçaient Rogue à la manière dont ils avaient si souvent transpercé

Harry, comme si l'âme dont il s'agissait lui était visible. Enfin, Rogue acquiesça à nouveau d'un bref signe de tête.

Dumbledore parut satisfait.

– Merci, Severus…

Le bureau disparut. À présent, Rogue et Dumbledore, côte à côte, se promenaient au crépuscule dans le parc désert du château.

– Qu'est-ce que vous faites avec Potter pendant toutes ces soirées où vous êtes enfermés tous les deux ? demanda brusquement Rogue.

Dumbledore eut un air las.

– Pourquoi ? Vous voudriez lui infliger *encore plus* de retenues, Severus ? Ce garçon aura bientôt passé plus de temps en retenue que dehors.

– On dirait que c'est son père qui est revenu…

– Dans son apparence physique, peut-être, mais sa nature profonde est plus proche de celle de sa mère. Je passe ces soirées avec Harry car je dois m'entretenir de certains sujets avec lui, lui donner des informations avant qu'il ne soit trop tard.

– Des informations, répéta Rogue. Vous avez confiance en lui… Vous n'avez pas confiance en moi.

– Ce n'est pas une question de confiance. Comme nous le savons tous les deux, le temps m'est compté. Il est essentiel que je fournisse à ce garçon suffisamment d'éléments pour qu'il puisse accomplir la tâche qui lui incombe.

– Et pourquoi ne puis-je prendre connaissance de ces mêmes éléments ?

– Je préfère ne pas mettre tous mes secrets dans le même panier, surtout dans un panier qui passe autant de temps accroché au bras de Lord Voldemort.

– Ce que je fais sur votre ordre !

– Et vous le faites très bien. Ne croyez pas que je sous-estime le danger permanent dans lequel vous vous placez, Severus. Transmettre à Voldemort des renseignements précieux tout en lui cachant l'essentiel est un travail que je ne confierais à personne d'autre que vous.

– Pourtant, vous révélez beaucoup plus de choses à un garçon incapable de pratiquer l'occlumancie, un garçon dont les capacités magiques sont médiocres et qui a une connexion directe avec l'esprit de Lord Voldemort !

– Voldemort redoute cette connexion, dit Dumbledore. Il n'y a pas si longtemps, il a eu un avant-goût de ce que pouvait signifier pour lui le fait de partager véritablement l'esprit de Harry. Jamais il n'avait connu une telle douleur et je suis sûr qu'il ne tentera plus de le posséder. Pas de cette manière, en tout cas.

– Je ne comprends pas.

– L'âme de Voldemort, mutilée comme elle l'est, ne peut supporter un contact étroit avec une âme comme celle de Harry. Telle la langue sur l'acier gelé, ou la chair dans le feu…

– L'âme ? Nous parlions d'esprit !

– Dans le cas de Harry et de Lord Voldemort, quand on parle de l'un, on parle aussi de l'autre.

Dumbledore jeta un regard autour de lui pour s'assurer qu'ils étaient seuls. Ils étaient proches de la Forêt interdite, à présent, mais il n'y avait apparemment personne dans les environs.

– Après m'avoir tué, Severus…

– Vous refusez de tout me dire, mais vous voulez quand même que je vous rende ce petit service ! gronda Rogue.

Son visage mince brûlait maintenant d'une réelle colère.

– Vous considérez beaucoup de choses comme acquises, Dumbledore ! Mais peut-être que j'ai changé d'avis !

– Vous m'avez donné votre parole, Severus. Et puisqu'il est question des services que vous me rendez, je croyais que nous nous étions mis d'accord pour que vous teniez à l'œil notre jeune ami de Serpentard !

Rogue paraissait furieux, révolté. Dumbledore soupira.

– Venez dans mon bureau ce soir, Severus, à onze heures, et vous ne pourrez plus vous plaindre en disant que je n'ai pas confiance en vous…

Ils étaient de retour dans le bureau de Dumbledore. Les fenêtres étaient sombres, Fumseck silencieux et Rogue était assis, immobile, tandis que Dumbledore parlait en faisant les cent pas autour de lui.

– Il faut que Harry continue d'ignorer jusqu'au dernier moment, jusqu'à ce qu'il lui soit nécessaire de savoir, sinon comment pourrait-il avoir la force d'accomplir ce qui doit être fait ?

– Et que doit-il accomplir ?

– Ça reste entre Harry et moi. Maintenant, écoutez-moi attentivement, Severus. Le moment va venir, après ma mort – ne discutez pas, ne m'interrompez pas ! Le moment va venir où Lord Voldemort semblera s'inquiéter pour la vie de son serpent.

– Nagini ?

Rogue parut stupéfait.

– Exactement. Si un jour, Voldemort cesse d'envoyer ce serpent exécuter ses ordres et le garde à l'abri auprès de lui, sous protection magique, alors je pense qu'on pourra sans risques tout révéler à Harry.

– Lui révéler quoi ?

Dumbledore respira profondément et ferma les yeux.

– Lui révéler que le soir où Voldemort a essayé de le tuer, lorsque Lily a dressé entre eux deux sa propre vie comme un bouclier, le sortilège de Mort a ricoché sur le Seigneur des Ténèbres et qu'un fragment de son âme lui a été arraché. Ce fragment s'est accroché à la seule âme vivante qui restait dans cette maison dévastée. Une partie de Lord Voldemort vit ainsi à l'intérieur de Harry. C'est cela qui lui donne le pouvoir de parler aux serpents et qui établit avec Lord Voldemort une connexion dont il n'a jamais compris la nature. Et tant que ce fragment d'âme, à l'insu de Voldemort, reste attaché à Harry et protégé par lui, Lord Voldemort ne peut mourir.

Harry avait l'impression de voir les deux hommes à l'autre bout d'un long tunnel, tant ils lui semblaient loin, leurs voix résonnant à ses oreilles comme un étrange écho.

– Alors, ce garçon… ce garçon doit mourir ? interrogea Rogue avec un certain calme.

– Et Voldemort devra le tuer de sa main, Severus. C'est essentiel.

À nouveau, un long silence s'installa. Puis Rogue reprit :

– J'ai cru… toutes ces années… que nous le protégions pour elle. Pour Lily.

– Nous l'avons protégé parce qu'il était fondamental d'assurer son enseignement, de l'élever, de lui permettre d'éprouver sa force, répondit Dumbledore, les paupières toujours étroitement fermées. Pendant ce temps, la connexion qui existait entre eux s'est développée, comme une excroissance parasitaire : parfois, j'ai pensé qu'il le soupçonnait lui-même. Si je le connais bien, il aura fait ce qu'il faudra pour que, le jour où il ira à la rencontre de sa propre mort, ce soit aussi la fin véritable de Voldemort.

Dumbledore rouvrit les yeux. Rogue paraissait horrifié.

– Vous l'avez maintenu en vie pour qu'il puisse mourir au bon moment ?

– Ne soyez pas choqué, Severus. Combien d'hommes et de femmes avez-vous vus mourir ?

– Récemment, seuls ceux que je n'ai pas pu sauver, dit Rogue. Il se leva.

– Vous vous êtes servi de moi.

– Que voulez-vous dire ?

– Que j'ai espionné pour vous, menti pour vous, que j'ai couru des dangers mortels pour vous. Tout cela devait assurer la sécurité du fils de Lily Potter. Et maintenant, vous m'annoncez que vous l'avez élevé comme un porc destiné à l'abattoir…

– Voilà qui est très émouvant, Severus, remarqua Dumbledore d'un ton sérieux. En êtes-vous venu à éprouver de l'affection pour ce garçon ?

– Pour lui ? s'écria Rogue. *Spero Patronum !*

De l'extrémité de sa baguette jaillit alors la biche argentée. Elle atterrit sur le sol, traversa la pièce d'un bond, et s'envola par la fenêtre. Dumbledore la regarda s'éloigner et lorsque sa lueur d'argent se fut évanouie, il se tourna à nouveau vers Rogue, les yeux pleins de larmes.

– Après tout ce temps ?

– Toujours, dit Rogue.

Une nouvelle scène se déroula sous les yeux de Harry. À présent, Rogue parlait au portrait de Dumbledore, derrière son bureau :

– Vous indiquerez à Voldemort la date exacte du départ

de Harry de la maison de son oncle et de sa tante, dit Dumbledore. Ne pas le faire éveillerait les soupçons, alors que Voldemort vous croit si bien informé. Il faudra cependant que vous suggériez l'idée des leurres – cela devrait, je pense, assurer la sécurité de Harry. Essayez un sortilège de Confusion sur Mondingus Fletcher. Et si vous êtes contraint de prendre part à la poursuite, Severus, veillez à jouer votre rôle de manière convaincante... Je compte sur vous pour rester dans les bonnes grâces de Voldemort le plus longtemps possible, sinon Poudlard sera à la merci des Carrow...

Maintenant, Rogue se trouvait face à face avec Mondingus dans une taverne que Harry ne connaissait pas. Le visage de Mondingus était étrangement dénué d'expression. Rogue se concentrait, les sourcils froncés.

– Vous allez proposer à l'Ordre du Phénix d'utiliser des leurres, dit Rogue à voix basse. Avec du Polynectar. Plusieurs Potter identiques. C'est la seule chose qui puisse marcher. Vous allez oublier que je vous ai fait cette suggestion. Vous la présenterez comme votre propre idée. C'est compris ?

– Compris..., murmura Mondingus, le regard vague.

Harry se retrouva ensuite sur un balai, en train de voler à côté de Rogue dans un ciel nocturne, sombre et sans nuages. Il était accompagné d'autres Mangemorts encapuchonnés et devant eux, il voyait Lupin avec un Harry qui était en fait George... Un Mangemort passa devant Rogue et leva sa baguette, pointée sur le dos de Lupin...

– *Sectumsempra !* s'écria Rogue.

Mais le sortilège qui visait la main dans laquelle le Mangemort tenait sa baguette rata sa cible et frappa George...

L'instant d'après, Rogue était à genoux dans l'ancienne chambre de Sirius. Des larmes coulaient au bout de son nez crochu tandis qu'il lisait la vieille lettre de Lily. La deuxième page ne comportait que quelques mots :

ait jamais pu être ami avec Gellert Grindelwald. Personnellement, je crois qu'elle a un peu perdu la tête !

    Avec toute mon affection,

Lily

Rogue prit la feuille qui portait la signature de Lily et toute son affection, et la fourra à l'intérieur de sa robe. Puis il déchira en deux la photo qu'il tenait également à la main et garda la partie sur laquelle Lily riait, après avoir jeté par terre, sous la commode, le morceau qui montrait James et Harry…

À présent, Rogue se trouvait à nouveau dans le bureau du directeur où Phineas Nigellus revenait précipitamment dans son tableau.

– Cher directeur ! Ils campent dans la forêt de Dean ! La Sang-de-Bourbe…

– N'utilisez pas ce terme !

– La fille Granger, si vous préférez, a prononcé le nom au moment où elle ouvrait son sac et je l'ai entendue !

– Bien. Très bien ! s'écria le portrait de Dumbledore, derrière le fauteuil directorial. Maintenant, Severus, l'épée ! N'oubliez pas que seules la nécessité et la bravoure permettent de s'en servir – et il ne doit pas savoir que c'est vous qui la lui avez donnée ! Si Voldemort parvenait à lire dans les pensées de Harry et voyait que vous agissez en sa faveur…

– Je sais, coupa sèchement Rogue.

Il s'approcha du portrait de Dumbledore et tira le côté du cadre. Le tableau pivota vers l'avant, révélant une cavité secrète d'où il retira l'épée de Gryffondor.

– Et vous ne voulez toujours pas me dire pourquoi il est si important de donner l'épée à Potter ? demanda Rogue qui s'enveloppait dans une cape de voyage.

– Non, je ne crois pas, répondit le portrait de Dumbledore. Il saura ce qu'il convient d'en faire. Et agissez avec prudence, Severus, il se pourrait qu'ils ne soient pas très contents de vous voir après la mésaventure de George Weasley…

Rogue se tourna vers la porte.

– Ne vous inquiétez pas, Dumbledore, dit-il avec froideur. J'ai un plan…

Et il quitta le bureau. Harry s'arracha à la Pensine et, quelques instants plus tard, se retrouva étendu sur le tapis qui recouvrait le sol, exactement dans la même pièce. C'était comme si Rogue venait de refermer la porte.

34
RETOUR DANS LA FORÊT

Enfin, la vérité. Allongé à plat ventre, le visage contre le tapis poussiéreux du bureau où il avait autrefois cru apprendre les secrets de la victoire, Harry avait finalement compris qu'il n'était pas censé survivre. Sa tâche consistait à marcher calmement vers les bras accueillants de la mort. Au long du chemin, il devait détruire les derniers liens qui rattachaient Voldemort à la vie. Ainsi, quand il finirait par se jeter en travers de sa route, sans même lever sa baguette pour se défendre, l'issue serait claire et nette, le travail qui aurait dû être accompli à Godric's Hollow serait terminé : ni l'un ni l'autre ne vivrait, ni l'un ni l'autre ne pourrait survivre.

Il sentit son cœur tambouriner furieusement dans sa poitrine. Il était étrange que, dans sa peur de la mort, il batte d'autant plus vite, le maintenant vaillamment en vie. Mais il allait devoir s'arrêter, et bientôt. Ses pulsations étaient comptées. Combien y en aurait-il encore pendant le temps qu'il mettrait à se relever, à traverser pour la dernière fois le château, à sortir dans le parc et à pénétrer dans la Forêt interdite ?

La terreur le submergea tandis qu'il demeurait étendu par terre, avec ce tambour funèbre qui battait en lui. Mourir était-il douloureux ? Toutes les fois où il avait cru que c'était la fin mais avait réussi à s'échapper, il n'avait jamais vraiment pensé à la chose elle-même. Sa volonté de vivre avait toujours été beaucoup plus forte que sa peur de la mort. Pourtant, en cet instant, il ne lui venait pas à l'idée d'essayer de s'échapper, de distancer Voldemort. C'était fini, il le savait, et il ne restait plus que le fait en soi : mourir.

Si seulement il avait pu mourir en cette nuit d'été où il avait quitté pour la dernière fois le 4, Privet Drive, cette nuit où sa noble baguette à la plume de phénix l'avait sauvé ! Si seulement il avait pu mourir comme Hedwige, avec une telle soudaineté qu'il ne s'en serait même pas rendu compte ! Ou s'il avait pu s'élancer devant une baguette magique pour sauver quelqu'un qu'il aimait... À présent, il enviait même la mort de ses parents. Cette marche de sang-froid vers sa propre destruction exigerait une autre forme de bravoure. Il sentit ses doigts trembler légèrement et s'efforça de les contrôler, bien qu'il n'y eût personne pour le voir. Tous les tableaux accrochés aux murs étaient vides.

Lentement, très lentement, il se redressa en position assise et se sentit alors plus vivant, plus conscient qu'il ne l'avait jamais été de la vie qui animait son propre corps. Pourquoi n'avait-il jamais su apprécier ce miracle que constituait son être, ce cerveau, ces nerfs, ce cœur qui bondissait dans sa poitrine ? Tout cela allait disparaître... Ou tout au moins, devrait-il l'abandonner. Son souffle était lent, profond, sa bouche et sa gorge complètement asséchées, ses yeux aussi.

La trahison de Dumbledore n'était presque rien. Il existait un plan plus vaste, bien sûr. Harry avait simplement été trop sot pour le voir, il s'en rendait compte à présent. Il n'avait jamais mis en question sa conviction que Dumbledore voulait qu'il reste vivant. Maintenant, il voyait que son espérance de vie avait toujours été déterminée par le temps qu'il mettrait à éliminer les Horcruxes. Dumbledore lui avait passé le relais en le chargeant de les détruire et, docilement, il avait continué à rogner les liens qui unissaient non seulement Voldemort mais lui-même à la vie ! Comme il était ingénieux, élégant, d'épargner des vies supplémentaires en confiant la tâche dangereuse au garçon qui était déjà destiné au sacrifice et dont la mort ne serait pas une calamité mais un nouveau coup porté à Voldemort.

Et Dumbledore avait su que Harry ne se défilerait pas, qu'il irait jusqu'à la fin, même si c'était sa fin à *lui*, car il avait pris la peine de chercher à le connaître, n'est-ce pas ? Dumbledore savait, comme le savait Voldemort, que Harry ne laisserait personne mourir à sa place après avoir découvert qu'il était en son pouvoir d'en finir. L'image de Fred, Lupin et Tonks allongés morts dans la Grande Salle s'imposa dans son esprit et pendant un moment, il put à peine respirer : la mort était impatiente...

Mais Dumbledore l'avait surestimé. Il avait échoué : le serpent était toujours vivant. Même après que Harry aurait été tué, il resterait un Horcruxe qui rattachait Voldemort à la terre. Il était vrai que cela faciliterait la tâche à quelqu'un d'autre. Il se demanda qui s'en chargerait... Ron et Hermione sauraient ce qu'il fallait faire, bien sûr... c'était sans doute pour cette raison que Dumbledore avait voulu qu'il partage ce secret avec eux... pour que, si jamais sa destinée s'accomplissait un peu trop tôt, ils puissent prendre la relève...

Il devait mourir : cette vérité irréfutable avait la réalité d'une surface dure contre laquelle ses pensées venaient s'écraser comme des gouttes de pluie contre les vitres d'une fenêtre. *Je dois mourir*. Il faut que cela finisse.

Ron et Hermione lui paraissaient distants, dans un pays lointain. Il avait l'impression de les avoir quittés depuis très longtemps. Il n'y aurait pas d'adieux, pas d'explications, il y était résolu. C'était un voyage qu'ils ne pouvaient accomplir ensemble et leurs tentatives pour essayer de l'arrêter lui feraient perdre un temps précieux. Il regarda la vieille montre en or bosselée qu'il avait reçue en cadeau pour son dix-septième anniversaire. La moitié de l'heure que lui avait accordée Voldemort pour se rendre était écoulée.

Il se leva. Son cœur bondissait contre ses côtes à la manière d'un oiseau pris de panique. Peut-être ce cœur lui-même savait-il qu'il ne lui restait plus beaucoup de temps, peut-être avait-il décidé, avant sa fin, de battre autant qu'il l'aurait fait pendant une vie tout entière. Harry ne regarda pas en arrière lorsqu'il referma la porte du bureau.

Le château était vide. En le parcourant seul, il avait l'impression d'être un fantôme, comme s'il était déjà mort. Les portraits étaient toujours absents de leurs cadres. Il régnait autour de lui une immobilité sinistre, inquiétante, comme si les derniers restes de vie s'étaient concentrés dans la Grande Salle, où se serreraient ceux qui pleuraient les morts.

Harry étendit sur lui la cape d'invisibilité et descendit les étages jusqu'à l'escalier de marbre qui menait dans le hall d'entrée. Une part infime de lui-même espérait peut-être qu'on s'apercevrait de sa présence, qu'on essaierait de l'arrêter, mais la cape, comme toujours, était impénétrable, parfaite, et il atteignit facilement la porte d'entrée.

Neville faillit se cogner contre lui. Aidé de quelqu'un d'autre, il ramenait un corps du parc. Harry baissa les yeux et reçut un nouveau coup au creux de l'estomac : Colin Crivey, bien que non encore majeur, avait dû revenir subrepticement, tout comme Malefoy, Crabbe et Goyle. Dans la mort, il paraissait minuscule.

– Tu sais, je peux m'en occuper tout seul, Neville, dit Olivier Dubois.

Il hissa Colin sur son épaule à la manière des pompiers et l'emporta dans la Grande Salle.

Neville s'adossa un moment contre le montant de la porte et s'essuya le front d'un revers de main. Il avait l'air d'un vieil homme. Puis il redescendit les marches de pierre pour aller chercher d'autres corps dans l'obscurité.

Harry jeta un coup d'œil derrière lui, vers l'entrée de la Grande Salle. Il voyait des gens passer, certains essayaient de se réconforter les uns les autres, d'autres buvaient, d'autres encore étaient agenouillés auprès des morts, mais il n'apercevait personne parmi ses amis les plus proches. Il n'y avait pas trace d'Hermione, de Ron, de Ginny, ni d'un autre Weasley, ni de Luna. Il aurait donné tout le temps qui lui restait pour pouvoir les regarder une dernière fois. Mais aurait-il eu alors la force de les quitter des yeux ? C'était sans doute mieux ainsi.

Il descendit les marches et s'enfonça dans l'obscurité. Il était près de quatre heures du matin et le parc, figé dans une immobilité mortelle, donnait l'impression de retenir son souffle en attendant de voir si Harry parviendrait à mener à bien ce qu'il devait accomplir.

Il s'approcha de Neville, penché sur un autre corps.

– Neville.

– Bon sang, Harry, j'ai failli avoir une attaque !

Harry avait ôté la cape d'invisibilité. L'idée lui était venue d'un coup, née du désir de s'assurer que tout irait jusqu'au bout.

– Où vas-tu tout seul ? lui demanda Neville d'un air soupçonneux.

– C'est une partie du plan, répondit Harry. Je dois faire quelque chose. Écoute… Neville…

– Harry !

Neville parut soudain effrayé.

– Harry, tu ne songes pas à te rendre ?

– Non, répondit-il, sans éprouver de difficulté à mentir. Bien sûr que non… il s'agit d'autre chose. Mais je vais peut-être disparaître pendant un moment. Tu connais le serpent de Voldemort, Neville ? Il a un énorme serpent… il s'appelle Nagini…

– J'en ai entendu parler, oui… Et alors ?

– Il faut le tuer. Ron et Hermione le savent, mais simplement au cas où ils…

Pendant un moment, l'horreur de cette hypothèse le suffoqua, l'empêcha de parler. Mais il se reprit : c'était crucial, il fallait faire comme Dumbledore, garder la tête froide, s'assurer que d'autres viendraient en renfort, poursuivraient la tâche. Dumbledore était mort en sachant que trois autres personnes connaissaient l'existence des Horcruxes. À présent, Neville prendrait la place de Harry : ainsi, ils seraient toujours trois à connaître le secret.

– Au cas où ils seraient… occupés… et que toi, tu en aies l'occasion…

– Tuer le serpent ?

– Tuer le serpent, répéta Harry.

– D'accord, Harry. Ça va, tu te sens bien ?

– Ça va très bien, merci, Neville.

Mais lorsque Harry voulut s'éloigner, Neville lui saisit le poignet.

– On va tous continuer à se battre, Harry. Tu le sais ?

– Oui, je...

L'émotion étouffa dans sa gorge la fin de sa phrase, il ne put continuer. Neville ne sembla pas s'en étonner. Il tapota l'épaule de Harry, le relâcha, et s'en alla chercher d'autres corps.

Harry étendit à nouveau sur lui la cape d'invisibilité et poursuivit son chemin. Un peu plus loin, quelqu'un d'autre se penchait sur une silhouette allongée sur le ventre. Il n'était qu'à quelques mètres lorsqu'il reconnut Ginny.

Il s'immobilisa. Elle était accroupie auprès d'une fille qui murmurait en appelant sa mère.

– Ne t'inquiète pas, disait Ginny. Ça va aller. Nous allons te ramener à l'intérieur.

– Mais je veux rentrer *à la maison*, répondit la fille. Je ne veux plus me battre.

– Je sais, reprit Ginny d'une voix qui se brisa. Tout ira bien.

Harry sentit comme une onde glacée à la surface de sa peau. Il aurait voulu hurler dans la nuit, il aurait voulu que Ginny sache qu'il était là, qu'elle sache où il allait. Il aurait voulu qu'on l'empêche de continuer, qu'on le ramène en arrière, qu'on le renvoie chez lui...

Mais il *était* chez lui. Poudlard était le premier foyer qu'il ait connu, le plus accueillant. Lui, Voldemort et Rogue, les garçons abandonnés, avaient tous trouvé un foyer ici...

Ginny, agenouillée à présent auprès de la fille blessée, lui tenait la main. Au prix d'un effort considérable, Harry se força à reprendre sa marche. Il crut voir Ginny jeter un coup d'œil au moment où il passa près d'elle et se demanda si elle avait senti la présence de quelqu'un à proximité, mais elle ne dit rien, et il ne regarda pas en arrière.

La cabane de Hagrid se dessina dans l'obscurité. Il n'y avait aucune lumière, Crockdur ne grattait pas à la porte, on n'entendait pas ses aboiements résonner en signe de bienvenue. Toutes ces visites qu'ils avaient faites à Hagrid… tous ces souvenirs… le reflet de la bouilloire de cuivre sur le feu, les gâteaux durs comme le roc, les asticots géants, son gros visage barbu, Ron vomissant des limaces, Hermione l'aidant à sauver Norbert…

Il poursuivit son chemin, puis s'arrêta lorsqu'il eut atteint la lisière de la forêt.

Un essaim de Détraqueurs glissait parmi les arbres. Harry sentait le froid qu'ils répandaient alentour et n'était pas sûr de pouvoir passer parmi eux sans dommages. Il n'avait plus assez de forces pour produire un Patronus. Il ne parvenait pas à contrôler ses tremblements. Mourir n'était, finalement, pas si facile. Chacune de ses respirations, l'odeur de l'herbe, la fraîcheur de l'air sur son visage, lui étaient infiniment précieuses : penser que la plupart des gens avaient des années et des années devant eux, du temps à perdre, un temps si abondant qu'il traînait en longueur, alors que lui se raccrochait à chaque seconde. Il pensait qu'il lui serait impossible de continuer tout en sachant qu'il le devait. Le long match était terminé, il avait attrapé le Vif d'or, le moment était venu d'atterrir…

Le Vif d'or. Ses doigts sans force fouillèrent un moment dans la bourse qu'il portait au cou et il l'en sortit.

« Je m'ouvre au terme. »

La respiration rapide, saccadée, il le contempla. Maintenant qu'il aurait voulu voir le temps passer le plus lentement possible, il paraissait au contraire s'accélérer, et sa compréhension des choses était si rapide qu'elle semblait avoir contourné sa pensée. Le terme était là. Le moment était venu.

Il pressa le métal doré contre ses lèvres et murmura :

– Je suis sur le point de mourir.

La coquille métallique s'ouvrit alors. D'un geste de sa main tremblante, il leva la baguette sous la cape et murmura :

– *Lumos*.

La pierre noire craquelée par le milieu en une ligne brisée reposait dans les deux moitiés du Vif d'or. La Pierre de Résurrection s'était fendue le long de la ligne verticale qui représentait la Baguette de Sureau. Le triangle et le cercle symbolisant la cape et la pierre elle-même étaient toujours visibles.

À nouveau, Harry comprit sans avoir à réfléchir. Il n'avait plus besoin de les faire revenir puisqu'il s'apprêtait à les rejoindre. Il n'allait pas vraiment les chercher, c'étaient eux qui venaient le chercher.

Il ferma les yeux et tourna trois fois la pierre dans sa main.

Il sut que quelque chose se passait lorsqu'il entendit autour de lui de légers mouvements, comme des corps frêles posant le pied sur le sol de terre, recouvert de brindilles, qui marquait la lisière de la forêt. Il ouvrit les yeux et regarda.

Ce n'étaient ni des fantômes, ni véritablement des êtres de chair. Ils ressemblaient plutôt au Jedusor qui s'était échappé du journal intime, il y avait si longtemps maintenant. Il s'agissait alors d'un souvenir qui s'était presque matérialisé. Moins consistants que des corps vivants, mais plus que des spectres, ils s'avançaient vers lui et sur chaque visage il voyait le même sourire d'amour.

James avait exactement la même taille que Harry. Il portait les vêtements dans lesquels il était mort. Ses cheveux étaient mal peignés, ébouriffés, et ses lunettes un peu de travers, comme celles de Mr Weasley.

Sirius était grand, beau, et paraissait beaucoup plus jeune que Harry ne l'avait jamais vu dans la réalité. Il marchait à grands pas, avec une grâce décontractée, les mains dans les poches, un sourire aux lèvres.

Lupin aussi était plus jeune, l'aspect moins miteux, les cheveux plus épais, d'une couleur plus foncée. Il semblait heureux de revenir dans ce lieu familier qui avait été le décor de tant de vagabondages adolescents.

C'était Lily qui avait le plus large sourire. Elle rejeta ses longs cheveux en arrière lorsqu'elle s'approcha de lui et ses yeux verts, si semblables à ceux de Harry, scrutèrent son visage avec avidité comme si elle ne pourrait jamais le contempler suffisamment.

– Tu as été si courageux.

Il lui fut impossible de parler. Il la dévorait des yeux en pensant qu'il aurait voulu rester là à la regarder à tout jamais, que cela lui aurait suffi.

– Tu y es presque, dit James. Tout près. Nous sommes… si fiers de toi.

– Est-ce que ça fait mal ?

La question puérile s'était échappée des lèvres de Harry avant qu'il ait pu la retenir.

– Mourir ? Pas du tout, répondit Sirius. C'est plus rapide et plus facile que de tomber endormi.

– Et il voudra aller vite. Il a hâte d'en finir, assura Lupin.

– Je ne voulais pas que vous mouriez, dit Harry.

Il avait prononcé ces paroles malgré lui.

– Ni aucun d'entre vous. Je suis désolé...

Il s'adressa à Lupin plus qu'aux autres, l'air suppliant.

– Juste après avoir eu un fils... Remus, je suis vraiment désolé...

– Moi aussi, dit Lupin. Je suis désolé de ne pas pouvoir le connaître... mais il saura pourquoi je suis mort et j'espère qu'il comprendra. J'essayais de construire un monde dans lequel il puisse avoir une vie plus heureuse.

Une brise fraîche qui semblait émaner du cœur de la forêt souleva les cheveux de Harry sur son front. Il savait qu'ils ne lui diraient pas d'y aller, que c'était à lui de prendre la décision.

– Vous resterez avec moi ?

– Jusqu'à la toute fin, dit James.

– Ils ne pourront pas vous voir ? demanda Harry.

– Nous faisons partie de toi, répondit Sirius. Nous sommes invisibles pour les autres.

Harry regarda sa mère.

– Reste près de moi, dit-il à voix basse.

Et il se mit en chemin. Le froid des Détraqueurs ne parvint pas à le submerger. Il le traversa avec ses compagnons qui agissaient comme des Patronus et ensemble, ils s'avancèrent parmi les vieux arbres dont les troncs avaient poussé les uns contre les autres, leurs branches emmêlées, leurs racines noueuses, tordues sous leurs pas. Dans l'obscurité, Harry serrait étroitement la cape d'invisibilité contre lui, s'enfonçant de plus en plus dans la forêt, sans savoir exactement où était Voldemort, mais certain qu'il le trouverait. À côté de lui, presque sans bruit, marchaient James, Sirius, Lupin et Lily. C'était leur présence qui constituait son courage, c'était grâce à eux qu'il parvenait à mettre un pied devant l'autre.

Son corps et son esprit semblaient étrangement déconnectés, à présent, ses membres remuant sans qu'il ait à les commander consciemment, comme s'il était le passager, et non le conducteur, du corps qu'il s'apprêtait à quitter. Les morts qui marchaient à côté de lui à travers la forêt étaient maintenant beaucoup plus réels à ses yeux que les vivants restés au château. C'étaient Ron, Hermione, Ginny et tous les autres qui semblaient des fantômes tandis que, trébuchant, glissant par endroits, il s'avançait vers le terme de sa vie, vers Voldemort...

Il entendit un bruit sourd, puis un murmure. Quelqu'un avait bougé à proximité. Harry, enveloppé de sa cape, s'immobilisa, observant les environs, l'oreille tendue. Sa mère, son père, Lupin et Sirius s'arrêtèrent également.

– Il y a quelqu'un, là-bas, chuchota d'un ton brusque une voix proche. Il a une cape d'invisibilité. Est-ce que ça pourrait...

Deux silhouettes sortirent de derrière un arbre. Leurs baguettes s'allumèrent et Harry vit Yaxley et Dolohov scruter l'obscurité, à l'endroit précis où se trouvaient Harry, sa mère, son père, Sirius et Lupin. Apparemment, ils ne voyaient rien.

– Je suis sûr d'avoir entendu quelque chose, affirma Yaxley. Tu crois que c'était un animal ?

– Ce fou furieux de Hagrid gardait tout un tas de bestioles, ici, dit Dolohov en lançant un regard par-dessus son épaule.

Yaxley consulta sa montre.

– Le délai est presque écoulé. Potter avait une heure pour se montrer. Il n'est pas venu.

– Pourtant, il était certain qu'il viendrait ! Il ne va pas être content.

– Il vaut mieux y retourner, dit Yaxley. Pour voir quel va être le nouveau plan, maintenant.

Dolohov et lui tournèrent les talons et s'éloignèrent dans la forêt. Harry les suivit, sachant qu'ils le mèneraient là où il voulait aller. Il jeta un coup d'œil de côté et vit sa mère lui sourire et son père l'encourager d'un signe de tête.

Ils avaient marché quelques minutes à peine lorsque Harry vit une lumière un peu plus loin. Yaxley et Dolohov s'avancèrent dans une clairière que Harry connaissait. C'était là qu'avait vécu le monstrueux Aragog. Les restes de sa vaste toile d'araignée étaient toujours là, mais les nombreux descendants qu'il avait engendrés avaient été envoyés au combat par les Mangemorts, pour soutenir leur cause.

Au milieu de la clairière brûlait un feu dont la lueur vacillante éclairait une foule de Mangemorts attentifs et totalement silencieux. Certains étaient encore masqués et encapuchonnés, d'autres montraient leur visage. Deux géants étaient assis à l'extérieur du groupe, projetant sur la scène des ombres massives, les traits cruels, grossièrement taillés, comme un morceau de roc. Harry reconnut Fenrir, rôdant furtivement, rongeant ses ongles longs. Rowle, grand et blond, tamponnait sa lèvre ensanglantée. Il vit Lucius Malefoy, qui semblait accablé, terrifié, et Narcissa dont les yeux caves exprimaient une profonde appréhension.

Tous les regards étaient fixés sur Voldemort qui se tenait face à Harry, la tête inclinée, ses mains blanches serrant devant lui la Baguette de Sureau. On aurait pu croire qu'il priait, ou qu'il comptait mentalement. Harry, immobile au bord de la clairière, eut l'impression absurde de voir un enfant qui comptait jusqu'à cent en jouant à cache-cache. Derrière la tête de Voldemort, continuant d'onduler, de se tortiller, Nagini, le grand serpent, flottait dans sa cage ensorcelée, parsemée d'étoiles, tel un halo monstrueux.

Lorsque Dolohov et Yaxley rejoignirent le cercle, Voldemort releva la tête.

– Aucun signe de lui, Maître, dit Dolohov.

L'expression de Voldemort ne changea pas. Les yeux rouges semblaient brûler à la lumière du feu. Lentement, il leva la Baguette de Sureau entre ses longs doigts.

– Maître…

C'était Bellatrix qui avait parlé. Assise plus près de Voldemort que les autres, elle avait les cheveux en bataille et du sang sur le visage mais paraissait indemne par ailleurs.

Voldemort la fit taire d'un geste de la main et elle resta silencieuse, le regardant avec une révérence fascinée.

– Je pensais qu'il viendrait, dit Voldemort de sa voix claire et aiguë, les yeux fixés sur les flammes qui dansaient devant lui. Je m'attendais à ce qu'il se montre.

Personne ne parla. Tous semblaient aussi effrayés que Harry dont le cœur se jetait à présent contre ses côtes comme s'il avait décidé de quitter son corps avant que lui-même ne l'abandonne. Harry avait les mains moites lorsqu'il retira la cape d'invisibilité et la glissa sous sa robe, avec sa baguette magique. Il ne voulait pas avoir la tentation de combattre.

– Il semble que je me sois… trompé, dit Voldemort.

– Non, vous ne vous êtes pas trompé.

Harry avait parlé d'une voix aussi sonore que possible, avec toute la force dont il était capable. Il ne voulait pas laisser penser qu'il avait peur. La Pierre de Résurrection glissa de ses doigts engourdis et du coin de l'œil, il vit ses parents, Sirius et Lupin disparaître quand il s'avança vers le feu. À cet instant, plus personne ne comptait pour lui en dehors de Voldemort. Ils n'étaient plus que tous les deux.

Cette illusion s'envola aussi vite qu'elle était née. Les géants rugirent, les Mangemorts se levèrent tous ensemble, et des cris, des exclamations de surprise, des éclats de rire, même, montèrent de la foule. Voldemort s'était figé sur place, mais ses yeux rouges s'étaient posés sur Harry et le regardaient fixement pendant qu'il marchait vers lui. Il n'y avait plus entre eux que le feu qui brûlait.

Soudain une voix hurla…

– HARRY ! NON !

Il se retourna. Hagrid, les membres ligotés, était attaché à un arbre proche. Il se débattait désespérément, son corps massif secouant les branches au-dessus de sa tête.

– NON ! NON ! HARRY, QU'EST-CE QUE TU…

– SILENCE ! s'écria Rowle en faisant taire Hagrid d'un coup de baguette magique.

Bellatrix, qui s'était levée d'un bond, les yeux avides, la poitrine haletante, regarda Voldemort puis Harry. Seuls bougeaient les flammes et le serpent dont les anneaux s'enroulaient et se déroulaient inlassablement dans la cage scintillante suspendue en l'air, derrière la tête de Voldemort.

Harry sentait sa baguette contre lui, mais il n'essaya pas de la sortir. Il savait que le serpent était trop bien protégé, il savait que s'il parvenait à la pointer sur Nagini, cinquante maléfices le frapperaient avant qu'il n'ait pu tenter quoi que ce soit. Voldemort et Harry continuaient de s'observer. À présent, Voldemort penchait un peu la tête de côté, contemplant le garçon qui se tenait devant lui, et un sourire singulièrement dépourvu de joie retroussa sa bouche sans lèvres.

– Harry Potter, dit-il très doucement.

Sa voix aurait pu se confondre avec le crépitement du feu.

– Le Survivant.

Les Mangemorts ne bougeaient pas. Ils attendaient. Tout attendait autour d'eux. Hagrid se débattait et Bellatrix haletait. Inexplicablement, Harry songea à Ginny, à son regard flamboyant, à la sensation de ses lèvres contre les siennes…

Voldemort avait levé sa baguette, la tête toujours penchée de côté, comme un enfant en proie à la curiosité, se demandant ce qui arriverait s'il poussait les choses plus loin. Harry soutenait le regard des yeux rouges. Il voulait que tout se passe vite, pendant qu'il pouvait encore tenir debout, avant qu'il ne perde le contrôle de lui-même, avant qu'il ne trahisse sa peur…

Il vit alors la bouche remuer, puis il y eut un éclair de lumière verte et tout disparut.

35
KING'S CROSS

Il était étendu face contre terre, écoutant le silence, totalement seul. Personne ne le regardait. Personne d'autre n'était présent. Il n'était même pas sûr d'être présent lui-même.

Longtemps après, ou peut-être tout de suite après, l'idée lui vint qu'il devait toujours exister, qu'il n'était pas une simple pensée désincarnée. Il était en effet allongé, véritablement allongé, sur une surface dure. Il avait donc conservé le sens du toucher et la matière sur laquelle il était étendu existait également.

Au moment où il parvenait à cette conclusion, Harry prit conscience qu'il était nu. Convaincu d'être seul, il n'en éprouvait aucune gêne, mais il était légèrement intrigué. Puisqu'il pouvait toucher, il se demanda s'il était aussi capable de voir. Il lui suffit de les ouvrir pour se rendre compte qu'il avait toujours des yeux.

Il était couché dans une brume claire, brillante, une brume telle qu'il n'en avait jamais connue. Ce n'était pas comme un nuage vaporeux qui aurait masqué les alentours, c'était plutôt que les alentours ne s'étaient pas encore formés au sein de ce nuage. Le sol sur lequel il était allongé paraissait blanc, ni chaud ni froid. Il était là, tout simplement, plat, sans aucun trait caractéristique, rien de plus qu'un support.

Il se redressa en position assise. Son corps ne semblait porter aucune blessure. Il passa ses doigts sur son visage. Ses lunettes avaient disparu.

Un bruit lui parvint alors à travers le néant informe qui l'entourait. De petits coups sourds produits par une créature qui trépignait, gigotait, se débattait. C'était un bruit pitoyable, mais aussi quelque peu indécent. Il eut l'impression désagréable d'être indiscret, d'écouter quelque chose de furtif, de honteux.

Pour la première fois depuis qu'il était là, il aurait souhaité avoir des vêtements.

À peine avait-il formulé ce vœu dans sa tête qu'une robe de sorcier apparut tout près de lui. Il la prit et l'enfila. Elle était douce, propre, chaude. Il trouvait extraordinaire la façon dont elle avait surgi, simplement comme ça, dès l'instant où il l'avait voulu…

Il se leva et regarda autour de lui. Se trouvait-il dans une sorte de grande Salle sur Demande ? Plus il regardait, plus il y avait de choses à voir. Un immense toit de verre en forme de dôme étincelait au soleil, loin au-dessus de sa tête. Peut-être s'agissait-il d'un palais. Tout était immobile et silencieux, en dehors de ces étranges coups sourds, accompagnés de gémissements, qui venaient de quelque part dans la brume, non loin de lui…

Harry tourna lentement sur place et le décor environnant sembla se créer de lui-même. Un vaste espace ouvert, propre et brillant, une salle plus grande, de très loin, que la Grande Salle, sous ce dôme de verre lumineux. L'endroit était vide. Il était la seule personne présente, en dehors de…

Il eut un mouvement de recul. Il venait de voir la chose qui produisait tous ces bruits. Elle avait la forme d'un petit enfant nu, recroquevillé par terre, la peau à vif, rêche, comme écorchée, et reposait, frissonnante, sous le siège où on l'avait laissée, rejetée, cachée à la vue, luttant pour respirer.

Harry en avait peur. Même si la créature était fragile, toute petite, blessée, il ne voulait pas s'en approcher. Il s'avança cependant un peu plus, prêt à bondir en arrière à tout moment. Bientôt, il en fut suffisamment proche pour la toucher, mais ne put se résoudre à le faire. Il se sentit lâche. Il aurait dû essayer de la réconforter, mais il éprouvait de la répulsion.

– Tu ne peux pas l'aider.

Il pivota sur ses talons. Albus Dumbledore marchait vers lui, droit et fringant, vêtu d'une longue robe bleu nuit.

– Harry.

Il ouvrit largement les bras et ses mains étaient toutes deux blanches et intactes.

– Tu es décidément un garçon merveilleux ! Un homme courageux, très courageux ! Viens avec moi.

Abasourdi, Harry suivit Dumbledore qui s'éloigna d'une démarche nonchalante de l'endroit où l'enfant écorché gémissait par terre, et le conduisit vers deux fauteuils que Harry n'avait pas remarqués auparavant, installés un peu plus loin sous le haut plafond étincelant. Dumbledore s'assit dans l'un des fauteuils et Harry se laissa tomber dans l'autre, observant le visage de son ancien directeur d'école. Les cheveux et la barbe, longs et argentés, les yeux bleus au regard perçant derrière des lunettes en demi-lune, le nez crochu, tout était tel qu'il se le rappelait. Et pourtant…

– Mais vous êtes mort, dit Harry.

– Oh oui, répondit Dumbledore d'un ton neutre.

– Alors… Moi aussi, je suis mort ?

– Ah, s'exclama Dumbledore, qui souriait encore plus largement. Telle est la question, n'est-ce pas ? Dans l'ensemble, mon cher Harry, je crois que non.

Ils se regardèrent. Le vieil homme rayonnait.

– Non ? répéta Harry.

– Non, confirma Dumbledore.

– Mais…

Harry leva instinctivement la main vers la cicatrice en forme d'éclair. Elle semblait ne plus être là.

– Mais j'aurais dû mourir… Je ne me suis pas défendu ! Je voulais le laisser me tuer !

– Et c'est cela qui, à mon avis, a fait toute la différence, déclara Dumbledore.

Une impression de bonheur paraissait émaner de lui, comme une lumière, comme un feu. Harry ne l'avait jamais vu aussi pleinement, aussi manifestement, satisfait.

– Expliquez-moi, demanda Harry.

– Mais tu sais déjà, répondit Dumbledore.

Il se tournait les pouces d'un air joyeux.

– Je l'ai laissé me tuer, reprit Harry. N'est-ce pas ?

– En effet, dit Dumbledore, approuvant d'un signe de tête. Continue !

– Donc, la partie de son âme qui était en moi…

Dumbledore hocha la tête avec encore plus d'enthousiasme, son large sourire encourageant Harry à poursuivre.

– … elle n'est plus là ?

– Oh non, assura Dumbledore. Il l'a détruite. Ton âme a retrouvé son intégrité et t'appartient entièrement, Harry.

– Mais alors…

Harry jeta un coup d'œil par-dessus son épaule, vers l'endroit où la petite créature mutilée tremblait sous une chaise.

– Qu'est-ce que c'est que ça, professeur ?

– Quelque chose que nous ne pouvons aider ni l'un ni l'autre, répondit Dumbledore.

– Mais si Voldemort a utilisé le sortilège d'*Avada Kedavra*, reprit Harry, et que, cette fois, personne n'a succombé à ma place… comment puis-je être encore vivant ?

– Je crois que tu le sais, répliqua Dumbledore. Repense au passé. Souviens-toi de ce qu'il a fait dans son ignorance, sa cupidité, sa cruauté.

Harry réfléchit. Il laissa son regard errer sur le décor qui l'entourait. Si l'endroit où ils se trouvaient était véritablement un palais, il était bien étrange, avec ses sièges alignés en petites rangées et ses morceaux de balustrades dispersés ici ou là. Il n'y avait toujours personne d'autre en dehors de Dumbledore, de lui et de la petite créature chétive qui s'agitait sous la chaise. La réponse, alors, lui vint facilement aux lèvres, sans effort.

– Il a pris mon sang, dit Harry.

– Exactement ! s'exclama Dumbledore. Il a pris ton sang et s'en est servi pour se reconstruire un corps vivant ! Ton sang circule dans ses veines, Harry. La protection de Lily se trouve en vous deux. Il te rattache à la vie tant que lui-même est vivant !

– Je reste en vie… tant que lui-même est vivant ? Mais je croyais… Je croyais que c'était dans l'autre sens ! Je croyais que nous devions mourir tous les deux ? Ou alors est-ce la même chose ?

Il fut distrait par la créature torturée qui gémissait et gigotait derrière eux et la regarda à nouveau.

– Vous êtes sûr qu'on ne peut rien faire ?

– Aucune aide n'est possible.

– Alors, expliquez-moi… davantage, dit Harry.

Dumbledore sourit.

– Tu étais le septième Horcruxe, Harry, l'Horcruxe qu'il n'avait pas eu l'intention de créer. Il avait rendu son âme si instable qu'elle s'est brisée quand il a commis ces actes d'une malfaisance indescriptible, le meurtre de tes parents, la tentative d'assassinat sur un enfant. Mais ce qui restait de lui lorsqu'il s'est échappé de cette pièce ce soir-là était encore plus diminué qu'il ne le croyait. Il a laissé derrière lui plus que son corps. Il a aussi laissé une partie de lui-même accrochée à toi, la victime désignée qui avait survécu.

« Sa connaissance de la réalité, cependant, est demeurée tristement incomplète, Harry ! Lorsque quelque chose paraît sans valeur à Voldemort, il ne prend pas la peine de s'y intéresser. Voldemort ne sait rien des elfes de maison, des contes pour enfants, de l'amour, de la loyauté, de l'innocence et il n'y comprend rien. *Rien*. Le fait qu'ils puissent posséder un pouvoir qui dépasse le sien, un pouvoir hors de la portée de toute magie, est une vérité qu'il n'a jamais saisie.

« Il a pris ton sang en croyant que cela le renforcerait. Il a fait entrer dans son corps une minuscule part de l'enchantement que ta mère a placé en toi lorsqu'elle est morte pour te sauver. Son corps garde vivant ce sacrifice et tant que l'enchantement continue d'exister, toi aussi tu continueras à vivre, et un dernier espoir de survie demeurera en Voldemort.

Dumbledore sourit à Harry qui le regardait fixement.

– Et vous le saviez ? Vous l'avez su… depuis le début ?

– Je l'ai deviné. Mais généralement, je devine bien, répondit Dumbledore d'un ton joyeux.

Ils restèrent assis en silence pendant un temps qui parut très long, tandis que derrière eux, la créature continuait de gémir et de trembler.

– Il y a autre chose, dit enfin Harry. Autre chose que je voudrais savoir. Pourquoi ma baguette a-t-elle brisé celle qu'il avait empruntée ?

– Sur ce point, je n'ai pas de certitude.

– Devinez, dans ce cas, suggéra Harry.

Dumbledore éclata de rire.

– Ce que tu dois comprendre, Harry, c'est que toi et Lord Voldemort, vous avez voyagé dans des royaumes de la magie jusqu'alors inconnus, dont personne n'avait jamais eu l'expérience. Mais voici, d'après moi, ce qui s'est passé. C'est sans précédent et à mon avis, aucun fabricant de baguettes ne pouvait le prévoir ou l'expliquer à Lord Voldemort.

« Sans le vouloir, comme tu le sais maintenant, Lord Voldemort a doublé le lien entre vous deux quand il a repris une forme humaine. Une partie de son âme était toujours attachée à la tienne et, pensant qu'il allait se renforcer, il a introduit en lui une parcelle du sacrifice de ta mère. S'il avait pu comprendre exactement la terrible puissance de ce sacrifice, peut-être n'aurait-il pas osé toucher à ton sang… Mais s'il avait été capable de comprendre, il ne serait pas Lord Voldemort, et n'aurait peut-être jamais assassiné personne.

« Après avoir établi cette double connexion, après avoir lié vos destinées plus étroitement que ne l'ont jamais fait deux sorciers dans l'histoire, Voldemort t'a attaqué à l'aide d'une baguette qui partageait avec la tienne un cœur commun. Or, comme nous le savons, il s'est produit une chose très étrange. Les deux cœurs ont réagi d'une manière que Lord Voldemort, qui ne savait pas que ta baguette était une jumelle de la sienne, n'aurait jamais pu prévoir.

« Cette nuit-là, Harry, il était plus effrayé que toi. Tu avais accepté, et même assimilé l'éventualité de la mort, quelque chose que Lord Voldemort n'avait jamais été capable de faire. Ton courage l'a emporté, ta baguette a vaincu la sienne. Et ainsi, un phénomène s'est produit entre les deux baguettes magiques, un phénomène qui était un écho de la relation unissant leurs maîtres.

« Je crois que cette nuit-là, ta baguette a absorbé une partie du pouvoir et des qualités de celle de Voldemort, ce qui signifie qu'elle contenait un peu de Voldemort lui-même. Aussi l'a-t-elle reconnu lorsqu'il te poursuivait, elle a reconnu un homme qui était à la fois un proche et un ennemi mortel, et elle a régurgité contre lui un peu de sa propre magie, une magie beaucoup plus puissante que tout ce qu'avait pu accomplir la baguette de Lucius. Ta baguette renfermait désormais la force de ton immense courage et des capacités meurtrières de Voldemort. Quelle chance pouvait-il alors rester au malheureux bâton de Lucius Malefoy ?

– Mais si ma baguette avait une telle puissance, comment se fait-il qu'Hermione ait été capable de la briser ? interrogea Harry.

– Ses remarquables propriétés, mon cher Harry, étaient dirigées uniquement contre Voldemort qui avait essayé de manipuler d'une manière tellement inconsidérée les lois les plus fondamentales de la magie. C'était seulement contre lui que cette baguette était si anormalement puissante. Pour le reste, il s'agissait d'une baguette comme les autres… sûrement excellente, je n'en doute pas, acheva Dumbledore d'un ton aimable.

Harry resta songeur un long moment, à moins que ce ne fût simplement quelques secondes. Il était difficile, dans cet endroit, d'avoir une idée précise du temps.

– Il m'a tué avec votre baguette.

– Il a essayé *sans succès* de te tuer avec ma baguette, rectifia Dumbledore. Je pense que nous pouvons nous mettre d'accord sur le fait que tu n'es pas mort. Bien sûr, ajouta-t-il par peur de paraître discourtois, je ne veux pas minimiser tes souffrances dont je suis certain qu'elles ont été éprouvantes.

– Pour le moment, je me sens en pleine forme, assura Harry en regardant ses mains propres, sans taches. Où sommes-nous, exactement ?

– C'est ce que je m'apprêtais à te demander, répondit Dumbledore en regardant autour de lui. À ton avis, quel est cet endroit ?

Jusqu'à ce que Dumbledore ait posé la question, Harry ne le savait pas. Mais maintenant, il s'apercevait qu'il avait une réponse à donner.

– On dirait, murmura-t-il avec lenteur, la gare de King's Cross, mais vide et beaucoup plus propre, et aussi sans trains d'après ce que je vois.

– La gare de King's Cross !

Dumbledore riait de bon cœur.

– Mon Dieu, tu crois vraiment ?

– Et vous, où pensez-vous que nous sommes ? demanda Harry, un peu sur la défensive.

– Mon cher Harry, je n'en sais rien du tout. Comme on dit, c'est *ta* fête.

Harry n'avait aucune idée de ce que cela signifiait. Dumbledore était exaspérant. Il lui lança un regard sombre puis se souvint d'une autre question beaucoup plus urgente que le fait de savoir où ils se trouvaient.

– Les Reliques de la Mort, lança-t-il.

Il fut content de voir que ces mots effaçaient le sourire de Dumbledore.

– Ah oui, répondit celui-ci.

Il avait même l'air un peu inquiet.

– Alors ?

Pour la première fois depuis que Harry s'était retrouvé devant lui, Dumbledore n'avait plus l'air d'un vieil homme, plus du tout. Pendant un instant, on aurait dit un petit garçon pris en faute.

– Pourras-tu jamais me pardonner ? demanda-t-il. Pourras-tu me pardonner de n'avoir pas eu confiance en toi ? De ne pas t'avoir mis au courant ? Harry, j'avais simplement peur que tu échoues comme moi-même j'avais échoué. J'avais peur que tu répètes les mêmes erreurs que moi. J'implore ton pardon. Depuis un certain temps, maintenant, je sais que tu es le meilleur de nous deux.

– De quoi parlez-vous ? s'étonna Harry, décontenancé par le ton de Dumbledore et les larmes qui étaient soudain apparues dans ses yeux.

– Les reliques, les reliques, murmura Dumbledore. Un rêve que poursuit l'homme avec acharnement !

– Mais elles sont réelles !

– Réelles et dangereuses, un leurre pour les sots, répliqua Dumbledore. Et sot, je l'étais tellement. Mais tu le sais déjà, n'est-ce pas ? Je n'ai plus de secrets pour toi. Tu sais tout.

– Qu'est-ce que je sais ?

Dumbledore se tourna tout entier pour faire face à Harry et des larmes brillaient toujours dans ses yeux d'un bleu lumineux.

– Maître de la Mort, Harry, maître de la Mort ! Étais-je finalement meilleur que Voldemort ?

– Bien sûr que oui ! s'exclama Harry. Bien entendu... Comment pouvez-vous poser une question pareille ? Vous n'avez jamais tué personne lorsque vous pouviez l'éviter !

– C'est vrai, c'est vrai, admit Dumbledore.

Il avait l'air d'un enfant qui veut être rassuré.

– Moi aussi, j'ai cherché un moyen de vaincre la mort.

– Pas à sa façon, fit remarquer Harry.

Après toute la colère qu'il avait éprouvée contre lui, il semblait étrange d'être assis là, sous le haut plafond voûté, à défendre Dumbledore contre lui-même.

– Vous, c'étaient les reliques, pas les Horcruxes.

– Les reliques, murmura Dumbledore, pas les Horcruxes. Précisément.

Il y eut un silence. Derrière eux, la créature continuait de gémir mais cette fois, Harry ne se retourna pas.

– Grindelwald les cherchait aussi ? demanda-t-il.

Dumbledore ferma un instant les yeux et acquiesça d'un signe de tête.

– C'est surtout cela qui nous a rapprochés, répondit-il à mi-voix. Deux jeunes hommes intelligents, arrogants, qui partageaient la même obsession. Il voulait aller à Godric's Hollow, comme tu l'as sûrement deviné, à cause de la tombe d'Ignotus Peverell. Il voulait explorer l'endroit où le troisième frère était mort.

– C'est donc vrai ? interrogea Harry. Toute l'histoire ? Les frères Peverell...

– ... étaient les trois frères du conte, acheva Dumbledore

en hochant la tête. Oui, je le crois. De là à penser qu'ils ont bel et bien rencontré la Mort sur un chemin solitaire… Plus vraisemblablement, il s'agissait sans doute de sorciers très doués, dangereux, qui ont réussi à créer ces puissants objets. L'histoire des Reliques de la Mort me paraît plutôt relever d'une légende issue des objets eux-mêmes.

« La cape, comme tu le sais maintenant, a traversé les siècles, de père en fils, de mère en fille, jusqu'au dernier descendant vivant d'Ignotus, né, comme Ignotus lui-même, dans le village de Godric's Hollow.

Dumbledore regarda Harry en souriant.

– Moi ?

– Toi. Tu as deviné, je le sais, pourquoi la cape était en ma possession le soir où tes parents sont morts. James me l'avait montrée quelques jours auparavant. Elle expliquait beaucoup de ses méfaits, à l'école ! J'avais du mal à croire ce que j'avais sous les yeux. Je lui ai demandé de l'emprunter, de l'examiner. J'avais depuis longtemps abandonné mes rêves de réunir les reliques mais je n'ai pas pu résister, je ne pouvais m'empêcher de la regarder de plus près… Jamais je n'avais eu entre les mains une cape semblable, extraordinairement ancienne, parfaite à tout point de vue… Et puis, ton père est mort et voilà que j'avais finalement deux reliques, pour moi tout seul !

Il y avait dans le ton de sa voix une amertume insupportable.

– La cape ne les aurait pas aidés à survivre, dit précipitamment Harry. Voldemort savait où se trouvaient mon père et ma mère. La cape ne pouvait les protéger des maléfices.

– C'est vrai, soupira Dumbledore. C'est vrai.

Harry attendit, mais Dumbledore resta silencieux. Il l'incita alors à poursuivre.

– Donc, quand vous avez vu la cape, vous aviez déjà renoncé à chercher les reliques ?

– Oh, oui, dit faiblement Dumbledore.

Il semblait se forcer à regarder Harry dans les yeux.

– Tu sais ce qui s'est passé. Tu le sais. Tu ne pourrais me mépriser plus que je me méprise moi-même.

– Mais je ne vous méprise pas…

– Tu devrais, trancha Dumbledore.

Il respira profondément.

– Tu connais le secret de la santé précaire de ma sœur, ce que ces Moldus lui ont fait, ce qu'elle est devenue. Tu sais comment mon malheureux père a cherché à se venger et en a payé le prix, en mourant à Azkaban. Tu sais comment ma mère a renoncé à sa propre vie pour prendre soin d'Ariana.

« Tout cela m'a indigné, Harry.

Dumbledore avait parlé froidement, brutalement. Il regardait au loin, à présent, par-dessus la tête de Harry.

– J'étais doué. J'étais brillant. Je voulais m'échapper. Je voulais étinceler. Je voulais la gloire.

« Comprends-moi bien, poursuivit-il – une expression de douleur passa sur son visage et il parut à nouveau très âgé. Je les aimais. J'aimais mes parents, j'aimais mon frère et ma sœur, mais j'étais égoïste, Harry, plus égoïste que tu ne peux l'imaginer, toi qui es remarquablement désintéressé.

« Si bien que, quand ma mère est morte et que la responsabilité m'est revenue de m'occuper d'une sœur diminuée et d'un frère indiscipliné, je suis rentré dans mon village avec de la colère et de l'amertume. Je me voyais pris au piège, ma vie était gâchée ! Et puis, bien sûr, il est arrivé…

Dumbledore regarda à nouveau Harry dans les yeux.

– Grindelwald. Tu ne peux pas imaginer à quel point ses

idées m'ont captivé, Harry, m'ont enflammé. Les Moldus asservis. Nous, les sorciers, triomphants. Grindelwald et moi, les jeunes chefs glorieux de la révolution.

« Oh, bien sûr, j'avais quelques scrupules. Mais j'apaisais ma conscience avec des mots vides. Tout cela serait pour le plus grand bien, et le mal qui serait fait rapporterait cent fois plus de bienfaits aux sorciers. Savais-je, au fond de mon cœur, qui était Gellert Grindelwald ? Je pense que oui, mais j'ai fermé les yeux. Si les plans que nous avions en tête se concrétisaient, je verrais se réaliser tous mes rêves.

« Et au cœur de nos projets, il y avait les Reliques de la Mort ! Comme elles le fascinaient ! Comme elles nous fascinaient tous les deux ! La baguette invincible, l'arme qui nous amènerait au pouvoir ! La Pierre de Résurrection – pour lui, même si je faisais mine de ne pas le savoir, cela signifiait une armée d'Inferi ! Pour moi, je l'avoue, c'était plutôt le retour de mes parents et la fin des responsabilités qui pesaient sur mes épaules.

« Quant à la Cape d'Invisibilité… nous n'en avons jamais beaucoup parlé, Harry. Nous savions nous cacher suffisamment bien tous les deux pour n'avoir pas besoin de cette cape dont la véritable magie, bien sûr, réside dans le fait qu'elle peut servir à dissimuler et protéger les autres aussi bien que son possesseur. Je pensais que si jamais je la trouvais un jour, elle me serait utile pour cacher Ariana mais elle nous intéressait surtout parce qu'elle complétait les reliques. La légende, en effet, disait que l'homme qui réunirait les trois objets serait le véritable maître de la Mort, ce qui voulait dire pour nous l'invincibilité.

« Grindelwald et Dumbledore, les maîtres invincibles de la mort ! Deux mois de démence, de rêves cruels, deux mois pendant lesquels j'ai négligé les deux seuls membres de ma famille qui me restaient.

« Et puis… tu sais ce qui s'est passé. La réalité est revenue, en la personne de mon frère, fruste, illettré et infiniment plus admirable que moi. Je ne voulais pas entendre les vérités qu'il me lançait à la figure. Je ne voulais pas l'entendre dire que je ne pouvais partir à la recherche des reliques en traînant avec moi une sœur fragile et instable.

« La discussion s'est transformée en bagarre, Grindelwald a perdu son sang-froid. Ce que j'avais toujours senti en lui, tout en faisant semblant de l'ignorer, s'incarnait soudain d'une manière redoutable. Et Ariana… après tous les soins que lui avait prodigués ma mère, toutes les précautions dont elle l'avait entourée… était étendue morte sur le sol.

Dumbledore laissa échapper un petit sanglot et se mit à pleurer pour de bon. Harry tendit la main. Il fut content de voir qu'il pouvait le toucher. Il lui serra étroitement le bras et Dumbledore se reprit peu à peu.

– Grindelwald s'est enfui, comme tout le monde à part moi aurait pu le prévoir. Il a disparu avec ses projets de prise du pouvoir, ses plans pour soumettre les Moldus à la torture, et ses rêves de retrouver les Reliques de la Mort, des rêves que j'avais aidés, encouragés. Il a fui, alors que moi, je restais seul pour enterrer ma sœur et apprendre à vivre avec ma culpabilité, avec mon terrible chagrin, le prix de ma honte.

« Les années ont passé. Des rumeurs couraient sur lui. On disait qu'il s'était procuré une baguette d'une puissance prodigieuse. Pendant ce temps, on m'avait offert le poste de ministre de la Magie, non pas une mais plusieurs fois. Naturellement, j'ai refusé. J'avais appris qu'il valait mieux ne pas me confier le pouvoir.

– Mais vous auriez été bien, bien meilleur que Fudge ou que Scrimgeour ! s'exclama Harry.

– Vraiment ? demanda Dumbledore d'un ton lourd. Je n'en suis pas si sûr. J'avais donné la preuve, dans mes jeunes années, que le pouvoir était ma faiblesse et ma tentation. C'est une chose curieuse à dire, Harry, mais peut-être que les plus aptes à exercer le pouvoir sont ceux qui ne l'ont jamais recherché. Ceux qui, comme toi, reçoivent la responsabilité du commandement et endossent ce manteau parce qu'ils le doivent, puis s'aperçoivent, à leur grande surprise, qu'ils le portent très bien.

« Il valait beaucoup mieux que je reste à Poudlard. Je pense que j'ai été un bon professeur…

– Vous étiez le meilleur…

– Tu es très gentil, Harry. Mais pendant que je m'occupais de l'éducation des jeunes sorciers, Grindelwald levait une armée. On disait qu'il me craignait et peut-être était-ce vrai, mais moins sans doute que je ne le craignais moi-même.

« Oh, ce n'était pas la mort que je redoutais, reprit Dumbledore en réponse au regard interrogateur de Harry. Je n'avais pas peur de ce que ses pouvoirs magiques pouvaient m'infliger. Je savais que nous étions de force égale, peut-être même avais-je un soupçon d'habileté en plus. C'était la vérité que je craignais. J'ignore, vois-tu, lequel d'entre nous, dans ce dernier, cet horrible combat, avait véritablement jeté le maléfice qui a tué ma sœur. Tu peux me traiter de lâche et tu aurais raison. Harry, je craignais plus que tout d'apprendre que c'était moi qui avais été la cause de sa mort, non seulement par mon arrogance et ma stupidité, mais parce que j'aurais porté le coup qui avait mis fin à sa vie.

« Je pense qu'il le savait, je pense qu'il savait ce qui m'effrayait. J'ai repoussé le moment de l'affronter jusqu'à ce que, finalement, il devienne honteux de résister plus longtemps. Des gens mouraient et il semblait impossible de l'arrêter. Il fallait que je fasse ce que je pouvais.

« Tu sais ce qui est arrivé après. J'ai remporté le duel, j'ai conquis la baguette.

Nouveau silence. Harry ne demanda pas si Dumbledore avait jamais découvert qui avait foudroyé Ariana. Il ne voulait pas le savoir, il voulait encore moins obliger Dumbledore à le lui dire. Au moins savait-il maintenant ce que Dumbledore voyait quand il regardait le Miroir du Riséd et pourquoi il avait si bien compris la fascination que ce miroir exerçait sur Harry.

Ils restèrent sans parler pendant un long moment. À présent, les gémissements de la créature, derrière eux, troublaient à peine Harry.

Enfin, il rompit le silence :

– Grindelwald a essayé d'empêcher Voldemort de retrouver la baguette. Il a menti en prétendant qu'il ne l'avait jamais possédée.

Dumbledore hocha la tête en signe d'assentiment, les yeux baissés sur ses genoux, des larmes brillant toujours sur son nez crochu.

– On dit qu'il a exprimé des remords dans ses dernières années, seul dans sa cellule de Nurmengard. J'espère que c'est vrai. J'aimerais qu'il ait ressenti l'horreur et la honte de ce qu'il avait fait. Peut-être ce mensonge à Voldemort était-il une tentative de se racheter… d'empêcher Voldemort de s'emparer de la relique…

– … ou peut-être de l'empêcher de violer votre sépulture, suggéra Harry.

Dumbledore s'essuya les yeux.

Après un nouveau et bref silence, Harry reprit :

– Vous avez essayé de vous servir de la Pierre de Résurrection.

Dumbledore acquiesça d'un signe de tête.

– Quand je l'ai découverte, après toutes ces années, enterrée dans la maison abandonnée des Gaunt, cette relique que j'avais désirée plus que les autres – bien que dans ma jeunesse, je l'aie voulue pour des raisons très différentes –, j'ai perdu la tête, Harry. J'ai complètement oublié que c'était désormais un Horcruxe, que cette bague portait en elle un maléfice. Je l'ai ramassée, je l'ai passée à mon doigt et pendant un instant, j'ai imaginé que j'allais revoir Ariana, revoir ma mère, et mon père, et que j'allais pouvoir leur dire à quel point je regrettais…

« J'ai été si sot, Harry. Après tant d'années, je n'avais rien appris. Je n'étais pas digne de réunir les Reliques de la Mort, je l'avais prouvé maintes fois, et j'en apportais ainsi l'ultime preuve.

– Pourquoi ? s'étonna Harry. C'était naturel. Vous vouliez les revoir. Qu'y a-t-il de mal à ça ?

– Il existait peut-être un homme sur un million qui pouvait rassembler les reliques, Harry. Je n'étais capable de posséder que la plus médiocre, la moins extraordinaire. Je pouvais posséder la Baguette de Sureau, et ne pas m'en vanter, ne pas m'en servir pour tuer. Il m'était permis de la dominer, de l'utiliser, simplement parce que je l'avais prise, non pour un bénéfice personnel, mais pour sauver les autres de ses méfaits.

« La cape, en revanche, je l'ai examinée par une simple et vaine curiosité. Elle n'aurait jamais fonctionné pour moi aussi bien que pour toi, son véritable propriétaire. Quant à la pierre, je m'en serais servi pour essayer de ramener ceux qui reposaient en paix, plutôt que pour accomplir le sacrifice de moi-même, comme toi tu l'as fait. Tu es le digne possesseur des reliques.

Dumbledore tapota la main de Harry. Celui-ci leva les yeux vers le vieil homme et sourit. Il ne put s'en empêcher. Comment rester en colère contre Dumbledore, maintenant ?

– Pourquoi fallait-il que vous rendiez les choses si difficiles ?

Dumbledore eut un sourire timide.

– J'ai peur de le dire, mais je comptais sur Miss Granger pour te ralentir, Harry. Je craignais que ton tempérament emporté ne domine ton bon cœur. Je redoutais qu'en t'exposant ouvertement la vérité sur ces objets tentateurs, tu ne t'empares des reliques comme je l'ai fait, au mauvais moment et pour de mauvaises raisons. Si tu parvenais à mettre la main dessus, je voulais que tu les possèdes sans courir de danger. Tu es le vrai maître de la Mort parce que, la mort, le vrai maître ne cherche pas à la fuir. Il accepte le fait qu'il doit mourir et comprend qu'il y a dans le monde des vivants des choses pires, bien pires, que la mort.

– Et Voldemort, il n'a jamais rien su des reliques ?

– Je ne crois pas, car il n'a pas identifié comme telle la Pierre de Résurrection lorsqu'il l'a transformée en Horcruxe. Mais même s'il les avait connues, Harry, je doute qu'elles l'aient intéressé, sauf la première. Il ne pensait pas avoir besoin de la cape et en ce qui concerne la pierre, qui donc aurait-il voulu faire revenir d'entre les morts ? Il craint les morts. Il n'aime personne.

– Mais vous pensiez qu'il chercherait la baguette ?

– J'étais sûr qu'il essaierait, depuis le moment où ta propre baguette l'a vaincu dans le cimetière de Little Hangleton. Tout d'abord, il a eu peur que tu l'aies dominé par une habileté supérieure à la sienne. Lorsqu'il a kidnappé Ollivander, cependant, il a découvert l'existence des cœurs jumeaux et il a pensé que cela expliquait tout. Pourtant, la baguette empruntée n'a pas mieux fait contre la tienne ! Alors, Voldemort, au lieu de se demander quelle qualité il y avait en toi qui rendait ta baguette si puissante, quel don tu possédais dont il était lui-même dépourvu, a simplement essayé de trouver la seule baguette magique qui, disait-on, pouvait vaincre toutes les autres. Pour lui, la Baguette de Sureau était devenue une obsession qui rivalisait avec son obsession pour toi. Il pense que cette baguette va le débarrasser de son ultime faiblesse et le rendre véritablement invincible. Pauvre Severus…

– Si vous aviez prévu de mourir de la main de Rogue, vous vouliez que ce soit lui qui possède la Baguette de Sureau ?

– J'avoue que telle était mon intention, répondit Dumbledore, mais cela ne s'est pas passé comme je le souhaitais, n'est-ce pas ?

– Non, dit Harry. Ça n'a pas marché.

Derrière eux, la créature s'agitait, gémissait, et Harry et Dumbledore restèrent à nouveau silencieux, plus longtemps encore qu'auparavant. Pendant ces longues minutes, comme si une neige douce et lente tombait sur lui, Harry prit peu à peu conscience de ce qui devait se produire à présent.

– Il faut que j'y retourne, n'est-ce pas ?

– C'est à toi de décider.

– J'ai le choix ?

– Oh, oui.

Dumbledore lui sourit.

– D'après toi, nous sommes à King's Cross ? Eh bien, je pense que si tu décidais de ne pas y retourner, tu pourrais… disons… monter dans un train.

– Et où m'emmènerait-il ?

– Plus loin, répondit simplement Dumbledore.

Nouveau silence.

– Voldemort possède la Baguette de Sureau.

– Exact. Voldemort possède la Baguette de Sureau.

– Mais vous voudriez quand même que je reparte ?

– Je crois, répondit Dumbledore, que si tu choisis d'y retourner, il y a une chance pour que Voldemort soit fini à tout jamais. Je ne peux pas te le promettre. Mais je sais, Harry, que tu as moins à craindre que lui si tu repars là-bas.

Harry regarda à nouveau la créature écorchée qui tremblait et suffoquait dans l'ombre, sous la chaise, un peu plus loin.

– N'aie pas pitié des morts, Harry. Aie plutôt pitié des vivants et surtout de ceux qui vivent sans amour. En y retournant, tu pourras faire en sorte qu'il y ait moins d'âmes mutilées, moins de familles déchirées. Si cela en vaut la peine à tes yeux, alors disons-nous au revoir pour l'instant.

Harry hocha la tête en signe d'approbation et soupira. Partir d'ici serait beaucoup moins difficile que ne l'avait été sa marche dans la forêt. Cet endroit pourtant était chaud, lumineux, paisible, et il savait qu'il retournait vers la douleur et la crainte d'autres deuils. Il se leva, Dumbledore l'imita, et ils se dévisagèrent un long moment.

– Je voudrais savoir une dernière chose, dit Harry. Est-ce que tout cela est réel ? Ou bien est-ce dans ma tête que ça se passe ?

Dumbledore le regarda d'un air radieux et sa voix résonna avec force aux oreilles de Harry, malgré la brume lumineuse qui descendait à nouveau sur eux en masquant sa silhouette :

– Bien sûr que ça se passe dans ta tête, Harry, mais pourquoi donc faudrait-il en conclure que ce n'est pas réel ?

36
LE DÉFAUT DU PLAN

Il était à nouveau étendu face contre terre. L'odeur de la forêt lui emplissait les narines. Il sentait le sol dur sous sa joue et la charnière de ses lunettes qui avaient glissé de côté lorsqu'il était tombé, lui coupant la tempe. Chaque centimètre carré de son corps lui faisait mal et à l'endroit où il avait reçu le sortilège de Mort, il lui semblait qu'un poing d'acier l'avait frappé violemment en laissant une meurtrissure douloureuse. Il ne bougea pas, restant exactement là où il s'était effondré, son bras gauche tordu dans une position inconfortable, la bouche ouverte.

Il s'était attendu à ce que sa mort déclenche des cris de triomphe et de jubilation. Mais il entendait des bruits de pas précipités, des chuchotements, des murmures empressés.

– Maître… *Maître*…

C'était la voix de Bellatrix qui parlait comme à un amant. Harry n'osait pas ouvrir les yeux mais confia à ses autres sens le soin d'évaluer sa situation précaire. Il savait que sa baguette était toujours à sa place, sous sa robe, car il la sentait coincée entre le sol et sa poitrine. La sensation d'avoir un petit coussin sous le ventre lui indiqua que la cape d'invisibilité était également là, hors de vue.

– *Maître*…

– Ça suffit, dit la voix de Voldemort.

Il y eut d'autres bruits de pas. Plusieurs personnes reculaient d'un même endroit. Voulant voir à tout prix ce qui se passait et pourquoi, Harry souleva ses paupières de un millimètre.

Voldemort paraissait se relever. Plusieurs Mangemorts s'écartaient de lui en toute hâte, retournant vers la foule rassemblée en bordure de la clairière. Seule Bellatrix resta agenouillée à son côté.

Harry referma les yeux et réfléchit à ce qu'il venait de voir. Les Mangemorts s'étaient tout d'abord rassemblés autour du Seigneur des Ténèbres qui semblait être tombé à terre. Quelque chose s'était passé lorsqu'il avait jeté sur Harry le sortilège d'*Avada Kedavra*. Voldemort s'était-il effondré, lui aussi ? Apparemment, oui. Tous deux s'étaient brièvement évanouis et tous deux avaient à présent repris conscience…

– Maître, permettez-moi…

– Je n'ai pas besoin qu'on m'aide, répliqua froidement Voldemort.

Bien qu'il ne pût voir la scène, Harry imaginait Bellatrix renonçant à lui tendre une main secourable.

– Le garçon… Est-il mort ?

Un silence total tomba sur la clairière. Personne ne s'approcha de Harry, mais il sentit leurs regards se concentrer sur lui, comme s'ils l'écrasaient un peu plus contre le sol et il fut terrifié à l'idée qu'ils voient frémir un doigt ou une paupière.

– Toi, dit Voldemort.

Il y eut une détonation et un petit cri de douleur.

– Va regarder de plus près. Dis-moi s'il est mort.

Harry ne savait pas qui il avait envoyé vérifier. Il ne pouvait que rester étendu là à attendre qu'on vienne l'examiner, craignant d'être trahi par son cœur qui battait à tout rompre. En même temps, il remarqua, maigre consolation, que Voldemort n'osait pas l'approcher, qu'il soupçonnait que tout ne s'était pas déroulé selon le plan prévu…

Des mains, des mains plus douces qu'il ne s'y attendait, touchèrent le visage de Harry, relevèrent une paupière, se glissèrent sous sa chemise, le long de sa poitrine, cherchant son cœur. Il entendait le souffle court d'une femme, ses longs cheveux lui chatouillaient la joue. Il savait qu'elle pouvait sentir la pulsation de la vie battre régulièrement contre ses côtes.

– *Est-ce que Drago est vivant ? Est-ce qu'il est au château ?*

Le murmure était à peine audible. Ses lèvres étaient à deux centimètres de l'oreille de Harry. Elle avait penché la tête si bas que ses longs cheveux masquaient son visage à ceux qui la regardaient.

– *Oui*, répondit-il dans un souffle.

Il sentit la main se contracter contre sa poitrine. Ses ongles s'enfonçaient dans sa peau. Puis la main se retira. La femme s'était redressée.

– Il est mort ! s'exclama Narcissa Malefoy en s'adressant aux autres.

Ils se mirent alors à hurler, les cris de triomphe et les trépignements de joie retentissaient à présent, et à travers ses paupières, Harry distingua des éclairs rouges et argentés que l'on tirait en l'air pour célébrer l'événement.

Immobile sur le sol, simulant toujours la mort, il comprit. Narcissa savait que le seul moyen qui lui permettrait d'entrer dans Poudlard pour y retrouver son fils serait de se fondre dans les rangs d'une armée victorieuse. Elle ne se souciait plus, maintenant, que Voldemort gagne ou pas.

– Vous voyez ? hurla Voldemort d'une voix suraiguë. Harry Potter est mort de ma main et aucun homme vivant ne pourra plus me menacer, désormais ! Regardez ! *Endoloris* !

Harry s'y était préparé. Il savait que son corps ne resterait pas sans souillure sur le sol de la forêt, il devait être soumis à des humiliations pour que soit apportée la preuve de la victoire de Voldemort. Il fut projeté en l'air et il lui fallut toute la force de sa volonté pour demeurer inanimé. La douleur à laquelle il s'attendait ne vint pas, cependant. Il fut ainsi catapulté une fois, deux fois, trois fois. Ses lunettes s'envolèrent et il sentit sa baguette glisser un peu sous sa robe, mais il parvint à rester amorphe, inerte, et lorsqu'il retomba par terre pour la dernière fois, des railleries, des hurlements de rire résonnèrent dans la clairière.

– Maintenant, dit Voldemort, allons au château et montrons-leur ce qu'est devenu leur héros. Qui se chargera de traîner le corps ? Non… Attendez…

De nouveaux rires fusèrent et quelques instants plus tard, Harry sentit le sol trembler sous lui.

– Tu vas le porter, lança Voldemort. Il sera bien joli, bien visible dans tes bras, n'est-ce pas ? Ramasse ton cher ami, Hagrid. Et les lunettes… qu'on lui remette ses lunettes… Il faut qu'on le reconnaisse.

Quelqu'un lui colla brutalement ses lunettes sur le nez avec une force délibérée. En revanche, les énormes mains qui le soulevèrent étaient d'une extrême douceur. Harry sentait les bras de Hagrid secoués par ses profonds sanglots, de grosses larmes s'écrasaient sur lui tandis qu'il le tenait délicatement, comme un enfant qu'on berce, mais Harry n'osa pas lui faire savoir, ni par un mouvement ni par une parole, que tout n'était pas encore perdu.

– Allez, remue-toi un peu, ordonna Voldemort.

Hagrid avança d'un pas trébuchant, se frayant un chemin parmi les arbres denses, traversant la forêt en direction du château. Des branches se prenaient dans les cheveux et la robe de Harry mais il resta immobile, la bouche ouverte, les yeux fermés et pendant que les Mangemorts poussaient des cris d'allégresse tout autour d'eux, pendant que Hagrid sanglotait sans rien voir, personne n'eut l'idée de regarder si un pouls palpitait encore sur le cou de Harry Potter…

Les deux géants marchaient derrière les Mangemorts en écrasant tout. Harry entendait des arbres craquer et tomber sur leur passage. Ils produisaient un tel vacarme que des oiseaux s'envolaient en poussant dans le ciel des cris aigus qui couvraient même les railleries des Mangemorts. La procession victorieuse poursuivit son chemin en direction du parc et au bout d'un moment, Harry, voyant à travers ses paupières l'obscurité s'atténuer, devina que les arbres commençaient à se raréfier.

– BANE !

Le hurlement inattendu de Hagrid faillit forcer Harry à ouvrir les yeux.

– Vous êtes contents, maintenant, de ne pas vous être battus, bande de vieux canassons trouillards ? Vous êtes contents que Harry Potter soit… m… mort… ?

Hagrid ne put continuer. Il fondit de nouveau en larmes. Harry se demanda combien de centaures les regardaient défiler. Il n'osait pas entrouvrir ses paupières pour jeter un coup d'œil. Certains Mangemorts lançaient des insultes aux centaures en passant devant eux. Enfin, l'air se rafraîchit et Harry sut qu'ils avaient atteint la lisière de la forêt.

– Stop.

Harry pensa qu'un ordre de Voldemort avait dû forcer Hagrid à s'immobiliser, car il le sentit vaciller légèrement. Un air froid se répandait à l'endroit où ils s'étaient arrêtés et Harry entendit le souffle, semblable à un râle, des Détraqueurs qui patrouillaient en bordure de la forêt. Mais ils ne pouvaient plus l'affecter pour le moment. Le fait d'avoir survécu avait créé une flamme qu'il sentait brûler en lui comme un talisman qui le protégeait d'eux, comme si le cerf de son père montait la garde dans son cœur.

Quelqu'un passa tout près de lui et il sut que c'était Voldemort lui-même car, un instant plus tard, il l'entendit parler. Sa voix magiquement amplifiée pour être entendue dans toute l'école perça les tympans de Harry.

– Harry Potter est mort. Il a été tué alors qu'il prenait la fuite, essayant de se sauver pendant que vous donniez vos vies pour lui. Nous vous apportons son cadavre comme preuve que votre héros n'est plus.

« La bataille est gagnée. Vous avez perdu la moitié de vos combattants. Mes Mangemorts sont plus nombreux que vous et le Survivant est fini à tout jamais. Il ne doit plus y avoir de guerre. Quiconque continuera à résister, homme, femme, enfant, sera éliminé ainsi que tous les membres de sa famille. Sortez maintenant du château, agenouillez-vous devant moi, et vous serez épargnés. Vos parents, vos enfants, vos frères et vos sœurs vivront, ils seront pardonnés, et vous vous joindrez à moi pour que nous reconstruisions ensemble un monde nouveau.

Le parc et le château étaient silencieux. Voldemort se trouvait si près de lui que Harry n'osa pas ouvrir les yeux.

– Venez, dit Voldemort.

Harry l'entendit avancer et Hagrid fut obligé de suivre. Cette fois, Harry ouvrit les yeux imperceptiblement et vit Voldemort marcher à grands pas devant eux, son long serpent, à présent libéré de sa cage ensorcelée, enroulé autour des épaules de son maître. Harry, cependant, ne pouvait sortir sa baguette cachée sous sa robe sans être remarqué par les Mangemorts marchant de chaque côté, dans l'obscurité qui se dissipait lentement…

– Harry, sanglota Hagrid. Oh, Harry… Harry…

Harry referma étroitement ses paupières. Il savait qu'ils approchaient du château et tendit l'oreille. Il essayait, en dépit des éclats de voix enjoués des Mangemorts et du bruit lourd de leurs pas, de percevoir les signes de vie qui pouvaient en provenir.

– Arrêtez.

Les Mangemorts s'immobilisèrent. Harry les entendit se déployer en une longue rangée, face aux portes ouvertes de l'école. Même à travers ses paupières fermées, il arrivait à distinguer une lueur rougeoyante : la lumière du hall d'entrée se déversait sur lui. Il attendit. À tout moment, maintenant, ceux pour qui il avait essayé de mourir allaient le voir, reposant, apparemment mort, dans les bras de Hagrid.

– NON !

Ce cri était d'autant plus terrible qu'il n'aurait jamais imaginé, même en rêve, que le professeur McGonagall puisse émettre un tel son. Il entendit une autre femme rire non loin de lui et comprit que Bellatrix se délectait du désespoir de McGonagall. Il entrouvrit une nouvelle fois les yeux pendant une simple seconde et vit des silhouettes se masser à la porte du château. Les survivants de la bataille étaient sortis sur les marches de pierre pour faire face à leurs vainqueurs et constater par eux-mêmes la réalité de la mort de Harry. Il avait aperçu Voldemort un peu plus loin devant lui, caressant d'un doigt blanchâtre la tête de Nagini. Il referma les yeux.

– Non !

– *Non !*

– Harry ! HARRY !

Les voix de Ron, d'Hermione et de Ginny étaient pires que celle de McGonagall. Harry aurait voulu plus que tout leur répondre, mais il se força à rester silencieux et leurs cris agirent comme un détonateur. La foule des survivants prit le relais, hurlant, vociférant des injures à l'adresse des Mangemorts jusqu'à ce que…

– TAISEZ-VOUS ! s'exclama Voldemort.

Il y eut un bang !, un éclair de lumière brillante et ils furent réduits par la force au silence.

– C'est fini. Pose-le par terre, Hagrid, à mes pieds, c'est là qu'est sa place !

Harry sentit qu'on l'étendait dans l'herbe.

– Vous voyez ? continua Voldemort.

Harry l'entendit reculer puis revenir à grands pas juste à côté de l'endroit où il était allongé.

– Harry Potter est mort ! Comprenez-vous maintenant, vous qui vous êtes bercés d'illusions ? Il n'était rien, n'a jamais rien été, qu'un jeune garçon qui voulait voir les autres se sacrifier pour lui !

– Il vous a battu ! s'écria Ron.

Le sortilège fut brisé et les défenseurs de Poudlard se remirent à hurler, à vociférer jusqu'à ce qu'un deuxième bang ! plus puissant que le premier étouffe à nouveau leurs voix.

– Il a été tué en tentant de s'enfuir subrepticement par le parc du château, reprit Voldemort – on sentait dans sa voix qu'il se délectait de son mensonge –, il a été tué en essayant de sauver sa propre vie.

Mais Voldemort s'interrompit. Harry entendit des bruits confus puis un cri et un autre bang ! Il y eut un éclair de lumière et un grognement de douleur. À nouveau, il entrouvrit imperceptiblement les paupières. Quelqu'un avait jailli de la foule et s'était précipité sur Voldemort. Harry vit la silhouette s'effondrer sur le sol, désarmée. Voldemort jeta la baguette de son assaillant et éclata de rire.

– Qui est-ce ? demanda-t-il de sa voix douce semblable à un sifflement de serpent. Qui s'est porté volontaire pour montrer à quel sort doivent s'attendre ceux qui poursuivent le combat lorsque la bataille est perdue ?

Bellatrix eut un rire ravi.

– C'est Neville Londubat, Maître ! Le garçon qui a causé tant d'ennuis aux Carrow ! Le fils des Aurors, vous vous souvenez ?

– Ah, oui, je me souviens, dit Voldemort en regardant Neville.

Celui-ci s'efforçait de se relever, sans baguette, sans protection, dans le no man's land qui séparait les Mangemorts et les survivants de Poudlard.

– Mais tu es un Sang-Pur, n'est-ce pas, mon garçon, toi qui es si courageux ? demanda Voldemort à Neville qui lui faisait face en serrant ses poings vides.

– Et alors ? répliqua Neville d'une voix sonore.

– Tu as montré du caractère et de la bravoure et tu es issu d'une noble lignée. Tu feras un précieux Mangemort. Nous avons besoin de gens comme toi, Neville Londubat.

– Je me rallierai à vous quand il gèlera en enfer ! répondit Neville. L'armée de Dumbledore ! s'écria-t-il.

En réponse, des acclamations s'élevèrent de la foule que les sortilèges de Mutisme de Voldemort n'arrivaient pas à faire taire.

– Très bien, dit Voldemort.

Harry sentit dans le ton velouté de sa voix un plus grand danger que dans ses plus puissants maléfices.

– Si tel est ton choix, Londubat, nous allons revenir au plan d'origine. Ce sera sur ta tête, dit-il à mi-voix, que ça se passera.

Harry, qui regardait toujours à travers ses cils, vit Voldemort brandir sa baguette. Quelques secondes plus tard, surgissant de l'une des fenêtres fracassées du château, quelque chose qui avait l'air d'un oiseau difforme vola dans la demi-obscurité et atterrit dans la main de Voldemort. Le tenant par son extrémité pointue, il secoua l'objet moisi qui se déplia et pendit au bout de ses doigts, vide et effiloché : le Choixpeau magique.

– Il n'y aura plus de Répartition au collège Poudlard, annonça Voldemort. Il n'y aura plus de maisons. L'emblème, le blason et les couleurs de mon noble ancêtre, Salazar Serpentard, suffiront à chacun, n'est-ce pas, Neville Londubat ?

Il pointa sa baguette sur Neville qui se raidit, immobile, puis il lui enfonça le chapeau sur la tête jusqu'au-dessous des yeux. Des mouvements agitèrent la foule rassemblée devant le château et, d'un même geste, les Mangemorts levèrent leurs baguettes, tenant en respect les combattants de Poudlard.

– Neville va maintenant nous montrer ce qui arrive aux gens suffisamment sots pour s'opposer à moi, dit Voldemort.

Et d'un coup de baguette, il mit le feu au Choixpeau magique.

Dans l'aube naissante, des hurlements déchirèrent l'atmosphère. Neville était en flammes, incapable de bouger, et Harry ne put le supporter : il devait agir…

Beaucoup de choses se produisirent alors en même temps.

Ils entendirent au loin un grand tumulte, en provenance du mur d'enceinte de l'école. À en juger par le bruit, des centaines de personnes escaladaient les murailles qu'on ne pouvait voir d'ici, et se précipitaient vers le château en lançant des cris de guerre. Au même moment, Graup, de sa démarche pesante, apparut au coin du château et hurla :

– HAGGER !

Les rugissements des géants de Voldemort lui répondirent. Ils coururent vers Graup comme des éléphants, en faisant trembler la terre. Puis des bruits de sabots et des claquements d'arcs résonnèrent et des flèches s'abattirent soudain parmi les Mangemorts qui rompirent les rangs, poussant des cris de surprise. Harry sortit la cape d'invisibilité de sous sa robe de sorcier, la déploya sur lui et se leva d'un bond, au moment où Neville parvenait lui aussi à bouger.

D'un mouvement rapide, fluide, Neville s'était libéré du maléfice du Saucisson qui l'avait paralysé. Le Choixpeau enflammé tomba de sa tête et il tira de ses profondeurs un objet argenté, avec une poignée incrustée de rubis étincelants…

La lame aux éclats d'argent fendit l'air, mais son sifflement fut inaudible dans le vacarme que produisaient les hurlements des nouveaux venus, le fracas des géants qui s'affrontaient, le martèlement de sabots des centaures, et pourtant il sembla que tous les regards se tournaient vers elle. D'un coup

854

unique, Neville trancha la tête du grand serpent. Elle tournoya haut dans les airs, luisant dans la lumière que déversait le hall d'entrée. La bouche de Voldemort s'ouvrit dans un cri de fureur que personne ne put entendre et le corps du serpent s'abattit lourdement à ses pieds…

Caché sous la cape d'invisibilité, Harry jeta un charme du Bouclier entre Neville et Voldemort avant que ce dernier ait eu le temps de lever sa baguette. Puis, dominant les hurlements, les rugissements, le tonnerre des géants qui se battaient en piétinant le sol, le cri de Hagrid retentit plus fort que tout le reste :

– HARRY ! beugla-t-il. HARRY… OÙ EST HARRY ?

Il régnait un chaos total. Les centaures qui chargeaient dispersaient les Mangemorts, tout le monde fuyait les pieds monstrueux des géants et les renforts venus d'on ne savait où approchaient dans un grondement d'orage. Harry vit des créatures ailées voler autour des têtes des géants de Voldemort, des Sombrals et Buck l'hippogriffe leur donnaient des coups de griffes dans les yeux pendant que Graup les rouait de coups. À présent, les sorciers défenseurs de Poudlard, tout comme les Mangemorts, avaient dû se replier dans le château. Harry lançait maléfices et sortilèges à tous les Mangemorts passant à sa portée. Ils s'effondraient sans savoir qui ou quoi les avait frappés, et leurs corps étaient piétinés par la foule qui battait en retraite.

Toujours caché sous la cape d'invisibilité, Harry fut brutalement poussé dans le hall d'entrée. Il cherchait Voldemort et le vit, de l'autre côté du hall, jeter des sortilèges en reculant vers la Grande Salle. Il lançait ses maléfices à droite et à gauche, sans cesser de hurler des instructions à ses partisans. Harry envoya d'autres charmes du Bouclier et les victimes que Voldemort visait, Seamus Finnigan et Hannah Abbot, coururent devant lui pour se joindre à la bataille qui déjà faisait rage à l'intérieur de la Grande Salle.

D'autres combattants, de plus en plus nombreux, montaient à l'assaut, grimpant quatre à quatre les marches de pierre, à l'entrée du château, et Harry vit Charlie Weasley passer devant Horace Slughorn, toujours vêtu de son pyjama vert émeraude. Apparemment, ils étaient revenus à la tête des familles et des amis de tous les élèves de Poudlard qui étaient restés pour se battre, rejoints par les commerçants et les résidants de Pré-au-Lard. Bane, Ronan et Magorian, les centaures, firent irruption dans le hall dans un grand martèlement de sabots pendant que, derrière Harry, la porte des cuisines était soudain arrachée de ses gonds.

Les elfes de maison de Poudlard se répandirent dans le hall d'entrée, hurlant, brandissant des couteaux à découper et des hachoirs. Kreattur, le médaillon de Regulus Black rebondissant sur sa poitrine, menait la charge, et malgré le tumulte, on entendait sa voix de crapaud :

– Battez-vous ! Battez-vous ! Battez-vous pour mon maître, le défenseur des elfes de maison ! Battez-vous contre le Seigneur des Ténèbres, au nom du courageux Regulus ! Battez-vous !

Ils hachaient, tailladaient à grands coups de lame les chevilles et les tibias des Mangemorts, leurs visages minuscules animés de hargne, et partout où Harry regardait, les Mangemorts ployaient sous le nombre, submergés de sortilèges, arrachant des flèches enfoncées dans leur chair, les jambes poignardées par les elfes, ou essayant simplement de s'enfuir, mais engloutis par la horde des renforts.

Ce n'était pas fini, cependant. Harry fonça entre les combattants, passa devant les prisonniers qui se débattaient, et se rua dans la Grande Salle.

Voldemort, au centre de la bataille, frappait, attaquait quiconque était à sa portée. Harry n'arrivait pas à trouver un angle de tir. Toujours invisible, il se frayait un chemin à coups de sortilèges pendant que la Grande Salle se remplissait de plus en plus, tous ceux encore valides s'efforçant de s'y engouffrer.

Harry vit Yaxley jeté à terre par George et Lee Jordan, il vit Dolohov tomber en poussant un cri, sous les sortilèges de Flitwick, il vit Walden Macnair, catapulté à travers la salle par Hagrid, heurter le mur opposé et s'effondrer, inconscient, sur le sol. Il vit Ron et Neville abattre Fenrir Greyback, Abelforth stupéfixer Rookwood, Arthur et Percy terrasser Thicknesse et Lucius et Narcissa Malefoy essayer de fuir, appelant leur fils à grands cris.

Voldemort affrontait à présent McGonagall, Slughorn et Kingsley en même temps. Son visage exprimait une haine glacée tandis que les trois autres zigzaguaient autour de lui en esquivant ses maléfices, sans arriver à en venir à bout…

À une cinquantaine de mètres de Voldemort, Bellatrix continuait de se battre, elle aussi. Comme son maître, elle faisait face à trois adversaires à la fois : Hermione, Ginny et Luna, qui livraient un combat acharné. Mais Bellatrix les égalait en force et l'attention de Harry fut détournée par un sortilège de Mort qui passa à deux centimètres de Ginny et faillit la tuer…

Il changea alors de direction, se précipitant vers Bellatrix plutôt que Voldemort, mais à peine avait-il fait quelques pas qu'il fut poussé de côté.

– PAS MA FILLE, ESPÈCE DE GARCE !

Tout en courant, Mrs Weasley se débarrassa de sa cape pour avoir les mains plus libres. Bellatrix pivota sur ses talons et éclata d'un grand rire en voyant sa nouvelle adversaire.

– ÉCARTEZ-VOUS ! cria Mrs Weasley aux trois filles.

Dans un grand mouvement de baguette, elle engagea le combat. Harry regarda avec un mélange de terreur et d'allégresse la baguette magique de Molly Weasley tournoyer, cingler, fendre l'air. Le sourire de Bellatrix Lestrange s'évanouit, se transformant en rictus. Des traits de lumière jaillissaient des deux baguettes, le sol autour des deux sorcières était brûlant, craquelé. Les deux femmes se livraient un duel à mort.

– Non ! s'exclama Mrs Weasley lorsque plusieurs élèves se ruèrent à sa rescousse. Reculez ! *Reculez !* Elle est à moi !

Des centaines de personnes s'étaient alignées contre les murs, observant les deux combats, celui de Voldemort contre ses trois adversaires, celui de Bellatrix contre Molly. Harry, invisible, se tenait immobile, déchiré entre les deux. Il voulait attaquer mais aussi protéger, sans être sûr qu'en intervenant, il ne frapperait pas un innocent.

– Qu'arrivera-t-il à tes enfants quand je t'aurai tuée ? railla Bellatrix, aussi démente que son maître, faisant des bonds pour éviter les maléfices qui dansaient autour d'elle. Quand maman sera partie de la même manière que Freddie ?

– Tu… ne… toucheras… plus jamais… à nos… enfants ! hurla Mrs Weasley.

Bellatrix éclata de rire, du même rire exultant qu'avait eu son cousin Sirius avant de basculer en arrière à travers le voile, et soudain Harry sut ce qui allait se produire.

Le maléfice de Molly passa sous le bras tendu de Bellatrix et la frappa en pleine poitrine, juste au-dessus du cœur.

Le sourire jubilant de Bellatrix se figea, ses yeux semblèrent sortir de leurs orbites. En une fraction de seconde, elle comprit ce qui était arrivé, avant de basculer et de s'abattre sur le sol. Des rugissements s'élevèrent de la foule et Voldemort poussa un cri.

Lorsque Harry se tourna, il eut l'impression de bouger au ralenti. Sous ses yeux, McGonagall, Kingsley et Slughorn furent projetés en arrière, le corps tordu, battant l'air de leurs bras. La fureur de Voldemort en voyant tomber son dernier et meilleur lieutenant avait explosé avec la puissance d'une bombe. Voldemort leva sa baguette et la pointa droit sur Molly Weasley.

– *Protego !* s'exclama Harry.

Le charme du Bouclier se déploya au milieu de la Grande Salle et Voldemort regarda autour de lui pour en chercher l'origine. Au même moment, Harry enleva enfin sa cape d'invisibilité.

Le cri de stupéfaction, les acclamations, les « Harry ! IL EST VIVANT ! » hurlés de toutes parts s'étranglèrent aussitôt. La foule avait peur et le silence tomba brusquement, un silence total, lorsque Voldemort et Harry s'observèrent et commencèrent à tourner l'un autour de l'autre.

– Que personne n'essaye de m'aider, lança Harry avec force.

Dans le silence complet, sa voix résonna comme la sonnerie d'un clairon.

– Il faut qu'il en soit ainsi. Il faut que ce soit moi.

Voldemort émit un sifflement.

– Ce n'est pas ce que veut dire Potter, répliqua-t-il, ses

yeux rouges grands ouverts. Ce n'est pas comme ça qu'il se comporte. Qui vas-tu utiliser comme bouclier, aujourd'hui, Potter ?

– Personne, répondit simplement Harry. Il n'y a plus d'Horcruxes. Il n'y a plus que vous et moi. Aucun d'eux ne peut vivre tant que l'autre survit, et l'un de nous va partir pour de bon…

– L'un de nous ? ricana Voldemort.

Tout son corps était tendu, ses yeux rouges avaient le regard fixe, on aurait dit un serpent prêt à frapper.

– Tu penses que c'est toi qui vas l'emporter, n'est-ce pas, celui qui a survécu par hasard et parce que Dumbledore tirait les ficelles ?

– C'était un hasard quand ma mère est morte pour me sauver ? rétorqua Harry.

Tous deux continuaient de se déplacer de côté, décrivant un cercle parfait qui maintenait toujours la même distance entre eux et pour Harry, il n'existait plus d'autre visage que celui de Voldemort.

– Un hasard lorsque j'ai décidé de combattre dans le cimetière ? Un hasard lorsque, ce soir, j'ai renoncé à me défendre et que j'ai quand même survécu pour revenir me battre ?

– *Des hasards !* s'écria Voldemort.

Mais il ne frappait toujours pas et la foule qui observait la scène était comme pétrifiée. Parmi les centaines de personnes présentes dans la salle, eux seuls semblaient encore respirer.

– Le hasard et la chance et aussi le fait que tu te réfugiais et pleurnichais dans les robes de sorcières et de sorciers plus grands que toi, des hommes et des femmes que tu me laissais tuer à ta place !

– Vous ne tuerez personne d'autre, cette nuit, assura Harry.

Ils continuaient de tourner en cercle, face à face, les yeux verts rivés sur les yeux rouges.

– Vous ne tuerez plus personne, plus jamais. Vous ne comprenez donc pas ? J'étais prêt à mourir pour vous empêcher de faire du mal à ceux qui sont ici…

– Mais tu n'es pas mort !

– J'en avais l'intention et c'est cela qui a tout déterminé. J'ai fait ce que ma mère avait fait. Ils sont protégés, vous ne pouvez plus les atteindre. N'avez-vous pas remarqué qu'aucun des sortilèges que vous leur avez jetés n'a eu d'effet ? Vous ne pouvez pas les torturer. Vous ne pouvez pas les toucher. Vous n'avez rien appris de vos erreurs, Jedusor, n'est-ce pas ?

– *Tu oses*…

– Oui, j'ose, affirma Harry. Je sais des choses que vous ne savez pas, Tom Jedusor. Je sais des choses très importantes que vous ignorez complètement. Vous voulez que je vous en dise plus, avant que vous ne commettiez une autre grande erreur ?

Voldemort ne répondit rien, il continua simplement de tourner en cercle. Harry savait qu'il le tenait momentanément en respect, hypnotisé par l'éventualité, si faible fût-elle, qu'il puisse véritablement détenir un ultime secret…

– S'agit-il d'amour, encore une fois ? demanda Voldemort, une expression railleuse sur son visage de serpent. La solution préférée de Dumbledore, *l'amour*, dont il prétendait qu'il était plus fort que la mort. Mais l'amour ne l'a pas empêché de tomber de la tour et de se briser comme une vieille figure de cire. *L'amour*, qui ne m'a pas non plus empêché d'écraser ta Moldue de mère comme un cafard,

Potter… mais cette fois, personne ne semble t'aimer suffisamment pour courir à ton secours et recevoir mon sortilège à ta place. Alors, qu'est-ce qui te protégera de la mort lorsque je frapperai ?

– Une simple chose, dit Harry.

Ils tournaient toujours en cercle, absorbés l'un par l'autre. Plus rien ne les retenait que le dernier secret.

– Aujourd'hui, ce n'est pas l'amour qui te sauvera, reprit Voldemort. Tu dois croire que tu possèdes une magie dont je serais dépourvu, ou peut-être une arme plus puissante que la mienne ?

– Les deux, je pense, répliqua Harry.

Il vit alors passer sur le visage de serpent une expression de stupeur qui se dissipa aussitôt. Voldemort se mit à rire et son rire était plus effrayant que ses cris, un rire sans humour, un rire de fou, qui résonna en écho dans la Grande Salle silencieuse.

– *Toi*, tu penses connaître davantage de magie que moi ? lança-t-il. Que moi, Lord Voldemort, moi qui ai accompli des actes de sorcellerie dont Dumbledore lui-même n'aurait jamais rêvé ?

– Oh si, il en a rêvé, répondit Harry, mais il en savait plus que vous, il en savait suffisamment pour ne pas faire ce que vous avez fait.

– Tu veux dire qu'il était faible ! s'écria Voldemort. Trop faible pour oser, trop faible pour s'emparer de ce qui aurait pu être à lui, de ce qui sera à moi !

– Non, il était plus intelligent que vous, dit Harry, meilleur que vous, comme sorcier, et comme homme.

– C'est moi qui ai provoqué la mort d'Albus Dumbledore !

– Vous croyez cela, mais vous vous trompez, affirma Harry.

Pour la première fois, il y eut un mouvement dans la foule : les centaines de personnes alignées le long des murs avaient pris en même temps une profonde inspiration.

– *Dumbledore est mort !*

Voldemort jeta ces mots à la tête de Harry comme s'ils avaient pu lui infliger une douleur insupportable.

– Son corps se décompose dans sa tombe de marbre, dans le parc de ce château, je l'ai vu, Potter, et il ne reviendra pas !

– Oui, Dumbledore est mort, dit Harry d'une voix calme, mais ce n'est pas de votre fait. Il a choisi sa propre façon de mourir, il l'a choisie des mois avant le jour de sa mort, il a tout arrangé avec l'homme dont vous pensiez qu'il était votre serviteur.

– Quel est encore ce rêve puéril ? interrogea Voldemort.

Mais il ne frappait toujours pas et le regard de ses yeux rouges resta fixé sans vaciller sur Harry.

– Severus Rogue n'était pas des vôtres, reprit Harry. Rogue était dans le camp de Dumbledore, dans son camp depuis le moment où vous avez commencé à traquer ma mère. Vous ne vous en êtes jamais rendu compte, à cause de cette chose que vous ne pouvez comprendre. Vous n'avez jamais vu Rogue produire un Patronus, n'est-ce pas, Jedusor ?

Voldemort ne répondit pas. Ils tournaient toujours face à face, comme deux loups prêts à s'entre-déchirer.

– Le Patronus de Rogue était une biche, poursuivit Harry, la même que celle de ma mère, parce qu'il l'a aimée pendant presque toute sa vie, depuis qu'ils étaient enfants. Vous auriez dû vous en apercevoir.

Il vit les narines de Voldemort frémir.

– Il vous a demandé d'épargner la vie de ma mère, n'est-ce pas ?

– Il la désirait, voilà tout, lança Voldemort d'un ton méprisant, mais quand elle est morte, il a admis qu'il existait d'autres femmes, et d'un sang plus pur, plus dignes de lui…

– Bien sûr, c'est ce qu'il vous a dit, répliqua Harry, mais il est devenu un espion pour le compte de Dumbledore dès le moment où vous avez menacé ma mère et depuis ce temps, il a toujours travaillé contre vous ! Dumbledore était déjà mourant lorsque Rogue l'a achevé !

– Cela n'a aucune importance ! s'écria Voldemort d'une voix aiguë.

Il avait écouté chaque mot avec une attention intense mais il laissa soudain échapper un gloussement de rire dément.

– Cela n'a aucune importance de savoir si Rogue était dans mon camp ou dans celui de Dumbledore, ou quels médiocres obstacles ils ont essayé de placer sur mon chemin ! Je les ai écrasés comme j'ai écrasé ta mère, le prétendu grand amour de Rogue ! Mais tout cela est très logique, Potter, et dans un sens que tu ne peux pas comprendre !

« Dumbledore a essayé d'empêcher que je m'empare de la Baguette de Sureau ! Il voulait que Rogue devienne le vrai maître de la baguette ! Mais je suis arrivé avant toi, petit bonhomme… Je me suis procuré la baguette avant que tu ne puisses mettre la main dessus. J'ai compris la vérité avant que tu ne me rattrapes. J'ai tué Rogue il y a trois heures et la Baguette de Sureau, le Bâton de la Mort, la Baguette de la Destinée, m'appartient véritablement, désormais ! Le dernier plan de Dumbledore a échoué, Harry Potter !

– En effet, reconnut Harry. Vous avez raison. Mais avant que vous ne tentiez de me tuer, je vous conseillerais de réfléchir à ce que vous avez fait… Réfléchissez et essayez d'éprouver un peu de remords, Jedusor…

— Qu'est-ce que c'est que ça, encore ?

Rien dans tout ce que Harry lui avait dit, ni les révélations, ni les railleries, n'avait causé à Voldemort un tel choc. Harry vit ses pupilles se contracter jusqu'à n'être plus que deux fentes et la peau blanchir autour de ses yeux.

— C'est votre unique et dernière chance, reprit Harry. C'est tout ce qui vous reste… Sinon, j'ai vu ce que vous deviendrez… Soyez un homme… Essayez… Essayez d'éprouver du remords…

— Tu oses…, répéta Voldemort.

— Oui, j'ose, répliqua Harry, parce qu'il est vrai que le dernier plan de Dumbledore a échoué, mais ce n'est pas moi qui en ai subi les conséquences, c'est vous, Jedusor…

La main de Voldemort qui tenait la Baguette de Sureau tremblait et Harry serra étroitement entre ses doigts celle de Drago. Le moment décisif, il le savait, allait arriver dans quelques secondes.

— Cette baguette continue à ne pas marcher pleinement pour vous, parce que vous n'avez pas assassiné la bonne personne. Severus Rogue n'a jamais été le véritable maître de la Baguette de Sureau. Il n'a jamais vaincu Dumbledore.

— Il l'a tué…

— Vous ne m'écoutez donc pas ? Rogue n'a jamais vaincu Dumbledore ! La mort de Dumbledore avait été planifiée par eux deux ! Dumbledore voulait mourir sans avoir été vaincu, il voulait rester le dernier vrai maître de la baguette ! Si tout s'était passé comme prévu, le pouvoir de la Baguette de Sureau serait mort avec lui, car elle n'aurait jamais été conquise !

– Dans ce cas, Potter, c'est comme si Dumbledore m'avait donné la baguette !

La voix de Voldemort frémissait d'une délectation cruelle.

– J'ai volé la baguette dans la tombe de son dernier maître ! Je l'ai prise contre la volonté de son dernier propriétaire ! Son pouvoir m'appartient !

– Vous ne comprenez toujours pas, Jedusor ? Posséder la baguette ne suffit pas ! La tenir entre vos mains, vous en servir, ne vous en donne pas réellement la maîtrise. N'avez-vous pas écouté Ollivander ? C'est la baguette qui choisit son sorcier… Or, la Baguette de Sureau s'est reconnu un nouveau maître avant que Dumbledore ne meure, quelqu'un qui n'avait jamais posé la main dessus. Ce nouveau maître a enlevé la baguette à Dumbledore contre la volonté de celui-ci, sans jamais très bien comprendre ce qu'il avait fait, sans comprendre que la baguette magique la plus dangereuse du monde s'était soumise à lui…

La respiration de Voldemort s'était accélérée, on voyait sa poitrine se soulever rapidement et Harry devinait que le maléfice était proche, il le sentait naître dans la baguette pointée sur son visage.

– Le véritable maître de la Baguette de Sureau était Drago Malefoy.

Pendant un instant, une expression de totale stupeur passa sur le visage de Voldemort mais disparut aussitôt.

– Qu'est-ce que ça change ? dit-il d'une voix douce. Même si tu as raison, Potter, cela ne fait aucune différence, ni pour toi ni pour moi. Tu n'as plus la baguette à la plume de phénix. Notre duel reposera sur la seule habileté… Et quand je t'aurai tué, je m'occuperai de Drago Malefoy…

– Mais il est trop tard pour vous, répliqua Harry. Vous avez laissé passer votre chance. Je suis arrivé le premier. J'ai vaincu Drago, il y a quelques semaines. Je lui ai pris sa baguette.

D'un petit geste sec, Harry montra la baguette d'aubépine et sentit tous les regards se concentrer sur elle.

– Tout revient donc à cela, n'est-ce pas ? murmura Harry. La baguette que vous tenez dans votre main sait-elle que son dernier maître a subi un sortilège de Désarmement ? Si c'est le cas… je suis le vrai maître de la Baguette de Sureau.

Une lueur rouge et or jaillit soudain au-dessus d'eux, dans le ciel ensorcelé, en même temps qu'un soleil éclatant dessinait ses premiers contours à la fenêtre la plus proche. La lumière éclaira leurs visages au même instant et Voldemort se transforma brusquement en une tache flamboyante. Harry entendit la voix suraiguë lancer un hurlement au moment où lui-même criait son espoir vers les cieux, en brandissant la baguette de Drago.

– *Avada Kedavra !*

– *Expelliarmus !*

La détonation retentit comme un coup de canon et les flammes dorées qui explosèrent entre eux, au centre précis du cercle qu'ils avaient dessiné de leurs pas, marquèrent le point où les deux sortilèges se frappèrent de plein fouet. Harry vit le jet de lumière verte de Voldemort heurter son propre sort, il vit la Baguette de Sureau s'envoler très haut, sombre dans le soleil levant, tournoyant sous le plafond enchanté telle la tête de Nagini, virevoltant dans les airs en direction du maître qu'elle ne voulait pas tuer, celui qui avait fini par prendre pleinement possession d'elle. De sa main libre, Harry, avec l'habileté infaillible de l'attrapeur, saisit la baguette au vol, tandis que Voldemort basculait en arrière, les bras en croix, les pupilles fendues de ses yeux écarlates se révulsant. Tom Jedusor s'abattit sur le sol dans une fin triviale, le corps faible, ratatiné, les mains blanches et vides, son visage de serpent dépourvu d'expression, inconscient. Voldemort était mort, tué par son propre maléfice qui avait rebondi sur lui. Harry, les deux baguettes à la main, regarda la dépouille de son ennemi.

Pendant un instant de silence frémissant, le choc du moment fut comme suspendu. Puis le tumulte éclata autour de Harry. Les cris, les acclamations, les rugissements de la foule rassemblée déchirèrent l'atmosphère. La clarté intense du soleil levant illumina les fenêtres et tous se précipitèrent sur lui dans un fracas de tonnerre. Ron et Hermione furent les premiers à l'atteindre et ce furent leurs bras qui l'entourèrent, leurs cris inintelligibles qui l'assourdirent. Ginny, Neville et Luna arrivèrent à leur tour, puis tous les Weasley et Hagrid et Kingsley et McGonagall et Flitwick et Chourave. Harry ne parvenait pas à comprendre un mot de ce qu'ils criaient, il ne savait pas non plus à qui appartenaient les mains qui le saisissaient, le tiraient, essayaient d'étreindre une quelconque partie de son corps, ils étaient des centaines à se presser contre lui, bien décidés à toucher le Survivant, celui grâce à qui tout s'était enfin terminé…

Le soleil se leva peu à peu sur Poudlard et la Grande Salle resplendit de vie et de lumière. La présence de Harry était devenue indispensable dans les débordements de joie et de deuil, de chagrin et de fête. Tous voulaient qu'il soit là, avec eux, leur leader et leur symbole, leur sauveur et leur guide. Le fait qu'il n'ait pas dormi, que sa seule envie soit de voir seulement quelques-uns d'entre eux, ne semblait venir à l'esprit de personne. Il devait parler à ceux qui avaient perdu un être cher, serrer leurs mains, être témoin de leurs larmes, recevoir leur gratitude, il devait entendre, à mesure que s'écoulait la matinée, les nouvelles qui se répandaient, en provenance d'un peu partout, annonçant que, d'un bout à l'autre du pays, les victimes du sortilège de l'Imperium avaient repris conscience, que les Mangemorts étaient en fuite ou capturés, que les innocents enfermés à Azkaban étaient relâchés en ce moment même, et que Kingsley Shacklebolt avait été nommé ministre de la Magie à titre provisoire...

Ils transportèrent le cadavre de Voldemort dans une autre pièce, à l'écart de la Grande Salle, loin des corps de Fred, Tonks, Lupin, Colin Crivey et des cinquante autres qui étaient morts en le combattant. McGonagall avait remis en place les différentes tables mais en s'y asseyant, personne n'avait tenu compte de la maison à laquelle il appartenait. Ils s'étaient tous mélangés, enseignants et élèves, fantômes et parents, centaures et elfes de maison, Firenze allongé dans un coin, se remettant de ses blessures. Graup regardait à travers une fenêtre défoncée et certains s'amusaient à lancer de la nourriture dans sa bouche hilare. Au bout d'un moment, vidé, épuisé, Harry s'assit sur un banc à côté de Luna.

– Si j'étais à ta place, j'aimerais bien avoir un peu de paix et de tranquillité, dit-elle.

– J'en rêve, répondit-il.

– Je vais distraire leur attention, pendant ce temps-là, tu pourras mettre ta cape, proposa Luna.

Et avant qu'il ait pu ajouter un mot, elle s'écria, l'index pointé vers une fenêtre :

– Oooh, regardez, un Énormus à Babille !

Tous ceux qui l'avaient entendue tournèrent la tête. Harry en profita pour glisser la cape sur lui et se lever du banc.

À présent, il pouvait se déplacer dans la salle sans être importuné. Il repéra Ginny deux tables plus loin. Elle était assise, la tête sur l'épaule de sa mère. Ils auraient le temps de parler plus tard, pendant des heures, des jours, des années, peut-être. Il vit Neville, l'épée de Gryffondor posée à côté de son assiette pendant qu'il mangeait, entouré d'un groupe de ferventes admiratrices. Il s'avança dans l'allée qui séparait les tables et aperçut les trois Malefoy, serrés les uns contre les autres, comme s'ils ne savaient pas très bien si leur place était ici, mais personne ne leur accordait la moindre attention. Partout où il regardait, il voyait des familles réunies et il retrouva enfin les deux personnes qu'il avait le plus envie de voir.

– C'est moi, marmonna-t-il, s'accroupissant entre eux. Vous venez ?

Ils se levèrent aussitôt et tous trois, Ron, Hermione et lui, quittèrent la Grande Salle. De gros morceaux de marbre avaient été arrachés de l'escalier, une partie de la rampe avait disparu et les marches qu'ils montaient étaient parsemées de gravats et de taches de sang.

Quelque part au loin, ils entendirent Peeves qui filait dans les couloirs en lançant un chant victorieux de sa propre composition :

> *On les a eus,*
> *Vaincus, battus,*
> *Le p'tit Potter est un héros,*
> *Voldy nourrit les asticots,*
> *Ils ont tous été écrasés,*
> *Maintenant, on peut rigoler !*

– Voilà qui exprime bien l'ampleur et la tragédie de l'événement, vous ne trouvez pas ? dit Ron en ouvrant une porte pour laisser passer Harry et Hermione.

Le bonheur viendrait, songea Harry, mais pour l'instant, il était étouffé par l'épuisement, et à chaque pas qu'il faisait, la douleur d'avoir perdu Fred, Lupin et Tonks le transperçait comme une blessure physique. Par-dessus tout, il éprouvait un prodigieux soulagement et un profond besoin de dormir. Mais il devait d'abord une explication à Ron et à Hermione qui l'avaient suivi pendant si longtemps et méritaient la vérité. Il leur raconta méticuleusement ce qu'il avait vu dans la Pensine et ce qui s'était passé dans la forêt. Ils n'eurent pas même le temps d'exprimer leur stupeur, leur effarement, car ils venaient d'atteindre la destination vers laquelle ils s'étaient dirigés, sans avoir besoin de la mentionner.

Depuis la dernière fois que Harry l'avait vue, la gargouille qui gardait l'entrée du bureau du directeur avait été renversée sur le côté. Elle était de travers, l'air un peu sonnée, et il se demanda si elle était encore capable de reconnaître un mot de passe.

– On peut monter ? lui demanda-t-il.

– Allez-y, grogna la statue.

Ils l'enjambèrent et grimpèrent l'escalier en colimaçon qui tournait lentement sur lui-même comme un escalator. Harry poussa la porte située à son sommet.

Il jeta un bref regard à la Pensine de pierre posée sur le bureau, là où il l'avait laissée, et au même instant, un bruit assourdissant lui fit pousser un cri. Il crut qu'on lançait à nouveau des maléfices, que les Mangemorts revenaient, que Voldemort ressuscitait…

Mais c'était une salve d'applaudissements. Tout autour des murs, les directeurs et les directrices de Poudlard l'ovationnaient debout. Ils agitaient leurs chapeaux, parfois même leurs perruques, tendaient le bras hors de leurs cadres pour se serrer la main d'un tableau à l'autre, dansaient et sautaient sur les fauteuils dans lesquels on les avait peints. Dilys Derwent sanglotait sans retenue, Dexter Fortescue brandissait son cornet acoustique et Phineas Nigellus s'écria de sa voix aiguë et flûtée :

– Et qu'on dise bien que la maison de Serpentard a joué son rôle ! Que notre contribution ne soit pas oubliée !

Mais Harry n'avait d'yeux que pour l'homme qui occupait le plus grand des tableaux, juste derrière le fauteuil du directeur. Des larmes jaillissaient derrière les lunettes en demi-lune et coulaient dans la longue barbe argentée. La fierté, la gratitude qui émanaient de lui étaient pour Harry un baume aussi précieux que le chant du phénix.

Enfin, Harry leva les mains et les portraits se turent. Dans un silence respectueux, le visage rayonnant, ils s'essuyèrent les yeux et attendirent avec impatience qu'il prenne la parole. Il s'adressa seulement à Dumbledore, cependant, choisissant ses mots avec un soin extrême. Tout épuisé qu'il fût, le regard brouillé par la fatigue, il lui fallait faire un dernier effort, chercher un dernier conseil.

– La chose qui était cachée dans le Vif d'or, commença-t-il, je l'ai laissée par terre, dans la forêt. Je ne sais plus exactement où, mais je ne vais pas aller la rechercher. Vous êtes d'accord ?

– Oui, mon cher Harry, répondit Dumbledore.

Dans les autres tableaux, les visages parurent perplexes, intrigués.

– C'est une décision sage et courageuse, approuva Dumbledore, mais je n'en attendais pas moins de toi. Quelqu'un d'autre sait-il où elle est tombée ?

– Personne, assura Harry.

Dumbledore hocha la tête d'un air satisfait.

– Mais je garderai le cadeau d'Ignotus, poursuivit Harry.

Dumbledore eut un sourire radieux.

– Bien sûr, Harry, la cape est à toi pour toujours jusqu'à ce que tu la lègues à quelqu'un !

– Il y a également ceci.

Lorsque Harry montra la Baguette de Sureau, Ron et Hermione la contemplèrent avec une révérence que, même l'esprit brouillé par le manque de sommeil, il n'aimait guère.

– Je n'en veux pas, dit-il.

– Quoi ? s'exclama Ron. Tu es dingue ?

– Je sais qu'elle est puissante, reprit Harry d'un ton las. Mais j'étais plus heureux avec la mienne. Alors…

Il fouilla dans la bourse accrochée à son cou et en sortit les deux morceaux de bois de houx, tout juste reliés par un mince filament de plume de phénix. Hermione disait qu'on ne pouvait pas la réparer, que les dégâts étaient trop importants. Tout ce qu'il savait, c'était que si cela ne marchait pas cette fois-ci, rien ne marcherait jamais.

Il posa la baguette brisée sur le bureau du directeur, la toucha avec l'extrémité de la Baguette de Sureau et dit :

– *Reparo*.

Sa baguette se reconstitua alors, et des étincelles rouges en jaillirent. Harry sut qu'il avait réussi. Il prit la baguette de houx à la plume de phénix et sentit une soudaine chaleur dans ses doigts comme si sa main et la baguette magique se réjouissaient d'être à nouveau réunies.

– Je vais remettre la Baguette de Sureau là où elle était, dit-il à Dumbledore qui le regardait avec une immense affection, une immense admiration. Elle peut bien y rester. Si je meurs de mort naturelle, comme Ignotus, son pouvoir sera brisé, n'est-ce pas ? Son dernier maître n'aura jamais été vaincu. Ce sera sa fin.

Dumbledore approuva d'un signe de tête. Ils échangèrent un sourire.

– Tu es sûr ? demanda Ron.

Il y avait une légère trace de convoitise dans sa voix, tandis qu'il regardait la Baguette de Sureau.

– Je crois que Harry a raison, murmura Hermione.

– Cette baguette cause trop d'ennuis pour ce qu'elle vaut, reprit Harry. Et très sincèrement – il se détourna des portraits, ne pensant plus qu'au lit à baldaquin qui l'attendait dans la tour de Gryffondor et se demandant si Kreattur ne pourrait pas lui apporter un sandwich là-bas –, j'ai eu suffisamment d'ennuis pour le reste de mes jours.

DIX-NEUF ANS PLUS TARD

Cette année-là, l'automne sembla arriver brusquement. En cette matinée du 1ᵉʳ septembre, l'air était vif et doré comme une pomme. Les fumées des pots d'échappement et le souffle des piétons étincelaient, telles des toiles d'araignée dans la fraîcheur de l'atmosphère, tandis que la petite famille traversait d'un pas sautillant la rue grondante de circulation en direction de la grande gare aux murs noircis de suie. Deux énormes cages bringuebalaient sur les chariots chargés de bagages que poussaient les parents. Les hiboux qui y étaient enfermés lançaient des hululements indignés et la fillette aux cheveux roux traînait en pleurnichant derrière ses frères, accrochée au bras de son père.

– Ce ne sera pas long, toi aussi, tu iras, lui promit Harry.

– Deux ans, dit Lily en reniflant. Je veux y aller *tout de suite* !

Les banlieusards regardaient les hiboux avec curiosité au passage de la famille qui se frayait un chemin en direction de la barrière séparant les voies 9 et 10. La voix d'Albus, qui marchait devant lui, parvint à Harry au milieu de la clameur environnante. Ses fils avaient repris la dispute commencée dans la voiture :

– Je *n'irai pas* ! Je *n'irai pas* à Serpentard !

– James, arrête un peu ! s'exclama Ginny.

– J'ai simplement dit qu'il y serait *peut-être*, fit remarquer James en adressant un sourire à son jeune frère. Il n'y a pas de mal à ça. Il sera *peut-être* à Serp…

Mais James croisa le regard de sa mère et se tut. Les cinq Potter s'approchèrent de la barrière. D'un air supérieur, James jeta un coup d'œil à son jeune frère par-dessus son épaule, prit le chariot des mains de sa mère et se mit à courir. Un instant plus tard, il avait disparu.

– Vous m'écrirez, hein ? demanda aussitôt Albus, tirant profit de l'absence momentanée de son frère.

– Tous les jours, si tu veux, proposa Ginny.

– Pas *tous* les jours, répliqua précipitamment Albus. James dit que la plupart des élèves ne reçoivent des lettres de chez eux qu'une fois par mois.

– Nous avons écrit à James trois fois par semaine, l'année dernière, dit Ginny.

– Et il ne faut pas croire tout ce qu'il te raconte sur Poudlard, ajouta Harry. Il aime bien se moquer de toi, ton frère.

Côte à côte, ils poussèrent le deuxième chariot en prenant de la vitesse. Lorsqu'ils atteignirent la barrière, Albus fit une grimace mais il n'y eut aucun choc et la famille émergea sur le quai de la voie 9 3/4, obscurci par l'épaisse vapeur blanche que produisait la locomotive écarlate du Poudlard Express. Des silhouettes indistinctes s'affairaient au milieu de cette brume dans laquelle James s'était déjà volatilisé.

– Où sont-ils ? demanda Albus.

Anxieux, il scrutait les formes imprécises qu'ils croisaient en s'avançant sur le quai.

– On va les trouver, lui répondit Ginny d'un ton rassurant.

Mais la vapeur était dense et il était difficile de reconnaître les visages. Les voix, qui semblaient désincarnées, étaient étrangement sonores, comme surnaturelles. Harry crut entendre Percy discourir bruyamment sur les règlements en matière de balais et fut content d'avoir une excuse pour ne pas aller lui dire bonjour…

– Je crois que c'est eux, Al, dit soudain Ginny.

Un groupe de quatre personnes émergea de la brume, à côté du tout dernier wagon. Ce fut seulement lorsque Harry, Ginny, Lily et Albus arrivèrent devant eux que leur visage devint net.

– Salut, dit Albus qui paraissait profondément soulagé.

Rose, déjà vêtue de sa toute nouvelle robe de Poudlard, lui adressa un sourire radieux.

– Alors, tu as réussi à ranger la voiture ? demanda Ron à Harry. Moi, oui. Hermione ne croyait pas que je puisse passer un permis de Moldu, et toi ? Elle pensait qu'il faudrait que je jette un sortilège de Confusion à l'examinateur.

– Ce n'est pas vrai, protesta Hermione. J'avais parfaitement confiance en toi.

– En fait, je lui ai *vraiment* jeté un sortilège de Confusion, murmura Ron à Harry pendant qu'ils chargeaient à bord du train la grosse valise et le hibou d'Albus. J'avais simplement oublié de regarder dans le rétroviseur et, entre nous, je peux très bien m'en passer en utilisant un charme Supersensoriel.

De retour sur le quai, ils trouvèrent Lily et Hugo, le jeune frère de Rose, discutant avec animation de la maison dans laquelle ils seraient envoyés le jour où ils iraient enfin à Poudlard.

– Si tu n'es pas à Gryffondor, on te déshérite, lança Ron. Mais je ne veux pas te mettre la pression.

– *Ron !*

Lily et Hugo éclatèrent de rire, mais Albus et Rose avaient un air grave.

– Il dit ça pour rire, assurèrent Hermione et Ginny.

Mais Ron ne faisait plus attention à eux. Croisant le regard de Harry, il lui montra d'un discret signe de tête un endroit du quai situé à une cinquantaine de mètres. Pendant quelques instants, la vapeur s'était un peu dissipée et trois personnes se détachaient nettement parmi les volutes de fumée.

– Regarde qui est là.

Drago Malefoy, un manteau sombre boutonné jusqu'au cou, était avec sa femme et son fils. Son front commençait à se dégarnir, ce qui accentuait son menton pointu. Le jeune garçon ressemblait à Drago autant qu'Albus à Harry. Apercevant Harry, Ron, Hermione et Ginny qui l'observaient, Drago leur adressa un bref signe de tête et se détourna.

– Voici donc le petit Scorpius, murmura Ron. Arrange-toi pour être toujours meilleure que lui en classe, Rosie. Dieu merci, tu as hérité l'intelligence de ta mère.

– Ron, pour l'amour du ciel, dit Hermione, moitié sérieuse, moitié amusée, n'essaye pas de les dresser l'un contre l'autre avant même qu'ils aient commencé l'école !

– Tu as raison, admit Ron. Désolé.

Mais, incapable de s'en empêcher, il ajouta :

– Ne sois quand même pas *trop* amie avec lui, Rosie. Grand-père Weasley ne te le pardonnerait jamais si tu épousais un Sang-Pur.

– Hé !

James avait réapparu. Il s'était délesté de sa grosse valise, de son hibou et du chariot et, de toute évidence, il avait une grande nouvelle à annoncer.

– Teddy est là-bas, dit-il, tout essoufflé, en pointant l'index par-dessus son épaule, vers le nuage de vapeur. Je viens de le voir ! Et vous savez ce qu'il faisait ? *Il embrassait Victoire !*

Il leva les yeux vers les adultes, manifestement déçu par leur absence de réaction.

– *Notre* Teddy ! *Teddy Lupin* ! En train d'embrasser *notre* Victoire ! *Notre* cousine ! Alors, j'ai demandé à Teddy ce qu'il faisait…

– Tu les as dérangés ? s'exclama Ginny. Tu es comme Ron…

– … et il m'a répondu qu'il était venu lui dire au revoir ! Et ensuite, il m'a dit de m'en aller. Il l'embrasse ! ajouta James comme s'il avait peur de ne pas avoir été assez clair.

– Oh, ce serait merveilleux s'ils se mariaient ! murmura Lily avec ravissement. Teddy ferait *vraiment* partie de la famille !

– Il vient déjà dîner à la maison à peu près quatre fois par semaine, dit Harry. Pourquoi ne pas lui proposer d'habiter chez nous, comme ça, ce serait fait ?

– Ouais ! s'écria James avec enthousiasme. Je veux bien partager ma chambre avec Al… Teddy pourrait avoir la mienne !

– Non, répliqua fermement Harry. Al et toi, vous ne partagerez la même chambre que quand j'aurai décidé de démolir la maison.

Il consulta la vieille montre bosselée qui avait appartenu autrefois à Fabian Prewett.

– Il est presque onze heures, vous devriez monter dans le train.

– N'oublie pas de transmettre nos amitiés à Neville ! dit Ginny à James qu'elle serrait dans ses bras.

– Maman, je ne peux pas transmettre des *amitiés* à un professeur !

– Mais tu *connais bien* Neville…

James leva les yeux au ciel.

– En dehors de l'école, oui, mais en classe, c'est le professeur Londubat, tu comprends ? Je ne peux pas entrer en cours de botanique et lui transmettre des *amitiés*…

Il hocha la tête d'un air navré devant la sottise de sa mère et, pour se défouler, donna un coup de pied en direction d'Albus.

– À plus tard, Al. Fais attention aux Sombrals.

– Je croyais qu'ils étaient invisibles ? *Tu m'as dit qu'ils étaient invisibles !*

James éclata de rire. Il autorisa sa mère à l'embrasser, étreignit brièvement son père puis bondit vers le train qui se remplissait rapidement. Ils le virent agiter la main vers eux avant de se précipiter dans le couloir du wagon pour retrouver ses amis.

– Tu n'as pas à avoir peur des Sombrals, dit Harry à Albus. Ce sont des créatures très gentilles, elles n'ont rien d'effrayant. De toute façon, tu n'iras pas à l'école dans les diligences, on t'y emmènera en barque.

Ginny embrassa Albus.

– On se reverra à Noël.

– Au revoir, Al, dit Harry à son fils qui se serrait contre lui. N'oublie pas que Hagrid t'a invité à prendre le thé vendredi prochain. Ne t'approche pas de Peeves. Ne te bats pas en duel tant que tu n'auras pas appris à le faire. Et ne laisse pas James te raconter n'importe quoi.

– Et si je suis à Serpentard ?

La question qu'il avait murmurée était destinée uniquement à son père. Harry savait que seul le moment du départ pouvait forcer Albus à révéler à quel point sa peur était profonde et sincère.

Harry s'accroupit, le visage de son fils un peu au-dessus du sien. Des trois enfants de Harry, Albus était le seul à avoir les yeux de Lily.

– Albus Severus, dit-il.

Il parlait à mi-voix pour que personne ne puisse l'entendre en dehors de Ginny. Elle eut le tact de faire semblant de ne pas écouter, adressant des signes de la main à Rose qui était montée dans le train.

– Tes deux prénoms t'ont été donnés, poursuivit Harry, en souvenir de deux directeurs de Poudlard. L'un d'eux était un Serpentard et il était sans doute l'homme le plus courageux que j'aie jamais rencontré.

– Mais *dis-moi simplement*…

– … si c'était le cas, alors Serpentard gagnerait un excellent élève, n'est-ce pas ? Pour nous, ça n'a pas d'importance, Al. Mais si ça en a pour toi, tu pourras choisir Gryffondor plutôt que Serpentard. Le Choixpeau magique tiendra compte de tes préférences.

– Vraiment ?

– C'est ce qui s'est passé pour moi, dit Harry.

Il n'en avait jamais parlé à ses enfants jusqu'à maintenant et lorsqu'il prononça ces mots, il vit sur le visage d'Albus une expression émerveillée. Mais déjà, les portes claquaient tout au long du convoi écarlate et les silhouettes floues des parents se massaient devant les wagons pour un dernier baiser, une dernière recommandation. Albus sauta dans le train et Ginny ferma la porte derrière lui. À côté d'eux, des élèves étaient penchés aux fenêtres. De nombreuses têtes, dans les wagons et sur le quai, semblaient s'être tournées vers Harry.

– Pourquoi est-ce qu'ils te regardent comme ça ? interrogea Albus, tandis que Rose et lui tendaient le cou pour voir les autres élèves.

– Ne t'inquiète pas, dit Ron. C'est à cause de moi. Je suis extrêmement célèbre.

Albus, Rose, Hugo et Lily éclatèrent de rire. Le train s'ébranla et Harry le suivit le long du quai, observant le visage mince de son fils, les joues déjà rouges d'excitation. Harry agitait la main et lui souriait, même s'il ressentait un peu comme un déchirement le fait de voir son fils s'éloigner ainsi de lui…

La dernière trace de vapeur se dissipa dans l'atmosphère de l'automne. Le train disparut dans un virage. Harry levait toujours la main en signe d'adieu.

– Tout se passera bien pour lui, murmura Ginny.

Harry la regarda puis, d'un geste machinal, il abaissa la main et caressa sur son front la cicatrice en forme d'éclair.

– J'en suis sûr.

Il y avait dix-neuf ans que la cicatrice de Harry avait cessé de lui faire mal. Tout était bien.

Table des matières

J. K. Rowling

L'auteur

Joanne Kathleen Rowling est née en 1965 à Chipping Sodbury, dans le Gloucestershire en Angleterre. Elle a suivi des études à l'université d'Exeter et à la Sorbonne à Paris. Elle est diplômée en littérature française et en philologie. Elle a d'abord travaillé à Londres au sein de l'association Amnesty International.

C'est en 1990 que l'idée de Harry Potter et de son école de sorciers germe dans son imagination, lors d'un voyage en train. Elle voit alors une galerie de personnages envahir son esprit avec un réalisme saisissant. Cette même année, la mort de sa mère l'affecte profondément. L'année suivante, Joanne part enseigner l'anglais au Portugal. Puis, en 1992, elle épouse un journaliste portugais et donne naissance à une petite fille, Jessica. Après son divorce, quelques mois plus tard, elle s'installe à Édimbourg avec son bébé. Vivant dans une situation précaire, elle se plonge dans l'écriture de la première aventure de Harry et termine la rédaction de ce manuscrit qui l'avait accompagnée de Londres à Porto, jusqu'aux cafés d'Édimbourg. La suite ressemble à un conte de fées. Le premier agent auquel elle envoie son manuscrit le refuse, mais un deuxième le retient et, en 1996, une petite maison d'édition britannique décide de publier l'ouvrage.

Les droits du livre sont ensuite vendus aux enchères aux États-Unis pour la plus grosse avance jamais versée à l'époque à un auteur pour la jeunesse !

Le premier volume de Harry Potter a rencontré dès sa parution, grâce au bouche-à-oreille, un succès grandissant qui est devenu phénoménal, tant en Grande-Bretagne qu'à l'étranger. En

France, il a reçu en 1999 le prix Tam-Tam et le prix Sorcières. Il a été traduit en soixante-sept langues et vingt millions d'exemplaires ont été vendus dans le monde entier en l'espace de dix-huit mois. *Harry Potter à l'école des sorciers* a remporté les prix les plus prestigieux dans tous les pays où il a été publié. Il est longtemps resté en tête des ventes « adultes » et « jeunesse » confondues en Grande-Bretagne et aux États-Unis. Les volumes suivants ne cessent quant à eux de confirmer le succès du premier. La saga de Harry Potter est devenue une des œuvres littéraires les plus lues au monde.

C'est le septième et dernier volume qui apporte le dénouement d'une œuvre à laquelle l'auteur aura consacré dix-sept ans de sa vie.

J. K. Rowling s'est remariée en 2001 et a donné à Jessica un petit frère, David, en 2003, et une petite sœur, Mackenzie, en 2005. Elle vit toujours en Écosse, se tenant aussi éloignée que possible des médias et du succès étourdissant de ses livres.

Elle se consacre aujourd'hui à sa famille et à diverses actions caritatives qui lui tiennent à cœur.

Du même auteur chez Gallimard Jeunesse

FOLIO JUNIOR

Harry Potter

1 - *Harry Potter à l'école des sorciers*, n° 899
2 - *Harry Potter et la Chambre des Secrets*, n° 961
3 - *Harry Potter et le prisonnier d'Azkaban*, n° 1006
4 - *Harry Potter et la Coupe de Feu*, n° 1173

Retrouvez les autres aventures
de **Harry Potter**

dans la collection

1. HARRY POTTER
À L'ÉCOLE DES SORCIERS

n° 899

2. HARRY POTTER
ET LA CHAMBRE DES SECRETS

n° 961

3. HARRY POTTER
ET LE PRISONNIER D'AZKABAN

n° 1006

Photocomposition : Firmin Didot

Loi n° 49-956 du 16 juillet 1949
sur les publications destinées à la jeunesse
ISBN : 978-2-07-064308-0
Numéro d'édition : 298864
Premier dépôt légal dans la même collection : octobre 2008
Dépôt légal : janvier 2016

Imprimé en Espagne par Novoprint